国家社科基金项目《中国现当代侦探小说研究》（10BZW087）阶段性成果

百年中国侦探小说精选（1908—2011）

第三卷

雪狮

任翔◎主编

北京师范大学出版集团
BEIJING NORMAL UNIVERSITY PUBLISHING GROUP
北京师范大学出版社

图书在版编目(CIP)数据

雪狮／任翔主编．—北京：北京师范大学出版社，2012.10（2013.11 重印）
（百年中国侦探小说精选：1908–2011）
ISBN 978-7-303-15265-0

Ⅰ．①雪…　Ⅱ．①任…　Ⅲ．①侦探小说–小说集–中国–当代　Ⅳ．①I247.5

中国版本图书馆 CIP 数据核字（2012）第 189487 号

营销中心电话　010-58802181 58805532
北师大出版社高等教育分社网　http://gaojiao.bnup.com
电子信箱　gaojiao@bnupg.com

出版发行：北京师范大学出版社 www.bnupg.com
北京新街口外大街 19 号
邮政编码：100875
印　　刷：北京京师印务有限公司
装　　订：三河万利装订厂
经　　销：全国新华书店
开　　本：170 mm × 240 mm
印　　张：28.75
字　　数：499 千字
版　　次：2012 年 10 月第 1 版
印　　次：2013 年 11 月第 2 次印刷
定　　价：48.00 元

策划编辑：赵月华　　责任编辑：陈佳宵
美术编辑：毛　佳　　装帧设计：耿中虎
责任校对：李　菡　　责任印制：孙文凯

采得百花成蜜后

（代序）

侦探小说源于西方的启蒙时代，自1841年美国作家爱伦·坡开创侦探小说的写作范式以来，经柯南·道尔、克里斯蒂、奎因、勒布朗、西默农、埃科等作家的不断拓展与创新，侦探小说已不再是一种仅供读者消遣的通俗读物，而是作为一种雅俗共赏的文类跻身文学经典之林，并以其独特的艺术魅力吸引了现代世界的广大读者。

一

中国侦探小说是典型的“舶来品”，它发生在特定的历史语境里，经历了译作、仿作到自创的演变过程。梁启超主办的《时务报》和《新小说》是译介侦探小说的倡导者和理论实践的先行者。1896年，《时务报》刊发了由张坤德翻译的柯南·道尔的侦探小说《歇洛克呵尔唔斯笔记》，这是中国最早引入的侦探小说。此后，西方侦探小说源源不断地输入中国，其中影响最大、最受读者青睐的当属《福尔摩斯探案》。除《福尔摩斯探案》外，其他西方著名侦探小说家的作品也被译介到中国。在众多的译介侦探小说中，法国著名侦探小说家莫里斯·勒布朗创作的侠盗加侦探亚森·罗宾，在当时读者中的知名度仅次于福尔摩斯。在不到20年的时间里，几乎将西方著名的侦探小说全部引介到中国。

随着侦探小说被越来越多的中国读者所接受，译介西方侦探小说出现了一片新天地。正如阿英所描述的，“由于侦探小说与中国公案小说和武侠小说，有许多脉搏互通的地方，先有一二种的试译，得到了读者，于是便风起云涌互应起来，造成了后期的侦探翻译世界。与吴趼人合作的周桂笙是这一类译作能手，而当时的译家，与侦探小说不发生关系的，到后来简直可以说是没有。如果说当时翻译小说有千种，翻译侦探小说要占五百部以上”。[①] 在侦探小说的翻译热潮中，有些译作几乎与西方原创的侦探小说同步上市。“抛开日本这

① 阿英：《晚清小说史》，217页，上海，东方出版社，1996。

个中转站，直接取法欧美，步伐甚至走得比日本还快，在这个特殊的艺术领域里基本上与世界文学潮流同步。”[1]译介西方侦探小说的热潮直至辛亥革命爆发后才渐渐降温。

西方侦探小说为什么会在中国读者中产生如此狂热的阅读效应？从文学发展规律看，一种类型的文学模式能够存在，总是以其自身的审美趣味与读者达成某种默契，从而获得其独特的欣赏价值，只有这种文学模式和读者的期待视野、欣赏习惯和审美心理相吻合，读者才会全身心地投入，并保持持久的热情。笔者认为，造成这种狂热的阅读效应，除了西方侦探小说呈现的新颖的故事、惊险的场景、曲折的情节、神秘的悬念、智慧的侦探等审美特性外，还在于西方侦探小说隐含着诸多的人文意趣。一是神学的意境。英国早期侦探小说批评家玛乔丽亚·尼柯尔森(Marjorie Nicolson)带着极嘉许的口吻肯定侦探小说的生命意义。读者对侦探小说的兴趣体现了一种“因宇宙社会和人生的激变而出现的精神动荡，在没有秩序的环境里生活总是让他们苦恼。所以，对侦探小说的兴趣往往还体现了读者想返回到简单安宁而又秩序井然的宇宙的强烈渴望，他们想生活在一个有秩序的宇宙就像生活在家里一样”。[2] 读者在现实生活中无法实现的安全感却在侦探小说里找到了寄托。因为侦探小说隐含着一种异样的精神景观——罪恶终将被惩服，混乱的秩序终将得以恢复，侦探小说在遥深的意旨上接近了神学。二是哲学的意蕴。侦探小说的内容充满着理性与非理性、健康心态与变态精神之间的矛盾冲突，而这些问题持久地刺激着读者的兴奋点，甚至把理性带到了极限——认识世界和认识人类的根本问题，这样的困惑及其化解，使人类自身得到了精神上的抚慰。三是文化的意味。侦探小说作为一种大众文学读物，其深层也深刻地触及人类的终极眷注。从历史发展看，犯罪的发生几乎与人类历史同等悠久，犯罪现象遍及世界的每个角落，从公共领域到私人空间，每时每刻都有神秘的死亡发生，而人类又是那么无力地拒绝神秘的诱惑。侦探带着科学的探索精神和宗教般的情怀，去揭破死亡之谜和为制服犯罪而进行的努力。侦探小说不仅呈现了人性的秘密，而且也揭示了人类的命运。四是符号学的意义。“不论是男性还是女性侦

---

① 陈平原:《中国小说叙事模式的转变》，44页，北京，北京大学出版社，2010。

② *Whatever Happened to Sherlock Holmes: Detective Fiction, Popular Theology, and Society*, By Robert S. Paul, Carbondale and Edwardsville: Southern Illinois University Press, 1991, p. 17.

探小说作家，他们都特别善于从文化上改写占统治地位的辩证法。”①因为侦探小说文类坚定执著地偏爱一种场景——犯罪场景与侦破场景——的书写。这个场景不仅是一个封闭的世界，而且还是一个具有高度智慧的世界。侦探与罪犯在这个密闭的世界里，进行着人类的智力、毅力与信念的博弈。正是因为西方侦探小说蕴藏着如此深邃的人文意趣，它一踏入古老的中国大地，就以其独特的魅力征服了亟待启蒙的中国读者。

二

西方侦探小说的译介为中国侦探小说的诞生吹响了号角，但必须明确中国侦探小说是深深地根植于中国现实社会的土壤里，浸润在中国深厚的传统文化里。毋庸置疑，中国侦探小说与传统公案小说有着亲密的血缘关系，虽说侦探小说宣扬的是法治而非人治，要求的是科学实证而非主观臆断，讲究的是人权而非皇权，但是两者却有着诸多共同的喜好和交替互渗的表现。首先，侦探小说与公案小说不仅“形似”而且“神似”。虽说公案小说源于中国，经历了几千年的历史沉淀，而侦探小说则诞生于西方工业革命之后，历史也仅区区的百余年。但两者既有着“形似”又有着难以割舍的“神似”。“形似”——两者都在运用人类的智慧，昭示案件的真相。“神似”——探案者都坚持不懈地追求正义，惩恶扬善是他们共同的主题。如果说西方侦探小说对中国侦探小说的影响是显性的，它为中国侦探小说的诞生提供了一个可供借鉴的模式，那么传统公案小说对中国侦探小说的影响则是隐性的，它是中国侦探小说诞生的精神传承。其次，侦探小说与公案小说同属“乐感文化”，有相似的审美趣味。传统公案小说有着悠久的历史和广泛的读者基础，并形成了一个相对稳定的审美接受心理，普通读者阅读公案小说，更多的是偏重于其娱乐功能，希望作品中最终都能出现一个“报应分明，昭彰不爽”的圆满结局，在阅读过程中享受拍案称快之乐，而无凝思长叹之忧，这种传统的“乐感文化”不仅制约着普通读者的审美选择，而且还积淀于中国知识分子的深层意识之中。以启智娱乐为开端的西方侦探小说也可归属于“乐感文化”——扣人心弦的悬念设置、严密细致的逻辑推理和案犯必遭惩罚的完美结果，它能够带给中国读者紧张而不疲惫、轻松而不乏趣味的审美享受。再次，侦探小说汲取了公案小说的精髓，完

① *The Art of Detective Fiction*, Edited by Warren Chernaik and Robert Vilain, New York: ST. Martin's Press, INC., 2000, p. 12.

成了从传统到现代的转型。从侦探小说文类生成看,反映了中西两种文化的碰撞与认同的复杂过程。侦探小说的译者在翻译西方侦探小说之初,其目的是希望借助侦探小说以引进新思想来变革中国的社会现实。但事实上,这些深受传统礼教影响的文人在观念上仍然保守。他们在译介和创作侦探小说时都会渗入中国传统的道德规范。从早期的侦探小说译本看,很多译者都使用章回体的形式和文白相杂的语言,作品中既反映出译者浓厚的传统法文化思想,又传递出译者对西方现代法治文明的渴望。而在最初的中国原创侦探小说里,不难发现,作者可允许侦探在侦破案件时有失误,但不容许侦探在道德上有瑕疵,这正是当时中国知识分子徘徊于现代与传统之间的思想写照。他们既羡慕侦探的理性精神,又摆脱不了传统的青天意识,因此,他们希望塑造一个可与西方侦探相媲美却带有中国传统道德观念的新侦探形象,这是当时中国侦探小说作家的一个理想目标。

虽说侦探小说承传了公案小说的血脉,从内容到形式完成了一次完美的现代转型。但是,不可否定的是,诞生在中西两种不同文化语境里的侦探小说和公案小说,它们有着完全不同的价值体系。侦探小说体现的是现代的理性思辨精神,讲究的是科学与民主,弘扬的是法治思想和社会正义。作品中的私家侦探带有强烈的个性色彩,他是现存法律制度的叛逆者,试图在当下法律规范下建立公平与正义,以实现个体的价值与理想,本质上从属于"民间立场"。而公案小说呈现的是政治的伦理和道义上的因果关系,体现了一种在王权统治之下的群体思想,不论是包公、于公还是狄公,他们对于现存意识形态都带有先天的维护意识,本质上从属于"官方立场"。

三

西方侦探小说大规模的引入,为中国侦探小说的发生打造了绝佳的模板,而传统公案小说的伦理价值则为中国侦探小说的诞生提供了重要的思想基础。在两种各具特色的文类催化下,作家们的创作意识被激活,他们开始借鉴西方侦探小说的叙事技巧进行创作。当然,借鉴并非只是机械的模仿,这里面隐藏着侦探小说作家在遭遇中西两种文学观念时的艰难抉择。不可否认,最初的侦探小说作者基本上都是"旧式文人",他们大多以写言情小说起家,在创作过程中,一方面极力模仿西方侦探小说的艺术技巧,另一方面又很难摆脱传统小说观念的影响。在经历了一系列富有成效的"交往"与"对话"中,中国侦探小说作家开始逐渐领会并有选择地"拷贝"西方侦探小说,最终形成有中国风味的侦探小说。

根据现有的文献，中国最早的侦探小说是1901年由剑铓创作的《梦里侦探》[①]，至1904年以后，中国侦探小说的创作才有所发展。1905年，《江苏白话报》第一期刊载了由挽澜创作的《身外身》和《美人脂》。同年，《广益丛报》第六十五号刊载了冷血（陈景韩）的《歇洛克来游上海第一案》。1906年，广智书局出版了吴趼人的《中国侦探案》。1907年，《月月小说》第七号刊载了周桂笙的《上海侦探案》。1908年，《月月小说》第二十一号刊载了黄翠凝的《猴刺客》，该作品是目前能见到的早期比较成熟的中国原创侦探小说。这是张坤德首次译介福尔摩斯探案十余年后，出现的现代意义上的侦探小说。这一方面是因为侦探小说文体太先锋，叙述内容太丰富，逻辑要求太严谨，而使众多意欲创作侦探小说的作家望而却步。侦探小说的写作不但要求作者具备文学的素养，还应兼备文学之外的诸多知识，比如逻辑学、心理学、犯罪学、化学、医学等。另一方面，在于作家的价值趋向。作家在进行文学创作时往往受制于自身的文化背景。中西文化有着截然不同的价值趋向，中国文化属伦理型文化，注重以社会为主动、个人为受动的关系连接起来的社会秩序，西方文化属科学型文化，追求个人与社会的和谐发展而引出的社会结构。侦探小说作家对法律的诉求、对科学的期盼、对正义的瞩望都带有特定的文化印痕，而晚清作家尚未完全挣脱伦理型文化的“羁绊”，他们在“东张西望”中渐渐成熟。

吴趼人和周桂笙是当时著名的小说家与翻译家，但无论是吴趼人的《中国侦探案》，还是周桂笙的《上海侦探案》，从文体到内容仍属公案小说的范型。尤其是吴趼人，他试图革新中国传统的公案小说，以适应新的时代和新的读者，《中国侦探案》就是他革新的结果。周桂笙的《上海侦探案》尽管也是“公案体”，但其在叙述内容上明显汲取了“西洋文明”。从吴趼人和周桂笙的创作中，可以发现这么一条规律，中国最初的侦探小说创作经历了由“公案体”到“侦探公案体”的演变过程，这也印证了中国侦探小说的生成深深地根植于本民族的文化土壤，而非纯粹“西风东渐”的结果。

随着“侦探公案体”作品的增多，中国侦探小说作家开始在模仿中反思，在

① 据日本学者樽本照雄编的《新编清末民初小说目录》所示，剑铓创作的《梦里侦探》发表在1901年的《启蒙通俗报》上。《启蒙通俗报》于1901年由傅樵村在成都创刊，1906年改为《通俗日报》。笔者查阅了国内多家图书馆与档案馆，均未发现1901年的《启蒙通俗报》，现存文献只查到1903年后的《启蒙通俗报》及更名后的《通俗日报》，未见剑铓创作的《梦里侦探》。因此，对《梦里侦探》是否有此作存有疑虑。

反思中创新，在创新中成长，逐步形成了具有中国时代特色的侦探小说。至20世纪20年代中期，文坛上出现了第一个侦探小说作家群，主要作家有程小青、孙了红、陆澹庵、俞天愤、张碧梧、赵苕狂、何朴斋、徐卓呆、胡寄尘、张无铮（张天翼）等，产生了一批像霍桑、鲁平、蝶飞、李飞、宋悟奇、胡闲等"中国式"的侦探，这些"新新侦探"在读者中享有盛誉，其中被称为"中国福尔摩斯"的大侦探"霍桑"更是声名远扬，成为上海市民心中的英雄偶像。创作的繁荣与读者的接受，使得中国侦探小说得到了长足的发展。在早期的原创侦探小说中，读者反映强烈的主要作品有：程小青的《霍桑探案》、孙了红的《侠盗鲁平探案》、俞天愤的《蝶飞探案》、陆澹庵的《李飞探案》、张碧梧的《家庭侦探宋悟奇新探案》、赵苕狂的《胡闲探案》、张无铮（张天翼）的《徐常云探案》、王天恨的《康卜森探案》、何朴斋和俞慕古的《东方鲁平奇案》等。

至此，已完全摆脱传统公案小说束缚的中国侦探小说呈现出与西方侦探小说一致的审美特性——神秘、惊恐与悬疑。侦探小说鲜明的审美特性是神秘性，案情扑朔迷离，案犯踪迹不明，结局指向莫测。作者与读者似乎在不断地进行着设谜和解谜的游戏，从而也就在不断地进行着建构、颠覆、重构、再颠覆的解密过程，使读者在"奇诡突兀"、"刿心怵目"[①]的高峰体验中揭开谜底。侦探小说最具刺激性的是强烈的惊恐性。侦探小说总会牵涉谋杀、抢劫、爆炸等暴力场景的书写，而暴力行为的描写往往能够使处在相对安全环境里的读者的"暴力"本能得以导泄。人类的心理中都有一种"暴力"的本能，阅读侦探小说能使读者产生"惊骇错愕、目眩心悸"[②]的心理体验。侦探小说最具吸引力的是悬疑性，悬疑也即作家在作品中营造的紧张而神奇的悬念，悬念成为侦探小说作家营建情节的枢纽，启迪读者心灵的钥匙，悬念也成为读者对人物命运和情节推进的预测和充满激情的期待。

四

中国侦探小说是中西文化融构的宁馨儿。它的诞生与中国社会的变动、文化的变迁、文学观念的变化紧密相连。考察中国侦探小说发展的全过程，可将其视为百年来中国社会的政治、文化、思想以及文学的一个缩影。侦探小说的出现，不仅改变了中国近现代作家的创作观念，丰富了中国现代文体的类

---

① 周桂笙：《歇洛克复生侦探案·弁言》，载《新民丛报》，第3卷第7号，1904。

② 同上。

型，加快了中国小说的现代化进程，而且使古老的犯罪题材文学获得了现代性——从对犯罪的政治伦理关注转向对公共秩序和个体生命的关注，从而促进了中国现代启蒙思想的形成、科学精神的传播以及法文化的建设等。

当今的中国文坛甚是热闹，各种主义、现象、流派层出不穷，然而，却绝少有文学研究者与批评者光顾侦探小说。在已有的中国近现代文学史里几乎难觅侦探小说的踪迹，即便在中国"通俗文学"史里，对侦探小说的阐述亦是浮光掠影，这一切严重地影响了中国侦探小说的健康成长。更可叹的是，作为一种大众文化形态，为读者提供独特的审美与情感体验的侦探小说亦被"公安小说"、"法制小说"、"犯罪小说"以及"侦破小说"等称谓取代，私家侦探的独特个性与超凡的智力也被人民警察的群体形象与集体智慧所替换。这不能不令人深思。迄今为止，能风行全球长盛不衰的文类之一便是侦探小说。融情、智、理、趣为一体的侦探小说有其独特的范式，故事中的侦探通过追踪蛛丝马迹而重构犯罪现场，以牢牢控制犯罪，以此抚慰被惊扰了的心灵秩序，恢复被损毁了的社会秩序。侦探是和平年代里读者心目中的英雄，这一形象是别的文类所不具有的。

笔者挚爱侦探小说，愿为中国侦探小说的发展尽力。因为此，笔者历时两载查阅了1896—2011年间的近千份报纸杂志，搜集并阅读了中国大陆及港台地区近千部侦探小说作品，并对清末民初的侦探作品重新录入、断句并进行以繁化简的文字处理。"百年中国侦探小说精选(1908—2011)"共十卷，110篇作品，400余万字，因篇幅所限，长篇小说未在其列。为体现"史"的脉络，所选作品均按发表或出版的时间排序。其中1908—1949年三卷：第一卷为中国现代著名侦探小说作家程小青作品；第二卷为中国现代著名侦探小说作家孙了红作品；第三卷为中国现代著名作家刘半农、张天翼、俞天愤、陆澹庵等人作品。因馆藏的清末民初期刊弥足珍贵，难轻易示人，一些选文想必是第一次与当代读者会面。读者可从中阅览中国侦探小说从滥觞期到兴盛期的整体创作风貌。1950—1976年一卷：收录中国当代著名作家白桦、公刘、陆石、文达等人作品，这些作品以苏联的"反特防奸"为蓝本，融入"剿匪"、"肃反"的题材，作品明显地烙上时代的印痕，读者可真切地感受到新中国成立初期波澜壮阔的斗争画面。1977—1999年二卷：中篇卷收录中国当代著名侦探小说作家蓝玛、李迪、钟源等人作品；短篇卷收入中国著名作家叶永烈、余华、叶兆言等人作品，读者阅读这些作品，可体验到改革开放以来中国的政治、经济、文化出现的新变化，犯罪问题犹如一面镜子，映照出错综复杂的社会世相。2000—2011年二卷:中篇卷收录中国当代著名作家莫怀戚和新锐侦探小说作家鬼马星、冯华、既晴的作品;短篇卷收录中国著名侦探小说作家蓝玛、郑炳南、孙丽萌及新锐侦探小说作家水天一色、周浩晖、林斯谚等人的作品。读者可领略到新世纪中国侦探小说无论是叙事内容还是叙事方式均添加了新元素,网络、毒品、腐败等题材已成为侦探小说的热点。除以上八卷外,还为小读者编选了两卷创作于1980—2011年间的优秀儿童侦探小说作品。深受小读者喜爱的儿童侦探小说作家谢鑫、杨老黑、许方等人的作品均在选集里,这些作品以小读者的视角叙写了神秘、悬疑与恐怖的侦破故事,不仅让小读者从中感受到侦探身上超凡的智慧,而且可从中体验到侦探身上传递出的刚毅与正气的精神品性。

"百年中国侦探小说精选(1908—2011)"丛书的出版,希望能为读者提供一个全面而系统的中国侦探小说读本,为研究者提供一幅清晰的中国侦探小说作品图谱,为当下中国侦探小说作家的创作提供可参照的范本,为系统而深入地研究中国侦探小说打下坚实的基础。同时也希望"百年中国侦探小说精选(1908—2011)"丛书的出版能拓展中国现当代文学研究者的视野,为当下的中国文学和文化研究提供一个新的生长点。

任　翔

2012年8月18日于北京养木轩

目　录

猴刺客

黄翠凝

马伟生，自专门化学毕业后，遂于家内另设一化验室，为每日研究物理之所，一年以来，无或间断。伟生年二十，性最勤，每日定以自修之时，少与朋侪来往，惟日专心化学，不事他途。而品貌极雅度，戚党多敬爱。家有老母及一幼弟，伟生极能尽孝友之道，曾与冯宝琴订婚。冯宝琴为音乐专门女毕业生，年仅十八，而妖冶绝伦，父没母存，无昆仲姊妹行，家拥巨资。人或利其多财，欲与彼论婚者，指不胜屈，惟宝琴独具慧眼，概拒之。后与伟生结识，喜其才品，遂与订婚焉。宝琴与伟生订婚及一载，而伟生每于课程暇时，必往宝琴家小坐。近以弟病，亦少过从。

一日，忽接宝琴来书，内谓有人言“彼将行与己离异，且另有意中人”云云。伟生因得是信，心郁结不安，随即乘马车至宝琴家。

宝琴正在音乐室抚琴，忽闻门外弹指声，舍琴而应，曰：“何人？请进！”

伟生即推扉入，见宝琴斜倚琴台，娇弱无力，急趋前握手，复以吻亲之，曰：“卿乎！宝琴乎！别未经旬，何以竟生疑虑？”

宝琴于伟生未进室时，知叩门者必伟生矣，乃预筹见面时竭己之愤气，向之发作。及伟生握手而问，则又转怒为悲，秋水双泓，梗縻而下，全身颤抖，几不自持。幸伟生紧握其腕以扶掖之，否则必踣地矣。

伟生见宝琴如此情形，心益怜之，徐扶坐软椅中，替拭泪痕，问曰：“卿究有何闻，致尔伤心？飞短流长之言，幸勿妄信。今日寄我之函，已遍阅过，惟其中原委，犹未知之。卿乎，尔既爱我，未知能为我一述崖末否耳?”语次，复替宝琴揩涕。

宝琴回面背伟生答曰：“君尚以诡辞欺妾耶？妾虽不肖，然未曾开罪于君。夫儿女爱情，当不能为外物所动。今君近识一女友，而竟忘情于我，且向彼女求婚。吾试问君欲置妾于何地耶？妾初以君才品俱优，故委身以事。不料尔辈男子，多是负心物，得陇望蜀，却故恋新!”宝琴言至此，哽咽不能说，涕垂睫而纨澜。

伟生骤闻此刺心剜肺之言，忽欲不能作答，只唉声叹气曰：“天乎冤哉！吾不知卿从何处而得此谬说也!”

宝琴曰：“人替我不平，特来告我耳。尔犹欲增辞饰非乎?”

伟生顿足曰：“谁告卿知？卿必告我。”

宝琴曰：“君不必追究告我之人，事之真伪，尔自知之。”

伟生曰：“我自信无此事。”

宝琴曰：“前星期，尔曾与一女子跳舞，尚忆之乎?”

伟生曰：“固忆之也。”

宝琴曰：“如是，则人非诬君矣。”

伟生急曰：“卿以为吾与彼女跳舞，则必向彼求婚乎?”

宝琴曰：“此事尔何不一问自己?”

伟生曰：“吾与彼女素昧平生，岂一晤面即萌此意耶？前星期日，林国材突然携彼至吾家，谓‘彼女为梁伯爵之女公子，家甚富厚，特来此处选择良偶’云云。吾闻其说，亦未尝一注意。及晚，国材强挟吾同往俱乐部。至，彼女又强捉吾臂与之跳舞，吾力拒之不克。”

宝琴曰：“此言诚不伪耶?”

伟生曰：“真实语也，吾尚有一言告卿，若卿闻之，必将先前之疑团尽释。卿以为梁伯爵之女公子，为闺阁中之名媛耶？殆不然也。吾闻友言，彼曾在某处剧场演剧，彼名婀娜，今来此地正欲选择佳婿，故易名小凤。由此观之，则女公子者为女优伶耳。彼贱我贵，非吾偶也，又焉能以此有用之身，而与此无意识者结缡耶?”

宝琴听至此，不禁讶然叫曰：“嘻，是乎！吾知之矣，君因知彼为女优伶，故罢此议耳!”

伟生不觉失笑曰：“卿真多疑！脱彼真为伯爵之女公子，及其才与貌均比卿胜，而吾与卿之爱情，亦不能移甲赠乙也。且我辈生此廿一世纪文明支那国之时代，卿犹以我为二十世纪之支那国民哉?”

宝琴曰："在今日文明世界，亦未尝无夫妇离异之说。"

伟生曰："虽然。但近世之离异者，必因其人有大恶不德之事，乃行此等决绝，仍要经主婚官公判及戚族等证人公认其夫妇退婚，而后可。"

宝琴曰："然则吾支那二十世纪时，犹未有此法律耶?"

伟生曰："然。"

宝琴曰："既无此法律，必无主婚官矣。"

伟生曰："然。"

宝琴曰："无主婚官，男女结婚以何人为主婚乎?"

伟生曰："男女两家，各择一家长为之而已。"

宝琴曰："彼男女均彼此相好而后撮合耶?"

伟生曰："否，否，父母之命，媒妁之言也。"

宝琴曰："设如为儿女者，不喜娶此人及嫁此人，父母允代为另择一最适意者否?"

伟生大笑曰："若如此，则不得谓之'野蛮专制结婚'矣!"

宝琴诧讶问曰："然则为父母替儿女择婚，竟不商之儿女耶?"

伟生曰："然。"又曰："为男子者，父母或有周之一二，然亦不能妄为干预。不过令其知己与某人订婚，至于妻子之面，全未睹其短长肥瘠也。若女子者，直昧己身之究归何属，于归之日，始自知之。"

宝琴曰："吾料二十世纪之夫妇，共凄凉、痛苦、怨恨、遗憾之处，尽人皆是矣！吁！为他人父，为他人母者，亦酷毒矣哉!"

伟生曰："吾辈追论前人之事，尚替其伤心悯恻，而亲历其境者，更苦不可言。故二十世纪男女案多夫妻不睦者，即此致之。"

宝琴曰："吾等幸不生于彼黑暗时代。妾尝读历史，见有论及此种野蛮之政体，殊令人拍案，愤毒不置!"

盖宝琴自与伟生谈论前世纪支那之旧政，津津有味，竟忘怀先前之怒。伟生见其稍释疑虑，乃行近宝琴前问曰："卿尚疑我否?"

宝琴俯首微笑，徐徐答曰："妾过矣，妾过矣！请君从此勿再提此事!"

伟生即以手抚宝琴之泽发，复曰："此事究谁告卿乎?"

宝琴沉吟良久，侧首仰视伟生曰："是林国材告妾。"

伟生怫然曰："此人耶？固前妒卿与余订婚者，彼亦常向余道卿短处，余志坚未为所动摇。施之不行，今又转面，向卿诬我!"

宝琴急牵伟生手曰："彼道妾之短耶，君信彼否?"

伟生曰："吾极恶彼谈卿，其谁信之？"

宝琴笑曰："然则彼之诡谋，徒费心血矣！"已而又曰："君弟之病，现尚如何？"

伟生曰："幸占勿药，惟犹未进膳。"

宝琴曰："如是，良慰我心。"

伟生曰："明日太和俱乐部开演大会，闻有著名音乐师，亦到赴会。我正欲乘兴一游，与卿偕行可乎？"

宝琴曰："正佳，明日何时乎？"

伟生曰："下午七点钟开会，六点半钟来此同行。"

宝琴喜曰："妾久困家内，懊恼不安，明日往外一行，亦大妙事！望君明天早到此处！"

伟生诺之，兴辞而出。

翌日午膳后，伟生仍进化验室自修。至晚膳，更换华服，乘车直诣宝琴家去。时宝琴正新装初整，炫丽销魂，脂粉鲜香，罗纨妍媚。

伟生一见面，即叹曰："卿真天人！吾有何幸福，竟能消受此美人乎？"

宝琴低首晕红潮颊问曰："今可去否？"

伟生探怀其时计视曰："七点矣。"

宝琴遂起，与伟生同驾油辧马车，一鞭斜指，直抵俱乐部去。

入门首，二人携手入，见来客纷纷，络绎不绝，座为之塞。伟生与宝琴行至稍静处，择一位坐下。旁观者目皆炯炯注视宝琴，且窃窃议其美艳。

时国材与小凤已至会，遥见宝琴及伟生在，即携小凤前行，又代向宝琴介绍。宝琴知小凤是冒称伯爵女，心颇鄙之，只随意与之点首。国材见其似有不悦之容色，以为宝琴存有妒意，心窃欣忭，乃问宝琴曰："姑娘近日好否？"

宝琴曰："承君盛意，妾迩来亦幸无恙。"

国材又谓伟生曰："子今日竟暇至此耶？"

伟生曰："然。"

小凤随执伟生手，笑问曰："君数日来，忘却我耶？"

伟生见小凤作此下流举动，且在宝琴前说此不类之语，乃勃然愤怒，欲直斥之，旋以鲁莽，遂即淡漠答曰："吾不知姑娘语意。"

小凤笑曰："今对他人面前故作此憨态耶？"

伟生不禁怒曰："仆与姑娘实一面之交，别无他事交涉，姑娘祈自重为要!”

小凤冷笑答曰：“薄幸郎！妾真想不到有今日!”言毕，遂离宝琴径往他座。

宝琴见小凤如此举动，乃恚懑欲哭，伟生慰之曰：“卿又疑我耶?”

宝琴曰：“否，妾非愚懵，今见彼等举动，已尽悉其有意陷君矣!”

伟生曰：“既明此理，卿又何用愤为?”

宝琴又转笑曰：“妾以其如是无耻，实有贻君羞，故怒之。”

伟生曰：“此等人，置之勿较可矣!”

二人谈正浓，忽闻乐声大作，跳蹈之音与丝竹之声，互相上下。二人停语细看，愉快异常。是夜跳舞者共有三十人。及十一时，音乐停歇，观者亦纷纷散去。宝琴四顾座客，若觅人然。

伟生问曰：“卿欲觅谁何?”

宝琴曰：“吾不喜与小凤同出此门，欲待彼先去，吾等乃回。”

伟生曰：“彼等于跳舞未终时，已早回去矣!”

宝琴曰：“彼等已去耶?”

伟生曰：“然。吾先间见彼等挽手齐出门口。”

宝琴曰：“如是，吾等亦可归矣!”

伟生遂扶宝琴出门外上车。二人在车内仍评论是夜跳舞之优劣。

经数街，宝琴问曰：“妾另雇车返家，君自回可乎?”

伟生曰：“夜深岑寂，吾不愿卿一人独回。”

宝琴知伟生不允，乃从之。

及抵宝琴门首，二人下车，伟生代按门铃。忽然闻伟生猛叫一声，踉跄蹌地。宝琴及御者均大惊。当伟生叫时，宝琴见一物如两岁小孩，从身旁掠过，惶迫之际，不暇顾及，急俯身问曰：“伟生，尔病乎?”不应，宝琴益惊。

御者即下驶台，燃火细视，见伟生颈际插一匕首，血涔涔下。宝琴看见，不禁魂离魄慑，手战足颤，狂叫曰：“天乎！天乎！杀人！杀人!”欲拔去匕首，而手甫下忽昏倒地上。

御者惊慌无措，急以手推门，“呀”然一声门启。一仆出，问曰：“小姐回耶?”

御者跳叫曰：“速救！速救!”语时以手指地上。

仆提灯细视，失声曰：“噫！此何为哉?”

御者又顿足呼曰："杀人！杀人！"

已而屋内有多人出，而警察亦至。宝琴醒过，各婢仆细诘问宝琴何遇。宝琴心内焦急不暇答，欲上前拔伟生颈上之刃。

警察止之曰："不可，彼已死矣！"随以灯照伟生面。

宝琴借灯光见伟生面如白纸，手足均挺直不动，心益痛伤，问警察曰："尔等今欲如何置之？"

警察曰："侦探及医生行将至矣！"

亡何，警察长及医生侦探三人至，后随数人推一病床。警察告以故。侦探即俯视尸身，见匕首入颈不深，约仅寸许。医生以手探伟生胸际，并按其腕脉。侦探问曰："尚可救否？"

医生摇首曰："不能。"又视其指尖，曰："爪甲亦变蓝黑色，此必受重毒所致。"

侦探亦俯视其爪甲，果见变蓝黑色。忽有一物触侦探目，急注视之，见死者右手拳屈如握物状，指缝露有黄色毛一撮，更细察其手握之状。

医生即命数人将尸身扛至病床上，俾易审视。

侦探谓医生曰："罗君，此事诚大奇！死者手上之毛，究何物乎？"

医生亦细心审看，谓曰："敏卿先生，尔以为何故耶？"

侦探曰："吾意其受刺时拔得。且毛尖紧握掌里，毛根露出指缝，此显然是被刺猛拔之据。"

医生及警察长均点首称是。侦探即启伟生之掌，将撮毛取下，反复视之，不知为何物之毛，旋在衣袋出日记扯下一页，将此毛包而藏之。医生又于伟生项上拔出匕首，就火光细视，见匕首甚轻薄，狭小锐利，长不满四寸，光芒耀目。

侦探问曰："此物何痕迹乎？"

医生曰："虽未见痕迹，但吾知该凶手持制此刃以为谋杀之用，故其式不与寻常同。然此匕首必有毒物制成，试观其插入颈，只寸许深，且所刺又非要脉，本不能致人死也。"说毕，即以纸拭血，包裹纳入袋中，乃曰："此刃吾当携回，以药化验，辨其为何毒质。"

警察长又问伟生之御者曰："尔车是汝主人所常用耶？"

御者曰："然。吾服役主人已三年矣。"

警察长曰："尔主居何处？平日谋何业？可告吾知。"

御者曰："主人居明伦街一百零一号，姓马，名伟生，业化学家，极富裕。”

警察长曰：“如是夜深，其来此何故？”

御者指宝琴曰：“主人于七点钟以前，偕冯小姐同往太和街俱乐部赴会，及散会，送小姐回。二人正按门铃，忽闻主人猛叫一声，立时仆地。吾亦不知何故，及下驶台，看见主人项上已有匕首刺入，且面变色。”

警察长曰：“主人叫时，尔有所睹否？”

御者曰：“无。”

警察长又问曰：“时街上尚有人行否？”

御者曰：“此街甚僻静，其时亦阒寂无人。”

警察长又向宝琴问曰：“伟生被刺时，小姐立何处乎？”

宝琴忍泪答曰：“妾与其并立。”

侦探曰：“立在何边？”

宝琴略一追想曰：“立在左边。”

警察长曰：“其叫时，姑娘有所见否？”

宝琴曰：“无。惟伟生倒地时，见有一物如两岁小孩，从妾身旁掠过，快捷如飞。”

警察长曰：“见往何处？”

宝琴曰：“时妾因伟生倒地，惊惧不暇他顾。”

侦探曰：“如此可矣。明日仆当再求见小姐。”语毕，即命人将尸身送回伟生家。

宝琴亦只得入屋，惟悲愤欲绝，辗转以思刺伟生之凶手究属何人，终夜呜咽，不能成寐。

次日下午，宝琴仍卧榻上，饮泣，其母见宝琴如此伤心，甚忧之，乃入室相劝慰。母女正言时，忽一婢送入一名刺，曰：“有客见小姐。”

宝琴接刺，见为王敏卿侦探，知为伟生事来，遂下榻更衣，略整鬓发，辞母出客室。

敏卿见宝琴出，即起与为礼曰：“昨晚曾约今日踵府，知小姐昨夜受惊已深，本不欲再来搅扰。无奈职事所司，不能不尽责任，小姐当亦原谅之。”

宝琴曰：“敏卿先生意，伟生固妾之订婚。夫今忽遭此惨死，甚愿得先生助，获彼凶手。”语未毕，泪如珠下。

王亦怜之，乃安慰曰：“伟生既死，不能复生，小姐徒伤心亦无益。总之仆必竭力办此案，期弋获凶手，为死者复仇。然仆正因此事，特来奉商。”

宝琴拭涕曰：“无论君问何事，妾必尽所知以告。”

王曰：“如是大妙。敢问小姐与伟生先生订婚，尚有他人向小姐求婚者否？”

宝琴曰：“有之。”

王曰：“是何人耶？”

宝琴曰：“乃一美术家，姓林，名国材。”

王曰：“彼于小姐未与伟生先生订婚以前求之欤？”

宝琴曰：“未订婚以前，故力求之。即前星期，亦尝问我。”

王曰：“彼既知小姐已许字他人，何以又偏向之求婚耶？”

宝琴曰：“此另有他因。十日以前，国材曾介绍一女子与伟生为友，且谓彼女为某伯爵之女，名小凤。一日，彼女邀伟生同往跳舞。越数日，国材竟告妾谓伟生向彼女求婚，且欲与妾退婚等语，劝妾早日与伟生离异，并言其爱妾之切。妾闻言毕，即函责伟生。伟生接妾函，即奔来解释一切，并说小凤为异处优伶，本名婀娜云云。”

王曰：“此皆伟生对小姐说耶？”

宝琴曰：“然。”遂又将昨夜在俱乐部时遇彼等情形一一说出。

王恍然悟曰：“嘻！谋杀伟生者，非国材欤？”

宝琴惊问曰：“君何遽指为国材耶？”

王曰：“然彼既存心谋与小姐订婚，故用策使小姐与伟生离异。后以小姐不入其彀，乃出此毒策耳。”

宝琴曰：“此忖恻之事乎？”

王曰：“虽然忖恻，谅不大谬。”又曰：“伟生生平有仇怨之人否？”

宝琴曰：“伟生品极温雅，凡与之交者，必欣悦之。”

王曰：“如是，则国材之杀伟生者，无疑矣！”

宝琴曰：“国材既能诳妾，其人必奸诈异常。然君遽疑以杀人之事实，有何证据乎？”

王曰：“迟日当有，以告小姐。”说毕，辞出。

林国材是日早出，午后才归，默想：既杀伟生，则宝琴不难致为己有。如天仙之美女，将又作我床头之人！想至此，乃大快，纵步绕室，哧哧笑不已。忽有一人入，国材问曰：“谁乎？”

此人即脱下眼镜曰：“鄙人王敏卿，奉警察长命来候君起居。”

国材正自欢喜，忽一闻是言，正如当头霹雳，唇尽青白，急回首他顾，敛其容色，强装镇静答曰："君来此，究有何事耶?"

王曰："汝尚不自知，请问君之猴好否?"

国材闻说"猴"字，心益惊，乃颤声答曰："吾实不解汝意。"

王曰："君如不解，吾请代言。汝欲得冯宝琴小姐而妻之乎？汝设谋而毒杀伟生乎?"

国材即眼露凶光，欲拒王状。王亦急探怀出手枪，叱之曰："汝若稍动，吾当以此枪报汝!"

国材自知不能脱其圈套，亦不明其何故悉己之谋，股战心慌，仍强为之词曰："汝有证据指吾杀人耶?"

王曰："汝所差使之猴，吾早已获去。君至公庭，自然明白，无待我之赘言。"语毕，即以口发一暗号。门外警兵即拥进。王命将国材手足紧械，己又带两警兵搜其屋。至一室，门极秘密，王破扉入内，设男女泥像二。王诧讶曰："此何意乎?"又于抽屉中得假匕首数把，式样一如刺伟生者同。王既检齐，纳入袋中，并使数警兵扛此二具假人，及国材送入署内去。

王入署回报警察长。警察长曰："汝有何凭据伺悉国材罪耶?"

王曰："吾于昨早七时，将伟生手上之兽毛携往动物园内，与各兽比较。及比至猴毛，则色样无少异。盖吾此时虽得此事之窍，然究未明其所以然。遂即往伟生家，遍问其家人，伟生在本省往来之友有几，一一记录。后随按记暗察其各友之住宅，经十余家皆无端倪。及至国材门首，见有花园绕屋。后乃于墙外遍察，约一时许，忽园门洞开。余求饮于阍者，贿以金钱。阍者延吾入，吾得闲遍窥园内亭榭，见有一大笼，中闭十余猴。余即遍窥各猴身，察至第三猴，则胸前缺毛一撮。余急启其笼，探手捉之，不待阍者来，吾自径去。返公事室，复出毛，细细研究，反复勘视，果为该猴脱落无疑。"

警察长曰："然则猴竟能操刀杀人乎?"

王曰："我亦信有此事，但仍未知其如何指挥耳。"

警察长审讯国材，国材直供杀人不讳。警察长曰："汝何法能致猴杀人耶?"

国材曰："既能察觉我事，何又不知吾之用法也！吾既难逃法网，惟有引领待诛。然人谁不死，视迟早耳！况我今之死，只为一宝琴。既不得宝琴，我亦甘为情死也！今事已败露，将我苦心谋杀伟生一事，朗告于诸公知，待汝等亦一新见闻，而我亦死当瞑目。"

警察长曰："汝亦壮哉！请急告我!"

国材遂朗言曰："吾数年爱慕宝琴之心恳且切，即梦寐中亦未尝一刻忘怀。不意淑女无情，与他人好……"国材说至此，面赤声嘶，喘急言曰："在有情人处此，其何以堪！吾以深妒伟生得此姝丽，由妒生恨，故自其二人订婚之次日起，吾便蓄意谋杀之。旋以未得谋杀之法。过月余，得一不可思议之妙术，然此术不幸竟为尔等所知。"国材言至此，容益愤恨曰："吾自塑伟生之像，凡面目体格悉与伟生符，置密室中，制假匕首，择一猴持之，令刺泥像。积月余，猴果练习有得，吾仍不敢遽使之往。欲离间其二人，不料伟生恋爱宝琴更有甚于前日。吾于是不得已使猴刺之。吁！吾无言乎！"

时警察长及书记皆笔记其事，乃命将国材监禁，俟次日宣布其罪，以决斩焉。

原载《月月小说》，1908年10月二年九号周年大增刊

匕　首

刘半农

江浙间，有所谓航船者，恒往来于数十里或百余里之市集，载货载客，取值绝廉。通常舱位，行百里者，仅取钱百二十，故图省钱者，恒乐就之。顾其船狭窄殊甚，长约三四丈，宽半丈许，下舱颇大，可容货数百石。上舱低平，高不满三尺，搭客可卧可坐而不可立，客多时，甚且坐卧不安。

客夏，余自北旋，道出无锡。锡距吾家可百里，有小轮为之交通，日往返一次。余抵锡时，小轮已开，因思家心切，不耐迟至明日，不得已，附航船以行。船例，体面客可坐房舱，值较通舱为倍。余意房舱必宽敞安适，乃入舱后，大出意表。房舱与客舱，相隔仅一栏，棚内仅一栏，棚内之面积，仅二十平方尺，计空气之容积，至多不过六十立方尺。舱有六客，均计之，人得空气十尺，故呼吸促迫，身体之不自由，值较死为尤甚。余倚舱壁而坐，足不能直伸，伸则他客之诟 诟声立至，故止能蜷曲其体，双手抱膝，全身作 N 字形。且舱内幽暗异常，壁虱时出啮人，啮则肌肤隆然而起，有类新焙之面包。他客身藏之虮虱，恒往来飞舞于空气中，旋乃一一过渡于余身，痒不可耐。阴念彼肮脏客既怀此异宝，胡不自享而享他人？斯诚愚矣。舱无空隙，客之吐痰者，恒向舱壁，壁际淋淋然，偶触以手，黏腻令人作三日恶。而人既众多，则纸烟臭，汗酸臭，脚臭，腋臭，霉腐臭，鱼腥臭，食物之发酵臭，舱下货物之陈宿臭，以及种种不可名状之怪臭，咸氤氲混杂于空气中。试思船小如许，既载如干人与货，复载如干臭，小而多容，诚不可思议也。斯时余作何状，余不自知，冀或不闷毙于船，已属大幸。惟有默祷上帝，佑我归家作养病计耳。然余本无病，所以病者，此船之赐也。

船行以夜，日入，燃牛油烛一支，烛尽启船。以物质文明之二十世纪，以四千年古国之中国人，以江苏开化最早之无锡，而犹舍钟表而不用，用此野蛮时代之计时法。中国人好古之特性，岂世界各国所能及！是日，烛垂尽矣，舟子正准备启碇，忽岸上有高呼者曰："少待！少待！"其音松而粗，似是老者。舟子曰："汝老王耶？趣登趣登，今晚钉头顺（船家谓逆风为钉头顺，顺风为钉梢顺），舟行迟，不能久待。"曰："余尚未晚餐，去去即来。"遂寂然。

舟中各客，闻老王名，咸欣欣然有喜色，谓："老王来，则岑寂可破。"老王者，王其姓，佚名，人以其老，佥称之曰"老王"。幼即以缉捕名，县官遇巨案，莫不老王是赖。王以是起家，家与余同里，故余幼即耳其名，特以历年奔走，丐食四方，未尝识面。然每闻父老言，老王不知书，而思索力绝强，其脑筋之细，虽质学家亦自叹弗如。王貌寝，长不满四尺，行于市，耸耸然如猴，儿童恒称之为黄猴。顾其两臂之力绝超，能辟易壮夫五六人，且能揉木，以是得出入于盗窟而无害。

未几，老王登舟，亦挤入房舱中，舱益觉狭窄。余厌恶特甚，然以其为老王也，亦安之。审其貌，诚令人失笑，彼剧场中之饰孙行者者，自以为肖猴矣，脱有老王在，则彼之肖，将一变而为不肖。未几，舟启行，水声潺然，杂以船家之推梢、扳梢声（两舟相遇，必先远远招呼，以防抵触。推梢声，谓各走左首也，扳梢则各走右首）。声颇喧闹，而舟中人多不之审，目有所视，视老王；耳有所听，听老王。老王持烟斗，舞手画足，口滔滔如悬河，余之灵魂，早随老王之言以俱去。余本好洁，今则老王之唾液溅吾脸，亦不觉矣。

老王之言曰："余业捕快久，破获以百数，今为诸君说捕快，正如一部十七史，不知从何处说起。今日乘舟，即讲舟中事可乎？"佥曰："善。"（以下均老王之言）

老王曰："五年前，余以事之锡。雇一底子（底子者，船也。此系捕快家及下流社会之切语，研究侦探者，不可不知。下同），时洋机子（切语谓轮船）尚未有也。天甫未晓，船出河口，见岸上有一人，以门闩挑两包裹，匆促前行，因思乡人赶早市，每以四、五时起，此固无足怪，惟入市必与货俱，或为柴，或为米，或为菜蔬。若入市买物，则不必如此早，至八九时犹为未迟。然乡人赴城省其戚串时，亦往往挈包裹。城距此凡十八里，以四、五时往，六、七时至，则其戚串必已起床，亦未为太早。顾赴城必向北行，今转向南，南仅有一小市曰玉镇，距此一里有奇，若以此以往，早甚。由玉镇而南，三十里间无市集，且有大河横亘之，脱不赴玉镇，更向何处去耶？且乡人担物，恒以扁担，今不用扁担而用门闩，宁非大异？以意度之，知必为窃贼无疑。顾窃贼见人必狂奔，今乃徐徐以行，速度仅与船埒，岂迟迟以待追捕者之至耶？故又似不得以窃贼目之。然余好事，故往盘诘之，因命船仍向前行，而已则一跃登岸，蹑足于其人之后。

"追行半里许，始就询之，聆其音，盖一驴子也（下流社会呼湘人之服军役者曰湖南驴子，或简曰驴子）。自言姓李，名得胜，服务于火药局，为驻防卒。局在玉镇之北三里，今晨以三时半起，蓐食就道，故仅行至此耳。余曰：'将何之？'曰：'赴锡。'曰：'何所事？'曰：'今日太夫人之戚串寿，老爷命我将礼物去耳。'余曰：'贵上老爷令亲在锡乎？'曰："然。"余复谛视其包曰：'此去锡远，步行讵勿惫。思船乎？'李曰：'固所愿也，特老爷待余曹至刻，未予舟资，故不得不苦吾两腿。'余曰：'余亦赴锡，正苦无侣。'因指河中曰：'是即吾舟，脱君不鄙余，则此舟正可便道载君以去，不劳破费分文也。'李曰：'谢君高谊，敢不谨遵。'余曰：'我辈同是个中人，讵足云谢。'李聆是言，面露惊惶色。余不禁窃喜曰：'得之矣。'顾李色顷刻万变，旋乃由惊惶一变而为自喜之态。余遂转觉如在五里雾中，然既得之，讵可失之？即呼船伙曰：'泊。'船伙即架跳板，渡余及李登舟。就舱中坐，仍促舟前行。

"时余徒郑七已起，方就盥。郑饶有力，余捕盗必需之。至是，余既有所待，心乃弥决，即以眼色授郑，嘱为戒备。逮郑整饬讫，余乃厉声叱李曰：'若识我老王其人否？'李颤栗曰：'亦尝闻之。'余曰：'既闻之，则速告我，老娘（切语言包裹也）中何所有，否则不尔贷。'李曰：'寿礼耳，宁有他？'余嗤曰：'哼！使为寿礼，可割我头。郑七，为我解之。'郑解包，则其中固累累然之皮子（切语谓衣服也）也，综计约十五六袭，新旧不一，且制作绝拙，类乡人所服用者。余乃一一为之检点，则除一宽大之蓑衣大蓬子（切语谓皮袍），一花缎四脚子（四脚子谓马褂），一妇人所用之穿心子（背心）外，几无值钱者。甲包之底，有火烧宝塔一对（切语谓烛台）。乙包之底，则有满天星（脚炉）一。启炉，中有古式之叫机子（表）一，余皆败絮，估其全值，不满十元。余因谓李曰：'如何，此岂寿礼耶？'然李之态度，殊出人意表。余初意湘人性刚劲，当解包时，必起与郑斗，乃不出此而惟涕泣向余，抑若为余老王二字所慑者。然其表面虽涕泣，而窥其隐衷，又若深以为幸，此诚余百思不得其所以然也。

"无已，姑问之曰：'若仍狡赖乎？'曰：'何敢？但求宽恕耳。'余曰：'实告我，若贤良（切语谓贼之师）何人？'彼茫然不之解。已而若有所悟，嗫嚅答曰：'无之。'余曰：'毋狡，天下宁有无师自通窃术者。'李曰：'诚无。我本吃粮（下流社会谓从军为吃粮），特为穷所窘，负债累累，不得已而为此，思作卷逃计，初不料欲为君识破也。'余曰：'是亦在理，特窃自何时，昨晚之灯花把乎，抑今晨之露水把乎？'（切语谓傍晚行窃曰灯花把，清晨行窃曰露水把）李曰：'皆非也，得自午夜。'余曰：'在何处？'曰：'闸口某乡人家。'余思闸口距城十里，距玉镇亦十里，午夜行窃，破晓而至此，是亦近情，可不深究。即曰：'若囊中尚何有？有则速畀我，毋劳若翁洗山头（洗山头，搜查身畔也）。'李乃罄其衣囊向余曰：'无矣。'余审视之，果无矣，因命郑七带线（切语谓以黑索羁人曰带线）。李亦弗许，惟涕泣求免，且言系初次作窃，后当永以为戒。余颔之，时舟已抵玉镇。"

老王言至此，掀其蟹爪状之短髭而微笑。舟中人咸鼓掌曰："老王能，老王能。"老王殊自喜，力吸其烟斗，嘘气如云。特余（作者自称）颇不了了，因就询之曰："叟恕无先容，小子欲有所询，可乎？"王以其冷峻之目睨余曰："奚不可？"余曰："叟初以为李为乡人，度彼为贼，所料诚是，小子亦闻命矣。顾料乡人者，必不可以料湘人，叟既知李为湘人，又何从知其为贼，又何从知其必为贼，是必有说，盍教我？"

王笑曰："君书生，奚解事？然所问亦有理，可明言之。余闻湘人多，知其性绝狡。设长官命卒兵负重远行，物重三、五十斤者，必用两人扛之，且沿途呼叫不已，藉显其重，以博官长欢，冀领厚赏；设物在六、七十斤外，必用四人，此湘人通性也。今李之物重可六、七十斤，一人担之，可决其必非寿礼，更可决其必非官长之物。然则开小差（下流社会谓兵卒私逃为开小差）乎？则世纪承平，非其时也。且开小差必自所部出发，军中扛物，恒用竹杠，使果为开小差，胡不用竹杠而用门闩，此非大有可疑耶？吾侪业缉捕者，他种能力诚非所有，而面貌之观察力，乃非通人之所知，然泛论也。若细辨之，则喜之一种，已可分为二十余类，若怒、若哀、若乐，亦莫不如之。故一面之大，不足方尺，而辗转变化，竟不知其有若干种，毫厘千里，非积有经验者，不足以窥其秘。若欲竟吾之说，非编一部教科书不可。余观李之行色，匆促如是，其所负之物，又不伦如是，更加以面目上之观察，知其必为窃贼无疑，故先诱彼登舟，以防其逸，更用‘老王’二字以摄之，孰知果不出所料也。”王语竟，余恍然悟，因问曰：“案止此乎？殊简单也。”王曰：“宁止是？勿急，请续吾言。”

“时余犹未早餐，既抵玉镇，急欲谋一饱，因命郑七守船。船本无所守，今以李在，不得不防范，苦郑七矣。余登岸，入一素稔之汉朝阳子（点心店）。店主欣欣然命其伙曰：‘老王来矣，速为之红脸。’（切语谓饮酒曰红脸，然常借作他用。如流氓向人敲诈，亦曰：‘若为我红脸，则释汝。’盖所诈无多，仅供酒资足矣）盖余每年来往玉镇，至少亦五六十起，且每遇必就此店食，以是店主人类识余胃，而杯中物尤为余所嗜，故不待余命，彼即举以奉飨也。

“时朝熹微上，乡下老农，咸麇集于对街之茶肆，手各宜兴紫砂茶壶一，间有携四尺许之长旱烟管者，笑谈农事，怡然自得。若我之终岁奔波与盗贼奸徒为伍者，纵多金，而苦乐霄壤矣。余食未半，余从蒋升喘息至，谓余曰：‘归休，归休，业料师固在是也。’语既，就桌旁坐，额际汗犹涔涔下。余曰：‘胡急至此，早食也未？’蒋曰：‘归耳，奚暇早食？’余曰：‘若自何来，究何所事？’蒋曰：‘来自城，昨晚张绅家盗，云可劫去二千金。兹盗已远飏，县令追捕急，脱师不归，余侪屁股且打烂矣。’

“余曰：‘追捕纵急，亦未必急至此，去锡而归，未为晚也。’蒋情急曰：‘是恶可，师不云乎将去锡十日耶？张绅之权势绝大，可左右县令如老爷之使小的。今晨县令闻命，已惶急如疯，恐此案不破，则彼之七品头衔，亦将随之以去。张绅之权，诚足以畏县令，县令之威，更足以吓我辈。师如不归，盗可逍遥法外，为盗计则诚得，其如我辈父母所遗之屁股何？’余曰：‘归矣，毋多言。小子遇一案，便不知如措，将来何堪独力任缉捕耶？’遂解缆返城。

“舟行十里，抵闸口，计已十时，乃命稍泊。俾郑、蒋登岸就食，且命彼等携烧饼来船以享李。语有之，杀罪、枷罪，无饿罪，余今捕李，分文无所得，转乃令我挖腰包，余诚愚甚。然余此时之心绪，已不在李而悉注于盗。顾蒋升所述盗况，又复不详，余虽假设种种方面之冥想，竟不得端绪，亦姑置之而已。

“无何，郑、蒋至，并偕一乡老来。郑欣然曰：‘案有着矣。’余曰：‘若已捕得盗来耶，彼伧岂盗耶？殊不类。’郑哑然笑曰：‘师误会矣。余所谓案，乃指李之窃案，此老特来领赃耳。’余即谓乡老曰：‘若失窃者耶？’曰：‘然。’曰：‘以何时窃？’曰：‘晨间。’曰：‘所窃为何？’乡人一一背诵，与包中物丝毫无误。余曰：‘赃在是，可将去。’乡老欣然，亟称余能，且谓异日来城，当以雄鸡竹笋为余寿，余笑谢之。乡老又问曰：‘捕得窃贼未？’余指李曰：‘彼朝珠（切语谓铁索也）琅珰者非耶？’曰：‘将何以处之？’余曰：‘薄惩耳，岂必欲定杀头罪耶？’乡老诺，遂挈其两包，登岸而去。

“既抵城，余先往见典史。典史之司在贼，故有贼头（俗称贼头典史）名。是任典史为浙江陈公，人颇无能。余虽执役贱，彼以仰仗于余力者正多，故恒不敢拂吾意。人谓陈典史以翁礼事老王，其言虽谑而虐，然非过当也。既见，余即以李交之，彼乃衣冠升堂，略诘李数语，即斥其虎狼之吏……”

言至此止，余哑然笑曰：“其吏诚虎狼，然则叟亦虎狼之流亚欤？”老王亦笑曰：“宁止此？使天下之为捕快者，尽如我老王，则举凡狡如鼠、毒如蛇、饥如鹰、残如豺者，可无噍类矣，余之毒，讵虎狼所能及。”余曰：“叟诚可谓善辩矣，虽然，彼斥吏又胡为？”王曰：“宁有他，充其权之所及，不过笞李二百，判荷木枷一月，即此了案。”余曰：“案即此了乎？殊未能餍我之望。”王曰：“勿急、勿急，虽然，我渴矣，君能饮我茶乎？”余曰：“茶将安得，幸余携有水果来，差可报命。”即以香蕉数枚予之。王喜极称谢，立啖其三，且曰：“余齿脱落矣，使为别种果物，余且无福消受也。”余颔之，因请赓其说。

老王曰：“李案既了，余乃悉心从事以探盗。先遣郑、蒋二人去，嘱为探听，期以有警则来报。顾余明知二人为傀儡，此去必无成，其所以遣去之者，非欲藉以为助也，特以往来相从，徒费心神，抑且惹人注目，故毅然去之。既去，余先往谒张绅。张降阶相迎，欣欣然为余述盗事。此辈平日气焰不可逼近，‘混帐’、‘该死’、‘拿片子送办’等俚语，几无一刻不出诸口，其视我辈，诚奴婢犬彘之不若。今乃一易其往常之面目口吻者，无他，有所求也。顾所求于余者良细，而业已如是，则所求之较大者，不将吮痈舐痔耶！我辈之业，彼辈辄斥为贱业而不屑为。我之所屑，人不屑之，我所不屑，而人转乃屑之，可见人情好恶，各有所不同也。时余问张绅曰：‘案失究若干，闻系二千确乎？’张曰：‘讵止是，综计约可万余金。’其言万字也，声尤高大，一若加一英文中之一‘阿克生脱’者，守财虏之丑态，诚可哂也。”

余曰：“叟亦知英文乎?”曰：“非所知也，特闻诸街头之时髦学生。彼辈读西文甫三月，‘也司’、‘奥儿来’之声浪，便滔滔不绝，我乃得乘间窃得数语耳，诚所谓西瓜大的字，不足一担也。虽然，彼被余窃之学生，其量亦仅斗筲，使余窃较多，恐充其所学，犹不能餍余之贼心。”余曰：“叟语殊俊谑，羞煞学生矣。特张绅又如何?”

王曰：“张绅曰：‘盗以昨夜来，计其时约一点许，时家人均已熟睡，故不知其何以入室。两点时，余便急，提饮器就溺，忽闻余次媳房中有厉响，心知有异，急呼夫，而底下人乃均熟睡如死鼠，莫之或应。余胆素怯，而又无力，故除号呼外，几手足无所措。旋闻屋际瓦声轧轧然，而盗去矣。’余曰：‘时尔媳在室不?’曰：‘余媳以昨晨归宁，傍晚未返。’余曰：‘往常亦如是乎?’曰：‘常事耳。彼归宁时，从无当日即归者，或一宿，或二宿，时且勾留十余日不等。’余曰：‘然则尔子何往?’曰：‘彼终岁旅宁，归家时，年不兼旬也。’余曰：‘尔以何时检查房中?’曰：‘盗去后，余方敢督率婢仆进房检查，房中各物，井次依然，一若未被盗者。’

“余曰：‘然则尔何以知其所失为巨万?’曰：‘方检查时，钟已三点，余即一面遣人召县令，一面饬轿役请余媳妇。媳至，知盗去小皮箱一，中有珍珠头面及钻石戒指若干，其值约在万金外，其细目余不得而知。脱君欲知之，余媳当能为君言之凿凿也。’余曰：‘此非余所急欲知者，特尔媳妇时，究作何状?’曰：‘惶急耳，悲怨耳，愤恨耳，宁有他?’余曰：‘然。然彼平时安分乎?’张忽变色向余曰：‘余延汝探盗，非延汝探媳，媳之如何，岂尔所当问?’余曰：‘请君平气，余突为此问，诚属失当，然天下事往往出人意表，故业捕探者，苟心有所疑，必直言细问，不事讳饰。今君既不愿我发此问，取消之可已。’张无言。

“余又问：‘案情余已闻命矣，然此不过一寻常之窃案耳，胡足云盗?’张曰：‘彼尚杀一人，讵非盗?’余愕然曰：‘杀人耶，曷不早言?所杀为谁?’张曰：‘婢子耳，现尚委尸后门之外。’余曰：‘县官知也未?’张曰：‘四点半时，县官闻命来，已命仵作相验，证明确系伤死无误。县官云无任尸身易地，稗留供老王之探查。今尸尚在原处，尔欲一见之乎?’余曰：‘善。’因由厅事而进，曲折历门十余重，乃至后门，门外草丛中，一女尸横卧，距门约可五六丈。

“余检尸，知系腰间一刀致命，伤痕宽寸许而略圆。深可三寸，因知所用之刀，必系一种小包（切语谓匪类随身所带之匕首曰小包，又手枪曰喷筒），刀既入肉，行凶者复用力旋转之，乃成此惨象。尸之面部，有指爪之伤痕甚多，全身复有青肿之拳伤、脚伤，可知未死之前，格斗必极猛烈。去尸约十余步，草均折断倒地，似被践踏者，想必夜来格斗场也。张绅谓余曰：'此女名玉桂，即死于此处，未移咫尺。'余曰：'信乎？则案有着矣。'张曰：'尔已知盗之所在乎？'余笑曰：'尚未尚未，特知其涯略耳，此时尚不必明言。'张亦不固诘。余复检查尸之衣服等，均了无他异，遂偕张绅返其厅事。行经一厢房，张曰：'此即余之卧室。'更指其东首之一室曰：'此余媳所居。'余亦一一探察之，均无可使侦缉之价值。

"既抵厅事，余复问张曰：'尔知盗数约几何？'曰：'朦胧间，余不能辨，然屋上瓦声，殊不复杂，以意度之，必仅一盗。设有多盗，亦必在屋外为外应，尔意云何？'余曰：'诚然，特尔对于此案，有无见地？'曰：'有之。行凶者必系往来我家之熟人，否则何以能知余媳房中有贵重品？且他物均井井，独携皮箱去，尤非熟人不办。'余曰：'所见殊不谬，顾尔有可疑之人不？'曰：'有之，阿升是。'余曰：'阿升为谁？'曰'余仆。'曰：'今何往？'曰：'逸矣。'曰：'以何时逸？'曰：'阿升事余久，计已可八年，恒终岁不假，假亦不盈日。昨晨，忽向余乞假，期以越宿即归，余许之。而盗案即发现于是夜，因知阿升必为盗无疑，即未必躬自越屋杀人，亦必为是案之主谋。'

"余曰：'或然，然亦未必尽然。抑更有问者，尔何以知玉桂被杀？'张曰：'盗去，余率婢仆检查全宅，室人均起，独不见玉桂，转辗寻觅，乃得之于门外。时体犹温也，然已无救矣。'余曰：'时后门辟乎，抑阖耶？'曰：'由玉桂之室，以达后门，各门洞启矣。'余曰：'尔意玉桂为何如人？'曰：'忠实可怜之柔弱女子也。'余曰：'何以知之？'曰：'彼幼即来余家，服务已十二年有半，所事悉能惬人意。即加以呵斥，亦笑受无忤容。'余曰：'可怜哉！杀好人矣。虽然，尔料彼如何被杀？'张曰：'是亦近情，特彼以一柔弱之女子，追盗时，余料必呼唤以自壮其胆，尔闻呼声不？'曰：'未之闻。'曰：'闻启门声否？'曰：'亦未。'

"余曰：'然则彼在逃之阿升，与玉桂有嫌乎？'曰：'非特无嫌，且交好颇笃。上月稍，阿升嘱人向余言，欲娶玉桂为妻。余以阿升诚，且婢长必嫁，否则转多暧昧事，因许之，且约以二月后合卺。时阿升喜极而跃，玉桂亦喜形于面，孰意阿升不良，竟杀玉桂，人心险诈百出，诚非余所逆料也。'

余曰：‘既有此层关系，则全案转觉茫然矣。’张曰：‘尔意如何？’余曰：‘毫无梗概。特杀玉桂者，未必即阿升。余侪查缉案件时，于未得证据之前，不宜以盗名加诸人，逮证据既得，则杀之剐之，其权固操在我也。故使阿升而归……’

“张不候余语毕，即曰：‘尔太戆矣，阿升既杀人，岂复再归？’余曰：‘勿言杀人，勿言杀人，阿升未必即杀人者。尔果自信阿升为杀人，此案即由尔自办，余请告辞。以尔之权，未尝不可嗾使县令，备种种酷刑于阿升之一身，死一阿升，讵复足惜！脱尔果欲余置身于此案之间，则人也、赃也，迟早当有以报命。此非余为阿升庇护也，良以草菅人命者，乃寻常劣等缉捕之所为，老王不为也。今余尔约，万一阿升归来，万勿以盗目之。私刑拷问，尤非余所愿。’张曰：‘当何以处置之？’余曰：‘遣密使唤我可耳。’张曰：‘如约。’余曰：‘脱破此约，余莫能为力矣。’遂出。

“谒县令，令正闷坐上房，至余至，殷勤以探盗事相嘱，且言设此案而不能水落石出，张绅必不利于彼，因出五十元，畀余作车马资，余直受之而归。抵家，日已午，腹饥甚，命余妻治食。食时，郑、蒋二人亦相继至。余曰：‘得盗未？’佥曰：‘师莫谑我，我固不能得盗，而盗亦未必若是易得也。’余笑曰：‘然。’旋以张绅之所语，及张绅家之所见，一一备述之，且询其所度。郑曰：‘此甚易耳，凶犯除阿升外，岂复有他人？阿升余素谂，鼻赤而操甬音，我能捕之。哈哈，首功当为我得矣。’蒋曰：‘此或未必。以余所见，彼张氏之媳，颇涉嫌疑，即已死之玉桂，亦不能令人无疑也。’郑曰：‘咄，汝好为怪想，天下岂有不就事理之相近者着想，而反致力于虚无缥缈间者耶？设据汝之推测以探案，恐百年亦难得案之真相。’蒋笑曰：‘狂者以不狂者为狂，汝脑筋粗如牛鼻之绳，雇汝挑水拖车，斯诚可矣。若云缉捕，吾见其地老天荒，不能破得一案也。’二人始而口舌互争，继且汹汹然欲老拳相向矣。

“余食饭而笑，饭喷满桌。彼不学无术，而刚愎自用者，洵不值半文钱也。余斥之曰：‘若毋噪，速果而腹，饭后，可各就己之所知，分途察探，有警则来报。余将因此以考若曹之所业，然无论如何，不得拘人，拘则以违教论，责无贷。’二人唯唯，饭罢，扪腹而去，均欣欣然自得，抑若其探务已告终者，斯亦可笑也已。

“两点时，余方昼寝，郑鼓噪入余室，高声呼曰：‘师、师！醒、醒！余获得凶犯来矣。’余曰：‘安在？’曰：‘在外室。’余即拭其惺忪之眼，倒履而出，则见一赤鼻者，以麻绳穿其发辫，系于门栏之上。余怒极，连批郑颊曰：'余命汝不拘人，汝匪特不遵，且拘一良民来，是何说？'郑心虽愤懑而不敢忤，抱头去。余乃解赤鼻之缚，而叩以姓氏，则阿升也。

"诸君当知，余之责郑，非逞威也，良以对于是案，不得不然。盖余意想所及，阿升必非凶犯，然亦或者与案有关，故不宜慑之以威，宜循循开导，以罄其说。不然，彼纵有所知，亦必畏罪不言，于案情转觉茫然矣。余谓阿升曰：'适才贱徒冒犯，幸勿介介。'阿升曰：'承释羁，感且不尽。'余曰：'尔自何处来，何以被捕？'阿升曰：'余自华镇归，进北门，即遇高足，彼即出其麻绳以绁我，云系奉君之命。我胆素怯，谨受莫敢违，然亦不自知所犯何罪也。'余曰：'谬哉，小子也。虽然，尔在途间，有所闻否？'曰：'得非张绅家盗事乎？今晨余在华，即有所闻，因兼程归来，急欲回家一探消息，不意又为令高足所逮，中心焦急如油煎矣。老王乎，此事果信不？'余曰：'焉得不信？玉桂且死矣。'阿升曰：'玉桂乎，非张绅之婢名玉桂者乎？'余曰：'然。'阿升骤闻此'然'字，面色立变，白如剧场中之加官，中央映一赤若树梢苹果之高鼻，乃成异观。然际彼忧愤惶急之时，而我犹作此诙谐之怪想，亦殊伤忠厚，特余之伤忠厚者犹不止此。

"余厉声曰：'余闻张绅曰，杀玉桂者即汝，汝罪当抵。'阿升曰：'天乎！余岂杀玉桂者，余以昨日去华，临行时，玉桂依然也。玉桂死于何时，余不得知，度其情，必夜来也。是夜余宿华镇某饭店，饭店主人，可为余证，杀玉与否，余固不难申辩。第玉桂既死，余生何为？设诸君欲以余抵玉，余亦甚愿，请即就缚，惟彼奸人，既杀玉，复杀余，而己则仍得逍遥于法网之外。窃恐名高如老王，于良心上亦未必说得过去也。'语毕，伏案而号。

"余乃霁色曰：'毋恐，有我老王在，则子冤不难雪。然尔能罄尔所知，以答我之所问乎？'阿升拭泪曰：'能如是，敢不如命。'余曰：'余今问汝，玉桂死，汝胡悲？'曰：'实告君，玉桂者，余之未婚妻，主人且许我于二月后合卺矣。'余曰：'然则玉桂爱汝乎？'曰：'玉桂爱我，我亦爱玉桂。'余曰：'玉桂何以爱汝？'曰：'彼爱我诚实。'余曰：'尔何以爱玉桂？'曰：'余爱其勤俭，整饬家事，均有条理，成婚后，谅非素餐者。'余曰：'曾暗度陈仓乎？'阿升曰：'否。余素性老实，纵主人督率极宽，而桑间濮上之事，我阿升不屑为。如君不信，可偕至城隍庙，赌咒于一殿秦广王前。'

"余曰：'余与子戏，可勿惶急。'又曰：'尔知玉桂果爱汝乎？'曰：'语有之，知人知面不知心。玉桂之心，我无从知之，然观其表面，固甚爱我也。’余曰：‘尔知玉桂有外遇否?’曰：‘此非余所知，使彼而果有，岂肯告我？抑且掩饰我者，必更甚于他人。’余曰：‘尔能信其必无否?’曰：‘幸恕余，此问余不能答。’余曰：‘余固料尔不能答也，昨日尔去华何事?’曰：‘近日华镇有节场，集各村之物于一处，廉价发卖，余以婚期在迩，拟往购一床，及什物若干事。’余曰：‘购得未?’曰：‘看定矣，正欲回家与玉桂商榷。因我尚嫌其价略贵，然使玉桂而心爱之，我固不惜此区区也。’余曰：‘节场之期凡若干日?’曰：‘约可一月。’曰：‘以何时始?’曰：‘昨日始。’余曰：‘一月中，尔无日不可去，何必急急于昨日?’曰：‘玉桂谓余，设去之过迟，物之佳而廉者，必已购尽，故促余昨日往。余信其说，而又欲得其欢心，故毅然去耳。’余曰：‘余问止于此，尔可归矣。’阿升曰：‘君言主人尚以我为杀玉桂之凶手，我今胡可归?’余曰：‘不妨，脱有危险，余当负责。归家后，可拭尔目，看余获得凶手来也。’阿升遂归。

“余聆阿升言，于全案关节，已大致了了，因即就我之所思，四出探察。自以为彼奸人之计虽工，亦断难并我老王而受其愚，孰知自午及暮，足不停趾，举凡可以供侦察之地，无不遍及，而彼奸人之影踪，仍属杳然。意其远飏乎。然尔时交通阻塞，行百里者，需一日劳，彼奸人纵至愚极笨，亦决不愿负此巨万之财物，仆仆道途，以启人疑，故余决其必在城，而城则无何有也。

“天既黑，余沮丧归家，郑、蒋均已先至。蒋言彼初意此案易破，乃一经着手，便纷如乱丝，故探访终日，讫无头绪；郑则仍以其傲愎之态向余，谓余老而怪，释其已获之盗，余亦一笑置之。然辗转终夜，自思所见，谅不至有误，而彼凶犯者，竟杳如黄鹤，岂计中复有他计乎？明晨，甫破晓，即披衣出，预计尽一日之力，必得之而后而已。明月灿烂，皓月东升，天既夜矣，而我老王之失败又如故。时余之愤懑如何，余亦不能复忆，而诸君反不难以意想得之也。

“如是者又三日，此三日中，余无日不竭余之苦心，欲得盗而甘心，而盗乃终不可得。余怒几不可得复耐，彼郑七之向余哓哓訾詈，县官张绅之向余催迫，余固漠然处之。无奈世人悠悠之口，佥谓‘老王失败！老王失败！’诸君思之，‘失败’二字加诸我老王，我老王岂能忍受？然虽欲不受，亦不得不受，此我之所以惶急也。特人当失败之际，每作退一步想，余思天下事，往往有求之愈急，而去之愈远者。今我急欲得盗，盗乃益不可得，不知始往他处，俟盗之防备稍疏，乃潜归后以谋之，必易于为力，或且于途中得有意外之遭遇，亦未可知。计既决，亦不与郑、蒋谋，只身赴河干，见前日所乘之舟，犹未接有他客，即唤舟子曰：'余欲赴锡，可载我去？'舟子诺，余即登舟。

"既启碇，余闷坐无聊，亦不知所行几许，约一饭时，舟子进舱，欣然谓余曰：'老王前日雇我舟，曾遗漏物件否？'余曰：'未也。余行李尽为郑七搬去，检查均无误。'舟子曰：'曾遗漏小物否？'余曰：'亦未。'舟子作惊异色，继乃由腰间掏出一物，畀余曰：'此非君之物耶？'余视之，乃一利匕首，血渍斑斓，似系新杀人者。余曰：'此何来？'舟子曰：'尔等登岸后，遗于舱中耳。'余喜极而跃曰：'得之矣！得之矣！'继乃自思曰：'此案诚幻，若非有证人，则凶手不肯自认。'

"有间，舟已抵闸口，余命暂泊，登岸事所事。傍晚，偕二人归船，即所谓证人也，乃命舟子回城。舟子曰：'汝两次欲赴锡，一至玉镇而折回，今至闸口即折回，何也？'余曰：'余自有故，汝可勿问，厚给而值可也。'抵城，款二客于家。时已可二鼓，余即往见县令，言：'犯已就获，可于明晨提讯。讯时，堂上宜置刑具，阶下可列城守兵若干，以防其逸。'又言：'如见余举左手搔头，即斥皂隶用刑。'吏均唯唯。余复遣蒋升赴张绅家，嘱绅及阿升听讯，均喜极。郑、蒋又叩余盗之所在，余笑而不言。是晚，二客即下榻余家。

"明晨，县吏传集事主证人，及案中有关系者听审。凶犯则由余提解。余惧盗逸，偕郑、蒋二人为助。途次，市民奔走相告曰：'老王获得剧盗矣，盍往县署观讯去。'余于获盗时，惧盗有备，初未声张，特市民对于我之期望颇切，而对于张绅家之被盗，尤为注意，故一闻获盗，即欲一知底蕴也。最可异者，盗既为余所得，郑、蒋二人，犹复窃窃私议，谓余昏瞀无能，冤人为盗，直以人命为儿戏。余对于是辈，深怜其愚，然除付一笑之外，亦无他法以医其愚也。

"既抵县署，观审者几塞途，大堂前后，无可插足地。举千百人之眼光，咸炯炯向余，作惊异色，余亦都不之顾。无何，县官升堂矣，前导者二人，后随者亦如之，且必佝偻其背，墨晶其眼镜，自以为非如是，遂不能惧官，设一思及其在上房向余求助时，必扑嗤而笑。我闻西洋侦探，能变易其容貌，自以未能谙此为恨。若官者，时而倨，时而恭，面具一日数十易，变化不出，辗转不穷。试问彼西洋侦探，能乎不能？是则中国之官，固贤于西洋侦探多矣。官既坐，摇其首，成圈形之轨道，又徐徐举其如椽之红笔，饱浸朱汁，在案卷上作巨大之红点。旁立之小胥，即高声唱盗名。诸君思之，此盗果何人也？盖即窃贼李得胜也。

“凡县官判案，其案上必详列受审者之姓名籍贯，而县官之眼珠，大于日球，故视若无睹，必一一转问诸受审者，虽烦勿厌。至是，县官亦循例质李，均详答无误。又质以在闸口所行之窃案，亦直认不讳。县官乃曰：‘张绅家杀人窃箧之案，汝知乎？’曰：‘不知。’曰：‘今据老王言，汝实为此案之凶手，汝能承认否？’李笑曰：‘大老爷明鉴，匪特无此事，抑且无此理。张绅家之案，出于五日前之夜，是夜即余在闸口行窃之时，同日同时，我岂有分身术耶？此其一。且张绅家所失，为数巨万，使我而果为此案之凶手，则既有巨万之宝物，亦不愿再至闸口，窃彼乡人之破衣败絮，此其二。况为盗者之心思，在于得财物而已，财物既到手，即以逃走为第一要事，岂复有流连当地，不从速速飏，又从而盗窃他物，以冀追捕之至者耶？此其三。有此三不近理，余不辩自明。而况语有之，捉贼捉赃，今赃果何在？’

“县官语塞，以目视余。余曰：‘李！汝之狡谋，已尽为余识破，今犹哓哓置辩。纵堂上或为汝瞒过，岂我老王亦能为汝瞒过耶？余知汝之罪，非一一证明之，则绝不肯自认。今有证人在，汝其谛听！’堂上即传两证人至，一为火药局之守卒，一为被窃之乡老农。县官问姓名讫，余谓李曰：‘今先证汝第一罪。汝言汝为火药局之守卒，今有火药局之守卒在，可对质之。’李熟视守卒而不语。令谓守卒曰：‘试言之。’曰：‘余守试造局，已有三年，局中同事二十人，虽年有调换，然从未见有此人也。’言时，以手指李，李面赤。余曰：‘如何？汝第一罪已证明矣。今再证汝第二罪。汝言在闸口行窃，时方夜半，今被窃之老农在此，果为夜半与否，彼必知之。’老农曰：‘彼来窃物，天已黎明。时余已起，因便急就厕而出，虚掩室门，彼乃得乘间卷物而去。’余曰：‘汝第二罪又证明矣，尚有他说否？’李曰：‘此二罪甚细，纵余承认，亦与盗案无关。’余曰：‘据此即可以例其余，且余更有第三证在。’李曰：‘愿闻。’

“余即以目环视阶下之列卒，卒会意。余乃出李之不意而厉声曰：‘此第三证者，即汝所用以致玉桂之命，亦即余今用以致汝命者也。’言时，以舟中所得之匕首，掷地锵然作声。李视之，失色。余曰：‘汝尚可狡赖乎？’曰：‘此区区一匕首，又焉足以证余罪？’余亦不与多辩。即略举左手搔头，堂上大声喝打，五六皂吏，即蜂拥而上，欲褫其衣。李僵跪不为所动，偶一用力，五六人披靡，较之在典史署中安然就笞者，迥乎不同，因知李固膂力过人。其先前之所以安然就笞，盖别有用意也，旋乃遽然起立，思欲向外而逃。幸阶下列卒及郑、蒋二人，相助为力，乃能就缚。

“当李逃时，县官骇极而噤，连呼‘这、这、这……’不止。既缚，其威乃大震，举其案上之三寸断命木，连拍十数响，狂呼打打。阶下应命，而一五一十之声乃起，中更杂以鞑鞑之皮鞭声，及一‘冤枉，冤枉’之呼号声。未片刻而李之血淋满背矣。呜呼！刑讯二字，世人诟病久矣，然使遇此等黠犯，设不借刑以示威，则举凡劫盗奸杀之案，必无有澄清之日。死者之冤不得雪，抑且适足以率人而入于奸盗之徒。故刑之一事，但求其行之适当而已，若欲完全消灭，窃恐福尔摩斯再生于中国，亦将无往而不见其失败也。李既受刑，乃据情供曰：

‘客岁春，余即通于玉桂，因旅费不赀，时向彼告贷。彼初不之吝，继因其所入甚微，恒苦不给。余乃为彼谋，使能在张绅家窃得财物若干，因以远飏，则双宿双飞，一生可吃着不尽。特因老王之探术甚工，而张绅家亦无隙可乘，即亦置之。五日前，余知老王将去锡，玉桂亦告余以张绅之媳欲作归宁计，自思机会之佳，无有过于此，因与玉桂约，入夜行事。

‘阿升，伧父也，彼不自量，欲与玉桂订婚。玉桂遂益饵之以色，时时向彼有所求。阿升奉命惟谨。玉桂以爱我故，即以其所求者供我之挥霍，而阿升不知也，且犹自以为此一块天鹅肉，固已为我盘中餐矣。阿升诚伧父也。

‘至是，余等乃利用之，先嘱其往华镇购物。逆料余与玉桂偕遁后，张绅必欲得玉桂而甘心，且更必疑及阿升与玉桂同谋，而万不至疑及我。我既与玉桂遁，则罪尽在阿升之一身，迨阿升由华镇归，张绅必执阿升为盗，而送之有司，余侪乃得逍遥法外。此移花接木之计，及今思之，固犹以为甚完备也。

‘漏三下，张绅家人，均已酣睡如死鼠。余潜登其室，四向瞭望，脱有惊警，则我固多力，且携有匕首在，不难与之格斗。玉桂则潜将室门尽启，更破扉而入张媳之室，挈其小皮箱出。逮张绅呼号，玉即疾趋后门之外，余亦由屋际遁去，此张绅之所以闻瓦声轧轧也。幸张绅不起逐，余辈乃得安然而出后门。

‘时玉桂谓余曰：“罄小皮箱中所有，可值万金。”余骤聆此语，心乃忽变。自思挟此巨金而与一女子俱，匪特易使人疑，抑且秘密恐难卒守。即不然，日后玉桂可以此挟制我，我之自由，必将尽为彼剥夺。思至此，即突出玉桂之不意，以老拳猛击之。玉桂虽弱，腕力亦甚可。往返格斗，余卒得出匕首手刃之，此玉桂之所以死也。

‘至是而余之心乃又一变，盖张绅家既出巨案，追捕必急，不如用逆来顺受之法，而更益以接木移花之故智。

‘城之东隅，有义冢焉，纵横可半里许，终岁人迹罕至。余即埋赃于彼处。日后事平掘藏，决不至不翼而飞。堂上乎，今赃在第五坟老树之下，可饬差掘之，当知余言之不谬。

‘余既埋赃，乃纵城而下，力疾行至闸口，天已微明，入老农家，窃其破衣败絮，冀乡人必群起捉我。顾乃不如是，我遂大失望。

‘行近玉镇，果为老王察破为贼，即系我于船。自鸣得意，不知我此时之得意，乃百倍于彼，因彼已堕我计中也。且余初愿未尝冀及老王来捕我，今竟于无意中得知，其欣忭为何如。

‘我之所以欲就捕者，亦仅为掩饰捕快之耳目计。盖闸口距城十里，同日同时，既在闸口行窃，决不能更在城内杀人。且余既被老王所得，则老王探察，只知尽其力以捕未获之凶犯，焉能转变其心之方向。疑及我所获之窃贼？此老王之所以五六日来，奔走终日。而竟莫得头绪也。

‘今我事败矣，所以败者，此匕首也。然以老王视之，固其胜利品也。我既杀玉，悔未将匕首弃于尸畔，此为我第一失着。既出城，拟弃之于途，又恐不幸而为乡人或捕快所得，是直明示以逃逸之方向，故不果。及既过闸口，大河在旁，行人稀少，而我犹未将匕首掷于河中以灭迹，此为余之第二失着。盖人当恐慌忙乱之际，恒忘其所急，今我正坐此病也。老王既捕余，余自危特甚，幸老王不检余身而仅检余包，余乃得乘间置匕首于船中。然余初意犹拟投之水中，因余所坐之处无船窗，且投水有声，必起老王之疑。及登岸，老王犹未觉船中有匕首，即郑、蒋二人，亦多不之察，余心乃大慰。阴念从此赃证二者，均已消灭于无形，纵有十老王，亦难得此案之真相。熟知今果败耶，天乎！’

“谳既毕，乃断李如律。即彼价值万金之小皮箱，亦由髑髅畔中掘得，珠还合浦，而我老王之职尽矣。”（以上均老王语）

忽闻舟子呼曰：“抵岸矣，先生等终夜未寐，乃犹讲山海经（江南一带，俗称说故事曰讲山海经）不已也。”余遂整饬行装登岸，与老王珍重而别。当余初上船时，自分必病，今竟不病亦不疲，侦探诚足疗我疾也。

原载《中华小说界》，1914 年 3 月第一年第三期

万丈魔

袁寒云

上午十二点钟的光景，黄陀生正在上海《捷报》馆里编辑明天的新闻。馆役忽然递进一张名片，说是从苏州来的一位先生要拜访。陀生接过一看，上面印着“白智”两个大字，旁边缀着“公乙”两个小字，不觉喜形于色，连忙说道：“快请进来！快请进来！”

馆役急忙退出，不多一刻，领着一位客人，年纪不过三十上下，粉面乌须，穿了一件二蓝缎子的夹袍，天青缎马褂，戴着灰呢铜盆帽子，走了进来，望着陀生哈哈大笑道：“久违了，久违了！”一面把帽子摘下，挂在帽架上。

陀生立起迎着答道：“我们有一年多不见了，渴想之至！万想不到，你来得这样快！”说着，彼此坐下。

公乙道：“可不是嘛！昨天我在苏州，接着公安局长吴子仁的电报，说有要事，请我立刻来沪。我想总有特别的大事，故此今天乘早车动身。刚刚一到，就去见子仁。他说此刻正办着公事，不能细谈，约我六点钟，同你一起到他公馆里吃便饭，好详细告诉我。他说知道我此刻必然来找你，就教我来代约你去，大家一同去商量商量。到底是一桩什么事情啊？你总晓得点底细，请你先告诉我，免得我钻在闷葫芦里，一时打不破！”

陀生道：“请你来，还有别的事情吗？又是子仁请你，你怎么倒猜不着？真是聪明过头，反而糊涂了！”

公乙道：“哦，明白了！我在苏州，看见报上说是上海一月来，出了十几件极大的窃案，无影无踪，都说是仙鬼作祟。是不是就叫我来探这几桩案子呢?”

陀生道:“不错,正是为的这些案子。据说失窃的人家,都是夜间无声无响,贵重的东西都不知去向了。”

公乙道:“既然没有声响,他们怎么觉察的呢?”

陀生道:“这些人家,都是富有珠宝的太太姨太太小姐们。她们夜里从外面玩耍回来,大约都在两三点钟左右,或是把首饰锁在铁箱里,或是锁在大铁柜里,等到明天去拿来插戴。在铁箱里头的,连铁箱都不见了。那在铁柜里头的,柜的锁门并没有动,钥匙又藏得严严密密的,不知怎样,里面的珠宝,连放在一处的钞票金镑,统统没有了!一共十二家。你说,奇怪不奇怪呀?”

公乙道:“这十二桩案子,出在几处地方呢?”

陀生道:“更奇怪啦!有四家极阔的,每家失窃至少是二十万左右。这四家都是三层楼的大洋房,并排在一条马路上。有两家是连着的,一家往东隔开三家,一家往西隔开四家。这一并排,有十多幢一式的大洋房,却是一个人的产业。因为这四家最先出事,同在一条路上,我觉得奇怪,因此叫本馆的访员去详细调查的。其余八家,有六家在一条弄里,有两家在一条弄里,失窃都在一两万上下。这个贼真会拣着偷,好像有预算似的,要不然怎么会这样巧呢?”

公乙道:“真有点奇了!想不到上海会出这样的大贼!我本来不想再替人家做牛马了。故此不当侦探,回转苏州。如今既然出了这种扰害地方的贼盗,说不得再作冯妇一次哩!”

二人正说着,忽见公乙的小厮拿了一封信进来,说道:“外面一个小孩,说是送给先生的。”

公乙接过一看,上面印着“交白公乙”四个字,是拿铅字排印在信封上的。

陀生在旁边连说“奇怪”。公乙并不拆看,连忙从衣裳袋里取出十几个银角子,交给小厮,说道:“你赶快去追这个小孩子,看他走到什么地方去,你就回来告诉我。你装作没事的样子,千万不要被他看出来。这十几个银角子,你随机应变的用吧!他若坐上车子,你也坐车子去追。快去,快去!”

这小厮有二十岁光景,是公乙教练出来的,听他主人吩咐罢,接了银角子,足不停趾地奔了出去。

公乙等小厮去后,这才把信拆开,里面的信也是铅字排印的,好像用的是中国打字机，只见信上的文是：

公乙先生：

久仰你的大名！只恨没有机会相遇。如今我们的事业，已开始发展。刚刚凑巧，逢着先生下降，大约受点教训同指点，作将来进行的指南针。我们今天夜里，在淮南街十五号，特为先生开接风大会，先生务必要赏脸光临！

"万丈魔"代表魔党八万五千三百八十四人拜启

公乙看罢，沉吟不语。

陀生在旁，早跳起来了，嚷道："奇怪奇怪！这淮南街，就是失窃最巨的四家，住的那条马路。那四家中，有一家是十三号，恰是隔壁。况且这十五号，是子仁的朋友，姓王的住的。姓王的在公安局里当书记，怎么贼会到他家里去替你接风开会呢？"

公乙道："恐怕不是接风，是给我添麻烦吧！好在天还早，我们到子仁家里再议吧！"

公乙说罢，把这封信又详细端详了一会儿。方才从身上掏出一个皮夹，将信原样折好，仍旧插在原来信封里面，然后装入皮夹，谨谨慎慎地藏在里衣的袋里。

这个时候，小厮竟已回转走，走得呼歇呼歇地说道："等我走出馆门，那小孩已不见了。我问了看门的，才晓得他是往东走的。我就赶紧追去，追了有三箭远，只见他立在路旁，同一个很高大的男子说话。我走近听了听，只听那男子说道：'送到了？很好，这五角钱给你去买糖吃吧！'那小孩接过钱就一步三跳的去了。我知道小孩是没有关系的，就不去追小孩，隐隐地跟着那大汉走。他走到一家茶馆，名叫'芳园'的，就走上楼去。我也跟了上去，见他打招呼的人很多，都是把左手一扬，跟着摸了摸头，好像有特别手势似的。那大汉走到一张茶桌上，坐了下来。那张桌上，已坐有四个人，都是敞胸短衣，下流人的样子。那大汉穿的是青湖绉的夹衫，戴一顶绿呢的扁帽，黑黑的脸色，没有留须，大眼睛，高鼻子，一脸的凶相，不像是个安分人的样子。我恐怕他们疑心，假装找人的样子，兜了一遍就回来了。"

公乙道："很好！你赶快把我的包拿上来。"

小厮答应一声，就下楼去了。

陀生道："你这个帮手，真不错！虽是他聪明，也可见你教导得好！"

公乙道："听指挥还好，教他出主意就不成啦！"

陀生道："听他刚才这一番话，也就难为他了！"

公乙刚要开口，那小厮手提大皮包，已走了进来，把皮包放下，打了开来。公乙拣了一件灰布的夹袍、灰色扁帽、青布裤子、灰布鞋，还有一个小皮盒。他教小厮把拣出来的都拿到这间编辑室的里面一间，就是陀生的卧室。他把皮包关好，放在墙角，也跟着走进卧室。

停了一会，陀生正呆呆地望着那扇卧室的门，只见走出一个流氓。陀生呆了一呆，再仔细一看，原来就是公乙，穿了刚才拣出那身衣帽，脸也变得又黑又黄，须子却没有了。

陀生很诧异地问道："公乙，你的须子呢？"

公乙道："我本来没有胡须，是我假装上去的，有什么奇怪啊？"

陀生道："你化装的本事，比唱文明戏的，要高着千万倍呢！不是刚才我预先看见这身衣帽，要是走到街上撞见，我绝认不出你是公乙来！"

公乙也不回答，连忙向外就走出了馆门。一直向东，走了十多箭路，只见一家茶馆，门口招牌正是"芳园"。

公乙学着下流的神气，走上楼去，四面一望。不错！那穿青袍的大汉还坐在那里，不过那桌上已换了两个穿长衣的人。公乙拣了离那大汉很近的一张桌子，坐了下来。

堂倌见有茶客，连忙走了过来，问道："客人吃淡的呢？吃红的呢？"

公乙知道淡的是绿茶，如龙井、雨前之类，红的就是红茶，随道："一壶雨前。"

那堂倌就喊了下去。不多一刻，堂倌送来一壶暖茶，两个茶杯。

公乙一面吃着茶，一面留神听那大汉说些什么。只听那大汉左面一个小须子道："今天晚上又有酒好吃啦！"大汉道："明天听笑话，夜鹰虽然厉害，看他瞪着眼，看着人家剜他的眼睛！"大汉右面有个少年道："可不是吗？他纵有千手千眼，也没有用啊！"那大汉接着讲起赌经嫖典来啦。公乙知道再听下去，也没有什么道理，就认了认他们三个人的面貌，记在心里，喊了茶房过来，算清茶钱，就走回馆去。

陀生见着问道："看见什么没有啊？"

公乙道："今天夜里，子仁姓王的朋友，恐怕也要失窃。但不知他有家当没有？"

陀生道："他本来是个土财主，同子仁是同乡。因为在家里被土匪吓得不敢住了，才搬来上海。今年春天才来的，打算要买所房子，还没有买妥，所以先租了这所房子住着。子仁知道他笔下还好，又因为他想当个公安局的差使，免得住在上海，有人欺他初来，故此聘他充当头等的书记，每月并不支领薪金。他藏的珠子很多，今年夏间，开过一回赛珍会，他竟占第一位！因为无论什么宝贝，都比不上他的一串十八子的大珍珠，每粒差不多有核桃大，比桂圆还要圆，颜色雪白，一点毛病也没有；还配四颗红宝石的佛头，也同珠子一样大；一块子母绿的牌子，有一寸见方，二分多厚，这不是一件至宝吗？听说有个美国富商，出他五千万金镑，他还不卖呢！另外还有大大小小，一铁柜的珠子。就是有名藏珍珠的盛家，也比不上他家小的一半，不要说那串十八子了！所以上海人称他是'珠子大王'！"

公乙道："他家也有铁柜吗？不是那四家都是藏在铁柜里失去的吗？"

陀生道："不错，他房中也有个铁柜，但不知同那四家一样不一样。好在你今天晚上要受人家的接风大会，必然可以看见的了！"

公乙道："今天幸亏我赶到上海，又承他们的情来替我接风。不然，那'珠子大王'要让给别人做了！"

陀生道："你这句话，是什么意思啊？难道今天晚上，那班强盗，一定要去偷盗王家吗？"

公乙道："你到时候就明白了！"

陀生道："一定又是藏在铁柜里，会飞去啦！"

公乙道："猜的不远了！现在已经到了子仁约的时候了，我们该去啦！"说着，又去换了他原来的一身衣帽，装了假须。

陀生整好了稿子，一同出馆，叫了两辆黄包车，一直拉到飞霞路子仁的寓所。下车开发了车钱，走到门前一看，是两扇铁栅栏。有个局勇站在门口，认得陀生，知道是来访局长的，连忙推开栅栏，让二人进去。

陀生领着公乙，走过了草地，到了大楼正门，触响电铃，有人将门开了。

那人正是子仁的老家人，也认得陀生的，将他二人让到客厅，说道："老爷刚刚回来，已经嘱咐过了，说二位先生一到，就下来见的。"一面说着，一面拿了两个杯子，走到烹茶机前转动机关，只见在一个管子里，流出茶来。流满了两杯，分送在二人面前，说道："请用茶！我就去请我们老爷下来。"说罢，退了出去。听他在隔壁房间里，摇动电话机，说道："黄先生又同了一位先生，已经到了。请老爷就下来吧!”原来子仁家里，格外装的有家用电话，各室都可以通话的。

电话通罢，不多一刻，子仁走了下来，见着公乙，说道：“刚才抱歉得很，因为局里公事，不便私谈，请你原谅!”

公乙道：“你太客气了!”

子仁向着陀生道：“陀生同来，好极！我们大家好详细商量了！此地不便密谈，好在公乙先生也不是外人，还是请到楼上书房里去吧，待我来引路!”说着，就领二人一同走到楼上书房。

大家坐下，子仁道：“公乙先生真是信人！我的电报一到，就来了!”

陀生道：“幸亏公乙是信人，遵守从前的约！否则‘珠子大王’明天就做不成了!”

子仁道：“这是什么缘故啊?”

公乙随就把信拿出，给子仁看，又把刚才的经过说了一遍。

子仁道：“今天夜里，怎么样保护王君呢?”

公乙道：“不要紧，我们吃过晚饭，赶紧一同去访王君。我自有办法!”

子仁道：“我们先打个电话，知会他如何?”

公乙道：“不好，还是不要先去惊动他。等我们吃过饭，绝不至误事的!”

子仁道：“从前出的案子，你知道没有啊?”

公乙道：“陀生已大略说过了。明天我到这失窃顶大的四家去看一看，好在都在王君一并排。不过王君一并排的洋房，同式的有几家，你晓得不晓得啊?”

子仁道：“我有图表，一查便知。”说着，从书架上抽出一本极厚的洋装书来，摊在桌上，拣出一张图来，就是淮南路北的房图。上面注明有十二家是一式的，从东面起，号数是一、三、五、七、九、十一、十三、十五、十七、十九、二十一、二十三十二号门牌。另外夹着一张纸，注明失窃的四家是三号、十一号、十三号、二十三号。

公乙道：“这是谁的产业啊?”

子仁又拣出一张表来，指给公乙看，上面填明，是张慎斋的产业，经租字号名叫“慎记”。

公乙道：“还有八家失窃的，住在什么地方啊?”

子仁又拣出两图两表，并夹着两张纸，看明一处是江夏街阳春里，失窃二家，一三十二号，一五十八号，经租的是“德记”，原主叫张德公。一处是怀远街明道里，失窃六家，一八号，一十二号，一二十号，一二十五号，一二十七号，一二十九号，经租的是“明记”，原主叫张明道。

公乙看罢，沉吟道：“奇怪！三处房东都是姓张。”说着，在身上掏出一本小册子来，按照图表，详细录了上去。对着子仁道：“淮南街这十二家人家的姓氏职业，你这里总有报告的底子，请你拣出来给我看看。”

子仁将图表册归还架上，又拣出一本淮南街户口的册子，翻在头一页就是的，公乙又录了下来：

三　号	刘子华	江苏吴县人	来利洋行买办
五　号	张用威	直隶天津人	大利银行经理
七　号	李家启	江苏吴县人	前任上海道尹
九　号	胡公威	江西南昌人	分省道尹
十一号	张裕成	浙江嘉善人	裕记纱厂厂主
十三号	周必成	浙江绍兴人	源通银楼总经理
十五号	王用善	湖南长沙人	公安局书记
十七号	邹起原	浙江杭县人	宛委书局总董
十九号	夏还珠	浙江杭县人	宛委书局总经理
二十一号	张建善	山东泰昌人	宛委书局总编辑
二十三号	刘富有	浙江宁波人	大有洋行买办

公乙录罢，将小册子仍旧藏好。子仁的家人打来电话，说便饭已端整齐了。子仁约了二人，一同走到楼下饭厅内。公乙催着快吃，子仁就吩咐把摩托车备好。

饭罢，三人一同上了摩托车。子仁命车夫开往淮南街王公馆，不多时就到了。虽在晚上，两旁俱是电灯，照耀得同白昼一样。公乙就着灯光四下一看，只见是一排的大洋房，东面一直到马路的尽头，西面接着仍是洋房。不过这十二幢是红色砖砌的，其余就不是了。

这个工夫，子仁已将王家的大门叫开。原来靠马路的是一面花墙，里面是草地，种的有花木，再走进才是楼门。王君知道子仁同了朋友来，早已立在楼门口等候。见了子仁，哈哈笑道：“难得老兄，这个时候还光临！又有两位嘉宾，实在欢迎得很！”

子仁等三人，随手走进客厅。子仁替公乙介绍了一回，陀生是认得，不须说了。公乙在车上早嘱过子仁，说一到王家就赶紧上楼，查看铁柜，不可耽误，故此子仁替公乙通过名姓，连忙就说："我们并不是闲来谈天，是有关于老兄的大事，不可迟延！你领我们上楼查看要紧，原由现在不便说明，恐妨走漏，反而误事。赶快上楼吧！"一面说着，一面催王君领着登楼。

王君弄得莫名其妙。他素常最信子仁的，所以不敢耽搁，就领三人上楼。走到楼梯上面，子仁才轻轻问王君道："你的铁柜在哪一间？你就领到那一间去。"王君点了点头，领着走进东首一间，又向北进一套间。

公乙等电灯一开，就四下一看，见靠东墙有一个一人多高大铁柜，浑身嵌入墙壁，只有一门露在外面。又向北一看，只有一个窗户，覆着布帘。公乙走近，将帘子掀开一看，见这面墙有四尺多厚，玻璃窗却是双层，两窗中间陈列四盆花草。

公乙点点头，转过来对着子仁道："请王君快些将铁柜开开，自己检点检点，里面的珠宝可有缺少没有？"

王君道："到底为什么事情啊？"

子仁轻轻地附着王君耳边道："你可知前几天，你邻居的窃案？今天恐怕要轮到老哥了。你快些看看吧！"

王君听说，面上十分惊慌，急急地说道："公乙先生，何以晓得的呢？"

公乙道："你先把珠子验过，大家设法保护起来。然后我再告诉你详细的情节！"

王君这才从身上掏出钥匙，开了铁柜。公乙向里面一看，只见大大小小的锦匣锦囊不下四五十个。王君都不去动他，却在一扇小铁门里面，拿出一个金光璀璨的赤金方匣，将盖掀开，里面平放着一串十八子的珍珠，衬着红绿宝石，格外的鲜明。

公乙端详了一回，向着王君道："阁下得'珍珠大王'的徽号，就是因为这串珠子了？真是绝世至宝哩！"

王君道："这是外面人的妄誉。论起来，这珠子算不得什么至宝啊！"

公乙并不再去看别的珠子，就从自己带来的一个小皮包内，取出一面显微镜、一段红色的蜡墨、一个强光的电筒，对王君道："我要察看察看这铁柜的内容，请阁下把门窗都要闭好。"

王君随手将窗帘拉好，门也关上。公乙一手持着电筒，一手照着显微镜，在柜里面，细细察看一过，教王君将赤金匣里的珠串取出，将空匣锁好，尽放入小铁门内，将门推好。公乙用蜡墨在这扇小铁门上擦抹了一遍，却看不出上过蜡的样子，教王君将大铁门也闭上，仍旧锁好。

公乙道："我们今天夜里，就坐在这柜的前面，谈一夜天吧！请王先生赏点酒茶，好消此长夜。子仁绝不可回去。明天可以请假一天，好在也为的是公事。主人更不可离开。"一面说着，一面自己动手搬过一张小台子，摆在铁柜面前，又拾了两把椅子。王君想要开门喊佣人来搬，公乙向他摇了摇手，止住他不要喊人，随手又拾过两把椅子。

王君道："公乙先生，太劳动了，实在抱愧得很！"

公乙道："不要客气了，请坐了谈吧！"

大家坐定，公乙才向王君，将接到贼党的信，并在茶馆听见的话，说了一遍。接着说道："那贼党知道我来，故意要在我面前卖弄卖弄他的手段，又晓得阁下藏珠最富，都在这铁柜里面，所以我断定他今夜必来偷盗。我们虽然守在这里，是毫无用处的。今夜这珠子必然全数失去，不过已将大珠串取出，其余虽然失去，将来我敢保，都可以完全收回来的！"

子仁道："你既然知道珠子要失去，何不将他取出，另外藏好？或送到银行库里存放呢？"

公乙道："我有我的主意，绝不要紧。借此为饵，将从前的案子都可破了。请你放心，两天之内，我准定破案就是了！"

王君说道："我去取酒来，大家消消遣！"说罢，自去取酒。

不多一刻，拿了一瓶竹叶青来，大家一面吃酒，一面谈天。公乙却不住用耳细听，到了五点多钟，大家都有点倦了，独公乙仍旧打起精神。忽听北墙里面窸窣窸窣好像老鼠钻洞似的，隔了一会，又响了一阵。大家全不留神，独公乙点了点头。

又过了一刻，天也亮了。公乙道："柜里的珠子，大家猜猜，还在不在呢？"

子仁道："我们四个人瞪着八只眼睛，看守了一夜，绝不会有意外的！"陀生、王君也都是这样说法。

公乙道："诸君不信，请主人开开看一看就明白了。"

王君立时开了铁柜，大家向里一看，不觉大惊失色。你道为何？原来那大大小小的锦囊锦匣，全都不见了。

王君抬手想要开那小铁门，公乙连忙止住，说道："王先生不要忙，等我察看过，你再开吧！"说罢，又从他带来那只皮包内拣出一个平方纸包，打开来，里面是一叠油纸。公乙轻轻取出一张，仍将纸包好，放入皮包。又拿了电筒，照着那扇小铁门，轻轻将油纸向门上一贴。一手将电筒放下，擦着了一根火柴，在纸的背面，略略烤了一烤。只见纸上现出两个指印，非常清楚。子仁等看了，俱都纳罕。

公乙道：“这是我用药水同黄蜡制成的，纸墨相辅而用，专门摹留犯人指印的。”

子仁道：“这铁柜里，怎么会有指印跑进去？不要就是你自己的吧？”

公乙笑了笑道：“你明后天就可明白了！我还有要紧事，不能耽搁了。请子仁先生将摩托车借我一用。”

子仁道：“可以。”立刻同公乙走到楼下，一看车夫还睡在地毡上呢！子仁把车夫叫醒，命他将车开出，听白先生指挥。车夫答应了，就往车房里去开车。公乙也跟了去，帮着车夫将车开出车房。

公乙跳上车，教车夫往东开，到了淮南街尽头又往南拐。不多几步，公乙教车止住，跳了下来。车夫一看，白先生变了个叫花子了，着实吃了一惊。公乙低低向他说道：“我前去探案。你切不可对外人说破。你把车去绕个弯，再开回王家接你老爷。”随手赏了车夫一块钱。车夫谢了一声，开着往南去了。

公乙四下一望，天还早，路上并无一人，将皮包藏在背上破包里面，连忙折回淮南街，装着叫花的声音，一面喊着，一面向九号门口探望了一刻。九号里并无动静，只见他隔壁十一号里，倒走出一人。公乙一见，不由呆了一呆，又想了想，才笑逐颜开地一路喊着走去。走到半路，找了个公厕，换好衣帽，就转回报馆。

到了报馆，望了望并无瞩目自己的人，这才走进门去。进了楼上陀生的卧室，见陀生已睡熟了，也不去惊动他。陀生已替他将床支好，被褥齐全。公乙脱去衣帽，也寻梦去了。

等到一觉醒来，陀生已先起来了。公乙穿好衣服，走到外间，见陀生正在看稿件。

公乙道：“好睡啊！”

陀生一见公乙，问道：“你探着什么没有啊？可叫花了多少钱回来？车夫说看见你那副神气，真好看哩！”

公乙道：“不要玩笑了！你们报馆里可有慈善会的捐册没有？”

陀生道：“别的还少，这捐册是多极了！你问他做什么？”

公乙道：“你莫要管。你将那没有名气的慈善会的捐册拣一册给我。”

陀生在抽屉里拣了一本，递给公乙。他知道公乙的行事，也不再多问。

公乙一看这捐册还是空白的，就随意填了几个捐户，又拿到里间去了一会儿。等到出来，喊进他的小厮，教去备面水点心。等到洗了面，吃过点心，已有五点多钟了。他又化了装，是很长的花白须髯穿了一身古式袍褂，脸上添了许多皱纹，皮肤也变了黑黄的颜色。夹了捐册，叫了一辆黄包车，叫到淮南路十一号，下了车，开了车钱，走到门口，揿了揿电铃。

里面走出一个小厮，隔着门问道："你是找谁的？"

公乙道："我是公安局长吴先生介绍我来见张先生的。"

那小厮听说是公安局长介绍来的，不敢怠慢，将门开开。公乙取出一张自己备就假名的名片，一张吴子仁的片子。小厮接过，引他进去。公乙立在门前草地上等候，小厮拿了名片，上楼去通报。不多一刻，走了出来，说道："请到里面。"

公乙跟着走进客室，那主人张裕成，已候在房里。二人见面，寒暄了一会。公乙这才说道："久慕先生行善大名，因此恳求吴先生介绍，前来领教。兄弟是担任济众社的劝募员，求先生大发慈悲，悯怜现在各地的灾民，多施一金，就多活一命。"说着，将纸包打开，将捐册递了过去。

裕成接过捐册，翻开一看，认捐的都是一班有名的人物，也有数百元的，也有数十元的，多少不一。裕成看罢，想不捐，恐怕得罪吴子仁，又舍不得多捐，遂提笔写了"认捐十元"。写过，对公乙说道："近来小号生意不旺，实在没有余资。因为阁下是吴局长介绍来的，不能令阁下空走一次。再多，实在力量不及了。"

公乙又说了许多恭维的话，劝他再多捐点。裕成执意不肯，在怀中取出一张十元钞票，连捐册一齐递还公乙。公乙假装不满意的神气，淡淡谢了一句，包好捐册，将钞票夹入册中，起身告别。

等到晚上八点多钟，有一辆摩托车，到了淮南街十一号张家的门前，就停住了。从车上下来一人，还有两个家人跟在后面。一个家人走到门口揿电铃。里面出来一个小厮，问道："什么人？"

家人道："吴子仁吴老爷，有要事拜会你们主人。"

小厮听说是吴子仁，连忙开了门，进去通报。子仁带领两个家人走进客室。裕成随后也走下楼来。两人原是认得的，见面客气了几句。

裕成问道："敝寓的窃案怎么样了？听说今天早晨，隔壁王家，也失窃了。说是他家藏的珠宝，都被窃去了。你先生职司所在，有什么办法没有啊？"

子仁道："正是为这桩案子，请你先生到敝局里去商议商议。"

裕成道："今天晚了，明天一定拜访。"

子仁道："有要紧的事，今天必定要请你先生到一到！"子仁说这句话的时候，声音颇带着严厉。

裕成有点吃惊，说道："我到楼上，去换了衣服，就同去如何？"

子仁道："衣服不必换了，就请同走吧！"

裕成看事不好，想往外跑。忽从子仁背后，跳出一人，如同捉小鸡的一般，将裕成提起，摔在地下，一面拿出手镣，将裕成双手上了镣。

裕成大喊道："你们不是变了强盗了吗？快捉强盗啊！"

张家的小厮、车夫、佣人，听见主人喊"捉强盗"，都要闯进来。子仁背后还有一人，举起手枪，对准他们说道："你们哪一个敢动，就请他吃一枪！"那些人吓得都站住了。

子仁拿出警笛，吹了三声，外面进来八个警察，见了子仁，垂首听命。子仁教他们把裕成先用摩托车解回局去，千万不可有失。警察答应一声，在地上扶起裕成，用两人夹着就要往外走。

裕成喊道："我犯了什么罪？你们竟敢拿待强盗的法子待我！你们不知道我是都商人会的会员吗？我们会员是有保障的！"

子仁道："拿你自然有可拿之罪！你明天到法庭再说吧！"

裕成道："如果明天你们拿不出证据，我要反控你们恃强行凶、损害名誉、无端诬陷的罪名！你们担得起吗？"

子仁笑了笑，说道："你不要再强硬了！没有证据，自然听你告就是了！赶快押着走吧！"对警察用手一挥，警察押着裕成去了。

子仁又吹了三声警笛，外面又走进八个警察。子仁吩咐他们把张家的佣人看好，不许放走一个。自己带着原来的两个人，就是公乙、陀生假扮的，走上楼梯去。只见楼上四间房内，空空洞洞，并无一人。原来裕成是没有家眷的。

西面靠北一间，北墙上独独没有窗户，只靠墙有一个大木柜。公乙用百合钥将柜开了，里面顶上一排钉了四个弯钩，第三个钩子，比那三个要光滑得多。公乙将钩往上一推，只听"哗啦"一声，下面开了个很大的方洞。

公乙一手举着手枪，一手照着电筒，弯身进去，一看这墙，一共十二家，都是空的。两边一望，并没一人，公乙把手枪揣起，照着南面夹壁上，看那十一家装铁柜的地方，墙都凹了进去，上面各有个歪柄。将柄一旋，铁柜的内膛就转过来了。柜里的东西，任意取携，这个人家一点都不会觉得的。想必造这一排房子的人，就生下窃盗的心了！公乙看罢，退了出来，对子仁说了大概。

子仁道："这十二幢楼房，是前年一个姓吴的华侨造的，造成就卖给姓张的了。这姓吴的卖了之后，听说就回南洋群岛去了。他如何造这种房子，真奇怪了！"

公乙道："这魔党真正可怕！手段也高，势力也大，姓吴的不过傀儡罢了！内幕自然还有极聪明极有才干的人，在里面指挥他们。单是房子一项，就如此的大布置，莫要说别的了！恐怕这种房子，决不止这十二家，还有那八处窃案，也必然是与房子有关系的！不过不是这种机关罢了。这个张裕成，决不是首要。我们以后，有的是麻烦了！"

公乙说罢，同陀生四下一搜，王家失的珠子，全都搜出来了。此外，连片纸只字都无有存留，可见他们平常的用心了。

子仁等三人，将珠子用被单包好，走下楼来。这个时候，摩托车送裕成去，也回来了。另又开了一部囚车来，将张家佣人都驱入囚车，警察押着，先开回局里。子仁吩咐四个警察，把守张家门户，如有可疑的人来，千万捉住，送到局里。遂同公乙、陀生，提了珠子一包，坐上摩托车，回公安局去了。

一夕无话，到了明晨，子仁亲自押了犯人赃物，解上法庭。公乙检齐证据，约了陀生，也跟了来。

等到开庭，子仁起诉，先陈述一遍，又把犯人带上，裕成是极口呼冤。子仁又提了赃物，并带领公乙，上堂作证。法官问过公乙的姓名履历，子仁并说明公乙是公安局特聘的侦探。

法官问公乙道："证据在哪里？你是怎样探出来的？"

公乙先述了到王家去以前的闻见，接着说道："我听说从前失窃最巨的四家，都是藏在铁柜里，无影无踪失去的，就知道这铁柜必有关系。后来接到魔党的信，问明他指的地方，是'珍珠大王'的宅子，就知道这魔党要去偷他，借着给我手段看看。后来去寻那送信的人，听他们的隐语，更相信是要去偷了。后来就到吴局长宅里，查明了淮南街房图，并这一排十二家的住户，遂约同吴局长及黄陀生，到王家去察看。到了王家藏珠宝的这一间，一看铁柜，嵌入东墙内，却又靠在北墙。又见北墙的窗户，却是双层，墙竟有四尺多厚，就知道墙内必有夹层，铁柜必有机关，暗地转动。我教王用善将柜门开了，看他的那一串大珠子，却藏在一小铁门里面。我就用蜡涂在小铁门上，好留那偷的人的指印。我同吴局长等，就坐在柜前，守了一夜。等到五点钟的光景，听见墙里面，有很微响声，就知珠子已被偷去了。到了天明，开柜门一看，果然全行失去，唯独大珠串已预先取出了。我在小铁门上，摹下指印。起初看住户名单，只有九号的房客，没有职业，疑心是他。遂扮了一个乞丐，守在他门口，察看他家出入的人。因为在茶楼上，听他们党人说，要到这个人家去吃酒，必是帮助他运东西的。等了一会工夫，这九号并没有人出入。倒是十一号，走出一人。我一看，就是在茶楼上认明送信的那个大汉。我才知道十一号是贼窝，他失过窃就是掩人家的耳目。我恐怕还有错，到了下半天，扮了个慈善会的劝募员，拿了一本捐册，请他认捐。那捐册底面，都用蜡涂过，好留他的指印，同那铁柜里指印对证。他拿过捐册，捐了十元。我回去将指印摹出，右手中食两指，同那铁柜小门上，留的中食两指的指印，一般无二。因为小门上的指印，是他推开的时节留上的，故只有中食两指。这才信定是他偷的。因为他是联合匪党，扰害地方，与寻常小窃不同，遂同吴局长说明。吴局长不动声色，安排停妥，带了我同黄陀生，到了十一号，将张裕成获住。”以后如何发现夹壁，如何搜得赃物，陈说得一字不遗。

法官以赃证俱全，且有结党的行为，不容裕成狡辩，但问他怎么布置的机关。裕成见辩无可辩，只好承认，不过说：“机关是现成有的。因为恰巧租在总机关这一家，一天搬动木橱内的钩子，底下忽然开了一个方洞，觉得很奇怪，就钻进去察看。看见里面有十一个铁门，每个铁门项上，有一个歪柄，将柄一旋，铁门忽然转过来，里面变成一格一格的，放着许多财物。不合见财起意连偷四家，自己恐怕人疑心，也说是失窃，掩人耳目。不过我住的这幢里的铁柜是不能转动的，想必是从前造房子的人自己住的，好偷人家的东西藏在里面。这是我的亲供，情甘认罪。”

法官判了他徒刑，又把房东张慎斋传上堂，问道：“你的房子里，为什么设这犯法的机关啊?”

慎斋答道：“我这房子，是华侨吴君一造成卖给我的。我并不知道里面有这许多机关，有报告公安局的文书可查。”

法官道：“既然是姓吴的造的，待本庭提他严讯，与你无干。但是限你一个月，将机关拆毁，不得违误。”

慎斋答应退出。赃物原主领回。张家佣人，无干开释。法官退庭。人众四散。

公乙同子仁、陀生回到公安局。公乙道："王君的失物，虽然完璧归赵。以前那三家的失物，却不见踪影，我想另外必有贼党的大窟。况且春阳里同明道里失窃的八家，也还没有头绪。这个案子，还不能算结。不过我在淮南街十一号里，得着一个大引线，想起来不难破获啊！"

子仁道："得着什么大引线？怎么我没有看见啊？"

陀生道："我也不觉察有什么引线。"

公乙道："此刻尚不好宣布，等我探实再说吧！"

公乙遂偕同陀生，回报馆安歇去了。

明天一早晨，公乙约同子仁，到春阳里一家失窃的人家去察看。问明他家主人，说是门窗关闭，毫无形迹，铁箱锁在箱子间里，一夜工夫不见了。公乙看这箱子间，是在厢楼后头的亭子间，只有一个窗户，还是用铁网蒙住的，十分严密，无论什么飞贼，都飞不进。公乙用带的一根手杖，在墙壁上敲过来、敲过去，听去却是实实在在的，心中甚为纳闷。及至一脚跨出箱子间的门限，忽然若有所觉，慌忙退了回去，背着手在这一间，踱来踱去。约有十分钟，才走了出来，对子仁道："我们到楼下去看看！"教主人领着，走到箱子间底下这一间，又用手杖将墙壁敲了一遍。这才同子仁走出这家，又到明道里察看了一家，对子仁道："我实在察不明白，有点惭愧！好在拿到了一个，我也可以交代了！我在苏州还有别的事，今天要回去了。"一面说着，一面从明道里走出，上了摩托车，教开到报馆。等车子开了，公乙附着子仁的耳边，轻轻说了几句话。子仁笑着点了点头道："我晓得了。"

不多时到了报馆，公乙下来，子仁自回局去。公乙走进报馆，教他的小厮，收拾衣囊。陀生问他做什么。

公乙道："我回苏州去一次，请你明天在报上登一段，我侦探职事已毕，回苏州去了。千万千万！"说罢，携同小厮，别了陀生，到火车站，乘火车直回苏州。

到了明天，果然登出报来，火车来往人物表，也有他的名字。大家议论纷纷，有说从前几家的失物，都没有寻到，他就算职事已毕，径自回去，未免太糊涂了！有说他探出这夹壁，总算有本领的。有说他是畏难而去了。这且不必说他。

又过了几天，那芳园茶楼上，却添了一位吃茶的新客人，天天一两点钟来，五六点钟回去。住在五马路振新客栈里，是个芜湖驻沪采办洋货的客人，年纪有三十多岁，说的一口外省侉腔，身上穿的虽然是绸缎，却很不顺眼。芳园茶楼的茶客，多半是游手好闲、没有正业的人，见来了这样一个土老儿，又是个有钱的样子，都来同他兜搭。他却似睬不睬，仿佛怯生似的。这些茶客更是同他要亲近了。

过了几天，就有一个叫王怀的，一个叫李阿二的，到他栈房里去看他，客气了一阵，通了名姓，才知他叫张有。王怀问他到上海来做什么生意的。张有也不隐藏，就一五一十的，说是从芜湖来，带了有上万的银子，来上海办洋货去卖的。他在芜湖开了一爿大洋广杂货店，名字就叫“有记”。三个人越谈越投机，王怀就约张有同阿二去吃小馆子。

明天阿二又请客，又介绍了有四五个朋友，内中有一个姓张名叫得胜的，说话是直隶的口音，身子高大，面孔极黑，神气甚是凶猛。得胜自己说从前当过三年兵，自幼练了一身拳技，现在在上海教人家打拳为生，性子很爽快，同张有很谈得来。

如此三天一酒，两天一饭，大家越聚越熟，赌博嫖妓，随后全都来了。张有也乐此不疲。

有一天，阿二、王怀来找张有。王怀轻轻对张有道：“我们都是极要好的朋友，所以也不瞒你。今天晚上，得胜哥请一位姓余的富翁，在他自己屋里吃酒，并且吃完酒要叙一叙。我们几弟兄，都是本地人，恐怕那富翁生疑，因此得胜哥教我们两人来请你去。因为你老哥是外路人，又是忠厚的样子，你坐下来做宝庄，那姓余的必相信不疑。其实大家都是规规矩矩的，不过骰子上面，有点小讲究，摇的时候，往左一动是白虎，往右一动是青龙。比方摇成青龙，他恰好押的是青龙，那么在开的时候，再往左一动，就变成白虎了！大家叨光他几文，大家平分，你看怎样?”

张有道：“很好，就这样办吧！”

到了晚上，大家齐集在得胜家里，吃过酒就开场摇起。那个富翁有很长的白胡须，白胖的脸盘，是个大富贾的样子，架子很大，不大理人，就是同张有得胜两人周旋周旋。等到上场，看这富翁，是很好赌的，坐下买了一千块钱的筹码，放在面前。张有坐在上庄家的位子，说好先摇一百宝。照着王怀说的，先摇了三次空宝，一看，诚然不错，要他青龙，就是青龙，要白虎，就是白虎。如此一连摇了九十几宝，都是富翁一人输的，输了总有两万多了。

等到第九十九宝上，富翁又拿出六万块钱一张庄票，说道：“只有两宝了，我要拼上一拼！”说罢，将这张票子，一总押在青龙上面，张有摇的却是青龙。等张有伸手要左开宝，只听杯子里面极微的一响，张有就把杯子开开了。大家一看，却是白虎，不要说富翁失色，就连王怀、得胜诸人也变了颜色了。接连又摇一宝，仍旧是庄家赢的。富翁悻悻地去了。

张有一看，得胜目有凶光，神气很不好，连忙说道：“得胜哥，你莫要认真！今天这一局，是我故意闹着玩的。我也是门里的人，不过大家全不知道就是了。既然弄穿，我实对大家说吧！我本来是吃这行饭的，因为在北边犯了案子，站不住脚，才逃到上海。恐怕被人晓得，因此假扮商人，掩人耳目，其实并没有这回事。以后如蒙诸位哥们不弃，一定效力，替哥们做点事，千万不可见外！这八万块钱，请得胜哥收回吧！”

得胜听罢，转怒为喜，哈哈大笑道：“原来是自家人，失敬了！老大总在帮吧！”

张有道：“不敢，叨祖师爷的灵光，混碗饭活罢了！”

得胜知他同在一帮，格外快活。原来这一问一答，是他们帮里的隐语。王怀、阿二听了，也不胜之喜。以后大家都是一家人，也不再在张有身上想主意了。

得胜问张有道：“如今是自家人了，大家也不必瞒了。我们起先真当你是洋货客人，带了万把块钱，想骗过来用用。不道竟瞎了眼，一家人认不得一家人，真是好笑！不过今天末了这一宝，你是怎么看破的？”

张有道：“我起先就知道是倒脱靴，我想大家取个笑，先莫要说破。等到这一宝，我是摇的青龙，要开的时节，听见骰子微微一响，知是用吸铁石把骰子吸成白虎了。我若是再一动，无论向左向右，总是要变成青龙的，故我不动他，就开了开来，自然不会变了。”说得大家都佩服，齐说道：“你的手段，真比我们高！你要肯同我们联成一党，真是吃着不尽呢！况且我们又是同帮，更需要亲厚了！”

张有道：“我一人正愁孤立，难得诸位哥们抬爱，我是感激不尽的了！”

得胜道：“如此，一发对你说吧！我们现在有个大党，名叫魔党，这党里各种花样全有。有一位大首领，就知他号叫‘万丈魔’，却没有见过他本来面目。本部里他也并不常来。他手下有四位小首领，分做天、地、人、和。小首领底下是十个正头目，十二个副头目，再底下就是普通党员了。各地分党另有分党的头目，是一正两副，都要听从大首领的号令。我是个午字副头目。新近被断命的侦探捉去一位乙字正头目，大首领正设法要救他出来呢。正头目用甲、乙、丙、丁分的，副的是用子、丑、寅、卯分的。你要入党，是顶好了，我可以介绍。请小首领审察过了，然后转禀大首领，就可允许你入党了。你只要捐一块钱的党费，一块钱的徽章费，就成了。”

张有道：“极愿极愿!”

等到明天晚上，得胜领张有同到本部去。这党的本部，在靠乡的一条马路上，叫做花园路。本部的房子是极阔大、极辉煌的洋式楼房。门口是铁栅栏，挂着“圣道公社”的黄铜牌子。

得胜走到门口，对张有道：“你到里面，千万不可乱说乱动！看我怎样，你便怎样就是了!”

张有点点头答应。得胜用手在铜牌上面正中一个钉子上揿了七下，里面走出一人，隔着铁栅栏，举起左手，放下时摸了摸头，得胜也是如此。

里面这人问道：“你站在哪里?”

得胜道：“我站在第四班第七位。”

里面又道：“不要错了!”

得胜道：“上有天，下有地，堂堂男子汉不会错的!”

里面这人遂开了门，看见又有一人，问道：“这个人是做什么的?”

得胜道：“是孝敬老头子的。”

里面这人便不言语，让他二人进去，仍将门锁好。

得胜领着张有，走过门房，穿过草地，到了楼门前，在门上轻轻敲了七下，门就开了。只见里面这人，头蒙黑面具，身披黑长袍，胸前绣了一个白“魔”字。

得胜问道：“今天三太爷值日，已来了没有?”

那人道：“刚来。”

得胜教张有站在客堂里等候，不可走动。张有答应了，站在一旁，得胜走进左面一间。不多一会，从左面又走出来一人，也是蒙着黑面具，披着黑袍，胸前钉了一个大白“魔”字，面具上却多了个白“午”字。张有知是得胜。

得胜道：“你跟我来，小心点！见了三太爷，行三鞠躬礼。问你什么，你要实说!”

张有随着走进右面里头一间，是一间极大的敞厅。中间一个小台，瞧去，仿佛是个演说台，上面坐着一人，一样的面具长袍。不过面具上，是个黄色的“人”字，胸前“魔”字也是黄色的。

得胜教张有站在下面，得胜走上台去，向那人三鞠躬道：“午字，介绍一人，姓张名有，情愿归诚，并无二心，请太爷盘问。如果符合要求，请太爷转禀老太爷加恩。”说罢，又三鞠躬，退了下来，领张有走近台前道：“兄弟，你要好好答语，一字不虚。天在上，地在下，万不可错的！”说罢，站在一边。

上面那人向张有问道：“你姓什么？叫什么？哪里人？做什么事业的？为何要来归党？”

张有道：“姓张，名有，安徽婺源人，向来以赌博为营生。因为在天津犯了诈骗案，逃到上海。听见午字副头目说起，老太爷同太爷们的德义，因此特来归诚，请太爷开恩收留。”

上面那人道：“你敢罚咒吗？”

张有道：“敢罚。”

上面那人道：“你说你若有二心，天诛地灭。”

张有道：“张有诚心归党，若有二心，天诛地灭。”

上面那人道：“好！你的运气好，遇的巧！可巧明天老太爷驾临本部，待我引你见一见，也是你的幸福，是很难得的机会！午字副头目，你领着新兄弟，见见众头目！”

得胜随引着张有，向台下坐的十三四位，每人座前鞠躬一次。这一班人也都是一样打扮，有蓝字的，有白字的，除胸前“魔”字相同，面具上各有各的字号。这些人都立起还礼。

上面那人道：“张有，谢谢介绍你的头目！”张有听罢，向得胜也鞠一躬。

上面那人教张有坐在台下那班人的后面，便说道：“明天又要到明道里去吃酒。今天新来的这位兄弟，有副头目的介绍，老太爷必然是收的。明天晚上，也要领他去见识见识，学习学习！”

大家都答应了一声。上面那人派了甲、丁两正头目，丑、辰、午、亥四副头目，带领张有，前往明道里九号去吃酒。大家应命退出，换了原来衣帽，陆续走散。

张有随着得胜同走，问道：“明天吃酒是怎么一回事？”

得胜道：“就是去搬运那家的财宝！”

张有道：“怎样搬运呢？”

得胜道：“明天你就晓得了！”

张有道："我们的大首领，明天为什么要到本部啊?"

得胜道："每次搬运人家的财宝，都是大首领亲自查点入库。故此每搬运一次，大首领要到本部一次。独独乙字正头目搬运王姓的珠宝那一次，因为顶大珠串没有到手，耽搁了半天，倒被万恶的侦探，弄回去了。所以现在每逢搬运，无论在什么时候都要立时送到本部。"二人一路说着，张有走回客栈，得胜自回家去。

明天晚上，得胜早早来到栈房。张有道："王怀、阿二二位怎么不到本部里去?"

得胜道："寻常党员，不奉命不能去的！每天大首领派十个寻常党员在本部守护，以小头领值日监视，一正一副的头目佐理。如遇到吃酒的头一天，由值日的召集各正副头目会议，这是昨天你看见的了。另外分文事、庶务、会计、实行四科，选头目及寻常党员出色的，派在四科办事，党库归值日的保管。现在已将到时候了，我们到本部去吧!"说罢，二人同到本部。

值日的四太爷，佐理的、守护的都已在那里了。值日的说，老太爷已允许收张有，给了张有一个面具，一件黑袍，一个"魔"字徽章。奉派实行的，陆续也都到齐。

等到了夜静，党里专备好摩托车，分坐两辆，七人都穿戴了党服、面具到了明道里，叫开弄门。原来这看弄的，也是同党。等七人进去，仍旧关好。

这七人走到第九号的后面，四个副头目，向四面巡风，两个正头目，带着张有，在九号后门旁边墙壁上，揭下一块砖。里面有个环子，将环子一拉，墙上忽然转出一个小门来。甲字头目先走进去，叫张有跟在后面。一进小门，就是石梯，上到梯子尽头，横里有二尺高扁洞，原来是地板的夹缝。二人爬了进去，爬不多远，甲字头目用手将地板向上一托，就开了一个方洞门，跟着钻了上去。张有也跟着上来，刚刚站定，忽然从箱子背后，走出四个警察，将他二人打倒，上了手铐。底下的那个头目，听见上面响动，知事不妙，连忙往外直跑。遇见四个巡风的，说："不好了，甲字同新兄弟，都被捉了!"

大家大吃一惊，一齐想逃，谁知弄当里追出七八个警察来。他们跑到弄口，弄口外面，警察也把守严了。无可奈何，想要拔出手枪，措手不及。警察已把他们五个都捉住了。又捉了看守弄当的。里面住的两个，也押了出来。把他们身上披的党服同面具，都剥了下来，将弄门开了。外面还捉住了两个车夫，一共十人，都押上囚车，解回公安局。

子仁专等在局里，犯人一到，问了一遍，都是闭口不言。子仁也不去难为他们，把他们分别收禁，每人一间房，谁也不能见谁。却单把张有传进去。

张有进到里面，子仁连忙替他去了刑具。

子仁道："先生真辛苦了！"

张有也笑着改了化装，正是公乙。

公乙道："且不要讲闲话，去捉拿盗魁要紧！"急急将党服面具，仍旧穿戴好，又挑了六个警察，同六个党人差不多高矮的，也都穿戴了党服面具。原坐党里的车子，却换了车夫，直奔魔党的本部。

到了本部，由公乙向前，用隐语叫开大门，两个车夫也将车开进。大家掏出手枪，走进会议厅。一看，只有值日同佐理三个人。

值日的当是他们得手回来，忙说道："今天不巧，老太爷有点不大舒服，不能来了，派我代检点。"

公乙一听，大大地败兴，急举起手枪，对着这三人。这三个党员，一看，知道不好，就要逃跑，已来不及了，都被警察捉住，上了手铐。又四面去搜索，那十个守护的党员，看见苗头不对，都往前门逃走。谁知这一段的警察都得到公安局的训令，将这所公社团团围住。十个人逃到前门口，都被捉住，一个也没有漏掉。

公乙在值日的小首领身上搜出一打钥匙，寻到一间石头砌的没有窗的房屋，知道就是党库，用钥匙慢慢试着。不多一刻，将库门开开，往里面一看，俱都是些金银珠宝，想必就是那十一家失去的了。拉下两条窗帘，将赃物包起，提上车子，派了三十个警察，持枪看守这所房屋。公乙带着带来的六个警察，押着三十个盗党，走出大门。囚车已经来到，将党员都装入囚车。公乙押着赃物，回到公安局。

子仁先提上盗党小首领，去了面具，原来认得的，是地方上很出风头绅士，一名叫李永年。

子仁问道："你好好一位体面的人为什么去做强盗啊？"

永年红着面孔，低头不语。子仁叹了一口气，仍教去分别收禁。

公乙将赃物交给子仁，说道："党首被他漏网了，可恨，可恨！"

子仁道："你白天来说，不是党首必到的吗？"

公乙道："谁说不是。等我此次转去，李永年还不知是捉他的去，告诉我说，大首领因病不能到本部，派他检点财物。你说可气不可气？我本想将党首捉住，蛇无头不行，这党自然就消灭了。谁知天不从人，偏偏他今天生病，真可恨呀！”

子仁道：“已是捉住十几个党里重要的人，赃物又全夺回，总算大功告成了！剩下盗首，我们慢慢再想法子吧！好在有先生这样的本领，还愁他能长远捣乱吗？不过这盗党，你是怎么进身，倒要请教请教！”

公乙道：“我从前不是说过，在淮南街十一号，得到一个大引线吗？就是一本帮里的密册。我知他们又是结党，又是在帮。我想定主意，假充在帮，好同他们联络。遂假回苏州，由半路折回，在一家客栈里改了装，又换了一家客栈。知道这班党人都在芳园集会，因此也天天到芳园吃茶，装作乡下有钱人的模样。居然被我种种的法子，引诱成功！遂将如何结识那从前送信的大汉，如何由他介绍入党，如何巧逢他们又定期偷盗，就暗暗回来报信。在他要偷的那个人家，内外都备好。因警察前次在明道、阳春两里的人家考察，知道楼下后墙壁同楼上箱子间的地板全是空的，料定他们是从地板底下钻出来的。故此，教四个警察埋伏在箱子后头好下手捉拿。虽侥幸都捉到了，总恨那党首幸免，未免美中不足啊！这两里的房子，是什么人造的，倒要查一查看！”

子仁取出图表册子，翻开一查，原来一处是山东姓随的造的，一处是广东姓区的造的，如今两处姓张的房东，都是买现成的。

公乙道：“这个盗党的计划真了不得，弄出许多傀儡来代表！这种机关的房子，绝不会止这三处。你看将来，还有的出现呢！这个盗魁万丈魔，真不愧是万丈魔！将来不晓得闹到哪步田地？一天捉不到他，我们一天不得安心哩！”

原载《半月》，1921 年第一卷第六号

人耶鬼耶

张无诤（张天翼）

上

我穿好衣裳，洗了脸，漱了口，心想这时早极了，他必定还未起来咧，一面想着，一面往他卧室里走去，要叫他起来，刚刚要进去，忽听得办公室里的电话铃响个不住呀，定是有什么事体来了，还是去接电话去吧，立刻就回转我的脚步，到办公室去，还未走到，哪知那面已经有人接了，辨他口音，分明是徐常云，我就诧异起来，难道他比我还要早么？走进去坐了，只听得常云对电话中道："哦，你不是说有案子发生了么？到底是什么案子呢？请你快到我这里来吧，因为我的事情很忙，还有曾绅士家被窃案没有完结呢，并且你未曾告诉我案中的情形，叫我怎样知道，还是请你来一趟。"说完，将电铃摇了一摇，回头看见我，便说道："你起来了么？"

他一面说，一面坐下，又对我道："那打电话的倒有些奇怪，他只说他家里有种种奇怪的事出现，一定要我去探个究竟，连案中大略都不曾说出，我叫他到这里来，他说已经有人来了，那么，又何必再打个电话给我呢？呵呵，龚仁之，你看奇不奇？"

我道："那么，据你想来，到底是什么案子发生了呢？"

常云道："这又怎能知道呢？不过照这个情形上猜想过去，这件案子大概是很复杂的，不能够用数语可以说完的。"

我道："或者是命案，或是被窃案。"

常云摇头道："不不，既是命案或是被窃案，他们在那打电话的当儿，就要大惊小怪，为什么单只说有奇案发生，没说别的话呢？"

我道："哦，那就真奇了，但是……"

我的话还没说完，门忽陡地开开了，左全手中拿了一张名片，走来放在我们桌上，我看这一张片子上印着"林文侃"三个字。常云向我道："必定是那打电话的一家人来了。"

于是对左全道："请他进来吧。"

不到一刻，左全领了一个客进来，看他样子，约莫有三十多岁，衣着朴实，穿得十分整洁，一进来之后，就匆匆忙忙走到常云面前，说道："你就是徐先生么？他未打电话之前我就来了，他对我说，他要打个电话给你唉，你不知道，我真不幸，不知怎样有这种奇案出在我们家里，说出来委实有些奇怪，必定要仗先生的大力，并且还有一个……"

常云道："唉，林先生，你这样匆忙做甚，使得人家一时摸不着头脑，并且你说的话，前句不接后句，更加使人如入五里雾中。林先生还是请坐吧，缓缓而谈来，将这事从头至尾说一遍。"

说着拖了一张椅子叫他坐。他也觉得自己过于冒失，脸上微微一红，不好意思起来，又回头看见我，同我点一点头，好像他先没有看见我一般，他这才坐下，微笑道："我也不知怎的。"

常云道："请你说吧。"

林文侃就道："我有一个邻居，姓孟名信，一个妻子，两个儿子，大的在一个什么地方办事，小的还在上海读书，孟信也在一家公司里办事，他是同我一家住的，两家非常要好，这一回出了事，两家都受其影响，奇奇怪怪的事，接接连连出来，看看似乎不打什么紧，其实我们却大大的恐慌，但这事要我一一的说给你听呢，那我可不能够咧。因为这事过于复杂了，一时也寻不出个头脑。孟信家里闹得比我家还厉害，他们就请我来到这里，我同他做邻居才只一个月，头几天也还没有什么，哪知在这几个星期里，简直闹得人家要命。"

他说到这里，常云插嘴道："好好，你说了一大篇，仍旧没有达到正题目上去，请你还是爽爽快快说几句话，这案中情形究竟怎样？"

文侃就道："是啊，我说自然是要说给你听，可是事体太繁杂了，我也不知从哪里说起好，如今我就挑几件事和你说吧。那天孟信家里听见门响，哪知开得门来是一个空空如也，他们就想这无非是街中小孩子打了玩的，便也不去注意他，一到了夜里，大家都睡了，忽听得楼下有嘚嘚的皮鞋足音，并且还听见他咳嗽了几声，于是孟信叫道‘哪个……喂，你是哪个……’，楼下一点声音也没有，孟信又叫道‘喂……你是哪个……’，问了好几声，并不听见回答，孟信连忙起来，楼上的仆人也都醒了，大家往楼下跑，楼下的仆人，也通赶来了，于是扳亮了电灯一瞧，又没有什么东西。于是告诉我家里的人，我们好些人没有睡，听说也都来了，如此闹了一夜，自从这天起，我同他两家，便不曾安宁。不是花园里怪声叫，便是打大门，并且还收到一封恫吓信，可惜没带来。大略说花园里有一件怪物，怪可怕的，如此以后天天半夜里，花园里有东西叫，人不像人，禽兽的声音也不像。还有一夜，也是大家睡着了，忽然听见‘砰砰’的两声枪响，吓得我们齐赶上去看，点了火把，带了电筒子，仔细细瞧了一会，看了一会，仍旧没有什么东西唉。凡如此等等的事，不知出了多少，我一时也说他不完。孟信夫妇总说是鬼，但是也要到这里来一趟才行。我就笑道，倘若真正是鬼，就是请徐先生来，也是徒然咧。徐先生，你若不信，请你去探一探看，你到了那里，或者还能够看得到这种奇事。”

说完了，便向常云看，常云笑道：“真正是鬼，我可没法子咧。”

我道：“鬼也不是没有的啊，如今鬼学研究得很精，并且还有鬼照相呢，人死了，灵魂却不死，他们在那里作祟，也未可知。”

林文侃笑道：“如此说来，那么我们花园不是成了鬼窟了么？天天半夜里来吓人，不但夜里不敢到花园里去，而且害得我们睡也睡不安，真可恶之极了。”

他说到这里，忽又记起一件事也似的，向常云道：“哦，不错，还有一件是要告诉你的，孟信同我说，他们吃饭的时候，不知怎样那饭里有一股可怪的气味，你去了或者吃得到这种气味。”

说着站起来了，又道：“我要回去了，请你俩吃过了早饭就来。”

说完了就走出去，我同徐常云送他到门口，看见他骑了脚踏车去了。我们仍回到办公室里，坐定之后，常云道：“仁之，他一定是骑脚踏车来的。”

我就冷冷地答道：“我也晓得。”

常云不觉笑道：“我话还没有完呢，我并且还晓得他经过迎紫路时，跌了一跤，幸得衣裳没有弄脏。”

他说完，我心想我平常日子也很佩服常云，并且我同他也是唯一的知己，他的为人也很忠厚，但是有一件事，我对于他有些不满意，就是他太自夸了。他如今说的话，无非要我心服，若是这些话是真的，那么他为甚不在林文侃在这里的时候说呢？想到这里就问他道：“常云，你怎么晓得的呢？”

他听了朝我一看，做出迟疑的模样，一会才摇头道：“这时不是多谈的时候，改时再告诉你吧。”

我听了他这一席话，几乎要笑了出来，心想他先说的文侃跌了跤，分明是乱造的，既然是乱造的，那么他自然说不出一个道理来咧，现在就说出这些话来遮盖，来做一个遁词，呵呵，他真狡猾极了，到了孟家倒要问一问林……

想到这里，猛不防听见常云滑稽的声音来道：“仁之，做了一个侦探，自然要狡猾些，同你这样老实忠厚的样子，怎么还像个侦探呢？”

说完又接着一阵呵呵的笑声，我给他这么一说，脸上不觉一阵一阵的热起来，我就问道：“咦，你怎样知道我的思想呢？”

常云刚要开口，忽然门开了，左全拿早饭来了，我同他两人吃了早饭，左全泡了两碗茶，于是我又问常云，问他怎样知道的，他就道：“我先说了文侃在路中骑脚踏车跌了一跤，你当时听了我的话，先前还有点诧异样儿，后来忽然不屑的形状，正在那当儿，你突然问我道‘你怎样晓得的呢?’我听了故意回答你这么一句，再看看你，忽然微笑，那么，你自然是笑我狡猾咧。”

说完，一阵狂笑，我不觉也笑了。他于是吃了几口茶，对我道：“我们可以去了。”

那时我忽地触了一件事，便问道：“晓得他住在哪里呢？”

常云道：“他们已在电话里通知我了，说住在钱塘门外，西湖边上，贴着他们的公馆条子的便是。”

说着，穿了长衫，我也穿了长衫，我同他两人同着走去了。

中

两点钟以后，我们已在孟信的室里谈话了，在这间房里谈话的人，共总有五个，一个我，一个常云，一个孟信，一个文侃，还有一个是文侃的亲兄弟，叫做文侯，一双眼睛活像他的哥哥。孟信正在壮年，一股的老实忠厚样子，他告诉我们的话，同文侃对我们说的话差不多，看他意见中间，好像含一种不可思议的烦恼，常云就道：“你不是说各种事多出在花园里么？那么请你领我们去看一看吧。”

孟信道："哦，花园里的风景真好极了。"

说着领我们出来，顺手把门一关。他那房子，还是旧式，所以他的书室里的门，以及窗子，都是旧式，当孟信关门的时候，我好像听见微微有刷的一声，大家不留意，所以我也当他没事一般，和大家走出，到他花园里，果然风景好极了，一面就是西湖，还引着西湖水进来做一个大池塘，种了些荷花，塘的右首，一座石山的上面，有一座亭子，石山下面，有十几株大树，石山的那面，种了许多菜，池塘的左边，种了许多花，地方又大，风景又好，实在想不到，这般雅致的地方，会有鬼不像鬼、人不像人的东西，到这里来作怪。花园的这边，有一条弄子，孟信指着告诉我们道："这就通林家的。"

文侯就道："所以这花园里闹了事，我们那里很受影响。"

孟信道："徐先生你在这里，必定能够遇到那种奇事，你今天就在这里歇吧。"

常云也不答他，但只点点头，我们又跑了几路，毫没可疑的地方。孟信又邀我们到那石山上的亭子里去，凉风一阵一阵的吹来，还微微挟了一些荷花香，常云就问孟信道："你这房子是买来的呢，还是租的？"

孟信道："是租的，文侃他们也是租的。"

文侃道："就共一个房东。"

常云道："房东姓什么呢？"

文侃道："姓韩，住在孩儿巷。"

常云不响，一会才道："你们说的花园里有东西做怪声叫，听起来大约在哪里一方？"

常云说完和林家兄弟都移了视线去看孟信，孟信皱眉道："这倒很难说，一时在这方，一时在那方，也没有一定的地点，真正要吓死人。"

后来来了一个仆人，说中饭已经开好了，于是我们都到餐室里去，孟信对文侃道："你们两兄弟就在这里吃吧。"

他们也老实不客气，就在这里吃饭了，孟信夫人也同一桌吃饭。我们坐了下来，刚刚要吃了，孟信忽然叫起来道："咦……怪了怪了……这不可思议的香味又来了。"

我吃了一口，果然有一股香气，倒不十分讨嫌，只辨不出是什么，又好像在哪里嗅过的。孟信夫人和林家兄弟，都很诧异。常云吃了一口，忽然呵呵大笑，说道："大家吃好了，无碍的，无碍的。"

孟信道："不是毒药么？"

常云道："不是不是，这事简直与案子无关，不知哪个误放的。"

说完，叫大家吃饭，他话又没有说明白，我们几个人，越发莫名其妙，只得吃了饭再说。饭吃了之后，孟信就问常云，饭里的到底是什么东西？常云道："这是口香糖。"

我听了恍然大悟道："哦……是口香糖么？怪不得我记得闻过的。"

常云道："定是哪个吃口香糖，误落掉些在这里面。"

说着大家到孟信书室里去，孟信刚要开门，忽又发狂似的大叫道："怪事怪事……徐先生，你快来看，快来看！"

我们走近门边，孟信用手向门推了几推，说道："看看，怎么开不开了？"

我道："是啊，我先走出来的时候，好像听见门里面刷的一声，我只以为是别的东西响，所以我也不留意，也没有向大家说，当下大家都不曾留意。"

文侃道："刷的一声，就是门闩了咧。"

文侯道："我们从窗子里跳进去就是了。"

说着，从窗子里跳了进去，把门开了，我们走进去，同先前一点也没两样，桌上的东西，一点也不捣乱，仍旧整整齐齐。孟信诧异道："咦？怎样的呢？是哪个进来的呢？他进来又是做什么呢？真不可思议，事体越出越奇。"

孟信只管说，常云始终不答他，一声也不响，我知道他必定又在那里出神了，于是大家都不做声，好久好久，常云才问孟信道："你说的楼下有皮鞋足音，就是餐室里么？"

孟信道："正是的，他那声音很清亮，决不会误的，并且还听得咳嗽声呢。"

常云听了，又不做声了，于是走了出去，在餐室里东看西看，很注意的察看地下，又拿出显微镜来仔仔细细瞧了一遍，又到门口去了。孟信就向我道："我们再到花园里去坐坐吧。"

我们于是又到花园里，我便陡地记起了一件事，问文侃道："你早晨到我们家里来，是骑脚踏车来的，在迎紫路时，你跌了一跤么？"

文侃大惊道："你怎么知道的呢？"

我心想：啊呀，不好了，我上午错怪了常云了，便答道："是常云告诉我的。"

文侃道："他是神仙么？"

孟信道："你真正骑脚踏车跌了一跤么？"

他道："是啊，跌了一跤，连忙起来，幸得衣裳没弄脏。"

说着，常云来了，一脸高兴的样子，我晓得他一定有了把握，不过不肯说罢了，走来就道："你们在这里说什么？"

我就告诉他听，他只微笑着，文侃接着道："徐先生，你是神仙么？"

常云道："我不但如此，并且还晓得，你那脚踏车，是永利公司里买的，后面那一个车轮，橡皮曾经坏过了，另外换了新的，是的么？"

文侃直跳起来道："呀！你真是神仙了，你又没仔细看那车，怎样知道的呢？"

常云又笑道："你那车子后面轮上的橡皮，不知是前天还是昨天换新的，是的么？"

文侃道："是昨天，前天坏了，昨天上午去换的。咦？奇了奇了，你怎样知道的呢？你肯告诉我么？莫非你特地到永利公司去寻号子么？"

常云呵呵笑道："我又不是呆子，特地跑去问做甚呢？"

文侃道："那么到底怎样的呢？请你告诉我吧。"

常云摇头道："停一会告诉你吧，我们一等夜里来就可以进行了。"

孟信道："此刻没事，尽可玩咧。"

风景又好，又凉爽，于是大家坐着谈话，常云起初一声也不响，后来也谈起来，越谈越高兴。这时大家的谈话，我也不必细细去记他，横竖与案子一些也没关系，记起来也记不得这许多，并不是讨论一个什么问题，一时谈到东，一时谈到西，我也一起谈笑，觉得非常有趣，不过有一句话要说一说，似乎这句是和这案子有一点点关系，就是常云谈话，非常快乐的样子，只是我们五个人里有一个谈到案中的话的，一不理会，还用些话来岔开他。到了吃夜里饭的时候，林家兄弟仍在这里吃，孟信道："夜里果然没有这香味了。"

常云道："可不是呢，到底是误放进的啊。"

夜饭吃过之后，天色渐渐黑起来了，九点钟的时候，常云向孟信道："我们的临时卧房，顶好在花园前面的那一间。"

孟信忙点头道："是的是的，是在花园前面的楼上一间，在我的卧室隔壁。"

常云微微一笑道："那就更好咧。"

那时林家两兄弟也兴辞而去。孟信因为要探动静，吩咐家人早早睡了。我同徐常云就同上楼，由孟信领我们到那间房子里去。那间房子倒也大得很，摆了两张床，地方还足足有余，临花园的这一面，有一个窗子，窗子的前面有一张桌子，孟信笑道："空房子正多呢，这间的底下一间，也是一间空的，预备要堆柴的，徐先生你……"

说到这里，脸色忽然变了，装了诧异的样子，望着园中，常云移了视线瞧着园中，一面问道："什么……你看见了什么?"

他说完了，三个人都静悄悄的一些声响也没有。我也很注意园中，哪知，园中一点声响也没有，孟信方叹了一口气道："大约是我的幻觉，我好像听园中有声音。"

常云道："你先要同我说什么?"

孟信回说："你今夜可以遇得到这种事咧。"

说罢去了，常云就燃了一支烟在那里吸，只管在房里踱来踱去，我问："你今夜不睡了么?"

他道："是啊，我要看看到底……"

说到这里，再也不接下去，好像想什么，我也不追问，想还是睡吧，便向床上一倒。常云忽然取出手枪和电筒，放在桌上，又拿了一支手枪，放在我枕旁，对我说："这东西摆在这里，以防不测，如是发生了甚事，我会来唤你醒来，安心睡便了。"

我点点头，他于是扳熄了电灯，依旧踱来踱去，我以日中疲劳之故，不一会就睡着了，正睡得有趣的当儿，忽然好像有人唤我："仁之……仁之……"我张开了眼，房中仍旧很黑，我道："常云，不是你叫我么?"

哪知常云正坐在我床边低声说："仁之，你快起来。"

我忙起来，顺手拿了枕边的手枪，只见常云用手指着窗说："你快看。"

我向窗外一看，也没有什么，不过天上几点星子，月亮也没有，所以花园里非常黑，我低声问："什么？叫我看什么?"

常云也低声道："别出声别出声，你只静听好了。"一会又道："听……"

他说完猛听得花园里一种怪声叫，常云忙到窗前，我也起身跟了去，这种声音叫了好几声，一时在这面，一时在那面，我全身都打颤了，汗毛也都竖了起来，额上的冷汗，涔涔流个不住，常云就握紧了我的手，他的手也很冷，都是汗。哪知园里愈叫愈响，我怕极了，左手紧紧握住他的手，右手使劲拿住手枪，就是仔细辨他什么声音，也再辨不出。一时高，一时低，人声也不像，禽兽及昆虫的声音，也不是如此。好一会儿忽然不叫了，我就问常云："你当下何不将电筒照一照呢？"

常云道："呀，他如今的叫，是以为这间房子仍是空的，他若晓得这空房子里住了侦探，他哪里还再叫呢？或者还有甚事发生。"

我说："他为甚日间不叫呢？或者是一种动物，不常见的，他躲在深草里，日间不叫夜里叫。"

常云也不答我，忽又道："仁之，你听……你再听……"

这时园里忽然有足步声音，接着又是一阵谈话的声音，好像两个人在那里争什么也似的。常云同我都仔细听他说些什么话，有一个人道："请你不要再这样。"

那一个人很凶的声音道："呸！还是你别再乱想吧，再这样就……"

那一个道："就怎么？就怎么？"

刚刚听他说完，忽然"砰砰"两声枪响，又听有人呻吟之声，常云忙把电筒向下一照，我也俯头去看，哪知一点东西也没有，常云再四面照一照，也不见什么东西。孟信拖着鞋子走进来，把电灯扳亮了，只见他面色青白，向我们说："事情越大了，恐怕弄出人命案来咧。"

我道："或者是的呢，你听见枪声么？"

孟信道："是的，我听见枪声，才醒来的。"

我就对常云道："呀，当下你何不下楼去捉凶手呢？"

常云道："我若下楼，或者跳下去，他早也逃了，所以还不如趁其不备，用电筒照他一照，看他到底是怎么样一个人，然后再去捉他不迟，哪知他逃得这般快，必定连尸首也背到哪里藏去了。"

说着，坐在他床上，我同孟信也坐了下来。孟信问常云道："你有些把握了么？"

常云道："有些眉目了。"

孟信就去睡去。常云于是问我道："你试想想看，这是怎么一回事？"

我道："大概是两人争一件什么东西，或者是这一个人做了什么私事，和那一个人有害，因此到这里争论，一言不合，就杀了他，又立刻将他尸首背了逃走，是的么？"

常云道："那么，花园中的怪声叫，楼下餐室里的足步音、咳嗽声、孟君书室门的闩住，那又怎样的呢？你试再想想看。"

他这一席话说了，顿时触动了我的灵机，说："哦，晓得了，晓得了，必定是他们争一件什么东西，这件东西却在这屋内，依他们的理想想过去，这东西在孟君书室里，所以半夜里到餐室里来，比及许多人聚到了餐室里，于是连忙逃到书室里，寻了一会不得，第二回再来到房里来寻，花园里怪声叫，大概是一种暗号，叫要他同伴来，以致相争，对么？”

常云拍手道：“对咧，仁之，你到底是有进步了。”

说着两手叉在头后，向床上一倒，我知道他又在那里用脑筋了，我再睡一觉吧，横竖这时还早呢，于是我又入睡乡了，自己也觉得睡得很长久，后来到了将醒未醒之际，忽然有人拖了我起来，原来是常云，他一面拖，一面很慌张的样子，指着窗外。我一看，外面黑灯冲天，隔壁孟信发狂也似的大叫道：“火……火……”

我忙拖了鞋子，往楼下跑。当出房时，回头见徐常云向窗外跳了下去。

下

哪知我下了楼，大家都说火熄了，我讶道：“熄火哪里熄得这样快呢？这不是一桩奇事么？”

那时我才知起火的那一间房子，正是我们那一间楼下的那一间房子。那么，空房又哪里来的火呢？即使是有人放火，为甚又熄得这般快呢？孟信两夫妇都说必定是鬼，于是我们都到花园里去，刚刚碰着常云进来，气喘个不住，只说要到里面去休息，我们跑到那空房里去看，一点东西也没烧了，只有窗上有点焦。孟信说：“这还不是鬼吗？”

我也不好怎样回答他，后来我们回到书室里，常云已靠在睡椅上了。他见了我们进去，就坐起来道：“孟先生，林家大概受了不少的影响了，请你快请他两兄弟来。”

不一会，兄弟俩来了，坐定之后，常云问：“你俩昨夜听见枪声吗？”

文侃点头说：“听见的。”

常云笑道：“我知道了，以前鬼鬼祟祟的事，都你兄弟二位做的，可是的么？只不知是什么道理罢了。”

这时孟信同我都诧异得不得了，因为常云平生探案，破案的时候，从来没有这般客气过，哪知还要奇怪的是，文侃、文侯两人听了常云的话，只是大笑，呵呵的合不拢嘴来。常云道：“别笑了，请说这道理吧。”

文侃就道："这些房子，前清时候，原是我们的，刚刚在钱塘门外，我们一家住在这里，常遭旗人的虐待，那时候，园中石山那面种的菜，还都是房子，就是我祖父的卧室，最外面的那些房子呢，租给人家居住。那一年，有洪杨之乱，快乱到杭州来了，我们一家人多倒听他，但是我祖父手中储蓄一万多金，带了走既不便，放在家里叫人管也怕遭抢，那就怎样呢？如放在地板下面，他们放一把火，把房屋烧了，也要失掉，于是我祖父就把那些金子尽行放在那卧室的地板下，又叫些人，将这卧室拆了，卧室附近的厢房也拆了，不是只剩了地板了吗？于是再拿些泥土盖在地板上，种了些菜，费了半个月工夫，才把这些东西弄得妥当，就全家逃走，幸而没遇着乱，到得乱平了，我们都在南京经商，一直到了许多年数，仍没来取金子。后来我兄弟两人娶了亲，民国十年才到杭州来，暂时住在城头巷，再一打听，这些房子都非我们所有了，这里租住的是一家姓赵的，到了今年，姓赵的才搬了，我们就租了这一些房子，孟先生已经搬来，花园虽归公，但是我要去取金子，总有些不便，因此想出种种法子来吓孟君，必定使他搬了，我再去取那些金子。"

孟信笑道："原来是你么，呵呵，你想我晓得园中有金子，我就掘了逃走么？"

文侃红着脸道："这也不过我神经过敏罢咧。"

于是我同常云也都笑了，孟信道："哦，怪不得种菜的地方比旁的地方高些呢。"

常云道："那么你怎样做那些吓人的东西呢？"

他道："餐室里走路和花园里怪声叫，这都是我做的，书室里闩门，却是放一块吸铁石，只等门一关，那铁闩就被吸铁石吸了过来，后来文侯进去开时，顺手将他拿开，至于饭中的口香糖也是我故意的，但经道破，所以就不再做了。园中的争声，也是我和文侯做的。"

常云道："那么放火又怎样的呢？"

文侃道："这是放了樟脑丸在窗上，将他一烧，仍烧的是樟脑，所以窗上仍没有烧掉什么，烧的时候，不是有股樟脑丸气味吗？刚刚烧时，又立刻将一桶水泼着，当时逃入那条弄内，回到家里。咦，徐先生，你又怎样知道是我呢？"

常云道："我先看见书房门闩着，听见园中的叫声和相争声，我的理想正和仁之先在房里说的一样，既而一想，可大大的不对了，怎样呢？园中既无门可以通街，那么枪打了那人之后，又逃到哪里去了呢？必定是逃向林家去了，但林家两兄弟怎样会相争？如是与外人相争，那么他可以呼救咧，既不听见呼救，又无影无踪的逃了，林家又没事般的过去，不是林家特地做出来的么？即使是两个外面的人，到园里杀了人，负了尸跳出墙外，那么我将电筒四面一照，为甚看不见什么呢？并且餐室里有皮鞋足音，既是秘密的事，为甚还要这般张声，给人家知道？就是书室里的门闩，也是笨事，可见这些都是故意做出来的。等到起火，匆忙跳下楼去，隐约之中，看见有人逃进弄中，一望而知是两兄弟中之一咧。”

说着，大家呵呵大笑，常云又道：“于是我叫人请了你们来，只见文侃气喘，这不是许多证据吗？”

后来我们在这里吃了早饭，孟信道：“我们五个人去游西湖去吧。”

常云道：“不，我还有曾绅士家被窃案没完结呢。”

文侃道：“那么待完结了那案后，请打个电话给我们，我们一齐去，好么？”

常云答应了，文侃又道：“哦，不错，还有话要问你呢，你知道我昨天来时骑脚踏车跌了一跤，你怎能知道呢？”

常云道：“我看见你手中有黄泥的印子，一格一格的，这自然是脚踏车上的，还有点湿，可见跌到泥中去过了，但这几天又没有雨，泥又很像马路泥，并且你说从钱塘门外来，自然要走过迎紫路，这几天迎紫路正在那里修，可见得你在迎紫路上跌了一跤，幸得长衫没弄脏。”

文侃道：“你又怎知我车子是在永利公司买的呢？”

常云道：“这倒很容易，因为你手中的纹，是每个方格中一小点，又有一个卍字记号，这不是永利公司的商标吗？至于那辆车，因为那一只车轮是新的，你想脚踏车天天在街上跑，哪有这样新呢？可见换了还没几天咧。”

他说完大家都叹他精细，我倒不以为奇，因为司空见惯了。后来曾绅士家被窃案有了结果，便打个电话给他们，他们林家金子的事已经妥当，可以去游西湖了，我笑道：“侦探同罪人同游西湖，不是奇闻吗？”

常云大笑，至于曾绅士家被窃案如何，游西湖如何，这些都不关于这篇《人耶鬼耶》，我也不必再去记他，如今暂与读者诸君告别吧。

原载《星期》，1922 年 8 月第二十三期

雪 狮

何朴斋

七月二十五日的那天，《沪江日报》上登着一段谋杀案的新闻：

> 今天早上五点钟，平江路八十七号宅内，出一件谋杀惨案，死的就是该宅主人蔡宝田，凶器是一把锋利的匕首，宝田睡在床上，被凶手刺断喉管，死状很惨，他的夫人撷芬同睡一室，却一点没有觉得，直到天亮后才叫喊起来，现在警长海奇士已往勘验，这案听得有警署侦探狄敏承办，狄敏是一个很干练的侦探，想破案在指顾间呢。

私家大侦探卫灵看这段新闻登在特刊里面，晓得今天早上得着访员的报告，才添印上去的，他自语道："照报上看起来，撷芬最有嫌疑。"又微笑道："狄敏在侦探界中也可以算得庸中佼佼，不过性子太急，少些涵养功夫，这是他的短处。"说到这里，看了一看手表道："现在刚八点钟，或者警长还在勘验，我虽然在旁观的地位，可是闲着没事，何不也去侦索一番呢？"一壁就立起身来带了些应用的东西，拿了草帽才走出门口，恰巧遇着他的助手康克。

康克道："卫灵先生一清早到哪里去？"

卫灵一手拉了康克道："我们一同去吧，包管你长些见识呢。"就换了一辆马车，直向平江路驶去。

不多时，马车已停在平江路八十七号门前。我们下车后付了车费，看见门前的人已挤满了。卫灵分开众人，我跟在后面走上阶石，那守门警察是认识卫灵的，登时立正行了个敬礼，就让我们进去，我留心看那房屋，是两楼两底，不过式子旧些，估量这所屋子还在五年以前造的呢！

我们刚踏进客室就听得警长海奇士欢然喊道："卫灵先生也来了，很好！可能借助一臂，使这案子早日结束吗?"

卫灵笑答道："我不过给旁观的地位，并且案子的内容，一点没有知道，恐怕无能为力吧，你可有新发现么?"

奇士道："验尸官童世葆已来验过，他说死者的血已发紫色，显见得已多时了，据他推测，约摸在一点钟以前，十一点钟以后死的，不过撷芬和丈夫一同睡的，丈夫被杀，伊岂有不听得的道理，为甚缄口不言，直到六点钟才叫喊呢？卫灵先生，这个疑点你能够解释吗?"

卫灵并不回答，但道："请你领我们检看一下。"

奇士就领我们登楼。我们经过后楼才踏进前楼，就看见侦探狄敏手里正拿着一把匕首，仔细地检验。他抬头看见我们，就带笑说道："卫灵先生这回可落在我后了，因为案情已经明白，不必再烦先生。"说时把匕首递给卫灵道："这是凶器，就是死者自己的东西，我在死者身旁发现的。"

卫灵接了匕首，一壁检看，一壁淡淡地说道："足见先生办案敏捷，佩服得很。"把匕首略看了一看，仍旧递还狄敏，就和我走到床前。

我看时打了个寒噤，因为死者的头里，一片血糊，喉管被匕首所刺，成了个窟窿，而眼上视，两手蜷伏胸前，那一种可怕的情形，任你怎样的笔墨，也不能描摹万一。

这时卫灵正拿死者的双拳扳开了，不知发见了些什么，看他面有得色。后来卫灵又回身过去，忽而蹲身地下，忽而伏身窗口，最后他在一只半开的箱橱抽屉上，拿显微镜很留心地照了一回。

狄敏笑道："卫灵先生，你真不惮烦琐，我料你所侦查的，同案子一些没有关系，还是问问宝田的母亲吧，我刚才已经问过伊，你何不再问伊一遍呢?"

这时就有一个老年妇女，从厢楼里走了出来，我看伊年纪，约摸有六十开外了，伊发出枯涩的声音，说道："我儿死得好苦，总要请先生们早日缉获凶手，不但老身感激不尽，就是我儿在地下，也得瞑目呢。"

卫灵道： "凶手多早晚逃不出法网的，你现在且把昨晚的情形告诉我吧。"

伊才含泪说道："我的儿子原在大发香烟公司里做事的，他们夫妻俩也很和睦，可是他喜欢养狗，前月里伽利（狗的名字）死了，又向友人讨了一只白狗叫做雪狮……”

我正听得出神，忽地觉得手上有什么东西触我，我吓了一跳，大声喊道：“不好！”

大家都回过头来一看，原来有一只狗正在舔我的手呢，我急忙避开了，那老年妇女道：“这就是雪狮，先生勿惊，他性子很驯，从不噬人的。”

卫灵笑道：“康克，你真胆小如鼠了。”一面走过来，在他背上用手抚摸了一回。他原有驯狗的奇术，那雪狮果然向他摇头摆尾起来，我觉得没趣，只不做声，这时伊又说道：“昨晚，我儿宝田赴友人的宴会，回来时，已经九点钟了，因为他微有醉意，所以叫撷芬扶他去睡觉的，不料今天一清早，就听得撷芬带哭带喊地闹起来，我急忙走过去一看呀，已经……”伊不能再说下去，就呜呜咽咽地哭起来了。

卫灵沉吟了一回，问道：“那么他们夫妇俩睡觉以后，你可曾听得什么声息？”

伊答道：“似乎在半夜里……”又转语道：“到底是什么时候，我不晓得了，听得有开门的声音，接连雪狮吠了几声，我只当间壁开门呢，所以没有留意。还有一件事，昨天上午，他们夫妻俩为不知什么事，吵闹了大半天。”又道：“这些事我已对那位先生说过了。”说时看着狄敏。

狄敏毅然道：“不错，我能够决定，也是你这几句话呢。”他回过头来喊道：“警长，现在可以行使你的职权，把杀夫的夫人拘了。”

这句话刚说完，厢楼里转出个少妇来，姿态很柔美，带泪哀求道：“丈夫被杀，我心痛如割，真凶没有拘获，怎么疑我起来了？天呀……”

这时警长已唤下两名警察，不由分说拖了就走。狄敏傲然有得色，同我们点了点头，大踏步跟着下楼去了。

卫灵笑了一笑，接着又在房里侦查了一回，后来卫灵忽然在台上书里抽出一本日记册子，他很注意地看了一看，微微点头，就装好了，才同我下楼来，刚要出门，雪狮跑来咬住卫灵的衣角，卫灵摆脱了，轻轻拍它的头道：“畜生，你安静些吧。”

二点钟以后，我和卫灵到拘留所里，看见撷芬泪痕满面，憔悴得不像个人了。卫灵拿卡片给伊看了，很庄重地对伊说道：“我特来助你，洗刷你的冤枉，但是你要老实告诉我一件事情。”

撷芬喜极而泣，凄然道：“卫灵先生既然肯助我，万不敢有一丝隐瞒。”

卫灵道：“昨晚你到什么地方去的，几时出去，几时回来，也得告诉我。”

我在旁听了不禁诧异，暗想卫灵用什么方法，料到伊昨晚出去的呢?

这时撷芬也很诚恳地答道：“不瞒先生说，我喜欢打牌，但是打牌是一桩可耻的事情，我常背地里出去的，丈夫只当我往间壁王秀娟家去闲谈，绝不问我。近几天因为输掉了一百几十块钱，要弥缝这笔亏空，所以昨天问他要钱，他不肯给我，所以同他口角。昨晚他醉后回来，我扶他睡好了，这时他的母亲也上床了，我就轻轻开了门出去，仍就到间壁王家去打牌，直到四点钟光景，我才回来，恐怕惊动他，所以轻轻地在他旁边和衣而睡。当时也没有留意，其实他已被杀死了。看来我出去后因为门没有关好，所以凶手趁这个机会进来的。”

卫灵忽然问道：“雪狮吠的声音，你听得吗?”

伊答道：“我回来时，他就向我吠了两声，似乎报告我凶信呢，可是我没有理会得。”

卫灵一壁听一壁在日记簿上记了下来道：“我都明白了，明天是审判的日子，我替你辩护便了。”

当时我同卫灵就退了出来，我忍不住问道：“卫灵先生，你怎么晓得伊昨晚出去过呢?”

卫灵笑道：“昨晚十点钟以后，曾经下雨，我在床上看见一双女皮鞋底上已沾湿了，且有污泥，所以晓得撷芬在昨晚十点钟以后曾经出去过的。现在凶手我已经晓得，不过要求你帮助。”就附耳对我说了几句，我跳起来道：“凶手就是他吗？你别弄错了!”

卫灵呵呵大笑道：“千真万确，你照我的话去做就是了，我还要到王秀娟家里去走一趟呢。”

第二天审判杀夫案的事情传遍了春申江上，下午二点钟，审判庭旁听席里早已坐满了，审判官叫竺立三，素来也很精明的。不一时人证到齐，就开审了。

审判官宣布道：“蔡宝田被杀案，已有警署侦探狄敏先生探出，现在请狄敏先生宣告证据。”

这时狄敏在证人席上，开口道：“这是杀夫案，我已得着两种证据：第一种他们夫妇俩在前天口角，伊对丈夫说：‘你这般待我，看你的结果就是了。’可知伊早已存了个谋杀丈夫的心；第二种呢，据昨天宝田的母亲说，宝田被杀的那天，半夜里听得有开门的声音，同狗吠的声音，显见得他的妻子，开了门接情人进来，狗看见了生人，自然吠起来了，他们就立刻动手拿宝田自己的匕首，结果了宝田的性命，等到天亮后，伊才喊起来，假做惊惶的样子呢，那谋杀丈夫的蔡陆撷芬已经捉到，奸夫是谁，等撷芬供出，这案子就可以结束了。”狄敏说罢，退了下来。

这时听审人的眼光，统注在那犯人位置里的少妇，大家交头接耳，说看伊这样娇怯的样子，不料伊的心地，那么狠毒呢。可怜撷芬低下了头，面孔红一阵白一阵，恨不得有个地洞，登时钻了进去。

审判官正要问撷芬的口供，蓦地，有一个人站起来，慢慢地走到证人席里，那听审人的眼光，又立刻移到那人身上。

大家一看，原来是著名侦探卫灵，这时卫灵整了整衣服，从容说道：“据我的调查，撷芬同这案子一些没有关系的。”

大家听了顿时静悄悄地，要聆听他的高论。他继续说道：“据验尸官的报告，宝田在一点钟以前十一点钟以后被杀的，那么他的夫人在丈夫被杀时候，恰巧不在家里，这就可以证明不是撷芬所杀的了。”

狄敏立起来，冷冷地问道：“你说什么证据可以证明撷芬那时不在家里呢?”

卫灵喊道：“秀娟女士，请你证明吧。”

这时就有一个二十多岁的女子从席上走到证人位置里说道：“前晚十点钟时候，撷芬到我家来打牌，直到四点钟才回去的。”说罢退下，还有一同打牌的两个女子，也站起来同样的说了一遍。

这时旁听席里的人又纷纷议论起来道：“这样一个娇弱的女子，原也不像杀人的凶手呢。”

当时审判官止住了众人的声音，问道：“卫灵先生，你既然证明撷芬不是凶手，那么真凶究竟是谁?”

卫灵不慌不忙，朗声喊道：“康克，带凶手上来!”

这句话不打紧，引得大家都伸长了脖子，用足十二分的精神，要看凶手是怎样的人。

只见康克牵了一只白狗上来，大家正在诧异，卫灵大声道：“这狗的名字叫做雪狮，就是杀人的凶犯。”听审的人，一阵哗噪，都说这真是一出滑稽剧了。

卫灵道：“各位少安毋躁，我把雪狮杀主人的情形说给各位听吧。”

大家又顿时寂静起来。

卫灵慢慢地说道："蔡宝田喜欢养狗，这雪狮是个友人在一月前送给他的，他每天在公司里回来，总要跟雪狮玩一回的，常常叫雪狮衔东西，衔着了便把饼干或蛋饼给他吃，新近他教了雪狮一种绝技，他拿一把很锋利的匕首，抛在空中，雪狮能够用口仰上接着。前天午后宝田就出去了，到晚上又去赴友人的宴会，所以雪狮没有吃到东西，挨饿了半天。九点钟过后，宝田回来了，偏又喝醉，胡乱睡觉。这时撷芬看见丈夫睡着了，伊原来癖嗜打牌，常背地里出去的，可是机会来了，就轻轻开了门出去。这时雪狮挨饿已久，断续的吠个不了，所以宝田的母亲听得开门声、狗吠声了。撷芬出去后，雪狮走来走去，忽然嗅得箱橱抽屉里有蛋饼的气味，它就用爪扒开了，因为我侦得抽屉半开，并且抽屉上有狗爪的伤痕，所以断定的。不过蛋饼不多，它没有吃饱，恰巧看见那把匕首也在抽屉里，它就衔了，爬上床去，送给主人，它想照寻常的规例要吃一饱咧。我看匕首柄上同床上，都有了饼屑，所以很容易推测得那时宝田睡得正着，总不理会。雪狮看见主人不给他东西吃，他益发爬个不了，可巧匕首尖头刺在喉咙里，把喉管立刻刺破，宝田痛极而醒，但是嘴里已喊不出来，只用两手乱抓，却抓着了雪狮，这是我看雪狮头上，有几点血迹，并且在宝田手里发见雪狮身上的白毛，所以晓得的，这不是雪狮杀他主人的证据吗?"说完，就拿少许饼屑，同一握狗毛呈上去。

歇了一回，又说道："撷芬在四点钟回来，恐怕惊醒丈夫，所以轻轻的和衣而睡，没有觉得，等到天亮了，她才看见的。"

卫灵述完，旁听的人个个点头，赞道："不愧是个有名的大侦探家呢!"弄得个狄敏羞愧无地。

这时审判官就问道："你说来头头是道，暗中情节纤悉不遗，佩服得很，但是宝田养狗，撷芬打牌，你怎样侦得的呢?"

卫灵道："打牌是撷芬告诉我的，讲到养狗的事情，本来我也不晓得，前天侦查的时候，我在宝田的台上找着一本日记册子，里面有几天是专记雪狮的事情，我已经把它圈了出来。我看了日记上记载的，又参以理想，所以决定这案子的凶手。"说着在袋里拿出日记册子递上去。

审判官接了，翻出来拣圈过的念道："六月二十日，友人赵君送我一只白狗，因为这只狗色白如雪，毛长如狮，所以我替它题了个名字，叫做雪狮。"

“七月三日，雪狮来我家后，毛色更加丰美了，我每天五点钟回来后，总同它玩一回，我拿皮球竭力抛出去，它很快地就衔了回来，它的技艺也进步了，它衔一次，我就给饼干它吃，也是褒奖它呢。”

“七月十九日，今天教雪狮学会了一种新技艺，我拿一把锋利的匕首，抛在空中，它能够用口接着，不落到地，这个玩意儿，倒很有些尚武精神。”

审判官念完，知道卫灵所说雪狮误杀主人确有充分的证据，立刻开释了撷芬，又宣告道：“雪狮既然是凶手，当然也要受法律的裁判，它是误杀，应监禁五年。”就唤二名巡警立刻执行。

雪狮临去的时候还回过头来对卫灵吠了两声，卫灵笑道：“你自己犯的罪，不要怨我啊！”

原载《星期》，1922 年 10 月第三十三期

雪里红

何朴斋

上海劳敦路警察分署署长史兴在办公室里，对大侦探卫灵道："照这样的案子，已经是第二次了，不过这回夏敖钦既然被杀，他的兄弟夏海钦又同时失踪，更加觉得棘手些哩。"

卫灵道："出事的地点在哪儿?"

史兴道："两次都在迈尔路鬼谷别墅的门前，因为那里很荒僻，没有站岗警察，并且鬼谷别墅的主人金宗鉴已避暑去了，这屋子里没有人，所以凶手可以任所欲为了。"

卫灵道："那么发现夏敖钦尸体的是谁?"

史兴道："是一个乡人叫王青山的，他今天一清早挑了菜，要到小菜场去，经过迈尔路，就看见那个尸体，他当时吓昏了，把菜担也抛在那里，一径赶到这里来报告。我立刻同验尸官吉亨去检验。据吉亨推测夏敖钦是在昨晚十二点钟以前死的，尸旁并没有什么凶器，最可怕的，死者的头已破开，脑子也没有了。"

卫灵听到这里，似乎很注意了一回，才说道："上回出事，那鬼谷别墅的主人已经出门吗?"

史兴道："大约已经出门一礼拜了。"

卫灵道："现在你把上回出事的情形，大略告诉我吧。"

史兴在袋里摸出一本日记册子来，翻了一回，就念道："六月二十五日早上，有退职巡警马隆生来署报告，迈尔路鬼谷别墅门前，有人被杀，头顶裂开，脑子失去。我同吉亨去勘验，果然同报告的一样，后来有尸亲包洛生认领，才知道死的叫包咸伦，就是洛生的儿子，这案子到现在还没有……”

史兴读到这里，卫灵道：“我已明白，不必再读下去了，照你记的算起来，上回出事是六月二十五，昨天夏敖钦被杀，是七月二日，第一次同第二次恰巧相隔一礼拜了。”

史兴道：“不差。”

卫灵道：“现在夏敖钦的尸体，想已在陈尸所里，请你领我去检验一下。”

“康克！你对于这案的意见怎样？”

这句话是卫灵对他的助手康克说的。

康克笑道：“卫灵先生！你又来考试我了。”

卫灵道：“不是这样说，在我们没有下手之前，不妨研究一下。”

康克道：“我的意思这并不是谋杀案。”

卫灵诧异道：“不是谋杀是什么？”

康克道：“或者有什么野兽，把他咬死，吃了他的脑子。”

卫灵笑道：“非洲确有食人兽，讲到上海地方，虽然迈尔路极荒僻，断没有奇异动物发现的。”

康克道：“虽没有食人兽，那獐狐狼兔也许有的，要是被人谋杀，为甚没有致命的地方，并且脑子失去，又怎么解释呢？”

卫灵道：“我刚才仔细验过，头顶裂开的地方很光滑，似乎用刀划开的，绝不像被兽类所咬。还有一层也得研究，为什么两案都在鬼谷别墅的门前？”

康克道：“那么，你疑心鬼谷别墅的主人吗？”

卫灵道：“我并不疑心金宗鉴，或者是别墅里的佣人等辈也未可知。金宗鉴在莫干山避暑，我已经打电报给他了。”

说时，有人推门进来，卫灵一看是佣人臧桂，递进一个电报来，卫灵道：“这定是金宗鉴的回电了，你把他译出来吧。”

康克照电报新编译了出来，大家看道：“卫灵先生！我全家在此，别墅中空无一人，谨复。”

康克道：“照复电看起来，这案并不是别墅里人做的，你的推测错误了。”

卫灵作不悦状道：“我的思想不见得错误，无论怎样，这案和别墅多少有关系的。”

康克晓得卫灵性子刚愎，自己总不会认错的，然而他思想灵敏，谈言微中，康克又很佩服他，所以不敢同他分辩。歇了一会，卫灵拿了帽子，匆匆出门去了。

康克正在办事室中料理一件案子，忽然卫灵满面笑容的进来，放了帽子，坐下来叫道："康克！我今天出去探听，那谋杀案又进一步了。"

康克道："你不必吞吞吐吐，怪闷人的，一股脑儿说给我听吧。"

卫灵点上一支卷烟，才慢慢说道："我刚才去找死者的父亲夏子山，才晓得当时他们兄弟俩是到母舅家去吃寿酒的，并且那天夏敖钦还带一只很珍贵的宝石戒指，叫做雪里红。"

康克笑道："为什么要叫雪里红呢?"

卫灵道："那块宝石四周白色如雪，中间却有猩红一点，所以有这个好名字。但是子山说那天验尸的时候，已不在手指上了，他想同案子没有关系，所以不曾对史兴说过。我们现在既然晓得了，只要一心去找那'雪里红'宝石戒指，就可循迹进行。"

康克道："但是这只戒指到哪里去找呢?"

卫灵道："就为这个，所以要同你商议一个办法……"

说到这里，沉吟了一回，笑道："我料凶手得了宝石以后，有两种主意。"

康克道："怎样两种呢?"

卫灵道："第一种是他恐怕泄露风声，不肯出卖；第二种他却立刻售脱，以便携款远逃。"

康克道："凶手既然要这只宝石戒指，一定是个穷汉，万万等不到一年半载的，或者近于第二种吧。"

卫灵道："我也这般想，现在别的法子委实没有，只得慢慢地到珍宝肆中去探听了。"

当时大家议定，分头出去，探听"雪里红"宝石的下落。

康克先到聚珍珠宝肆中去打听，不但没有，还受了他们一场奚落，他们说偌大的上海城，珠宝肆不下几百家，倘然你这种打听，差不多是海底捞针，总没有成功的希望。康克也不理会，又到嗜古轩艺斋去调查，也没有一点征兆，这时已上灯时候了，康克无奈就闷闷回寓，不一会，卫灵也回来了，他并不和康克说话，康克看卫灵面色很沉着，就知他也一样的失败了，但是卫灵有一种脾气，任你怎样失败，从不肯轻易放手，他回来后仍旧坐在藤椅上，一壁吸烟，一壁呆呆地用他的脑力。

有话即长，无话便短，他们每天出去探听，总没有消息。到了第六天的下午，康克回来时，看见卫灵已先在，他的面色却和往日大不相同，面上神采焕发，就知他已得手了。康克正要问他，卫灵先开口道："康克！到底不出我所料，竟被我查着了。"

康克问道："在哪一家铺子里？"

卫灵道："我今天到西京路的今古轩里，仔细瞧了一回，就发现那只'雪里红'戒指，我就搭讪着问店里的人要卖价多少。"

当时店主出来道："至少要一万二千块钱。"

我说不贵，但是这粒宝石，你们几时收进的？店主说，还是昨天呢，最奇怪的，那卖主似乎不是上等人。康克道："他穿着什么衣服，你问过他么？"

卫灵道："据店主说，他穿着一身拷香云纱短衫裤，也没有穿长衫，后来议定价值后，因为给他的统是现洋，他一起拿不了，还剩五百块钱在那里。"

康克道："那么等他来拿钱的时候，我们去拘捕他便了。"

卫灵道："且慢，我还没有说完，当时我就问他'约定几时来拿'，店主道'约定今天二点钟来'。正说到这里，那店主用手一指道：'咦！他不是来了吗？'我急忙回头一看，果然看见那人穿着一身拷香云纱短衫裤，戴一顶拍拉草帽，着一双白皮鞋。我就迎上去说道：'老兄！你做的事情发觉了，随我到警署里去吧。'那人怔了一怔，猛然伸出拳头，劈面打来，幸亏我眼快，忙把头一低才避开了，那人趁这个机会，飞身跑去了。"

康克跌足道："当面错过，可惜，可惜！"

卫灵笑道："不！我当时也不敢怠慢，立刻跳出店门，紧紧追赶，一面拿出警笛狂命地吹起来，这时前面刚巧有一个站岗巡警看见了，才上前把他拘住送到警署里去。"

康克拍手道："照你说来，这案子将近结束了，那么今古轩里的那只'雪里红'戒指怎样呢？"

卫灵道："那戒指我已拿到了署长史兴那里，不过今古轩里违法收赃，所以他们所付的钱只好损失了。我明天同你到警署里去，听听那人的口供怎样。"

卫灵和康克到了劳敦路分署，史兴便道："刚才拘获的毛必发已解送总署去了。"

两人别了史兴又到天钟路总署里来，投了名片，那署长海奇士立刻出来接见，卫灵先问道："难道凶手不是他吗？"

奇士道："他承认偷宝石戒指，却不承认杀人。现在已拘禁第一监狱，请先生直接去问他吧。"

卫灵点点头就同康克退出，一直向第一监狱走来，途中康克问道："卫灵先生！我想毛必发的供辞未免是狡诈呢，他既说戒指是他偷的，那么戒指就在死者的指上，岂有不是他杀的道理？"

卫灵只是蹙着双眉，并不回答。这时已到了监狱门前，卫灵拿侦探据给守门警察看了，那警察登时立正致敬。

康克问了毛必发监房的号数，他就跟着卫灵一同进去，到第十三号监房，开门一看，毛必发正坐在凳子上打盹。

卫灵大声道："朋友！我来问你一句话。"

他被这大声惊醒，揉了一揉眼睛，看见就是拘他的人，恨恨地道："你还要问我什么？我到这里来，乃是受你的赐，我一辈子也忘不掉你呢。"

卫灵微笑道："你现在只要老实告诉我，一些儿也不隐讳，我自有权开脱你的。"

毛必发听了这句话，忽然定神地瞧着卫灵。似乎还不大信任，半晌才说道："我可自誓，我实在没有杀他。"

卫灵道："那么你把那天所做的事情告诉我吧。"一壁在身边拿出一本日记册子来，一手拿了铅笔，似乎专等毛必发开口，康克也摒心静气地听着。

毛必发慢慢说道："在上一个星期日。"

卫灵道："不错，就是七月二日。"

必发接着说："我在晚上约摸十二点钟的时候，从赌场里回来，将要到迈尔路，蓦地听得有呼救的声音，我紧上几步，将到鬼谷别墅的门前，远远地看见一个人向东飞跑，我心里大疑，也很快的追上去，不料没有防备脚底下被东西一绊，跌了一跤。"

卫灵道："你被夏敖钦的尸体绊倒了？"

毛必发道："不差，当时我吓了一大跳，仔细瞧那尸身时，但见满面血糊，也看不出眉目了，我那时虽然害怕，却动了贪心，在他袋里一摸，没有东西，再看他的手指上，亮光一闪，原来是一只宝石戒指，我就顺手拿了。"

卫灵道："那么你为什么隔了四天才出卖呢？"

毛必发道："我起初不敢出卖，后来我看报纸上只说夏敖钦死后失了脑子，并没有提及宝石，我才敢拿宝石到今古轩里去。”

卫灵记完了，装了日记册子，就对毛必发道：“朋友！你放心吧！你不过犯了窃案的罪名，拘留几天罢了，等我捉到凶手，还要请你作证呢。”

说罢，就退了出来，向他助手说道：“康克！现在案子将要结束了……”

康克不等卫灵说完，截住他道：“你前回当毛必发是凶手，所以说这案子将要结束，现在真凶还不晓得是什么人，怎么说案子又可以结束呢？”

卫灵道：“我起初还不大透彻，现在听了毛必发的一席话，案里的疑点可以迎刃而解，现在我还要去做一件事情，大约至迟八点钟可以回来，回来后就要同你出发的，你把应用的东西预备好了。”

康克听了，虽然疑惑，也不便问，就彼此分别。

做侦探的在夜间出去拘捕强徒，所应用的东西，到底是哪几件呢？其实也很简单，就是手枪、电筒、百合轮、止血药等几件东西罢了。当时康克将东西预备好了，恰巧卫灵回来，这时已经八点钟，臧桂搬上晚饭，二人胡乱吃了。康克忍不住问道：“今天到什么地方去捉凶手呢？”

卫灵淡淡地答道：“自然到凶手住的地方去捉了。”

康克又问道：“凶手住的地方在哪里？”

卫灵道：“停一回你就可以晓得的。”

接着又问康克道：“那只小电机带了没有？”

康克说：“没有。”

卫灵道：“那么那东西就在抽屉里，不能不带它去，防防万一的危险。”

康克去取了小电机，两个人就一同走出门来。

康克跟了卫灵，走过南津路，四道街哈夫花园小菜场，折而向西经过蝉庐坟路，地方渐渐觉得荒僻了，电灯也稀少了，最后走到一条路，康克在电灯光底下一看，不禁毛发直竖，原来这就是连死两人的迈尔路了。再走了几步，远远的矗着一所高大洋房，康克估量定是鬼谷别墅，这里电灯很少，并且别墅门前的电灯也正熄着，在这冷僻幽暗的地方，康克不由得想起包咸伦和夏敖钦惨死的情形，似乎立刻有个满面血糊的犷鬼在他面前，他几乎要喊出来。

这时有人在康克肩上拍了一下，康克定睛一看，原来是卫灵，才放了心。卫灵向康克附耳说了几句，康克点了点头，当时卫灵就伏在一棵树的后面。康克依了卫灵的话就慢慢地从西边走到东边，约摸走了一百多步，再从东面回到西面，走了两次不见动静。康克便闷闷地自忖道：“不晓得卫灵捣什么鬼，看来又要失败的了。”

于是就轻轻走到卫灵身边低声问道：“现在什么时候了？”

卫灵拿夜光手表一看，也低声答道：“十一点钟了，现在你可以伏在这里，我们更番吧。”

康克借此休息一回，就伏在树后，这时卫灵便靴声橐橐地走到东边去，不多时又走回来，将要到别墅的门口，忽地“呀”的一声，门里陡然跳出一个恶魔来，手里还拿着一件东西，向卫灵直扑过来。

康克吃惊不小，急忙跳出去，拿出手枪，对准他砰然一声，那人却很便捷，把身一蹭，调转身体，向东就跑，那时卫灵也开了两枪，一壁就紧紧追赶，康克奋力跟着。这时那人在前，卫灵在中，康克在后，彼此距离约摸有五十多码。卫灵连连开枪，那人左右躲避总没有打着。康克拼命狂奔，恐怕误伤卫灵，也不敢开枪，看看将要到一所高大房屋的前面，迎面来了一辆汽车，那汽车横冲直撞，开足速率。卫灵单注意前面的那个人，没有防备汽车，只听得“啊呀”一声，康克赶到一看，不好了！卫灵被汽车撞倒了。康克要想喊住汽车，但那时司机似乎晓得肇祸，更加开得快，像风驰电掣般的驶去。再看前面冷悄悄地，那逃人早已不知去向。康克思想或者那恶徒就在汽车上逃去的，但那里离开电灯很远，看不明白，他就拿出电筒，俯身下去一照，但见卫灵面色惨白，呼吸仅续，再看他的左手，却被汽车轮碾过，已受了大创，因思这时凶手逃去，卫灵受创，前途希望正是越发黑暗了。

“卫灵先生！卫灵先生！”康克喊了两声，只见卫灵微微张开眼来，应道：“康克！不妨事的，我不过左臂脱了臼，现在你可扶我到前面那所医院里去？”

康克心里想：这里有什么医院？难道他神经错乱吗？但一壁想一壁已扶卫灵起来。

卫灵的右手搭在康克肩上，一步一跌地到了那医院门前，看见门前有一盏半明不灭的电灯。康克留心看那匾额，却写着挺大的四个字，就是“济民医院”，门上还挂着一块“戈济民医生”的牌子，方才恍然明白，原来著名的治贫血症的戈济民医生就住在这里，倒替卫灵庆幸。这时康克按一按门铃，不一会，有个仆人出来开门。卫灵对康克道：“你拿我的卡片给他。”

康克就伸手到他的衣袋里摸了一张卡片，那仆人接了卡片，一面便领他们到会客室里歇了一会儿，仆人出来道：“请你们略等一等，济民先生立刻出来了。”

这时康克扶卫灵坐了不多时，果然那名震一时的戈医生出来了。戈医生年纪不过三十开外，身体很壮健，两眼闪闪有光，鹰爪鼻，长方脸，嘴上微微有几根胡须，看见了二人，便微笑说道："想必受创的是卫灵先生了。"

康克代答道："不错，是被汽车碾伤了左臂。"

医生又问康克姓名，康克也对他说了，医生又说道："时已深夜，两位还仆仆道途，谅必是为了什么案子唉！这种侦探事业也委实辛苦呢。"

说着走近卫灵身旁，在他左臂上摸了一摸道："脱臼了。"

就回头喊那个仆人道："简红！你扶卫灵先生到疗病室里去。"

又向康克道："康克先生，请坐一会，好在我的手术还敏捷，只要五分钟就可以毕事了。"

说时简红扶了卫灵，戈医生跟在后面，一同走出会客室去。

卫灵躺在疗病室里的睡椅上，医生问道："你觉得疼痛吗?"

卫灵蹙着眉道："疼痛得很。"

医生道："我看你神气，委实不如喝杯白兰地振一振精神吧。"

说着，就开了橱门，拿出个酒瓶来，在玻璃杯里倒了一杯，递给卫灵，卫灵把右手接了，慢慢的一口一口喝完了，医生接了杯子，呆呆地瞧着卫灵，停了一会，卫灵大声道："不好！怎么头昏起来了……"

说话还没有完，两眼一闭顿时倒在椅上，济民医生微微笑了一笑，低声说道："你虽然是个有名的侦探，可是同我对敌，也太不量力了。"

这时简红也耸着肩走过来，医生道："你背他到第二号室里去。"

不多时简红已重新回到疗病室，医生又道："还有会客室里的那个蠢汉，也得了却他。"

就附耳对简红说了几句，两个人一同走出来。

大侦探卫灵因为要拘捕谋杀案的凶手，却被戈济民医生囚在第二号室里，看官们只当他左臂脱臼，又被医生灌了迷药，差不多着着失败，已到山穷水尽的时候了，然而作侦探小说的却有一种惯例，倘然失败到极点，就是成功的开始。现在卫灵的失败史已经过去，以下要叙他的成功史了。

那时卫灵到了室里，看见简红键上了门出去后，他就冷笑着道："恶徒！你的手段也太辣了!"

一面立起身来，拿右手帮着左臂稍作运动，说也奇怪，顿时恢复了原状，他就拿出电筒四面一照，晓得门在北面，西面有一个小窗口，但是有铁直楞的，再用手指轻弹墙壁，知是木板，却很坚固。他想除了门里出去，断难破壁飞去的，急忙拿百合轮出来试了一试，不料锁孔中早有钥匙在里面，不能再投第二个钥匙了。卫灵正在失望的当儿，猛听得间壁室内有开门的声音，接连又有脚步声，后来似乎有人笑道："这叫做侦探遭劫。"

卫灵暗暗着急，自语道："康克真的上他当了，倒不可不急筹出去的法子。"一壁就拿出那只小电机来开了，凑近窗口，那电力果然厉害，不多时第一根铁直楞早已断了，又凑近第二根，隔了三分钟，又烧断了。这时窗口还小，不能容人，卫灵正要烧第三根，猛听得间壁房里声音嘈杂，似乎有人哀求的声音，一会儿又听得戈医生的声音道："你既然到了这里，也是天数……"接连又有"哎呦"声，倒地声。

卫灵跺脚道："康克性命难保，我害了他了！"

这时卫灵很快地从事他的工作，隔了十分钟，第四根也断了，才放好了电机，从窗口里爬了出来，他来不及到间壁房间里去，看见疗病室后面的一间屋子，电灯还没有熄，知道一定是那个万恶医生的试验室了。卫灵蹑手蹑脚地向试验室走来。

卫灵向窗里一望，不觉打了个寒噤，原来那医生手里正拿着一颗血筋鲜明的人头呢！卫灵知道康克又做了他的试验品了，又是悲伤，又是气愤，就抄到门前，轻轻挨身进去，抽出手枪大喝道："恶徒！还不受缚吗？"

医生没有防备，回身看见是卫灵，吓了一大跳，知道已不能抵抗，只得两手高高举起，卫灵正要上前缚他，忽地觉得脑后有一阵冷风，卫灵何等乖觉，急忙一跳，才避开了。原来简红拿了一柄利刃，正要向卫灵猛刺，卫灵避开了刀，要想开枪，不料医生已一跃上前，紧紧握住卫灵的手，卫灵便不能发枪，于是简红捏定了刀，用刀向卫灵当心刺来，刀还没有到身上，只听得砰然一声，简红自身反而跌倒了。

卫灵大喜道："康克！你来了！好！好！"

这时康克已把简红打倒，回身同卫灵要缚医生，医生笑道："且慢，我有一件事，恳求你们，你们总得答应我。"

卫灵道："你说便了。"

医生道："别的事我都已料理了，不过还要写一封信给我的挚友，可能容我一刻钟的工夫吗？"

卫灵道："你写吧。"

当时医生就拿出一支自来水笔，在纸上嗖嗖地写，两面却有卫灵和康克执抢守着，卫灵看准了手表，写了一会，卫灵大声道："还有两分钟……"

说到这里，只见医生在自来水笔上用力一捏，那笔管里就有一股黄烟直冒出来，卫灵要想阻止，却已不及，便大声道："康克！快回避！"

一壁拉了康克很快地离开了他，忙把窗子也开了。这时就看见医生倒在座位上死了。康克很觉诧异，卫灵道："这是毒气，他不愿受法律裁判，所以自尽了。"

卫灵再走到桌旁，拿医生写的最后一封信，同自来水笔，统袋了起来。幸喜简红不过臂上受了枪伤，还没有死，也可以问出口供，就把他铐了。康克道："我们先到第一号室里去看看，不知死的是谁？"

卫灵道："我先在间壁听得很清楚，只当你牺牲了，急得什么似的。"

又问康克刚才的情形，康克一壁走一壁说道："当时你去了约摸十分钟，简红进来道：'卫灵先生在疗病室里，请你去说话呢。'我就走出门来，才踏出门口，被绳子绊倒了，他们两个人把我牢牢缚住，送到第一室里去。我看见里面已先有一个人缚在那里，他们去后，我原想问那人的姓名，因为我嘴里塞了手帕子，开不出口。不多时他们主仆俩又来了，把那个人一刀杀死，破开了头，把脑子取去了，看得我毛骨悚然，又惊又愤。幸喜绳子已被我挣脱了，用百合轮开了出来，一直到试验室里，才救了你。"

康克说到这里，已经到了第一室门口，踏进去见那个尸首仍旧躺着，再也认不出他的面貌。卫灵在他的衣袋里搜出一张卡片，瞧着说道："果然不出我所料。"

康克接过来一看是"夏海钦"三个字，因也说道："怪不得失踪后没有下落，原来也被恶徒拘留在这里，他们兄弟俩竟都遭毒手，真是很可怜的。"

两人叹息了一回，这时天快要亮了。卫灵回到会客室里，打了个电话到总署里，说迈尔路谋杀案的凶手戈济民医生已经自杀，还有帮凶简红，也已拘获在这里，请署长立刻就来。一面叫康克到外面唤了两名站岗警察，一个看守简红，一个看守门口。卫灵又道："我们的事完了，暂且回寓休息一会吧。"

就又打电话叫了一辆汽车，等到上车后，对车夫说了声明远路第五十七号，那汽车就向前疾驰。

卫灵在车子里对康克说道："这案，我起初就料到和医生有关系的。因为人脑据说可以合药，有许多医生都相信这个说法。我因到迈尔路去调查，在鬼谷别墅东面半里多路，有一所济民医院，那个医生就是治贫血症的专家，我就疑心到他。"

卫灵说到这里，点上了一支卷烟，接着说道："后来，据毛必发所说，凶手只要人脑，别的东西却不注意，就可以证明我的所料不错。昨天我从监狱里出来，又到医学会里去，调查戈济民的履历。"

卫灵又弹去了烟灰，继续说道："原来他没有父母，也没有妻子，孑然一身，他性子又很怪癖，不苟言笑。他治贫血症的秘方谁也不晓得的。我想贫血症是一种特殊的病，那么他的秘方里面也许有一分人脑。你可还记得，第一次，包咸伦被杀是什么日子？"

康克道："六月二十五日。"

卫灵道："第二次呢？"

康克道："七月二日。"

卫灵道："那么相隔一礼拜了，我料他再隔一礼拜，或者又要演第三次惨剧，所以今晚同你去守着。他果然早已伏在鬼谷别墅里……"

康克道："别墅里既然锁着，他又怎样进去的？"

卫灵笑道："我早已去验过，原来那锁是坏的，可以说关而不锁。"

康克摇头道："那么你为甚不一直进去捕他呢？"

卫灵吸了一口烟答道："那时就是捕了他，只能当他窃贼，没有谋杀的证据，我认为时机未至。后来他出去时，手里拿了一瓶迷药，他前二回也是这样做法，先迷倒了人，然后动手。所以夏海钦也很容易的被他捉去了。但当时你放了一枪，他吓得就跑，我追他到医院门前，看他从后门进去，我那时喜极，知道我的理想渐渐要实现了。"

康克道："但是你乐极生悲，险些儿被汽车丧了性命。"

卫灵道："并不，我当时要想入院拘他，后来一想，仍旧没有得到充分的证据，最好进院去调查一下，这是恰巧有一辆汽车疾驰而来，我就故意跌了一跤，假做受伤。"

康克道："你左臂脱臼难道也可以假的吗？"

卫灵掷去残余的卷烟笑道："我前年从黄得标学了一年柔术，那脱臼的功夫也是一种呢。我进了医院，他出来时虽然脱去面具，神气很安闲，但是他的身段却不能逃过我锐利的目光。后来他拿迷药给我喝，哈哈，都被我的手帕子喝了去，委实好笑呢！"

康克道："好，你和我一同探案，却一些儿不告诉我，倘然我真个送了性命，岂不冤枉？"

卫灵笑道："我想告诉了你，恐怕你露出破绽来，晓得你还机警，总能够对付的。”

说到这里，汽车已到了门口，两个人一同下车，付了车钱，门铃一响，臧桂就出来，他们走进了办事室里，卫灵又道：“我们一夜没有合眼，很该睡一会了，但是这案中还有一件事没有明白。”

康克道：“一定是戈济民临死写的那封信了。”

卫灵点点头，从袋里拿出来，摊在台上，两个人一同念道：“卫灵先生转雷震欧医生鉴，我前谈贫血症秘方，除人参、鹿茸、肉桂、苁蓉十一味外，尚有一味，当时吝不遽告，现余不愿再秘，特以奉闻。盖所用者即人脑是也。此事虽觉可惨，惟牺牲一人，而救多数人之性命，揆之人道主义，亦尚无背。近又研究得一新法，可以猿脑代之，余已累次试验，颇有奇效，先生以后治贫血症，盍一试之，如确可靠，则医药界上，先生亦可谓发明家矣。此书达览之时，余已早离人世，幸先生弗以余为念。戈济民白。”

原载《侦探世界》，1923年第四期

夜半钟声

陆澹庵

一

自从阳历正月一号起，上海的《申报》、《时报》、《新闻报》上都登着“大中华函授学校”的招生广告。那函授学校的地址，在天津路长兴里九号，校长冯逸庵是一个高级师范的毕业生。校中课程，分为国文、英文、商业三科，科目很完备，各科所聘定的教员，均在报上宣布，大概都是一时知名之士。学费也定得不贵，国文、英文两科每学期只收十元，商业科加一倍，每学期二十元，讲义等费一概在内。若是一个人兼读两科或三科，还可以格外优待。报名的时候，须预先缴足一学期的学费，各科都是两年毕业。据广告上说，商科毕业的学生，校中还可以替他保荐职业。所以自从这广告登出之后，报名的人很不少，一个月之中，居然收到了二百几十个学生。学校还没有开门，报名的人就这样踊跃，真可算得是十分发达了。

五个月之前，这位大中华函授学校的校长冯逸庵先生，还在亚东公学当教员哩。将近暑假的时候，偶然为了一件事，与校长发生了意见，一时负气就毅然向校长辞职。校长虽然再三挽留他，他却执意不肯，等到暑假之后，便把铺盖行李搬出校去，住在一个亲戚的家里。他原籍是浙江乌程县人，家世清贫，并无什么恒产。一家数口，都靠着他一个人养活。这一回他在亚东公学辞职出来，因为那生计上的逼迫，心中非常愁闷。所以暑假期内，他就暂时住在上海，四处托人设法，要想找一个适当的职务。但是上海的社会实在是人浮于事，谋事很不容易，隔了一个多月，方才有一个朋友把他荐到一家陈公馆里去教授几个小孩子。每天功课很多，束脩却送得极薄。这种门馆式的西席先生，逸庵本不愿意去就的，但是闲着没事，也不成个事体，只得勉勉强强地答应下来。那陈公馆的主人，名叫陈康侯，是广东潮州人。据说家里很有几个钱，还开着两爿洋货字号。此人烟瘾很大，又娶了两个小老婆，家里排场十分阔绰，每天非睡到下午四五点钟不能起身。所以逸庵在他家教了几个月书，轻易却不能见这位东翁的面孔。逸庵天天与几个小孩子厮混，实在觉得无聊得很，可是一时又找不出什么好一点的事情来，心中十分焦灼。到了阳历十二月上旬，他无意之中忽然得到了一个很好的机会。原来有一个新交的朋友忽然竭力帮助他，开办了那个大中华函授学校，自己居然做起校长来，这真是逸庵所意想不到的事情呢。

那个出力帮助逸庵的朋友，名叫杨德泉，就是陈公馆主人陈康侯的内侄，是个商界中人，向来做洋货掮客的。此人年纪不过三十左右，办事却精明强干，他没事的时候时常到陈公馆来闲逛，渐渐地便与冯逸庵认识。两人谈得很投机，从此之后，德泉每到陈公馆来，就找冯逸庵谈天。逸庵因着境况不佳，每每与德泉谈起，总有些牢骚抑郁的话。德泉问他既然不高兴做西席，为何不另谋一个职务。逸庵叹口气道："我也未尝不想另图发展，可是没有恰当的机会，也是枉然。我前年有一个朋友曾经开办过一个中英文函授学校，当时学生很多，办得十分发达，后来这位朋友因为另就别业，生生地把这函授学校解散了，我当时替他很可惜。如今我也想要照样地办一个，可是开办的费用大约至少也要三四百块钱，我现在两手空空，怎样办得起来呢？"德泉听说，也替他叹了一口气。隔了一个多月，这时候已经是十二月的上旬，有一天德泉到陈公馆来，忽然兴冲冲地问逸庵道："你不是说要办一个函授学校吗，现在还想办不办呢？"逸庵道："办是想办，可惜没有开办费啊。"德泉道："你若果然要办，所有一切开办费，我可以替你代垫，将来你收下学费来，还我便了。"逸庵喜道："这话当真吗？"德泉正色道："谁来骗你不成？"逸庵见德泉真肯拿出钱来帮助他，心中十分高兴，当时就与德泉商议开办的计划。德泉劝他在中英文之外，加添一种商业科，收费可以略巨。所有各科的教员，必须聘请几个知名之士，以便登报号召。这两种意见，逸庵都很赞成。德泉又说："学校的房子我也替你留心找着了，就在那天津路长兴里九号门牌，有一所两上两下的房子，本来开着一家钱庄，就在这几天内快要迁移了，听说房租还不贵，我们不妨把它顶了下来，校中倘然嫌多，将来还可以转租给人家的。你若赞成，我明天就替你去租下来，所有一切顶费小租等项，我都替你垫付便了。”逸庵听了，岂有不赞成之理，当时一口答应。德泉又说：“校中一切木器等类，都可向嫁妆店去租的，所有各科的教员，倒要你自己去接洽。此地的门馆，你既然不十分高兴，从下月一号起，不妨就辞掉了它，专心去办那函授学校。但是我却只能暗中帮助你，不可教别人知道，你千万要严守秘密。因为我姑夫倘然知道了，一定要怪我多事，他老人家发起脾气来，于我的前途却很有妨碍的。至于你倘然要钱用，尽可向我拿，将来一总还我便了。”逸庵也不明白德泉对于自己为何这样热心，他心中只觉感激得说不出来，当下便一一答应了。自从那一天起，两个人便分头进行。房子也租好了，教员也聘定了，一切都已布置齐楚。德泉果然替他垫出了三百几十块钱，逸庵感激非常，当时便去见那陈康侯，把门馆辞去。康侯略略敷衍了几句，倒也并不十分挽留。到了月底，逸庵便搬到新屋里去住。这时候新屋里已经把租来的木器陈设起来，收拾得焕然一新，门口和弄堂口，便把那块大中华函授学校的招牌钉起来。德泉又荐来两个人，一个是书记江祖淹，一个是茶房阿炳。阿炳陪着逸庵住在学堂里，江祖淹却是早来夜去的。布置完备，逸庵把招生的广告，送到新、申、时三个报馆里，叫他们从正月一号起，登在报上。开学的日期，定在三月一号。这么一来，这个大中华函授学校，总算是具体的成立了。

德泉替逸庵所借的房子，果然是两上两下的一个石库门。这种函授学校，是用不着课堂的，逸庵把楼下的客堂做了会客室，楼上的次间和厢房做了办事室。客堂楼上，做了卧房，茶房阿炳住在灶披楼上的亭子间里。楼下次间连厢房一大间，空着没用，依逸庵的意思，要想贴张招租，把它转租出去。德泉却拦阻他道：“这一间不必转租给人家了，就替我留着吧，我有个姓王的朋友，向来在北京农商部当差使，阴历年底据说要回来了。他前天有信给我，托我替他找一间房子，他只带着一个当差的，却又不愿意住旅馆，我想这一间借给他住，倒也很好。现在横竖空关着，我有几箱洋布，一时没处安放，明天就拿来放在这一间空屋里，等那姓王的到来，再想法子搬出去便了。”逸庵听了，自然也很赞成。隔了两天，德泉果然把六箱洋布搬运过来，堆放在空房里。德泉又恐怕有什么差池，便自己带了一把外国锁来，将门锁上。色色布置完备，逸庵便天天坐在学堂里，等候学生来报名。闲着没事，便编辑几种讲义，预备开学时应用。自从广告登出之后，报名的学生居然纷至沓来，络绎不绝。一个多月工夫，报名的居然有三百多名，学费一共收到了四千五百几十块钱。除了还去德泉所垫的三百几十块钱之外，还多着四千块钱。逸庵恐怕这笔钱放在学校里不大稳当，便托德泉替他存放。德泉便替他介绍一家大东商业储蓄银行，把四千块钱存放进去，挂了一个活期存款的户头。银行中出立一本簿子，交纳逸庵，以后每月发各教员束脩时，便可以随便签出去了。德泉劝逸庵，这笔存款不必用学堂的名义，所以存户的名字，只写了逸记两个字，款项往来就用逸记两个字的图章为凭。逸庵拿着存款簿据回来，要想放在自己的皮箱里。德泉说这种皮箱虽然锁着，实在很靠不住，所以他把自己家里的一只铁箱子搬了来，借给逸庵。逸庵把铁箱安在办事室里，存款簿据以及一切贵重的东西都放在铁箱中间，这样一来，自然是万稳万妥的了。

以上所叙述的，都是大中华函授学校创办的历史。但是以下却要提起那一件离奇不测的案子来了。这一天是阳历正月十八号，便是阴历的十二月二十日。那时候将近阴历的年关了，逸庵的家里虽然接连着来了几封信催他回去，但是逸庵因为学校里走不开，决计就在上海度岁，不回去了。发生这案的那一天，下午四五点钟，忽然有一个浦东乡下人找到学堂里来，要寻茶房阿炳。阿炳出去一看，却不认识他。据那人自己说是阿炳的近邻，因为阿炳的母亲在门首跌了一跤，忽然神志不清，便溺俱下，像个中风的样子。阿炳的妻子急得不得了，恰好他要到浦西来，所以托他带个信，叫阿炳赶快回去。这人说完之后，茶也不喝一口，掉转身告辞去了。阿炳得到了这个消息，自然十分着急，便进去与逸庵商量，要告假一天，回去看看。逸庵听说他母亲快要死了，自然不能拦阻他，只得让他走了。这时候书记江祖淹早已回去，阿炳一走，偌大的一所房子里，就只剩了逸庵一人。幸而逸庵胆子很大，倒也并不在意，吃过晚饭之后，编了两张讲义看了一会儿书，把前后门仔细关好，便上床睡了。

逸庵平日起身得很早，大概至迟七点半钟总要起来了。十九号早晨，将近九点钟时候，书记江祖淹到校办事，见大门还没开，心中觉得有些奇怪，用手碰了几下，也没人来开，更觉得诧异了。他便绕道到后门口，后门却虚掩着，没有关上，用手一推就开了。他从后门进去，走到客堂里，静悄悄一个人也不见。他疑心逸庵和阿炳都在楼上，便移步上楼，跑到办事室里。刚踏进门口，一眼便望见那屋角里一只铁箱的门，开得直洞洞的，箱子里东西弄了一地，好像有人在那里乱翻了一阵的样子。他不禁大大地骇了一跳，照这情形看来，不言而喻，一定是有梁上君子光顾了。但是逸庵和阿炳都到哪里去了呢？他一面想，一面急忙退了出来，放声喊了两声阿炳，没有人答应。到灶披楼上去一看，阿炳不在那里。当时他的心中便起了一种幻想，莫非阿炳起了歹意，把逸庵谋死，偷了铁箱里的东西逃走了。要是果然如此，那么逸庵或者已经死在卧室里。他同时又想到这学校里办事的，只有三个人，现在倘然一个谋死，一个逃走，屋中只有他一个人，铁箱是被人开了，箱里的贵重东西，是被人拿去了，这件事发作起来，自己岂不是个很重要的嫌疑人吗？他设想到此，觉得自己一个人在这屋里实在是非常危险，但是事已如此，也没有什么办法，只得硬着头皮去到冯逸庵卧室里看看，究竟这位校长先生是怎样了。他走到逸庵卧室的门外，先把手拍了两下，叫了两声，不听见有人答应。他只得大着胆子，用手推门。房门没有下闩，所以一推就推开了。他侧着身子挨进门去，只见床上帐子垂着，床前放着一双鞋子，心中暗暗诧异，难道这时候逸庵还睡着没有醒吗？他鼓起了勇气，走近床前，把帐子掀开一看，只见逸庵果然安安稳稳地睡在床上，还没有醒哩。祖淹见他这个样子倒觉得出乎意料之外，当时便把逸庵摇了两摇，要想喊他起来。谁知逸庵任凭怎样叫唤怎样摇撼，总是迷迷惘惘，睬也不睬。祖淹这时候方明白过来，他曾经听人家说过，有一种窃贼，身边带着一种闷香，到了人家先把闷香点着，将屋中的人闷过去，然后任意搜刮，大约那冯校长也中了窃贼的闷香了。他又听人家说过，中了闷香或吃了迷药的人，只要叫他吃一口冷水，或是把冷水喷在他的面上，就能苏醒。所以祖淹便赶紧去拿了一方手巾，浸了些冷水，拿来按在逸庵的面上，果然不多一会儿，逸庵便慢慢地醒过来了。

逸庵苏醒之后，见祖淹站在他床前，觉得很奇怪。祖淹等他神志略清，便把进门后所见的情形一一讲给他听。只骇得逸庵直跳起来，急忙赶到隔壁办事室里去。见铁箱的门果然开着，把箱里的东西检点了一回，别的一点不少，单单就少了那一本大东银行的存款簿，还有一方逸记的图章。逸庵急得双足乱跳，说收下来的学费，都在银行里，要是被别人冒领了去，非但学校不能开办，叫自己怎样对付这班报名的学生呢？还是江祖淹略有主意，他说现在不过九点多钟，银行刚开门，不见得那贼就会去领存款，倒不如赶紧打个电话问问银行。要是没有领去，就叫他们止付。倘然有人冒领款项，就可以把人扣留，送捕究办。逸庵听他说得不差，便立刻穿好了衣服，赶到东隔壁锠泰洋货字号内，借打一个电话，去问大东银行，这一笔存款有人来领去没有。大东银行回说，没人来领。逸庵心中一块石头，方才放下。当时便依着祖淹的话，关照了银行，然后回到自己校里。祖淹问他，阿炳到哪里去了。逸庵说，他因为母亲有病，告假回去了。祖淹踌躇道："我看这人很有可疑，为何他早也不去，迟也不去，偏偏昨天晚上他就回去了呢?"逸庵摇头道："我看阿炳倒还诚实，不见得与那贼人通同吧?"祖淹道："阿炳照外貌看来，果然还诚实，但不知他的心地如何，大概越是靠不住的人，外貌越做得正经，这倒也不可不防的。"逸庵道："闲话少说，我们先把楼上楼下的东西检点检点，不知可还丢了什么没有。"当时两人便在楼上楼下，细细地检点了一回。谁知除了铁箱里的存款簿和图章之外，一点也没少什么，唯有楼下的次间厢房里，因为德泉锁着，没有进去。但是从玻璃窗上望到里面，那几箱洋布，原箱不动好好地安在那里，谅来也没有差池。依着祖淹的意思，要想去报告捕房，派探查缉。逸庵是个怕事的人，他说："银行的存款既然没有被他领去，便是天大的幸事，我们没有丢掉什么，又何必报告捕房，多此一举呢？这贼白来了一趟，没有偷到什么，也可怜极了，随他去吧，不必追究了。倒是那存款簿和图章失去了，必须要登报声明，免得闹出别的乱子来。停会阿炳来了，叫他去把德泉请来，一来请他把寄在这里的洋布看看，不要丢掉什么；二来还要请他去向大东银行说明，另外补一本存款的簿据才好。"祖淹也点头称是。

两人正在议论，忽听得有人敲门，祖淹以为是阿炳来了，急忙跑下楼去开门。谁知大门一开，却进来一位精神活泼的少年。那少年不过二十左右年纪，戴一副罗克式的玳瑁边的眼镜，披着一件厚呢的大衣，左手插在衣袋里，右手却拿着一顶哈德门的呢帽。那少年踏进门口，满面笑容地问道："冯逸庵先生可是在这里吗?"祖淹点头道："不差。"那少年便在大衣袋里，取出一张名片，递给祖淹。祖淹接过来一看，片上写着"李飞"两个大字，旁边又注着四个小字是"鹏图吴县"。祖淹请他在会客室稍待，便拿着名片到楼上，授给逸庵。逸庵见是李飞来了，心中不觉大喜。原来逸庵在亚东公学当教员的时候，李飞还在那里读书，不过逸庵教的是一年级，李飞却在三年级了，两人没有什么师生的关系。逸庵与李飞的表叔朱监学是要好的朋友，所以和李飞也认识了。逸庵旧文学很好，李飞时时跟他研究，两个人便格外地亲近。李飞以前所探的几件案子，逸庵都有些知道，所以他一听得李飞到来，心中便非常高兴。顿时三步并作两步，飞也似的跑下楼去，笑着嚷道："鹏图，你今天怎生倒有工夫来看我，工商大学放了寒假了吗？你来得正好，我这里恰巧有一桩事情，要托你侦探哩。"李飞道："我有一个亲戚要进贵校的商业科和英文科，对于学费上面，想要格外通融些，所以托我亲自来说。”逸庵道：“这个何必商量，既然是你的介绍，自然格外通融便了。只是我这里却有一桩失窃的小案子，倒要托你替我查查。”李飞道：“失窃吗？你且讲给我听怎样的事情，失掉了什么东西？”逸庵便把刚才发现的事情，一一讲给他听。李飞听他说完，仰着头想了一想，忽然说道：“这件事倒奇怪得很呀，那贼既然进了门为何只偷了一本存款簿，旁的东西却一点不偷，这是什么道理？”逸庵道：“这一会我也很觉得奇怪，后来一想，却也有个解释，这贼进门上了楼，见了那铁箱，知道宝贵的东西，一定在铁箱里，所以他一心一意去开那铁箱，等到偷到了存款簿之后，他以为有四千元可取，心满意足，所以旁的东西也都不要了。其实我们这校里，除了笨重的木器之外，也没有什么值钱的东西可偷呀。”李飞听说，点了点头，又问道：“你怎样知道是中了他的闷香呢？”逸庵道：“我向来神经很敏捷，晚上睡熟的时候，只要楼上下有一点声音，就能惊醒。昨晚有贼进来，我却一点不知道，直到今天早上有人把冷水浸的手巾覆在我面上，我方才慢慢地苏醒过来。要不是中了闷香，哪里会这样呢？”李飞道：“那贼点闷香的时候，他一定已经到了楼上了，难道他进门上楼你一点也没听见声音吗？”逸庵摇摇头道：“我实在没有听见。还有一桩奇事，我向来精神很好，晚上睡得极迟，昨天吃过晚饭之后，忽然有些头晕，坐在灯下看了一会书，头晕得更厉害起来，只得解衣就寝，这时候还不到十点钟哩。上床之后迷迷糊糊就睡着了，直到今天早上竟然没有醒过。所以不论什么声音，我都没有听见。”李飞愕然道：“你向来有这头晕的病吗？”逸庵道：“向来没有这病的，所以觉得奇怪。”李飞又想了一想道：“这一层倒大可研究，你昨晚吃夜饭的前后，可曾吃过什么特别的东西吗？”逸庵道：“除却夜饭，一点也没吃什么。”李飞点了点头，便立起身来道：“我们到后门口看看，可有什么痕迹吗？”逸庵便也站起来，领着李飞出去。

两个人走到后门口，李飞看那门上钉着一种弹簧锁。这种锁的背后有个小机括，把机括扳开，只要将门关紧，那锁就顿时锁上了，从屋内开出去，可以不用钥匙，从外面开进来，却非有钥匙不可。李飞细察那锁的四周，一点没有撬伤的痕迹。逸庵道：“这门上的锁，只有一个钥匙，现在我的身边，不知昨天晚上这贼怎样会开了进来的，倒也是一桩奇事。”李飞摇头道：“大凡做贼的人，一定带着百合钥匙，这种普通的弹簧锁并不难开，这倒不足为奇。现在我们到楼上去看看那个铁箱再说。”逸庵便关好了后门，把李飞引到楼上办事室里，江祖淹也在那里。李飞叫他把刚才发现时的样子，照式摆出来，然后走到铁箱的前面，仔细察看了一会儿，很诧异似的指给逸庵看道："你看这个铁箱的门上，并没有一点损坏的痕迹，这贼怎样开的倒也奇怪了。"逸庵道："大概也是用百合钥匙开的。"李飞摇着头笑道："开铁箱的百合钥匙，恐怕目下还没有发明哩。我看这个铁箱一定用原来的钥匙所开。"逸庵道："铁箱上的钥匙，我临睡时塞在枕头底上，今天仍旧还好好地放在那里，这贼怎样会弄开的呢？"江祖淹从旁插口道："也许他在你昏迷的时候，从枕头底下取了钥匙，开箱取得簿据后，依旧替你放好。"逸庵道："这也不对，我把钥匙放在枕头底下，简直没有一个人知道，这贼怎生晓得？况且他得到了东西，尽可把钥匙抛弃，何必定要替我放好呢？"李飞道："你这铁箱不是新买的吗？"逸庵道："不是，是朋友借给我的。"李飞听了一愣，很诧异似的问道："借来的吗？谁借给你的？"逸庵道："是我的一个好朋友杨德泉借给我的。"李飞道："借来的时候，有几个钥匙？"逸庵道："只有一个。"李飞迟疑道："铁箱上应当有两个钥匙呀？"逸庵道："不差，还有一个钥匙他早已失掉了。"李飞道："这位朋友的话，靠得住吗？万一他把还有一个钥匙失落在他人的手中，以致闹出这件事情来，也是有的。"逸庵道："这朋友很靠得住，他说那一个钥匙已经失掉了好几年了。"李飞点点头，便命逸庵将铁箱关好，一同走下楼来。

两人到了会客室里，李飞一眼看见那次间和厢房的门用锁锁着。便问逸庵道："这里边放些什么东西，为何把门锁起来？"逸庵道："这一间已经转租给人家了，里边放着六箱洋布。"李飞很注意地问道："借给哪一家的？"逸庵道："就是我的朋友杨德泉，替他一个姓王的亲戚转租的，姓王的还没有搬来，德泉所以把六箱洋布寄放在内。这门上的锁，也是他锁的。"李飞道："我要进去看看，可使得吗？"逸庵道："这有什么使不得，不过钥匙在德泉那里，须等他到来方能开门进去。"李飞摇头道："不必等他来，我此刻要进去。"逸庵踌躇道："门是锁着，窗是闩着，我们怎样进去呢？"李飞听到个窗字，便拍着手道："有了，我们只要把窗上的玻璃敲碎一块，伸手进去把栓子拔掉，就可以从窗口跳进去了。"逸庵道："一块玻璃值得几何，你若一定要进去，就这样办便了。"李飞点点头，走到厢房外的天井里，把四扇玻璃窗看了一会，拣那靠北第一扇窗的最下一块玻璃，用臂肘向上一撞，顿时把玻璃撞得粉碎。李飞伸手进去，把里边的栓子拔掉，顺手一拉，窗便顿时开了。李飞把呢大衣脱掉，交给逸庵，两手在窗槛上一按，纵身一跃便跳进了窗口。逸庵把大衣挂在会客室里，回到窗前，用一只椅子垫了脚爬进窗去。只见李飞立在洋布箱的旁边，手里拿着绳也似的一条东西，正在那里发怔。脸上的气色，瞬息数变，露着一种很神秘不测的样子。逸庵站在旁边，不敢上前去问他。停了一会，李飞把手中的东西用手巾包了，放在袋里，然后指着地板上一摊水渍印道："这水印哪里来的？昨天晚上楼上可曾泼翻什么东西吗？"逸庵看了一看，又向上看了一会儿，忽然想起来道："有的，楼上翻倒了一只痰盂，大约是被那个窃贼碰翻的，痰盂内有半盂的清水，一齐倒在楼板上，楼板有缝，所以就滴下来了。"李飞点点头道："好险啊，你的性命倒亏着这痰盂救了你了。"逸庵听了不懂道："你说什么，这痰盂会救我的性命吗？"李飞点头道："不差。啊，要不是这个痰盂，我今天恐怕也见不到你了，这事真可怕，我所经手办的几件案子要算这一件最是可怕了。"逸庵还是不明白他的意思，呆呆地问道："你说我有性命之忧吗？失窃也是很平常的事情，这窃贼的目的不过要偷东西罢了，我何至于有性命之忧呢？"李飞叹口气道："你自己经过了极大的危险，还没有知道，真是可怜。但是你的危险时期恐怕还没有过去哩。"逸庵听了，也有些惊慌道："我有什么危险？你同我说了，我也好防备啊。"李飞道："现在还不能与你说明，就是说明了，你也不见得会相信。有我在这里，决不能袖手旁观，使你坠入危险，你可以放心了。但是我要要求你三件事情，第一，我问你什么话，你须要一一从实地告诉我。第二，我所说的话，你要守秘密，不能教人知道。第三，我无论与你说什么话，你须要依从我，不可与我反对。你依了我这三桩，我非但保你没有危险，而且还可以替你揭破这桩案子哩。"逸庵道："我既然托你办理，这三桩自然都可以依得。"李飞点点头道："这屋里我已经看过了，我们还是出去吧。"当时两人都跳出窗来，李飞道："你赶快叫人来把窗上的玻璃配好，窗内外的碎玻璃也要扫干净，不要教人看出来。"逸庵就打发江祖淹去到玻璃店中叫人来镶配玻璃，祖淹奉命去了。逸庵与李飞仍到会客室坐下，李飞把这函授学校创办的历史，问了一遍。逸庵详详细细都说给他听，李飞一言不发，眼望着壁上的图画出了一会神，忽然问逸庵道："你们吃的饭菜，是自己烧的还是包给人家的？"逸庵道："是包给隔壁锠泰洋货字号内的。"李飞诧异道："洋货字号怎样替人家包起饭菜来了？"逸庵道："这也有个缘故，我们这里只有三个人吃饭，自己烧自然不值得，后来杨德泉说起，隔壁锠泰字号是他的亲戚开的，他家所用的厨房兼做包饭，价钱很便宜，倒不如就包给他们吧。我也无可无不可，他就替我去说定了。"

李飞道："这锠泰字号，在东隔壁还是西隔壁？"逸庵道："在东隔壁。"李飞忽然好似想起了什么似的，很急促地问道："那厢房和次间的隔壁，不就是锠泰的房子吗？"逸庵道："正是。就隔着一垛墙罢了。"李飞点点头，想了一想道："这锠泰洋货店的东家是哪一个？"逸庵道："这倒没有打听过，只要问问德泉就知道了。"李飞道："没有什么关系，不必问了。"逸庵道："你看昨天晚上这件事，阿炳有关系吗？"李飞道："多少总有一点关系，我看这个窃贼，不是外来的，但是究竟是哪一个，现在还不能说，等我调查明白了，再来告诉你吧。阿炳住的地方，你知道吗？"逸庵道："他住在浦东烂泥渡。"李飞取出日记簿，把住址写了，说道："我去去再来，你托我侦查这事，千万要守秘密，除了江祖淹已经知道外，不可再给第四个人知道，千万不可泄露。"这时候李飞拿着大衣，走到天井里，见书记江祖淹正在指点玻璃店里的学徒，教他镶配那一块打碎的玻璃。李飞看了一看，便与逸庵告辞，匆匆地去了。

二

这一天午后，逸庵刚要去找杨德泉，不料德泉倒匆匆忙忙地来了。他一踏进门，便问逸庵道："昨天晚上你们这里，可是失窃吗？"逸庵诧异道："你怎样会知道的？"德泉道："我刚才为了一笔款子，自己到大东银行去接洽，据银行中的会计员同我说，今天早上你有电话咨照他们说，昨晚校中失窃，把存款簿据都偷去了。我一听这话，赶快前来一看，不知存款簿据之外可还失去什么吗？"逸庵道："还有一个逸记的象牙图章也偷去了。除此之外，一点没少什么。"说着，就把早上发现窃案的情形，大略说了一遍。至于李飞来校察看的事，却绝不提起。德泉听了，也觉得很奇怪。逸庵道："阿炳忽然告假回去，很有一点嫌疑，今天他要是来校，我要细细地盘问他哩。"德泉道："阿炳这人平素很老实，恐怕不见得会串通外人做出这种勾当来。但是究竟如何，我也不敢担保他，你盘问他一回也是好的。至于失去存款簿据和图章，那倒不要紧的，你只要在报上声明一下，现在存款没有领去，我只要替你觅一个铺保，写张遗失据，教他们另出一份便了。"德泉说到这里，回头看见那次间和厢房的门依旧锁着，便站起来道："这里边的六箱洋布，想必绝不会偷去的，待我进去看看。"逸庵道："洋布原封不动放在那里，你进去看看也好。”德泉掏出钥匙来过去开了门，推门进去。不多一会，就踱了出来，脸上露着很诧异的样子。逸庵问他道：“箱子里的洋布没有偷去吗?”德泉点头道：“没有偷去，可是我很奇怪，今天你们谁进去检查过的吗?”逸庵听他问到这句话，不觉一呆，心中想起李飞叮嘱他的话，意欲不说，但是德泉和自己十分要好，瞒着他觉得又不是个道理，当时便含含糊糊地说道：“不差，你没有来之前我恐怕里边有什么差池，曾经进去检查过的。”德泉道：“这门锁着，你怎样进去的呢?”逸庵道：“我扳开了窗，跳进去的。”德泉道：“可曾发见什么?”逸庵道：“一点没有。大概这贼因为门锁着，没有进去。”德泉听了，也没说什么，依旧将门关好，把锁锁上。便教逸庵写了一张声明失窃的广告，预备拿去登报。逸庵正在起稿，忽听得敲门的声音，急忙放下笔，出去开门，谁知却是茶房阿炳回来了。阿炳不等逸庵开口，便很诧异似的对逸庵说道：“不知哪一个爱闹玩笑的，乱造谣言，说我母亲中风，把我骗回去。其实我母亲好好地坐在家里，一点儿毛病也没有，累我倒心急慌忙地跑了一趟，真是岂有此理。”逸庵听了，很诧异道：“你母亲没有病吗？那么昨天来的那个人又是谁呢?”阿炳道：“我家中并没有打发人来，我也不知道他是谁啊。”逸庵觉得很奇怪，眼看着德泉，想不出这个道理。德泉却点头道：“这个贼真好细心啊，他先设法把阿炳支开，然后前来动手，这个计策倒实在不差。”阿炳听了德泉的话，莫名其妙，呆呆地看着两人。逸庵便把昨晚失窃的事，大略说给阿炳听，说时留心察看阿炳的面孔，见他虽然十分惊讶，却并没有心虚的样子。三个人议论了一会，也没有什么端倪，逸庵把广告的稿子起好，交给德泉托他代送报馆。又把觅保向银行报失的一层，重重地托了德泉。德泉一口答应，当时便把广告稿揣起来，告辞走了。

第二天早晨，李飞来见冯逸庵，逸庵把德泉与阿炳的话讲给他听。李飞听说阿炳已经回来，觉得很出乎意料之外。便把阿炳叫来亲自问了几句，自己一个人默想了一会儿，忽然笑着对逸庵道：“这事大概有十之六七，我已经明白了。不过其中还有几层，必须调查明白方能宣布。至于你的危险时期，目下还没有过去哩，那个要谋害你的人，正在那里竭力进行，仔细想来实在是可怕得很。所以你必须事事听从我的话，不可违背。这是有性命出入的事，不是儿戏的。”逸庵道：“我自问平生没有什么切齿的冤家，这人为何要害我的性命呢?”李飞道：“他倒并不是与你有仇，这也是被逼至此，无可奈何，不过手段未免太辣了。现在我有两桩事情关照你，你必须照我所说的办，千万不要反对。第一桩，因为你在上海危险得很，现在横竖快过年了，你明天必须动身，回转乌程原籍，不可逗留在沪。所有校中的事情，还是托给你的朋友杨德泉，代你主持。等过了旧历新年，你再到上海来，那时候就没有事了。今天你必须要去看杨德泉，和他讲明才好。倘然他不答应，就托给江祖淹也不妨。无论如何，你明天必须动身，不可迟延。就是有人拦阻你，你也断不可答应，这是最要紧的。还有一桩，今天四点钟之后，你同阿炳两人不可在家吃东西，无论粥饭小菜，以及各种食物，都不可吃。晚饭的时候，你们俩可以替换出去，到饭店或点心店里随便吃些什么，果果腹就算了。此事更要秘密，千万不可叫第四个人知道。这两桩你能照办吗?”逸庵踌躇道：“第二桩当然可以办的，至于第一桩，恐怕有些为难。学校新办，事情很多，我怎样可以回去呢?”李飞道：“你回去暂避一二天，就动身出来，就不妨事了。一切事情，你还是托杨德泉吧。”逸庵见他说得这样认真，只得答应了。两个人正在谈论，恰巧阿炳拿进一张《新闻报》来，逸庵把几张报翻了一会儿，不见自己所登的广告，心中很是诧异，就把报纸递给李飞道：“我托德泉代送的广告，今天没有登出来，不知什么缘故。”李飞微微地笑了一笑道：“大概他忘记送去了。你停一会见了他，再问他吧。”说着便站起身来道：“我还要去调查一桩事情，晚上八九点钟，我再来看你。那时节还有要紧的话，与你谈哩。”说完，就匆匆地去了。

李飞走后，逸庵便去找杨德泉。那时候德泉刚起身，逸庵问他广告的事情，德泉道：“报馆的告白，必须下午六点钟之前送去，明日方能登出。昨天我打从你那里出去，发生了一件要紧的事情，当时便把告白忘了，等到赶紧送去，已经来不及了，大约明天总可以登出。”逸庵又把要回去的话，说给德泉听，德泉道：“校事很繁，你怎样走得出呢？至于你托我代管校务，我是个外行，自己事情又很多，绝不能替你代办，我看你还是不去的好。况且我那位姓王的朋友，明后日准到，你们也得见见面。他有一只箱子，向来寄在我的家里，如今他要来了，我想先替他把这箱子搬过来，放在屋里。所有前存的六箱洋布，也要设法搬开，我倒希望你这几天不要回去。”逸庵道：“我家中有些要事，非得回去一趟不可，大概三四天就要出来的。”德泉听了，也不再拦阻。逸庵临走的时候，德泉道：“停一会我想把姓王的那只箱子，亲自送来，有什么事情，到那时再与你谈吧。”逸庵点头答应，便辞别回校。傍晚五点钟左右，德泉果然把一只形如画箱的广漆木箱，搬到校中。先把次间的门开了，亲自指挥车夫和阿炳，将那只箱子抬进屋里。逸庵问德泉，箱子里装的什么，德泉道：“大概是古玩字画罢了。”当时因为郑重起见，特地把这个箱子放在底下，却把那六箱的洋布，压在上面。堆叠完毕，德泉依旧关好了门，把锁锁上。与逸庵谈了一会儿，见天色已晚，方才起身而去。这一天晚上，隔壁锠泰洋货号的厨房，依旧把夜饭送来，逸庵想起了李飞叮嘱的话，不敢在家中吃东西，便命阿炳将饭菜撤去，并且叮嘱阿炳，叫他不要吃这东西。当时便与阿炳替换出去，在附近的小饭馆里，胡乱吃了一点。九点钟敲过，逸庵教阿炳把前门后门仔细关好，自己坐在办事室中看书，阿炳正要去睡了，忽然听得敲门的声音。逸庵知道是李飞来了，便命阿炳下楼开门。阿炳开门一看，果然是李飞。只见他手中拿着一大包东西，用新闻纸裹着，里边好像是一只长圆形的洋铁罐。李飞走进会客室，把手中的东西放在屋角地上。这时候逸庵已奔下楼来，见了那新闻纸包裹的东西，便问李飞道：“这包的是什么？我的事情，探听得怎样了？”李飞道：“一切俱已明白，今夜大约可以破案了。这报纸里的东西，你们千万不要动它，破案的时候，或者还要用着它哩。”逸庵道：“你叫我去见杨德泉，告诉他明天离沪的事情，我已经去过了。”李飞道：“很好。他怎样说呢？”逸庵道：“他劝我不要回去，我不答应，他就不说了。”李飞点点头，又问道：“你们今天晚上，在家里吃过东西吗？”逸庵道：“没吃什么，连晚饭都是外边吃的。”李飞道：“那隔壁送来的饭和小菜，都端回去了吗？”逸庵道：“没有端回去，都放在厨房间里。”李飞道：“你叫阿炳把报纸包一点饭和小菜给我，我有紧要的用处。”逸庵便打发阿炳去包了一包饭、一包小菜，交给李飞。李飞道：“我还要出去一趟，大约一二点钟之内，一定回来。你们等在这里，千万不要睡觉。我回来的时候，大概走后门了，你们把前门堵上了吧。”说完，便匆匆地去了。

将近十一点钟，李飞果然回来了。轻轻地敲后门，阿炳出去，把门开了进来。李飞走进会客室，把大衣脱掉，挂在墙上。逸庵问道：“你把那饭和小菜拿去，有何用处？难道里边有毒药，你去化验吗？”李飞道：“不是毒药，你现在不必问我，停一会你自然明白了。”说着便去把屋角里的纸包拿来，拆开一看，里边果然是一个长圆形的洋铁筒。筒的外面，有许多外国字，可惜逸庵和阿炳都不识得，不知里边装些什么。李飞拿着那洋铁筒，走到天井里，逸庵和阿炳也跟了出来。李飞走到厢房外玻璃窗前，认明了方才打碎的那一扇，伸手去扳，谁知却扳不开来。逸庵忙走过去道：“方才杨德泉进去检查时，见这扇窗没有闩，他就拴上了，所以扳不开来。”李飞道：

"这个人倒细心得很呀，现在我只有用我的老法子了。"说着，便把右手的臂肘，向窗上一撞，铿然一声，顿时撞碎了一块玻璃。李飞伸手进去，拔脱了栓子，扳开那扇窗，先把手中的洋铁筒放在地上，两只手在窗槛上一按，跳进窗去。逸庵把那个洋铁筒，隔窗递给他。李飞便吩咐逸庵道："你命阿炳把地上的碎玻璃片扫去，楼上下的电灯一齐熄了，你两人也从这窗口里爬进来，我自有道理，快去，快去。"逸庵和阿炳不知他葫芦里卖的是什么药，但是又不能不听他的话，当时便把玻璃片扫干净，又把楼上下电灯熄掉，果然一个个都从窗口爬进厢房里去。那厢房和次间里，十分黑暗，伸手不见五指。李飞把窗关好，又把栓子闩上，然后问逸庵道："这厢房和次间里的电灯机关装在哪里？"逸庵道："就在门背后。"李飞过去一扳，电灯依旧不亮。逸庵道："你不要扳了，灯上没装灯泡怎样能亮呢？你倘然要开电灯，我去拿一个灯泡来。"李飞道："不必了，我们还是伏在黑暗中的好。"正在答话时，忽听得那会客室壁上的自鸣钟当当的一连打了十二下。李飞低声道："不要响了，这个害人的恶魔，快要出现了，我们还是找一个避匿的地方吧。"说着便拉了逸庵和阿炳一同走到那堆叠洋布箱的屋角里，李飞看了一看道："这箱子的背后，倒是很好避匿的地方，我们就躲在这里吧。"逸庵道："难道前天晚上来偷东西的那个贼，又要出现了吗？"李飞道："正是，但是他这一回来，并不是来偷东西了，这是何等可怕的事情啊，如今他快要来了，你们看着那一扇门，不要发声。稍停一会儿，他自然要开门进来了。"逸庵诧异道："这门锁着啊，他怎样可以进来呢？"李飞道："锁是没用的，他高兴进来就进来了。但是你们要明白，他也是个人，并不是什么妖魔鬼怪，我们不必怕他。等他走进门来，到那箱子的旁边，我们便不约而同地蹿出去，必须要将他捉住。这个人拿到之后，这案子就明白了。现在他快要来了，我们静静地候着吧。"于是三个人便一声不响，默默地躲在箱子背后，室中的空气顿时便寂静起来，连一枚绣花针落在地上，也都听得清楚。逸庵和阿炳的心中，都在那里勃勃地乱跳，不知道要闹出什么怪剧来。李飞却极镇定，直僵僵地站在那里，简直像一个蜡人一般。

在这个非常寂静的空气中，忽然听到了一种细微的声音。这声音真细微极了，可是在这个静悄悄的时候，三个人都听得清清楚楚。嘀……嗒……嘀……嗒……嘀……嗒……这不是钟摆的声音吗？校里一共有两只自鸣钟，一只在楼上办事室的案上，机件极小，钟摆的声音绝不会传到楼下。还有一只挂在会客室的墙上，这只钟的机件很大，钟摆的声音也很响，次间和厢房里都能听得出来。但是现在所听得的钟摆声音，非常微细，与那只挂钟的声音不同，所以大家觉得奇怪。逸庵第一个发言道："此地哪里来的钟摆声音，你们听得吗?"李飞道："对呀，这屋里难道有一只小钟吗?"逸庵道："这是一间空屋，哪里来的小钟。"李飞道："我听清楚了，一定在这屋里，而且在我们的身边。哦，这只钟恐怕在木箱里边。"逸庵道："木箱里都是洋布，怎样会有自鸣钟呢?"逸庵说的当儿，李飞擦了一根火柴，正在那里察看洋布箱子。只见他忽然跳起来道："咦，明明六只箱子，怎样却多了一只了？这一个广漆的木箱哪里来的?"逸庵听说，猛然想起来道："我真昏极了，怎么没有同你说，这箱子是杨德泉拿来的，据说是王某之物，大概箱子里有一只小钟，忽然走动起来，所以发出那钟摆的声音来了。"李飞一听这话，突然从箱子背后直跳出来，大声说道："这个恶贼，真狡猾极了，原来他已经变了一种计划，我险些上他的当。这样看来，他今夜是不来的了。你们出来吧，我赶快要宣布他的秘密了。"逸庵同阿炳听了，便都从箱子后跳出来。李飞道："赶快去拿两个灯泡来，先把电灯开亮了，方好做事。"逸庵听说，立刻便开了窗跳将出去，拿了两个电灯泡递进窗来。李飞隔窗说道："你把那门上的搭钮扭断了，开门进来吧，这样爬出爬进岂不费事。"逸庵迟疑道："无端扭断了门上的搭钮，明天要是被杨德泉看见了怎样说呢?"李飞冷笑道："事到如今你还怕他责问哩，赶快去扭断了吧，我也不高兴从窗口跳出跳进了。"逸庵见他这样说，只得听他的话，跑到客堂里，想法子把搭钮扭断，开门进去。这时候李飞已经把电灯泡装好，室中顿时雪亮。李飞便帮着阿炳，把洋布箱一只只搬开，将底下那只广漆木箱移出来，放在厢房的中间。李飞看那箱子上面，锁着一柄极坚固的外国锁，一时不能打开。把耳朵附在箱子上，细听那一种嘀嗒嘀嗒的钟摆声，果然在箱子里边。他又把臂上的手表，映着灯光一看，自言自语道："十二点二十五分，大概发作的时候一定是一点钟了。"说时皱了皱眉头，想了一想，便对逸庵说道："我要出去一趟，大概十分钟就可以回来，这箱子千万不要动，等我回来自有办法。"逸庵始终不知道他弄的是什么玄虚，只得点头答应。李飞跑到会客室里，把大衣披上，阿炳开了后门，李飞便匆匆地出去了。

隔了不到十分钟，李飞果然回来了。他进门之后便叮嘱阿炳叫他等在后门口，要是有人敲门便放他进来，阿炳点头答应。李飞走进会客室，把大衣脱了，见逸庵还站在厢房里，眼看着那只奇怪的箱子，耳听着那种嘀嗒的声音，脸上露着一种满腹狐疑的样子。李飞把他叫到会客室里道："我们坐一会儿歇歇吧，停一会有几个客人到来，这秘密就可以宣布了。”逸庵道：“你何不把内中的秘密先讲给我听呢？你的办事，总喜欢如此，你自己觉得有趣，我可实在要气闷死了。”李飞笑着摇头道：“现在距离宣布的时候不过半个钟头了，你又何必着急呢？”当时便与逸庵随意谈些旁的事情，说时连连看他臂上的手表，自己咕哝着道：“怎么还不来呀，快要十二点三刻了。”又过了五分钟，他很焦灼似的跳起来道：“这几个人真是饭桶，为何还不到来，难道没有预备汽车吗？”正说时，忽听得敲后门的声音，李飞方才安心道：“好了，他们来了。”这时候阿炳已经领了三个人，从后面走进会客室。逸庵定睛看时，前面一个年纪约摸四十多岁，头上戴着貂帽，身上披着獭绒的大衣，鼻架金丝托力克眼镜，手上戴着两只钻戒，口中衔一支雪茄烟，像个很有钱的大富贾。后面两个，一色穿着黑华丝葛的羔皮袍子，头上斜戴着一顶呢铜盆帽，目光灼灼，好像是捕房里的包探。李飞先替那个大富贾介绍，逸庵和他通了姓名，方知这人名叫唐宝仁，是安平水火保险公司的经理。唐宝仁又替那两人介绍，一个叫张桂荣，一个叫徐根生，果然都是捕房里的包探。这时候逸庵见李飞忽然弄了这三个人来，不知道是何意思，内中还有一个保险公司经理，更觉得莫名其妙。其时张桂荣先问道：“那箱子在什么地方，带我们去看看。”李飞道：“就在隔壁厢房里。”说时便领着众人，踏进厢房。张徐两个包探，把耳朵靠在箱子上，听了一听，不约而同地说道：“果然是那个玩意儿，现在我们可要把箱子打开来吗？”李飞摇手道：“不要打开，我料他预定的时限，一定是一点钟，现在已经是十二点五十五分钟了，还有五分钟就要发作。横竖里边一定没有什么炸烈的危险品，我们看它发作了再说。”徐根生道：“最好去拿两床棉被来。”李飞道：“我预备着药水在此，不必用棉被了。”说时，便把那洋铁筒递给徐根生，徐根生把口开了，拿在手中，大家围立在箱子的四周，静悄悄地一声不响，专等那怪剧的发作。

钟上的秒针一秒一秒地跳动，长针便渐渐移到一点钟上，会客室里的挂钟，噹然打了一下，接着那木箱里边也发出一种很清晰的闹钟声，接连不断。就在这钟声里边忽听得轰然一声，那箱子四周的隙缝里，突然间都冒出火来。一刹那间，箱子也炸开了，箱子中间简直全是火块。火头蹿起有四五尺高，熊熊炎炎，不可向迩。逸庵和阿炳都惊得呆了，那时节徐根生急忙把手中洋铁筒里的灭火药水，向箱子上一浇。那药水果然厉害，这么猛烈的火经这药水一浇，顿时便把它浇熄了。李飞又把众人招到次间的屋角里道：

“我们再看看那六只箱子里，究竟装些什么东西。”那俩包探过去一看，那六只箱子都用钉钉着，一时不能打开。当时张桂荣便开了后门出去，向汽车夫借了一柄铁凿、一个铁锤进来，箱子盖上的钉，一个个敲脱，箱盖一开，里边的东西便发现了。原来箱子里哪里是洋布，一箱子全是碎乱的纸屑，而纸屑中间又夹着几罐煤油汽油，箱底里又有几块碎乱的砖石。一连打开三箱，都是如此。逸庵看得呆了，李飞道：“不必开了，这种确凿的证据，想来在场之人没一个不看明白了。现在大家请到外边坐吧，我要宣布这桩事的秘密了。”

大家随着李飞，来到会客室。除却阿炳之外，五个人便围着一张大菜台坐定。大家都呆呆地看着李飞，静听他宣布此案的内幕。李飞慢慢地呷了一口茶，方开口说道：“此案简单一点说起来，其实是一桩纵火图赔案。不过那恶人的手段非常狡猾，所以内中还包含一件欺诈案，一件谋命案，一件窃案，情节便格外复杂了。这件案子的实行犯，现在可以不言而喻，大家总知道是那个杨德泉了。其实杨德泉还是受人指使，供人利用。这个指使杨德泉的教唆犯，说出来很是奇怪，原来不是别人，就是逸庵从前在他家教过书的那个陈康侯。”逸庵听李飞说的话，都出乎意料之外，心中觉得万分奇怪，连一句话都说不出来，只是呆呆地看着李飞。李飞又说道：“如今要说明我侦探此案的程序了。我昨天刚到这里，听逸庵说是一件小窃案，倒也并不放在心上。后来我一见那只铁箱，心中顿时起了一种疑云。我想这只铁箱，既然是杨德泉家里借来的，而且还有一个钥匙没有交出，那么对于这窃案最负嫌疑的人，便是杨德泉了。据逸庵对我说，这函授学校的成立，完全靠着德泉的帮助，非但十分出力，而且还替他填了几百块钱。逸庵和德泉，并不能算是十分知己的老朋友，为何他对待逸庵这样热心？我同时便想到德泉或者要虚设一个函授学校，借此骗取学费，但是自己又不愿意出面，所以怂恿逸庵办理此事。等他把学费取到了，存入银行，他便设法将存款簿据一概偷去，私自到银行里将存款完全冒领了去，以后这函授学校的办不办，可就与他不相干了。逸庵又同我说，前晚中了窃贼的闷香，所以一点没有觉察。我却以为一定不是闷香，或者是在食物中下的迷药。但是据逸庵说，除却晚饭之外并没有吃过东西，我便疑心那迷药就下在晚餐里。所以逸庵黄昏时候，觉得有些头晕睡到床上，就不省人事了。当时我还疑心阿炳是他的同党，非但告假是假的，晚餐中的迷药也是他暗中下的。后来才知道阿炳并不与闻，全是杨德泉一个人在暗中捣鬼。单就以上几层看来，杨德泉已经犯了欺诈罪和盗窃罪。谁知他的罪名，还不止这两种哩。后来我到楼下，见那空屋用锁锁着，心中有些起疑，设法进去一查，却查得一个大大的关键。原来我在那次间的地板上，发现一根绳也似的火药线。”说着，便从袋里取出那火药线来，给众人看。又说道：“这火药线的一头，塞在一个洋布箱的缝里，还有一头却有烧焦的痕迹。不过地板上有一方水渍，这个烧焦的一头，恰巧浸在水里，所以就熄死了。后来方知道这个水渍，是因为楼上碰翻了一只痰盂，滴下来的。我因着这根药线便想到那六只板箱里边，决不是洋布，大概是火药炸药之类，这药线要是不熄，屋中起了火，逸庵昏迷在床，必定活活地葬身火窟，这不是很危险的事情吗?”逸庵听他说到这里，脸上失色，身体有些颤动，觉得自己真是死中得活了。李飞接着又说道：“我当时仔细研究，德泉偷到了存款簿据也就是了，何以定要放火把逸庵烧死，这个人未免太狠毒了。若说两人有什么仇恨，德泉既然能下迷药把逸庵迷倒，何不就下些毒药把他毒死呢？因这必须放火一层上研究起来，我便想到那纵火图赔的事情了。但是大中华函授学校并没有保火险，所以我又疑心到隔壁的店家。因为现在纵火图赔的人，心思更巧，往往叫人在贴隔壁开一爿滑头的店号，并不保险，暗中放火，把左邻右舍一起烧掉，事后调查起来，起火的人家没有保险，决不疑心他是纵火，而左右被累的人家自然要照数赔偿。大概德泉闹的也是这一回事情。恰巧逸庵告诉我，这东边贴邻锠泰洋货号，是德泉的亲戚开的，我心中格外起疑。所以昨天下午，我亲自到洋货业茶会上打听，方知道这爿锠泰洋货号是潮州人陈康侯开的。康侯外表很阔绰，其实亏空得了不得，这爿锠泰又连年蚀本，今年因为多进了匹头，蚀得更多，大约年关一定是难过了。至于这个杨德泉，是康侯的内侄，向来也做洋货生意，近年因为到处亏空，声名狼藉，简直无人敢请教他了。他靠着康侯过日子，康侯叫他做什么他决不敢违拗，所以这件案子，一定是康侯的主使。我又调查得锠泰洋货号在安平保险公司保着二万两的火险，这纵火图赔的案子就格外证实了。所以我预先去咨照唐宝仁先生，叫他请了两位包探在家中等候，等我电话一到，请他们立刻就来。逸庵所吃的饭菜我已经请化学家验过，里边果然有一种慢性的麻醉药。我叮嘱逸庵，叫他扬言明日就要回去，故意使德泉知道，可以赶紧在今晚动手。我起先以为他仍用前日的方法，谁知他却改变计划，把闹钟装在箱子里，四周放了火药，钟上的闹针拨在一点钟上，又把极猛烈的火药线系在打钟的锤上，一到限定的时候，借着打钟激动药性爆发，箱子里自然会发出火来。他用这个恶计，我险些上他的当，要不是听见箱内的钟摆声，又怎能揭破这个诡计呢?”

李飞说完，大家都叹息世路险巇，人心难测。到了明天，唐宝仁不等杨德泉起床便带着两个包探去，把他拿住了。证据确凿，德泉自然不能抵赖，便把他姑夫陈康侯也攀了出来。捕房内又把康侯也捉了去，解送公堂。到了审判的那一天，逸庵和李飞少不得到堂上做个证人，康侯和德泉一一招认，自然按律严办。至于那大中华函授学校，仍归逸庵办下去，居然十分发达。逸庵虽然经过了一种危险，却得到了这样的酬报，塞翁失马，安知非福，这真是一点不错的。

原载《侦探世界》，1923 年第五期至第六期

X

张无诤（张天翼）

上

季同超惊呼道：“这么说，你连你自己的姓名都不知道么，唉，这简直和小说上说的一样，难道你有神经病么……”

这时季同超惊异的颜色都被立在他对面的那少年看见了，那少年便是季同超说他有神经病的那人，脸上白得和纸张一般。他听了季同超那些话，觉得不快，沉下脸来道：“先生，我哪里会有什么神经病？不过他告诉我，说你正缺少一个书记，叫我来补了这个缺，我哪会有什么神经病呢？”

季同超笑道：“为什么你连自己的姓名都不知道呢？无论什么人，他怎么蠢法，可是他自己的姓名总知道，你如今连姓名自己都不晓得，哪可以……”

那少年道：“你说我蠢么？”

季同超道：“我并不说你蠢，不能当我的书记，不过……不过总觉得这件事奇极了。”

少年道：“或者你们听了，是要这般诧异的，其实依我看来，一点也没有什么奇怪，我从小便不知自己姓甚，名字叫甚。”

季同超生性很好奇，如今他正缺少一个书记，那少年便拿了一封信，说这人当书记也还当得，并不知这写信的是谁。季同超见着这般奇事，很想要试试他看，看他到底是个什么人，便笑道：“哙，朋友，你做我的书记是可以的，只是……”

他说到这里顿了一顿，瞧着少年微笑，少年道：“只是怎么呢？”

季同超道：“只是我呼你做什么呢？”

少年道：“听你，你给我取一个名字吧。”

季同超笑道：“我可不能替你造个姓氏啊，我叫你做什么呢？”

少年道：“听你。”

季同超笑道：“我呼你做 X 好么？”

少年道：“好的。”

同超便笑道：“我便叫你做 X 了，X 君请坐吧。”

X 便在睡椅中坐下，同超道：“我有许多话要问你，X 君，我终不解为甚连自己的姓名都不知道的，你在什么地方生长的呢？你的父母呢？”

X 道：“我在什么地方生长的，连我自己也不知道，我不知在几岁上，便关在一间房子里，有两进房子是很大的，还有一个天井，那两进房子很华丽，我也不知怎么才华丽，不过出来时，看见别的房子一比较，便知道它的华丽。”

同超道：“你永世不出来的么？”

X 道：“这是自然，四方没有门的，只有很厚的墙，在一定的时候，有一个老人从天井中下来，送饭给我吃。有一次，我见他从梯子下来，想爬出去看看，他忽地取出刀来，喝我别动……”

季同超呼道：“呀！有这种事么？哙，X，你除了那老者之外，没看见过一个人么？”

X 道：“我没有关进那屋子以前，正在牙牙学语，仿佛有人教我说话，抱着我，不知是否我的父母，我在那时还见过许多人的，后来不知怎样，关在那屋子里了。”

同超听了吐了口气道：“咦！真怪极了……”

X 又续言道：“我在相当年纪便有个人来教我读书，我天资很好，如今我自信有些学问了。”

同超道：“教你书的是谁？”

X 道：“有许多呢，各科有各科的教授人。到了昨天那老者来送饭时，和我说道，你学问也可以了，你可以出来了，便带我出来。我带了许多衣裳，也不知谁给我办的，我要爬过墙了，那老人用手巾，很紧地蒙着我的眼睛，所以我从哪里来的也不知道，又乘了一夜的火车，老人领我出车站，拿一封信给我，叫我到这里来，他说地名不知道，你只要问季同超先生的住址，是人人知道的。他又拿几块钱给我。”

同超大笑道：“你别扯谎啊！世界上哪有这般奇事？”

X道：“我不知扯谎是什么，我所说的是亲身所历的。”

同超连着说道：“奇极了！奇极了！”

说着呆呆瞧着那X，又道：“你就在这里做书记吧。”

在季同超的意思，要看看他究竟怎样的，那X便在季同超家中做书记。这事一传十，十传百，大家都诧异得了不得，报上也记着这事，报馆中的访事员，更是纷纷到季家来，要看看那可怪的X。这是硖石的事，硖石的人都诧异这事，说那连办五个工厂的大富翁季同超，有个不知名姓的书记，叫他做X，不是奇事么？那些喜欢议论的人，有些人说那X是要夺同超的财产，所以这般鬼鬼祟祟，那些话都是扯谎的，或者他是有神经病的；还有些人，猜他以前是个恶人，如今痛改前非了，不愿把真姓名说出，因此这样。但是X在季同超家中，已干了三个多月，季同超很是喜欢，颇合他的意，并且X很热心，往往季同超要做什么事，还没有说，X已先干了。季同超非常信任他，好像觉得X并不可怪，可是社会上的人，仍然纷纷议论，说这件事总觉可疑。报馆中仍竭力探听此事，上海的《申江报》，说若有人知道这事底细，情愿出三千块钱，那些访事员叹道：“唉！这事除了X一人之外，没有第二个人知道呢，除非叫他凭良心说话。”

可是季同超一方面觉这事并不奇怪，或因他太信任的缘故，还有些侦探们虽不去侦探，可是时时猜想。有些人说季同超定是什么不正当的人，那X是个侦探，探他底细的。但匆匆地又过了两个月，只当它一件疑事，议论的声音也渐渐地息了下来。

在X进季同超家的第五个月，正是春天，同超的小儿子，名叫兆文的，他学校里正放春假，同超便要和他到杭州游西湖去，他原有一个别墅，在西湖葛岭。这天便预备动身咧，许多人收拾物件，X也在其内，那兆文无意之中寻见一只旧小箱子，开开一看，里面一些字画，X便拿出几种来看看，翻了几翻，忽然看见一个纸包，打开一看，是一只旧的空火柴盒，他忽然神色慌张，全身都颤了，惨白的脸上微现红色，心怦怦跳个不住，气也喘了。他全神都注在这火柴盒。其余的人一个也不觉着，这时X将火柴盒拿到窗下，细细照一遍，忽然锐声大呼，将火柴盒放在桌上，全室的人都大惊，问他怎么。X惨声呼道：“怎么……唉……你这恶魔……狗……一定要死了……”

他断断续续地惨声呼喊，态度已和前大不相同了，众人大惊，有个人看见他在窗前察看火柴盒，忽然狂了，季同超听了，更加诧异极了。X忽然在室中跳来跳去，忽又坐在地下，唱将起来，忽又笑，忽又哭，这时众人见他狂了，都逃了出去，同超仔细看那火柴盒，并没有异样，这火柴还是八年以前的，是野猫牌，鼎和公司里出的。如今是没有了，但是火柴盒并没有异样啊。X忽然从地上跳将起来，对同超肩上一拳，同超硬扶他去睡，X仍跳着叫喊，这天各地的晚报上，便载着这事。同超家中又挤满了访事员，人人都以为是从来没有的奇事，怎地看见了火柴盒，便发起狂来。有许多医生去诊，说X是受了一个很大的刺激，只要静养，因为这事同超又不能往杭州，终日里只好招待访事员，议论的人更多了。X便住在硖石医院里，这时人人脑中都有一个X的影子，报上也用铜版印着X的小照，详详细细地记载这事，加以议论，都说其中必有一段隐史，或者只有X一人知道。医院中人时时报告季同超，说X的病已有转机了。这一天夜里，他忽然向看护妇道："你出去吧，你出去再来。"

看护妇道："你有什么事啊?"

X皱眉道："你勿管，你快去快去，不依我，我心很是焦急。"

看护妇不得已便出去，待再进来X已不见了，看护妇大惊，只见床边有一滴滴的血，她见血直到窗前，窗子开着，立刻通知人，只见窗外一架梯子，梯子上也有一滴滴的血，有些人都打起寒噤来了，便从梯子爬下去，下面是旷野，拿电筒照着，一滴滴的血在地上很清楚，依着血印走，便走到一个森林里，一条小河，隐隐约约看见河边有人躺着，走过去一看，不是X是谁。

他已晕了过去，众人便设法将他弄醒，后来问他怎样到此？他道："其实我也不知道，仿佛有人暗中逼我，叫我命看护妇出去。我当时也莫名其妙，待看护妇出去了，忽然有个黑人唉……这模样怪可怕的，他用刀对我肩上一刀，说着将手臂露出，血仍不止地流出来。"

又道："他然后背我出去，我也彷彷佛佛，不知怎样一件事。现在那黑人不知哪儿去了。"

这事一来，全硖石的人又都诧异极了，X的出现，已经奇怪了，后来忽而看了火柴盒发狂，忽而一个什么黑人来捉他，此事差不多轰动了全国，都打不破这闷葫芦。报馆里特地印了增刊，讨论这事，还有许多报馆悬了赏格，求探明白这疑事。有些人便说这事再也探不明白的，恐怕连X自己都不知道，有人说这事何必探，那X是个有神经病的，此是《硖石日报》上说的。《武林日报》便大大驳他说，他既然有神经病，为甚他在季君那里办事办得好好的，只最可怪的，便是看了旧火柴盒发狂，或者是火柴盒上有什么毒气，触了发狂的。《硖石日报》又驳他道，既然是火柴盒有毒，看见了要发狂，怎么别人看了不发狂呢？此时人人议论，报馆更多猜想，彼此争论，有些富于理想的，更发出一些不可思议的话来。正在大家议论纷纷，忽然又有一桩奇怪的新闻出现。原来有一天黄昏，X又失踪了，众人大惊，四处去找，忽然听见呼声，这声音很惨，不觉大惊，觉得这声音有点像X的，便照了呼声走去，又到一条河边，觉得呼声更近了，月光之下，只见水中浮着一个人，晓得呼声是这人发的，忙救他起来，众人脑中又充满了惊疑，原来这人就是X。他满身是水，已不能说话了，众人忙用人工呼吸法救他，不一会便苏醒过来。问他又说有个可怕的黑人，用手抱着我，走过这河边，我叫起来，便将我掷在河里。唉，这事更奇咧。报馆里更忙极了，全硖石的人脑中都有这怪事的影子。季同超更皱着眉，一天到晚，坐在会客室里，见访事员，一星期后，正是星期四下午九时了，X忽地跳起来，将看护妇乱打，看护妇立刻晕了过去，X慌忙之中，着起衣裤，面更惨白无人色，向四方望望，恐怕有人来，又将看护妇头上打两拳，奔到窗前，从袋中拿出绳子，系着窗子，只见X渐渐下去，这夜细雨濛濛，X也不知所往了。

星期四夜的事，报上又载着咧，这时警署闻报，便前来侦查这事，有个侦探长，姓汪名允和，做事很谨慎，便到那河边去，河边原有许多大树，终日不大见日光，X前两次的失踪，都在这里寻着，汪允和同警长，到那处去查看，忽发现一个指头，是大拇指，又有几根头发，便将它收了起来，报上又载着这事，说X必定死了，只是不知怎样死的。汪允和说他恐怕是自杀的，可是也没有什么证据。X的死也不知在什么地方，允和并说他必定受了什么绝大的刺激，以至于发狂，至于自杀。他说的遇见了什么黑人，这或是假造的。星期五的早晨又来一桩很奇怪的事。沿河滨下去半里光景，发现一个尸首，右手缺一拇指，左手拿着手枪，式样很旧。这死者死得怪可怜的，他面部被枪打烂了，面目都辨不出，也不知是谁，穿着X的衣裳。汪允和决定他是X，允和暗暗得意，觉得他的话不错，这X是受着刺激发狂，终至于自杀。现在X的尸身也得着了，他是自杀无疑。报上载着这事，并说这奇案不久会破。侦探长汪允和先生，竭力侦查这事，已有把握，探明X是自杀，可是他为甚要自杀？受了什么刺激，以至发狂，弄到这般田地？汪允和当时虽然决定X是自杀，可是为甚发狂，而且切了自己的手指，是什么意思？汪允和因要侦查这案，常与季同超往来，季同超好奇，眼巴巴望着即日破案。星期五上午忙了半天，一无所得，但并不灰心，以为自己能力小，便想起一个最钦服的徐常云来。

下

龚仁之道："X的尸体是星期五觅得的。"

我们在星期五的下午三时，便接到硖石侦探长汪允和的电报，并叫我们到硖石之后，可以住在季同超家中，这一天的五点钟，我和徐常云已在季同超家中了。常云问我道："仁之，你可看见过X么？"

我摇头说："没有。"

常云道："我倒看见过的，前两个星期，我正为了韩志林一案，到硖石来，便看见了。"

说着，手中拿着那火柴盒，又道："仁之，来看看这奇妙的旧火柴盒，你的见解如何？"

我仔细看了一下，可是并没有异，便道："呀，常云，这盒子有甚奇妙呢？据我知道的，火柴是野猫牌，鼎和火柴公司制造的，还是八年以前的东西，如今也寻不出了。鼎和公司在民国五年倒闭。"

常云道："你可知道X为甚看了这火柴盒要发狂？"

他一面说着，一面弃了火柴盒，翻着旧报，恐怕这种报纸的旧和火柴盒不相上下呢。常云和我到硖石来时，便将它带了来，好似很郑重似的。

我当下便答道："常云，据我想来，不能和鼎和公司无关啊。"

常云道："你说和鼎和公司有关么？仁之，你再仔细看看，与寻常火柴盒有异么？"

我又仔细看了一下，说道："我看不出异点来。"

常云再拿着火柴盒说道："仁之，可不必用显微镜，你看这野猫右眼上，不是有一个小孔么？"

我道："咦，有的。可是与X案有关系么？"

他道："老友，你只没有看见别的野猫牌火柴盒……仁之，我们一来，汪允和便很殷勤地招待我们。我们应到那河边去看看，我们先在硖石医院看过了，可是没有把握。那可敬的旧报，它早已使我有头绪了，呵呵。”

我看他那副神情，很是得意。随后我们已到了那河边，汪允和也在一起，他样儿很恭敬，这河边都是大树，叶子生得密密的，把日光也挡住了，这河两岸附近，人影都不大有，这地方已在硖石东。常云在河边看了一会，允和便拿了一个盒子，向我们道：“这便是 X 的大拇指。”

肤色黑黄，断处的血色，已不鲜明。

允和道：“我很不解，他既然要自尽，为甚先切下一个大拇指？”

常云忽锐声道：“不然不然。”

我也道：“我看不是死前切下的，看那颜色，明明是死后切下的。”

汪允和听了这话，倒呆了一下，一会才道：“呀！果然是的唉！我太疏忽了，如此说来，必有第二个人切他手指啊……那么他不是自杀的么。”

常云道：“我们可以去看那 X 的尸去了。”

我们一面走，汪允和又问道：“如此，另外还有一个凶手么？”

我忽然触着灵机说道：“必定，那凶手就是那黑人，便是 X 所说的，头两次不成功，第三次却给他成功了。”

允和道：“是啊是啊，自然是这样，常云兄以为如何？”

常云道：“话很在理，可是……或者和你们说的大大不同，因这案子很奇，颇难着手，要看了 X 的尸，才好有把握呢。”

一小时后，我们三人已验过 X 的尸了，常云和汪允和道：“你先说是手枪打死的么？”

允和赤着脸道：“这倒不是，不过看 X 手中拿着一柄旧式手枪，因此疑心他是用手枪自己打死，我看那手枪只有五粒弹子。”

常云道：“那尸的脸不是打烂了么？你试想他一粒手枪弹，纵然打在面上，也不过打腐一部分，能够向脸上一枪，他的面目便不能辨了么？”

我也不觉恍然大悟，说道：“嗄……不是……”

允和插嘴道：“定是老式猎枪，那火药是散的，所以将面部打烂了么？”

常云道：“正是啊，哙，你以为死的是 X 么？”

我不觉大骇道：“常云，这是什么话？难道不是 X 么？”

允和也很诧异地看着常云，他和我同表情咧，常云竟点点头道：“是啊，死者不是 X，和 X 一点也没甚关系，正不是 X。”

汪允和搔搔头道：“那么这案子更棘手了，怎地案情复杂得如此，X 又何往呢？这死者被谁杀死的呢？”

常云很得意地说道："朋友，别吵，别吵，一步一步来啊，仁之，我不是对你说过么，我前次来到硖石，看见过 X，但是他的肤色是白的，你看这死者穿了 X 的衣裳，很是不合……我真不懂，他们人人以为死者是 X 么。"

我道："难道 X 与死者一无关系么？"

常云道："仁之，你试想死者为甚着了 X 的衣裳，你们可有什么解释没有？"

我道："这死者是 X 杀他的么？"

常云道："正是正是，我们到季家去，或者能够证明此事。嗄，还有一件事咧，允和，那条河深么？"

允和道："不深不深，可以……"

常云插嘴道："允和，如此，我有命令了，限你今夜将河中的猎枪捞起来，这便是个证据，证明我那话不错，死者确是被猎枪打死的。"

允和道："捞不着便怎样呢？"

常云道："不会的，你想他拿着猎枪有什么用，当然抛在河中咧，可以灭形迹。"

我道："那么 X 逃到哪里去了呢？"

常云道："呀！仁之，你急什么，一桩一桩来啊。允和，再会了。"看了看表，又道："现在七点钟了，晚上九点钟再见吧，仁之来，我们也好去吃晚饭了。"

晚上九点钟时，汪允和很高兴地跑来，果然他手中拿了一柄旧式猎枪，向常云道："给我捞着了，还有一封信，是封快信，是寄到我这里，叫我转交给你。"

便将信交给常云，常云道："嗄，左全寄来的呀，仁之，他来证明我的理想啊！有个老妪，到我们家里，说他一个儿子，到硖石去，从此不见他回来，已有好几天了。左全说常云他们正在硖石季同超家中，仁之，这位老太太必定要到这里来咧。可是我们明天清早便要进行了，替老太太雪冤啊。"

允和问道："那么 X 逃了，我们捉他么？"

常云点头道："是啊，这案不久要破了。"

我们刚刚来，季同超便问我们可有把握没有，我说："明天破案了。"说着，很是得意。

常云向我们瞧着，我知道他又要诙谐了。这时他笑嘻嘻地走到桌旁，拿了一张硖石地图，摊在桌上看一会，忽道："你们快来看，这里有条铁道，不是通到王店去的么？这是向北走的……哙，这里有条小道，可以到一个小村子，叫做五家村，这是向东走的，再由五家村西走，又有一条路，可以到王店，这是个三角形啊，呵呵，你记着，这是个三角形啊！"

说着，得意极了，拍拍我的肩，又瞧着允和笑笑，又道："仁之，你记着，这个三角形很有益于我们啊！允和，幸得你今天便来邀我们，假使迟两天便不得了咧。我们明天一清早便要走了。"

我们俩听了，不知道常云说些什么，我问道："这三角形与我们有甚关系啊？"

常云笑道："仁之，你只待想想，我们从此地出发，到了五家村，再由五家村到王店，这样近呢？还是我们直接乘车到王店近？"

我道："当然是直接到王店近。"

允和道："并且由此往王店，可以乘火车，快得多咧。"

常云道："对啊对啊，如此我们明天清早动手了……咦，还有一件事呢，我出去一会便来，这事极要紧的，唉，怎么忘记了？仁之，你不愿去，休息休息也好。允和兄，你等也好，不等也好，听你的便，再会吧。"

说着匆匆地去了，允和还微笑地望着他去，然后向我道："你可懂得他什么三角形么？这是什么意思？"

我道："他常常如此，今天的话、今天的话我倒很明白，大约说X杀了人之后，便往王店逃了。"

允和道："我也是这个意思，可是那五家村怎样的？"

我忽然触着灵机说道："必定是X逃到五家村去了。"

允和愕然道："不错啊，那么常云到五家村去了。"

我道："绝不是，他去定要人助的，一个人绝没有这能力。"

允和偶然瞧见桌上的旧报，笑道："他摊了这许多旧报做甚？"

我道："他很郑重的带来呢。"

允和走将过去看了看，不觉惊道："这不是八年前的《京津报》么！"

我道："《京津报》不是专门记载秘密事件的么！他的访事员很厉害，侦探各种黑幕，布露出来，真好极了。"

允和道："可是为此给人封了，记者俞兆文被暗杀，至今成为疑案，那时假使常云已是个侦探了，那么你笔记中又要多一些材料咧。"

我笑道："可惜那时他还是个学生啊。"

允和道："可见他那时已有当侦探的心思了，他处处留心的把旧报留下，他这次的探案，这旧报定有功的。”

允和同我谈了一会，便去了，自鸣钟打十一下时，老友徐常云已高高兴兴的来了。

他道：“你要睡了么？”

我知道他要告诉我所经历的事了，立刻振起精神，说道：“谁说的？”

他笑道：“如此很好，我到了那酒店里，问到了他的模样，肤色白，戴着呢帽，黄色袍子，仁之，酒家里打听不出是什么衣料，实在可恨，裤子也是黄的，黑袜，黑鞋。”

又笑道：“仁之，还有要紧的，还戴副蓝眼镜，戴了假胡子。”

我道：“是X么？”

他道：“正是啊，我的眼睛多么锐利，他虽化装了，哪能逃过我的眸子？仁之，你只注意着就是了，我知道你还有疑问，明天定能解决了。”

我道：“明天可以完全明白么？”

他点点头。

我道：“那么，那X到底是个什么人？他怎么看见了野猫牌火柴盒发疯，这种问题都能解释么？”

我问这话时，实在带着疑惑，他听了不答，我想这种奇事，他未必能解释，他忽道：“仁之，我的能力还不能解释这种事么？”

我听了这话，不好怎样回答，他又道：“仁之，你预备着忙活吧，明天有大事呢。”

当下我很疲倦，便睡了。

第二天起得很早，我们已预备了物件，允和已来，常云向他道：“你写了信去么？”

允和道：“写去了，那边的侦探叫林国治，很是和蔼。”

常云道：“谢谢你，我们如今去可有车么？”

允和道：“如今太早了，最早的车也要七八点钟。”

常云道：“那么我们还可以谈谈咧。仁之，我现在破例，将我探得的说出来，你赞成么？”

我道：“好极了！”

常云便道：“那河滨两旁都是大树，向前走一里多，便有一条小路，这路不常有人走，路便通五家村，X失踪的一夜，正是细雨，我便料定他当下见了一个人，拿着猎枪，他便杀了他，给他穿了自己衣裳，他便要到五家村去，因为此地人很少，并且又落雨，他想到了五家村，再到王店，如此人便不疑他，因他到了王店，便可到嘉兴、上海，或者逃到外国，随便什么地方都好逃的。由此地小路出口，那荒野地方，有个酒家，兼着住客，其实这地方并不是荒野，也是由此地到五家村的要道。我便去问那酒家，就是昨夜，我并且吃酒，问他们下毛毛雨的这夜，可见有人从此走过，他们便说这夜行人一个也没有，只有一个黑胡子老人，慌张的模样，来吃了一会酒，便自去了。他们觉得这人很可疑，我问着了他的衣饰，便是我昨夜和你说的，定是他化装的啊。”

我道：“我们现在到王店去么?”

他点点头，允和道：“一定遇得到X么?”

常云道：“自然啊，他星期四逃走，今天星期六，他要步行到五家村，又要从五家村到王店，两天还不够呢。王店车站前不有个永安客栈么?我们只住在那里，预备警察和侦探等X来自投罗网呢，呵呵。”

我们到了王店，临行时，周到的徐常云写了一张条子留在季同超家中，他说我们到了王店，那可怜的老太太，定要为了他儿子雪冤，到季家来找我们，他那条子上写道：

“我们已往王店，就是为了替令郎雪冤。徐常云。”

他既留下了字，我们很放心的到王店，便宿在永安客栈十四号，那间房子很好，窗子朝着车站门口，我们从这楼窗下望，什么人都逃不了我们的眼睛。我们一到便认识了林国治，还有一位侦探，叫江立夫，他那副模样，恰和林国治忠厚的样子相反，尖尖的面孔，眸子东张西望，很是好看，他俩带着警察来，预备听命。我们到的时候，便在窗前注意，常云跑到楼下，在车站前徘徊，可是注意了一天，仍没有什么，我不觉灰心，他只是说他的话不错，必定达到目的的。

到了夜里，他并不睡，我们奔劳了两天，自然很疲倦，九点钟我便睡了。常云终夜不睡，眸子注意窗外，我一睡醒来，已九点半钟了，慌忙起来，问他可看见了没有?他说没有，说时并不失望，这时，林国治和江立夫又来了，等在十一点钟上下，徐常云发出一声很短促而机警两个字，说道：“快来!”

我们立刻随了他，他忽回头道：“声慢些。”

我们正走在门口，常云忽然向一个人身边跑去，我一见这人，很是触目，他的装饰正是常云前夜和我说的。

我回头看见两位侦探，都振起精神，跃跃欲试，这时常云已走到那 X 身边，这街道很狭，他们俩说的话，有几句听得出。常云低声向那 X 道："你可知道那单子在谁手里？"

X 听了，两眼顿时发出凶光，几乎要扑人了，惨白的脸上，现出两朵红云，很慌张地瞧着徐常云，一会才锐声道："不知道……可是你是谁啊……"

常云道："叫做徐常云的便是。"

X 呼道："你来做甚？我犯了罪么？"

常云道："正是……"

我们猛地跳过去，因为看 X 的神情，是要暴动了。

诸君，以后审判的事，我可不记下去了。常云照例的在证人席上。

我们回去了，我仍疑惑着，对于 X，闷葫芦并没打破。常云知道如此，便很快地讲给我听。他道："仁之，我们当侦探的，需要步步留心，我留下旧报，便是留心啊。我可以说，我所探得的，全在这旧报，这是《京津报》，记载的都是秘密党，当下我听说 X 一事，说他见了火柴盒发狂，我便记起了报上一件事。仁之，待我来读给你听，题目是《北京势力最大的秘密党》，下面有行小字道'二十五人'，内容说道：'北京现在有一个秘密党，势力很大，有中坚分子二十五人，将姓名籍贯录在一张名单上，只要将二十五人的名单得着，党就破了。'还有咧，这是第二天的：'昨天所记的秘密党，非常猖狂，建起虽只有两星期，犯案已很多了，如王秘书被刺，银行被焚，还有许许多多，他们二十五人的名单，藏在什么地方，已探明白了，他们造一个野猫牌的火柴盒，是夹层的，造得很精，那张名单，便藏在这夹层里。那盒子面上画着一只野猫，野猫的右眼，有一小孔，以此做记号的，只不知这盒子在谁手里。'……仁之，我当下便想到那党作恶多了，政府在那里悬赏，要得着这名单，这名单便在那季家的火柴盒中咧，恐怕同超还没有知道，依我想来，那党人知道是在同超家中，便差着 X 去拿。"

我道："他何必要叫做 X 呢？不好造个假姓名么？"

常云道："他定是要报上登他，使党人通消息，你明白么？"

我点头道："明白了，可是他怎样看了火柴盒会发狂呢？"

常云道："他见火柴盒的夹层里，名单忽然不见了，当然受刺激，依情理想来，定是党人逼他来取名单，取不到手，定要杀了他，因此他见火柴盒里没有名单，晓得自己性命不保，就此发狂，后来他屡次做出自尽的样子，想要他党人知道他自尽了，不来追究咧，所以他杀了那路中的猎人，你懂么?”

我道：“那名单呢?”

常云道：“只是那名单不知在谁手里。”

这案子了结后，忽然政府里派了秘密侦探，捉了二十五个人，因为那名单已得着咧。二十五人都是些有名人物，后来报上又登着X的口供，和常云说的一般无二，也可见吾友的理想了。可是X终不肯说出自已姓名，直到如今，还不明白那X姓甚名谁。

原载《半月》，1923年12月第三卷第六号

园　尸

王天恨

我们由海宁路陈济华家祝寿出来。因为海宁路距我们的寓所不很远，只有一里多路光景，所以没有雇车，慢慢地徒步回寓。那天陈济华的母亲过五十岁大寿，家里很是热闹，来宾甚多，我和康卜森也是来宾中一分子。

那陈济华和我，本是旧同事。从前一起在《沪江日报》担任辑务时，两下的感情就十分融洽。不过现在济华已和我一样，脱离了报界了。至于康卜森和他认识，却因五个月前，济华家出了一件案子，请康卜森探理。那案子很小，没有记录的价值，仅仅失去了几件饰物，是被仆妇窃去的。康卜森探出后，济华非常感激，由此便缔了交谊。济华的为人，极其豪爽，是个很英伟的青年，故而康卜森也很和他投契。我从前曾说过，康卜森是极乖僻的人，对于交际上，看得极淡。任是什么人，要想和他做个亲密的朋友，那真个比夤缘显贵还难得几倍。此次济华的母亲做寿，居然劳动他的玉趾，亲临庆祝，济华大可引为荣幸咧！

这时我们一壁闲谈，一壁观看两旁的商店，胸襟很畅。我寻不到谈话的资料，只得把康卜森所探的案子，一件一件地旧事重提，比较难易。康卜森一路唯唯着，似乎并不注意我的说话。约摸离寓所二百步光景时，忽而康卜森立下来，现着惊诧的神色道："啊！"

我看见他突然惊诧，不知为了何故，忙道："你看见了什么？"

康卜森道："方才不是有一辆马车，由我们身旁走过去么？"

我道："不错。马路上车辆很多，有谁去注意？"

康卜森道："不，我因为听见了车子上有两个人说话。一个人问我们的寓址究竟在哪里，怎么还没有到。一个说已经不远，几分钟内就可到了。这一定又出了什么乱子要委托我们咧！”

我道：“我怎么没有听见？”

康卜森道：“你一路上尽管絮絮叨叨地和我讲故事，哪里顾及车子上人说话？”

我一听，不禁哑然，心想：我只管把那些已往的陈迹来和他絮聒，我的听觉早已失了效用；他却除了和我酬答外，还时时注意旁的事，可见他的用心细密了。

康卜森道：“别迟疑吧，我们赶快跑！恐怕会我的人已在寓中守候了。”

我没说话，随着康卜森疾驰归寓。果然有一辆车子停在门前，正是方才从我们身旁走过的马车。

我们跨进了大门，走入会客室，早看见一个中年妇人，和一个少年，并肩坐着。那少年大约才二十一二岁，身着西装，面上微现着黑色，但五官很正，此时露出很悲痛的样子。那中年妇人的脸上，还有泪容，较少年愈加悲痛。

我们进得客室，少年即起身道：“二位可是康卜森先生和纪克先生么？”

康卜森道：“正是。不知此来有何见教？我和足下素昧平生，还不知尊姓大名。”

少年从身上取出一张名刺，授给康卜森。康卜森接过来，我斜过眼去一看，见上面印着“洪晓霞”三字。这名字很生疏，我并没有看见过。

康卜森道：“那么，就请你把来意说出来吧。我瞧你们的态度，谅必有一件要事委托我。”

洪晓霞道：“是啊，正是有一件要事委托先生。原来我的父亲，今晨天甫亮时，忽被人用手枪击死，尸体发现在园里。虽然警署中侦探已允侦缉凶手，但我终不能信任。所以才与家母前来，请求先生大力，使凶手早日就法，家父在九泉之下，才能瞑目。”说罢，指着那中年妇人道，“这便是家母。”

那妇人抬起一双惨淡无神的眼睛，悲声说道：“先生，总要求你发些慈悲，使凶手早日捉获的。”说时，眼圈一红，泪珠已不禁滚滚而下。

我见了十分心酸，暗想这又是一幕惨剧啊。

康卜森道：“如此，请你们把发现凶案的前后情形，详细说来。如我的能力所及，决不推辞的。”

妇人露出很感激的意思，正欲开口，晓霞已先说道："家父名唤露卿，在一家银行里办事。现因身体不很舒服，患了咳嗽症，向经理告了两星期假，回家养息。我也在一家银行里办事。今晨七点钟光景，我还睡着未醒，忽而我家女仆气喘吁吁到了我那银行里说家父已被人用手枪打死，尸体发现在园里，请我即刻回去。我大吃一惊，忙起身回家。那时警署中已派人检验，家父实是被凶手用手枪击穿颈项而死。"

康卜森道："警署中人可曾发表什么意见么?"

晓霞道："警署中人并没说什么话。大概他们此时尚茫无头绪。"

康卜森道："那么，你说的是发生凶案以后的大略。在未发生凶案前，你家可曾觉得有什么异兆呢?"

晓霞道："这却不知了，我在银行里，轻易不回家去。就是回去，也不过一二小时的逗留，所以不很清楚。"

晓霞的母亲插口道："先生，在未发生凶案以前，我家平平安安的，并不觉有什么异兆。露卿这次为了咳嗽，请假回来。因为医生命他晨间早些起身，呼吸新鲜空气，才于身体有益，所以这几天，太阳还没出时，他就起身在园中散步。"

康卜森道："今晨不是下雾的么?"

晓霞的母亲道："正是，据说雾下得很重，那时我还卧着咧。"

康卜森道："露卿既被手枪击死，那么凶手开枪时，必有枪声。你可曾听得么?"

晓霞的母亲道："听见的。那时我虽卧在床上，但已醒了。忽而听见园中'砰'的一声，我料不到竟是手枪的声音。"

康卜森道："你听见这枪声后，可是就起身去查点么?"

晓霞的母亲道："没有，那时我委实料不到是枪声，所以还卧着。"

康卜森道："那么是谁人发现露卿已死呢?"

晓霞的母亲道："是仆妇发现的。原来我家园中有一口井，仆妇往井中汲水，方始发现。我听了真是手足无措，随即起身到园中一看，果然是露卿竟被人击死了。"说到这里，又不禁哭了起来。

康卜森摇了摇手道："别哭，此时尚非哭的时候。请问露卿在家的这几天中，可曾有什么人去会他么?"

晓霞的母亲勉强止住了哭，呜咽着说道："不曾有什么人去会他。"

康卜森默然了一会，似乎转念什么。我在旁听了这一席话，觉得这案又不比寻常，很难措手，一时恐不能寻出端绪。这时康卜森又道："警署中人检验时，可曾勘出凶手的来踪去迹么?"

晓霞答道："凶人的来踪去迹，很是模糊。似乎凶人并没有进园，在园外开枪的。"

康卜森道："那么凶人可曾遗下什么物事，足资研究么?"

晓霞道："没有。"

康卜森忽回头向我道："纪克，你瞧这案子怎样?"

我不防他有这一问，顿使我回答不出一个字来，只得嗫嚅着道："我们似乎非亲去察勘一下不可。"

康卜森道："是啊是啊，我们当然要亲去察勘一下。仅凭他们的说话，是绝对寻不出一些线索的。你可愿同我一起去么?"

我道："我很愿同你一起去。"

晓霞听了，忙道："先生等如果惠临敝舍，那是非常感激。可否此刻就劳一下大驾?"

康卜森道："你们请先回府，我随即偕敝友同来就是。"

晓霞道："很好。我就在舍间恭候了。"说罢，扶着母亲，出了客室。临行时，又说了许多感激的话，将住址告诉我们，方始登车而去。

洪晓霞和他的母亲走了后，康卜森默坐了片刻，我也将脑中的思绪整理了一下，就一同雇车前往。

到了洪家，晓霞已等候多时，请我们进了屋中。一眼看见里面坐着一位中年男子，那男子见了我们，忙立起身来。晓霞替我们介绍道："这位姓张，名唤吉孚，是和我家同居。"

康卜森向他看了一眼，微微把头一点。晓霞又将我们的姓氏告诉了吉孚。彼此说了几句寒暄话，便由晓霞引我们到了园中，吉孚也跟在后面。

我进了园，果然有一具尸体，直僵僵地卧在地下。那园子很是宽敞，栽了许多树木，十分幽静。此时却有一派阴惨惨的气象笼罩着，空气也似乎变了清洁，令人嗅了作恶。这全是人的心理作用，并不是园子里的景色因了发生惨案，而陡然改变。不过人心中不欢时，便处处觉得全是悲惨的布景罢了。

这时我们已走近尸旁，细细一看，方知露卿已将六十岁的人，和他夫人的年纪大相悬殊。他夫人的年纪，大约只四十多岁。露卿的头发，却已有几根变了白色，可知他操劳过甚。胡须很短，身上穿着灰色哔叽的袍子，朴素得很。颈项间有一个弹穴，此时那流出的血已结成紫块，脸上也涂满了血。但左边的颊辅上，血迹很淡，大概击倒时，身体倾侧的缘故。由这淡血迹中，微微露出深紫色的面皮。

我们观察了一会，康卜森又勘视园中。我的眼光，也随着他瞧去。那地上因为晨间下了大雾，泥土很松，隐隐瞧得有不少的足迹，但很凌乱，大约是警署中留下的践踏痕。我想足迹既如此凌乱，虽有凶人的足迹在里面，也辨不出了。

康卜森在四下观察，慢慢地又走近了我，忽而睁着目，注视着我身旁的张吉孚，似乎有什么问话。张吉孚见康卜森如此注意着他，露出很奇怪很不安的神气道："康先生，你瞧这案子，有什么见解么?"

康卜森道："我此时并没有具体的见解，只能明白案中的一部分罢了。不知露卿被击的时候，你可曾觉察什么没有?"

吉孚道："我没觉察什么，因为他被害的时候，我还睡着未醒。直等到警署中人来，我方始醒睡。据晓霞的母亲说，她还听见'砰'的一下枪声，我却连枪声都没有听见。"

康卜森点点头，便不多问，向晓霞说道："晓霞，我检验已毕，我们到室中去谈谈吧。"

晓霞含泪答应，导我们到了书室中，吉孚并没有跟进来。康卜森坐定，取出一支雪茄，吸着说道："晓霞先生，这案子从表面看来，似乎很是简单，其实却真不容易解决。凶人的来踪去迹，全不明白。而且据令堂说，令尊几天来，平平安安的，并没一些异兆。既是平平安安的，那么，今天怎么又突如其来的遭人狙击？我以为这案很近于仇杀，总有一些因果存在其间。试思凶手之意，不在劫财，就是仇杀的明证。令尊生平大概曾做了一二件不很名誉的事，所以遭人仇视。你既请我探理，要使此案水落石出，就不能隐讳，我们方有着手的地步。"说罢正襟危坐着，听候晓霞的答复。

晓霞很坚决地道："这一层，先生不必狐疑。家父是个极慈善、极和蔼的忠厚长者，生平做事，我自信没一件不可以告人。"

康卜森道："恐怕你不甚清楚吧。你既不清楚，我们也可以另辟途径。"

晓霞道："先生如不相信，我不妨把家父的慈善与和蔼的证据取出来。"说着，就起身去翻书橱中的东西。康卜森忙向他摇了摇手，晓霞没有看见。

我倒不禁奇怪起来，觉得晓霞的说话，很是不伦不类。慈善与和蔼，怎么也有证据？有证据的慈善与和蔼，也就可想而知了。

一会儿晓霞取过一叠报纸，我一瞧，却是近几年的本埠各报。暗想他所说慈善与和蔼的证据，就在这一叠报纸中么？难道报上曾评过露卿这人，很慈善很和蔼么？然而露卿并没一些声望。不是晓霞说在银行里办事，我还不晓得是在银行界呢。那么，一个无名小卒，如何配得在报上评论？我当下不由好奇心起，注视着晓霞。

只见晓霞指着报上的一节广告道："先生，这是水灾义赈会的志谢广告。家父曾捐助十元。"说罢，又取过另一张，指着道："这是贫儿院的志谢，家父曾捐助五元。"一连取了好几张，给康卜森看。什么施乐局、贞节堂、贫儿院，都有露卿的捐款，但都在十元以内。我方始明白，原来他说的慈善证据，就是指的这些捐款。

晓霞又道："先生别以为这些数目太小，其实家父每月所入，不过五六十元，不比那些豪商大贾，动辄几千几百。家父却是个贫寒之士，宁可自己节俭，凡是来请捐助的，无不勉尽绵薄，就可见家父的心肠慈善了。至于性情和蔼，虽拿不出什么证据，但一问左右邻人和与家父往来的友人，也不难知道。"

康卜森只点点头，没有回答，而所吸的雪茄已尽。又从烟匣里取出一支，却又给了我一支，并给了晓霞一支，彼此燃起火来。我见康卜森的面色甚是沉着，不住地吸烟，知道他正在苦思案情。我却有些不耐，加以我脑中此时又十分昏瞀，实在坐立不安。便独自走出书室，暗想康卜森曾对吉孚说，已有一部分明白，不知他所明白的，是案中的哪一部分。我观察他的神情态度，他对于此案，似乎并没丝毫把握，和我一样的处于五里雾中。而晓霞却尽管啰啰唆唆的拿那些广告来扰乱人的思绪，丝毫无裨案事，未免太无意识了。我在室外闲步了一会，康卜森又似乎在那里和晓霞讨论。我想此时的讨论，总不见得有什么明白解决，可以使凶案破露，所以没有进去。我立在庭中，向对面厢屋中望去，忽见吉孚和一个女人谈话，量必也是讨论此案，便慢慢地走过去，却不便冒昧走近。

吉孚一眼瞧见我，忙招呼道："纪克先生，贵友康先生……"

我乘势走到吉孚身边，说道："敝友此时正和晓霞在书室中研究，尚没发表什么意见。请问这妇人是谁？"

吉孚道："就是洪家的女仆。"

我听说是女仆，不禁引起注意。因晓霞的母亲，曾说是女仆首先发现凶案的，于是向她注视了一会。这女仆已将五十岁的人，乡村装束，面麻而胖，并没一些奸猾的气象，瞧去还有些臃肿不灵。女仆见我注视着她，似乎不好意思起来，立刻走了开去。

吉孚忽道：“纪先生，我觉得这件案子，很是奇秘。一时不容易将真相揭露。试思凶人竟敢在天色已亮时开枪行凶，而又能不留痕迹，从容逃遁。他的胆力和镇静，就很令人咋舌。那么，他逃遁后，还不是鸿飞冥冥？更不肯丢下一些破绽了。”

我道：“是啊，他敢在天已亮时行凶，大约是利用下雾的机会，易于逃遁。我以为凶手和露卿，一定有什么深仇宿恨，所以才势不两立。不但鄙见如此，便是敝友康卜森，也有这样的诘问。而晓霞却力辩没有人仇视他父亲，这是很可研究的。”

吉孚忽而凝了一凝神道：“仇人么……也许凶手和露卿是仇人，旁人不得而知罢了。”

我道：“最可笑的，晓霞把许多旧报上各慈善机关对露卿捐款的志谢广告取出来给我们看，证明他父亲是个慈善家。其实露卿已这么老，安知现在的慈善行为，不是少年时一种忏悔的表示呢？”

吉孚道：“着啊着啊，你这话真是有阅历之谈。譬如有一种口口声声嚷着忏悔的人，并不是有生以来，不曾踏过情场一次，乃是由情场失败而聊以自慰。或者露卿少时，曾做过什么不名誉的事，也未可知。我去年才和他同居，他的生平历史，我并不清楚。现在我有一句话要问，晓霞曾和贵友谈及我么？”

我见他这一个问句很是鹘突，晓霞又谈及你做什么，不禁暗暗诧异，即答道：“没有谈及你。”吉孚好像安然了许多。我觉得和他说话，了无助益，便略一点首，回身到书室中来。

谁知我才跨进书室，忽见康卜森连连颔首，似乎猛然憬悟一般自语道：“唔……”我未免莫名其妙。再一瞧，晓霞的母亲也坐在里面，不知何时进来的。暗想康卜森莫非已有头绪么？

康卜森见了我，起身说道：“纪克，我已没话可问，就回寓吧。”当下就和我出了书室，走到门外，晓霞又再三感谢。

康卜森忽向我道：“纪克，你此刻且先回寓，我还要到劳合路去有事。”

我诧异道：“你到劳合路去做什么？”

我诧问时，康卜森已雇好了一辆车子，跳上车说道：“你别问，我停会儿就回寓，再把原因告诉你。”又嘱晓霞道：“此时切勿多言。”

晓霞点点头，康卜森便命车夫飞奔而去。我只得别了晓霞，也雇了一辆车回寓。

我们自业侦探以来，探的案子，已不下五六十件，从不曾有这次沉闷，全寻不着一点头绪。我胡思乱想了一会，不禁想出个疑问来：露卿之死，是否被外人所击？如系外人，那么，凶手怎么竟不留一些痕迹，手脚如此干净？再从家庭方面着想，又没有可疑之处。因晓霞这人并不似奸狡者流，一望而知是一位诚实少年。便是他母亲和女仆，也都不像行凶之人。恐怕那女仆，连手枪这样东西，还没有寓过目。况且又有一个人和她同居，更有许多障碍。那么照此看来，究竟露卿死于何人之手，原因是什么，全不明白，实在令人焦闷。我脑中这般盘旋着，又联想到吉孚，觉得他问我的那句话，未免鹘突。他的用意，无非想摆脱嫌疑。其实越思摆脱，越引人注意，这又何必？如果自己行事不苟，就无须贼怕。既经康卜森担任探凶，决不得使无辜的人受累之理，未免胆太小了。既而又想，尸体发现在园里，园外就是荒僻的地方。或者凶人真个未进园内，在园外开枪狙击，也在意中。那园之垣墙，本不很高，很有遥击的可能。果然如此，自然容易逃遁，留不下一些破绽了。但那时虽是天色才亮，总不致没一个行人。我们怎么不到园外去察勘一下，查询附近的居民，可曾瞧见一个形迹可疑之人。这一着，康卜森未免疏忽了。我想起康卜森，思绪便得了一个焦点，集中于康卜森之身。康卜森为什么要到劳合路去，他到劳合路是不是为了此案，也没向我说明，很是莫名其妙。还有一层，杀人这种勾当，最妙在夜半人静的时候。此案却等到天亮才下毒手，可算独创一格。我越想越入迷惘，只好不想，把思潮勉强遏抑下去，专候康卜森回来，便有分晓。

我若是尽管这样的推测，徒然空耗脑筋，于案事丝毫无补，似乎不值。于是把本日的各报取来，翻了一会。凶案尚未有记载，看国事又令人怄气，只得拣出各报的附张，读着消遣，倒津津有味。我拣到《沪江日报》的附张，上面忽登了二十首悼亡绝句，缠绵悱恻，宛如巫峡猿啼，蜀山鹃泣，很打动我的悲感。不知不觉地读出了声，反复诵读了几遍，抑扬婉转，大有百读不厌之概。忽而有人在我肩上一拍道："纪克，你的书痴性又发作了么？"

我回头一看，原来是康卜森，此时正立在我背后。我把报纸一掷，那凶案又不禁从我脑筋里反映出来，忙道："你已回来了么，可是由劳合路回来的么？"

康卜森移过一张椅子，坐了下来道："正是，我正是由劳合路回来的。"

我道："你到劳合路去做什么，此时可以告诉我了。"

康卜森道："那当然是为探案而往。"

我道："那么结果如何？"

康卜森道："凶手已经查出，不久就破案咧。"

我惊喜道："啊！凶手是谁？可曾捉获么？"

康卜森道："凶手已乘七点钟的快车，到了苏州。我已打了一个电报到苏州警察署就近派警拘捕，大约几点钟内，就可以得到复电。"

我道："这凶手唤做什么名字？"

康卜森道："名字很生疏，唤做李根生，和露卿没丝毫关系，却与那张吉孚是旧同事。"

我恍然道："啊！果然张吉孚不是个好人。难道凶手受的吉孚指使么？"

康卜森忽愕然道："怎么说？你怎么晓得和张吉孚有关？"

我见他忽而愕问，倒不禁呆了一呆，答道："不是。我曾和张吉孚谈了片刻，他的言语之间，很有几分可疑。"

康卜森道："他的言语之间可疑么？"

我道："正是。"

于是将我和吉孚的谈话，告诉了他。

康卜森道："原来如此。你并没有完全明白，那李根生并不是张吉孚指使。吉孚与露卿，没丝毫仇怨，怎得无缘无故的下此毒手？乃是根生和吉孚势不两立啊！"

我听了这几句，又莫名其妙起来，忙道："这又怎么说？根生和吉孚有仇怨，怎么反将露卿击死。你的话竟如此神秘，使我不解。"

康卜森道："纪克，你别着急。根生并不是有意击死露卿，乃是误伤。换言之，是凶手看错了无心将露卿击死的。"

我道："那么，露卿是死于非命了。那李根生和吉孚，究竟有什么仇恨，你可曾侦查出来？而且你又怎么得知凶手是李根生，露卿竟是误杀呢？"

康卜森道："凶手和吉孚有何种仇恨，此时尚未侦出，须待凶手自供。至于我用什么方法破案，却是因与晓霞的一席话。当我才检验时，并没一些成见和把握。后来仇杀的理想，无从证实，就忽的有一种幻想，在我脑中一闪，这幻想现在竟成为事实了。原来我们才踏进洪家的门，就看见一位面貌不很和善的中年男子，便是张吉孚。那吉孚本是与此案丝毫无关系的人，却隐隐露出一种慌张不安的神气，很令人生疑。所以我在园中向他注视了一阵，他果然畏惧我的目光不敢正视我。然而我还以为吉孚恐受嫌疑，因而处处畏葸，并不曾十分介意。直至我脑中幻想闪动时，方始把全神注在吉孚的身上，问晓霞吉孚是何等样人。据晓霞说，吉孚曾做过缉私营的管带。我又问这几天来，虽不曾有人会你父亲，可曾有人来会吉孚，吉孚这几天举动，可否有异。晓霞说，不很清楚。这时他母亲忽而走入书室，我便问他母亲。他母亲说，不错，我倒忘了这事。这几天来，果然有一个人常来会吉孚，并似乎有一种秘密交涉，天天都是盛怒而去。我听了不禁大喜，幻想竟渐渐证实了。纪克，吉孚不是也穿着灰色哔叽的袍子么？”

我道：“正是。但灰色哔叽袍子有什么关系？”

康卜森道：“唉，你还不明白么？行凶之时，天色甫白，天上又下着大雾。大约凶手在外未能看清面貌，将露卿当着吉孚，因而误伤。”

我道：“啊！竟有这等事么！”

康卜森向我看了一眼，继续说道：“我于是又问那人唤做什么，住在哪里的。晓霞母亲说，唤做李根生，住在劳合路二十八号。这是因那人容易动怒，觉得奇怪，问了问吉孚，方始晓得那人的名姓和住址。我又问晓霞的母亲，可知那人为了何事与吉孚谈判。晓霞的母亲说，据吉孚说，根生和他是旧同事，此次要向他借一笔款子，并无他故。我听到这里，已十分明白，便不多问。因想旧同事或者是的，借款的这句话，就近于饰词了。如果是向吉孚借款，那么不借与否，一句话就可解决。怎么根生竟天天到来，反而容易动怒，天下哪有这种不讲情理的人呢？可见必有一种不可告人的秘密交涉了。吉孚既向晓霞的母亲设词掩饰，以后的话，谅无一字不是遁词。再问下去，也就无益，我便决定先到劳合路去查一下。我寻到二十八号屋中，里面却住了四个人家。据同居的人说，根生昨夜外出未回。我到根生室中搜寻了一回，并没有什么可疑之物。再一查询，方知根生到这边来，还没有多时。他妻子已死，只有一个母亲，住在苏州乡间。昨夜出去时，是穿的黑布袍子。我遂又回到洪家园外查问，可曾有人瞧见一个形迹可疑的黑衣男子。恰巧有一位小贩，说是曾看见的，当时并未留意。那小贩本来足跟无定，幸而被我碰着，才能决定凶手是根生无疑。至于附近居人，因那时太早，天还没有完全大亮，大家尚在华胥乡里，哪里能看见呢。我碰着那小贩不是大幸么？”

我道：“你和晓霞与晓霞的母亲这一派问答，怎么我没有听见？”

康卜森道：“那时你正踱出书室，所以没有听见。”

我道："那么，你怎么知道根生乘的七点钟的快车，到苏州去呢?"

康卜森忽又睁大了眼睛，向我瞧了一下，说道："这是我的推测。根生既打死了人，还不快快逃遁? 自然要乘最快的快车了。这并不算一个问题。李根生到苏州与否，尚不能决定。然而他在匆迫之间逃往别处，总怕有许多不便，一定往苏州去的。他家又住在乡间，尽可销声灭迹，逍遥法外。等苏州复电到来，便能证实了。"

我道："根生和吉孚有何种仇恨，可能推测而知么?"

康卜森默然了一会，才道："缉私营弊端重重，大概总离不了分赃不匀的缘故。"

我点点头道："这话很近情理，多半为了这个缘故。不知你此时可曾到洪家去么?"

康卜森道："没有去，须待凶手就获，案情大白，才可去报告洪家。"

我没话可问，便低下头去，仍翻阅报纸。忽又想起一句话来，问道："你检验时，曾对吉孚说已明白案中的一部分，是不是指的仇杀?"

康卜森道："正是。"

说时，露出很疲乏的样子，也不多答，即起身走到睡椅上，倒下身子。我心里依旧惴惴不安，深恐康卜森的料想，不能中鹄，根生并没有回苏州，那就不堪设想了。一会儿，钟声已报两下。康卜森闭着眼睛，好像已经睡着。忽有一人送进一个纸件，康卜森陡的一跃而起，接过纸件看了一遍。满面堆着笑容，授给我看。我一瞧，乃是苏州警察署侦探魏志芳的回电，那电文道：

康卜森先生，尊委已经办妥。果然根生已到了苏州，现已拘捕到署，即当引渡归案。并且根生已承认露卿是他误杀，他果然看错了人。原来他昨夜怀着手枪，本想进屋狙击吉孚。因有露卿同居，屋中人多，不敢进去。他在园外踌躇着，不知不觉的东方已经发白。一霎时天色即亮，他已灰心杀人。哪知在这当儿，忽听园中有人咳嗽。从大雾中向内看去，见是一个灰色衣服的男子，以为就是吉孚，恶念又起，便开了一枪。那人应声而倒，他遂急急逃开，乘七点钟的快车到苏。至于仇杀原因，据根生供称，他们在缉私营里，曾共得一位临商运动金八百元。应各得一半，当时根生就存在吉孚身边。不到两月，吉孚解职，根生问他索取，他竟掉着首不承认。根生愤极了，才生了杀害的意念。今晨狙击时，实不知误伤了不相干的露卿。直到我们前往拘捕，方知误杀，不由非常的痛悔。所以我们并不曾怎样的诘问，就一口承认。恐劳远注，先此电复。魏志芳。

我看毕，方始把一颗心放下。没有话说，只向康卜森微微地一笑。大家相视无语。

原载《侦探世界》，1923年第十二期

犯罪本能

徐卓呆

一

好容易从追着的一群人那边逃出来，走入一所洋房的楼上时，韦心泉耳中还留着“砰砰砰”的手枪声咧，并且尚有追赶的人声闹着。他呼吸喘喘，贯注着全副精神，强把颤颤的两足踏上去，真是生死关头了。这一所洋房，大约有这么三四层吧，是一间一间分租给人家充行家办事室的，内容极大，所谓“别尔亭”也。他若一层一层上去，宛如鼠入笼中，无非到了最后一层，被人追来，不是击毙，定是捕获啊！他无力垂着的手中，手枪还在那里出烟。他便急忙藏入怀中，整整衣襟，揩揩额上之汗，装作极安静的态度，向二层楼上走廊中走去。他把两面办事室的牌子一一看时，忽见一块写着“大成高等烟草公司”，顿时机会的臂腕向他伸出手来了。

他平日最精通烟草，他也并不感谢命运之神，迅速走进去了，就对里头的人说：“我有烟草的事，要见经理先生。”

那学徒一看是客人，便把里面的门一开，说：“在此，请进去吧。”

经理陶云柱很要好地迎接他，陶经理身材肥大，脸色很柔和，一双熟悉世故的眼睛中，见韦心泉衣服打扮得极漂亮，分明是个好主顾，心里暗想：决不是来空谈的。实在这几天空谈的客人太多了，韦心泉后背的门一关，同时听得走廊中和楼梯上有许多人声，他还是极沉静，脸上筋肉也一动不动，徐徐说道：“我是良友总会的干事，只因总会中一向用着的烟草，大家嫌着不好，从某君处听得你们的声名甚佳，所以特地来的。我们总会中，每年总要消耗到二三万元的烟草……”

他的说话突然被室外一阵喧哗遮盖了。陶经理很不快，很踌躇地看看心泉。

心泉还是态度极自然地说：“我进来时，路上有一群人大约是追捕什么小窃吧。或者是逃入这一所屋中来的。”

经理便很为难似的，走到门旁去了，实在不巧，好容易来了一位客人，怎么店中闹得和动物园一般，还能做生意么？他探首到门外问外面一间内的人，道：“到底是什么事？”

心泉暗暗立起来，躲在门后，避去外面的视线。学徒高声说：“有杀人犯逃入这屋中来的。所以他们来问曾否闯入到这里来。我已对他们说今天除一位客人外没有第二人进来过。”

心泉兴奋过度，停止着呼吸，在那边，走廊中的人接着说：“此人目光很可怕，手里拿着手枪，在路上开枪，伤过五个人了。”

经理点点头道：“是的，但是不在这里。”他又焦急似的说：“你们在此耗费时间，此人一定从屋顶上逃到隔壁屋子上去咧。”

另外一人道：“不妨，屋上已有警察上去。我们所以在此把写字间一一查看，并且这附近的各处前后门都已严重警戒。”

经理道：“那是一定会捕到。”

那人说：“在未捕到以前，请把走廊中的门关闭着才是。实在是个可怕的凶汉啊！”说罢，一群人去了。

二

经理便命学徒关了门，自己回到里面一室，说：“对不起，久待了。杀人犯逃了进来，大家正寻觅着，大约是疯人吧。伤过五个人了。要被人捉到自己头上也要吃一枪咧。”

心泉装作若无其事，说：“一定如此的。那么我们来谈烟草吧。”

经理慌忙道：“是的，是的。”于是将逃犯的话搁在一旁，谈正经的生意咧。

经理桌上移一只银匣过来，说道：“请尝一支。这一定会合尊意的。”

心泉取了一支来夹在指间，先嗅嗅香味，然后点火，喷了一口青烟，满足似的说："不错，这是上等的烟草。近来我们总会中的烟，到底不是高等人物所吸的，竟有人为着这烟草恶劣要退出咧。"

经理笑道："他们若是尝了我这最好的货色，一定不肯退出去了。于是把自己店中的烟下种种解释。心泉也一味和调。

经理想巴结这个人，后来竟拿出酒瓶酒杯来，再按按桌上的铃。学徒过来问什么事，他说："你与张先生一起回去好了。店门由我来关吧。"

他又对心泉说："普通是四点钟要闭门的。你若没有事，我还有一二种特造品要请你尝咧。"他开了大橱，在许多包中，这样那样地挑选。

心泉心中暗察形势，到底要怎么办才可以逃出这大门口呢？这门口出去的人一定要一一严密检查盘问的，多数人监视着，总不容易混过他们的眼睛啊！况且自己是赭色的衣服，赭色的帽子，赭色的皮鞋，大家一望就明白的。我的面相和打扮早已一齐知道了吧。经理转过身来时，"哎嗽"一声，手中的两包烟草落在地板上，那客人手中的手枪已凑近他的鼻尖了。

三

心泉说："经理先生，我实在十二分的对不起，并且你非常优待我。不过，我在性命出入之时，也没法了。"

经理脸色极恐怖，呼吸也停住了。他以为杀人犯是疯人，现在知道就是自己款待的客人了。

心泉说："不用怕，我绝不损伤你。只消你不做声就是了。但是在这十分钟以内绝对不可妨碍我，要是你静静在室内休息一下，你背后的门是什么？壁橱，很好，把门开了。"

经理便两手颤颤地开门，心泉向里头一看，说："真是定做的，没有窗没有洞。你进去吧。尽管舒服一下好了。有火柴么？这两三分钟内吸吸你的特制烟草吧。"

一关壁橱门，心泉即查电话簿，便打电话到大生百货商店叫他们送一套衣服和一双皮鞋来。又说门口如有人盘问，你只说是烟草的样子好了。他打完电话坐在椅上休息。今天是星期六，我本来要去旅行，行李也备好了，乘五点五十分火车的，现在是……

他此刻也不想那无可奈何的事，只是吸着经理先生称赞的烟草，三十分钟后，外面室内铃响。他开了门，有人搬进来一个大包，他付了钱再把门关好。然后取出剃须家伙，在镜前剃须。他那美观的须此刻不能不牺牲了。丽珠会不赞成么？不妨，就可以生出来的。在午后五点多钟一位穿青衣服白皮鞋，戴灰色帽子，脸上剃得极光，戴大眼镜的青年绅士很郑重地由楼梯上下去，向那门口的巡警问话。

心泉还记得这巡警是追的时候当先的，便启口问道："犯人捕得了没有？"

他答道："还没有咧，实在奇怪。分明看见他逃入这屋中的，竟会烟也似的消失。内部的人谁也没有看见他。"

心泉道："定是逃往屋上去咧。"

巡警说："屋上也搜索过了。各处门口都把守着，各家的办事室内一齐寻过，影踪也没有。若是从这屋上跳到隔壁屋上，却可以逃走，然而人是万万做不到的。"

心泉说："不要瞒过了你们的眼睛，就此出去了。"

巡警道："决计不会。我们都深知此人的面相和服装。身材与你差不多，脸上有小须，从头至脚是一色赭色的打扮。"

心泉说："那是容易捕到的。"说罢授一支特制的烟给巡警，从门口聚着的许多人里头穿出去了。

四

他一走到冷清处，忙取去经理先生的大眼镜，他不是近视眼，自然不方便的。把陶经理的帽子戴得低一点，正想叫车子时，只听得卖报人在那里喊号外。他忙买了一张，见大大的题目写着：

热闹的市心劫夺银车辆

死二人　重伤三人

犯人在逃

心泉对车夫说了地方，坐在车上细细读自己的犯罪头末。

今日午后市上忽然来一个巨盗，真是惊天动地的事。竟致死了二人，伤了三人。事情的次序如下：

午后三时许，大新银行送银钱到中央银行去的车子，经过大街上，忽然跳过来一个体面绅士，拦住送银车，取出手枪命开车人停车。开车人正在踌躇，他已一枪击在开车人头上，使其跌到车外。开车人旁边坐的助手即时停车，一面车内有两个护卫拿着手枪，跳将出来，其时凶汉已由大街逃入小路中去了。护卫惊慌之下怕伤了群集的市民，对凶汉不敢开枪。后来几个警察闻声而至，于是与护卫一同追赶，连开数枪，总不能击中凶汉。一面凶汉屡屡回头向追者开枪，因此，一个警察立刻就死，一个警察与两个市民负着重伤。在追者略为逡巡之际，凶汉已穿来穿去，转了数个弯，逃入一所洋房中去咧。警察先把这所洋房的前后门严重警戒，再由勇敢的市民应援着，去捕捉凶汉。各办事室内搜查，一一托付市民。警察先上屋去，晓得凶汉一定要从屋顶逃走的，但是至今没有捉到。警所中已召集全体人物努力去逮捕凶汉。凶汉的面相服装如下：

年约二十八九岁，身长五尺七八寸。脸上小须，风采极佳。穿着赭色洋服，鞋帽也是一色的。

五

心泉心头一惊，号外从手中落下。因着这一二点钟的兴奋已把保存自己的一种本能全行从心上失去，但是渐渐清清楚楚地意识到自己杀人的事实和被人憎恶追捕的事实了。并且这是一种什么激变啊！今天下午三点钟还是一个世人尊敬的体面青年咧。在五点半钟已是潜逃法网的犯人了。他额上滴下冷汗，心头十分难受，总不当是真的，定是噩梦吧！

他又再拿起号外来，不然，绝不是梦，实实在在的事已由铅字实现着。他至此晓得并不是预先的计划，全是空想所产生的，那时候他不过茫然在街上闲步，忽而遇到送银车，他便想起来，若大胆的人，白昼劫夺送银车不知有何种结果啊？能够好好夺得了银车，就此逃亡么？他的脑中正想象着这种光景，那送银车已到自己面前，就照自己的空想实行了。以后什么都是噩梦了。他这一天朝晨，怀中藏了一柄手枪，实是大祸的原因。他是拿到店里去上油的，此刻他看着车外车子正在热闹所在行走。烟草公司中的事明天朝晨一定会发现的，随便怎样不过十二点钟的空工夫了，他非赶紧向丽珠处去说明一切不可。可怜啊，伊一定吃惊不小，但是至少伊总能够理解我的心理状态，肯用明敏的脑力替我想出逃走的妙法来的。他想定了，就对车夫说："我不去了。转弯吧。另外到一处地方去了。"

他心里想到丽珠比处死刑还难受，不知伊晓得了怎么样啊。他二人本来在四个月后可以结婚了，但是到那时候他一定化为法场上的新鬼咧！不然，不然，他无论用何种手段不能不逃走，逃到了什么地方，暂时躲一下，再把丽珠唤去。二人协同努力地拭去这可怕的记忆吧。

六

他悄然走进了门，恰巧丽珠坐在窗前，一见他便跳起来，道："呀，你怎么约了我旅行会不到的。我一个人好不寂寞啊！父亲母亲由王家邀去吃夜饭了。我本来也要去的。托言头痛拒绝了。王家都是些老年人，去做什么呢？呀，你怎么脸色很不好看。须也没有了。这是怎么一回事呢？"丽珠很担心。

心泉说："我有重要话和你说，有什么没有人妨碍的地方么？"

丽珠怪讶似的看着他脸上说道："那么到父亲书室中去吧。那边是下人也不进去的。"

他便跟伊进去，二人坐定，就把号外给伊看，丽珠莫名其妙看了一看，说："这确是一件可怕的事，然而，用不着你担心啊！迟早总会捉到的。你放心吧。"

心泉叫道："怎么用不着，我就是犯人！"

丽珠并不惊叫。伊实在不是这种性质的人。伊脸色苍白的，身体摇了几摇，然后倒在椅上，睁大眼睛对心泉乱瞧。伊发狂了么？心泉伏在伊身上小孩似的哭着，他觉得伊很柔和地在那里摸着他的头，低声说："你详细向我说吧。"

他便断断续续无秩序地细说，同时觉得二人的地位十分可怕。丽珠即道："这虽是绝没有的事，但是到了现在最重大的唯有谋划你的安全了。你非今夜逃往他处不可。"

他说："火车站与轮船埠都已严重监视了。"

丽珠道："还有空中咧。你两年间练习的飞行术，忘了吗?"

心泉说道："哪里去呢? 就是到了外国，犯人也须引渡的啊!"

伊急道："现在世界上还有一个你可以安全的国咧。"

心泉急问道："哪儿?"

伊答道："俄国。"

心泉说："去做过激党么?"

丽珠道："与其死罪，还是做过激党的好，更能去感化过激党咧! 白昼在市上击过五个人的一定能受他们欢迎。"伊无意中说起笑话来了。

心泉说："哪里有飞行机呢?"

丽珠道："陆军飞行场那边，你有熟人吗?"

心泉说："那就是我一个挚友，在飞行队中，叫邢锦川，是队长。"

丽珠忙道："这是再好也没有。我去备汽车，我们在途中再细想法子吧。"

心泉即道："七点多钟了。从三点钟到现在差不多像过了一百年咧。"

丽珠道："八点钟就可以到那边了。好在今夜是月夜，我们去吧。一切听天由命好咧。"

七

心泉见伊到了汽车间去。五分钟后二人一同在车上了。心泉偷看伊脸上时，见显出一种一向所没有见过的决心之色。因此很依赖伊，心泉说："且停一下。我要买一张报咧。"

其实恰巧晚报刚出，他眼睛射在本地新闻栏内，看时，丽珠也向他指头乱颤着的地方看去，只见报上说：

劫夺送银车一事，后来发现一极奇怪的新事实。凶汉逃入的洋房中，由警察警戒着。不料在午后六时左右，发现楼上一间事务室有异样的声音，警察就破门而入，只见壁橱内有一男子关禁着，一打听方知这是事务室的主任陶云柱君，据他自己的陈述，就可以明白凶汉怎样逃走了。此外对于凶汉的所在，似乎已得到端绪，听说今夜一定可以捕获的咧。

丽珠忙说，这么看来一刻都不能迟缓了，于是增进速度前去。在午后八点一刻，汽车到了飞行场门口了。忙问看守兵道：“邢锦川少校在哪里?”答道：“在副官室内，请少待。”不到五分钟，邢锦川已出来，说：“果然来了么？你天天说要来，有一年多咧。”

心泉道：“虽迟，到底来了。我来介绍，这是未婚妻丽珠。”

二人见面之下，丽珠忙说：“听说先生从前在战争时，是得过功劳的。”

锦川笑道：“这屡次经过危险都没有死。我们真是宣告死刑的人了。”

心泉很不安地说：“闲话少说，我想借飞行机一乘，因为一向许伊同乘，但是总没有实行。伊当我不会操练的咧。”

锦川道：“有飞行机是很便当的，不过五六具正在修理。其余的侦查上有用处，不能使用。且慢，场上将有一具咧。那与你从前所乘的是一种式子。它明天朝晨要动身赴远处去。一齐准备好咧。既是你要借，我就把这一具借给你吧。但只可以十分钟，行么?”

心泉点头道：“好的。”

锦川发了命令，就有一具飞行机拖出来。心泉指着侧面挂的一个包，问道：“这奇妙的东西是什么?”

锦川说道：“这是最新式的落下伞，陆军中正在试验遇到危险时，可以套在臂上跳下去。从此的命运要靠天做主了。”

心泉连声道：“有趣。”

八

传令的过来行了一个礼，说道：“警察厅有电话来了。”

锦川说：“警察厅的电话，是什么事？心泉失陪，我立刻就来的。”说罢去了。

丽珠赶到心泉旁边道：“你再不赶快，万一明白了是你。飞行场也要警戒了啊!”

心泉踌躇道："但是你要受累了。"

丽珠说："你再如此，一定弄得不可挽回咧。"

伊哀求似的看着他，并且睫毛上有泪珠，又说："趁邢锦川还没出来啊。"

心泉便拉着丽珠，不管有工人在旁边，凑在伊耳上说道："不久可以再回的……"话虽还有，只得跳上飞行机去了。他口中说："在少校未出来以前，且滑走一下。不晓得发动机的状况如何啊！"

工人便用手旋了一会到渐渐响起来。心泉胸中大喜，飞行机离地飞上去时，只见邢锦川正从里面赶出来，发狂似的摇着两手，但是已经飞到空中。

心泉只是注意着操纵咧。向上升去，还可以瞧见夕日。他就定了角度向北方进发。他想不管三七二十一，尽着这挥发油，只是北上吧，以后如何，他也没有计划。此刻得到了飞行机的喜悦，就要自己奇怪道："为什么二年之间，只是一步不肯离地呢?"发动机甚好，他听着声音十分愉快，连今天下午发生的事也像无意味咧。行过一条大河，有无数船只玩具似的排列着。他正在下望，忽然眼中瞧见一物，同时使他全身血液倒流咧。

原来另有一飞行机正在他下面升起来回旋着，相差约四千英尺光景。

心泉对这飞行机一看，见它略在前方，或者没有什么。他姑且取万全之策，再向上升腾。上面云很多，若是追来，我可以躲在云中逃去了。再一看，那飞行机只相离一千英尺了。还在那里上升，怎么不惊讶。他晓得这飞行机是侦查用的，速力极快。一点钟有一百五十英里。如果这是追来的那竟无法逃避了。

九

五分钟后，他见前面有红色火花，向左一看，那追来的飞行机只差数百码并行着咧。第二枪又响了，分明是叫他下降啊！他不管，于是那飞行机绕道上面去，一枪打中他背后机上一部。

心泉一想，这是我也会的，便在袋内一摸，不意袋内空着，他的手枪已连衣服弃在烟草公司内了。他自己便骂自己无用。其时，那飞行机只管向他开枪。他一想，再不用什么方法，一定要被他射中了。于是机敏的头脑中忽然想定一个计略，那追赶的飞机只是回旋着拦阻去路。那时，心泉一换方向，对着那飞机一直线突进，两手穿入旁边落下伞的环中，那追赶机上晓得心泉已有绝望的样子，便转了方向。

心泉更迅速了，在二机仅隔数码时，心泉已跳出机外，糊糊涂涂在数千尺的空中跌下去咧，又觉得一个火块也在东面旁边落下去了。这一刻工夫似乎很长久，其实不过数秒钟，他手足乱动着，后来觉得足踵和后头部撞在什么地方了，身体也已搁住，头上的落下伞还张着。身体不旋转了，似乎有人在他怀中摸索。他还觉得那特制的烟草依然尚在咧。

再看看地上时，远远有两具坠落的飞行机，还在燃烧。他想到幸免危难，不禁战栗。他是在四千英尺处缓缓落下的，落下时却非常愉快，心中想，到底落在什么地方的呢。

他还记得落下的速度，一时突然加速了。不知究竟怎样的啊！他又看看头上的落下伞，并且发现伞布上有小裂缝，觉得全身的血顿时冻结了，裂缝渐渐变大。

他便想起邢锦川的话来了，这是陆军中正在试验的落下伞啊！自己不过以身尝试罢了，他渐次下降，头上的落下伞全部中用时，呼吸已急迫得很苦。下降运动更加急速，他只是祈祷着，要再到地上与什么东西一撞，身体粉碎之前先人事不省了。他此刻毫无联络的念头，断断续续在他脑中通过，丽珠的事，陶云柱的事，像是几百年前了，更隐隐想起飞行机上的一种畅快的心地，和送银车前开车人满面是血的神气等。后来他的感觉，已吸入没却种种的黑暗中去了。

十

韦心泉被扛到医院中的特别室后，丽珠只是等候他恢复意识。伊已三昼夜不休息地看护着，疲劳在伊眼睛的周围画着一个黑圈出现咧。他睁开眼来，视线很怪的环视着清洁的周围后，到留在伊脸上时，伊惊喜欲狂了。

他唇中微微说道："丽珠……"

伊的身中宛如听得彼岸的福音，伊把手按在他额上说道："别开口，别想什么。"

但是伊的注意差不多毫无意味，现在自己没有开口或想什么的力量了。但是又歇了两天，他已阻不住了。他用绝望的口气，不断地说着奇怪不明白的话。丽珠非常不安，难道他成了疯人么？

伊的父亲周勤臣医生，见一星期中女儿的神气大变，不免有些心痛，后来到底决定从医院中唤回去，吩咐伊道："你在那边，反而不好。心泉醒后已有一星期了。从脑震荡的普通经验判断，一点也没有什么担心了。所以，还是你离开着，使他安静的来得双方有益。"

丽珠无力似的回答道："父亲还没有晓得，我也没有向您说过。他的身体却已不妨，那精神总觉不对。他自朝至暮，只是说自己杀害了人，凭空的乱说着。又说自己犯了杀人之罪，不要带累了你，我身体一复原，就要入狱的。"

父亲点点头道："那非请精神科专门医家诊断不可！你别担心，未必一定是精神有异状。头脑的作用十分复杂难弄。还是托陈博士去看吧？博士是个精神分析学大家。"他就打电话到博士处去。

四五分钟后，向丽珠道："明天你且与博士一会，把心泉的事细讲吧。"

第二天，丽珠一见博士，觉得他生得身材高大，脸无血色，目光宛如可以刺入人心。因此，伊非常信赖他。

博士道："他既每天把同一的话反复着，那决不是呓语，全是空想。你可曾向他说明?"

丽珠道："我虽屡次说过，他反而如小儿那么生气着。说我骗他，实在他自己是深信着杀人的。"

博士应道："不错，在这种情形，确实单单否定他，未必有效果。从他每天反复着同一复杂细微的话，看来定是由什么深原因上来的。目下，你且别到医院中去会见他，等得到了我的通知再说。"

这一次，丽珠到博士处去是星期二。伊从此不安焦躁地过了两天。星期四，有电话来了，博士叫伊到医院中去探病咧。

伊一到病室中去，见博士坐在心泉床前，那心泉醒后一副紧张的神气，变成平静的微笑了。

博士道："姑娘，我两昼夜的努力把恶魔驱退了。"

心泉也道："先生，这强迫观念的事，请你说给丽珠听吧。"

丽珠也说："先生，千万请你详细解释给我听。"

博士道："这一件事，得了线索后，是很简单的。未得到以前，自然屡屡问心泉君。最初我详细打听心泉的经历。我就想其中有没有用夸张的形式浮到意识中来的事。不料，这全归失败。又试了三种，都没效力。我便一一问他危险的当日之事。也不独事实，连心中想的念头都调查着。于是，我始得到解决之钥。那一天，你也晓得的，心泉君在路上与汽车一撞，但心泉君正见那边有银车过来，便刺激了犯罪本能——这是什么人都有的本能——于是，这结果便生出奇怪的空想来。就是想这对面来的送银车不知一个人在白昼能否去劫夺。因此，由发作的放心，向马路中央走去，突然被背后一辆汽车撞倒了。从此以后的事，乃推理中断之时，心中宿着的思想被潜在意识引导到论理的结论上去了。这实在是精神学上一个极好的例子。”博士说罢，立起来道：“尽力用通俗的说明时，便是如此。我要去了。明天再来吧，实在不来也行了。”

丽珠等博士去后，关了门，用手勾着心泉的头，道：“这一来，便是判决无罪了。强盗郎君啊！”

心泉微笑道：“大幸大幸！”

原载《侦探世界》，1924 年 1 月
（民国十二年十二月朔日）第十五期

贿选案

徐卓呆

一

青年律师顾涟波氏，第一句就说："实在吃惊！当真那时节我的心恐怕决不是惊愕、骇异、恐怖等字句可以形容。活了二十七岁，方始尝到这经验啊！"

他说了这一句开场白，便道："其时是五月某日的下午两点钟光景。我是到火车站去迎接朋友的。不多一刻，火车到了，我正在旅客离乱的月台上向人群中寻觅友人时，忽见一个妙龄女子从二等室内走出来，担心似的环视四周。但是在那第二瞬间，伊毅然决然地走到这里来了。我刚打算转身时，伊那玉手竟来与我握手，脸上的神气似乎非常亲密，面孔又与我很接近着。我突然遇此，不免一呆，伊恰如变戏法的那么极巧妙、极神速不使他人来得及瞧见，将一叠纸类塞在我手中。"

伊又看着旁边的旅客们高声道："你竟特地来迎接我么?"又说："我实在疲倦了，你替我去叫一辆摩托车来罢。我立刻就想回家咧!"

伊始终是装着与我极熟的样子，在那里说话。我只是哑然凝视女子那美丽的面容，但是我无论如何想实在不认得这女子，其实我的精神也锁定了，便道："你一定认错了人了。"

那女子忙抢着说："你为什么只是看着我的脸，我又不是什么妖魔鬼怪。快些回去吧！我旅行得太长久，疲倦极了。"伊说得仍旧很亲热。

我又说："我实在什么也不明白……"

女子仍旧不使我多说，即道："我有许多话要谈咧！三姨妈到底要嫁了，嫁给那个姓严的老头儿啊？你还记得此人么？我说话很多，我们一壁走一壁谈吧！"

我一想这女子定是疯人，便两目直射在伊脸上，然而仔细地看，总没有疯人的神气。不过从伊的举动来说，竟是疯人无疑。我曾经在舞台上见过一个女子糊糊涂涂赶到门外，将一个不认得的男子抱住的。但是此刻这女子决不是梦游病，定是疯人。我只好依着伊做去，倘使违了疯人之意，一来伊的病必定发作得更厉害；二来，在众人环视中，演出这种怪剧来，哪里受得住呢？

其时，女子感激似的靠近我身，勾住我的臂。我听伊做去，握着伊的手，向着收票口。

伊与我并肩走时，伊更把身体接近我，用一种几乎听不出的声音很真挚地说道："你不是很吃惊么？突然来惊扰你，你大约当我是疯人了。"伊的声音与口气与方才截然不同。我又是一惊。

伊说："我绝不是发疯。其中有极复杂的事情。停一刻可以向你细谈，此刻有两个男子暗中把我跟着，我非避去他们不可，所以假意和你亲近了，请你救我才是。我决不忘掉你的恩的……"

我此时更觉为难，答道："我实在不明白。"

女子道："自然，自然。不过此刻来不及说明。请你救我出眼前的迫害罢，绝不会损伤你的名誉的。详细过后再谈，那你还……"

我虽不是容易向年轻貌美的女子肯表廉价的同情的男子，实在伊一双哀求似的眼睛叫人难以排斥伊啊！

便道："明白了，我尽力来援助你便了。"我爽爽快快一说那含着热情的话。我来的心脏很鼓动，血也跃着。

伊说："那么请你叫一辆摩托车，早些避去跟随的人才是。方才的笔据，对不起，要你暂时保管着，他们是拼着性命在那里要得到这笔据，会用什么可怕的手段也论不定。不过由你保管，他们就注意不到了。并且又不能加危害在你身上的。一切我们在摩托车中谈罢。"

女子迅速说完时，我忙道："不用唤摩托车，我有自己的摩托车在此。"

女子就说："那更好。在什么地方？"

我道："就在车站前，立刻回去吧。"

我扶了伊，走出收票口。由人群中赶到摩托车处。

女子说："我在未撇去他们之前，且坐后座吧。"

我就听了伊，自己乘在开车处，握着把手，女子急忙要求把那笔据还伊。我一授给伊，无心的向车站那边一看，确有两个男子过来，向着路旁接生意的摩托车夫说了几句话，就此跳上去了。他们机关已经回旋了，不知怎样还不开车。我一想这定是尾行这女子的人啊！我便急忙开车，转了一个弯，来到热闹的市街时，回头一看，他们所乘的摩托车已逼近在后面数丈处了。

我忙旋过头，去告诉女子道："背后那摩托车追上来咧！"

女子颤声道："是啊！不晓得撇得掉么?"

我答道："不用担心！"说罢，渐次加足速力，用全速力疾驰，但是到了繁盛的十字路口，往往被警察隔阻停止的。然而我们已经距离了有一里光景了。

我又道："大概不打紧了。"

我眼睛注意着前方，这么说时，伊不回答，难道没有听得么。再大声这么说着，还是不答。我十分奇怪，顿时把速力放慢些，回头看时，奇了，女子影踪也没有了。我真和鬼迷一般。

二

梦么？的确不是梦，但是很奇怪，太奇怪了！如此神秘的谜，恐怕福尔摩斯也要退避三舍罢。

那女子又是何等人，迫害是怎样，授了给我又拿去的笔据是什么，女子在哪里下车的，难道会无影无踪消失的么？我想了种种念头，想得倦了，不知怎样睡着咧。

不知睡了多少时候，我自己也不明白，仅觉得一身冷汗，一阵心跳把我惊醒了。恰巧时钟打两下，横到床上时，那打在窗上的雨，已经停止。皎洁的夏月之光，透到玻璃窗中来了。突然隔壁一间内，微微有韵律的声音，来打破这夜里的寂寞，咯咯咯……只是响着。

我即刻起来，用足尖轻轻走到相隔的门旁。我本来租借两间房子，一间充书室，一间充卧室的。这不可思议的声音，觉得从那书室内来的。我靠近门，细听时，咯咯咯咯，用同一的调子，反复着。我便静静旋着门上握柄，把门开成一条缝，观看室内时，月光正射在壁炉前面，只见一个恶汉，坐在地上，一手拿着怀中电灯，一手拿一把刀，在墙上将砖一块一块地叩着。

我很觉得奇异，便暗想那恶汉的目的何在。总也想不出来。正在种种的疑惑时，我的眼前又展开更可怕的光景，那砌在壁中的铁箱之门开放着。桌上的抽屉也都一齐开放，纸类已经堆满在地上了。

我便极轻地把门开得更大些，将身体潜入室内，他正在工作，一点没有觉得。我便一按壁上电灯的机关，顿时，亮光射在恶汉头上，其时，一留心，方知还有一个恶汉，正立在书架之前，在那里检查书籍。两个怪汉一惊，看见了我，就电光般快的立起来，从怀中摸出手枪，对我作势。

我倒没有准备，身上不带寸铁，危险极了。

其时，怪汉忽而大笑道："我们的粗暴举动，请你宽恕一点。也不必惊吓，放心好了。我们绝不会开枪的。"

我就说："没有什么惊不惊。半夜里闹得这种样子，算什么呢?"我对于恶汉虽抱疑念，不过，从他们的态度上看来，不像有危险，因此，我反逆袭起来了。

那恶汉道："弄得这么乱，却对你不起。但是原因仍旧在你，你藏得太周到了。到底藏在什么地方的啊?"

我急问道："藏什么？我藏了什么东西？莫名其妙啊!"

恶汉说："不行，你这么说了，当我会相信的么?"

我淡然地说："你们相信不相信，与我毫无关系……总之，你们的言行，我实在很可怪。你们当我藏着什么?"

怪汉对我脸上凝视了一下，忽然用粗暴的说话威吓我道："嘿，你一味推脱，反对你不利啊！你怕后悔时，还是细细想了再行回答吧。我们到此地来的目的和所要的东西，你自然明白的了，现在限你五分钟赶紧拿出来吧。"

我便道："威吓，有什么用？你们限我五分钟，我就在此坐着等五分钟好了。"说罢，我向椅上坐将下去。

怪汉讥嘲似的说道："厉害，厉害，恐怕是个疯子，也说不定。"

其时，我更装得沉静，从细斗中取出香烟来点了火，徐徐吸着，呆看了一会儿，喷出来的烟，便道："不晓得你们要听不要听，我且告诉你们一句话，我大概是疯子了。否则是不明白你们的说话。你们说要我拿出来，我竟不知道什么东西。你们不会是弄错了么?"

恶汉道："你别花言巧语，再有四分钟，我要开枪了。"

我便禁口不语。

怪汉又喊道："只有三分钟了。"

他们这态度似乎不单像威吓，又道："快些觉悟着，回答我。在这三分钟内，你不把方才那女子给你的笔据藏在哪里说出来，我就开枪了！"

三

忽然我脑中很怪异的一闪。原来这两人就是追赶我摩托车的怪汉么。那是我也要卷入这神秘剧中去了啊！那女子不是说过的么，他们拼着性命要夺取这笔据，无论用什么可怕的手段，也说不定的。可怕的手段是什么？他们要杀害我么？哪里，哪里，可以轻易做的成么？定是那女子说得过分些了。那么为什么二人断定我保管着这笔据呢？

我便对那立在桌旁的一个人道："你到底是弄错了。无论如何，强迫我没有的东西，哪拿得出来呢？"

怪汉仍旧说："你还是这么想躲避一时么？只有二分钟了！"

我毅然说："我说的是真话！你们不信，还有什么可以说呢？"

那人道："但是不信有不信的理由。笔据的内容你总晓得的。我们无论费怎样的代价，不得到这笔据是一步也不退出这里的。"

我对着香烟凝视着，默无一语。从怪汉的言语态度上观察起来，似乎有一种坚决的意思，并且事件一定比我所想象的更觉有深意味在内。

我又把同一的话说道："我虽不必再三声明，你们一定被错误的想象束着……我是全然没有关系的。从什么理由可以说我知道笔据的内容呢？此事在我真是一种受累无穷的误解。"

怪汉道："你单说误解、误解。我们实在有确实的证据，笔据是非常重要之物。无怪你要藏好了。总之这是关于好几个人浮沉的笔据。我们实在非用最后的手段得到它不可。"

我说："可惜，我没有。你们为何指定我拿着呢？"

怪汉道："你听了。昨天午后，那女子从火车上下来时，笔据的确带着。所以我们预定把伊立刻捕住，取伊的笔据的。不料，突然你来迎接，我们的计划就此龃龉，只得在背后追赶到某处十字路口，女子忽然从摩托车上跳下来，我们忙捉了伊，交到警察署中，一搜身，那应当有的笔据竟不见了。可见，伊已交给你咧！一查摩托车的号码，就明白你的住宅，所以特来搜索。我们也不愿意用暴力，你还是好好把笔据拿了出来吧！”

这时候，我一壁听怪汉的说话，一壁默想着，这是怎么一回事。但是这怪汉的说明更使我彷徨在五里雾中。什么交给警署，什么搜查身上，难道那女子是个犯罪的人么？女子若是犯罪者，这二人是警察方面的人物。那么何以不公然来访，就是堂皇皇来搜我家中也很可以啊！深夜像盗贼那么闯入人家家里，说是搜查东西，这明明是一种有恶计划的证据啊！我若是明白了这笔据的内容，那这哑谜也很容易猜破了。我乱想了一下，心里打定主意，觉得我眼前的办法，只有老实把昨日午后的事讲出来了。

我便点头道：“不错，我此刻方始明白疑我的理由了。”说罢，我先看看这一句话有何等效果，对怪汉脸上凝视着，又说：“讲到事实，这笔据一时确实到过我手中，但是内容全然没有知道。你们是当我迎接那女子的。其实不然，我竟从没有认得过伊。”

我说罢，二人脸上很惊，还是不信，说道：“胡言乱语，这种谎话有谁肯信，只要是头脑健全的人，就觉得是谎话了。”

我用力说道：“这不是谎话。我到此刻才明白自身已卷入这谜的漩涡中。不过我是一切没有关系的。若是笔据在我手中，我此时也断不会笨到要隐蔽，你们总也瞧见的。昨日在火车站遇见那女子时，我看了女子的举动就当伊是个疯人了。因为怕引人家注目，便听其所为，勾着臂走出月台。女子方始向我道歉，为伊的唐突，又低声说背后有两个男子跟着，生命非常危险，要我搭救，我就答应了。后来的事实，你们也都晓得。摩托车一开，你们追着，我尽力的赶到你们追不上时，方始放心。不料，回头一看，女子已经不见，照你的话听来，可见是在十字路口被交通警察阻止时，伊下车的。不过为什么要下车，我竟不明白，你们信不信是另一问题。这就是当时的事实。”

立在桌子旁边的人想了一想，对我脸上瞧瞧，就独语似的说：“事实或者会如此，不过太奇怪了。对着素不相识的男子……”又用锐利的语气道：“那么，算你的辩解是真的，那笔据的不见又应当如何解释？”

这时忽然室隅叫道：“举起手来！开枪了！”

二人惊得跳起来，立刻旋身向放声处看去，室内除三人外别无人影。不过，一只鹦鹉在架上，很奇怪地对他们看着。

四

数年以来，我一向饲养着一只鹦鹉，高兴时，故意把种种的说话教它，因此它学会了“举起手来，开枪了”一句话。常常拿来惊吓我们的友人。今夜也被我们的声音一惊醒，它便叫道：“举起手来，开枪了。”这全然是偶然的事。

二人大惊回头去看时，我立刻伸手在抽屉中取出手枪来，对着他们道：“举起手来，我不是鸟，当真来了。”

怪汉见我占了优胜位置，只得恨恨地服从着，我便道：“这一次必须依我做去了。”

我很沉静地坐下来，伸着左手去取电话机。一个怪汉慌忙问道：“且慢，你做什么?”

我说：“自然叫警察把人交给他们啊!”

那人又问道：“当真么?”

我道：“这种时候还有什么真不真。”

怪汉又对我脸上呆看了一下，启口道：“此刻我方始明白了。你把我们当做什么人看待。”

我说：“这不晓得，不管你们是何等人，总没有侵入他人住宅的权利。你们的行为分明是犯罪。”

那人说：“不过，其中别有缘故。一切没有知道实在。我是警署中人，这一位是警长王志伦。我是侦探马德南。我们既说明了姓名，你也用不着打电话通知警署了。”

我半信半疑地答道：“你若是真的马德南侦探……”

他道：“我身边的侦探小簿，就可以证明了。”

我说：“那么请你立刻从衣袋内取出小簿，放在桌上。”簿上的确写着警察厅犯罪搜查科侦探马德南。

他又说：“你打开来，里面还有我的照片贴着。”

我一看，这照片本身明明是立在我面前的怪汉啊！我说：“这一来疑惑一起消失了。不过，在你们的行动上还有不了解之处，你们为什么要像盗贼一般的举动。难道有理由么?”

他道：“你说保护的女子实在是个非常人物。伊窃取着我们所寻觅的笔据。”

我就说：“马德南君，且慢，伊既是盗笔据。你们何不公然来找我？”

他答道：“其中却有缘故。我们打算很安稳地取回笔据。本来这件事情在性质上是应当避去社会上的耳目的，所以不能发表，并且晓得你是个律师，要表面上公然处置，便非常周折。因此做出这种事情来了。”

我即道：“你们说过好几次要夺我生命的话，这是对嫌疑人的惯用手段么？”

那人道：“不然，这不过是误认了你是那女子的一党！恶人的爪牙。无非想要你早些拿出笔据来罢了。”

我点头道：“原来如此，那我也不来追究，但是我对于此事竟不明白是好是歹。笔据到底是何等性质？”

他道：“顾先生，对不起，这我没有说明的自由。现在只好请你就是这样满足了。”

我说：“那么，我们也不用多谈了啊！”

他点头道：“不错。顾先生，你没有卷入这漩涡也是侥幸。今夜的事，并且要你不在人前提及才是，我特警告你一句。”

五

二人去后，我把疲劳的软如棉花的身体横在床上，但是，眼睛总睁着闭不下。对这不可思议的事件，想着，真是一个极奇怪的谜。无论是怎样的，想那年轻女子的人格没有什么可疑。反而是侦探的言行有些令人怀疑的余地啊！

朝晨醒来时，日光已射入窗内，我再把昨夜的事想着，实在不可思议。我换好了衣服，打电话到事务所去通知上午缺席，然后把昨夜弄得紊乱的书室，着手整理。

正在收拾那业务上应当保存的书、报纸时，我的眼睛忽然盯住在三个月前的一张《东方时报》上，只见载着一个五十多岁绅士的照片，旁边还有一个像是他的女儿，二人都是全身。这女儿的照片分明是昨天车站上使我吃惊的年轻女子啊！一看照片的说明，载着道：《星光日报》总经理陆朗庭及其女公子。按，陆氏因此次大选之际，为收买投票事处监禁四年之罪。照片下面又载着当时市民瞩目的贿选事件。其时，我脑中想起来的是，那女子既是陆朗庭之女，那么那贿选案与昨夜的事有什么关系么？当初陆朗庭由占有某属势力的梁松如君证实起诉的。在法庭开审时，梁松如说陆朗庭的星光日报馆当选举议长之际，为着应援无所属的候补者，陆朗庭曾供二万五千元，使无所属的候补者在梁松如地盘内买收投票，并且其时，由王志伦警察长、马德南侦探的证言把梁松如的话证实了。陆朗庭便处非常不利的地位。结局，陆氏判决有罪，送入狱中去了。

我手里拿了这段记事，独自默思，觉得有好几处是贿选案与昨夜的事关联着。女子既是陆朗庭的女儿，贿选案的有力证人又是王马二人。我的想象更为确实了。

他们苦心搜索的笔据是何等样的内容呢，解决此事的钥匙一定在此。既想到这里，我也无暇顾及侦探的警告，决计一直线地同此事的解决上突进了。

忽而桌上的电话一响，把我的冥想惊破，我急忙提起听筒来一听，是个柔软的女子声音说道："对不起，你请顾先生来听啊！"

我答道："我就是顾涟波。"

伊道："那么就是昨天的一位……"

这声音确是昨天的女子之声。我笑着答道："昨天吃惊的人就是我啊！"

伊说："听得出我声音的么？"

我道："听得出的……你是陆女士啊！"

伊似乎很惊，暂时没有声音，一会儿反问："你何以会知道我的姓？"

我说："我偶然在旧报纸上瞧见你的照片的。你又怎么晓得我的姓名？"

伊答道："我把摩托车的号码做了目标，托报馆中人去调查的。"

我说："说一句老实话，此事我如入五里雾中，并且你也忽然不见了啊！"

伊应道："对不起得很。此刻还有种种事情要和你见面细谈咧。"

我便问道："你到这里来么？什么时候？"

伊说："只要你有空便好了。可以请你到星光俱乐部来么？"

我答道："立刻就来。你可晓得昨天的两个男子夜里闯到我家里来的啊！"

伊说："他们怎样说法？"

我便简单把昨夜的事情讲了一遍。伊似乎很抱歉地说：“实在对不起，累你受惊了！”

我说：“不用你担忧。只要你有益处就好。”

伊答道：“我也不晓得要怎样谢你才对。你若明白了事情的真相，决不会懊悔搭救我的了。”

我说：“虽不明白真相，也不后悔。我就来找你吧。”

伊就说：“那么，我等候在此地。”

六

我被好奇心所驱使，开了摩托车到俱乐部。陆女士已立在门口守着。急忙领我到没有人的应接室中。伊坐在椅上时，伊便这么先谢我一声。

我说：“你要谢我，反使我不安啊！”

伊答道：“亏得你一帮助，效果奏到预想以上了。”

我讶道：“这是什么缘故？实在我闹得糊糊涂涂，只晓得你有一种笔据，是可以叫某种人们心里不安的。此外，不晓得什么了。这也不过从昨夜闯进来的两个人的言行上推测出来的。”

陆女士说道：“这也难怪你，你且听着。”伊打断了话，略为想了一想，又道：“你也知道的，我父亲在数月之前处四年监禁。当时此案很引世人注目。你也想必还记得吧。”

我答道：“记得的。”

伊道：“然而我父亲完全无罪。”伊用一种感慨的声音说着。

我道：“那么是冤枉了。”

伊又发悲痛之声说：“是的。警察方卖弄做成圈套，要陷害父亲。”

我讶道：“警察陷害人么？有什么证据？”

伊道：“有的。这也是由你庇护着，没有夺去啊！”

我忙问道：“什么意思？”

伊说：“父亲由梁松如的证言起诉判决有罪。昨天上午，梁松如死在R市的医院中了。未死时，曾写信给我，这是他要给我关于此案的自供。你若一读《星光日报》的社说，就可以明白了。我父亲对本省当局的施政常常反对着。选举议长之际也援助过无所属的候补者。不料胜利仍归横暴的多数党之手。近来，父亲更谪发的紊乱自治当局的横暴，为着党利去牺牲人民幸福。父亲特地大加攻击。这反响收到绝大效果。当局自己的地位颇不安稳了。据梁松如承认说，实在是当局者虚构买收投票，特地要将我父亲葬去，便利用握有王志伦、马德南二人的弱点，强叫梁松如出来做伪证。有警官与梁氏的证明，就可以陷我父亲入狱了。昨天梁松如唤我去。他们不知怎么探得的。王马二人同赴 R 市，他们还晓得我从梁松如那边得到他的忏悔书咧。要向我夺取，因此跟在后面，似乎预定借着什么理由，在车站上捉住我的。我早已明白这意思，所以向你失礼了……起初我以为笔据由你保管很为安全，后来更想出一个妙计来，在十字路口，警察隔阻之际，我暗暗从摩托车上跳下，故意被他们捉住。因此他们到了警察署中，仍旧不能在我身上发现笔据。”

我忙问道：“这是什么理由？你既向我把笔据取了去，怎么自己身上……”

伊说道：“就是我想到的地方，你自己不知道你竟替我把笔据保管着。我一听昨夜里他们到你家中搜查时，我更知这是妙法了。”

我急问道：“何故？”

陆女士向四面看看，屈着身体凑到我耳畔极低地说道：“藏在你摩托车坐垫之下啊！”

一会儿，我们走出俱乐部的门，乘入摩托车时，笔据很安全地保管着。这梁松如的口供就做了控告的要证。此案重新开审，结果王志伦、马德南等一起人处了一年至四年的有期徒刑。陆朗庭先生不用说了，自然即日释放。陆女士至今还常来访我，往往与我一同吃饭的。我还想向伊要求要二人永远天天在一只桌子上吃饭，我敢确信伊一定肯答应的。

原载《侦探世界》，1924 年第十八期

鹦鹉口中

赵苕狂

讲到捉人的本领，总要讲警察长江富林坐第一把交椅，全世界恐无第二人能及得他来了。他任事到如今，已有十年，在这十年之中，共捉到了七百多个罪人，只有九个人侥幸漏网，你道他的本领大不大。所以一般罪犯对于他很是惧怕，一听得是他亲自出马前来捉拿，差不多已把这条性命交给他，万无什么希冀了。可是他也有一桩缺点：“谁是罪人”这个问题，他自己往往解决不来，要仰仗别人，一待别人把这问题替他解决下，其余的事他也就迎刃而解。不过他这人呢，是最好强的，是最爱名誉的，有时遇着难办的案子，虽明知自己解决不来，然总勇往直前地去干，不肯就此退让，必待真真弄得走投无路才去请教他人。好在他有两个很好的副手，一个唤作陈雄飞，一个唤作周墨卿，早在他夹袋中预备着，请起救兵来很是容易咧！

一天早上，他正在办公室中坐着，想到本月还有好多件案子没有结束，心中很是烦恼。正在此时，案上的电话忽“铃铃”响了起来，拿起一听，乃是第十号警岗上打来的，说大吉巷十四号周寡妇家中出了命案，死的乃是一个男子，请他快点派人去勘察。他听了，顿把烦恼之心抛去，精神又兴奋起来，也不暇问他详细情形，立起身来，整整衣襟就想走。

他的副手陈雄飞笑问道：“莫非又出了什么案子？也要我同去吗？”

警察长把头摇摇，一声不响地走了出去。陈雄飞暗暗好笑，想：此公真奇怪！老是这个样子，起初总一味逞强，不要人家帮助一点，后来弄得无可奈何，又仗人家了。想着便向他对坐的周墨卿微微一笑，墨卿懂得他的意思，也以一笑相报。可是在他们相视而笑的当儿，那位警察长早已走到外面，跳上了自己的车子，如飞而去。

不一会儿，到了大吉巷，早见一个岗警，守在一家门首。警察长便下车和那岗警问答几句，就走了进去，只见一个四十多岁的老婆子眼泪汪汪地坐在课堂中，旁边立着七八个人，正七嘴八舌地说着。

警察长一见暗想：这老婆子定是那周寡妇。上前一问，果然是的，随又问道："这里不是出了命案么？死的是你什么人？"

周寡妇站了起来，悲声答道："是我娘家的哥哥，他昨晚还是好好的，今儿门不开户不启的，忽然被人杀害了，真是冤枉之极，要请官长替他申冤呀。"

旁边那些人也嘈嘈杂杂地说道："这件事很奇怪，他昨晚还是好好的，还和我们谈天咧。"

警察长圆睁着两个眼睛，向他们怒视道："我只问伊一人，你们不要在旁多话。"随又向周寡妇问道："他唤什么名字？作何生理？是偶来做客的，还是常住在这里的？昨夜曾有人听见什么声音没有？今早又是怎样发现的？可详详细细对我说来，让我勘察起来，易于着手。"

周寡妇被他这么咕咕噜哆地一问，倒呆住了，一时不知先回答哪一句话是好。良久，良久，心神方定一些，又想了一想，才回答道："我娘家姓薛，他唤薛长庚，是个珠宝客人。上一个月，带了许多珠宝，从苏州来，本想住在客栈中的。因为我开的是寄宿，专租给一班学生住的，其时适有两个学生有事回去了，楼下空下一间房来，他因此就搬到我这里，住在那间空房中，倒已售去了不少货物。谁知今天早上，到了八点多钟，还没有见他下楼，我倒有些诧异，想他平日从没有起的这样晚的，今日为何忽然嗜睡。因遣女佣田妈上去望望，田妈到得楼上，没有好久就大声惊呼起来。我知道事情不妙，忙三脚两步地赶上楼去，只见我的兄弟长庚已直僵僵地死在地上，血迹模糊，不忍卒视，不觉号啕大哭。今天刚是礼拜日，住在这里的一班学生，大半没有起身，一听我的哭声，惊得一齐起来，走来动问。一问知是这么一件事，有几个懂得事情的就劝我赶快报警，一面劝我退出室中把门带上，不许一个人入内，说是可以保持出事时之状态，免得淆乱侦探耳目呢。"

警察长道："这个主意很好，如今你且去把田妈唤来，我有话问伊。"

周寡妇听了，就走到后面去唤。

警察长便又回过身来，向旁边立的那七八个人望了一望，问道："你们都是学生，都是住在这里的么？"

众人道："是的。"

警察长又问道："你们共有几个人?"

就有一个学生回答道："共有八个人，三个住在楼下，五个住在楼上。"

警察长就问道："哪五个住在楼上的?"

就有五个人出来承认，一个姓王，两个姓章，一个姓林，一个姓沈。

警察长道："你们既同住楼上，夜间也听得什么声音么?"

五个人齐把头摇摇道："没有听得什么，我们昨晚都是十点多钟就睡的，因为今天是礼拜日，大家放心睡着，所以睡得很熟呢。"

那楼下住的三个人也说道："我们也没有听得什么，如果有什么呼声，我们住在楼下，或者也可听得的。"

警察长听了，连连把头摇着，露着烦闷之色。此时周寡妇已把田妈唤到，正战战兢兢地立在旁边等着。

警察长很严厉地向伊看了一眼，问道："你唤田妈么?"田妈把头点点。警察长道："你不要惊吓，快把发现尸首时候的情形，详详细细告诉我。"

田妈颤声道："今天早上太太叫我上楼去看舅老爷起来没有。我一到房间边，只见他那扇房门虚掩着，没有闩上，心中倒暗暗有些诧异，想他从前很是谨慎，睡时总把门关得紧紧，生怕有人走进室中似的，今日为何如此疏忽。一壁也就推门进去，这一进去，不好了，但见舅老爷直僵僵地死在地上，血迹模糊，很是可怕。我就不由自主地惊呼一声，逃出房来，直到如今，心中还是跳个不住呢。"

警察长把头点点，又问道："你夜间睡在什么地方?昨晚听见什么声音?"

田妈道："我就睡在后面披屋中，昨夜睡得好好的，一点声音都没有听得。"

警察长道："好，如今没有你的事，退下去吧。"随对周寡妇道："我的问话已毕，你领我到出事的室中瞧瞧吧。"说完，跟着周寡妇就走，走不到几步，又回头向那几个学生望望道："你们诸位请都留在屋中，暂时不要出去，我或者还有话问你们呢。"

等得到了楼上，只见死者的卧室是在靠边一间，一排共有三间，余两间就是那班学生住的，外面合着一道走道。周寡妇就把房门推开，让警察长进去。

警察长进得室来，举眼一看，只见室中陈设无多，除了一张铁床，两只箱子之外，靠窗放了一张台子，一张凳子。就在那凳子旁边，赫然陈着一个尸首，看来大概当行凶之时，死者是背门坐的，凶手偷偷走了进去，冷不防在他脑后猛击，他身向前仰，向旁边倒下来了，所以室中并没有争斗的痕迹。所奇怪的，尸首倒下来时定有一点声音，方才盘问他们，他们竟都说没有听见什么，难道真都睡得很熟么？

再走近前去，把尸首细细一验，见他脑袋后，共有三处巨伤，只要有了一处，已足致命。至于那凶器，照状看来，乃是一柄笨重的家伙，但是遍寻室中，却没有查见。而细验血迹，其死定已经过八九小时以上。如是，死者被害的时间，定在昨晚十二时至一时之间了。

警察长看完以后，暗想：死者是被害不是自杀，那是决然无疑的了，不过凶手行凶的目的为着什么呢？想到这里，忽然想起方才周寡妇曾说起死者带了许多珠宝来此销售，便脱口而出，向周寡妇问道："他现在还有若干珠宝不曾售去，所售的钱又放在那里，你也知道么？"

周寡妇道："他所售去的钱，已陆续寄回家去了。不过还有一串精圆珠，因为价钱很贵，无人承受，所以至今还没有脱手。前天晚上，他还取出来，给那班学生瞧看咧。"

警察长听了，忙问道："如今这串精圆珠还在不在呢？"

周寡妇怔了一怔道："这倒没有知道，因为方才出了这件凶事，人都吓得昏了，竟没有留心到这珠子。"说着，忙走到桌子边，但又露着战战兢兢的样子，生怕践踏那尸首似的，随把靠边一个抽屉开了，一壁说道："他这串珠子，装在一个皮袋中，常常见他放在这里的。我嫌这抽屉没有暗锁，不能关上，曾劝他另藏别处，但他马虎得很，总不见听咧。"翻了一阵，忽听伊喊了起来，道："呀！真是怪事，这串珠子竟不见了。"

警察长微笑道："这事本在意中！天下断没有无缘无故杀死人的，但是还在别处找一下子，或者他已换了藏匿的地方咧。"

周寡妇便又把其他的抽屉，及死者放在床下的那口箱子，一齐打了开来，细细翻寻一阵，仍是没有。警察长也就教伊不必再寻，一壁又在室中四下察看，终究找不出一些线索，不过已决定一点，知道这件事决不属之外人，一定是屋内人做的。因为当案出之时，前后门都关得好好的，细察各窗，也无撬启的痕迹，外人固无从而入呢！所难的是这一屋中，上上下下，共有十个人，这十人中，谁是凶手，这倒无法解决了。

想了一阵，忽看见对面也有一家人家，后窗正对着这里，如果当行凶之时，有人立在那面的窗边，定可看得清清楚楚咧！谁知过去一问，据说那面的人，昨晚不到十一点钟，都已睡了，并没有看见什么。

这一来，可使警察长束手无策了，只得又把那几个学生，盘问一遍，但是毫无所得。人人都说昨晚睡得很早，夜中也没有听得什么；案出之后，大家为免嫌疑起见，也相约着没有出过大门一步咧。至此，警察长真着恼极了，便把最末后的一着棋子也走了出来。你道是怎么一着棋子？原来就把各人的箱柜物件，统统搜检一下。在他意中，以为一搜得这串精圆珠，就可知罪人谁属。谁知他翻箱倒柜，沸反盈天了一阵，这串珠子，仍是无影无踪，这真出他意料之外呢。

第二天早上，警察长露着垂头丧气的神气，对他两个助手说道："唉，我此番又失败了，还是你二人出场吧。"随又把案中的情形，以及昨日侦查的结果，详详细细告诉了他们。

二人便辞了出来。在路上的时候，周墨卿就向陈雄飞问道："如今该从何处着手啊？"

陈雄飞笑道："我们应该着手的事情，第一是勘视尸体，第二是搜检珠串，第三是查问失赃。但是这三件事情，警察长昨天已统统代我们做去了，如今也不必徒劳，到了那里，看机会行事吧。"

一路上说着已到了周寡妇家，便进去会见了周寡妇，就到死者室中勘察起来。此时尸体已入殓了，二人细心侦索了一回，陈雄飞又走到窗边，向对面望了一望，说道："唉，墨卿，可惜得很，当昨晚行凶之时，竟没有人立在那边窗口，不然，昨晚月色很佳，这室中又点上了灯，相距也很近，定能……"这句话还没有说完，忽闻一尖锐的笑声，接着又唱起歌来。

周墨卿失色道："这种声音很奇怪，我从没听得过。"

陈雄飞笑道："这不是人的声音，你来瞧吧。"

周墨卿走到他的身旁，向外一瞧，只见对面人家窗檐上，挂着一个鹦鹉架，架上立着一只鹦鹉，甚为巨大，又见陈雄飞向他说道："这只鹦鹉，不是长得很好么？"

周墨卿道："是的，像这么大的鹦鹉，确是不大常见的。"

此时那鹦鹉已停止了歌声，陈雄飞便向它呼道："哙，朋友。"

那鹦鹉也听声道："哙，朋友。"

陈雄飞又续呼道："今日天气好极了。"

那鹦鹉道："朋友，是的。"

正在谈话之际，一个中年人在窗口显露半身，向他们说道："先生们同这鹦鹉说得玩么？它虽什么话都能说，但说得不对的地方还很多，要请你们原谅。"

陈雄飞道："好说，好说，先生，你晚间也放它在外面睡么？"

那人道："像这样的热天，总把它挂在外面过夜的。"

陈雄飞道："我现在很愿再和它说一下子，先生不反对么？"

那人道："哪有反对之理，先生请便。"说完，走了开去。

周墨卿忽问道："雄飞，你到底怀的什么意思？"

陈雄飞道："我想着鹦鹉架恰恰对着这里的窗，中间相距不过数尺。倘当那夜行凶之时，这鹦鹉还醒着，没有睡，这里一切情形，它一定完全瞧在眼中咧。"

周墨卿忽失声笑道："纵使它是完全瞧见的，又怎能帮助我们呢？"

陈雄飞道："它虽不能全力帮助，但总可露出一些有价值的消息出来，如今我来和你把那行凶时的情形，在此试演一下，看它见了说什么话，你且扮作那被害者，我算是那凶手坐在这里，如此如此，来吧！"

刚刚演着，那鹦鹉就尖声叫了起来，道："可怕，可怕，他又在那里打人了。"

周墨卿便假装倒下地去，陈雄飞也即在死者藏放珠串那只抽屉中，随意取出一个纸袋来，那鹦鹉又呼道："斗斗。"

陈雄飞倒诧异起来道："它连连说斗，这是什么意思？"

周墨卿道："莫非死者被害的时候，吸着烟斗么？但是，这烟斗固无关宏旨咧。"

陈雄飞道："我们且在试演下去，看它再有什么话。"

谁知连演了四遍，那鹦鹉只有"可怕，可怕""斗斗"这两句话，他们也就不再演下去。陈雄飞把表摸出，看了一看说道："我们现在且出去吃饭，吃完饭后再去看影戏，疏散一下脑筋，这种疑难的问题或者倒可解释出来咧。"周墨卿把头点点，一同走出。

吃完饭后，就到附近一家小影戏馆中，先看了一张滑稽片。跟着乃是侦探片上场了，乃演一个女郎陷身盗窟奋力脱逃一节，扮女郎的那个明星实是色艺双绝，做得惟妙惟肖。刚演至女郎自盗党手中脱去，从楼上跳下时，陈雄飞忽地立起身来，要想走出馆去，周墨卿也要跟着同行，陈雄飞忙一把拉他坐下道："我刚想得一个意思，要想出去一趟。你不妨仍在这里看影戏，六点钟在周寡妇家中会面吧。”说完，匆匆走了。

到了六点钟，周墨卿便到周寡妇家中去，只见陈雄飞正在那里，和周寡妇高谈阔论着，周寡妇一见墨卿到来，便对他说道：“今晚二位先生可在这里吃晚饭，也可和我这班房客会会面咧。”

周墨卿不知是什么意思，也就把头点点，歇了一歇。周寡妇便替二人向大众一一介绍，言谈之间不免讲到了这件案子，就有一个姓林的问道：“你们二位也寻得案中的线索么？”

陈雄飞道：“略有一点端倪，但……”

说到这里，一个姓章的，突然的说道：“差不多已成了普通的现象，凡是一件案子，公众越是注意的，越是不能就破，终究成为悬案咧。”

陈雄飞笑道：“如今却不然，我们警察方面，虽侦探不出什么，却有一个外边人情愿替我们破案了。”

这话一说，周墨卿几乎要喊了起来，陈雄飞忙向他踢了一下，周墨卿才会意，也就不有什么举动。

姓章的忙问道：“这人是个私家侦探么？”

陈雄飞道：“不是的，是个商人，他曾眼见……”

大众不等他说完，不约而同地喊起来道：“咦？他曾眼见行凶么？”

一个姓王的道：“这倒奇怪，警察长昨日早向对面那人家问过有人瞧见行凶么，他们都说没有。如今何由？忽又钻出这么一个人来，照我想来，除了对面住的人外，没有人能瞧见这里的啊。”

陈雄飞道：“其中原有一个曲折，我所说的那个人，却没有瞧见行凶时的情形，不过在深夜的时候，瞧见一人，探身窗外，手中拿着小小一件东西。当时也不知是怎么一回事，第二天清早，他就乘车到别处去了。后来看报瞧见这件凶案，方知他所瞧见那人，就是凶手，手中那件东西就是盛着珠串的那革囊，那革囊藏匿的地方他是瞧得清清楚楚的。所以就从长距离电话中报告我们，说等他明天回来后，定把藏匿之处当面指点出来咧。你想珠串既然觅得，凶手不是也容易有着落么？”

说了一回，已吃完饭，他们便向主人告辞，周寡妇送了出来，到大门边，陈雄飞故意高声说道：“周太太，谢谢你，明天早上九点钟，我当同着那个人来，我深望这件案子早些结束咧。明天会吧！”

周寡妇也说了一声“明天会”。

陈雄飞便开了大门，却仍立在那里，不走出去，又“砰”的一声把门关上。周寡妇便回身走了进去。

周墨卿瞧在眼中，觉得很是不解，便说道："你快点说，这到底……"

陈雄飞忙用手掩住他的口，低声道："不要响，你千万别把事情弄坏咧。"说着，又向他做个手势，就悄悄地一同走入里边，到了楼上死者的室中，陈雄飞低声道："我们如今别说话，别开灯，且静静儿在这里等一下子，你如果不耐烦，嫌寂寞的，不妨把你旧时的情史回想回想吧。"

周墨卿听了一笑，也就静静守在屋中。约过了四个钟头，只听见屋中的人，一个个都上床睡了，渐渐寂静下来。那时窗子是开着的，陈雄飞便把一张椅子放在窗口坐下，听着外面的声音。

约摸到了十二点钟的时候，忽闻有一种破裂之声发出，似乎就在窗外，陈雄飞就立了起来，把周墨卿一扯，低声说道："如今用得着你的手枪了。"说罢，一齐蹑足走出室去。周墨卿便在扶梯口守着。

不一刻，死者隔壁那扇房门开了。一人从黑暗中走出来，陈雄飞便一声不响地摸了上去，二人便打了起来，周墨卿也上前相助。打到后来，一人从扶梯上跌了下去，即听陈雄飞大声喊道："快把灯旋上！"

周墨卿便把电灯机关旋开，一同走了下去。到得扶梯下面，只见一人直僵僵地躺在那里，细向一瞧，就是那个姓林的学生，已跌得脑浆迸裂而死了。身旁放着一个行柜，打开一看，内中有个小革囊，里面藏着一串金光耀目的精圆珠，就是薛长庚为着送命的那串珠串呢！

第二天早上，陈雄飞同了周墨卿把这件事情去向警察长报告毕。警察长道："我第一桩事急欲知道的，你怎能知道他藏匿珠宝的地方？"

陈雄飞微笑道："这是一只鸟告诉我的。"

周墨卿呼道："不是那只鹦鹉么？它不过说了'可怕，可怕''斗斗'这两句话啊！"

陈雄飞道："我就在它说的这个'斗'字上悟出来的，原来它所说的斗，不是烟斗，乃是漏斗咧。"

周墨卿更是惊诧道："漏斗啊！"

陈雄飞道："我来跟你说明白吧！我起初也是想不出，后来在影片上看见了一个漏斗，忽然想起周寡妇家中也有一个大漏斗，或者珠串就藏在此中，所以立刻走出影戏院，查探去了。"

警察长听到这里，大声喊道："呀！这个漏斗我至少向它看过十次，但总不曾想到这一层咧！"

陈雄飞道："倘没有这鹦鹉和这影片启悟我，我也始终不会想到的。后来我想到这层意思，前去查看，见这漏斗正在死者之室和邻室窗外交界处，因为用得已久，已经脱钎，可以随意用手扳开来。加之里面又已破裂成条，这革囊上本有一根线的，那姓林的只要将漏斗扳开，把那革囊挂在里面那裂条上就是，这不过一举手之劳，随后再把那漏斗合上，就把那珠串藏得无影无踪了。并且这漏斗容积本来很大，比这革囊要大到几倍，所以倒起水来一点没有关碍。而这珠串有革囊保护着，也决不会有什么意外发生咧！"

周墨卿听完，又问道："那么后来你捏造出有人眼见行凶这一节，又是什么意思啊？"

陈雄飞道："这个意思很是浅显，我知道这珠串必是八个学生中的一个偷的，不过不知是哪一个。如今当着他们全体一说，并说明天就有人前来指点我们起赃，而且说得很对，那珠串果是藏匿在窗外的，那个人心中安得不发急？自然要先在夜中取出，堕入我的术中了！"

警察长道："请你告诉我，你起初就疑这姓林的么？"

陈雄飞道："我一点没有成见。因为这漏斗虽在他所住那室的窗外，但照情形看来，凶手藏匿珠串的时候，一定就在行凶之后，从死者那室的窗口探身出去，藏了起来，所以全体都在可疑之列，不能单疑他一个人咧！不过那周寡妇把他除外，后来也全仗了伊，不是伊对于我的计划十分赞成，出力帮助，我末后这一出戏也不能唱得这样紧凑啊！"

周墨卿道："可惜那姓林的已跌死了，不然倒可盘问他，行凶时种种详情。"

陈雄飞道："这种情形就不盘问他也可推想而得，不过如今案已破了，也不必再啰啰唆唆地讲他了。至于那姓林的所以把珠串藏在漏斗中，乃是预防我们前去搜检，想要等到事情平静以后，安然拿了出去咧！可是他藏匿在漏斗中这个主意，是临时发生，还是预先想定，那倒不得而知了。"

警察长叹道："可惜，他没有挟之而逃，不然我倒又可一显本领了！"

陈雄飞笑道："逃是最下的一策，无异自认其犯罪，所以一般聪明点的人，决计不干这事的，他们情愿留着不走，静待机会咧。"

警察长在他肩上拍了一拍，含笑说道："雄飞，有你在场，这班罪犯恐怕不会有什么机会吧！"

原载《侦探世界》，1924 年 3 月第二十期

卍形碧玉

吴克洲

上

鼎鼎大名的剧盗："东方亚森·罗苹"罗平，自从为了枪杀张才森案，被"东方福尔摩斯"霍桑，费尽了千辛万苦设计活擒，关入狱中后，只隔了一夜工夫，在第二天的早上，就发见他逃狱了。那时候警察厅长还未起身，一听得狱卒的报告，顿时急得什么似的。连忙从床上一骨碌爬起来，胡乱穿上件长衫。一面火速派甄范同率领大队警察，四处追捕；一面打电话给霍桑，叫他前来相助。不料回音说："霍先生和包先生已于昨夜连夜搭车，往苏州办案去了。"警察厅长大失所望，也无可奈何。这边甄范同追拿罗平，第一天得不着一些踪迹，第二天、第三天……接连追寻了半个月光景，依旧如大海捞针，一无着落。警察厅长也就只得将此案作为悬案，缓缓地侦查。

本篇乃是记罗平出狱后第一次出马做的案子，至于内容怎样，且听在下慢慢道来。

一辆由杨树浦开往十六浦的九路电车头等车室里，一共坐着三个男子，都是气概轩昂、精神饱满的少年，看去大有一种神圣不可侵犯的神气。这时，大家静悄悄的，默不则声。加着车厢四面的玻璃窗，关得紧不透风，因此车室中的空气，寂静了许多。隔了一会儿，那右首车箱角里，单独坐着的一个华服少年，忽然面上微露着笑容，冷冷地道："喂，朋友，久违了。我道你是谁，原来就是大名鼎鼎的剧盗‘东方亚森·罗苹’罗平啊。哈哈！这简直是应了那句俗语，叫做‘踏破铁鞋无觅处，得来全不费工夫’了。罗平先生，你难道不认识我了么？我就是侦探长甄范同啊，一向寻得你好辛苦。幸喜天从人愿，居然被我找到了。现在我和你不约而遇，不是千载难逢的事么？我意把这……”说时，探手囊中取出一物，继续说道：“这副白金手镯敬赠阁下，借此留个纪念。虽然先生并非女子，但是于今世界文明，不妨男扮女装，暂时带上。须知我乃是诚意赠君，望你弗却才是。”

范同说完了以上这番含讥带讽的话，两眼一瞬不瞬的，直注着他对面一个着西装戴罗克眼镜手拿司的克的少年，满待他的答话。谁知那少年不过瞅了他一眼，依旧不发一声。回过头去，眼瞧着窗外，很得意似的，不住价东张西望，好像这番话不是向他说的一般。

范同见他不答，才狠狠地说道：“好个狡猾的罗平呵！你以为这样就可以完了吗？哼哼，那是没有这样便宜的事情。你该想想，你目今的地位，已好似笼中之鸟。凭你有天大的本领，也休想离开这里一步。我看你，现在已经是英雄无用武之地了，还是情情愿愿地降了罢。”

那西装少年听他啰唆不休，便不耐烦起来，回头向范同上下打量了一会儿，忽怀疑似的启口道：“喂，先生，请问你方才那番话，是向我说的呢，还是向我旁边的那位先生说的呢？请你说一个明白，不要不分青红皂白，说得不清不楚，使人怪气闷的，摸不着头脑。”

范同听说便狰狞笑着道：“你这个腔，倒装得不错呵。好，我就做个寿头，说给你听了吧——我是向你说的。”

那西装少年把脸一沉道：“真的么？请问有何凭证？须知无故诬蔑他人的名誉，是有罪的呀！”

范同忙插口道：“不错，诬蔑无辜者名誉当然是有罪的。可惜你并不是无辜，那么怎么会有罪呢？你要我说出证据，我不妨说几种给你听听，看你再有什么话说。”范同说至此，把身体坐前一些，摇着脑袋继续说道：“我素知罗平很是滑稽，最爱说俏皮话，我看你也喜欢这般。你可还记得么？方才当你登车时，一见我跷着的脚，便有意拿司的克打了我一下。我刚想发作时，你忽做出种罗克式的滑稽模样来，赔着笑脸，向我脱了脱帽，鞠了个躬，表示抱歉的意思，和声说道：‘先生，请勿见气。我这根打狗棒，委实顽皮之极，无端打了先生一下。待我回去重重地打它一顿，警戒警戒它下次就是了。’当你说完这话，引得我和坐在你旁边的那位先生不禁都好笑起来。

这是第一种证据。那第二种是你左手中指上套着的那只戒指。那戒面上，不是有罗平两字么？试问你既然不是罗平，怎会带着罗平的戒指呢？至于那第三种的证据便是你适才取皮夹时，落出来的一张卡片。当时我偶然向它一瞧，见片上清清楚楚用铅字印着‘东方亚森·罗苹罗平’几个字。哈哈，罗平先生，于今我已提出这三种证据了，你想还能够赖得掉吗？”

西装少年听他说罢，就微微一笑道：“你提出的那几种证据，在表面上看去确很相像，其实和事实不合。”

范同忙从座位中立起身来道：“什么？你还要嘴硬不肯承认吗？……”

西装少年急打断他的话道：“你别急，我说我不是大盗罗平，是有我的道理。请你先宽坐下来吧，待我来说给你听。”

他们正谈得起劲的当儿，那西装少年隔壁坐着的一个少年忽然站起来，向他们俩笑了一笑。似乎笑他们争得有趣，便匆匆离开了车门，跳下车去。二人见他一去，范同便坐下气呼呼地道：“你说……你快说。”

那西装少年才不慌不忙地说道：“你且听着，待我来把你提出的那三种证据逐一推翻吧。第一种，你说我爱说俏皮话。不错，我可以承认的，因为你还没有知道我‘东方罗克’的绰号呢。那东方罗克的滑稽也就可想而知了。第二种，你说我这只戒指乃是罗平的东西。这一着，你真是荒唐极了。难道他的名叫罗平，而我就不可以以罗平为名了吗？好了，现在你说的第二种证据也已不成为问题了。让我来说第三种吧。”说时，略停一停，换了口气道：“你以为刚才从我袋里掉下来的那张卡片是我的么？这一着你又误了，原来就是适间坐在我旁边的那位先生给我的呢。他去年曾和我在美国一个学校里念过书，但一向彼此见了面都不开口。所以认是认识，可是并没有交情。今天大家在路上偶然相逢，说也稀奇，彼此都不约而同地，点了点头，打了个招呼，接着便攀谈起来。后来大家谈得投机，他便摸张卡片给我。你明白了么？这便是那张卡片的来源了。但是我留学外洋，一向都不知道，中国有这么一个剧盗。否则我早就将他捉住，送到警察厅里去了。”西装少年说到这里，脸上顿露着种英雄气概。

不料，范同并不就此软化下来，反作坚决声道：“罗平，人家说你是个滑鬼，简直一些不错。幸喜我不是那酒囊饭袋之辈。你虽然已把我提出的证据完全推翻，但是我并不信你那番花言巧语。你说，方才坐在你旁边的那人是你的朋友吗？我说不对，因为我看你们自从登车到分别，却始终没谈过一句话。这是显而易见的，他并不是你的朋友了。但你所以硬要说他是你的朋友的缘由，不过想打断我嫌疑你的心，移祸给他罢了。总而言之，任你说得怎样逼真，我决不会被你瞒过，而就此放你过门的。你若要和我动起武来，假使我抵抗不过你，哼，我袋里的那件东西我可断定，是谁都抵抗它不过的。现在别的话莫说，只要你随我到警署里去一趟，便万事皆休。倘若不然……”

西装少年不等他说完，即站起来爽然道：“也罢，好在我横竖不是个罪人，就是跟你去一趟也不打什么紧。”说时，忽见范同手里拿着的那副手铐，因指着道：“我去是可以和你去的，但我很不愿再瞧见这劳什子。你赶快藏起来吧。”

范同知道他的手段厉害，倘有一些不遂他的心意，便什么都不怕，非达到目的不可。此刻他已答应同到警署去，那是很难得的。所以一听之下，立刻把手铐藏好，并道：“罗平先生，恕我冒昧。”

一会儿，电车已到了平民路的站头，二人便先后跃下。

中

二人并肩行了十几间门面，那西装少年突然旋转身躯，离开范同飞也似的跑了。范同喊声“不好”，连忙拔脚随后紧追。谁知还没追上十步路，只见西装少年忽又回身走来。范同一时弄得莫名其妙，倒说不出什么话来。还是西装少年嬉笑着脸道：“你以为我想逃走吗？其实这是你聪明反被聪明误了。我方才不过想……”

说至此，面上露着一种踌躇的样儿，欲说又止了好几次。末后，才凑近他的耳朵低声说道：“我……我刚才……想放个屁。”又朗声道：“恐怕在你身旁放了，被你听见，未免害臊。所以才往后几步的。”

范同一壁听，一壁已面红过耳。隔了不多时，那西装少年忽向自己皮鞋上看了一眼，即道：“请你在路旁等一下，让我把鞋带扎好了再走。”边说，边俯下身去。

范同哪敢不依，只得立在一旁候着。正在这时，忽有一辆汽车，飞隼般的直向西装少年的身后开来。一刹那间，已将近身边。范同起初不见，等到见时，要想喊叫，那里还来得及呢。说时迟，那时快。汽车夫一个不留神，便把那西装少年撞了个仰面朝天。西装少年只呼了声：“啊呀！把我的……

股……折了!”就昏将过去。

范同一见，大吃一惊。便把个汽车夫，骂得狗血喷头。汽车夫知已闯祸，连忙忍气吞声，闭机停车。跳下车来，安慰了西装少年一番。后来见他不响，就回头对范同道：“先生，请恕我，实在对不起令友的很，千万请你原谅。现在人既已撞伤，我的主人又不在这里。我看事不宜迟，大家多争也没有益处。好在我的汽车横竖空着，还是送他到医院里去吧。”

汽车夫说完，又经旁人附和。范同便顺风转舵，因道：“好。那么你快把他扛入车去。但不必开往医院，直接开到第二分署去吧。”

汽车夫应声“晓得”，就立刻把西装少年扛入车中。范同便和汽车夫并肩坐着。呜的一声，车就开了。

康尔明路，地极荒僻，人迹罕至。这时，忽有辆汽车如飞驶来。这也不消著者多说，阅者诸君自然早已知晓，是范同和西装少年坐着的那辆汽车了。

“甄先生，你目今的地位，好似笼中之鸟一般。凭你有天大的本领，也休想离开这里一步。我看你，现在已经是英雄无用武之地了。还是情情愿愿地降了罢。”范同冷不防听得了刚才自己曾在电车里向西装少年说过的这番话，不禁呆了一呆。默察这说话的人似乎不在车外，因急忙回过头来一瞧，却老大地吃了一惊。你道是怎么一回事呢?原来他瞧见他的后面站着一个少年，就是刚才被汽车撞伤倒地昏过去的那个西装少年啊。你想他一见了怎不吃惊呢!但他究竟不是笨伯，略想一想，心中早已明白，是中了计了。便不动声色，慢慢地探手囊中，满想拿出手枪，出其不意，将他禁住。不料摸穿袋底，也找不到。范同不觉大奇，面上也顿时变了颜色。

这时西装少年见他忽露出一种局促不安的形状，好像已知道他的心事，便含笑着道：“你可是要找手枪吗?哈哈!老实对你说吧，那劳什子，我早已在下电车后和你并肩同行时，把它取去了。因为放在你的身边，对于我一方面不很相宜。”说着，从袋里掏出管手枪来道：“是这管么?”

范同一见不差，便道：“然则你是罗平无疑了。”

西装少年作滑稽状，耸了耸肩答道：“谁说不是呢，我看你的眼光倒很不差。然而到底中了我的圈套。如今我来替你介绍一个人，而且他和你曾有一面之识的。”说着喊道：“才四，时机已到了，快点停车吧!”

接着那汽车夫就立刻把车停止。开开车门，跳下车来，把头上的小帽和鼻上架着的避风大眼镜一起脱下。赔着笑面向范同道：“甄先生，你还认识我吗?”

范同本已向他望着，这时一听他的话，立时向他的脸上很仔细地一看，不由得喊出声来道：“你……你不是刚才在电车中坐在他旁边的那人么！呀，原来你们是一党的啊！可恨……可恨我瞎了眼珠，竟一些都瞧不出。还以为你俩不是认识的呢！但是于今你们既引我到了这里，到底要把我怎样处置呢？快些爽爽快快地说出来吧，免得把人家闷得怪难过的。”

这番话一说完，罗平就很快地说道：“甄先生，这一次委实对不住地很。但也出于无奈，不得不如此。老实对你说吧，今天我所以要骗你到此，目的是想暂借尊服及徽章一用。至于那告借的原因，恕不说明。好在不久你自然会明白。”

范同期期艾艾地道：“可……是可以的，不过……不过我还有桩公事未曾办妥。所以……所以不能遵命。”

罗平忙道：“那倒不妨。你那件公事，我早已派人替你代办去了。”

范同作诧异声道：“奇了！你又不是仙人，怎能知道我的公事呢?”

罗平不答，一壁带好了手枪，取出一方黑巾扎住了范同双目，一壁吩咐才四开车。

下

约摸一小时之后，范同已安坐在署中的休息室里了。他回想刚才一番情景，仿佛做了一场噩梦，觉得历历在目。再一望自己身上的衣服，依旧是自己的原物，摸摸袋里侦探的徽章也并未失去。他到此不觉呆了半晌，左思右想，却始终想不出罗平要借物的原由。正在这时，他忽见长衫的衣袖，怎会卷了起来，即用手把它放下。谁知刚放下一半，就瞧见有一方白纸挟着。因急急取出，展开一看，原来是张外国信纸，上面写着许多字。读道：

> 大侦探甄范同先生台鉴。现在我来预贺你一声，因为你将要得到一个绝大的功劳了。若问我是何等样的功劳，那么说来话长。请你静一静心，待我把详情一股脑儿写在下面吧。
>
> 在昨天的晚上，我正在家里闲坐时，忽得党人由电话报告说：“大平路大平里十二号郭宅内，主人郭秀成，藏有古器卍形碧玉一块，价值

不菲，诚稀世的奇珍。”因知我素爱古董，故特来报告，叫我速去盗取。又道：“那郭秀成就是去年被警署破获鬼脸党时，而漏网的党魁郭廷振的化名啊。”

我一听他原来是这样的一个人物，那么去盗了他的东西，也不罪过。于是我便在今天早上先给他一封信，大略说：我将在今天晚上十时前去盗他的卍形碧玉，叫他即速防备。哪知他现在不做首领了，便胆小如鼠。一看见信，急得什么似的。连忙打电话给你，叫你赶快前去保护。幸亏这个消息，被他的女仆得知，原来那女仆就是我党羽才四的妻子。伊知道事不宜迟，连忙偷偷地出后门，打电话给我。我一听，默忖了一回，才想出如此这般的办法来。即唤才四对他说明这事详情和我预定的计划。就摇一个电话给安伦路的党人，叫他预备好一辆汽车候用。甄先生，这辆汽车，就是在路上把我撞倒的那辆啊。接着我自己和才四俩，都蒙了一层薄面具，改了装，我提了根司的克，出门乘上汽车，一直开到你们警署相近，才停车走下。各人把身子藏在大树背后，眼望着警署的门口，静候你出来。过了片时，果见你匆匆走出来了。这时我才放下了心。不瞒你说，我恐怕你已先我而去了啊。我见你出来后，却不坐车子，知你必是乘电车了。不禁暗喜，我料事不差，因为我在未出门之前，就料定你必是乘电车的。一来电车站就在你们警署的门前，二来大平里的门口也恰巧是个站头。我们暗暗地跟你到了电车站，看你跳上九路电车，我们哪敢怠慢，便也陆续跳了上去。我走到你的面前，有意拿司的克打了你一下，并说了句滑稽话。后来又用种种法子引你上钩，你果然中计。当我们下车时，我便悄悄地取出你袋中的手枪，往后就逃，乘机藏入袋中，俯身放散皮鞋带，顺便瞧瞧才四到安伦路去开的汽车来了没有。一见已来，就假装扎鞋带。以后你都已知道了，也无须我来多说。再讲到我把汽车载你到我党窟，我便着了你的衣服，拿了你的徽章，并且化装成你的面貌，乘车到大平路大平里门口跳下，再寻到十二号，便敲门进去。见过秀成，他向我打量了一会，半晌不发一言，兀自朝我望着。我知道他心中必有些怀疑，因即取出徽章给他瞧了，他才向我道歉说：“请你原谅，我实为小心起见。因为我时常听得人家说罗平善于化装。”

我忙和颜悦色地答道：“不错，这也难怪你的。应当要小心才好，不然就糟了。”

说了多时，末后我问他："叫我来有何贵事?"他才拿出那块卍形碧玉，要求我代为保守一夜，明日自当重重地酬劳。我一壁答应，一壁把那宝石一看，不觉眼前顿时明了一明。原来那物果然是稀世奇珍，委实名不虚传，就随手收下。不一会儿，便告辞出来。

范同君呀，现在我已写完了，你赶快悄悄地去拿那个漏网的大盗罢。切勿失之交臂，那才可惜啊！祝你成功，再会再会。

罗平白

原载《半月》，1925年4月第四卷第八号

真　凶

朱　戬

当我（吴紫云自述）回到寓里，正要推开办事室门的时候，就听得我友杨芷芳在室里高声说道："紫云，你回来得恰好。我正要去勘验凶案，好一同前往呢。"

我听了忙推门进去，见芷芳已卸去西装，穿着一件水灰哔叽的长夹袄，俯身在中央的圆台前，把应用物件装在手提皮包里。我阖上了门，一壁问道："芷芳，那案可是才发生么？"

芷芳抬头答道："不错，五分钟前。王宝钱才差伙伴把那张名片送来。紫云，你自己去看吧。"

说着，伸手指了指在写字台上的那张名片。我忙走去拿起一看，见是西区警厅里侦探长王宝钱的。背面用自来水笔写着几行草字道：

> 芷芳先生大鉴，今天在十一时左右，乌龙巷七号里的租户陈老太太，忽遭暗杀。案情离奇，请先生就来指教。倘紫云先生有裕，就请一同前来吧。

我看完那信，不禁说道："芷芳，那乌龙巷的陈老太太，不是个有名的慈善家么？"

芷芳这时已把皮包理好，听了这话，眼光忽霍地一闪，很注意地道："紫云，你怎么知道那个陈老太太是个慈善家呢？"

我道："前天我不是向你说过，我们会里收留的灾民，幼稚的招人领做子女么。前天那陈老太太，捐助了会里一百元经费，又认领了六个十岁左右的女孩做女儿。因伊眼见那辈灾民，十分可惨，伊又年老寂寞，就招领几个做伊暮境中的伴侣。听说还赔着钱，做伊们的妆奁费呢。芷芳，你想伊不是个慈善家么？并且……”

芷芳掺言道：“那么你可知伊的家世呢？”

我道：“这却不知，不过我知伊很热心于苏州的慈善事业。”

芷芳点头道：“好了好了，我们等勘验之后再下断语。紫云，今天只好饿饿肚皮，等勘验之后，再回来吃中饭吧。”

我就替芷芳收拾了皮包，一壁说道：“这里离那边不远，我们步行去罢。”

芷芳点了点头，拿了手杖，戴上呢帽，就和我一同出门。

出事那家的地址，位置在乌龙巷南口，是一所旧式房屋。我们到那里时，六扇黑漆墙门，中央开着。墙门间里，站着一个警察和一个地保。见了我们，忙立正说道：“杨先生，吴先生，宝钱兄在里面恭候大驾。”

我们点了点头，穿过天井，走进大厅。已见宝钱从左边门里迎将出来，一壁说道：“杨先生、吴先生，真抱歉得很，又要仰仗你们大力了。”

芷芳笑道：“王兄不必客气。”

宝钱道：“请二位到这里来。”

说着，领了我们，走进左边侧门。我一看里面，也是一所三开间的楼房。这时虽是暮秋上旬，但中午时分，气候还很是炎热。我不住把手中的手帕，揩拭额上的汗。那时屋里，坐着一对中年男女，旁边还立着一个老妈子和一个婢子，脸上都满现着恐怖之色。那时宝钱已向我们介绍道：“这位是这里的房东，汪友祥先生。那位就是友祥先生的夫人。”接着又和友祥道，“这两位就是‘中国福尔摩斯’杨芷芳先生，和他的好友吴紫云先生。”

友祥已起身说道：“杨先生、吴先生，方才王先生说起二位的神技，真不愧是个福尔摩斯。这桩凶案，定须先生们来，才能破获呢。”

芷芳谦逊了几句，就开口问道：“友祥先生，这案在何时发现？请先生将当时情形，详细告诉我一遍。”

友祥道：“杨先生，今天十一点钟左右，我正在厅上看报。猛听得张妈在这里楼上大叫‘救命’。我忙跑到楼上，见陈老太太已死在床上。杨先生，那形状真可怕极了。”友祥说到这里，面上忽泛成白色，接着说道，“那时内人和金铃，也闻声过来，见了都骇得手足失措。我好容易安定心神，忙叫内人等守在这里，一壁坐黄包车到警署去报告。”

芷芳道：“那么死者受的什么致命伤呢？”

宝钱道：“我已验过，死者头脑上，是中了一粒枪弹。但据友祥先生说，却又未闻枪声。”

芷芳这时眼光闪了一闪，忽向张妈道：“张妈，今天可是你第一个发现你家老太太的死尸么？”

张妈道：“先生正是，今天我烧好了饭，因老太太还没起床，所以我上楼去请伊起身……”

芷芳插嘴道：“你家老太太，可是天天这样迟起么？”

张妈道：“我家老太太，早晨起身念经之后，总要再睡一觉。到吃中饭时，才又下床。”

芷芳道：“好了，张妈你讲下去吧。”

张妈这时面孔又泛成死白，身体也瑟瑟地抖动，颤声说道：“哪知我推开了门，踏进房里一看。先生呀，真要骇死人了……老太太已直僵僵地死在床上，张大着眼睛……枕头上淌满了鲜血。我那时见了此状，不禁骇出了魂，就叫了一声‘救命’。亏得汪家老爷和太太，就随后来了，才能收转灵魂。”张妈说着，身体兀是不住地颤动。

芷芳顿了一顿，遂又问道：“张妈，今天早上，除了你还有何人上过楼呢？”

张妈答道：“今天除了少爷，只有我上了两次楼。但第一次上楼扫地，老太太还在念经呢。”

芷芳急道：“你家少爷，现在在哪里呢？”

张妈道：“他已到上海去了。”

这时，友祥已插嘴道：“杨先生，少棠兄在早上八点钟动身到火车站去的。”

我听了心里瑟地一动，不禁问道：“友祥先生，少棠今天可是独自到上海去的么？”

张妈抢着道：“先生，少爷今天还带着六个女孩子呢。”

我暗想不错，怪不得在会里领去的六个女孩，一个也没有瞧见。芷芳这时又向友祥道：“友祥先生，当你闻警登楼之后，除了你们四人，可还见有别人么？”

友祥摇头道：“没有没有，当我闻警上楼的时候，只有张妈一人在房内。

事后内人等上楼后，恐怕凶手躲在楼上，还和我寻了一周，实在没有瞧见旁的人。”

芷芳点了点头，掏出日记簿，记了一会儿，才对王宝钱道：“宝钱兄，现在我们去验尸吧。”

宝钱点头应允，就领我们走进屏门。我见中央靠门壁上，设着一张扶梯，里面是一间厨房，夹着天井，还有一楼一底房屋。我在扶梯上，向那窗棂里望去，见里面着堆些稻柴。上面的一间，谅是下人的卧房了。我们一行人，走上了扶梯，穿过中央隔着的板壁，是一所客堂的陈设。旁边两间卧房，右边一间，有锁锁着。芷芳一见，就指着问宝钱道：“宝钱兄，你可知道那间是何人卧房？”

宝钱道：“我已问过张妈，说是少棠的卧室。因为他到上海去了，所以就锁了起来。”

我那时见沿壁台上，供着一座佛龛。从帐帷里看去，见里面供着一尊白瓷的观音。桌子前面，还放着香炉烛具等物。我暗想定是死者的念经处了。当下芷芳点了点头，就和我跟宝钱走进左边的出事卧房。我见那卧房，是长方的。左边墙上，设有四扇玻璃短窗，室里光线倒很充足。里边角里，摆着死者的铜床。面前半桌上，供着些时钟等物。右手沿着板壁，有两口玻璃衣橱和一叠大小的皮箱，和床拦成一条走路，通到床后。进门口却摆着一只梳妆台，上面设着些化妆用品。旁边沿角，还有一只涂着绿漆的铁箱。我一壁看着，就把皮包摆在半桌上面。芷芳这时已把呢帽、手杖搁在半桌上。向床上看了一眼，就打开皮包，掏出那面放大镜来，走到床前。执着凸镜，俯身察看尸身的伤痕。

我忙也走到床前，跟着芷芳的目光瞧去。见那枪伤正中死者头上的右太阳穴，血液、脑汁，在枕头上流成一片殷红，形状很觉凄惨。再一看死者的面貌，倒还慈善，不过有些浮肿。两眼开着，微觉可怕。但那盖着的被褥，却很挺直，好像枪弹飞来，正中死者要害，但额上又没有弹灰。我因此推想凶手开枪的所在，必定距离很远，但却能够一枪命中。凶手的眼力，倒实在不错。我正在默想，忽见芷芳抬头道：“紫云，你看那血液，已经变色，大约死者已死了一会儿了。”

我点了点头，正想回答，忽见他叫了一声“奇怪”。早伸出手来，把那陈老太太的浮肿面目，用力一揭，只听得“嗤”的一声，那张慈善面目，早已随手而下。这时白发也跟着四散，披拂在枕头四围。顿时现出满头乌云，忙瞧那死者的面目，已变成三四十岁的泼妇模样。颊骨高耸，横肉满脸，配着两只圆睁的凶目，越觉得形态可怕了。这时，宝钱也大惊说道："呀，天杀的！这是女拐匪徐老四呀！"

我也不禁大惊。原来徐老四和她的同党徐阿大，三年前在苏州很干了不少恶事。后来好容易捉到官中，但又给伊越狱逃走，至今这案，还悬捕未结。我忖起那段往事，不禁说道："唉，那个少棠，据我想来，必是伊的同党徐阿大了。"

宝钱应道："吴先生，一定是了。这两个万恶的拐匪，这几年来，我已当他们改邪归正了，那知伊却挂起慈善家的面具，做伊拐匪的护身符。真狡猾极了！"

芷芳这时，已挺起身来，惊喜说道："宝钱兄，这真是意外的发现。但不知宝钱兄可已着手侦探那少棠的行踪么？"

宝钱道："我方才接到这桩凶案，觉得在少棠动身之后，老太太就遭惨杀，未免太觉凑巧。并且还带六个女孩同走，更觉形迹可疑了。所以我在请先生们来时，已同时差人到车站警务处查问，大约总就有回音来了。"

我暗想这固然是个要着，因就说道："芷芳，现在据我看来，这案定是同党相残了。你想那辈万恶的拐匪，什么事干不出来呀。宝钱兄，你道如何？"

宝钱连连点头道："吴先生，现据大势看来，一定是同党相残。"

芷芳向我看了一眼，才把被窝揭开，见那死尸的衣服也不大皱乱。转身向宝钱道："宝钱兄，你在死尸身上，已搜查过了么？"

宝钱道："我已略略验过，大致没有什么伤痕。我想等仵作来了再动手吧。"

芷芳点了点头，就仍把棉被盖好。他那尖锐的眼光，在室中掠了一转，忽叫了一声"哼"，就跑到沿窗墙下，从地下拾起一件金属品。我忙和宝钱过去一看。见芷芳手里掏着一个弹壳。芷芳看了两眼，向我说道："紫云，这是0.4吋口径，新式手枪里的弹壳。"

我听了一怔，不禁续道："芷芳，那种枪我们也有二支。枪管上不是装着制声机么？莫怪友祥等不闻枪声了。"

宝钱这时，忙连连点头道："正是那种手枪的弹壳，但凶手的眼力，能在这么远一枪命中，倒实在厉害呀！"

芷芳这时眼光忽射在窗上很注意地道："宝钱兄，那窗怎么没有下栓？

唉，这不是脚印么!”

说时，忙把弹壳袋了，顺手掏出凸镜，在窗沿上瞧去。那时我的眼光，也跟着瞧去。果然，在广漆的窗栏上，隐约有个鞋尖脚印。芷芳讷讷地道：“这是左脚的鞋尖印子。”说着戴了凸镜，顺手把那角里的玻璃窗推开，向下面望了一眼，不禁又叫了声“哼”。

我那时也忙跟着瞧去，原来这间卧房，是适在乌龙巷和包衙前的转角上。那窗下面，就是包衙前了。那边转角上，有一杆路灯的电杆。为防宵小起见，在离窗口般高，钉着不少锐头的铁钉。我见那上面，有些泛成赭黄。芷芳瞧着，好似发现了什么线索。这时，宝钱忽然发言道：“杨先生，你见那钉上锈痕，可是有些可疑么？但据我看来，那不过是徐阿大做成的疑迹罢了。”

芷芳不答，只仍旧把窗阖上。忽转身向宝钱道：“宝钱兄，这里你可查过？可曾失窃物件么?”

宝钱摇头道：“这却不知，不过我已在半桌抽屉里，搜到了皮箱和橱上的钥匙。杨先生，你可要去开看么?”

说时，果然从袋里掏出一串钥匙。芷芳看了一眼，忽失声道：“那铁箱上的钥匙呢?”

宝钱呆了一呆道：“这却没有看见。”

芷芳眼光在楼板上凝了一凝，忽走到铁箱跟前，相了一相，就转身向我道：“紫云，你把那皮包提来。”

我应了一声，忙把半桌上的皮包，递给芷芳。芷芳接过，放在铁箱顶上。从皮包里，拿出百合钥匙，探进锁孔，试了一下。见没有效力，忙又取出一根钢丝，用铁钳钳成一个钥型，加进孔内。用力一旋，听得机括“砰”的一声，就握着捏手，哗啦一旋，那扇铁门顿时轧轧开了。忽见芷芳叫道：“呀！又有新发展了。”说着早伸手从箱里掏出一张名片。我忙和宝钱走近一看，见名片正面，写着两行钢笔字道：

“杀拐匪徐老四，盗孽钱一万元者，江南燕也。”

我见那字迹，写得遒劲可爱，就是背面的一只飞燕，也画得栩栩如生，我见了不禁吃了一惊。阅者诸君，读过东方福尔摩斯探案的，谅都知那位神出鬼没的剧盗。连霍桑他们，都降他不下。现在苏州报上，正宣传他潜踪前来，不意在这案里竟发现他的大名，莫怪芷芳要觉得棘手了。我正暗自推想，忽听宝钱说道：“杨先生，这不过又是徐阿大布成的疑迹，和窗上的脚印一般，想引人到迷路上去罢了。”

这时外面扶梯上，忽起了一阵足声。宝钱大喜道：“桂生回来了，徐阿大谅总有些消息呢。”说着，宝钱的伙计张宝祥走进房来。宝钱忙道：“桂生，消息怎么样了?”

桂生垂手道：“老哥，我已问过铁路警察，固然看见有一个中年男子，带着六个女孩，乘车到镇江去的。”

原来这时江浙之战，还未结束。苏沪交通，铁路中断，所以苏州要到上海去的人，只有乘每天一次到南京的火车，在镇江或南京下车，转乘长江轮船赴沪了。当时宝钱又问桂生那人形状，桂生答道：“今天乘客不多，并且少棠又形迹慌张，很易使人注目。所以那铁路警察记得少棠的形态，十分清楚。”

宝钱点了点头，桂生就垂手退去。芷芳这时已关上箱门，一壁整理皮包，一壁说道：“宝钱兄，现在我们最好分头进行。我们既探知徐阿大的去踪，你可拍电到镇江和南京的车站警务处去。通知他们见了徐阿大，可从速扣留，谅总还拘得到呢。我就担任搜查证据吧。”

宝钱道：“很好，我自当遵命照办。”

芷芳理好皮包，点头应道：“这里事情已舒齐了，你等那枪弹取出之后，最好送给我一验。”说着，走到半桌前，取了手杖，到床后去看了一会儿，就回出来道：“紫云，请你拿了皮包。现在谅你已很饿了，我们回去吃饭吧。”说着拿起呢帽，就和宝钱一同下楼。

我们回到义巷寓所里，一点已经敲过，忙吃了午餐。芷芳咬着支薄荷烟，在室中踱了一会儿，忽停步道：“紫云，今天托你到了会里，替我探听那位善棍，拐了多少女孩。我想那种恶魔，决不会只拐六个女孩的。”我点了点头，就起身在壁上去探呢帽，芷芳又道：“就是育婴堂等慈善机关，也打电话去问问。”

我答应了，就离寓而出。这时教育经费，因战局关系，完全停顿。我因学校开课无期，所以在蓝十字会里服务，替社会上稍尽绵薄。就是芷芳为保护苏地的治安，也组织地方巡防团，防御一切。我那天踏到会里的办事室中，听了里边灾民的饮泣声，不禁心里又梗起无限感触。暗想那辈灾民，受那兵火浩劫，流离颠沛，真是何等可悯。但这辈拐匪，偏是铁石心肠，对那兵燹余生的难女，还会借慈善面目，拐伊们进永无天日的人间地狱。这种万恶的拐匪，真是杀不可赦。我忖到这里，心里很觉愤怒，几乎拍起桌来。那时同事的李君，见我这样不禁笑道："紫云，你今天吃了什么东西，变得疯子一般了？"

我正色道："我疯什么，不过心有所感罢了。"

说着就把徐老四的行为，详细讲述出来。同事们听了，也都十分愤怒。一查本城收容难民慈善机关的簿籍，已被这位善棍，用同样的方法，拐去十八个难女了，我一一记在日记簿里。那天在会里，把分内的事办完了，就急急回寓。

这时已五点钟了，天空里已布着薄薄暮霭。平日这时，那辈妆饰得妖精般的轻薄男女，正在这时大出风头。但在这战云迷漫中，却销声匿迹，街坊上顿觉耳目一清。我走进寓所，就听得王宝钱在办事室里，高声说道："杨先生，徐阿大竟敢在镇江下车，真可算天理昭彰了。那手枪和名片盒，仗先生的大力，在他卧室里搜到了，还怕他来苏时狡赖不成。"

芷芳答道："这案原是宝钱兄眼光独到，我只稍尽绵薄。不过那六个难女，我还要筹划个安顿方法，大约你后天回苏时，我总已有把握了。"

我听到这里，这案固然是"同党相残"，但那凶手徐阿大，这般地容易捉住，固然天网恢恢，总算还有一些天理。忙推门进去向宝钱拱手道："恭喜恭喜，这案一破，宝钱兄的大名，定要越发响亮了。"

宝钱忙起身㧑谦道："这案全仗先生们大力，才得破案。我不过因人成事，真惭愧得很哩。"

我忙道："宝钱兄何必客套，我们坐下来谈吧。"

我坐下摇椅里，就问芷芳道："芷芳，那手枪和名片盒，你在哪里搜出来的？"

芷芳道："你方才不是见那出事的楼上，有间锁着房门的卧房么？我想起是徐阿大的卧房，所以在你到会之后，就又到陈家楼上。开了房门一搜，果然搜到了那两件重要证据。"

我大喜道："这案这般地迅速破获，也真是拐匪的恶贯满盈了。"接着遂把我记着被拐的女孩人数，告诉芷芳。

宝钱却道："吴先生，他们干了这许多恶事，自然天理不容哩。"

我道："宝钱兄，那徐阿大可是已拘在镇江警察厅里么？"

宝钱道："正是，我方才已接到镇江的回电了。所以我明天动公函到镇江去，就把他解回苏州来。"

说着彼此又谈了一会儿，宝钱才告辞而去。我们送到门口，祝了两声

“顺风”。

我们送宝钱回来，芷芳坐在摇椅里忽向我道：“紫云，这案真是我探案中，最奇怪的一案了。”

我点了点头慢慢地道：“这案原很离奇，不过你说最奇怪了，那我却不敢赞成。”

芷芳看了我一眼，现着诧异之色道：“那么，你可知这案的真凶是谁呢？”

我听了不觉一呆，接着哈哈笑道：“芷芳，你也太会开玩笑了。徐阿大既已捉住，凭据又给你搜着，难道还不是真凶么？”

芷芳扬眉道：“我早知你、宝钱一般，都当这案是‘同党相残’。其实徐阿大却不是真凶。”

我这时见芷芳的面色很庄，不像是说笑话，不禁说道：“芷芳，你的话当真么？但是手枪……”

芷芳抢说道：“那是我的呀！”

我诧异道：“是你弄的玄虚么？”

芷芳点头道：“不错。你想那辈拐匪，心肠既这般狠毒，手段又那样泼辣，却又蒙着一张慈善面目。摆在人间，总是个害人之蠹。所以我就学那中国侦探的看家本领，做一次栽赃陷害。一则保存一些公理，一则就借此把那桩疑案，草草结束了。”

我听了十分惊异，不禁跳起身来，大声说道：“呀！那么真凶到底是谁呢……”

这时我们的仆人顾荣，忽推门进来，拿着一封西式的信，递给芷芳。芷芳接过，向信封上瞟了一眼，就向我道：“紫云，你不要唠唠叨叨了。这就是真凶的来信了。”

说着忙走到写字台前，从台上拿起剪刀，剪开信封，抽出一张信纸，递给我道：“紫云，你先读了那信再说吧。”

我接过一看，见纸上的字迹写得十分遒劲，就展开来朗声读道：

芷芳、紫云二先生大鉴。方才接到先生们的来信，知先生们料事如神，心里十分佩服。我这次来苏，既探知徐老四等的鬼蜮行为，就去函警戒伊们，教伊们释放那六个难女。哪知伊不但不听我话，反在今天，使伊的同党徐阿大把难女们拐往上海，要脱离我的掌握。我既知伊这般的怙恶，自然要替社会上除去那个恶魔了。所以我一壁通知镇江的友人，教他等徐阿大上了长江轮船，预备沉之清流；一壁就亲自出马，闯进那老四的卧房。有了那电杆的助力，自然十分容易了。并且在这风声鹤唳的时候，在那清晨，简宝路上行人绝迹，所以我的形迹没有给人看见。至于进房以后的举动，先生们已都探明，也不必我自述了。现在那一万元的造孽钱，就转交给先生们。请先生们等那六个难女回苏之后，把伊们送进苦儿院，好使伊们学成自立的学艺。那一笔钱，就请把半数捐给院里，做常年的经费。一半就存在院里，等伊们出院的时候，给伊们做谋生的基金，免得以后再使伊们仰人鼻息了。先生们也是提倡女权的人，谅总赞成我这番举动吧。至于先生这案的措置，在法律上虽不能尽善，但益见得良工心苦了。我因和先生们处在相反的地位，以致河山咫尺，心里很觉怅惘。但先生们的盛名，既一天大似一天，那么我们以后，总有见面的机会吧。再会再会。敬祝先生们进步。江南燕启。

原载《半月》，1925 年 4 月第四卷第九号

白巾祸

俞天愤

溃兵，溃兵，闹得一塌糊涂，人民生命的损失，财产的抛弃，是不消说了，便是一个好好的新年景象，也弄得索然无味。可是风俗习惯，是万劫不磨的，“皮冠一现，灰物潜踪”，大好元宵，依旧酣嬉淋漓度过去。这天是正月二十，我坐在好友金蝶飞的事务室里，陈设是很简单的，左不过一只书桌，一架电话罢了。那时有个长头发的少年，现着很忧愁的态度，一会儿坐下了，一会儿立起来，一会儿在室内盘旋走着，愁眉苦脸不住地叹着气。……我走进事务室，他早已来了，我也不知他怎么的一回事，可是看着他的举动，脸上总不免现出一种怀疑态度。蝶飞笑着向我说道：“我的好友阿拜端（阿拜端三字是我同蝶飞在学校里的别名，大家叫顺了口，便拿来应用了），这事我却不曾同你讲过。这位先生，姓贾，大号徵祥，他的事情，发生在正月十四，很简单而很不容易着手的。我在正月十四下午三时，碰见他，他才告诉我的，他的详情……贾先生，请你复述一遍吧。”

贾徵祥点点头，坐定了才说：“我是西北乡方桥镇的人，我在苏州城外，开一所杂货店。去年年底，苏奉开火，我全家搬回来。我有一个表亲，他在上海做生意，却不很顺遂。去年春天，他把一只心爱的钻戒，叫我替他想法子，只要押三百块钱，当时我不能不应允他。自己哪来钱呢？我就拿到方桥镇，押给一个乡下有钱的人，叫李莲峰的。今年初十，我接到我表亲的信，并三百几十元汇款，叫我去把那只钻戒取赎。我便在十二动身，和姓李的交割清楚，十四便到城里来。那只钻戒，据我表亲说，足值二千五百元。在我呢，本来不懂这种东西的，也不知道它值也不值，可是受人之托，不能不郑重一些。他的钻戒，有只宝蓝丝绒盒子，二寸长，半寸阔，一寸多厚，旁边还有揿锁，真是很精致的盒子。我还怕不妥当，把自己用的白丝巾，包紧了塞在皮袍子右面小袋里，以为东西随身带了，总万无一失，打算过了元宵，亲自到上海去交还他。千不该万不该，我身上带着重要东西，走到城内大操场，眼看着人山人海，热闹得不得了，什么卖拳、变戏法、弄缸、走索，我一处处看遍了。末后走到洪祠堂门前大树底下，那里并联着两个人圈子，一个是李再铭的卖膏药，一个是苏州小熟昏卖梨膏糖，他正在唱那抵制日货，很起劲当儿，我便挤进去听了一会。那时似乎有一次被人家挤得几乎跌翻，我也曾回头看了一看，右边一个是穿黑缎棉背心的，后面一个记得戴着打鸟帽，帽檐压得很下，身上没有穿长衣，这是我事后才苦想出来的。我听了一会，两腿站得很酸，便一径走到栈房里去休息。哪知偶然一摸到袋里，不由得我吓得直跳起来，那个白巾包早已不在我身上了，当时我在身上别的衣袋里细细找过，一点影踪没有。那时茶房也知道了，好几个走进来，和我夹七夹八地乱问，我正是烦恼得没做理会，刚巧这位金先生走来，又有那账房的介绍，才肯担任替我侦查。然而……"

蝶飞道："然而今天已是第七天，一点影踪没有，我也很对不起的……"我一听蝶飞的话，心中很不以为然，便道："好友，你对于贾先生的话，可有什么怀疑的地方呢？"蝶飞道："怀疑是绝对没有的，你有什么怀疑，你不妨问问。且看你所问的话，或者有比我精深的，我就得益匪浅了。"我道："这几天你怎样着手侦查呢？"蝶飞道："这个似乎没有研究的价值，总而言之，没有进步罢了。"我道："这也不能一概而论的，别的不讲，单就现时交通上去着想，本地比不得上海，一只钻戒算不得什么，这里是小小一个县城，二千五百块钱的钻戒，在平时已经不容易销售了，何况两星期前受过溃兵的扰乱，人家哪有闲钱去购买呢？没有人购买，那得着钻戒的人，不能不想到别处去销售，然而现时交通统统没有恢复，显见得这犯罪者还没有出境呢。"

蝶飞道："这一层你料的也不错，并可以安慰我的心，有个最后的希望。以外呢，以外可有什么高见？"我笑道："高见？太客气了，贾先生，你自己住在哪里？"徽祥道："住在汇通旅社，我是向来熟识的，倒不必去疑心他。"我道："那是自然，你十四什么时候进城的？"徽祥道："十一点钟进城，就到汇通，看定了房间，坐都没有坐便到茶馆里去喝茶，十二点钟我到快乐居去吃饭。饭后我便到大操场上去了。"我道："那个白巾包，你最后在什么地方觉得还在袋里?”徵祥道:“那是我记得很清楚的,因为我零用钱都放在小马甲袋里的,小马甲穿在皮袍里面,我在快乐居会账,走绳索布圈子里掼铜元,都是确知道白巾包还在袋里,并且我也从不曾在皮袍外面用手揿那小包,似乎是很谨慎的。可是听了小熟昏的唱语,又被人家一挤以后,却不曾留意白巾包在不在袋里了。”我道:“白丝巾有花没有花?”徵祥道:“花虽没有,角上却有‘贾徵祥’三个中国字,是我女儿给我用红线绣的。这些话,前天金先生已都问过了,真可称得英雄所见略同了。”我道:“‘英雄’两字,引用得很不得当,并且所见也很有不同的,我们只是互相辅助罢了。也许我问的虽同,我的心思贯注的地方,和他大相反背,也是常有的事,不过结果我总是逊他一筹。还有一件,这李莲峰,你是向来熟识的吗?”徵祥道:“认识罢了,交情是没有的,并且我也够不上做他朋友,他又做过乡董,前清又中过武秀才,有的是钱,听说放的债,有好几千呢。乡下有什么事发生,总得去请示他,比现任的乡董,势派要加上十几倍。我同他是贴邻,本来他也看不起我,我也不愿意结交他,去年实在因为是至亲情分上,推托不去的,才和他有了一重交涉。他的利息,差不多有二分三厘,比那些放印子钱的,还要凶上十倍。”我道:“这个自然,不消说了,大凡有钱的乡下财主,哪一个不喜欢重利盘剥呢?不过有一件,他既是这么有钱,谅来本镇上的声名,一定很大的,这回溃兵过境,他那里一定光顾的,论理你那只钻戒,早已应该丢掉,等不到你去取赎了。”

徵祥勉强笑了一笑道:“这一层,你先生料错了。李莲峰平日专一结交五湖四海人物,平常日子至少有五六桌饭,溃兵到境,不但丝毫没有损失,听说还孝敬他好几只箱子,人家一向惧怕他的,便知道这件事情,谁敢去举发他呢?”我道:“这么你去取赎钻戒时候,是他自己和你交割的呢,还是教别人来的?”徵祥道:“是他自己交割的,并且辞气之间也很客气。”我道:“当时还有别的人在场呢?”徵祥想了一想道:“好似有五个人——不错,有五个人在旁边,他们还把那只钻戒传观一会儿,都说足值三千块。”我道:“这五个人,你都认识吗?”徵祥道:“其中我只认识那个瘦长条子,叫做吴二小杂,是本镇一个流氓,专一结交匪类,仗他自己识几个字,弄弄小笔墨,常在李莲峰家里,起码做个狗头军师。”我道:“其余四个,你虽不认识,口音和装束面貌,你总还记得起。”徵祥道:“这却不清楚了,因为他们讲话,有时说官话,有时说本地话,官话我本来不很懂,尤奇怪的,他们说本地话,都是三个字、两个字的通文句子,夹在里头,除掉那足值三千块一句以外，简直听不懂，也不知什么缘故？至于他们的面貌，吴二小杂，我是向来认识的，以外四个，或是帽檐遮到鼻子上，或是大衣领遮到耳朵上，所以辨不清楚是老是小，是黑是白。”我道：“你进城以后，可曾看见他们呢？”徵祥道：“这却不曾看见。”

蝶飞蓦地插一句道：“够了。”本来他好半天没有开口了，如今插上一句“够了”，不由得我们两人吓停了嘴，便问他：“什么够了？”蝶飞道：“可以不必再问了。你所问的话，我很感激你这种问话，我前天却不曾想得到。阿拜端，方桥镇属于什么乡的呢？”我道：“是金林山乡。”蝶飞道：“那金林山乡分所长是吕珍莘吗？”我道：“不错。”蝶飞便马上写了一封信，封好了，按着铃，叫仆人进来，送到邮局去。我和蝶飞都抱着书信自由的主义，所以他在那里写信，我连正眼也不去瞧的，只知道他这信是给吕珍莘的罢了。他写完了，又问我道：“我记得溃兵过境时候，方桥镇不是有电话的吗？”我道：“对不起，元宵节拆去了。”蝶飞道：“元宵节拆的吗？”徵祥道：“不错，十四那天早上，我在方桥镇打过电话，到汇通，问他们苏州上海轮船开班不曾。”蝶飞道：“这就是了。贾先生，我预料这封信的复信，一定有些眉目了。”

仆人进来说，蒋警佐有紧要事请见。蝶飞便道：“请。”那肥头胖耳朵的蒋警佐，大踏步进来了，和蝶飞同我招呼了，便道：“有客在这里，贵姓呢？”徵祥道：“姓贾。”蒋警佐脸色一沉，大声说道：“姓贾吗？”这种以气凌人慢客的态度，那龌龊的官场，是很普通的，贾徵祥是个商人，自然很奇怪的，勉强答道：“不错，是姓贾。”蒋警佐便不和他说话了，坐下来说：“金先生，请教你一件命案，如今法庭已经检验过了，委系气闭身死，照这样说不是完了吗？哪知节外生枝，似乎有了个凶手了，那就不能不请你帮帮忙，我是一点主意没有，请你务须帮忙。”蝶飞撑不住哈哈大笑道：“贵警佐恐怕今天早升帐，头脑觉得昏沉吗？像这样无头脑的神秘话，抱歉之至，实是解释不出。”

蒋警佐把两只手掌在眼睛上按了一按，道：“我是闹乏了，说话真有些错乱。今天九点半钟，据北大街一百八十一号岗警转报，北大街北首升平旅社二层楼沿街六十四号房间，出了一件命案，我得报以后，就马上赶去，检查了好一会。那时法庭上照例也来相验，可是那死者身上一点伤痕没有。”蝶飞道：“贵警佐说话真是神秘而简单的，我请问你，死的是男的？女的？老的？少的呢？死在床上，还是别的地方呢？”蒋警佐道：“是三十多岁一个男子，死在楼板上的。”蝶飞道：“姓名知道没有，是几时住进去的?”蒋警佐道：“几时住进去没有细问，只知道这六十四号住了三个人，姓王，姓丁，姓白，如今一个人死了，两个人不见了。”蝶飞道：“是怎样发现的?”蒋警佐道：“是茶房进去冲茶才发现的。”蝶飞道：“还有两个人呢?”蒋警佐道：“据说那两个人昨晚不曾住那里。”蝶飞道：“是什么时候去的呢?”蒋警佐道：“这个倒也不曾去问。”蝶飞道：“是什么地方人，想来也不曾问了?”蒋警佐道：“循环簿上想来有的，回来去查查看。”蝶飞道：“如今死者呢?”蒋警佐道：“已经装棺封钉了，不过六十四号房间，还是封锁着。”蝶飞道：“照此说来，贵警佐很辛苦了，又何必同我相商呢?”蒋警佐道：“因为另生一个枝节，却不能马虎过去，这也叫没奈何的事。”我道：“死者拍照没有?”蝶飞瞅我一眼道：“自然不曾的。”蒋警佐道：“不曾拍照，因为死者身上衣袋里有一块白丝巾，上面却注着姓名的，论死者的衣服，似乎不配用，那么疑心到凶手身上去了。”蝶飞道：“白巾呢?”

蒋警佐从身边取出来，交给蝶飞。却不料贾徵祥突然去取那白巾角一看，道：“这是我的东西。”蒋警佐登时脸儿一沉，大声道：“你看清楚了，是你的吗?”徵祥道：“不错，的确是我常用的，是我新丢掉的。”蒋警佐道：“这个不去管他，总之你胆子真不小，你犯了这种大罪，还敢在这里逍遥自在。”蝶飞且不和他们辩驳，只把白丝巾往鼻子上闻着，皱了一皱眉，我也低下头去一闻，有极浓烈的哥罗方味。只听蒋警佐把桌子一拍，道：“你说，死者是谁？你怎样弄死的?”

本来呢，有了侦探家，警察就没用了，无论警察怎样有能力，一到了侦探口里，警察便一文不值。这可好了，杀人犯在侦探事务室里逍遥了，这一句话无论蝶飞怎样有涵养功夫，可也忍不住了，便道：“贵警佐言重了，今天发生了命案，是你来找我的，我简直事前一点没有知道，并不是把侦查案子喜欢揽在身上，像贵警佐这样的精密机警，办这案子绰然有余，本来没有同我相商的必要。不过这位贾先生，是丢东西的失主，还是十四下午的事情，要是他真犯了这样重大的罪，他不会打算逃避，反敢堂堂皇皇在这里和我们讲话吗？进一层说，他如果犯了重案，故意作为镇定，教人家不疑心，可是这条白丝巾，既有姓名在上面，又在我这里声明过的，他既杀了人，他为什么要把这种确证放在死者身上呢？既放在死者身上，他的杀人确证，早已流露了，他在这里见了确证发现，他不认是自己的东西，贵警佐虽很注意他姓的是贾，决不至疑心他叫徵祥呢。可见贾先生认清这条白丝巾，完全是见了自己丢掉的东西发现了，有些惊喜的，心不由得冲口而出，便直认无疑，要是他昨夜犯了大罪，今天决没有这种冒险的承认。天下事平心静气地推测，尚且十不得八九，何况贵警佐一盆之火，硬要把一个无罪之人指他做杀人犯，未免太嫌冒昧了。”蒋警佐冷笑一声道：“先生辩护的口才，确实厉害。可是我职务所在，既已眼见要犯，却不便任意放纵。”蝶飞道：“贾先生既经托我侦查失物，这侦查也便是我职务所在，他的失物一天不发现，我的职务便一天不完，我也不能不保护他的名誉和生命。既然贵警佐一定要用法律拘束他，我也不便和你争论了。可是有三个条件，要你立刻应允。一、立刻用电话通知留守升平旅社的警察，教他引导我侦查六十四号；二、贾先生须让他走出我门外，由你们去拘束；三、无论如何须和我有五天的约期，好让我把真相弄明白。”蒋警佐一听蝶飞肯把贾徽祥交他，立时满脸堆笑，好像杀人凶手唾手而得一般，马上打电话，马上点点头出门而去。

这时贾徽祥真弄得哭不出笑不出，自己虽是心中坦白，可是凭空把个杀人大罪加到身上，叫他怎样不担心？他叹口气道：“人生真不幸呢，去年受着两次兵火恐慌，已经算幸运在身，不曾吃大苦，这回索性硬派我是杀人犯了。金先生，你想来总有把握的，这事情且不要叫我家里人知道，请你通个信到汇通，叫他有了家信就送给先生代收着。可是我的生命，我的名誉，统交给你先生了。”蝶飞道：“你只管放心，五天的期限，是不会过的。简直说，不破这案，我的名誉也不能恢复了。咦，白丝巾也没有拿去，留在这里……”

仆人进来说：“岗警奉警佐命令，叫贾徽祥拿着白丝巾赶紧就去，现在门外候着。”蝶飞道：“贾先生，对不起了，赶快去吧，我和我的朋友立刻要忙起来了。”贾徽祥点点头，拿着白丝巾去了。我才待开口，要和蝶飞讨论几句，蝶飞早已戴上帽子，挥着手说，快到升平旅社去。向来蝶飞和我出去侦查事情，在没有人的街上，总得和我简要地谈着，今天大不相同，从事务室到升平旅社，本有三里多路，他简直一句话不曾说，一时大踏步走去，像这样兴奋而坚决的态度，我真是第一次碰到的。

那时升平旅社门口，闲看的人早已没有了，两个留守的警察，倒很客气，一个年纪略为长的，便引导我们向六十四号里去。那今天值班的茶房，早已拘留起来，反而那个发现死人的茶房，叫做浦阿七倒不曾拘去。阿七便把房门开了，向我们说，房里除掉那个死人，已经弄出去，以外一点没有动。这时账房先生，也走来看着。蝶飞便向他说：“请你把号簿给我看看。”

账房便转身去取号簿。蝶飞和我踏进六十四号，只见向南一张铁床，被褥好好地折着，向西一张杨妃榻，中间一张桌子，四个椅子，一副麻雀牌，以外有些衣架、痰盂、洗脸柜。南面便是沿街一个小方阳台，东面是转角，西面都是同样的阳台，却走不过去的。蝶飞把个痰盂看了一看，净是些橘子香蕉皮，可称得材料丰富，满地的陈皮梅核和包皮纸。桌上有三只茶杯，翻合转来当做洋灯台，衣架上有一件青洋布长衫。蝶飞细细看了，随后把被褥帐枕都翻了一周，又把洗脸柜很注意地看了几遍，在我呢，真不知道是什么意思。

那账房先生把号簿取了来，交给蝶飞。蝶飞和我看，那六十四号客人王、丁、白三个是十四到社的，职业是商，籍贯是本地人，行李只一个衣包，房金只在十四晚上付了三天。蝶飞这才坐下来说："贵社客人很少吗？"账房先生道："不瞒先生说，自从溃兵过境，生意直清淡到如今，外面好像热闹，旅馆生意却还不曾回复。敝社九十几号房间，今年只拉到两号客人，一是六十三号朱姓，还是去年年底来的，只因交通断绝，他没法子才住到如今，到昨天他真急了，才雇定一艘民船，今天早上走的。第二便是这六十四号，欠房金不必说了，偏偏出了这种岔事，做生意真不容易呢。"蝶飞把号簿交还他说："先生请便吧。"回头问浦阿七道："十四那天，是谁值班？"阿七道："是我值班。"蝶飞道："三个客人是什么时候来的？是一起来的还是逐渐来的？"阿七道："是上午十点钟，三个人一起来的。死人是中等身材，以外一个长而且胖，一个是矮小的。"蝶飞道："死的姓什么呢？口音是哪里呢？"阿七道："这个弄不明白，因为姓名单子，是他们写好了给我拿出去的，他们的讲话，忽而南腔，忽而北调，实在听不出是哪里人，本地话他们也很能说的。"蝶飞道："自从到社以后，有没有朋友信札来往？"阿七道："朋友很多，进进出出，也认不清楚，并且都是眼生的，信札却没有，电话倒很多，不过也听不出讲的什么话。"蝶飞道："三个人早晚起身睡觉和吃东西是怎样的？坐守在房里时候多呢，还是出门时候多？"阿七道："很有几夜，只有那个死的住在房里。"

我当时听了这句话，忍不住笑了一笑，想这句还成说话呢，可是不知道死者姓名，怪他不得，只好这么说。阿七又道："也有一夜，住了六个人，还向我们借了棉被，想是打地铺的。早上最快要十一点钟起身，晚上是说不定，有时人多便打扑克，有时人少便叉麻雀，并且来往不停，真不知他们实在住旅社是哪几个。吃东西，便是斜对面新盈馆里叫的，欠的钱很不少呢。"

我道："昨天晚上呢，想是四个人了？"阿七道："昨天很多，有七个人呢，三个先走，其余四个，便有这死的在内。昨晚不是我值班，不知道什么时候去的。"那个警察道："听管门的说，三个人是两点多钟走的，一个还拿着个小衣包。"我道："今天你怎么发现的？"阿七道："他们起身虽是不早，可是九点钟一定先要冲壶茶，想是吃鸦片吞头的。我照例进去冲茶，却不料看见南面的窗没有关，那个中等身材的仰卧在窗口，南脚北头，直挺挺的。我弯腰下去，想扶他起来，当他是喝醉了酒，哪知气都没有的了，我当时吓得……"

蝶飞道："底下不必说了。你可知道，这班人像是什么样人？衣服是怎样的？可曾听见他们说过从哪里来，到哪里去呢？"阿七想了一想道："中间有几个似乎是当差使的，哪里来的却不知道，去是要到上海去，只恨没有轮船。昨天六十三号那个朱姓客人，雇了一条民船回苏州去，他们要想合伴，是我们替他们说好了。不料今天六点钟，朱客人有要紧事，来不及候他们，他已先走了。"蝶飞道："可曾看见他们身上带着奇怪东西吗？"阿七道："不曾有什么奇怪东西，不过昨晚来了个穿灰布袍的，他们吃过了饭，我进来收碗，地方小，我在穿灰布袍的身上挤过去，觉着他腰里带着件很硬的东西，他立时把手一掩，我只好向他笑了一笑。他说枪呢，你真险，我心里忽地一跳，确像是手枪。"蝶飞道："这人你认识吗？"阿七道："似乎看见过的，却不认识，他口音是盐城人。"蝶飞道："你无论何时，如果看见了，只暗地跟着他，看他到哪里去，有了着落地方，你赶紧打个电话，这里误了工，我自会替你向账房说明的。"

蝶飞把架上的长衫收起来，向警察说："这件东西我要带回去备查的，六十四号依旧封锁，无论何人不准进去。阿七，你领我到六十三号去。"阿七道："咳，今天可称得无事忙，客人去了，还不曾来收拾。"蝶飞道："这朱客人是怎样的人？"阿七道："是个绸缎客人，常来住的，本地有好几家绸缎庄的先生们和他有交情，有时来谈谈天，有时来打打牌，喝喝酒。"蝶飞道："他昨天说明今天几时走的？"阿七道："他说明和六十四号客人在今天十点钟走的，不知怎么这样的急性，六点钟就走了，房金是隔夜算清的。"蝶飞在洗脸柜抽屉里取得一个捏皱的信封，上面写着："要函，烦景翁吉便，转交北大街升平旅社六十三号朱介然君收，苏州吉庆街元盛祥绸缎局，书柬，正月十八日。"阿七道："介然便是朱客人的大号，这封信是昨天本城盛丰瑞绸缎庄送来的，说是先生带回来的。朱客人看了这信，便出去了好一会，回来就托我们唤民船，打算动身了。”蝶飞把信封向衣袋里一塞，便道：“这里没有事了，你带了那件长衫，到汇通去知照一声，便回去等我，我还有别的事呢。”说完，大家走出升平旅社，蝶飞向那边去了。我一走到汇通，和那账房把贾徵祥家代收转交的事情说妥了，随后回到事务室，把那件长衫，反复细看，也研究不出什么，就丢过一边。

一会儿蝶飞回来了，后面跟个人，我却认得是吉福汽油船上的掌舵。我忍不住问道：“干什么事呢？”蝶飞一面匆匆地整理行囊；一面说道：“今天请你睡在这里，不要回去。我要到苏州去，做个简单旅行，至迟明天晚上总回来的，你留心收那吕珍莘和贾徵祥的信吧。”我未及回答，他已匆匆地拎着皮包，和那掌舵的走出去了。这一来不由得把我怔住了，再也想不出是什么道理，莫不是蝶飞也疑心贾徵祥的说话不确实，要去侦查他的根底吗？然而是不见得的，天下总没有自己犯了大罪，这么镇定的。就算是大奸大恶、杀人不眨眼的恶魔，犯了大罪，能够矫作乔装，不露色相给人家看，也总没有未犯罪以前把自己要犯罪的证据先给人家看的。贾徵祥的白丝巾可算得是杀人凶器，他用它杀了人，消灭还来不及，哪里会去放在死者身上呢？何况先几天已经向蝶飞说明呢，并且他是个纯粹的商人，决没有可疑的余地。除非那六十三号的朱介然，有些可疑，他既说明和六十四号的同船，为什么要六点钟就走呢？并且现在还没有解严，城门要七点半才开，他六点钟就出旅社，他又走到哪里去呢？这个却不能不注意的。

我想到这里，便把游览指南商业门一查，这盛丰瑞绸缎庄，在南太平街，我立刻动身，走到那里，假做拣选时式花样，嫌它不新式，说：“我去年在苏州元盛祥局里，朱介然给我看的样子，都是很好的，怎么这里还没有。”那个伙计一听这句话，立时换了欢迎面貌道：“原来先生认识朱先生的，他还是今天走的。不瞒先生说，新样早已定好了，只因被溃兵一吵，货物转运不灵，那朱先生还是旧年来的，收了账不能走，苦守在这里，已经二十几天了，大约新货，至早还要半个月才到呢。”我道：“没有轮船，交通真是不便，朱介然既已守了二十多天了，何苦急急动身呢，敢则他有汽油船吗？”伙计道：“吃人家饭，也叫没奈何，他哪来汽油船呢？他有汽油船，也等不到今天了。他叫的是民船，本来和人家合坐的，因为我们的陆先生，在苏州和一个水警队长认识的，前天借坐了巡船回来，并且带他们局里一封信，是教他赶紧动身，把所有的款子最好也带去。这款子有三千多，寄在敝庄上，是我们陆先生给他想法子，恳商那位队长保护朱先生一同回苏，今天六点钟就走的。咳，现在出门收账做生意，真危险呢。”我道：“六点钟怎样出城呢？”伙计道：“有了水警队长，是可以出城了。”他又低声说道：“听说朱先生住的旅社，今天出了命案了，幸亏朱先生走了，不然倒要吓惊的。”我道：“那怕什么？比上溃兵来的时候，只怕加上十倍二十倍呢。”那伙计也笑了。

我当下就作别出来，一路细想，这次侦查虽没有满意，可也算是矫正我的理想差误，并且可以证明朱介然是个正当商人，不会牵涉上去的。看来蝶飞到苏州去，定是侦查贾徵祥的根底了。继而一想，闲着没事，何不去找那个检验吏，问问那死者的状况呢。哪知道这个检验吏，是个浙江慈溪人，老气横秋，满嘴的《洗冤录》，一些头脑弄不清楚，问他是不是受毒，他一会儿说受毒很深，一会儿说并不是受毒，只有两句，年纪约三十多岁，身上穿的旧布短衣，总算问得有益的。及至问他什么颜色，棉的，夹的，帽子鞋子怎样？他又模糊了，再要问他，他很现着厌烦样子了。我知道问不出什么了，便把这几句记在手册上，依旧回到事务室里，暂把这件事丢开，不去把脑力作无谓的理解，却把那篇《荒山怪物》稿子，细细地增减几处。这篇所叙的，很是神秘而有兴味的，我再三和蝶飞要求，他才肯应许我露布。可是我稿已三易，他还不甚满意，说我做得太过火，恐怕人家不相信，那就要减少读者兴味的。因此我趁这闲空时候，又从事增减。

晚饭吃过以后，电话来了，却是蒋警佐打来的，他说：“预审过了……可恶得很，一句也不肯说……什么丝绒盒子……什么金刚钻戒指……都是前言不对后语……可恨那一条白丝巾，还弄得人家这么的费手脚，怎么又是盒子，戒指，弄不清楚。……金先生呢？他说他全知道的……全知道就好了，知道他是凶手，请他来证明吧。”我道：“蝶飞出门去了。”“怎么说？出门去了，须知道走得去和尚走不去寺，这种事情不是一跑可以了事的。”我道：“贵警佐这种论调太不雅相了，蝶飞就为这事，坐了汽油船到苏州去的，明天准定回来。汽油船叫吉福，你可到汽船公司去问的。”“算了吧，活泼鲜跳的凶手，立在眼前，反而要到苏州去侦查，真是骗三岁孩子的话……好在五天的期限，是他自己说的，且到那时看我手段吧。”我听了这个电话，真不知要用什么话回答他。那夜，我就睡在事务室卧室里。

第二天就是正月二十一了，我因为空想了半夜，早上到九点钟才醒。仆人拿一封信进来，我一看是吕珍苹的信，里面厚厚的一叠纸，我知道有些意思了，便放在桌上。不一时，蓦地里听见蝶飞在外面喊进来道：“起来，起来，快些起来，让我睡一会。”我再想不到蝶飞回来得这么快，便一面穿衣，一面问他怎么样了。他说一部分大有进步，回头便取那吕珍苹的信拆开来，有一大一小两张纸，他看了交给我，便和衣睡上床去。我一面盥漱，一面看那信道：

蝶飞先生台鉴：委查之件，大为奇特，君果何所需用耶？兹幸未辱台命，另单奉阅。至彼人现尚家居，并无若何举动。特此奉复，并候大安。

底下便是他的署名，另外一大张是个横单，都记的名姓：

扬州老八，年约四十岁，素业剃头；

橡皮汪小六，年约三十余岁，浙江人，据闻当过警察；

描金海段荣阿大，年约四十余岁，海州人，不知何业；

吴二小鸡，本地人，年约三十三四岁，曾做蒙馆先生；

啄木鸟潘阿全，年二十九岁，苏州人，曾吃过粮；

王七拐子、陆麻皮、项金桂、李柏明，均徐州人；

以上九人，现除吴二小鸡在镇外，王、陆、李三人于初十往上海，项金桂十四赴通州，其余四人，均于十四早晨由旱路进城，汪小六于十六回镇，约金鱼四四、扦脚老胡、卖糖赵金、烧饼陈全等，重复进城，不知何事。

我看完了这奇怪信札，把它收起来，放在抽屉里，心想，这件案子复杂极了，不过昨天和贾徵祥所谈的话，事实和理想总算没有差误，只不知蝶飞这一趟苏州，究竟得手不曾？“铃铃铃……”我拿起听筒来听，是汇通旅社账房：“……安置在二十三号，一切照办，请金先生放心。”我也不知道又是什么事，只含糊答应了他，回来再同蝶飞说吧。

“糟了，糟了！跑了，跑了！”蒋警佐直跳进来。蝶飞也被他吵醒，便走出来问：“什么事？”蒋警佐一看道：“很好，你回来了。昨天种种对不起，种种对不起两位，我的说话真很冒昧。如今糟透了，跑了！”蝶飞道：“谁跑呢？”蒋警佐道：“贾徵祥跑了。”我道：“不是在拘留所里吗？”蒋警佐道：“何曾不是呢？我昨晚问他时候，已经十点钟了，不料今天这时候，我写条子去提他来复讯，哪知巡士回来说，贾徽祥不在所中，还是昨晚十二点钟，驻所巡长张启同，奉到警佐的手谕提了去，至今不曾回来。我听了，奇怪极了，正待查问，随后那张巡长也来了，我自然怪他，他把那张手谕给我看，的确是我常用的条笺，下面还有我常用的私章，不过字迹略细一些，要是粗心看，连我自己也分别不出。”蝶飞道：“条子呢？给我看。”蒋警佐把条子放在桌上，上面写的是：

谕拘留所巡长张启同知悉，着将要犯贾徽祥，交于来警，到所候讯，毋得迟误。此谕

正月二十日夜十一时

底下是警佐的名字，和一个鲜红的方图章。蝶飞道：“贵警佐的图章一向放在哪里？”蒋警佐道：“放在大衣袋里，刻不离身。”蝶飞道：“晚上睡觉呢？”蒋警佐道：“也放在大衣袋里。”蝶飞笑了一笑。蒋警佐道：“你不要笑我疏忽，我住的房间，除了我信任的那个姚君北，是没有人进来的。”“姚君北是什么人？”蒋警佐道：“是个巡士，他是我的妻舅，你不要瞎疑心了。”说这句话时很表现一些厌恶。

蝶飞道：“那驻所的巡长呢？”蒋警佐道：“现在外面，是预备你查问的。”说着，蝶飞一按铃，仆人进来，叫他领那巡长走到事务室。却是个穿便衣的，身子是很魁梧，向警佐立正了，又向我们弯弯腰，蝶飞便问他，在拘留所当差有几年了，从前干什么事的。张启同道：“从前在徐州和蚌埠一带粮子里混混，去年跟着大队人，到贵县来，原籍是山东，今年恰巧碰着个同乡姚君北。”蝶飞道：“贵警佐原籍是湖南，怎么令亲是山东呢？”蒋警佐红着脸说：“姚君北是小妾面上的亲戚。”张启同接着说道：“介绍到警佐那里，蒙警佐恩典，叫我就了拘留所的职务。”蝶飞道：“昨夜是什么时候接到手谕的？”张启同道：“十二点不到一点奉到的。”蝶飞道：“向来警佐半夜提过人的吗？”张启同道：“那倒不曾有过。不过我在军队里服务多年，只知道服从上官命令，接到上谕，只有照着手谕办。”蝶飞道：“这就见得贵巡长办事的谨慎，这种不能算是疏忽的。然而犯人一去不回，贵巡长可曾打过电话去询问呢？”张启同顿了一顿道：“这……这倒不曾想到，然而……”蝶飞把一支纸烟递给他，又划了自来火替他点，他哪里肯，一客气，一不小心，火

柴梗丢到他皮袍上去。蝶飞急忙拎他前襟起来一撸，才不曾烧着，便道："对不起得很，请你到外面等一会，我还要同你们警佐商量一个法子。"那张巡长照前分别行礼，走了出去。蝶飞回头向蒋警佐道："恭喜贵警佐，三案齐破了。"蒋警佐道："什么三案呢？我总是不很明白。"只听蝶飞说道："失物案，杀人案，失踪案，今天倘没有别的意外，一齐能够破了。"蒋警佐道："谁人的失物案呢?"蝶飞道："自然是贾徵祥的，难道到这局面，贵警佐还是误会吗?"

仆人进来说，汇通的账房先生要见。账房先生面色铁青，拿着一封信道："刚刚接到。"蝶飞抽出来一看，随手塞进衣袋里去，撕方小纸，用铅笔写了几个字，对他说道："你照这样写吧，不妨事的。"账房先生拿着匆匆去了。蝶飞道："贾徵祥生命真危险呢，现在却和缓一点了，我是用个缓兵之计。"蒋警佐道："金先生，你在那里讲些什么?"蝶飞道："贵警佐一时自然不懂，现在事机急迫，来不及细讲了，你赶快打电话，去传一个巡长，八个武装警察，叫姚君北领着到这里来，那张启同叫他回去吧。"蒋警佐又惊又喜，惊的是用到武装，一定是危险事情，自己不知要去不去，喜的是案子能破，责任容易卸，这是我在他一刹那的举动推测出来的。忽然觉得蝶飞把我身子一触，我便跟他到里间去，他附耳告诉我道："你出去跟着张启同走，有了着落，赶紧来报告，越快越好。"我应着，从后门抄过去。

果真张启同走得很急迫，一直出了东门，绕过青灵山的山脚，已经五里多路了，又穿过健身俱乐部的球场，绕过一个小村，走进一所破屋里去。我矮着身子，从短篱旁边过去，却不料一个人正爬出来，两下不免一惊。我正待掏手枪，那人低低说道："先生，我是浦阿七，这里人多得很，那出事一夜的三人，也在里面，并且那个身上有枪的，还刚刚来哩。我是早上已经来过一次，也是跟那有枪的，本来打算先来报告，因为不知道屋里有多少人，我走到半路，又走回的……"我不等他再讲，便道："你守在这里吧，我去去就来。反身折回原路，拔步飞跑。到球场那里，却见一个青年弄一架自行车，正在休息着，我那时也顾不到道德方面去了，猛地赶上去，踏上车就走。那青年出乎意料之外，不住地喊："谁？谁？停下!"我可不能管他，将过青灵山角，是上坡势，不由得慢了一点，那青年的足力也真好，竟被他快要追着。我一想追着了，又要啰唆，又要费时间，急忙在身上掏出一张有住址的卡片，丢在地下，仍用力踏着。

不多一会，已到东门，远远看见蝶飞领着九个武装警察赶来。我也来不及问他怎样知道我在这里，便简单地说了，蝶飞挥手说：“你赶快回去，快！”我自然听他指挥，拨转自行车，又过青灵山，又过球场，那青年却还在场上，见我的急遽的样子，便点头挥挥手，表示赞同。我仍旧赶过小村，把自行车藏在田里，想那浦阿七总得走来，周围探望，却不见踪影。那破屋里人声嘈杂得很，那时我很踌躇，怎样下手？忽然肩上有人轻轻一按，回头一看，是蝶飞，低低说道：“我又在球场上借了自行车来的。”我道：“是那个青年吗？”蝶飞道：“正是，他拿你名片给我看，我也给他一张名片，他立刻给我弄一乘自行车。……北山峰，你看！你去！”我注目一望，那北山峰仙风洞那里，果有一个戴打鸟帽的人，闪闪烁烁走着。我握着枪，飞快走过去，他跑山的本事却不及我，不满十分钟，竟被我追着，拦腰一脚，把他踢翻了，给他一副手铐。那可笑的武装巡警，也来了五位，远远地擎着刀，扛着枪，算是助威的。我那时把那人的帽子一掀，不由得失声喊道：“原来是你！”随手叫警察看好了，并对他们说：“这是要犯，你们用心看守。”

忽然听那边枪声杂沓，我知道蝶飞动手了，便拨三个警察前去协助，自己也想跟去。忽见那个被捕者只把眼睛望着仙风洞，我一时神经敏动起来，便走进仙风洞，借着一线的日光，才见一个被绑的人，蹲在洞里。我扶他出洞外，呀！贾徵祥！手脚绑了不算，连嘴都塞起来，我一面替他松解，一面问他。他说：“我两腿两臂都给他们打伤了，昨夜约摸十二点钟把我从拘留所里提出来，一径出东门，他们给个口号，和门卫说是扶一个吃醉人出去。”我道：“几个人扶你的？那巡长也在里面吗？”贾徵祥道：“也在里面，一伙人有七八个，我正想喊救，他们早把我嘴也塞起来，他们直拖到我这里，叫我写信到家里，要一万块钱，我不肯写，便吃了他们毒打，后来他们不要我写了，叫我说寄信住处，我说汇通旅社账房知道的，他们才算罢手。”

忽见那个青年踏着自行车来了，便向我说：“我叫周振华，是健身俱乐部的干事，这位先生恐怕受伤了，我叫仆役送抬床来，本部有现成医生，先用了些手术，再送进城吧，金先生在前面候诸位呢。”我便道谢了那青年，他便飞快地回去。我叫巡长拖那要犯到前面去，留一个武装巡士保护贾徵祥，务要等我到才准动身。我便和蝶飞会合了，便和他说：“贾徵祥有了，我还捕得一个，你猜……”蝶飞道：“浦阿七吗？”我道：“一点不错。”蝶飞道：“他们想把浦阿七来做我们的饵，我却先把饵给他，反而上了我们的钩。那张启同真是个强悍的家伙，他在地窖里钻起来，幸亏我立在许多器具的后面，才算有了个下手地方，然而不把他打翻也很难得手的。现在连你的一共捉了九个人，城内还有一个。”我道：“在哪里?”蝶飞道：“在事务室里。”我道：“谁呢?”蝶飞没有回答，抬床来了，我便去知照警察，跟着周振华，护送到俱乐部去，待那医生看过后，一径送到警总所。

这边七个警察，一个巡长，押着九个犯人，进城去交给蒋警佐。蝶飞又拨两个警察，回到事务室，一会儿押了一个来，却是姚君北。蒋警佐没奈何，把一应人犯，逐一讯问。十个人便是姚君北、张启同、浦阿七、扬州老八、橡皮汪小六、金鱼四四、描金海段荣阿大、扦脚老胡、卖糖赵金、烧饼陈全。当下分别问了几句，有的狡辩，有的推得很干净，有的略认一些，只弄得蒋警佐头昏脑涨，再也弄不清。蝶飞候到周振华送了贾徵祥来，随后又来一个很体面的人，便叫他坐下。蝶飞这才立起来说道：“这个案子共分三段，第一段是贾徵祥失物，第二段是谋毙人命，第三段是失踪。里面本有一个操持指挥的人，表面却完全是连环党的活动。我从十四接到贾先生托查钻戒后，很费心思地侦查，真没有一些头绪，直到昨天命案发现了。承蒙警佐厚意，把我的当事人当做命案的要犯。在贾先生呢，无端被诬，又吃了些意外的危险，在我呢，却把那失物案有了线索，所以我也很感激警佐的。我到升平旅社去查勘，”说着，把件长衫放在案上，“第一，发现了这件东西，这长衫后襟左角上有一个红连环，这便是他们的记号。我早知道西北乡方桥镇一带，有一个连环党，起先专做些偷鸡剪绺小勾当，现在却渐渐进步了。他党内并没有党长，只分着设计实行两部，人数很不少，都分布在四处，并且各色人物都有。我自此发现了连环党记号。第二步，便认定浦阿七也是党中人，不信只看后襟好了。”一个警察把他衣襟一看，却并没有，浦阿七立刻喊起冤枉来了。蝶飞笑道：“你这一喊冤枉，便坐实你一点不冤枉，我已经到升平旅社问过，从前旅社是茶房号衣，都是洋布的，去年冬天才改用棉布，所有已发出的洋布号衣，都不曾收回，这件长衫，前胸左襟有拆去小口袋的形迹，这便是号衣放铜牌的所在。你这一喊冤枉，便证明这件衣服是你的，你犯案以后，不过不曾留意，把它放在六十四号房里。”浦阿七道：“杀人并不是我。”蝶飞道：“这一层我还没有说到，你听着吧。我既认定浦阿七是党中人，当时并不说破，知道他并不是重要人物，只把他做我利用，教他引逗我所要注意的人。在他呢，也很厉害，竟想欺骗我上他的机关。可惜我的策略还比他们高一筹。第三步，知道六十三号那个客人，很有可疑，原定十点钟和六十四号同走的，为什么六点钟要单身走呢？及至检查到一个捏皱的信壳，知道这人是苏州元盛祥的贩货客人，才把可疑两个字消去，可是总得带着奇怪的色彩，我便决意要去寻他，并且来不及告诉我的朋友，急忙去雇了吉福汽油船……呀，这汽油船怎样了?”蒋警佐道：“已经照办，这时快要到了。”“很好，我乘汽油船到得苏州，便去寻到了朱介然。朱先生，请你自己说吧。”

那时座上那个很体面的商人，慢慢地立起来道：“我是元盛祥外埠交际员，我从去年年底，到这里来代收一笔账，有三千多块钱。本来想赶末班轮船回去的，无奈交通一断，金融便停滞，钞票也掉不着，溃兵早已陆续到了，现款放在旅馆里，实在担心。好容易和这里同行南太平街盛丰瑞把款子寄给他，说明得失统由天命，直到今年，我还是一筹莫展，孤零零地住在升平旅社。这旅社的生意可怜极了，除了我外，别的客人一个没有。到了十四那天，六十四号来了三个客人，我是常出门的人，人家行动举止一看就得明白，便知道这三个客人并不正路，不过事不干己，只索由他。十九那天，我们小号里托盛丰瑞的交际员陆景如带给我一封信，叫我赶快回去，款子带不带，看着便罢。我这才叫他们去雇了民船，想和六十四号的人同走，因为听见他们也在要船，我空身走着，怕些什么?后来碰到了陆景如，说他由水警保护来的，明天还得一早回去，我这才变计，想单身带款，由水警保护，总不妨事的。遂同景如说明了，明天六点钟到盛丰瑞取款子，水警队长也由他去接洽。后来回到旅社，心里想总得早些睡，明天方好起早，哪知六十四号人声嘈杂异常，再也睡不着。本来他们晚上总是胡闹的，不过这夜格外厉害了，也听不出是几个人，是什么口音了。最奇怪的便是这茶房浦阿七也轧在里头，后来也是他劝停了，打起牌来。到了将近一点钟，他们打牌完了，人声也静了些，我觉得气闷，走起来把靠阳台的窗轻轻开了，正想走出去，到阳台上吸些空气。却不料六十四号阳台上立着两个人，我遂把身子缩住，把耳朵静听。只听得一个人似乎盐城口气的，恨恨地说道：‘你玩这种戏法，敢在我张启同面前来弄，哼!’底下听不出了。”“啊呀!”这是蒋警佐喊的。就这喊声中，张启同身子直扑到朱介然背后，早被蝶飞一飞足踢到他肩胛上，张启同立刻跌下去，却把朱介然怔住了，不敢说下去。蒋警佐咬了咬嘴唇，下决心似地道：“你说，把张启同拖到那边去。”朱介然道：“那晚说话的便是这人!便是这人!”蝶飞向张启同道：“你说你原籍是山东，怎么说的盐城话很熟呢?”张启同垂着灰白的脸，一声不响。朱介然道：“那时约摸隔上一分钟，另一个人是苏州口音，抖着说道：‘实在是空的，并不欺你。’这两句话我却不懂。”蝶飞道：“你不用解释，只管讲下去吧。”朱介然接着说道："那时只听张启同恨恨地说道：'空吗，姓潘的，可要对你不起了。'说着，似乎在身上摸索一会，取出像白手巾样子的向苏州口音的脸上一撤，以后只听见脚声杂乱了一阵，又夹着拖桌子声音，随后便听他们陆续去了，房里一点声息没有。那时把我的身子都吓软了，好一会，我才敢轻轻地把长窗关上了，我也不敢睡，巴巴地盼到天色一亮，我就赶出旅社，到盛丰瑞把事情弄妥了，上船跟着水警同走。实在我那时恐吓到极点了，却还想不到就会出命案呢。等到下午，忽然这位金先生来小号里和我说明一切，我想这是义不容辞的，总得来证明一声，免得别人无辜受累。"

蝶飞道："照朱介然所陈述的，那被害者是苏州口音，姓潘，是没有疑义了。现在只消问张启同，那姓潘的是不是叫啄木鸟潘阿全，现年二十九岁？"张启同发着很粗暴的口气道："你知道了，又何必问我呢？潘阿全违背党规，不能不有个惩戒。"蝶飞道："贵警佐注意，这便是他的承认呢。……我这三步的着手，既经贯彻后，却不料节外生枝，弄出个贾徽祥失踪案来。幸亏贵警佐报告得迅速，其次，张启同也很帮助我，我给他一支烟，给他划火柴，这时就发现他的后襟左角也有个红连环。"蒋警佐叫把张启同后襟提起，一看，果然不错。"这一来，我好似有许多没钥匙的锁，忽然得了个奇妙的法子，弄开了。我一方面请朋友去追踪张启同，一方面请警佐把姚君北诓了来，监守在一处。我又用电话去问东南西北四座城门的门警，问他们昨晚可曾见张启同出城。问到东门，他们说果然看见的。那时我等我的朋友，一点没有回报，我才知道所料不误，便带着警察，赶出东门，到青灵山角的北面，才破获了这伙大人物。其实贾徽祥失踪，是他们的大大失误，他们想把贾徽祥劫了去，另外生出个勒索方法。唉！这真算得没有眼睛了哪！这是汇通旅社接到的匿名信，要勒令旅社里把姓贾的家里住址宣布出来。想来贾徽祥不肯说，便吃他们的虐待，我当时便捏造个住址，叫旅社里宣布了。如今呢，这种都无关紧要了……"那时这几个恶徒，知道证据确凿，都一一供认，却把谋杀重罪都推到张启同身上去。姚君北是警佐的舅爷，这时却也没奈何，说是候警佐睡着了，假造一张谕条，因为是张启同的亲戚，叫他担个干系，事后要送他五十块酬劳，不过酬劳却还不曾到手。结果大家都说一切举动都受人家指使，那指使的人始终不肯说出来……

贾徽祥把衣襟整了一整，颤巍巍立起来，把他经历的事情，陈述一遍，警佐和他很抱歉地安慰了几声。贾徽祥回头向蝶飞道："你们的案子大约算明白了，我的钻戒怎样呢？"蝶飞笑道："这件事，我本来想要到明天上午才完全明白，你既然这么说，我就先给你明白一半吧。贵警佐请派六名武装警，押着张启同到升平旅社，六十四号靠南有一只洗脸桌子，在那桌子背后空隙处，检取一只丝绒小盒子，不过路上你们要格外留意呢。这里把几个恶徒，暂时拖到外面去看管。”蒋警佐去拿些茶和纸烟出来敬客，脸上现着格外的殷勤，这是当差使人的习惯。我和蝶飞自然要把我所注意的大约说了些，蝶飞只点点头，也不说什么，却和那个青年周振华交谈。振华道：“我今天得和诸位共事，真是生平快事，可惜知道得太迟了，却不能早些来帮助。”蝶飞声音放低些道：“你能帮助我，我很欢迎，现在我有件事，请你帮助吧。你知道那姓贾的本身很危险，你可能候这里事情完了？他住的是汇通旅社，你便步步留神跟着他，他到的地方，和人说的话，都要注意，晚上更要紧，最好借着医治受伤的因由，和他住一房间，有什么发现，就用电话告知我。”振华道：“这是极有趣味的，照办便了。我有个朋友，叫沈子才，也很精明的，我去叫他帮着我，好来回通信，我身子便不会离开了。可是这责任要几时才告终止呢?”蝶飞道：“至迟明天十二点钟吧。”说完这话，又和蒋警佐去闲谈。蒋警佐道：“金先生，这案子移解法庭，一定要明天十二点钟吗?”蝶飞道：“一定如此，明天十二点，请你到我那边吃午饭。”蒋警佐道：“那是……”警察进来说：“升平旅社的回来了。”

那六名武装警察报告道：“升平旅社六十四号留守的门警，开门引着我们检查，那洗脸桌子后面空隙里头确有一只丝绒盒子，张启同也说是的。”说着把盒子放在案上。那时又把许多恶徒提到里头来，蝶飞道：“这盒子你们开过没有?”警察道：“没有开。”蝶飞向贾徵祥道：“你从李莲峰家里取了钻戒，把白丝巾包了，出姓李的门以后，可曾解开来看过?”贾徵祥道：“直至失去为止，一直不曾开过。”蝶飞道：“如今要开了。”“空的!”大家都说空的！这时大家怔住了，蝶飞道：“朱介然所听得那张启同的话，你玩这戏法，这还是冤枉潘阿全呢。潘阿全说的‘实在是空’，那才是真话了。警佐请想，一个交通断绝的小小县城，他们得了三千多块钱的钻戒，要想出脱，总有些痕迹可寻。我七天工夫查不出一些线索，便决定这东西不在城里。须知贾先生并不曾把钻戒带进城来，那潘阿全自然也把空盒子盗去，张启同一班人却信不过他，潘阿全便冤枉死了。到此地步，人财两失，不得不另外想法子。天助他们有这块白丝巾，偏偏被张启同塞在潘阿全身上，偏偏白丝巾上有贾徵祥的姓名，偏偏贵警佐把贾徵祥送到拘留所，他们才想出劫去贾徵祥勒索的法子。咳！这真是大错特错了。”贾徵祥道：“究竟我的钻戒现在哪里呢?”蝶飞道:“明天十二点钟,那一半就好明白了。”

蝶飞和我同到事务室,面上一点没有倦容,却向里间书架上去取了许多本地旧报纸,很迅速地检查一番,抽出几张放在一起,才和我说道:“阿拜端,这一起案,好似一个春笋子,剥了一层,又是一层。”我笑道:“一点不错,现在不是已剥了三层吗?”蝶飞道:“虽已三层,却是还没有剥完。”我道:“难道还有第四层吗?”蝶飞道:“自然还有第四层。”“铃铃铃……”蝶飞教我取电机听话,“我是沈子才,你是金先生吗? ……贾徵祥到仁大当铺当了一粒珠子,得洋十六元有零,现在回汇通了。”我迅速告诉蝶飞。蝶飞便凑上去说:“贾徵祥伤痕怎样了?”我用耳听着,“好些了。”蝶飞面上很现着愉快。停了一会儿,又打电话给蒋警佐,教他明天准十一点钟来吃午饭,并且请他多带一副手铐来。我道:“这手铐给谁带呢?”蝶飞道:“这便是第四层主要犯的需用品。阿拜端,你现在没有事,请你到汇通旅社二十三号,去访朱介然,随便和他谈谈,却顺便看周、沈两位青年,有什么消息递给你。”

几分钟后,我已到了汇通。朱介然到盛丰瑞去了,没有会着,明知这时候周振华一定在贾徵祥房里,却不便闯进去,那沈子才苦于从不曾见过,又不好打听。正在思索,那边却走来一个身材苗条的漂亮少年,可是漂亮中间露着一种英爽沉毅的态度,一望而知不是时下浮头滑脑一流的人物。他一眼看见我,便些微弯了腰,一拢一拢地走过来,两手一上一下震荡着,显出一位网球好手,低低地说道:“我是沈子才。”我便迅速把名片给他,回身便走,他抢在我前面,领进一间房里去,他说:“这个姓贾的,东西真不少,珠玉翠钻,恐怕有四五十件。他胆子真大,这种世界,他却什么都不顾,他竟敢随身带着走,无怪别人要绑他去了。”我道:“这些东西,是谁看见的?”他道:“是周振华告诉我的。”我道:“姓贾的伤势呢?”他道:“那是浮伤,很不要紧的。”隔了几分钟,我走回办事室,把这些话告诉了蝶飞。蝶飞道:“费心得很,我们辛苦几天了,到新盈馆去吃杯酒吧。”我迟疑道:“哪里的新盈馆呢?”蝶飞道:“亏你的灵敏脑筋,怎么一时善忘到这地步,你应记得浦阿七说的话,不是在升平旅社斜对门吗?”我道:“不错,到这馆里去吃酒,是很有趣味的。”

这是中等饭馆,一切东西和那些菜馆是不同的,并且各样有各个真味,并不是一味用鸡汤的,正合得上随意小酌的本旨。蝶飞很闲暇地一杯一杯,吃了两壶酒,所谈的话,尽是毫无关系。将要吃完了,他低低说道:“你到汇通去，可曾看见三十九号有一个妇人吗?”我道：“这却不曾留意。”蝶飞道：“如今我要回去了，请你再去一次。”我道：“这个妇人是何等样人? 我一面不相识，又没有相当的机会……”蝶飞抢着说道：“机会很多，你只招沈子才便了。”我走进汇通大门，先看旅客表上，三十九号是孙女士，初七来苏州。我一想不走到里面去，是想象不出的，便向账房问了一问，他说是贩珠宝客人，因为没有船可以走，否则早就回苏州了。我道：“初七不是也没有船，她怎样来的呢?”账房道：“这却不知道，却曾听得茶房说过，这女客还是去年来的，只不知她一向住在哪里?”我转身便走到里面，径向三十九号走过去。却见那个沈子才，刚刚从三十九号出来，后面一个三十多岁的妇人，和他很客气地讲了几句话，便缩身进去把门关了。沈子才便和我走到刚才那间房里去，道：“先生，你来得真巧，我正要打电话给你。”我道：“你有新发现吗? 这妇人靠得住吗?”沈子才道：“照表面而论，完全是个贩珠宝的。不过……先生，我先要问一句，贾徽祥可曾说过，他是什么营业?”我道：“他说是开杂货店的。”沈子才道：“这就不对了，依我看来，姓贾的简直是珠宝商，他和那姓孙的妇人，很熟悉，很要好，他在姓孙的房里坐了好一会。那时我通个信给振华，随后姓贾的回房去睡了，我才假做要看珠子，进了这三十九号。先生，请看这两粒环面珠，我只费了八块钱，便宜不便宜?”我道：“东西很好，只是太便宜了。”沈子才道：“其实不算便宜，这种仿真珠，新出时候，确也很贵的，如今不过八九块一副了。这个且不去管它，我只不解姓贾的，既是堂皇冠冕的珠宝商，为什么要假托杂货铺主呢?”我道：“也许他在苏州确是兼营杂货的。如今金先生教我来看三十九号的人，你既然接洽过了，我也懒得进去了。”沈子才道：“金先生也注意三十九号吗? 好极，我的理想快要成事实了。”我道：“你的理想怎样呢?”沈子才道：“这个不便发表。”我想：这真妙极了，这又是个青年侦探家了。

我回到事务室，把这些经过告诉了蝶飞。蝶飞道：“很好，这沈子才的确是个侦探人才，青年中是不可多得的。明天请你早些起身。”我答应了，便回到家里。待到明天，刚刚盥漱完毕，沈子才穿了件藏青棉袍，脱着头，急匆匆地走进来道：“我已和金先生接洽了，金先生请你穿着短衣服，装作商人模样，快跟我走。”我也不知蝶飞是怎么回事，立刻换穿条灰色裤，扎了脚管，上身棉紧身，罩件本色杜布单衫，盖一件玄色棉背心，帽子也不戴，跟着他便走。子才一路紧步，一路说：“三十九号今天到青灵山铜佛庵去烧香，隔夜置办了许多香烛，我早上用电话告诉金先生，金先生说很好，可以不惊动汇通了，却教我同先生跟着她。先生，我们两人的责任很重呢。须知今天香市很盛，不要人多众杂，把她逃跑了，那才完了。”我道：“金先生认定三十九号是重要人吗?”子才道：“一点不错，依我看来，连升平旅社那起冤杀案，都是她的因由呢。”我道：“这就是你昨晚谈的理想快要成事实吗?”子才点点头。前面汇通已到，那三十九号的妇人，已经出来了，穿着淡湖色绸衫，玄缎裙，梳得很光的时式头，扎着白头绳，不知她戴的什么孝？沈子才立刻变换一个态度，一味地和她胡调，竟被他得着同行的便利，一直出东门到青灵山，便沿着山脚，盘上去，路虽平坦，却是忽起忽落，很费力的。这天进香的净是些妇人，村的，俏的，有好几千，从铜佛庵到东门，有四五里路，便有这四五里路的烧香人众。我跟在后面，很没意思，又不像游春，又不像香伴，那真叫没法。

将近山门，对面来个小孩子，擦着我左首走来，却很灵敏地塞给我一条纸片。我微一回头，见他早已走远。我忙把纸条一看，便知是蝶飞写的。奇了，蝶飞也在城外吗？纸条上写的是：“山门口注意香篮。”我不住地奇怪，山门早已到了，那妇人在同来的茶房手里，接过香篮，走上高台阶两三步，人群中挨出一个中年男子，伸手把香篮接过去，回身便走，却被人家攥住了双手，香篮被子才夺到手里，蒋警佐把妇人也擒住，登时加上手铐。这时警察都围上来了，蝶飞把那中年男子交给他，我却被他们弄得莫名其妙。子才已把香篮里东西检查过了，尽是些珠宝翠钻，便关好了盖，交给蒋警佐，大家一起进城。蝶飞道：“我是乘自行车来的，你既是短衣，不便同行，你便乘车回去吧。你穿了长衣。便到事务室去招待来宾。”

我到事务室一看，果真坐得一屋子的人。一个有黑胡子的我认识他是仁大当吴圭仁，还有两个中年的，问他是裕源当陈仲长，恒丰当汤顺全，还有个老年妇人，是城内钱荔甫的老太太，一个中年妇人是曾颓亚的夫人。他们都说是蝶飞柬招来的，也不知道他有什么事情？在我呢，也是不知道，只好和他们空敷衍一番。等了一会儿，沈子才、蒋警佐和蝶飞都来了。却听得外面东西书房都有脚步响，看来今天请的客人真不少呢。大家刚刚坐下，仆人来说：“吕分所长带案子来了。”

一个神采焕发的吕珍苹，走进来道：“承蒙把汽油船来招我，我知道案子一定重大，便连夜去办，总算人赃并获，那赃物是在犯者身上搜到的。”蝶飞道：“费心得很。现在第一第二两案，就是那方白巾的案完全好结束了。我现在把第一第二案弄清它，却要诸位多坐一会儿。”那时叫我到东书房去把振华、徵祥引进来，吕珍苹押着吴二小鸡也在室内候着。蝶飞叫贾徵祥认清他，是不是在李莲峰家里看见的？徵祥还不曾开口，吴二小鸡却先说道："你不用认了，东西是我拿的，却害了我党里一个人的性命，并且连累了许多人。当时只怪我眼瞎，要你这种假钻，一个李莲峰被你欺过了，便我也一时瞒过。"徵祥道："谁说假的呢？要是假的，我也不去赎出来了。"吴二小鸡道："你因为这粒钻，假的中间最像真的，所以要去赎出来，再好向别处玩把戏，只是我们的当，却上得很不合算。"蝶飞道："你以为是单上了他的当，你不知道，你们上了你们党里重要人的当呢，在他受借押这粒钻的时候，或者也不曾看准，后来却看出来了，所以很愿意他赎去。"蒋警佐叫珍苹把那粒钻取出来，贾徵祥一看道："不错，只是我也不知道它是假的，我真受了我表兄的当了。"蝶飞笑道："只怕是表嫂吧？"珍苹受着蒋警佐的指挥，把吴二小鸡押回总所，蝶飞也请他回来午饭。

蝶飞捏着一叠报纸，慢慢地说道："劳诸位久候了，今天请诸位来，没有别事，是要发觉两年以来，各家直接间接的痛苦，我凭着记忆的能力，把这些报纸检出来，也许不很详尽，或者还有不曾记载的。我把前年二月十三的《新闻报》念给诸位听——日前东庙巷曾姓妇，以其家藏珠子十二粒，嘱一卖珠宝妇人估价，云所值甚巨，当晚借与其嫂，应用次日赴某戚家喜筵，经人鉴别，云是伪物，妯娌之间遂大起冲突；——五月二十四《市公报》——曰昨有外路口音男子二人，持珠花一朵，珠环一对，向九里桥裕源当指当三百元，经当主陈仲长认为伪品，又因来人凶猛异常，遂婉言辞去；——去年三月十七《市公报》——西银桥恒丰当主汤顺全特别启事，说的是伪珠充斥，望同业注意；——四月二十九——《公言报》——南星桥钱姓老妇，有积蓄，平日喜与人抵押借款，不意今春押一不相识之苏州人珠花四朵，计珠子一百三十粒，押款四百元，近方察出全系假货。"

那个吴圭仁突然立起来道："难道我昨天当进的也有假的，所以今天金先生要招我来？"蝶飞道："一点不错，来当的就是这位贾先生，共当十六元有零。"徵祥道："不错，是我去当的，我却不知道是假的。"蝶飞道："自然不知道，我所以说你受那表嫂的欺呢。"说着一按铃，子才押着那妇人，一个巡士押着一个男子进来，曾颍亚夫人指那妇人道："你不是方客人吗？"陈仲长也认识那男子，便是前年去强当的两人之一。那妇人才说："我原姓王，向做珠宝生意的，我同贾先生是邻居，我利用他为人诚实，我才勾引了他，有时便教他销货，其实他并不知道我的东西是真是假。"指那男子说："他叫王六子，淮阴人，他才是我的丈夫，东西都是他去上海贩来的，我是去年冬天来的，一时又不能回去，我才想出贾先生代押那一只钻戒，光彩很好，我就给他钱，叫他去赎回来，好另寻主顾。”蝶飞笑对徵祥道：“交通到如今还不曾恢复，亏你说初十边你的表亲汇三百几十块钱来，我就从那一句断定你说话不切实。”那妇人接下去说：“却不料钻戒赎回，他又把它丢掉，又弄出人命案子来，这却不干我们的事。”王六子道：“她说的话句句是实，我都承认的。”蒋警佐叫警士把王六子夫妇两人和贾徵祥押回警所，又叫吴圭仁、陈仲长、汤顺全，钱、曾两位女客，都去补个禀帖，好汇案讯办，这才大家聚餐。

蒋警佐道：“我真不料案情会变幻到这样的，那贾徵祥真是可怜，怎么竟会受愚呢?”蝶飞道：“为了女人受愚，也不止姓贾的一个，贵警佐自己也得谨慎一点，姓贾的前车可鉴呢。”沈子才和周振华却不明白这句话。吕珍苹很急促地走进来道：“李莲峰忽然失踪。”蝶飞道：“谁说的?”珍苹道：“是我们的警士从方桥镇赶到梅芳市去，打电话到总所来报告的。”蝶飞吁口气道：“红连环党收束了。”这案经法庭判决以后，我和蝶飞闲谈说：“姓贾的受愚，是不必说。不过他不肯说苏州住址，却把家信叫汇通交给你，是什么理由?”蝶飞道：“这个容易了解，他和那妇人原是不正当的，他怕家里知道了，和名誉有关碍。至于家信一层，是怕那妇人私拆罢了。总之这第四层，全仗沈子才的力量，真把四起案子一气贯彻，是我意所不料的。不过犯案的人，却直接受着溃兵的害，要是交通便利了，早已鸿飞冥冥，我和你怎样去弋取呢?”我笑道：“那方取祸的白巾，大约是妇人的赠品吗?”蝶飞只笑了一笑不说什么。

原载《红玫瑰》，1926年6月第二卷第二十九期至第三十一期

三 A 党

陆澹庵

我是个影戏迷，李飞也是很喜欢看影戏的。每逢星期一，四个戏院调换影片的日期，我们俩吃过晚饭之后，定要到影戏院中去走一趟，哪一家的影片好，我们便到哪一家去。这也是我们结婚后一个牢不可破的成例。

那一日是阴历十二月上旬星期一的晚上，我们又一同到中华影戏院去看影戏，这一次去得太早了，离那开映的时刻足足还有半个钟头，但是院中的看客倒已经来得不少，我们俩闷坐在那里觉得很是无聊，留心静听那左边包厢里的几位客人正在那里高谈阔论那匪徒绑票的事情。

一个苏州口音的人说道："现在上海的世界真是愈弄愈不像话了，这几天听人家说起本埠接连发生了好几桩绑票的事情，照这样闹下去，将来有钱的人只好躲在家里，谁也不敢走出大门一步了。"

旁边一个上海口音的人接口道："可不是吗？上月月初大家都说名医李瞎子的孙子忽然被绑票的绑了去了，但是有人到他家里去问，他家里还死也不肯承认。前天又有人告诉我，有一家游戏场里绑去了一个女人，她丈夫花了三千块钱方才将她赎回来，照这样看来，那班专做绑票生意的匪徒的确愈弄愈多，有钱的人走出去可不是很危险的吗？"

李飞对于他们这一番话侧耳细听，觉得很注意似的，等他们讲完了，方才回过头来问我道："你听见了吗？"

我点点头道："听见了，这种绑票的匪徒真是可怕。"

李飞微笑道："我倒以为很有趣味哩，横竖我们不是有钱的富翁，决计没有被绑的资格，怕他什么？可惜他们所讲的两件案子没有落在我的手里，否则我倒定要侦查他一个水落石出呢!”

我摇头道:“好了好了,这一班绑票的人,都是悯不畏死的亡命之徒,你何苦冒着危险去侦查他们呢?”

我们俩正谈到这里,忽然有一个十七八岁的少年急匆匆地直冲到我们包厢里来,猛地在李飞肩上一拍道:“啊呀,你们原来在这里,我寻得你们好苦呀!”

李飞突然被他一拍倒骇了一跳,回过头来一看,原来却是他表舅舅家的表弟叶仲麟。仲麟气喘喘地对李飞说道:“刚才我找到你的府上,你们恰巧走出来了,家中人只晓得你们是出来看影戏的,却不知道你们在哪一家,害我足足跑了五六家影戏院方才找到。”

李飞道:“你找我有什么要紧的事情吗?”

仲麟点头道:“不差,有一桩极要紧的事要和你商量。我父亲请你立刻去一趟,他本来自己要来找你的,实在因为心绪乱得很,不能出来,好在大家都是至亲,不必客气,请你赶紧同我去,今晚的影戏只好就牺牲了吧。”

李飞道:“影戏倒不要紧,今天不看明天也可以看的,但是究竟为了什么要紧的事情,要和我商议,我是性急得很的,你先讲个大概给我听,别叫我闷得发慌。”

仲麟低声对李飞说道:“我哥哥伯麒忽然被绑票的绑了去了。”

我与李飞一听这话,大家都不觉一愣。李飞回头对我说道:“我跟仲麟去一趟,你在这里看影戏,看完了先回家去吧。”

我摇头道:“既然你不看,我一个人也不要看了,跟你们一同去吧。”

李飞道:“同去也好,大家还可以研究研究。”说着便都站起身来,一同走出影戏院。仲麟是雇着一辆汽车来的,大家踏到车中,车便开驶,飞也似的向北四川路而去。

李飞坐在车中,便向仲麟盘问他哥哥被绑的详情,仲麟道:“我哥哥向来在华成商业储蓄银行办事,这是你知道的,他除了礼拜日之外,每天上午九点钟到行,下午五点钟回家。上星期六,就是初七日的晚上,忽然没有回来,家中人起先也不以为意,因为他平常五点钟从行里出来之后,往往径自到妓院里去吃花酒,或是到总会里去打麻将,彻夜不归,也是常事。至于礼拜六的晚上,更是不足为奇,昨天是礼拜日,我哥哥依旧一天不回来,我觉得有些诧异,吃过晚饭之后,打电话到他平日常去的几家妓院里及总会里询问,谁知都回说不在那里。当时我还以为他也许是到杭州或苏州玩一趟去了，今天早上，银行里因为他没有到行里去，打电话到我家中来问，这时候家中人才有些着急，打发人四处找寻，都说星期六之后，没有人见过他一面，找了半天，毫无消息。吃过午饭之后，我父亲忽然接到一封邮政信，是我哥哥亲笔写来的，拆开一看，不觉骇了一跳，原来那信中写得明明白白，据说他那一天从银行里出来，忽然遇着一班什么三 A 党的党员，将他绑去，现在匪徒逼着他写封信来，要求我父亲拿出五千块钱，将他赎回，信里还附着一张三 A 党的警告书。我父亲接到了这一封信，一时急得没了主意，他和我商议了半天，还是我忽然想起了你，你现在是个著名的侦探家了，见识自然比别人高一点，所以特地请你前去替我们出个主意，究竟这件事应当怎样办呢？”

李飞听了点头道：“近来绑票的事很流行，我正要想侦查侦查哩。现在伯麒寄来的信和那三 A 党的警告书，可在你的身边吗？”

仲麟道：“在我父亲那里，我没有带来。”

李飞道：“那么等我看过了两封信之后，再定办法吧。”

说到这里，汽车已经停止，仲麟先自开门跳下，我们便也相率下车，跟着他走进屋内。

李飞的那位表舅舅，名字叫做叶子瑜，年纪大约有六十多岁了，他在前清时代，曾经做过一任知府，民国成立，退归林下，隐居海上，手里很有几个钱，但是平日自奉甚俭，一个鹅眼大的钱，看得像磨盘一般，他膝下有两个儿子，就是那伯麒和仲麟了。仲麟年纪还轻，在学堂里读书，尚未娶妻，所以用度也还省俭。倒是他的哥哥伯麒，平日挥霍性成，用钱阔绰，恰巧与他父亲的脾气成了一个反比例，而且伯麒一向是在商界里办事的，外边应酬很多，所以吃喝嫖赌四个字无一不犯，自己赚的薪水，连自己用都不够，非但没有钱拿回家去，简直还要向家里拿钱出来开销，所以父子两人时时有些龃龉，这也是家庭中常有事情，不足为奇。

当时我们跟着仲麟进去，走到会客室里，恰巧子瑜一个人坐在里边，子瑜见我们进去，站起来招呼我们，我看他双眉紧皱，脸上满露着一种忧愁疑虑的神气。大家坐定之后，接谈了几句，我又跟着仲麟到里边，去见了他的母亲和嫂子，敷衍了一会，然后一同出来，回到会客室里。只见李飞和子瑜正在那里谈伯麒的那一件事情，子瑜把经过的情形，详细叙述了一遍，大致与仲麟所说的也差不多。李飞一面吸烟，一面听他讲话，仰起了脖子，默默的不发一语。子瑜说完之后，就在身边掏出那一封信来，递给李飞。

李飞伸手接过来，与我一同观看，那封信的信纸信封，都是九华堂笺扇店制的，质料十分讲究，信面上写的是“北四川路人和里口九千八百七十六号半叶子瑜先生台启内详”，再将信笺打开一看，里边写的是：

“父亲大人膝下，敬禀者，男于昨日五时自行中回家，中途忽遇三 A 党党员多人，将男掳去，锁闭于一空室之内，种种虐待，命在呼吸，此函一到，务必迅速预备钞票洋五千元，将男赎出，事宜速办，否则恐生他变，至盼至祷，忽此，恭请金安。男伯麒叩上。十二月初八日。”

此信之外又附着三 A 党的一张字条，是用钢笔蘸着红墨水写在一张上好的外国信笺上的，那字条写的是：

“你的儿子叶伯麒现在在我们掌握之中，你快快拿五千块钱前来赎取，此钱限明晚十二点钟送到法租界霞飞路军官路转角，放在那电杆木上的一只字纸篓内，送到之后，立即走开，不准逗留，到时自然有人前来收取，再者你对于此事，务须严守秘密，不准报告警局，否则你儿子的性命，必不能保，先此警告，汝其慎之。”

我看伯麒的那一封信，笔书写得很齐整，三 A 党的那张字条，却潦草得很，内中有几个字几乎要认不出来。

李飞翻来覆去看了又看，足足看了六七遍，便回过头来问仲麟道：“华成商业储蓄银行不是在外白渡桥的北边吗？”

仲麟道：“不差，正是在那里。”

李飞道：“那么伯麒每天回来不是沿着苏州河折入北四川路走吗？”

仲麟道：“这倒不一定的，打从靶子路兜转也是一样，远近也差不多。”

李飞道：“伯麒不是自己有包车的吗？”

子瑜点头道：“有的。”

李飞诧异道：“既然自己有包车，那么被三 A 党掳去的时候，包车夫一定是亲眼看见的了。”

仲麟道：“车夫并没有看见，因为这几天我嫂嫂身体不好，每天四五点钟定要出去看病，所以这一天吃过中饭之后，我哥哥打发包车夫拉着空车回来，命他送嫂嫂到医生那里去，并且关照他五点钟之后不必再到行里去接他，他自己会雇黄包车回来的，谁知就在那一天出了这一桩不幸的事情，你想可不是再巧也没有吗？”

李飞又问道：“这三 A 党中你们可有什么冤家吗？”

子瑜道：“伯麒外边有没有仇人我可不知道，至于我和仲麟两个人非但同三A党没有冤仇，简直连这个奇怪的名目也是今天第一次才听见哩!”

李飞点点头又问道：“你们得到了这封信之后，可曾报告警察局吗?”

子瑜摇头道：“还没有去报告哩，一来那三A党的信上恫吓得十分厉害，我们恐怕害了伯麒的性命，不敢去报告。二来中国警察局里的警察包探，大概都是一班酒囊饭袋，就算报告了他们也是没用，徒然张扬开去，反而有损无益，所以我宁可命仲麟前来找你，却绝不愿报告警察署呢。”

李飞点头道：“这话倒也不差。”一面说着，一面忽然站起身来，把仲麟拉到屋角里两个人不知谈些什么，声音都很低，一个字也听不出来。唧唧哝哝地谈了一会，依旧回到原座里。

李飞把两封信折叠好了，交给子瑜，接着又慢吞吞地问道：“舅舅对于这一件事，究竟预备怎样办呢?”

子瑜道：“我请你来就是要与你商量一个办法呀，你要是能想一个妙法，把伯麒救回，这是再好也没有了，要是你说办不到，那么，人与钱比，当然是人重钱轻，我绝不能爱惜了五千块钱，活活地把个儿子断送在强盗的手里，没奈何只得丢掉了五千块钱，先把伯麒赎回来了再说，不过有一桩担心的事，要是我明晚把五千块钱送去，伯麒倒依然不放回来，这便怎么办呢?”

李飞道：“现在要是想不花一钱，把伯麒救回家来，这也并不是办不到的事，不过我有些不便办，这个不便办的理由将来自然会明白的。所以我劝舅舅也还是爽爽快快的花掉五千块钱，把伯麒赎回来吧，不过钱去而人不来，倒的确也不可不防的。现在这样办吧，明晚请你将五千块钱交给仲麟，我与仲麟一同送去，包你钱去人回，断没有什么枝节。那么我准定送五千块钱给他们便了，这钱省了也不好，同这种小人结了冤仇，将来要是发生别的危险，那倒是防不胜防呢。”

李飞微微一笑，便回头对我说道：“时候不早了，我们回去吧。”

仲麟道：“好，那么你们请回府吧，明天晚上十一点钟，我准定拿了钱来看你，我们俩一同送去便了。”

李飞站起身来道：“很好，我准定在家里等你。”

说着便向叶氏父子告辞，与我一同出去。子瑜打发汽车把我们送回家中。

我们到了家里，李飞绝口不谈这事，好像全不放在他的心上一般，停了一会，我忍不住问他道：“这件事究竟怎样办，难道明天晚上你还打算到三A党党里去走一趟不成?”

李飞冷笑道："这种事情简直不配叫做一件案子，谁耐烦去研究它呢，横竖明天晚上请你去看一出新鲜好戏便了。"

我不懂他说这几句话究竟是什么意思，但是李飞无论办什么案子，在没有完全解决的时候，他总不肯把内中的情形宣布，我知道他的脾气如此，所以也就不去盘问他了。

第二天的正午，李飞从公司中回来，吃过午饭之后，正要打算出去，忽然他那位表舅舅叶子瑜急匆匆地跑到我家来找他，我们觉得很诧异，把他让到会客室里坐下，子瑜气喘喘地对李飞说道："这事真糟极了！伯麒还没有回来，他的行里倒又闹了一个乱子，这件事还得要你去做个见证哩。伯麒的确是被人家绑了去了，这种事我难道可以捏造出来的吗？"

我与李飞听了这几句话，好像丈二的和尚一时摸不着头脑。李飞问道："舅舅所说的是哪一家银行？又闹了什么乱子？为何要我去做见证呢？"

子瑜道："我所说的就是那华成储蓄银行，今天早上九点钟我忽然接到华成银行一个电话，是经理杜润身打来的，他说有要紧的事情，要与我面谈，请我赶快就去一趟。我与杜润身虽然闻名已久，却不相识，忽然请我去谈话，心中很觉得奇怪，后来一想，也许是伯麒有了什么消息，要当面报告我，亦未可知，所以我就立刻赶到华成银行去。到了那里，见了杜润身，方知伯麒并没有什么消息，润身请我去，却是为了昨天晚上行里忽然出了一桩案子，却与我大有关系。伯麒在华成银行的押款部办事，这是你知道的，昨天晚上的窃案却恰巧出在那押款部里，所以这关系便弄到我的身上来了。"

李飞道："偷去的是什么东西？可是现款吗？"

子瑜道："并不是现款，却是一小匣的金刚钻，据杜润身对我说，这一匣金刚钻是一个外国人拿来做押款的，一共大小有十二粒，照实价估起来，足值五万几千块钱，那外国人却只押了一万二千块钱去，生意做成之后，他就把这钻石交给伯麒，放在保险铁箱内，那保险铁箱是德国货，制得非常坚固，门上的锁是用六个字母互相旋转的，每日随意更换，开关不用钥匙，锁上之后只有那原锁的人能开，这一只铁箱向来是伯麒所管，内中所放的都是抵押下来的贵重东西，什么方单呀、田契呀、股票呀……一股脑儿都安在这箱内，这铁箱开关的机括只有伯麒一个人知道，连经理都不知道的，昨天伯麒没有到行里去，那铁箱却好好的锁着，并没有人去动他，谁知今天早上押款部的办事员走进办公室，只见那铁箱的门半开半掩着，门上的锁已经用小刀撬坏了，办事员见了大惊，急忙去报告了经理，经理杜润身听了也大吃一惊，赶紧将箱里的东西依着那抵押簿据，一件件的检点起来，谁知别的东西一点不少，单单就少了那一匣值价五万余元的金刚钻。”

李飞骇然道：“这窃案倒不小呀，但是伯麒昨天没有到行，难道这一桩窃案依旧要叫他负责吗?”

子瑜道：“因为昨天没有到行，所以这事倒更糟了。昨天伯麒没有到行，行里打电话来问，我不敢把伯麒被人绑票的话告诉他们，所以只能含糊着说，伯麒有事出去了没有回家，今天早上杜润身自己打电话来问，我又推说出去了，他便把我请去，将窃案的详情讲给我听，问我伯麒究竟到哪里去了。我起先还含糊对答，不肯把被绑的情由说出，后来他的话一步紧一步，竟说非但这一只铁箱是伯麒所管，应当负责，而且这一笔巨大的押款，只有伯麒和他两个人知道，其余行中的人一概不知，所以伯麒对于这桩案子的嫌疑比别人格外来得厉害。我一听他的话，有些不妙，一时忍无可忍，只得把伯麒被人绑去的情形讲给他听，意欲借此解释他心中许多的怀疑，谁知我虽这等的诉说，他却绝对的不相信，据他的推测，竟说这一件案子定是伯麒监守自盗，至于被人绑票的话完全是我们帮他捏造出来，借此要使伯麒脱离干系的意思，你替我想想，杜润身这样的口气叫我怎能受得了呢?”

李飞听到这里含着笑点点头道：“这位姓杜的倒也精细得很呀，现在舅舅预备怎样办呢?”

子瑜道：“我现在没有别的办法，只得前来催促你，五千块钱我已经预备好了，今天晚上我叫仲麟送来，你无论如何总要替我把伯麒赎回来再说，伯麒回来之后，他也许有什么强有力的证据可以证明他的确是被人家绑去的，那么行里的那桩窃案自然可以脱然无累了。照现在看来，绑票的事倒没有什么大不了，多花几个钱也就完了，倒是行里的那桩窃案，关乎伯麒一辈子的名誉，定要查个水落石出才是，这却又不能不多费你的心了。”

李飞点头道：“我的意思也是这样，只要先把伯麒找回来，其余的事情也许可以迎刃而解，行里这一桩窃案，只要伯麒的确没有关系，那么我当然要想法子替他辩白的，现在舅舅请回去吧，晚上十一点钟请仲麟带钱到这里来，我们先去办好一件事再说，停一会我要是有工夫还得到华成银行去走一趟，调查调查那窃案的详情，再作道理。”

子瑜道：“如此很好，一切我都托给你了。”

说着便起身告辞，怏怏地回去了。

那一天李飞回来得很早，其实不过三点钟左右，他对我说道：“我刚才打了一个电话给杜润身，告诉他我受了叶伯麒家的嘱托，要到行里调查那窃案，他在电话内非常欢迎，请我立刻就去，我想赶紧去调查一趟，你可高兴与我一同去吗?”

我说我横竖闲着没事，一同去走走也好。于是他带了些应用的东西和我一同出门。我坐了他的包车，他却另外雇了一辆街车，一同往外白渡桥而去。

半点钟之后，我们俩到了华成银行的会客室里了，李飞取出名片，交给一个茶房，那茶房进去通报，不多一会儿，忽听得一阵皮鞋的声音，从外面走进来一个四十多岁的矮胖子来，那矮胖子满面堆着笑容，上前和李飞握手，互通姓名方知他就是这华成银行上海分行的经理杜润身。杜润身向李飞说道：“我久仰李先生是一位大侦探家，只是一向无缘，不能相见，刚才接到你的电话，说是要到小行来调查昨夜的那桩窃案，我实在是欢迎之至。大约这案一经先生之手，定然可以水落石出了。”

李飞随口谦逊了几句，就与他谈论那案中的情由，润身正色道：“李先生与叶伯麒虽然是亲戚，但是案中事实俱在，谅来也绝不能左袒他的，不瞒李先生说，这件案子无论如何，伯麒总逃不了一个监守自盗的嫌疑，因为昨夜进来的那个窃贼，除了这一小匣金刚钻之外，其余各物一概不动，看他的样子好像是专程前来偷那一匣子钻石似的，但是那保险铁箱里藏有钻石，行中除了伯麒和我两个人之外，实在是没有第三个人知道，你替我想想，除了叶伯麒之外，叫我去疑心哪一个呢?还有一桩可疑的事情，昨今两天，叶伯麒忽然不到行中来办事，行里打电话到他家去问，他家里总是含含糊糊的说不在家，直到刚才我把他父亲请到这里来，方说伯麒是被三 A 党绑票绑去了，这种说话简直是哄小孩子的，我在上海也多年了，只知上海有个三 K 党，却从来没有听见什么叫做三 A 党，不是我要说句冤屈叶伯麒的话，这件案子多半倒是叶伯麒见财起意，监守自盗，至于被三 A 党绑去的话却完全都是假的。他星期六回去的时候大概已经偷偷地把那一小匣钻石带出去了，后来不知道到哪里去躲开了几天，假意写一封信给他父亲，说是被三 A 党绑了去了，恐怕他父亲至今还瞒在鼓里呢。”

润身说到这里，李飞忽然插口问道：“照你这样说，那一小匣钻石他在星期六已经带出去了，那么昨天晚上来撬开保险箱的又是哪一个呢?”

润身想了一想道：“也许就是叶伯麒吧，他恐怕将来这一匣钻石不见了，责任依然在他的身上，所以他昨晚假扮了窃贼的样子，偷偷地掩进行内，把铁箱撬开，这样一来当然人家都以为这一小匣钻石是被窃贼偷去了，他横竖昨天没有到行，而且又推托这几天被三 A 党绑去，借此就可以不负责任了，以上的情节请你李先生秉公想想，可有一点道理没有？”

我与李飞见杜润身说这一番话的时候口若悬河，侃侃而谈，觉得他所说的种种情由的确都很有道理，一时倒也不能不佩服他目光的锐利、心思的灵敏。

杜润身停了一停，又继续说道：“叶伯麒这个人做事是很活泼的，所以我一向也很器重他。不过他平日的用途太阔绰了，吃喝嫖赌件件俱犯，我也曾劝过他好几次，他总不能听我的话。我一来因为他家里很有钱，二来他对于行里的公事从来没有差误，所以我也不能去禁止他，现在方知道他家中虽然很有钱，但是都在他父亲的手里，他却没有任意花用的权柄，外间亏空的多了，一时没法弥补，又不敢开口向他父亲要钱，人穷志短就做出了这种没志气的事情来了。少年人的堕落，大概都是如此，我替他们想想，实在觉得可怜！你要是能找得到伯麒，可以细细地开导给他听，叫他把偷去的钻石如数送回来，那么他一时的糊涂我也既往不咎，定要替他严守秘密，决不肯败坏他的名誉。我这样的对待他，自问也可以算得仁至义尽了，倘然他再要执迷不悟，想出种种法子来欺蒙我，那么这一只铁箱本来是他保管的，箱子内少了东西，当然要他负责。他横竖有保人的，我就请他保人如数赔偿好了！”

我听那杜润身所讲的话句句都很合情理，不由得对于叶伯麒也起了一种疑心，暗想这件案子的内幕或许竟如杜润身所揣度的，也未可知。

但是李飞却始终保持他那种静默的态度，不肯轻发一语，等杜润身讲完之后，他方才站起身来道：“杜先生所说的话的确也很有见地，但是在事情未曾完全明白的时候，我可也不敢轻率的下什么断语，我现在要要求杜先生带我们到失窃的那一间屋子里察看一回，不知可有什么证据留在那里吗？”

杜润身也站起来道：“很好，我正要请李先生到那里去侦察一下呢。”

说着他便在前引导我们跟随着他，一同下楼走到押款部里，润身先把那保险铁箱指给李飞看，李飞走到那箱子的前面，仔细查看，见那铁箱的门开着，箱里东西都已移开了，箱门的锁上果然有铁器撬损的痕迹，李飞前前后后看了一看，忽然笑着对杜润身道：“这一只箱子，据我看来，并不是用铁器撬开的，箱门上的伤痕完全与开箱无关，大约是箱门开了之后，然后用铁器把锁撬毁的。”

我听了诧异道：“箱子已经开了，还要撬坏它做什么呢？”

李飞道：“这大概是乱人耳目的意思，我想这开箱的人一定是知道这箱门上暗锁的记号，所以毫不费力把铁箱开了，但是开箱之后又恐怕人家知道是他开的，所以有意拿铁器把锁撬坏，假装那箱门是被铁器撬开的样子，蒙人家的耳目。但是这种伎俩哪里能蒙得了我呢?”

杜润身道：“你凭什么理由知道那箱上的锁是开后撬坏的呢?”

李飞道：“这个理由很容易明白，一来这种铁箱上的锁非常坚固，断不是用寻常铁器可以撬得坏的，二来你留心看那铁箱的门上，内外两面都有铁器撬坏的伤痕，倘然撬的时候箱门还没有开，那么箱门的背面怎样会有撬损的伤痕呢?”

李飞一说，我与杜润身都恍然大悟。润身道：“即此一端更可证明那铁箱是叶伯麒开的了，因为这铁箱是伯麒所管，每天开关的字母暗号，连我都不知道，除了他还有哪一个能开呢?”

润身说这话时，李飞却并不睬他，一个人只管在那铁箱的附近留心察看，忽然在那铁箱前面的地板上，看见几滴洋蜡烛油，还有那靠着铁箱的一只茶几上也有一摊蜡烛油，虽然已经有人把指甲刮去了，但是没有刮干净，所以还清清楚楚的看得出来。李飞指着问杜润身道：“这蜡烛油是哪里来的?平常每天晚上可有人到这间屋里来吗?”

杜润身道：“我们行里办事每天五点钟为止，五点钟之后各部办事室的门都锁起来了，决计没有人能进来。你看屋里虽然装着电线，电灯泡却没有安上，昨晚那个贼一定是拿了洋蜡烛进来的，所以地板上和茶几上都留着蜡烛油的痕迹。”

李飞点了点头，又四周察看了一回，忽然在地上拾着一样极小的东西，他拿在手里看了一看，微微地一笑，急忙拿一张白纸包好了，很郑重地揣在怀里，我和杜润身都没有看清是什么东西。

李飞检查完毕之后，便问杜润身道：“这贼到底是打从哪里进来的，他撬坏铁箱的时候，住在这里的行员可曾听见什么声音吗?”

润身正要答话，恰巧有一个少年的行员走进来，瞧他的年纪约有二十六七岁，衣服修洁，脸上露着一种很活泼的样子。润身就指着他介绍给李飞道：“这是沈邦彦君，在本行储蓄部办事，他是寄宿在此地的，你有什么话，请问他便了。”

李飞和他敷衍了两句，便问他道：“昨晚那个窃贼到底是从哪里进来的，你可知道吗？今天早上前后门可有什么变动?”

沈邦彦道："据出店司务阿四说，今天早上前后门关得好好的，一点没有什么变动，所以行里出了窃案，大家起先一点不知道。后来直等到押款部的几个办事员到来，推进门去，方才发现这一桩窃案，究竟这个贼从哪里进来的，却没有人知道。依我看来后门上虽然装着弹簧锁，但是这种锁是极普通的，大约这贼也带着相同的钥匙，所以能开门进来，等到出去的时候，他只要把门拉上，这弹簧锁就锁上了，人家自然一点也看不出来。"

李飞道："行员之中，共有几个人住在此地，卧室在哪里？"

沈邦彦道："我们共有七个人住在此地，卧室在三层楼上。"

李飞道："昨天晚上你们可曾听见什么声音？"

"当时我以为是隔壁人家在那里敲什么东西，所以也不去管它，不多一会儿，我又蒙眬睡着了。"

李飞道："你们听得这种声音，大约在什么时候？"

沈邦彦道："大约在两点多钟时候，我可说不准了。"

李飞问到这里便也不再往下盘问，当时便向杜润身道："我们要告辞了，这件事情你说一定是叶伯麒弄的玄虚，这话固然不为无见，但是内中也许还有别的黑幕哩，横竖今天晚上我可以把伯麒找回来了。等他回来之后，这案子究竟如何，一定就可以解决的。事情办得怎样，我明天再来和你接洽吧。"

杜润身道："很好很好，我就静候你的回音便了。"

说着又连连向李飞拱手，说了许多客气的话我们方才告辞出来，驱车回家。

那一天晚上十一点钟，叶仲麟果然带了五千块钱的钞票，坐着一辆汽车赶到我家来，他一见了李飞便匆匆忙忙地问道："快是这时候了吧，我们可以去了。"

李飞笑道："忙什么？早得很哩，他约的是十二点钟，从此地到军官路，坐汽车不过一刻钟就够了，早去也没用，你别性急。"

仲麟道："钱去之后能保得定他们把我哥哥放回来吗？"

李飞笑道："准能还你一个鲜灵活跳的哥哥！那笔钱你可带来吗？"

仲麟点头道："带来了。"

说着便把一大包钞票掏出来，点给李飞看。

李飞道："很好，这钱那就交给我吧。"

仲麟点头包好了交给李飞，李飞接过来放在一只手提的小皮包里，大家又议论了一回，时候已经十一点半钟了，李飞方才站起身来道："时候到了。

我们早一点去吧。”

说着便把那小皮包拿过来，提在手里，我与仲麟都站起来，三个人一同出门，就坐着仲麟所雇的那一辆汽车，开往霞飞路而去。

我们汽车开到霞飞路和军官路的转角上，恰巧十一点三刻，这地方幽僻极了，四周都静悄悄的，简直找不到一个人影。那一晚天气很冷，朔风凛冽，吹刮得那路旁树上的枯枝败叶瑟瑟作响，马路中的电灯也好像十分黯淡，一点没有什么光辉。我和叶仲麟下车的时候，心里都有一点害怕，我虽然披了一件皮斗篷，但是依然冷得要抖。仲麟把两只手插在大衣袋里，也有些瑟瑟缩缩的样子。只有李飞却坦然自若，手指间夹着一段吸残的纸烟，面上还露着微微的笑容。我们走近两条马路的转角上，果然看见一枝电线木，那电杆的中间果然挂着一只洋铁字纸篓。

李飞看了一看就把皮包打开取出一个纸包来，塞在字纸簏里，放好之后，拉着我们回到车上，指挥汽车夫把汽车开到附近一个十字路口停着，他便一纵身又跳下车去，我们要想跟他下车，他急忙摇摇手道："你们坐着吧，不必下车，我一会儿就要来的。"说罢飞也似的跑到军官路去了。我与仲麟都有些莫名其妙，只得呆呆地坐在汽车上，等他回来。

隔了不多一会，忽然有一辆轿式的汽车飞也似的从军官路那边开过来，打从我们的车旁驰过，沿着霞飞路向东去了。那汽车开足了速率，快得像射箭一般，所以车内坐的是怎么样一个人，我们也没有能看得清楚。这条霞飞路的西半段，晚上虽然人迹很少，汽车却时常有得来往的，所以我们也不以为意。这汽车去远之后，李飞忽然兴冲冲地跑回来了，他踏到了车厢里，便向仲麟说道："时候不早了，我们到一品香去吃些夜点心吧。"

我和仲麟都不知道他是什么意思，当然也不去反对他。李飞便关照汽车夫把车子开到西藏路一品香，在路上仲麟有些忍耐不住，便问李飞道："我们的事究竟怎样了？你说我哥哥今夜可以回来，目下究竟在哪里呢？"

李飞微微地笑了一笑道："这样严寒的天气，身上又冷，肚子又饿，怎好替你办事？你别着慌，尽今夜还你一个哥哥就是了。"

两个人正说着，汽车已到了一品香，我们进去开了一间房间，胡乱点了几样点心，李飞趁点心没有拿来的时候一转身忽然走出去了，等到侍者把点心端进来，他还没有回来，我和仲麟都很奇怪，足足去了半个钟点，他方才慢吞吞地踱进来，我问他到哪里去的，他说在外边打电话，一会儿大家吃点心了，李飞高谈阔论，尽是谈的许多不相干的事情，对于今夜出来的公事绝口不提，简直把个叶仲麟急得心痒难搔，连点心都吃不下去了。

一点钟敲过，我们吃完了点心，走出一品香，李飞关照汽车夫赶紧开到东南大旅社去，一品香与东南大旅社相去不远，一倏时已经到了门口。李飞下了车先在那旅客一览表上细细地看了一回，忽然点头微笑，好像已经找到了什么似的。我们呆呆地跟在他后面，一同乘电梯到三层楼上，李飞一间间地看那房门上号码，后来走到了一百三十四号的门首，他忽然立定了脚，回过头来低声说道："到了，就在这里了。我们慢慢地推门进去，别惊骇了他。"

我听他说这话，看那门上号码底下写着一个花字，心中有些纳罕，不知他要去找那个姓花的干什么，一会儿又有些明白过来，暗想那三A党的机关部莫非就在这里。那叶伯麒被他们绑来莫非就关禁在哪一间房里吗？这时候叶仲麟眼睁睁地看着我，大概他也想到了这一层的意思了。

这是很危险的事情呀，我们三个不带军械的男女，贸贸然闯进那三A党的机关部里去，万一他们开枪拒捕起来那还了得？我与仲麟同时想到了这一层，大家不觉得脸上都变了颜色。但是李飞却依旧坦然自若，他伸手握着那门上的转钮，旋了一旋，突然向内一推，那房门并没有落锁，登时被他推开了，李飞第一个闯进房去，我与仲麟也大着胆子跟在他的背后，我们踏到房里，同时便只见靠桌子的一张椅子上突然跳起一个汉子来，他厉声地喝问道："什么人……"

一句话还没问完，仲麟在电灯光的底下已经认清了他的面目，两个人遥遥地一望便不觉同时喊了声"啊呀"！你道那跳起来的汉子是谁？原来不是别人，正是被三A党绑去作抵押品勒赎五千元的那个叶伯麒。

伯麒、仲麟都怔住了，李飞却站在一旁微笑，这时候我倒有些明白了。仲麟还以为他哥哥是从三A党手里用五千块钱去赎出来的呢，所以便赶紧走上前去，向他盘问，伯麒一时竟没话回答。李飞把房门推上了，含笑说道："别弄玄虚了，我们坐着谈吧。"

于是四个人都坐了下来，伯麒也知道李飞已经明白了，很惭愧地望着他脸上，李飞拈着手里的纸烟，对伯麒说道："这也不是一桩奇妙的事，你所用方法平常得很，好像近来已经有人用过了，但是我怎样能识破你这个计划，又怎样能知道你躲在这里，这却不能不说个明白。其实你这一回弄的玄虚，实在太浅陋了，简直不值一笑，你这一次最大的破绽便是你亲手写到家里的那封告急信。第一，你所用的信纸信封太讲究了，掳人勒赎的强盗窝里，难道会用九华堂精制的信封信笺吗？第二，你信上的字迹写得太工整了，一个人被强盗掳了去，威逼写信，这时候心中又急又怕，任你怎样镇静的人，一定也写不出这么工整的字来。第三，你信中说三 A 党把你种种虐待，命在旦夕，这话也是讲不通的，三 A 党与你向无仇恨，把你掳去不过是勒索金钱罢了，平常绑票的匪徒对于所绑肉票都很优待，除了不遂所欲将肉票撕毁之外，却从未听得有不问情由虐待肉票的。有了这三层，便可知道这封信是你自己捏造出来的，此外还有几种疑窦，譬如三 A 党所写给你父亲的信，用的是一张上好洁白的外国信笺，这也不是强盗窝里应当有的，而且字迹潦草得很，好像有意做成这个样子。但是注意一辨，内中有许多字的笔画结构很像是你自己写的，这都是关于两封书信上的破绽。至于事实方面，也有几种可疑的地方，譬如你从银行回家，所经过的都是热闹地方，五点钟左右，天还没夜，断没有这种大胆的强盗，竟敢白天在闹市中掳人勒赎，你向来坐包车回家的，这一天为什么叫车夫不必到行里去接你，好像有意把车夫打发开的样子，这也都是破绽，我既然想到了这几层道理，便可决定这一件案子好比一出滑稽戏，完全是你一个人在那里弄的玄虚。上海哪里有什么三 A 党，这都是你自己捏造出来的，你自己把身体藏过了，假做被人绑去，写了这一封信吓你父亲，你为什么要弄这个玄虚呢？这却更容易明白了，总而言之，你的目的便是要叫你父亲拿出五千块钱来。这也并不是凭空冤屈你的，我久已知道你用钱很阔绰，外边很有些亏空，我问仲麟，仲麟也是这么说，现在年底快到了，债权人四面逼拢来，你一时没法弥缝。你父亲手里是有钱的，但是他手头捏得很紧，轻易决不肯拿钱出来替你料理，所以你就不得不用这一条计划了。我以上所说的你自己想想可对不对？”

李飞说到这里略停了一停，把手里的纸烟连吸了几口，目光灼灼地注射到伯麒的脸上，微微地含着一点笑容，伯麒把头低垂着，很露着一种惭愧的样子，这便是表示他对于李飞所说的话已经完全承认了。

李飞吸了几口烟，在那烟雾弥漫的当中，他又继续着说道：“目下这出滑稽剧已经做完了，你所希望的五千块钱到底可曾拿到了没有？”

伯麒听李飞问到这句话，他顿时抬起头来，看了李飞一眼，气忿忿地说道：“你破坏了我的事，还来问我，这事与你什么相干？我总算上了你的当了。”

李飞笑道：“你快不要生气，这是你错怪我了，我暗中的确还帮着你哩，我放在字纸篓里的那一包完全是旧报纸，不是钞票，这是我有心和你开玩笑，再则我也恐怕这五千块钱落到别人的手里，不大放心，至于你所希望的五千块钱，我已经帮着你骗到手了，你别着急，这不是五千块钱吗？”

说着便把那放在桌上的小皮包打开来，取出一个纸包，又把那纸包打开来，里边果然是一叠一叠的钞票，这时候伯麒简直惊奇得说不出话来，半晌才搭讪着问道：“这事情我父亲可明白了吗？”

仲麟接口道：“连我都不清楚，他哪里会明白呢？不是我要埋怨哥哥，要钱总好商量，何必弄这玄虚，骇得我们要死。”

李飞急忙拦住道：“这是过去的事，不必谈了，横竖你们老人家还没知道，我们替他掩饰过去就完了。”

仲麟道：“那是当然如此，不过我倒要请问你，你怎能知道他躲在这里呢？”

李飞道：“这个很容易解决，刚才他坐着汽车去拿那字纸篓，我早已躲在近边的树底下，把他汽车上的号码记牢，那汽车是九千一百六十四号，我到了一品香，便打电话到捕房，请他们调查这辆汽车是哪一家的，据捕房里答复我，这辆车是飞风汽车公司的，我当时便再打电话到飞风公司去调查，据那九千一百六十四号的汽车夫说晚上雇车的人住在东南大旅社。我得到了这个答复，所以就赶到此地来，我在旅客的一览表上查阅二十七日进来的单身客人，只有这一百三十七号一处，而且那号码底下写着一个花字，这明明因为他姓叶，所以换上一个花字，这么一想，我就毫不怀疑的直闯到这一间房里来了。”

李飞解释明白之后，大家恍然大悟，叶氏兄弟都很佩服李飞的精细敏捷。李飞又吸了几口烟，便慢吞吞地看着叶伯麒问道：“你目下外边的亏空大约有多少？这五千块钱可够你敷衍了吗？”

伯麒点头道：“有了这五千块钱也可以敷衍了。”

李飞把烟一丢，很快地接上去道：“既然如此你就不应该再到银行里去闹乱子了，这件事有关名誉，不是闹着玩的。解铃还须系铃人，请你赶紧想个法子掩饰过了吧。”

李飞说到这几句话的时候，目光灼灼直射在伯麒的脸上。我和仲麟都明白了，知道李飞所说的是那华成银行的窃案，大家相互惊讶，难道这案子果然是伯麒自己做的吗？但是伯麒听了李飞的话，呆呆地看着，竟然有些莫名其妙的样子，隔了半晌才问道：“什么事有关名誉？我不懂你的话呀！”

李飞这时便将华成银行的那件窃案约略讲了一遍，讲完之后，便对伯麒说道："这也不能怪杜润身要疑心你，铁箱上的锁只有你能开，箱中藏有贵重的钻石只有你知道，叫他去疑心哪一个呢？"

伯麒一听这几句话，急得他面红耳赤，突然从椅子上跳起来道："你们都疑心这件事是我做的吗？这是哪里来的话！我虽然弄了一回玄虚，究竟我骗的是自己父亲的钱，不算什么事，至于偷盗别人家的东西，那是犯法的，我也很爱惜自己的名誉，哪里肯做。你们别冤枉我，还得仔细调查才是。"

李飞看他说这几句话的时候侃侃而谈，毫无虚情扭捏的样子，一时倒被他怔住了，仰着头想了一想，忽然对他说道："请你把两只手伸出来给我看一看。"

伯麒不懂他的意思，只得把两手伸直了。李飞略看一看臂上的手表，忽地站起身来道："哎呀，时候不早，已经三点多钟了，更深夜半，我们不必再谈，大家分道回去吧。"

一面又对仲麟说道："你回去只说是用五千块钱把你哥哥赎回来的，其余一概不必说，先把这事掩饰过了，其余的事明天再谈吧。"

仲麟点头答应，便催他哥哥一同回去。一面我与李飞先别了叶氏兄弟出来，临行之时，伯麒约李飞于明天早上十点钟到华成银行，一同研究行中的窃案，李飞并不推辞，点头答应，便与我一同回家。

礼拜三的上午十点钟，我与李飞一同到华成银行，我们俩踏进经理室，见叶氏兄弟早已等候在那里了，还有那位经理杜润身先生，也闷闷地坐在那里，手中捏着一封信，脸上的气色很不好，大约已经和叶氏兄弟争论过一回了。杜润身见我们进去，欠身让座。李飞先开口问道："这里的窃案可曾得到什么端倪吗？"

杜润身道："我今天接到了一封很奇怪的信，请李先生研究研究。"

说着便把手中的那封信递给李飞，李飞接过来一看，信面上写着"速送本埠外白渡桥华成储蓄银行内呈杜润身先生台启内详"，信封的背面却写着"十二月初十日"六个字。李飞把信笺抽出来，是一张白色的外国信纸，上面歪歪斜斜地用蓝墨水写着几行字，他低声念道：

"润身先生，鉴宝行的钻石案是我们弟兄所做，叶伯麒虽然把内中的秘密告诉我们，但是他也是出于不得已，你要原谅他，特此具函通知，以免连累他人。三 A 党白，十二月初十日。"

我和李飞看完了这封信，顿时大家都非常的诧异起来，三 A 党这个名目，原是叶伯麒杜造出来的，其实上海可并没有这个党，既然没有这个党，这封信又打从哪里寄来的呢？难道叶伯麒要想脱离窃案的关系，所以又用这名义写信给杜润身吗？其实有了这封信，叶伯麒更不能脱离干系，倘然这封信果真是伯麒写的，那么这个人未免太没有见识了，我一个人这样的默想着。

李飞却很静默地看着那封信，好像在那里研究这信上的笔迹一般，停了一会儿，他抬起头来看了看叶伯麒，微微地向他一笑，伯麒正要开口和李飞说话，杜润身却抢着问道："李先生对于这一封信可有什么意见吗？"

李飞把信放在写字台上，慢慢地摇着头道："我还没有什么意见哩。"

杜润身冷笑道："这事倒很简单而容易解决的，我不是早已说过了吗，上海从来没听见过什么三A党，所以我对于伯麒被绑的这件事完全不能相信，不是我说句冤屈伯麒的话，难保这一封信不是伯麒捏造出来的，他以为这么一来自己可以脱离干系，把窃案完全推在三A党身上，其实这种手段，只能骗骗小孩子罢了，明眼人是极容易觑破的。再退一步说，上海果然有个三A党，这窃案果然是三A党干的，那么追本穷源，三A党所以能知道这保险箱中有一匣钻石，却完全是由伯麒口中说出来的，伯麒当然也不能脱离干系，况且这封信上极力替伯麒洗刷，你们大家想想，天下哪里有这种爱管闲事的盗贼，偷了东西不算，还要写信去替人家洗刷名誉，要不是他们对于伯麒有特别的感情，谁高兴写这一封信？几方面研究起来，伯麒总不能脱离干系。这押款部是他的职守所在，出了事情他应当负责料理，现在再加上有这许多的嫌疑，他当然更加无可推诿了。"

杜润身说完这几句话，只气得叶伯麒脸色发青，额角上的筋根根都涨了起来，他忽地站起身来道："杜经理的话未免太把小人之心度人了，不差，我是押款部的职员，出了案子，应当负一部分的责任。但是这件案子为数不少，即使要勒令我赔偿，也得要弄个明白才可以，不然糊里糊涂地赔了钱，倒反弄一个贼的名气在身上，未免太不值得！再说就这一封奇怪的书信说来，是否三A党所写，我虽不能断定，但是我却可以对天立誓，我实在没有把钻石的事情讲给三A党听，这信中所说都是捕风捉影之谈。据我看来，这封信并不是替我洗刷，简直是存心在那里陷害我了。"

伯麒说到这几句话，把眼睛看着我们俩，露着满肚子说不出的委屈，我们俩明知三A党是没有的，但是现在弄假成真，忽地发现了这一封怪信，倒又不能贸然出来替他证明。那时候李飞忽然摇着手道："你们俩别争论了，杜先生刚才说的话固然是很有见地，但是这封信对于伯麒本人的确是有害无利，所以决不是伯麒一方面的人所写，也可断言，至于三 A 党对于伯麒，无恩无怨，非但不会替他洗刷，也决不会写信来陷害他，所以这封信也决不是三 A 党写的。”

杜润身道：“如此说来，这封信又是哪一个写的呢？”

李飞道：“要研究写这一封信的人，先要研究谁对于这封信最有利益。据我的推测，写这封信的人就是偷钻石的人，他的用意要教大家注意到三 A 党身上，再进一步，就是要教大家疑心到伯麒的身上，这么一来，他倒可以逍遥事外了。不过他怎能知道三 A 党这件事情，居然能趁此机会利用一下，这倒是件怪事。你们可曾把三 A 党的事情讲给别人听过吗？”

伯麒和仲麟都摇首道：“我们对于这件事很守秘密，家中人除父亲之外，连女眷都不放他们知道，所以绝对没有向人家说起过。”

杜润身也道：“我对于行内这件窃案，恐怕引起别种纠葛，不敢十二分的声张，至于三 A 党的事，老实说我自己先不大相信，所以也从没与人谈过。”

李飞蹙紧了眉头，想了半晌，很坚决地说道：“我可断定除了我们这几个人之外，一定还有一个人知道三 A 党的事情，只要能找到这个人，事情便容易解决了。”

李飞刚说到这里，伯麒好像想到了什么事情，忽然把李飞拉到屋角里，唧唧哝哝地讲了好一会儿，但是两个人说话很轻，我们却一句也听不出来。又见伯麒在身边掏出一本小册子来，递给李飞，李飞细细地翻开来看了一遍，又和伯麒轻轻地讲了一会儿，方才回到原座。

当李飞从屋角里走过来的时候，我见他满脸露着一种很高兴的样子，便知道这案子大概已经有了一点端倪了。他坐定之后，便问杜润身道：“出案子的那天晚上不是有一位行员听见过一种声音的吗？”

杜润身道：“不差，这是沈邦彦说的。”

李飞道：“我昨天匆匆忙忙没有问清楚，现在最好把这位沈先生请进来，我还有几句话要问他哩。”

杜润身点头答应，按了按桌上的电铃，一个茶房走进来，杜润身命他去请储蓄部的沈先生。不多一会，那沈邦彦进来了，大家招呼之后，李飞便问他道：“前天晚上，你不是听得一种打铁的声音吗？”

沈邦彦道：“有的。”

李飞道：“这声音是否出于失窃的那间屋子里，你可断得定吗？”

沈邦彦道："这却不能断定，但是我现在想来，也许就是那窃贼撬坏铁箱的声音。"

李飞点头道："你们的卧室可就在那押款部的顶上吗？"

沈邦彦道："不是的，此地房屋一共是三层楼三幢，我们的卧室在左边的三层楼上，押款部却在右边的楼下，距离很远，不然我大概还可以听得清楚一点哩。"

李飞道："难道二层楼和楼下，晚上一个人都没有的吗？"

杜润身道："有的，茶房出店和烧饭的都睡在楼下后面的披屋里。"

李飞道："他们可曾听见什么声息？"

沈邦彦道："一点没有听见，大概这时候恰巧睡熟了。"

说到这里，李飞忽然大声说道："这案子一定是内贼做的，决不是外贼，最好在各处卧室里细细地搜查一下，也许能搜出一点证据来。"

杜润身眼看着叶伯麒道："既然是内贼做的，这案子便更容易解决了。哪一个最犯嫌疑，大家都应该明白，至于搜查卧室这一层，昨天警察来踏勘的时候早已搜过了，并没有搜出什么，假使这窃贼不是住在这屋子里的，当然就搜不出什么证据来了。"

沈邦彦道："行中出了这种案子，我们住在此地的职员，心中格外不安，李先生不妨再细细地搜查一下。倘然能搜到了什么证据，把窃贼拿住，也可以替大家表白表白。"

李飞忽然笑着摇首道："警察既然搜过，我再搜当然也没用了，最好请你把此地各部办事室和卧室的地位，画一张极简单的图样给我看，也许能研究出一点端倪来。"

沈邦彦点头答应，便在写字台上画了一张极简单的图样，递给李飞，并将各部的地位一一指给他看，李飞略想了一想，便把那张图样撕碎了丢在字纸簏里，一面站起身来，向叶伯麒道："我们再到你的办事室里去查看一下，这案子的大概情形我已经有些明白了。"

这话一出，大家都一呆，不知他一个人究竟明白些什么，一时又不便问他，其实大家都已经站了起来。沈邦彦问道："我可要和你们一同去吗？"

李飞接口道："不必了，你尽管办公事去吧。"

沈邦彦听他这样说，便退了出去。我们五个人却一同跑到叶伯麒的办公室里，这便是发生窃案的那间屋子了，李飞别的一概不问，却一径跑到写字台边，把那只夹着吸墨水纸的白铜夹拿在手里看了一看，忽地把那张吸墨水纸很郑重地撕下来揣在怀里。我们看了，大家都莫名其妙，他忽然对我们说道："我还要和伯麒出去走一趟，你们可以在此地等候，至多一个钟头我们就回来，那时候这案子也许就可以解决了。"

我问李飞，我可要与他一同去吗？他说你不能去，还是在此地等我吧，我只得站住了，他便拉着伯麒匆匆的一同出去。

李飞和伯麒去后，我们回到经理室里，大家闲谈了一会，杜润身言语之中依然把伯麒当做唯一的嫌疑犯。我与仲麟也不和他争辩，唯有静候着李飞回来，再作道理。我闷闷地坐在那里，觉得无聊之极，看见写字台上放着几本书，便随手取了一本，揭开来一看，却是近人所译的魔术讲义，便胡乱地翻阅了一回。

约摸过了半个多钟头，李飞和伯麒一同回来了，在他们踏进经理室的时候，我见李飞的态度依然很静默，但是伯麒却欣欣然面有喜色，即此可知他们对于这一桩案子，侦查得颇有进步了。

两人还没坐定，杜润身便抢着问道："侦查得怎么样了，可有什么线索吗?"

李飞微笑道："非但有线索，简直可以全部解决了。"

杜润身骇然道："全部都能解决了吗？好极了，赃物在哪里？窃贼究竟是哪一个?"

李飞道："你别性急，待我一步步地讲给你听，但是在我未讲之前，先要请你把那位沈邦彦君请来，方可互相印证。"

杜润身听他这样说，便打发茶房去唤沈邦彦，不一会沈邦彦来了，大家便团团地坐着，静听李飞发表他所侦查的经过。

李飞划根火柴，燃了一支纸烟，慢慢地吸了两口，方才抬起头来看着叶伯麒道："你的那件事，因为和这案子有连带的关系，我不能不替你宣布了。"

伯麒点了点头，脸上却不免有些红晕起来，一面李飞便先把伯麒假做被三 A 党绑去，写信骗他父亲五千块钱的事情，滔滔地讲了一遍。

杜润身一面听李飞讲，一面却欣然得意地拍着桌子道："何如？我早说三 A 党这名目一定是捏造出来的，绑票既然是假，这钻石案当然更有关系了。"

李飞摇头道："钻石的案子和伯麒倒的确没有关系，起先我也疑心是他一个人做的，后来仔细一想，便觉得不对，伯麒倘然要做这一件案子，更不必再去骗他父亲的五千块钱了。但是除了伯麒之外，一时倒实在找不到一个嫌疑的人来。我昨天到这里踏勘过一下，决定这个偷钻石的是个内贼，不是外贼，但是他怎能知道保险箱中有一盒钻石，又怎能知道开这保险铁箱的暗号，这都很有些不可思议。今天我到这里来，你们把这三 A 党的信给我看，事情果然是越发离奇了。但是我倒因此解决了一个问题，这封信表面上虽是替伯麒表白，其实却是暗暗地把这案子套在伯麒的头上，因此越发可以知道伯麒是无关的，并且还可以知道，除了我们这几个人之外，另外还有一个很知道这三 A 党秘密的人，只要查到了这个人，一切问题都容易解决了。因为我有了这一种见解和议论，顿时把伯麒给提醒过来。刚才他把我拉到壁角里，便是告诉我一个知道三 A 党秘密的人，你道这人是谁？远在天边近却就在眼前，原来不是别人，便是这位听见打铁声音的沈邦彦先生。”

李飞说到这句话，一屋子人的眼光都注射到沈邦彦身上，沈邦彦很忿怒地跳起来道：“这是什么话？你疑心到我的身上来吗？”

李飞微笑道：“你别着急，等我讲完之后，你再分辩还不迟哩。”

沈邦彦听他这样说，没奈何只得依然坐了下来。李飞吸了两口烟，慢慢地对沈邦彦说道：“据伯麒告诉我，他和你向来是极知己的朋友，吃酒啦、赌钱啦、逛窑子啦，你们两个人总在一起，他近来亏空了四五千块钱，你却也亏空了不少。年近岁逼，债务都逼拢来，你们两个人都有些不得过去，于是就想出这个三 A 党的好法子来，借此去骗他父亲的五千块钱。据伯麒对我说，这法子还是你教他的哩。”

沈邦彦点头道：“不差，这是我教他的，我可以承认。但是和钻石案可没有关系呀。”

李飞道：“怎说没有关系，钻石案也是从这件事上发生出来的，据伯麒说，上星期六，他从行里出去，就躲在东南大旅社，你也去看过他两回，无意之中，他曾经与你谈起这保险箱中的钻石，你却以为机会到了，礼拜一晚上，你就一个人私自跑到押款部里，开了铁箱，把那一匣钻石偷了去了。”

沈邦彦听到这句话，面色顿时灰白，但是他依旧装做很忿怒的样子，虎吼也似地嚷起来道：“这真是哪里说起，竟然把这案子弄到我的身上来，你别信口胡说，这话须要负责的呀！”

李飞笑道：“我没有证据，怎敢说这几句话。第一，我昨天踏勘的时候，在铁箱前面的地板上和靠着铁箱的一只茶几上，都发现许多蜡烛油的痕迹，虽然已经把指甲刮去，但是没有刮干净，同时又在铁箱旁边的地板上，寻着一段断下来的指甲，约有一寸多长，五六分阔，从它的阔度上看起来，可以断定这指甲便是从那个刮蜡烛油人的手上断下来的，换一句话说就是，从那个开箱取钻石的人手上断下来的。目下年轻的人大都不肯留指甲了，这个人的大拇指上倘且留着一寸多长的指甲，那么其余的九个指头上，一定也都留着长指甲，从这长指甲的一层上，便可作为侦查案子的线索，所以我昨天在旅馆里，也曾教伯麒伸出手来给我看，我见他十个指头上，都光光的，没有指甲，因此便证明他对于这件案子没有关系了。今天我听了伯麒的话，疑心到你身上，刚才教你画一张房屋的图样，其实就是要看你手上的指甲，果不其然，你九个指头上都留着一寸多长的长指甲，唯有右手的大拇指上，却剪得光光的，这不是一种很显明的证据吗？你前天断下来的一段指甲，我替你捡起来留在这里，请大家看看，可不是和你手上的一个样子吗？”

李飞一面说着，一面便从衣袋里掏出一个纸包来，打开纸包，里边果然包着一段一寸多长的指甲，我们方知昨天他在地上捡得的就是这个东西。沈邦彦听他说到这一层，渐渐地把头低下去，一时无言对答。李飞却继续着说道：“还有一种可疑的事情，昨天你对我说，礼拜一的半夜里，你听见过一种打铁的声音，但是今天我问你，这房屋的部位，你又说押款部在右边的楼下，你的卧室左边的三层楼上，距离很远，倘然那窃贼打开铁箱的声音，连三层楼上都能听见，这声音一定非常之大，难道睡在楼下披屋里的差房们，竟然一个都不会惊醒的吗？再则这种铁箱的门，是钢板夹着水门汀做的，敲起来声音像石板一般，和平常的钢板截然不同，况且那铁箱门上的创痕都是用小刀撬坏的，并不是用铁锤敲的，怎能发出打铁的声音来呢？你说这话无非要我疑心到外来的窃贼，借此可以脱卸自己的嫌疑，谁知弄巧成拙，反而使我疑心到你的身上来了，有这几重凭据，可不是都能证明这案子是你做的吗？”

李飞说完这几句话，停了一停，沈邦彦反诘问他道：“你说这案子是我做的，我也不和你分辩，但是铁箱上的暗锁，只有伯麒一个人知道，他并没告诉我，我怎能开这铁箱呢？”

李飞点头道：“不差，因为这一层，倒费了我许多脑力，后来伯麒告诉我，他每天随意用六个字母，把这铁箱锁上，自己也恐怕把六个字母忘了，所以每天必定记在一本手册上，但是这本手册非常秘密，一天到晚带在身边，从来没给人看过，再也想不出一个泄露的缘故。我把他那本手册拿来一看，星期六的号码是 THREEA 六个字码，那手册是洋纸订成，字母却是用墨水笔写的。我当时忽然灵机一动，知道他每次写这字母，一定用吸墨水纸吸过的，当时便跑到他办事室里，拿他写字台上的吸墨水纸一看，果然清清楚楚的留着 THREEA 六个字母。”

李飞一面说着，一面把刚才撕下来的那张吸墨水纸掏出来给我们看，他又向沈邦彦道：“你所以能知道铁箱上的暗号，便是从吸墨水纸上看出来的，你是个细心人，而且又和伯麒很知己，常到他办公室里去谈天，他平日记这字母的时候，一定有一天给你看见了，所以你每天只要看他桌上的吸墨水纸，便可以知道这铁箱上的暗号。我因此推想，你大概早已存心要窃取这保险箱里的东西了。因此你便怂恿伯麒，教他假做被三 A 党绑去，好骗他父亲的钱。其实趁此机会，你便窃取箱内的东西。万一伯麒的计划失败了，这窃案的嫌疑当然也在伯麒身上，就算不失败，这责任也自有伯麒去负，你毫没相干。再退一步说，假使伯麒有些疑心你，他因为关联着自己这件虚心的事体，也决不敢把你说出来，你便万稳万安，绝没有失败的道理。万不料伯麒这件事会被我识破，因此伯麒也把你和他的关系说了出来，这案子便一切都逐步解决了，天下的事情往往不由人算，你这一回，真是白费心机了。”

李飞说到这里，沈邦彦低着头默默不语，这便是表示他对于李飞的话一一都默认了。

杜润身听李飞说完，非常诧异，他摇着头对沈邦彦道：“我想不到这案子却是你做的，真奇怪极了，现在赃物在哪里？快快的拿出来吧。”

杜润身这句话倒又把沈邦彦给提醒了，他很顽强地望着李飞道：“常言道，捉贼捉赃，你既然说这案子是我做的，那么赃物在哪里，请你替我搜出来。”

李飞笑道：“没有赃物，我怎能教你低头服罪呢？”

说着便回头对叶伯麒道：“请你把他带进来吧。”

伯麒答应了一声，兴冲冲地跑出去了，隔了一会，忽然带了一个妖妖娆娆的年轻女人进来。那女人踏进经理室，见大家都对着她瞧，不觉怔住了，后来，她看见沈邦彦也坐在那里，便搭讪着走到他身边，从手帕子里拿出一只三四寸见方的白铜盒子来，授给沈邦彦道：“这劳什子里面到底安着什么东西，一会儿交给我，一会儿又要讨回去了？你自己又不来，偏要托别人来向我拿，教我亲自送到此地来，到底是什么意思？我来到此地你又不出来，把我安在外边，足足等了半个钟头，真是岂有此理。”

那女人絮絮叨叨地埋怨沈邦彦，沈邦彦却呆得和木头人一般，脸上青了又白，白了又青，连一句话都答不出来。那女人见他这样，倒也怔住了，说不下去。

李飞走过去，含着笑把那铜盒子接过来，回头问杜润身道："这可不是放金刚钻的铜盒子吗?"

这时节的杜润身快活得几乎话都说不出来，没口子地答应道："正是正是，但不知那钻石可在盒子里吗?"

李飞道："这盒子好好的锁着，并未开过，大约钻石还没移动哩。"

一面向沈邦彦笑着说道："你大约很奇怪，我怎能知道你藏这盒子的地方，其实这一层更容易解决了。伯麒早已告诉我，他说你的家眷不在上海，但是近来却与一个女人叫老七的，在马霍路借了小房子。他曾经到你小房子里去过几回，老七也认识他，我因为你很赞成我搜检此地的卧室，便知道这盒子已经带出去了，除了老七那里，当然没有第二个地方可以收藏，所以刚才我便拉着伯麒一同跑到老七那里。果不其然，那盒子是老七替你收藏着，但是你并未告诉她内中的情节，所以她还没有知道盒子里是什么东西呢。我们两人三言两语将她一骗，居然连人带物都把她骗到此地来了。现在证据确凿，大约你总没有什么狡辩了吧?"

沈邦彦听了李飞这几句话，果然低着头一声不响。李飞问杜润身道："这盒子上的钥匙在哪里？赶快打开来检点检点，只要钻石不少，这案子就算结束了。"

杜润身道："钥匙是我收管着，请你把盒子给我，我来开吧。"

李飞便把盒子授给杜润身，杜润身在抽屉内检出一个小钥匙来，把盒子当众开看，谁知铜盒一开，大家都不约而同地惊叫起来，原来盒子里，却空无所有，那十二粒钻石早已不知去向了。李飞虽是极镇静的人，此时也不免现出一点惊讶的状态。在他以为盒子依然锁着，钻石大概还没有移动，谁知竟然出乎他意料之外，案子将要结束，又出了这一个岔子，事情未免格外的棘手了，但是杜润身的意思，倒并不觉得奇怪，他很得意望着李飞道："我早疑心那钻石已经被他们藏过，现在我们只要向沈邦彦追究便了。"

沈邦彦急得圆睁了两眼，气呼呼地说道："盒子虽然是我拿的，但是我因为没有钥匙，并没开过，便连盒子交给老七的，我可以对天赌个咒，盒子里有没有钻石，我实在没有看过。"

杜润身道："你把盒子交给别人收藏，难保别人不会替你拿去的吗?"

老七在旁边一听这话也急得跳了起来，指天画地地说道："他把这铜盒子交给我的时候，并没说里边安着什么东西，我怎能知道是钻石呢？况且盒子又锁着，我也没法开看，这事情可不能冤枉我。”

李飞见他们争吵起来，便急忙摇着手道：“大家不必争论，静静地坐了下来，仔细研究一下，总可以侦查出来的。”

大家听他这样说，便果然都坐了下来，李飞问杜润身道：“这押款是几时做成的？”

杜润身道：“是本月初二做成的。”

李飞诧异道：“既然是初二做成的交易，为什么到初七方把这东西交给押款部呢？”

杜润身道：“因为抵押的凭据没有填好，所以搁了几天。”

李飞道：“他拿来的时候可就是放在这铜盒子里的吗？”

杜润身道：“这铜盒子不是他的，他拿来的时候，是放在一只木盒子里，盒子上没有锁，我恐怕不谨慎，所以放在这铜盒子里。”

李飞道：“这铜盒子是你的吗？”

杜润身道：“不差，是我内人放首饰的。”

刚说到这里，忽然有一个茶房跑进来，向杜润身说道：“那金业交易所姓宋的又来了，他说有要紧的事，定要见你。”

杜润身听了，把眉头蹙紧着，很忿怒地说道：“我早已关照你们了，姓宋的来找我，就说我出去了，不必同他多讲，你怎么又忘记了！”

茶房道：“我和他说杜先生出去了，他不相信，坐着不肯走，定要见你。”

杜润身很不高兴地站起身来，嘴里咕哝着，跟了茶房到隔壁会客室里去了。

杜润身出去之后，李飞便问叶伯麒道：“这一盒钻石你在什么时候拿到的？”

伯麒倒：“是上星期六的下午两三点钟。”

李飞道：“杜润身交给你的时候，可有什么人看见吗？”

伯麒摇首道：“并无别人，只有我和杜润身两个。”

李飞道：“他交给你的时候，你可曾仔细检点过吗？”

伯麒点头道：“他给我检点之后，方把盒子锁好，钻石一共十二粒，我粒粒都仔细看过，一点不差。”

李飞道：“锁好之后，你就拿到自己的办公室里去吗？”

伯麒道："我立刻就拿去，放在铁箱里边。"

李飞道："这时候你办公室里可有别人吗？"

伯麒道："并无别人。"

李飞点点头，又把沈邦彦和老七两个人盘问了一回，沈邦彦对于窃取铜盒的事完全承认，但是盒中的钻石如何失去，却一口咬定不知道，并且他还向李飞郑重声明，杜润身接到的这封怪信，他实在没有写，不知又是哪一个捏造出来的。李飞把两封信的笔迹一对，果然绝不相同，以上种种，千头万绪，我替李飞着想，简直没有下手的地方，但是李飞依然很镇静，嘴里呷着一支纸烟，在室中踱来踱去，脸上时时露着微微的笑容，我知道他神秘的脑海中，一定又有什么新奇的发现了。他在室中踱了几次，觉得很无聊，便走到我的身边，我手中正拿着那本魔术讲义，他一伸手把书拿过去看了一看，忽然好像想到了什么似的，把书丢给我，转身跑到写字台前，把那只铜盒子拿在手里，里里外外看了又看，又把它摇了几摇，忽然问叶伯麒道："那钻石放在盒子里，可有什么东西包裹的吗？"

伯麒道："盒子里本来有棉花铺着，钻石却是裹在棉花里的，现在连棉花都不见了。"

李飞笑着点点头，把盒子依旧放在写字台上，一个人呆呆地看着发怔。停了一会儿，杜润身进来了，他向李飞说道："这案子幸得李先生的悉心研究，居然能水落石出，实在是感激之至，至于赃物虽然没有查到，但是这问题很容易解决，只要在他们几个人身上去追究便了。至于我们行中一方面既然把钻石交给伯麒收管，伯麒就应当负完全责任，虽然钻石不是他偷的，但是他倘然不告诉沈邦彦，沈邦彦绝不会知道，所以这责任无论如何总当是叶伯麒负的，赃物倘然不能追得，唯有仍请叶伯麒赔偿。"

伯麒听说案破之后，这责任仍要他担负，只急得他直跳起来，气忿忿地又要和杜润身争论，李飞急忙止住他们，笑着说道："别闹别闹，等我想个法子，把钻石取回来便了，现在我可要出去一趟，你们暂且在此等我一下，我就要回来的。"

他说完这几句，一转身便跑到室外去了。

这一趟足足去了半个钟头，众人正等得不耐烦，他忽然兴冲冲地跑进来了。我看他眉宇之间充满着很愉快的神气，他跑到写字台边站着，忽然嬉皮笑脸地向众人说道："我新近学会了一套欧美的魔术，今天横竖没事，待我来变给你们看吧。"

众人见他忽然不伦不类地说这几句话，大家都莫名其妙，只管呆呆地望着他瞧，不知他葫芦里卖的什么药。李飞一面说，一面伸手把台上的那只白铜盒子拿起来，先把盒子盖开着，扬给众人看道："这盒子里边，可不是空着没有什么吗？但是一刹那间，我可以变些东西出来，你们大家别瞬眼睛，须要看得仔细才好。"

这时候的李飞，态度很滑稽，简直像个变戏法的一般，几乎把我逗引得笑将起来。但见他先把钥匙将盒子锁好，放在桌上，不知怎样的又把钥匙倒旋了一旋，重新把盒盖揭开来，不料盒盖一开，大家都惊异得跳将起来，原来刚才明明是个空盒子，如今盒子里忽然装满了雪白的棉花了。李飞把棉花的上层揭开，里边一颗颗晶莹夺目的不就是那失去的十二粒金刚钻吗？

这一次神妙不测的手腕，众人简直把李飞当做个魔怪，但是李飞自己说，这不过是表演了一出新式的魔术罢了。伯麒弟兄再三问李飞，钻石到底从哪里变出来的。李飞总笑着不肯说，他对杜润身道："钻石已经得到，伯麒当然可以脱离干系了。沈邦彦虽然犯了一次窃案，但是空费心机，一无所得，看着也怪可怜的，似乎不必太难为他了。至于此案的内幕究竟如何，幕中人自己明白，我也不必细说，案子已结，大家再见吧。"

他说完这几句便拉着我一同告辞，杜润身送出来向李飞拱手道谢，我看他面色苍白，神情萧索，似乎有什么心事一般，但是李飞却十分高兴，一路上有说有笑，完全不是未破案前的那种静默了。

这一天的晚上，杜润身忽然接到李飞一封信，拆开来一看，那信中说道：

> 润身先生请了，你的计划实在狡猾，再加上沈邦彦和叶伯麒的两桩案子，我险些也被你瞒过了。但是我凭着我的脑力和思想，到底把你的阴谋揭破，这是我很开心的。你大约很诧异，不知我怎能识破你这种诡计，所以我特地写这一封信，详详细细地告诉你。我对于这一件钻石案，第一步也很疑心叶伯麒，后来在旅馆中见了他，方知我的猜度完全不对。第二步，我便疑心到沈邦彦身上，经过我种种的侦查，居然证实了沈邦彦的窃案。但是铜盒中的钻石忽然不翼而飞，这却更出乎我意料之外。我看了沈邦彦和老七那种着急的态度，便知道他们俩的确没有把钻石藏过，于是我在叶伯麒、沈邦彦之外，不得不再求一个第三者的嫌疑犯，因为这一层，我就不能不疑心到你的身上来了。我在你的身上，发现了几种可疑之点：第一，这押款是初二做成的，你为何初七方把这

东西交给叶伯麒；第二，这钻石本来放在木盒子里的，你为何要移到铜盒子里去，况且这铜盒子又是你家中带出来的；第三，金业交易所姓宋的来看你，你为何很有些怕见他的样子。我从这三个问题上仔细研究，觉得你实在可疑。但是那钻石究竟哪里去了，一时竟想不明白。后来无意中看见了你桌上的一本魔术讲义，我方才恍然大悟，你既然是喜欢研究魔术的，这问题就容易推想了。我知道魔术中所用的盒子等类，大半是夹层的，所以把东西放在里边，可以忽来忽去，其实东西并没有变掉，不过藏在夹层里，人家看不见罢了。你这一只铜盒子大概也是夹层的，所有失去的十二粒钻石，也许并未失去，不过是藏在夹层里边。我又听得伯麒告诉我，那钻石是用棉花裹的，这却更对了，钻石倘然藏在夹层里，眼睛固然看不见，但是把盒子摇动起来，很容易发出声音，用棉花包裹之后，这弊病就没有了，因此我又联想到，你把这东西搁了好几天，方才交给伯麒，大约就是在那里赶造一只神秘的盒子。如此一想，第一第二两层的可疑都解决了，但是我把那盒子细细地看了半晌，实在看不出破绽来，我闻得有一个著名魔术家姓金的近来开了一家天魔公司，专替人家代造魔术的器具，你这盒子也许就是天魔公司代制的，所以我刚才跑出去，就是打电话去问那姓金的，这几天可有人来定造一只夹层的铜盒子，他替我一查，果然有的，我又问他这盒子的关键在哪里，他起先还不肯说，后来我说了自己的姓名，他方才告诉我，原来那盒子的关键，全在那一柄暗锁里边。把东西放在夹层里锁上之后，只要开的时候，把钥匙向右一旋，盒子虽开，里边的东西，却完全被夹底遮没了，一点也看不出来，倘然要叫东西出现，只要先把盒子锁上，然后将钥匙向左一旋，那盒子开的时候夹底移到了盒盖上去，所以东西便好好的安在盒子中间了。我得到了这个秘密方才恍然大悟，后来我又打电话到金业交易所去，打听你近来所做的投机事业盈亏如何，据所中人说，你近来运气不佳，连连失败，已经亏蚀到六七万了，我得到了这两种消息，三个问题完全解决了，所以一举手间，便把那钻石变出来了。总而言之，这案子的第一个起意者便是你，你因为在交易所失败了，想得到一笔意外的银子，弥补亏空，恰巧有个外国人拿钻石来做押款，你就想出这个诡计，定做了那只魔术用的铜盒子，要想把这责任套在叶伯麒头上，当时你把钻石交给伯麒的时候，你把钥匙向左一旋，将钻石放在夹层里，预备停了几天，命伯麒将盒子拿出来，你只要将钥匙向右一旋，盒子虽开钻石却不见了，于是你便硬说伯麒监守自盗，一定要逼着他照价赔偿，等他了结清楚之后，你便从盒子的夹层里把钻石取出来变卖了，弥补你的亏空。万不料，就在你交给伯麒的那一天，伯麒忽然要骗他父亲五千块钱，假做被三A党绑票，自己躲开了，还有那个冒失鬼的沈邦彦，趁此机会把那只铜盒子盗去，于是这件案子，就弄得异常的复杂了，还有一桩事情我要说破你，你给我看的那封三A党的信就是你自己写的，在你以为借此可以加增叶伯麒的嫌疑，不料因此反使我得着一线的曙光，忽然疑心到你的身上，因为除了我们这几个人之外，只有你知道三A党的事情，我本当把这内幕当众宣布，但是我想你这一次的计划，完全被我破坏，枉费心机，毫无所得，我看你也怪可怜的，不愿再使你名誉上受这重大的损失，所以我替你包瞒过了，这一层你似乎应当感激我的，我的话说完了，临了我还得忠告你几句，以后这种不道德的事千万不可再做。古人说得好，作伪者心劳日拙，到底于事无益，万一被人识破，名誉上便受着很大的损失，这真是何苦来呢？再会了。李飞手白。

杜润身看完了这一封信，叹了一口气，呆呆地半晌说不出话来。

这案子解决之后，杜润身也并没有把沈邦彦申送法庭，只不过把他的职务辞歇了。叶伯麒却因为和杜润身有了意见，不愿再去办事，也把职务辞掉，至于杜润身自己，到了年底，因为亏空得太大了，被北京总行知悉，派员调查确实，将他停止职务，勒令变产清偿。杜润身知道破产抵偿还嫌不够，所以就一溜烟的逃之夭夭，只身远扬，不知去向了。杜润身逃走之后，李飞方把这案的内幕讲给我们听，伯麒很怪他为什么不当场宣布，李飞摇头道："凡人做事还是厚道一点的好，不可太尖刻了，他的计划已经被我破坏，何必还要使他当场下不去呢？况且这件事真要闹得大家知道，你的面子也不好看，所以我就隐瞒着不说破了。"

伯麒听了这几句话，方才明白李飞的意思，很佩服他的识见。李飞又说那一天最难解决的问题便是钻石究竟藏在哪里，要不是无意中在我手中看见了那本魔术讲义，一时还想不到那盒子中的秘密哩。如此说来，这案子能全部解决，我倒也可以算一个大功臣了。

原载《红玫瑰》，1927年1月至3月第三卷第五期至第八期

失宝记

张碧梧

汪孟和刚听见他的次子宝官失踪的消息，顿时急得目瞪口呆，痴痴地站在客堂里一动不动。好一会，他震荡的心弦方才宁定一些，喘过一口气来。大声喊道：“宝官怎会不见的？须向奶娘查问，这是奶娘的责任呀。快喊伊来问，快喊伊来！”

奶娘闷坐在亭子间里，听得清楚。知道不能躲避过去，只得放大胆、硬着头皮走到客堂里，低头站在孟和身旁。孟和瞧见了奶娘，越发怒不可遏，喝问道：“宝官往哪里去了？你管的什么事？怎么竟放他跑得不知去向？快说，快说！”

奶娘哭着答道：“我也不知道他怎会不见的。他本在灶间里玩，我因瞧见天落小雨了，想起晾台上正晾着几件宝官的衣服，连忙上楼去收，等收了衣服回到灶间里，已经不见宝官了。”

孟和恨恨地道：“这真荒唐极了！楼上楼下这么大的地方，哪一处不可以哄他玩，为何和他在灶间里玩？”

奶娘道：“是呀！因为我那时正在自来水下面洗衣服，怕他跑远了我照应不到，便哄他在灶间里玩了。”

孟和瞪眼向四下里望了一望，道：“家里有这许多人，谁不能照应他一会，却偏要把他哄到那火热的灶间里？”

奶娘吞吐着道：“他们吃过中饭都去睡中觉了，叫我拜托谁代照应一会呢？”

孟和听了这话暴躁得直跳起来道：“好好！大家竟这样的会享福，吃了饭就睡觉，什么事都不管了！我对你们说，宝官今已不知去向，倘然寻找回来，那是大家的福气，万一寻觅不着……哼，你们一个个都休想活命！你们既喜欢睡觉，索性让你们长睡不醒，睡个舒畅！”

孟和刚说到这里，这里忽有人敲打大门，话头便打断了。门开处走进一个容貌英挺、行动敏活的中年男子。孟和一眼瞧见了他，如获至宝般地忙把他迎到客堂里，一壁说道：“悟奇兄，你真来得快。”

悟奇道：“我接到尊夫人的电话，知道二令郎忽的失踪了。我想这是一件重大的事，怎敢怠慢？立刻赶来了。”

孟和拱拱手表示谢意，哭丧着声音又道：“你想这不是飞来的祸事吗？这两天我正忧急得非常，因为三舍弟病势十分沉重，中西医都已谢绝下药，看来生命就在旦夕之间。所以今早起身后，就赶往他那里去了，中饭方才回来，谁知踏进了门，内人就告诉我，说宝官忽的不知去向了，又说已经打过电话给你，请你前来查询一切。此刻，我正在盘问宝官的奶娘，不想你已经赶来了。”

接着，他又把方才奶娘答复他的话对悟奇说了。悟奇不响，只把两道敏锐的眼光紧着在这奶娘的浑身上下盘旋着。伊是个乡下人的模样，一些没有那种浮华的神情，此刻脸上满露出惊惧的神色，两行眼泪又扑簌簌地落个不停，越显出伊是一个老实无用的乡妇。因此，悟奇便用和柔的声调对伊道：“你不必害怕。宝官不见了，你并非有意，你主人定能原谅你的。你先定定心神，我有话要问你。”

奶娘听了这番话，觉得和伊主人方才的口气大不相同，不由得抬起泪眼望了望悟奇，现出非常感激的神气。

悟奇随即问伊道：“你到晾台上去收衣服，约摸耽搁了多少时候才回到楼下的？”

奶娘道：“我因不放心留宝官在灶间里，所以收衣服时急急忙忙的，一些不敢耽搁，至多不过十分钟，我就下楼来了。”

悟奇道：“你是不是一回到楼下便走进灶间？”

奶娘道：“是的！我走进灶间，已经不见宝官。”

悟奇道：“我想，那时你定必惊呼起来。”

奶娘道：“起初，我以为宝官已走到客堂里，或是走到厢房里去。所以并未叫喊，只忙着往四下里寻觅。等到寻觅不着，我才狂喊起来。”

悟奇道：“是谁首先走来答应你的？”

奶娘道："是我家太太，伊是从厢房里走出来的。"

悟奇道："那时，这客堂里可有人吗？"

奶娘摇头道："一个人没有，他们都是各自在房间里睡觉。"

悟奇道："那时大门是关着吗？"

奶娘道："是的，大门一天到晚多是关着，我们都是由后门进出。"

悟奇道："后门是不是也关着？"

奶娘道："后门却是开着。不过，外面的短门是上闩的。"

悟奇忽向伊走近一步，并提高了声音问道："那时，你既知宝官不见了，自然是万分惊急，怎会注意到后门，晓得这样仔细？"

奶娘不慌不忙地答道："我既向四下里寻不见宝官，又怕他走出了后门，便开了那短门寻找，因此晓得。"

悟奇点点头，仿佛对于伊这答复是很满意。

孟和静默了这一会，此刻再也忍耐不住，趁这问答略停的当儿，忙抢着道："这样说来门不开户不开，宝官在灶间里便万无不见了的道理。然而，他竟去得形影毫无，这不是怪事吗？"

悟奇微笑道："你这话说得不对！你以为那道短门上着闩，便可算是关着吗？其实不然！此地人家，后门外面都有那么一道短门。短门的结构又都是完全一样的：既是很矮，那道闩又是装在门内的，中部倘有人站在短门外，把膀臂从门头上伸进来毫不费事。手能摸着那道闩，那么闩虽上着，若要推开自很容易，推开之后复行闩上也绝不为难的啊！"

孟和略一凝神道："你说这话的意思我明白了。你必是以为在奶娘上楼收衣服时，潜伏在后门外的歹人立即用这方法推开那道短门，抱起宝官就走。走到门外，仍用这方法把短门闩上，我这猜想不错罢？倘果是如此，那歹人必蓄意已久，如今不过是乘机动手。那么，那歹人谅必正是绑匪了。"

悟奇道："我想，宝官必是在这种情势中不见的。不过，那歹人是不是绑票匪，此刻尚未能决定。"

这时候，孟和夫人已走了过来。听了这话便插言道："孟和说歹人蓄意已久，这话一些不差。因为在最近几天，中后门外的弄堂里，常有一个中年男子往来徘徊，有时会朝我家后门里望。我想，这人必然正是劫走宝官的歹人，至少必也是同谋。"

悟奇听了，很警动的忙问道："夫人曾瞧见那个男子的吗？"

孟和夫人摇头道："我未曾瞧见他，我不知道这回事。方才宝官不见了之后，我向左右邻家去探问，我家后门对面那个人家才这样的对我说。那人家本是改装书房做客堂，终日有工人做工，大门又是终日开着的，所以他们能瞧见。”

孟和忙道：“他们既曾瞧见那男子徘徊，那歹人劫走宝官，他们当然也曾瞧见的。”

孟和夫人道：“也曾问他们，他们说这个却未瞧见。”

悟奇道：“夫人可曾向他们探问那男子是个何等样人？”

孟和夫人道：“我曾问过。据他们说，那男子是中等身材，却很肥胖。有时身穿长衣，有时是短衣窄袖。瞧他的神情不像是上等人，却也不像是工人。”

孟和很自信地道：“越说越可证明他们是绑票匪了！他们必早已注意到宝官，只苦无机会下手。所以，那男子仅在后门外窥伺。可恨这不知利害的奶娘偏偏给他们一个机会，他们自然立刻动手劫走宝官，勒赎巨款了。”

悟奇凝视着他问道：“莫非你曾接到过匪徒的恫吓信吗？”

孟和道：“这却不曾！”

悟奇扬声说道：“既然不曾，就未能断定这是绑票匪干的事。我且以为这事和绑票匪绝然无关，因为绑票匪的目的物必是富有钱财的人。你莫见怪，你并非富翁，平昔绝无财名在外，怎会注意到你？虽然他们也有时误绑了并没多钱的人，但那个徘徊的男子既在你家后门外窥探了好几天，你家的情形他定是相当的明了。那么，纵然起初误认你是富翁，但明了之后必也不会实行动手，冒那么大的危险只勒索到寥寥几百元，恐怕没有这般愚蠢的绑票匪罢！再有一层：你是一家之主，宝官不过是一个小孩子，身份上大大悬殊。他们要绑只会绑你，怎会舍弃了你，又舍弃了你的长子，独绑一个不甚重要的小孩子呢？”

孟和夫人道：“宋先生的话说得有道理。这样说来，果然不像是绑票匪干的事。我想，也许是那个贱妇做的好事！你忘却去年的那番情形吗？”

伊正说到这里，孟和忙丢眼色给伊，分明要伊莫说。悟奇已瞧得清楚，知道必有隐情，便道：“你们既托我侦查宝官失踪的事，凡是稍有关系的事情就该一一的告诉我，为何又要隐瞒我呢？”

孟和见已被发觉，只得由夫人说道：“宋先生有所不知，宝官原非我亲生，却是庶出。起初是由他亲生母亲抚育，去年秋天，因我主张才领了回来。他亲生母亲很不愿意，着实吵闹了几次。如今，宝官这样不明不白的不见了，我疑心必是他亲生母亲的诡计。你道如何？”

悟奇沉吟了一下，忽问孟和道：“你那姨太太和你的感情可是已日趋于破裂，动了下堂求去的意念吗？”

孟和很惊异地道：“并无这等事呀！你怎会这样说？”

悟奇正色道：“既无此事，伊就不会行这诡计。你想：伊纵用诡计把宝官劫去，伊又怎样叫宝官和你们见面？若说永远不和你们见面，伊又何必留这样一个不能见人的儿子？倘然伊和你们的感情破裂了，那倒是意中之事。因为伊既把宝官劫取到手，便不难用强力抱着同走，做伊老来的依靠。又或借以要挟，向你索取巨款，作为放回宝官的代价。”

孟和连连点头道：“是呀，那也不是。宝官究因为何不见的呢？”

悟奇道：“此刻尚难臆断。且待我考虑之后，再定进行侦查的方针。倘然竟是被绑票匪绑去了，在一两天内定有索款的信寄来，那时便容易应付了。”

悟奇别了孟和夫妇，乘车回家中。暗想道：“这事情原很简单。唯其太简单了，反觉得难以着手。是呀，宝官究因为何不见的呢？照情形上推断，固然十有八九不像是被绑。若谓被普通的拐子拐走了，却不像。因为拐子拐骗小孩，都是不认定哪个小孩，只要有下手的机会，便动手拐了去。而宝官在失踪之前，却分明早有人注意了。倘谓是被孟和的仇人劫去，只图报复，在情理上却也讲不过去。一则，孟和性情和缓，从不向人疾言厉色，这是我深知的。他必不会和人家结下深仇大恨。纵有仇人，也只在他本人身上报复，或是谋害他的长子，使他遭这丧子之痛，似乎不会独难为这年方三岁未解人事的宝官。我们当侦探的，不怕侦探情节繁复的案件，却最怕侦探内容单纯的。因为情节既然繁复，便不难寻出些疑点和破绽来，作为进行上的依据。若是内容单纯的，好似一片平原绝无丘壑可给你探奇，着手可就很困难了。如今这大热的天气，偏偏遇着这件内容单纯的失踪案，真够恼闷人的啊！”

在这后两天中，悟奇因又接受了一桩暗杀案，急需侦查、不能耽搁，只得把宝官失踪的事暂且搁下。他一连忙了两天，方查出些头绪。仿佛已布下了天罗地网，把那凶手紧紧地包围在当中，不怕他能够逃走，这才重复想到宝官失踪的事。他想：“这两天来，孟和家不知可曾找到什么消息？宝官倘真是被绑票匪绑去的，如今已该有要索赎款的信来了。”

当下，他就打电话给孟和，凑巧孟和正在家里，二人便在电话里接谈起来。据孟和说，非但没有什么信寄来，连一些消息也没有。他也问悟奇可曾查出些踪影，悟奇正要告诉他这两天因着别事忙碌的情形，忽从听筒里听见孟和发出惊骇的呼声，又有些哭声送入悟奇的耳鼓，再有一片嘈杂的声音。悟奇觉得奇怪，连忙问孟和，但孟和再也不应，随即又是“哒”的一声响。悟奇晓得，这必是孟和已把听筒搁下了。再仔细听时，果然已听不出一些声息，只得把听筒放还原处。在沙发上坐定，心想：“孟和原好端端的和我谈话，怎会忽有这番变动？看来，他正和我谈话时，他家里又突的发生了什么不幸的事，所以他才惊呼，有那些哭声了。”

悟奇推想既定，倒觉得很放心不下，要去瞧个究竟。便吩咐汽车夫把汽车开到门外伺候。他又略微装束了一番，便出门登车直往孟和家驰去了。到了那里，敲开门走进客堂一瞧，却又是一种景况：满屋子静悄悄的，没有一些声响，好似屋中的人都已经出去了。那开门的娘姨已回到客堂里。伊是认识悟奇的，便对悟奇道：“主人们都已经出去了，去看宝官的死尸去了。”

悟奇一听这话不禁大吃一惊，问道：“宝官死了吗？是谁来说的？”

伊道：“刚才不多一会，有一个穿黄皮衣裳的警察来对我主说：绿草浜振华布厂后面的荒堤上，发现了一个小孩的死尸。因为死尸上贴着一张纸，写明小孩的姓名、住处，所以他们晓得了，赶来报告，请派个人去看看。又说那小孩浑身是血，死得很是可怜。”

悟奇听罢，心弦已大大的颤动起来。因为和这娘姨多谈无甚意味，以时间计算，料定孟和夫妇必仍在绿草浜，便立刻转身走上了汽车，吩咐开往绿草浜振华布厂。车中，他暗想道：“想不到竟有这种意外的变动。可怜宝官的一条小性命，便这样轻轻地断送了。不过，这样看来，宝官被劫当然不是绑票匪所为。因为他们既绑得肉票，怎会并不勒赎便撕票呢？必也不是寻常拐子干的事。想来，竟是复仇的举动了！但是宝官才只三岁，万无便和人家结下生死之仇的道理。照情理上想，必是这内幕中人和孟和有仇而移怒到宝官身上，忍心施出这残酷的手段。叹宝官人事未知便遭惨死，那凶手未免太无人道主义。”

悟奇正揣想间，汽车已开到了绿草浜大路上。悟奇从车窗外瞧见前面有一座高大的厂屋，自然便是振华布厂。再瞧见厂屋左侧后面的荒场上，正簇立着一群人，并有哭声随风送来，料知必是宝官死尸的所在地。

悟奇便命停车，跳了下车，顺着那路向那人群走去。见除掉几个警察和些看热闹的乡人外，便是孟和夫妇，再有一个二十多岁的妇人正伏在尸旁哀哀哭泣。听伊哭时叫喊的称谓，晓得伊正是孟和的姨太太，也便是宝官的生母。悟奇先向孟和夫妇招呼了，并说明方才在电话听筒中听见那派杂乱的声音，很不放心，赶到他们家里探望才知道，宝官的尸身已在这里被发现，便立刻赶来。孟和也把得警察报告，赶来瞧看的话哭着说了一遍。悟奇无暇安慰他，忙俯身瞧看宝官的尸身。只见身上衣服仍穿的整齐，浑身没有被殴打的伤痕。但左手腕的静脉已被割断，这便是致命伤了。再见衣服上浸染的鲜血很多，衣服的左边几乎完全被血浸透了。尸身所在的地上却并无多少积血，只靠近左手腕的地面上略微沾染了一些。悟奇瞧了这种情理，抬头对孟和道："我敢信宝官必是在别处被害，而立刻把尸身移弃到这里的。"又瞧出衣上的血渍尚未干燥，可知宝官被害的时候必距今不多一会。悟奇又向孟和索问尸身上留下的那张姓名地址单，见是一张长方形的普通白纸，字迹很恶劣、又很潦草，不像是个会写字人的手笔，但其中并没一个错字，不由得很得意道："孟和兄，这张纸是一个极有价值的物证。你想：宝官才只三岁，非但不会写他的姓名和地址，恐怕且不晓得。而且，落在陌生人手里，他必已惊恐万状。便是平日有些晓得，那时必也吓得忘却。然而，这纸上所写却一些不错，可知宝官的姓名和地址，那歹人必本来知道，并非从宝官口中探问出来。那么，那歹人和你家必是素来熟识的了。再有一层，瞧这恶劣的字迹，定是一个下等人所写。然而，割断静脉流血而死的方法多半是那些懦夫用以自杀的，更必是有智识的人才知道这个方法。至于用这方法来杀人，却是难得瞧见的。于是，又可料到写这纸条和害死宝官的主谋者未必是一个人，想来至少必是两人同谋。"

孟和一壁听着，一壁连称有理。

悟奇说完，心想：再向附近一带查看一番，也许能得到些研究的资料。但刚走开去不多几步，觉得后面有人急急跟来。掉头瞧时，正是宝官的生母。心知伊跟来必有缘故，便站住了。伊走到悟奇面前，低低地哭着说道："我知道你正是宋悟奇先生，特来侦查这件事的。方才你那番话说的一些不错，害死我儿子宝官的果然是熟识的人，且是天天见面的。伊面上做好人，暗地里却出主意差人把我儿子害死，最毒妇人心这话真是不错啊！"

悟奇淡淡地问道："照你的口气，你是已晓得凶人是谁了？不妨说给我听。"

伊仍低声道："当着他们的面，我究竟不敢说。触了伊的怒，也许和我宝官一样再遭伊的毒手。所以赶了来，悄悄地对你说一声，便可作为是你侦查出来的，使伊怨不得谁也无从抵赖。说来真令人惊诧，我想害死宝官的凶手必然正是他的嫡母。因为有了宝官，所有的财产自然不能由伊亲生的儿子独有，必须两下均分。宝官死了，将来伊儿子就可独得了。”

悟奇仍以冷静的神态问道：“这不过是你的推想，不知可有证据没有？”

伊很兴奋地道：“怎么没有？伊若不存着歹心，去年为何定把宝官领到伊身旁？伊所以如此，自然为着宝官既在伊身旁，便随时都可以下手。当时我原不放心宝官去，无如孟和也附和着伊，叫我怎能抵抗得了？是呀，伊若是刚把宝官领去就下毒手，自然引起人的疑心。所以便忍耐着迟到今日动手，用心真是阴险而周到啊！宋先生你瞧：宝官死得多么可怜！求你总得替他报仇。”说着又哭了。

悟奇略一沉吟，便对伊道：“我知道了。你可安心等着，我自然有道理。”

说完也不等伊再开口，便再继续前行，一壁留心瞧着地面。这荒厂的地面上都是碎砖碎瓦和那些野草，杂乱无章高低不等。但悟奇眼光敏锐，一经便接连好几次瞧见，在那砖瓦上或是夹缝中，染有点点的血渍。悟奇晓得必是移尸到荒场上时滴落下的，便顺着这错落的血渍一路走过去，一直走到了大路上。这大路很平坦，是用沙土铺成的。悟奇又在靠近荒场这一面的路沿上瞧见许多血渍，只因沙土松浮，血已被吸收，只有一些残渍，倘非细瞧，不容易瞧出。除掉这一层血渍外，附近路面上却瞧不出再有一些血渍。但是，在这处血渍旁边松浮的沙土上，却有一个长方形的被压的凹痕很是鲜明。虽夹杂在许多车辙和足迹当中，却很显然可辨，而且完好无损，可知历时必不很久。悟奇因这凹痕来得可疑，便掏出皮袋尺把长阔度一一量了，再把尺寸记在记事簿上，接着循着大路再向南走去。走不多远，见路右有一支道。这支道虽也通到热闹街市，只因道路既狭又是泥泞凹凸不平，下雨时更是泥泞万状，左右又都是田亩，所以平日很难得有人经过。悟奇走到这支道口，随意立定了朝支道上观望。一低头，却瞧见了一桩很可注意的事情。原来，这泥地上留有两道车辙。瞧那两下的距离，分明正是黄包车。这车辙到这支道口便截然而止，并未转弯折上大路。悟奇不由得暗念道：“奇了，瞧这车辙的深浅，分明车上坐着乘客。那乘客无论从哪里到来，走大路未必比走这支道远，他为何舍去坦平的大路不走而走这颠簸不平的支道呢？这支道口并非停车所在，又没有人家或店铺，他又为何到了这里便停车呢？想来当中定有意味可寻。莫非宝官被人害死后，尸身装在一个长方形的物件中，那凶手乘坐黄包车载来抛弃？贼人心虚，恐怕大路上行人众多，被人察破，特地走这支道。及至到了这支道口，他便命停车，自家扛着那物件折上大路前行，所以避开车夫的耳目。于是，他一直走了一段路才把扛着的物件放到地上，那地上便留下那长方形的凹痕。然后，他再取出尸身走上那荒场，把尸身抛下，尸身只是敞露着，自该有那许多点点的血渍了。”这番推论原很有理由，不过却有一个疑问：“那长方形的东西如今却在哪里？既然用以装尸，谅必不是优美之物，没有复行搬回之理，如今怎会不见呢？再则，他尽可任那尸身藏在那东西里一同抛下，为何定要取出尸身抛弃呢？”

悟奇又默想了一会，胸中已有了相当的计划。瞧了手表才是三点多钟，实行这计划还不为迟，便连忙回到尸身所在地，不说明所以，只向孟和夫妇告别一声，大踏步走到停车的地点，跨上汽车，吩咐开回家里。

孟和还想和他讲话，但他的汽车已经风驰电掣地去了。悟奇的书记张窥微见悟奇回来时面有得色，料知他侦查宝官失踪的事必已有所发现，忙向他问侦查的经过情形。悟奇把宝官已经惨死，被弃尸在振华布厂后面，以及他在那大路上和支道口的侦查所得和他的种种推测讲述一遍，又说明他现已决断，亟待实施的办法。

再道：“我一人不能照应两处，不得不请你帮个忙。我知道当地只有两家黄包车公司：一家叫做飞龙，一家叫做朋星。我并知道日班的黄包车夫都是下午六点钟交班，交班时都得把黄包车拖回到公司里去。因此，我要请你前往朋星公司，等那些黄包车夫回去交班时，你可逐一的向他们询问。既然悬出重赏，那个车夫肯定承认。你问明白后，务必留住那车夫一会儿，而打电话到飞龙公司通知我好立刻赶到，再实行第二步的计划。万一问不明白，你就回来好了。”

窥微一一的答应了。悟奇瞧瞧时钟，已是五点半，不敢怠慢，便和窥微一同出门，分道而往。且说悟奇坐着汽车，去往飞龙公司。这公司的账房本认识他，见他忽的来了，知道必是探案，忙上前招呼。悟奇略和他闲谈半晌，那些黄包车夫已陆续的前来交班、缴付租金。

悟奇站在账房门外，等他们缴了车租后便拦住他们问道：“你们今天拉车时可曾拉过一个人：提带着一件长方形的木箱之类，从小路去到绿草滨大路口即便停下，那人扛着那木箱顺那大路步行过去。谁曾拉着的，快直说出来，我这里有十元的赏金立刻赏给他，且和他并无妨碍。倘敢隐匿不说，将来查出来时却定重办。”悟奇这样一连问了好几遍，那些车夫都很直爽地回说不曾拉着。悟奇不由得心中烦闷，暗想：“这里既然没有，谅必是在朋星公司了。万一那里也问不出来，那么那两道车辙定是私家包车或是野鸡包车留下的，那可就盘查较难了。”正想间，那账房高声喊道：“宋先生，朋星公司有人打电话给你！”

悟奇知道是窥微打来，他必已问出那个车夫来了，连忙走进账房到电话机前答话。据窥微说，那个车夫已经问出，留在公司里，叫悟奇快来。悟奇不敢怠慢，别了这账房，乘车前往朋星公司。到了那里，由窥微引到那个车夫前，悟奇再向他盘问，他回答的情形和悟奇预料的果然不差。不过，那乘车的男子所携带的并不是木箱，却是一只簇新的白皮箱。又说那只白皮箱放在车上很有分量，箱中必装着什么。悟奇听说，知道必无错误，那皮箱中所装的必然正是宝官的尸身。忙再问道：“那男子在什么地方唤你车子的？”

这车夫道：“这个我可记不清了。”

悟奇道：“不多一会工夫的事，怎么便会忘却？你想想看，想出来就另外再赏你五块钱。”

这车夫不肯直说，原是想敲竹杠，既已达到目的，自然便说了。他说：“那男子是在和平里口唤的。那时，他把那皮箱是扛在肩头上的。”

悟奇晓得和平里是条不通的弄堂，想来那男子正住在那里。便再问道：“你可瞧见他是从里内第几家门内走出的？”

这车夫道：“好像是第二家，或是第三家。”

悟奇又问那男子的身段容貌。

这车夫道：“他是中等身材，却很肥胖，身上穿着白洋纱衫裤。”

悟奇陡的想起宝官失踪前，他家后门外曾有一个男子往来徘徊，也是这般模样，想来正是一人罢！当下，悟奇和窥微押着这车夫一同乘汽车来到和平路口，停了车，叫车夫在车中等着，他们二人却缓缓地步行走进和平里，见里内都是东洋式的房屋，大门开了便可瞧见客堂里。这时天色将晚，气候仍热，家家都开着大门乘凉。悟奇一壁往里内走，一壁十分注意各户人家，对于第二、第三两家格外注意。见第二家的客堂里正有几个人在吃饭，第三家的客堂里却只有一个中年妇人独自坐着，虽未点灯，觉得黑暗，但悟奇敏锐的眼光一眼已瞧见在客堂里一张方桌的下面，端端正正放着一只白皮箱，这是何等可疑的事实啊！悟奇忙叫窥微兜到这家的后门外伏着，并须端整好手枪防有意外，他自己却从大门进内查勘。窥微应着去了。悟奇随即大踏步跨进大门，并随手把门推上。这妇人非常惊慌，正要叫喊，悟奇已把手枪对住伊，不许伊作声。并问伊道："这屋里还有何人？"

伊道："他们都出去了，我一个人。"

悟奇这才把心放下，高声喊了一个暗号，窥微是听惯的，便从后门入内，也把后门关上。

悟奇再问伊这皮箱从哪里来，伊说是伊丈夫带回来的。悟奇又命伊开了电灯，拖了这皮箱先量了长阔尺寸，和绿草滨大路上的凹痕大小正是相同。又打开箱盖瞧，看见里面照例有一层蓝布，夹里已被撕去，在这露出的糊裹的木板上很显明的有好多斑迹。

悟奇苦声说道："可怜这正是宝官的血迹啊！"又问伊撕下的蓝布藏在哪里，伊回说并不曾撕，伊丈夫带回来时便是这样。悟奇不信，厉声追问。伊究竟是一个庸愚的妇人，怎经得起悟奇的哄吓诈骗？不多一会，伊已无话抵挡，直说出来，说是蓝布正是伊撕下的，藏在灶间里碗橱的下面。窥微便去查看，结果搜出一堆蓝布，已撕得七零八碎，凑在点灯光下，更瞧得出布上有许多血渍。悟奇知道正是装着宝官尸身的物件，已毫无疑义，便再向伊追问伊丈夫现在哪里，平日做什么生意。

伊见事已破露，哭丧着脸答道："我丈夫向在霞飞路汪公馆当差，此刻必在汪公馆里。"

悟奇又问明白伊丈夫名叫黄阿贵，是个身体肥胖的人。悟奇料知凶手已得，必无错误，只恐公然的去捉或至打草惊蛇，被他逃脱，略一沉吟，已得到一个主意，便对窥微说明，叫他去干。又说："我的面貌认识的人太多，前往必多不便。倘被他临时瞧破，必致误事，还是你去走一遭，我在这里守着那个黄包车夫，你先押他到这里来，他也是一个重要的证人啊！"窥微答应了，一一照办。窥微到了汪公馆后，下车走进大门，见门房里坐着好几个人，都是当差的模样。窥微一本正经地问："这里有个名叫黄阿贵的吗？"

其中一个胖人首先应道："你寻他做甚？"

窥微道："我是济群医院的执事。因为院里刚才收到一个被汽车撞伤的妇人，据伊说，伊是住在和平路和平里第三号，又说伊丈夫黄阿贵是在这里当差。伊的伤势幸而不重，经医生包扎后已送回家去，伊再三央托我们到这里来给黄阿贵送个信，叫他立刻回去。"

这胖人越听脸色越白，等窥微说完，他嘎声道："我便是黄阿贵！伊怎会被汽车撞伤的？"窥微道："这个我也不是很清楚，你回到家里自会明白。家里没人照应伊，你还是快些回去。我是乘汽车来的，可以顺便送你回去，免得耽搁。”

黄阿贵丧魂失魄似的连声道：“好！”立刻起身和窥微同行。不消多会，汽车已停在和平里口。黄阿贵一跳下车，飞步走进里内。窥微紧紧随着黄阿贵踏进了家门，窥微也已走进，一壁反手关门，一壁喝道：“他便是黄阿贵！”

悟奇迅速得和闪电一般，转眼已握住了黄阿贵的两手，再命窥微把预备下的绳子捆好他的两手。黄阿贵瞧着这开着箱盖撕去夹里的白皮箱和这个依稀认识的黄包车夫，心下已知不妙。但还勉强喝问道：“这是怎么一回事？你们莫非是强盗吗？”

悟奇冷笑道：“什么事须得问你啊，你是干的好事啊！从灶间里劫走了汪孟和的儿子宝官，又把他割断静脉害死，抛尸在绿草浜振华布厂后面的荒场上，如今还想抵赖吗？我想那是万万不行的了！这白皮箱是一个物证，这黄包车夫是一个人证。而况你妻子已承认了，我劝你也直说了罢，敢作敢当那才是个汉子！”

黄阿贵一声不响低头站着，一会才恨恨地道：“谁叫我贪图小便宜的？倘连这皮箱弃去，如今也没有证据了，我尽可不承认。偏偏我不舍得这只新皮箱，抛弃尸身携带回来，却成了一个犯罪的铁证，叫我怎样抵赖过去？”

悟奇道：“你既知道如此，便不必再抵赖了。我想，你所以下这毒手，必也非本心，定另有主使之人。你倘直说出来，我们当能念你是被动者，设法成全你。否则杀人偿命，律有专条的。”

黄阿贵望了悟奇一眼道：“我本认识你的容貌。不过，今天才佩服你的本领。你的话果然不错，我委实是受了我主人的驱使，贪图他二百元的酬费，便干下了这杀人大罪，我真太糊涂了！”

悟奇问道：“我知道你主人姓汪，他名叫什么？”

黄阿贵道：“他名叫仲和！”

悟奇一听这话，心中陡的一动，忙接口道：“他哥哥不是叫孟和吗？他再有一个弟弟，如今正患重病，对吗？”

黄阿贵道：“你已完全知道了。我纵要骗你，又哪能骗的了？是的，他哥哥名叫孟和，那害病的弟弟名叫叔和，他们原是兄弟三人。叔和病得很厉害，大概早晚就将死了。”

悟奇道：“正因为他死期已近，便引出这件惨事来。我想，你主人仲和只有一个儿子，叔和却是无后，对吧？”

黄阿贵道："谁说不对？我主人见叔和将死，非常艳羡他那笔丰厚的遗产。只是，他只有一个儿子，孟和却有两个儿子。叔和死后，自然由孟和的次子承继他，因要夺得那遗产，便定下这个毒计，叫我设法把孟和的次子宝官劫来，再把他害死，于是孟和也只有一个儿子。论理长房长子不能兼承，自然由他的儿子承继，叔和的遗产便可到他的手里了。我把宝官劫来后，便藏在这里，斟酌处死他的方法。昨晚，我主人对我说，叫我用把快刀割断他手腕的静脉，又叫我买只皮箱装他的尸身，抛往荒地去。我主人又说，彼此到底是叔侄，不忍心宝官的尸身被野兽吃掉，叫我拿张纸写上他的姓名地址，那么有人发现了尸身，自然按照着去通知孟和，好让他们前来收尸。我们以为做得很周密了，谁知偏巧碰在你的手里，自然是万难幸免的了!"

悟奇点头道："你说的是实话，我相信!"又对窥微道："你可把这干人犯一齐先押往警署去，我去通知孟和，让他早些明白真相，好再赶去捉拿那个谋毙亲侄、侵夺遗产的恶贼——仲和!"窥微称好，当即分头前往去了……

原载《紫罗兰》，1927年8月第二卷第十五号

南方雁

柳村任

第一章　亚尔培路的窃案

这时似乎已到深夜，那亚尔培路本来是一个极僻静的地方，一到晚上几乎连一只狗都看不到。在这路口的左边电灯柱上，装着一双五十支烛光的路灯。这一段路的过客，仗着这灯所发出的惨淡的光亮，才能看见路上的一切。离开路口约摸三四十码光景的广场里，有一座新式三层的高楼。这时屋内也非常的寂静，并没有一丝灯光，似乎里面所有的人都已经安睡了。否则，这般大的一座房屋，绝不会静默到如此地步的。

但实际上并不如此：在这楼下层的右首是一间很大的客厅，这时接着那路灯的照射，很看得见那室中一切的陈设，都非常华丽。窗上用了白色的细纱蒙幕着，所有一切器物，也很名贵。凡是稍懂得些古物的人总能知道，那墙上挂着的戚化元山水、王右军行草真迹，都不是金钱所能容易换到的东西。还有那茶椅上的宣炉，和案上的一对康熙花瓶，玻璃窗中一块块的秦汉古钱古镜，以至于墙上那一幅幅其他的字画，都堪称罕见的珍品。这些都是大古玩家徐高生费了半生的精力收罗成功的。除了那些字画古物之外，这屋里的一切桌椅以及其他种种的陈设，也都是些难得的贵物。

这时里面静悄悄的，如果不是壁上还挂着那座乾隆年代进贡的大壁钟不时发出一种微笑的滴滴声而外，恐怕连一只针掉落地下，都能听得见呢！这时屋外忽有一阵汪汪的犬吠声，同时听得门外有汽车行过，喇叭呜呜作响，树叶被风刮着，也沙沙地呻吟。一会儿那时钟已经到了一个定点，噹噹……的一共打了十二响。在这钟声刚停止的当儿，本书所写的第一幕怪剧开始了。

屋外的草地上，突然有一阵脚步声，分明有人在屋外走动。这声音由远而近，一直到了最西首的法国式长窗之下，便现出一个人影来。这影儿慢慢地前进，走到那客厅外面尽头，然后才绕道进来，到了门外。他先开了屋门，然后再轻轻地关上。借着那远远的路上所发出的微光，照见进来的这人，蹑手蹑脚地走到那壁上电灯按钮之前，把手加在那钮上，啪的一声，这屋内便成雪亮。

从强烈的灯光上，可以看见这人矮小的身材。但他是蒙着很厚的面幕的，所以他是男是女，我们却很难分辨得出。他的衣服是一件深黑绒的大长袍，从头颈一直到了脚背，两手和两足几乎被遮没。他把电灯开亮之后，便一直走向那雕花红木长桌的旁面，把墙上那幅恽南田的小幅花卉卷起，便露出两个很小的螺旋钉。他从衣袋里取出一把小锁，先把左边的一个小钉旋起，同时又把右边的螺旋钉也照做之后，再把两口钉掉换插在原处。这时顿然听得一声响，那长桌后面的墙壁，已变成很大的一个洞。那缺口做得非常齐整。

他看了之后，不禁点了点头，似乎在那里惊叹南方雁手段的高妙。他毫不迟疑地轻轻在嘴边吹了一声，洞里立刻跳出一个人来。身材和衣饰都和先进来的这人一样，脸上也蒙着一层深黑色的面幕。这时两人低语了一会，后进来的那人，仍走去了，不多一会，便带了二十多个人进来。

说也奇怪！这二十多个人也和前两人一样，也都是一身黑绒的长衣，面上也蒙着厚幕。最后进来的一个，看去似乎是首领，他的胸前还钉着一个红色的宝石，发出一股璀璨的红芒，耀目得很。但是我们如果仔细看去，他们每人的胸前都有一颗红星的，不过样式和光色都很微小，没有最后进来的那人的巨大和炫耀罢了。

那首领模样的人，发出一种低微的语声道："我们现在赶快一件件的搬运吧!"

他这话发出之后，那些人竟奉命惟谨地先把墙上一幅幅的画，一个个取下卷好，从那地道搬到屋外去。一会儿，那些大件的字画都已运完，接着便轮到那桌上许许多多零件的古物。什么大花瓶呀，古铜炉呀，古鼎古钱呀，汉玉呀，都一件件的搬得一干二净。只剩下几幅小字画，那背后藏有机关的恽南田的小幅花卉，也是其中之一。每个人的身上，大小口袋，都塞得满满的，但他们仍不甘心，又把一幅王石谷的山水短轴撕下，抛在地下。然后又故布疑阵，把许多块法国式长窗的玻璃打得粉碎，窗键也被他们弄坏了。窗外草地上，又印上许多足迹，印得很深。一切都停当了以后，他们才一个个鱼贯而出。仍由最先进来那人把洞口关闭，弄得和先前没开门时候一样，一些痕迹也看不出，然后他才偷偷地熄了电灯，一溜烟出了屋外。这时大门外又起了一阵汽车呜呜的响声，那一帮人渐渐地远去了。

第二章　故布疑阵

警察厅侦探长徐福独自坐在他的办公室的长椅上，闭目养神。忽的那座位上电话的铃声，铃铃地响个不住。

他懒洋洋地立了起来，接话道："谁呀？……是的！这里正是警察厅……"

接着又现出一种惊讶的语声道："是吗？……失掉了那……那古画还有……是！是！我就来！"

他说完之后，立刻披起大衣，嘴里恨恨地自言自语道："这可恶的南方雁又要作怪了！我早晚有捉住他的时候，那时教他知道我的厉害……"这个当儿，忽的走进来一个警察，送过一封信来，却是本埠寄的，只写了内详二字。拆开一看，那信道：

> 探长！听说你已应徐高生之请，来探查我的案件了，好，好！我等候着你啦！——南方雁

他读完之后，不禁大怒。怒得额上的青筋一条条的暴露起来，立刻把那送信来的警察拉住，问道："李顺！这封信是谁送来的。你怎放那人……"

李顺很觉奇怪地答道："这不是邮差送来的吗？前二天探长不是说命我一有信便立刻……"

徐福这才明白。刚才实是自己气晕了。便把那信封上的邮戳一看，是十二的日子，二十八支局。心想今天已是十三日，怪不得那南方雁的消息怎的这样灵通，先已知道徐高生要来向警厅求救的，原来是他预先写好的呢！他

想到这里，不觉哑然失笑；同时又觉得南方雁这人真不是好惹的。便立刻叫李顺走出去。他又想那二十八分局，自己记得是在杨树浦一边的，莫非南方雁的总机关部就在杨树浦吗？怎么探听了许久总没有一些消息呢？但知道南方雁绝不会这样傻的，有意诱他走入歧路罢了。他应立刻决定赶快到亚尔培路徐家去侦察一番。

当他到了徐家之后，那主人徐高生已等候得很不耐烦。这徐宅大厦在沪西一带早已是出名的。徐福虽是耳闻其名，到现在才得一见。觉得建筑得果然伟大，全宅四面都有一层短垣围绕着，由正门远去是一片广场，碧草如茵，非常可爱。迎面便是新式的三层洋楼，式样既新，装潢也异常精美。

他看了之后，不觉点头自语道："果然是一个有美术思想的人，才能装潢得这样好看。"

这大古玩商徐高生，年纪已有五六十岁，唇上留了一些微髭，眼上已加戴了一副大边的眼镜，身上只穿了一件蓝绸的长袍。这长袍已很破旧，如果告诉任何人说这件长袍是一个很富有的古玩商穿的，那一定不能得到很多人的相信。

他的态度非常和蔼可亲，这时和徐福会面之后，立刻欢声道："探长！我知道你在侦探界里已有多年的历史了！这案子虽很难解，但经你查勘之后，大概不久便能水落石出的！"

徐福囔囔了几句，脸上出现一种不自然的微笑来。这微笑是他最烦苦时的一种表示。

徐高生把他带到那失窃的客厅，指着四面墙壁道："这些地方本来都挂着许多幅名画的，现在统统失去了。还有，你看！地下那半幅，也是很名贵的山水画，他们没工夫拿走，就撕破了。现在只剩了几幅小张的字画，依旧挂在那边墙上。我二十年来费了许多心血收罗的东西，如今被那贼完全拿去了，只剩下这几幅不值钱的东西……"

徐福忙安慰他，问他道："这案子是什么时候发生的呢？"

徐高生道："昨夜我们都已安睡，所以确实的时间不能知道。不过奴仆江妈说，伊昨夜正在睡得很浓的时候，突然被一阵汽车的喇叭声惊醒，伊觉得非常奇怪，因为在这僻静的路上，晚上很难得有汽车走过的。那时伊看见桌上的小钟正指着十二点。"

徐福道："这声音还有什么人听见吗？"

徐高生道："没有。后来伊又睡了过去，蒙眬间又听得一阵汽车声，很像那汽车就停在附近似的。所以伊很疑虑。今晨我发现失窃之后，立刻盘问他们，伊才说出来。”

徐福点了点头又道：“此外别人还有什么话吗？”

老者摇了摇头道：“他们都睡得很熟，这事一些儿也没有知道。所以我问了半天，竟毫无头绪。”

徐福道：“那么贼人可有什么痕迹，被你发现吗？”

老者点头道：“他们一定是爬过墙头，由窗外偷进来的。你不见那长窗的几块玻璃都被打得粉碎吗？”

徐福忙走了过去，仔细地查看。见那法国式的长窗，有两扇的玻璃已被打碎，窗键也被弄坏。立刻点了点头。低头暗忖了一会儿，又跳到窗外的草地上，细细寻着。那上边竟印了许多很深的足印，非常清晰。

他忙量了量尺寸，然后自言自语道：“南方雁！你竟敢留下这许多的痕迹吗？那你真太疏忽了！”

老者在屋里看见他指手画脚地自言自语，不禁有些好笑起来。忙问道：“徐探长！可是有了什么重要的发现吗？”

徐福立刻应道：“正是呀！你看这里许多足印，分明是身上背了重物搬出时所印的足迹。那窗外的石栏已被毁坏，窗键也弄坏了。昨夜那阵汽车声，定是南方雁和他的党羽乘了来的。但此外你还有什么发现么？”

徐高生道：“还有一件东西。”说着立即回身去取。徐福也依旧跨进屋来。但见老人手里拿着一张名片。

徐福高声道：“什么？南方雁的名片么？”

老者应道：“是的。”

徐福结果一看，见是一张白纸，上面只印了三个大字：南方雁。心想他从前做的案子，所留的名片也是这样的。这案正是南方雁做的无疑了！他又翻到背后一看，不禁大为愤怒。那上面有小行的铅笔草书，写道：

大侦探家！你不必如此费心侦查我了！——南方雁

他立刻回转身来咆哮道：“这名片是昨夜南方雁遗下的吗？怎么这后……”

“正是他昨夜所遗留，用一块碎玻璃压在窗栏上的。至于那后面的字，我也不知道是什么缘故。”

徐福听了，知道又是南方雁逆料他一定要被请来侦查的，所以预先留下这个嘲笑的玩意儿。不禁忿忿地举起右手，向空击了一下，恨声道："现在任你胡闹吧！你总有一天被我擒获的。"

当天的午报，有下列的一段记载：

一著名巨盗绰号东方亚森·罗苹南方雁，昨夜率领党羽多人，破窗窃入亚尔培路三一五号大古玩商徐高生君私宅，将徐君半生心血所积之珍品多件，悉数盗去。事后在园外窗下查得足印甚多，窗上大玻璃亦被击碎数块，刻该案正由警厅侦探长徐福君侦查。闻已获得某种重要线索，不日定能破案云。

第三章　鹤顶红

徐高生从写字楼的抽屉里取出一封信，递给侦探长徐福，频声道："南方雁那厮偷了许多古物还不算，现在又要来盗取我那唯一心爱的鹤顶红宝石了！你看，这是他来的信。"

徐福接过来，见那信封上的笔迹，正和那天南方雁写给自己的信的笔迹一样，知是一个人所写的。再把信纸抽出一看，见那上面写着：

高生先生：多谢你上次许多的厚赐。不过我听说你家里还藏着一粒著名的鹤顶红宝石，价值至少要在六万元以上，我想你一个人玩赏了许久时候，大概已经玩厌了。现在本城孤儿院里的经费异常缺乏。我想把你那粒鹤顶红捐了去，作为常年经费。我素来晓得你平时热心公益，这点小事情，断无不答应之理；我准于你接到这信的当夜，到你府上。请你早些预备，待我领取。——南方雁（四月十八晨）

徐福看完后，便问道："如今那鹤顶红想来还没有被盗吧？"

徐高生点头道："还没有！不过南方雁这人，是言出必行的。所以我一接到这信，便立刻打电话到厅里，请你来早些商量办法。不然，前几天失窃的许多古玩，便是一个前车之……"

徐福截断了他道："且慢！你那鹤顶红现在放在哪里？"

徐高生指着旁边一个大铁箱道："我那宝石本来是藏在这最新式的保险

箱里的。自从接到南方雁这封恐吓信之后，便把它取出藏在身边。现在还在这里。”说着，便从衣袋里取出一个紫绸的小裹，里面包着一个很精致的小锦盒，把盒打开，从盒里拿出一粒红色的宝石。红光四射，果然是一件难得的宝物。

徐福看了一会，点头赞道：“确是稀世的珍品。现在我想不如仍旧放在铁箱里，那箱是美国卡尔登名厂制造的，南方雁虽有本领，一时却很难毁坏。我今夜决定留守在这里，另外再由厅里加派几名干练的助手来，想已能应付过去了罢。”

徐高生听了，也不答话，只点了点头。便起身离室。那侦探长徐福也跟着走出这客厅来。

当天的晚上七八点钟的时候，徐福已经带了八名警察，一齐到徐高生的家里。见了主人之后，徐福便令他部下开始埋伏起来。两名警察守住大门，一名守住后园的小门，再有四名分布于客厅的屋外各处。徐福便同着余下的一名警察守在客厅里面。他们每人都有两把实弹的手枪，以便使用。那徐福更是抖擞精神的端坐在客厅的当中，手里执定手枪。那一个警察坐在他的旁边。试想这般严密的布置，那大盗南方雁有通天的本领，又怎样使得出呢？

那主人徐高生见他们布置已定，以为今晚大概无甚大碍。并且自己看着他们，不但无益，而且是冒着性命的危险。说不定南方雁见不能下手，把自己劫了去。因此，一个人回到书室里，独自躺着吸烟休息，这时忽然有一个男仆走进来说道：“主人！请到外面去接电话。”

徐高生很觉奇怪，心想这个时候怎么还会有人打电话来呢？忙到外面话机前去接听时，却是很熟的声音。心里不禁扑扑地乱跳。这时但听对方问道：“徐先生！你没有睡吗？我是警察厅的侦探长徐福……”

徐高生听到这里，不由诧异起来。高声喊道：“咦！真是怪事！你不是在我家里么？怎会……”

那边作惊愕声答道：“你说梦话吗？我几时到过你家来。”老者忙问道：“那么，我两点钟曾经打过电话给你，你可知道？”

徐福道：“谁会听见你打过电话来？我是刚看见今晚的晚报，说你又接到南方雁的恐吓信了！暗想怎么我这里竟丝毫没有消息呢？所以才赶快……”

徐高生听了，不禁大吃一惊。低声道：“啊呀！不好了！那神出鬼没的南方雁竟敢乔装了你的模样，带了八名党羽，冒充警察，现在我那客厅里呢！你想这便如何是好？”

那边停了一会，回道：“他们现在可还在那里吗？”

老者咳了一声，低声道：“正是。我现在还听见一个人在客厅里走动的声音呢。”

徐福道：“不要紧！我现正在附近的分署里。立刻带三十名部下来包围着你的住宅，那南方雁无论怎样，决不会逃脱了。你那鹤顶红，包你无恙，你且不要忧虑。”

徐福把电话打完之后，立刻同了那古拔路警署的署长吴煌，带了三十名武装警察，坐了两部大汽车，一直奔向亚尔培路徐宅而来。在路中徐福略把这事的大概情形向他们讲了一遍，大家听了不住的咋舌。约摸三四分钟的光景，那汽车已到了徐宅门口，便立刻停车。

徐福一眼看见两个穿着同自己带来的警察一样的服色的人，腰间悬挂了两杆短枪，神气十足的站在那里。心里不禁大怒。暗想这两个狗才死到临头却还不知呢，便立刻带了两名警察上前，左右两手各拿了一支新式的黑钢手枪，纵身一跳，已到了那二人的面前，喝声举手！那两个南方雁的党徒一时来不及拔枪，却又见后面一群人汹涌而来，知道抵抗不住，便举起手来。徐福一面把枪管封准了二人，一面指挥那两个部下把二人的短枪取下，又上了手铐，押到那乘来的汽车里。他自己带了十名警察，一拥而入。那前面大门和其他墙外各处，这时已由署长吴煌等分领旁的警察四下埋伏起来。刚到了后园的墙外，忽见后园门外又有一个南方雁的党徒在，不禁大喜，便立刻上前捉住。

徐福等人刚走进了大门，主人徐高生正偷偷地由里面出来。见了徐福忙低声道：“探长！你来得巧极了！他们仍在那里呢。”

徐福一听不觉大喜，暗想南方雁，你这回一定要被我捉住了。立刻和那一队部下一直进到里面去。这时他忽然发觉一件奇事，原来守在客厅四面的南方雁和四名冒充警察的党徒，竟一名也不知去向。

这时他不便细忖，便推门而入。谁知推了半天，竟一点儿也推不开。从锁窦里望进去，也一点儿看不见。他知道里面一定锁着，并且还用了什么重物堆积住了。便又从窗上着想，讵料那一扇扇的长窗，都已键得紧紧的，窗幕也完全下着，似乎早有了准备。

这一下几乎闹得那探长徐福一点办法也没有，便又向徐宅借了一柄斧头，拼命的凿门。把那门弄得砰砰响动，那屋宇和板壁也被震得异常之响。

费了十几分钟的工夫，才把门打成一个破洞，见南方雁早已把屋内一切所有的东西，桌子、椅子、箱柜和种种用具，都堆在门口和窗上。又费了半天工夫，才把门内的一切障碍物除掉。可是哪里还有南方雁的踪迹呢？但这时门窗完全堵塞着，南方雁又没有什么神仙的本领，难道飞到天上去不成？

但那挺大的铁箱已被一种强烈的炸药粉炸开了！里面的许多贵重的物件，如徐高生的银行存折、图章、支票簿，以及一切房产契约和许多重要的文件，许多大小盒子装着的金银首饰和珍珠钻石等饰物，完全不见了。

不用说，那粒鹤顶红宝石，也是这许多失物里最重要之一呢。

但是，还好！那保险箱里的东西虽已完全失去，别的贵重木器和那墙上几幅零星的字画，仍未被盗。这也许是那南方雁时间匆促来不及吧。

侦探长徐福更是像中了电一样，呆立在那里。后来似乎感觉到自己又遭失败了，便垂下手来，嘴里不知不觉地长叹了一声。手中的枪几乎掉落地下。但他这时还有些微的希望，因为他还没有听得街外埋伏的警察们报告来的消息，是否知道了南方雁的踪迹。那时既没有一些枪声，要想那南方雁毫不费力的束手就缚，似乎是一件容易的事情呢。

忽然有一个警察过去禀道：“探长！据吴署长说，外面一点动静都没有，更绝不会有人爬墙出来。潘警长也在屋内四处搜查过了，除了这里的家人外，一个人影都没有。”

不过那吴署长请问：“被捕的三个南方雁的党徒，如何发落呢？”

他听了这话，顿时把他那已逝去的神经回转过来，觉得他在这黑暗中，仍有一线的光明，足以侦得南方雁的行动和巢窝的，那便是这三个党徒了。于是立刻应道：“暂时由那吴署长带回去，先拘起来，再慢慢地讯问吧！”

警察退去之后，他也要想出去。忽见徐高生已走进屋来，立时觉得非常惭愧：自己在这宅的四面早已布了很严密的罗网的，那南方雁即使能离开这客厅，又怎样逃过墙外街上许多人的耳目呢？而且又带了许多贼物，还有五名党徒，又怎能一并脱身呢？这真是不可思议极了！因此，他更不愿意说出些什么话来。这时徐高生安慰他道：“徐探长！我知道这不是你的过失，那南方雁实在太狡猾了！但我十分相信你将来一定能逮住他的。”

但是他虽如此说，心里却非常气恼。前一次的损失已经不在少数，这一次却又遭了这样大的损害，心里不禁把那南方雁恨极了！这时徐福已经离去，他便一个人回房安歇。依照他每晚的惯例，睡前一定要拿一本书来消遣的。他顺手在那桌子上一堆的书籍里取了那浮面的一本笔记小说，随手翻开一看，忽见一张小纸夹在里面，外面写了个“徐先生展”四个字。他大吃一惊 ，暗想这封信是谁送来的？忙展开一看，那封信上道：

高生先生：我乔装了侦探长徐福，不幸竟被你们窥破了！以致我一时不急措手，那门外的三名部下，竟被警察们捉去。但是你且不要快活，我将来总要救出他们的。那时总要给你点小苦头尝尝了。今晚我来的目的，本在那一只保险箱。至于那粒鹤顶红宝石，我早在今天白天你给我看的时候私自换掉了个赝品给你了！至于我怎能逃脱的问题，那实是最容易解释的，但决不是徐福那种蠢如鹿豕的侦探能知道的。我也只好留待将来再说出吧！

第四章　十二万元的代价

侦探长徐福走进办公室之后，便回身把门关上。倒身在写字台旁边的一张沙发椅上，闭着眼睛，一声不响。瞧他的神气，好像是经过了许多的疲劳工作，到现在觉得疲乏极了。他躺了好一会，才立起身来，从写字台上的烟盒里取出一支纸烟燃着火吸着。一面便把那放在桌上的晚报翻翻，慢慢的阅看。他看到本埠新闻里一则新闻，不由格外的注意。那则新闻道：

驰名全国之私家侦探梁培云及其助手蒋铁生二君，自应苏州警厅何思明厅长之请，已于昨日赴苏侦查南都路荣华工厂主人任春之惨杀案，详情业志昨日本报。现梁君已将该案凶手侦出，乃庖人吴二所为。闻梁君自破案后，不欲在苏多所勾留，已定于明日上午九时早车回沪。梁君热心公众安宁，殊可嘉也。

他看了之后，不禁微微地点了点头，暗想：培云和我从前曾经联手过多次，我们的交谊虽不能说莫逆，却还不错，这回这离奇的南方雁盗案，要不是他赴苏州的话，我早就要请他共同侦查。并且他和南方雁明里虽是初次交手，以前暗中也受过他不少的气。这回难得他回来，如果他应允参加，两雄相遇，必有一番恶斗，那最后之胜利，到底操诸谁手，却还不能预料呢！他想到这里，兀自呆呆地出神。正在这个当儿，忽的有一个警察推开门，送进一封信来。他拆开一看，只见上面写道：

东方亚森·罗苹南方雁敬致函于侦探长徐福足下：

吾党三人，顷被君逮去，而徐高生之古玩珍宝契约存折等数十件，约值十二万元之谱，亦在吾掌握中。今吾愿以此十二万元之代价，易回我党人三名。如同意时，可嘱徐高生于其宅大门外用白纸书一可字贴上去，并于今夜九时半带同我部下至沪西劳勃生路沙渡口空地上等候，则自有人前来接洽一切。但须约好不得暗算，各以双方之名誉为担保，毋谓我南方雁无术救回部属而行此策也！

徐福看完之后，皱了皱眉。私忖这事在警厅一方面原不可行，但因此可得回徐高生许多的失物，却也有利可图。至于那三名党徒，如果留在这里，将来经过审判之后，自然是明正典刑，对于厅里，一点没有好处。起初自己以为他们就擒之后，禁不起威吓，或许要泄露出南方雁的秘密，因而探得他的巢窝。谁知他们不管你利诱刑逼，除了自己认罪之外，半句话都不开口。自己一点利益都得不到。不如就此放回给那南方雁，那徐高生的许多珍品，失而复得，以无用易有用，不能不算自己一件大功劳，并且……他想到并且二字底下的话，不觉毫不犹豫的从帽架上取下软帽戴好，出门坐上黄包车，直向徐宅而去。

他已到了亚尔培路徐宅，不须通报，一直走进里面。恰巧这时徐高生正由里面出来，见他忽然登门见访，料知定有事故，便请他到自己书室里。

徐福先从衣袋里取出南方雁那封信，递给徐高生看。他看了之后，见自己的失物南方雁竟肯归还，不禁心中大喜，但嘴里不便明言，只含糊道："有这种事么？这事可是真的？"

徐福微笑道："这事自然是真的。难道我还要假造一封信欺骗你不成？"

徐高生连连点头道："是，是！我一时说错了！请你不要动气。我问你，你的意思怎样？"

徐福明知他的意思，已非常赞成这事。却有意打趣道："这事在你这方面，固然是有利，但警厅的名誉，可就丧失尽了！并且我们辛辛苦苦的捉住了几个南方雁的党徒，这种事情岂是容易的？现在却轻易地放掉了他们……"

徐高生见他言语之间，有些不肯通融的意思，不禁着急道：“探长！看我的面上，放了他们回去吧！你先前既有本领擒住他们，难道还怕他们漏网吗？失物得回原主，已算功成大半了，而且……而且……而且……”

他讲到这里，一时无话可讲，但依旧要“而且”“而且”的拖长下去，表示他还有余话未尽的样子。

徐福本来还要说上几句，这时见他已经急得面红耳赤，不愿再逼他，便应诺道：“好吧！我就答应你这个要求，今夜我们一齐到那约好的地点，一面交回犯人，一面领取你那失物便了。”

徐高生一听这话，大为快活，忙道：“既如此，我今夜七点钟先乘车到贵厅去，一齐动身好么?”

徐福点了点头，又道：“那么，你快些做个信号贴在门口，以便让南方雁等知道。”

徐高生连连答应。徐福便立刻告辞回到厅里来。

徐福一到厅里，立刻叫几名干练的侦探先到劳勃生路附近去候着，以便实行他心里另外预定的一条妙计。一面又叫预备四大辆汽车，一部是由他自己和两名部下坐的，一部是预备给那三名南方雁的党徒坐的，还有两部专门预备接受徐高生许多失物的。那徐高生本人却另有汽车，不在此例。计算已定，见天气已是近晚，便在厅里吃过晚饭，自己又装束一下，预备前往。

正巧，这个时候，徐高生也坐了汽车到厅里来。两下密谈了一会，准备前往。徐高生忽问道：“探长！可要再带几名警察保护着我们么？今夜的约会，似乎有些危险性呢!”

徐福点头道：“这不必你说，我已预备舒齐。那三名犯人由六名警察押守着。我的车里是我和两名助手，至于你的车里，却没有预备。现在你既有些恐慌，再派两名警察保护你就是了!”

徐高生忙道：“好极！好极！但你那两辆车可要警察守着吗?”

徐福道：“去的时候原是用不着的。不过回来也许带了许多东西，却不能不叫人押着。我也有预备了四名警察在那里。”

徐高生见他办得异常妥当，心里非常佩服。这当儿大家已预备停当，于是便一齐走到街上来。三名犯人已押在车里，徐福便和徐高生二人各上自己的车。五部汽车，一齐开驶，风驰电掣而去。

这时天色已晚，马路上已笼罩着一层夜色，街上的行人非常稀少。那车子所经过的几条马路，又都是些僻静的地方。所以车子驶行得非常迅速，不到半点光景已经到了那劳勃生路沙渡口。徐福见前面有一大片空场，知是南方雁约定的地方，立刻叫车子停住。

借着那暗淡微朦的月光，看见前面不远的地方，似乎有一部汽车正向这里慢慢地驶来。不一会，那汽车便已停住，从车里跳出一个穿着黑绒长衣戴了假面具的人，高声问道："前面几部汽车，可是徐福君的吗？"

徐福应声道："正是。"

那人忙跑了过来，低声道："我是南方雁的部下，请问我们那三个同志已同来了吗？"

徐福指着后面道："那第三部汽车里的便是。"

那人道："那么，快放出来。"

徐福忙叫那看守的警察替他们解了缚，放了过去。那人指挥着三个党人走进汽车里，接着道："徐先生的东西我们已完全送到他府上。只是你们今天来得未免太早些，若不是我们消息灵通，行动得快，你们先来了，不是要久等么？"说着，从衣袋里取出一张纸来道："这是徐高生先生的管家写下的收条。"

徐福接在手里，忙唤徐高生过来验看。高生见那条子果是自己家里的管家梁升写的，还有"徐怡恒堂"的盖章。知道那许多失物果已归还，便点头承认。

那人见状，立刻说道："两位徐先生！那收条既无错误，我们再会吧！"说时，立刻走回自己汽车里。不多时，那汽车边开行远去了。

这边徐福等人，也各自上车。徐福带了四部汽车回厅，徐高生径归私宅，分道而行。一会儿，徐高生已到了家里，见那管家梁升正指挥着家人陈设好一切的失物。果然一点没有损坏，不禁异常得意。便帮助他们布置，约摸费了两个多钟头，已是恢复原状。徐高生见时不早，便回房归寝。

第二天一早，他走到那客厅里来。谁知一见之下，不觉大吃一惊。一切归还的古物，什么山水字画、花瓶、古钱、宣炉、古镜，等等，又一一的不见了踪影！几扇长窗的玻璃已被打破，地下还留了许多碎屑。粉白的墙上，用黑笔写了八个大字：小小的报复！南方雁！

那黑迹尚未干尽！

第五章　挑战

私家侦探梁培云和他的同伴蒋铁生二人，正对坐在那京沪车中的一间车室里。培云正背向着窗，吸着雪茄，那白色的烟雾，一缕缕地向车顶上升，从那烟雾缭绕的当中，我们可以见到他紧蹙着的双眉，一双深黑的眼珠，也在发出一种炯炯的目光，似在竭力的构思。铁生另坐在车厢的一角，手里取了一张当天的日报，看着消遣。这时正在下雨，那窗外的微风，一阵阵地吹进来，把满间的烟雾，吹得四散。培云这时忽立了起来，拍了烟斗里剩下的灰烬，一壁把那烟斗放好在衣袋里。接着打了一个欠伸。

他道："铁生！这三天以前，真是乏味极了！但最近的几天，却又恰恰相反。"

铁生一时不知他这话的来由，不禁十分诧异地问道："培云！你说的什么？可是指苏州任家那桩凶案而言吗？"

"这固是一种原因，其实任家这案虽很复杂，倘然细细推想，也不算十分棘手。不过这案本身的性质，却着实引起我不少的感慨呢！"

铁生一面把报纸放好，一面问道："你这话果然不错。但看你的语气，似乎这事原不算是一种主要的原因，那么，你可是又接到了什么委托的案件了吗？"

培云点头道："你这话一点不错。"说时，忽伸手从袋中摸出一张电报纸道："你且看看这个。"

铁生接过那电报，见上面道：

> 苏州警厅何转交梁培云兄：此间忽发生一重大盗案，接电后如无事可速来沪。徐

铁生看完之后，培云接着说道："这电报是昨夜何思明厅长派人送到任家来的。那时你正在熟睡，所以并不知道。那电上的具名虽只有一个'徐'字，但我却已知道定是那上海警厅侦探长徐福拍来的。我知道他这人非有重大的事情，决不会拍电报来的，况且我又——"

这时他脸色忽然一沉，警问道："铁生！你看，——这个东西，哪里

来的？”

铁生陡的一惊，一时莫名其妙。只得空向他望去，见他的手里，已多了一张名刺似的东西。那上面只有三个大字“南方雁”。

铁生看了，不禁惊喊了一声。培云这时早已目光四注，却连一个人影都没有看见。忙低声道：“这东西你不是看见了吗？刚才我所要说的也正是它，因为我前在上海的时候，报上曾一度记载过南方雁种种的消息，但最近却又杳无音讯。如此看来，徐福电报上所说的盗案，我想多半是他做的。”

“那么，他何以要来上这么一张名片呢？大约他恐怕你没有知道他的事，特地来报告吗？”

“唉！铁生！你怎的这样愚蠢。这不过是他一种挑战的举动罢了！他岂是怕我们的？”

他说话的时候，又把那名刺翻转了一遍，便夹在日记簿里。

铁生又道：“那么，他怎知道徐福打电报来呢？并且这名刺又怎能不使我们知道，私下递进来呢？”

培云缓声应道：“这我现在还不能知道。不过他既然如此，我们就不能不准备一下。以前我和他二人虽暗中角智过几次，但都不是明枪交战。这回他不知怎样探得徐福把他这件案子求救于我，便使用一些儿小技，暗递了这张名刺进来。一来使我有所恐惧，另一方面又可以显显他的手段。”

铁生道：“那么，你已决定要和他较量一下子吗？”

“那当然！他虽百般恐吓，我又岂是怕他的？那最后之胜利，我们真不妨竞争一下呢！”

铁生应道：“正是！那历年探案的声名，中国福尔摩斯的绰号，岂是轻易能得到的？怎能让他占上胜着。不过他既有这样大的胆量来挑战，你就不得不格外当心一下，以免受上他的暗算呢！”

培云不答，但把两手插在西装的裤袋里，在车厢中踱来踱去，态度很是沉静。过了一会，他又取出烟斗来，重新装好了芋叶，擦着火烧着。一面呼吸，一面闭目沉思。铁生见他在构思，不便打扰，从行箧中取出一本社会小说来披阅。只看了一会光景，猛然听见一阵呜呜的汽笛声，忙抬头望去，见已到了南翔，知道不久便可到那久别的上海。这时培云忽地坐下来，向他要那在苏州买的当天的日报，看了一遍，便抛在桌边。一会儿忽向车窗外望去，似在欣赏那两旁农村的野景。

铁生见他没有什么事，便问道：“徐福来的电报，你可已有回电给他吗?”

培云点头道:“今早你正在整理行箧的时候,我已拟就了电稿,叫人拍去。”

“那么,你想在我们到上海时,徐福会来接我们么?”

“如果那回电他已经收到的话,他总会来接我们的。”

铁生听了,便不再发问。

约摸过了十五分钟,那车已到了上海北站。他们俩忙整好衣帽,提着行囊,准备下车。

他们的行李非常简单:只有一个大衣箱,放着两个人随身用的衣服等物。此外还有一个小皮箧,装着些侦探时应用的器具。

火车一停,他们便缓缓地走下车来。刚出站门外,见一个穿着警官制服的人,飞跑过来,喊道:“梁兄!蒋兄!你们果是搭这一班车来的,我已经等候了半点钟了!”

二人一见那人,正是徐福,忙点头笑应。徐福一面同着他们步行,一面问道:“前面我已备了汽车等候,只是两位先回寓里去休息一会?还是直到案发地亚尔培路徐家去?”

培云道:“休息,我们现在还不大需要。只是我们的行李,除了那小箧外,最好就请蒋兄先带回寓里。至于我和徐福兄现在不如就到徐家一趟罢!”

铁生和徐福二人,连连点头,培云又问道:“这惊人的盗案,可是那南方雁干的么?”

徐福惊问道:“正是!但你怎会知道的,莫非那苏地报纸早有记载了吗?”

“不是。但汽车已在面前,我们且上去再谈吧!”

第六章　查勘

他们上车之后,徐福便把徐家盗案的详细情形,从第一次失窃起,直到一天前发现的第三次失窃止,一一讲给培云听。并把他自己侦查时所得,也一并告知培云。他说这第三次发生的窃案的情形,和第一次的情形是差不多的。他并坚决地表示说那帮贼人一定是爬过墙头,打破玻璃窗偷进去的,接着就急急搬运。所以不但那窗键已被弄坏,就是窗栏上也有很深的足印,也是贼人留下的。凡此种种，都和第一次发生的窃案的状况相同。

培云对于他的说话，除了静听而外，默不置答，更不发表什么意见。因为他觉得探案时最大的成就，还是实地的查勘。若仅在事前妄加猜测，结果不但不能得益，却只是虚耗时光罢了。

徐福又说到那主人徐高生的家庭状况。他说徐高生实在是本城的一个大富人，不幸妻子已于前年去世。膝下还有二子一女。长子名圣平，在南京文理研究院做教习，轻易不回家来的。次子名澄平，在上海市立初中教书。女儿静芬，才十五岁，也在市中求学。家里的佣人也不很多，只有管家梁升，还是徐高生从前在北京做官时使用的，到现在已七八年了。汽车夫钟德和厨子李阿兴，也用了很久了。此外还有女仆江妈和婢女青芸二人。

培云因问道："你向他们盘问过没有？他们说些什么？"

徐福摇头道："没有！没有！因为这贼人既是外来的，何必多此一举呢？你莫非疑心有什么内应吗？这可错了！那主人徐高生曾告诉我说他们都用了多年，绝无嫌疑的。何况又早知是那南方——"

培云接嘴道："我现在还不能说什么对于案情上主要的话，不过你的答语也太笼统了。试想那帮贼人虽是由外面进来的，但里面就不会有内线么？并且你只知道据那窗上的种种迹象来推断一切，怎知不是故意假造的，来引你走上歧路么？你又没有仔细察看那大门和短垣上的情况，又怎能断定他们是爬过墙头进来的呢？那南方雁的诡计多端，我们从前都已尝过他的厉——"

他还要继续说下去，但汽车已停住。原来早已到了那亚尔培路徐宅的大门旁。培云见徐福这时面上火辣辣的，非常不自在。不便再多发议论，便也跟他走进去。

他们进去不久，主人徐高生出来会面，大家谦逊了几句，便即谈到这桩案子上面来。培云因问道："徐先生！这次听说你失去的各种古玩，着实不在少数，我现在受你和徐兄的委托，来侦探这一件非常的盗案，我很希望你能把发案时一切情形，详细告诉给我听，我想对于侦查方面，一定有不少裨益的。"

徐高生连忙道："可以！可以！我想我应先从我家庭的状况讲起，再到那七月十二日的窃案，以至七天后（就是前天）的交换失物和当天夜里的再度失窃。不过徐探长也许早已讲过了，我现在重讲，未免有些累赘呢！"

培云道："这却不是的。刚才徐兄在车上只讲了一个大概，至于一切详细的事实，还须你老先生从头到尾的述说一下，以便使我格外的清楚一点。”

徐高生道：“好的！好的！我在四年前因为弃官的缘故，由旧都迁至上海来。一面经营些古玩的小买卖，顺便保存些高值的古玩。先室已于前年去世，至于我们家里几个人，或者梁先生早已知道的。

佣人方面，那管家梁升我在北京时用下的。车夫钟德和厨房李阿兴，都也用了几年光景。还有女仆江妈和婢女青芸二人，这也是先室在时用的，这些人都很忠实可靠，不像做什么歹事的。

七月十二日，那天我因有些应酬深夜才回来，当天我便没有到那放古玩的客厅去过，直到第二天早起，才发现种种失窃的情形，事后盘问大家，他们都一无所知……”

培云这时忽插嘴问道：“据徐兄说，似乎那女仆江妈曾听……”

徐高生道：“正是！正是！伊说过的。伊说伊当夜睡得很浓的时候，忽被一阵汽车声惊醒，不久便即驶去。那时伊知道是十二点钟。可是话虽如此，我们究竟不能作为南方雁来行窃的根据。并且这点似乎无关紧要，因为我们知道了以后，也不能捉捕到那厮的。”

培云默不作声，老者便继续道：“我立刻打电话到警署给徐兄，谁知徐兄接到那南方雁的恐吓信。”

徐福开口道：“是的。这事和我来查勘的种种情形，以致南方雁乔装我的面貌来骗取宝石，和我闻讯前来捕捉又被逃脱的事，梁兄早已知道了。现在就请你把那第二次失窃的事，重讲一遍吧！”

培云听了这话，点了点头。徐高生道：“我自从换回许多失物之后，不觉大为欣喜。当夜立刻布置停当，一一复了旧观。谁知当夜又被窃取。这事非常奇怪，我想梁先生总……”

培云忽止住他道：“且慢！那第二次失窃的夜里，你们可有什么声息听得？”

“没有。一些声息都没有。”

“那么，事后可有什么发现，足为探案时的助力吗？”

“多着啦！那窗下的玻璃屑和脚印，以及南方雁的留言，都和第一次有同样注意的价值，可是这许多证据对于我们又有什么益处呢？”

培云把背紧靠着椅背，力吸烟斗，那浓厚的白烟，一缕缕的从斗中冒出。他默忖了一会，随道：“现在我对于职务上，暂时还不需要再问什么话，就请徐兄引导到那客厅实地去察看一番吧。”

徐福忙点头答应，便立起来在前引导。培云和那老者徐高生都跟在后面。

那时客厅里的一切陈设，都没有弄好。什么半幅被撕的古画，和那窗下的许多玻璃碎屑和足印，毁坏了的窗键，白粉墙上的黑字，也依旧存在着。这都是徐高生遵照了徐福的吩咐，保留着待培云来察看的。

培云先大略瞧了一会，又把墙上的黑字看了一个仔细。从手提的小箱中，取了一只显微镜和短尺来。先把窗键看了一遍，又细看了一会石栏上剥损的痕迹，跳到窗外，俯着身子把下面的足印一一瞧看。那些足印因为是特别留存着的，所以还很清楚。他一一量过之后，顺着那许多足印一直走到那屋外草地中心，然后折回来。徐福见他脸上微露着些得意之色，正在默忖间，培云已走进屋来，微笑道："徐兄！你看那许多贼人可是破窗来的。"

徐福瞠目道："怎么？难道你对于这事还有些疑惑吗？那时大门既已关上，别处又没有什么出入的痕迹，那唯一的通道只有窗上。何况那里又留着这许多迹象，更属毫无疑义呢？何——"

培云缓缓地道："是呀！但你对于那许多迹象，可仔细察看过？"

"那自然看过的。你不是要我说那侦查时的经过吗？好！好！让我再说上一遍罢！那扇长窗的玻璃，已被贼人打碎，窗键也被铁器弄损，还有……"

"够了！你的话我完全知道，不必重说了！不过……我却有些疑惑——"

"疑惑什么？"

徐福说话的时候，脸色已和刚才略有不同，那一阵高兴的神气，和那挺胸凸肚的架子，也消减了。分明觉得培云这重叠的两句话，很有些注意的价值。

他接着又继续地发问道："还有什么可疑？"

培云道："我觉得是南方雁故布疑阵，你又中了他的计策，而走上歧途里去。"

徐福错愕了片刻，仍反驳道："什么话？难道你另有什么新的发现吗？"

培云依旧冷冷地道："在你一方面的确可以如此说的。我们知道无论什么人要是先从外面进来的话，拿出去时候的足迹，一定要比进来时印的深。我刚才在窗下见一个足印，是一进一出叠在一起的，那进来的一个反比出去时印的清晰，这是一个疑点。我又把许多足迹量过，二十多个足印中，只有三个不同的尺寸，这是第二个疑点。那扇长窗的玻璃已统被打碎，照理只要一伸手之劳便可把窗键拨开，是一点痕迹都看不出的。但这里的窗键却另被铁器毁掉，即露下一个破绽，这是第三个疑点。并且，还有——”

“还有什么呢?”

徐福红涨着脸，那一双圆瞪着的眼睛，不住地向培云望着，似在静候着他的答话。

培云却淡淡地回答道：“还有那石的窗栏也被剥损，这在理也是讲不通的。这几个疑点，都是使我觉得由窗口爬入的理想是不对的。而且要搬运许多东西，这小小的一个窗口，也绝对是不方便的。因此我很觉疑惑。”

徐高生见这驰名全国的大侦探家在片刻之间已把这案的疑云揭开了不少，不禁非常佩服。像徐福那种普通的侦探，自然不能望其项背了。

这时徐福忽然发问道：“梁兄！你的话固然不错，但那帮贼人到底是从哪里进来的呢?”

培云沉吟了一会答道：“这问题我现在还不能解决，不过自信已有把握，你且不必多问。最好先把这宅里一切的佣人们统统带来这里，让我一一问过，方可有些端倪。”

徐高生接口的：“梁先生以为这案有内线么?”

“如果我的理想不错的话，那恐怕是对的。但我却并无成见，且待问过后再说吧!”

第七章　南方雁的党徒

不到十分钟光景，徐福已把这宅里的仆人，一个个叫到客厅里来。他们不知道到底为了什么事情，人人都现着些惊惶之色，但又不敢多问，只好站在那里等候着。

培云见他们人已到齐，便当众报告道：“诸位！你们都知道主人这次被盗的损失非常之大，我是警署里请来缉贼的。现在我查勘之后，已略有头绪。我以为发案的那天（前天）上午，曾有两个工人模样的人，到过这里来。那两个人都是南方雁的党羽，派来先事布置的。不知你们众人中见过没有？希望你们据实回答我!”

培云刚讲完，一时大家都露出惊愕的神色，面面相觑，但却没有回答

“见过”。那探长徐福和主人徐高生更是非常诧异，再也猜想不出培云何所见而云然。

培云又继续发言道：“那两个人是一老一少，也许那老的更是少者的父亲。少者戴了一顶破旧龙须草帽，……”

这时忽然有人高声回答道：“先生！你莫非说那两个修电灯的工匠吗？”

大家一听这话，忙抬头看时，却是汽车夫钟德说的。培云忙问道：“你就叫钟德吗？你怎知那是两个修电灯匠？”

钟德慢吞吞地答道：“先生！不是你提起，我也忘记了。那天早上，主人由外面坐车回来，我正在大门口休息，忽见一老一少的工人，从里面出来。我见那少的一个提了一盒子凿刀铁钳之类，慢慢走着。头上戴的正是旧龙须草帽。”

培云轩眉道：“是吗？你可曾看得清楚？”

“那自然。那老者走起路来，左足有些微跛，这一点很引起我的注意。”

“你可疑心他是跛子吗？”

“是的。我当时的确曾这样的疑惑着。”

“你报告过主人吗？”

“没有！没有！我毫不疑心他们是南方雁的党徒，如果知道的话，怎会不立刻上前拉住他们呢？”

培云因返身向徐高生问道：“你们宅中前天可有什么地方电灯损坏吗？”

徐高生摇了摇头。又向立在他身后的老管家梁升低语问着。

培云见状，忙向梁升点头道：“梁管家！可有这回事吗？”

梁升道：“没有这回事。没有这回事。”

培云又道：“果然如此吗？那更是可以证明我的理想是不差了。现在且不要多说，哪一个是在七月十二日的夜里听见汽车声响的江妈？”

立时有一个身穿蓝布短衫的女佣答道：“是我。”

培云向伊注视了一下，答问道：“那天晚上你怎样听得那车声的？”

伊不即答话，却只是紧皱着双眉构想，似乎竭力追想当时的情形。一会儿才道：“侦探先生！那时是这样的。我和青芸二人睡在一个房间里，那天因为天气很热，我们在屋外乘凉！直到十一点多钟光景，才回到屋里。不久我便上床。可是翻来覆去，总不能入梦，这样约摸过了半个钟头光景，我精神越发觉得疲劳，便不知不觉的入睡，谁知正在这个时候，我忽听得街上有一阵汽车喇叭声，由远处疾驰而来，不一会便立刻停住。那地点却正在我卧室的墙外。

我正在诧异这里非常冷落，附近除了本宅以外，并无什么人家。何以那车竟会停住？谁知又有一阵汽车开动的响声，不久那车便已去远。”

“这阵车声只有你一人听见吗？”

“不知道。但据他们说都没有听得。”

“青芸呢？伊可曾听得？”

“伊当时睡得很熟，当然没有知道。”

“你知道那时是什么时间？”

“知道的。那时我偶然瞥见那桌上的小时钟，正指着十二点。”

“你的卧室在哪里？”

“在客厅后面侧门的一间屋里。离街很近的。”

“那墙外可是辣斐德路。”

“正是。辣斐德路。”

培云点点头，表示很满意的样子。便道：“好了！我现在暂时没有什么话要问，你们大家散去罢。”

他的话讲完，那一群仆役们便鱼贯地走了出去。

他立刻回身向徐福道：“探长！这案子越发有进展了。你们且在这里坐一会……且慢！徐老先生有事吗？”

徐高生道：“没有什么事。只是我在京时有一个同寅，昨天来了上海。我想坐汽车去拜会他一趟。”

“那么请便罢！但你要什么时候才能回来？”

“不用多少时候，至迟半个钟头。你可有什么事情？”

“没有！没有！你有事只管请便。”

老者点了点头，便走出屋外。

培云忙低声向徐福道：“探长！刚才那女仆的话你可听得吗？伊说时的态度很是诚恳，绝对会悫，绝不会说谎的。现在我想请你替我到这亚尔培路分署长吴煌那里查一查，七月十二夜里这亚尔培路口值夜的警察是谁，有没有见过什么运货的汽车行过？这一着很关紧要，请你快去才好。”

徐福连忙答应，又道："我探听完以后，还要亲自到这里来吗？"

"那却不必……随你便好了。或者打一个电话给我也可以。"

徐福点了点头，走到那帽架上取他的帽子，戴好之后，便出门而去。培云也跟着走了出来。

这时管家荣升正奔向客厅里来。培云见了他之后，忙点头招呼。随后即向他低语问着。

那侦探长徐福已大踏步地走出去了。

半点钟后，培云一个人独坐在那客厅的长椅上吸烟。那阵醇厚的雪茄气味，已由那小小的烟斗而散布到全屋，几乎全身陷在白色蒙蒙的大雾里。他一壁在吸烟，一壁留神着那墙上的时针。正在出神的时候，那房门已是"呀"的一声，推了开来。

先进来的一个，便是这宅的主人翁徐高生。跟着的还有警察署的侦探长徐福。

培云正待启齿，那徐福已先抢着说道："梁兄！我已见过那吴煌署长，他立刻查出那夜值岗的警察，便唤来介绍给我。我并和那警察谈过话。"

"他说些什么？"

"他当夜果然看见一架运货车，在十二点多光景，经过他的岗位，向北驶去的。"

"好！一点你的功劳很不少！我的理想已经有了相当的佐证了。"他又向徐高生点头道："哦！徐先生你已回来了吗？"

"正是。梁先生可有什么事要我做？"

"你那汽车可空闲着？"

"是的。我刚刚坐着由外边回来。那车现在当然没有出去。梁先生可是有什么用处吗？"

"是的。我和徐兄二人现在要借这车子出去一趟。"

"好的，好的。梁先生到哪里去？"

"亚尔培路警署。你现在且不要多问，只唤人预备便了。"

"好的。"徐高生一面点头，一面又走了出去。

徐福忙向培云问道："梁兄！你究竟为什么要到署里去？"

"停会自有分晓。那时你——"

“但你何妨先说一句？”

培云低声道：“去捕捉那南方雁的党徒！”

“什么？南方雁的党徒吗？但你为什么要到警署里去？你又怎——”

“现在且不要问。这连三连四的问句，叫我立时如何答得出来？”

徐福素来知道他的脾气，在案情没有根本解决之前，是不愿多告诉别人的。这一方面固然是他特别谨慎的地方，另一方面却也为着他自身的名誉着想。

培云忽又道：“徐兄！你在这里可有什么警察守着么？”

“有的。一共有八名之多。都是我怕南方雁那厮再来，预先伏着的。”

“那很好！你能否借两名给我，和我二人一齐到警署去？”

“当然可以。但你何以要多带着两名警察？”

培云微笑不答，便从桌上拿起了软帽，和另外一个新闻报纸，同着徐福一齐走出去。

五分钟后，诸事已预备停当。培云、徐福和两名警察，都已坐在车里。便一齐由徐高生的汽车夫钟德驶到亚尔培路警署里去。

不一会，已到了警署门口。钟德先跳了下来，开了车门，让培云等人走下。培云随把腋下一个新闻报纸包递给他。

钟德见状忙问道：“梁先生！还要到别处去吗？”

“我们没有什么事了，你可以开着空车回去。”

“好！好！”他说着便欲挟包上车。

“且慢！那女仆江妈你可知道吗？”

“知道的。你可是要……”

“喏！喏！伊就在那后边马路走着，快要走过来了。”

钟德刚回身看时，突的培云用力拍了他的肩一下，厉声道：“探长！他便是南方雁的党羽，你快些把他拘住！”

他这话一出，不由得使那车夫震了一震。徐福和警察们也非常诧异着，正待问时，培云忽又高声道：“你们快……快把他捉住！”

原来那时钟德的面色非常狰狞可怕。额上的青筋也一条条的暴露起来。他忽举手把培云递给他的报纸包，急掷了过来，却正中培云的右肩。这时当然不能再容他放肆，那两名警察便立刻把他捉住。然后一同带到警署里去。

第八章　最后一着

他们到了署里以后，把钟德拘押起来。署长吴煌和培云从前本有一面之交，这回相见之下，立刻请他说出怎能知道钟德是南方雁的党徒。

培云把手里的烟斗，深深地吸了几次，吐出一口浓烟来。随后笑道："这情节本来非常简单，可是局外人见了自会一时摸不着头脑。我本已料定当时必有内线的，所以故意假说有什么戴龙须草帽工人模样的来过。经这一着试验的结果，才知那内线就是汽车夫钟德。我暗中把他调动出去，又向那管家梁升问了钟德的卧所。果然在他那锁着的衣箱里，翻出这一包东西。"

说着，指着那桌上的一个新闻纸包道："便是这个。包里面有一件黑绒的长袍，并镶嵌着一颗小红星，这便是南方雁部下的暗号。我自得了这个要证，因恐被他发觉脱逃，便用先发制人的手段，把他带到这里来，然后再行拘捕。这一着毫不费力，自然不是他所能料到的。"

徐福和吴煌听了，不禁非常佩服培云的手段。正在谈话间，忽的外面走进一个人来，正是培云的助手蒋铁生。

三人见了，忙立起身来招呼，铁生也点头答应。正在这个时候，忽的外边又进来了两个短衫的汉子，一高一矮，头上各戴着一顶草帽，粗眉大眼，挺胸凸肚的，很像两名便衣侦探。

他们一见徐福，立刻作势招呼，同时又向室内的众人点头。徐福见了他们，正待发问，那矮的一个侦探的嘴更快，已先抢着发话。

他道："探长！这三天的工夫我们真不白费，原来我们已探得那南方雁的巢穴了。"

他这话使那在座的许多人，同样的起了惊喜和诧异，其中知道这事一些原因的，只有侦探长徐福一人。原来这两人和另外一个，便是他派出去的部下，在七月十九日的夜里，南方雁的部下在劳勃生路和警署交换同党的时候，另用了一架汽车尾随着南方雁部下的车子的。

这举动除了徐福在设计的当时，曾经想了一想之外，其他的人统统是不知道的。并且他自己对于这计划的能否成功，也并无什么把握。所以并没有告诉什么人。那么这事无论成败，不致丧失他自己的名誉了。

他立刻用几句简单的话把这事的前后，告诉给在座的各人。他接着又向那矮的一个问话道："李兴！你们怎样探听出来的？"

李兴那肥大的面孔，露着一种得意的微笑道："这消息实在不是侥幸得来的。我和王康二兄当夜跟踪着前面那架汽车，经过许多冷僻的马路，走到了那热闹的街市来。一直到了那上海商店中心的南京路。我们正在诧异着，谁知那车已停在那亚东旅馆门口，那人下车后，那车便又驶去。我和康兄忙尾随着那人进去，王兄却留在门外。他住的是五楼一零八号。我们便也在对门二三五号开了一个房间。他在旅客名单表上姓邬，但是否可靠，却不得而知。他到了房间以后……"

这时众人都在静听着，那培云忽然问道："李先生！你可向那旅馆的仆役们问过那人的状况吗？"

"问过的。据说是五天前由南京来的。腰间似很富有。所以给的小账等也特别的多。据那人自称是教书的，他们虽不大相信，却也不能确定他是干什么的。每天早出夜归，似很忙碌。

"当夜他曾打了许多次电话，然后才回房屋安睡。第三天下午，他算清房金离馆，我们尾随着他，一直到了那东区……"

他讲到这里，忽然改变了说话的语气，问道："你们知道他到了什么地方？"

这一着大家都没有知道，哪里回答得出，他不觉越发得意，正待继说下去，谁知又有立刻使他扫兴的话在后。

那培云忽低声道："李兄！你要我告诉你那南方雁巢穴的所在吗？那有何难？这点我早就知道了，只为……"

李兴忽沉着脸，用一种十分冷酷的语气反问道："你已知道了吗？在哪里？"

这时大家都对培云望着，脸上同样露着惊讶之色，他的助手铁生尤其担心着，深恐这突如其来的问题，他答复不出。

培云也用冷话回答道："不是在杨树浦吗？"

他的话刚刚说完，那大家的面色已由着李兴的神气的反应，渐渐地由惊讶而至于佩服。那侦探长徐福尤其奇怪，他分明没有料想到培云早已料到这案子最后的一个关键。

他道："梁兄！这事你如何得知？"

培云微笑道："徐兄！这便是你本人也应知道的呀！在七月十三日早上，你不是接到那南方雁由杨树浦来的一封信吗？刚才李兄一提东区，我不禁灵机一动，便联想到了这上头来了。"

徐福不觉暗暗佩服。那李兴也改变了面色，由那副冷酷的面孔而趋于和善。

他道："梁先生说得不错，那巢穴果在杨树浦昆明路底，是一所很大的楼房。我们三人中，推定王兄留在那里，二人因恐电话说得不明白，便立刻赶来报信。现在听你们处置这事吧！"

这时培云忽地立起来道："事不宜迟，我们赶紧预备去吧！"

徐福道："你已十分相信那里便是南方雁的巢穴了吗？"

"事情恐怕是这样的。这个机会不可失，我们赶快动车罢！"

四十分钟后，那私家侦探梁培云和他的助手蒋铁生及警厅探长徐福三人，已同在一架汽车里。那汽车一直由西向东的直驶去。徐福在车里向培云说道："梁兄！你以为此次可以捉住了那厮吗？"

培云摇了摇头道："这时如何能预料呢？但我想……但我想……"

这时汽车已经停住，原来已到了昆明路底。后面还有几架汽车，都已相继停住。

培云先把那些警察四处埋伏好，便和铁生、徐福及李兴等一齐到了李兴等先前开来的汽车的所在。那车依然停在那里，侦探王京等候在车里。大家谈了几句话，培云等立即告别，一齐冲进那屋里去。

他们一直上了二楼，却不见一个人影。正在诧讶间，忽听得一阵呻吟之声。忙顺着走到里面，见那里一张椅上，缚着一个人。

那人身上穿着白绸短衣，嘴里塞了一些布条，面色非常难看。唇间留了一些微须。大家都不认得他是谁，忙解缚看时，那人忽大声道："那南方雁……那南方雁……你们不是放掉了吗？"

大家一听这声音，吃惊不小，那李兴尤其诧异，大惊道："这不是王京兄吗？他又没上来，怎么缚在这里？"说话之间，培云忽用手把王京的假须一拉，都落了下来。果是侦探王京。

王京急说道："李兄、康兄走后，不知怎样车右忽跳进一个人来。用一块布向我的鼻上一掩，我便觉得有一阵异味刺入鼻孔，立刻失了知觉。往后的事情，一点也不知道。我怎会到这里来的呀？"

大家这才明白那街外汽车内的王京却是南方雁乔装的，都不禁有些悵悵。培云尤其佩服南方雁化装的本领。同时，那门外最先停留的一部汽车，果已被那南方雁驶去了。

李兴踩脚道："天杀的，贼人又窃了我们的汽车逃脱了。"

第二天的早晨，梁培云忽接到南方雁的一封信道：

梁先生：

我行窃时的动作，除了开凿隧道一事虽然或者也在你洞烛之中而还没被你揭破之外，别的事你都已知道了，并捕去了我一个得力的同党。我十分拜服！

现在我有事将离开上海，这案子恐要不自然而然的结束了，我们将来再见罢！祝你快乐！

你的至友东方亚森·罗苹南方雁上

当天下午的消息，那钟德已越狱逃走了。

原载《珊瑚》，1932年11月至12月第一卷第十号至第二卷第六号

窗外人影

柳村任

第一章　一封奇怪的委托信

在上海二马路中华银行二楼库内的许多保险箱里，有一个外面标着我的名字蒋铁生字样的旧式大铁箱。里面几乎完全是些敝旧的文件，一束束的存放着。这些旧文件普通人看来一定以为是无足保留，但在我个人却很珍视。原来这些都是近两年来培云探案成功的记载。无论是谋杀案啦、窃案啦、失踪案啦……都一股脑儿贮存着。其中已经公开发表的固然很多，如“蛇足”、“雨夜枪声”、“巾”和最出名的“甘马路之凶杀案”等案，有许多读者当还能记得。但其中因为政治、金融、社会风化等的牵涉，或当事人名誉的妨碍，不能够立时公诸同好的，却也占了大半。像本案“窗外人影”，也是在一年前培云所破获的。

这件案子在我那笔记中，实在可算做一件少有的疑案。那年秋季我本想回我的故乡常熟去一趟，经不起培云热烈的挽留，又使我耽搁了不少的时候。无意中竟能参与了这么一件疑案，使我的笔记中增加了很多的材料。这案发生的始终，我都参加其间，因此那种迷离曲折的印象，不但使我当时如处在五里雾中，至今还深深镌在我的脑海里，连我现在记述的时候，我的整个心神也好像化进当时的境界了。

在本案发生的起先，我的好友梁培云正忙着办完一件兄弟析产案。这是在那年秋天的初季，培云受了警署的委托办理这件案子。这时我们仍旧居住在上海西市卡德路寓中。

当这天早上我方在好梦正酣的当儿，忽被那楼下壁间的电话铃声所惊醒。我连忙披衣起坐，见那桌上的小时钟正指七点半钟。我正预备下楼去接电话，却见培云已不在卧室中。我暗想这正在初秋的时候，我们因为气候的影响，起身不免较迟，若在往时，培云早一大早出去路旁散步，做那深呼吸的运动，并回寓里去洗冷水浴。这两种原是他的一个好习惯，一年内从无间断的。这时已经不早，他既不在屋内，想必早在楼下办公室内吧。

我正私自忖度，果真听得楼下电话的摇铃声，培云果然在楼下休息。我立刻穿好衣服，洗漱之后，缓缓地踱到楼下办公室来。

我一推开那办公室的门，果见培云正背着立在那靠南的窗口下读报。他身上穿了一件宽大的浴衣，脚下踏着拖鞋。嘴里含着一支国货小联珠的纸烟，慢慢地吸着。他手上拿了一张当天的《沪报》第四版，细细地阅读。我见他看了一段新闻，忽微微地点头，又显出皱眉踌躇的样子。这时他瞥见了我，便立刻立直了身体，把手里的报纸平放下来，取下那口里的纸烟，向我点头招呼，显出那极热诚的笑容。

"铁生！早安呀。"

我照例的点了点头，便向那对窗的写字台的圈椅上坐下。顺手将他那张《沪报》取过，急急地浏览一遍。

在不知其中底细人看来，以为我所以急要读报的缘故，不外乎那些国际消息、战事要讯之类的新闻。这料想可算完全错误。近几天的各国政局既比较的沉闷，外交的进行也很迅速，没有什么枝节岔生。我所以注意报纸的缘故，即在那第四版的本埠新闻，要想知道可有什么新鲜的案子发生。许多人都说侦探生活是一种富于冒险性的生活，这话固然不错。但据我的见解看来，这种冒险，本着我那为人类服务的责任心的驱使，在那莽丛遍野的黑暗社会中，那黑夜冒险捕凶斗恶等危险恐怖诡秘的勾当，都很值得参加。并且在他方面看来，这种冒险固然时时会有些危惧的心理发生，却也往往使神经觉到一种特殊的刺激和兴奋。这种境界我常常觉得是非常有趣的。我这许多年来，帮助培云侦破的案件，像上面所说的冒险，实在不知有多少次，便也是为了这个原因。

我仔细把那报翻阅了一会，竟得不到什么特殊的新闻，不禁略觉失望。我把报纸放下，顺便把我的目光移动。那窗外温暖的阳光，正由左侧斜射到那写字台上。我瞧那桌上的陈设，除了那水盂墨盒笔杆之外，还有我那平日著述时用的钢笔，也架在那水晶笔架上面。那桌面上竟又添加了许多已干的墨渍。桌上除了几本普通书籍以外，多半是培云参考用的。还有那硬面的几本大的笔记簿也很零乱的放在那里。那书旁边还横放着一支小的玻璃管和一个铜架的火酒烧灯。这都是前天培云化验遗留下的成绩。读者见了我们这桌上杂乱的情形，也许要发噱。但我很不敢自讳，我们两人对这种地方往往十分大意。培云在探案上，他那敏锐的思想，冷静的头脑，缜密而合乎情理的推想，都能井井有条。但他的书桌，往往不到五六天，便堆叠得杂乱不堪。他却从来未清楚整理过。他这种不良的习惯，假如不是我预先声明，许多人一定以为非常奇怪的。

我这时目光忽和一种东西接触了一下，立刻收摄了目光注视过去。原来那写字台上有一个案头日历，我们时常在那背面每日注上些一天内重要的事情，以免临时匆促遗忘。我见那上面已添加了新的字迹，果然是培云的手笔。我看了一下，便忍不住要向他发问。

他这时仍半倚着桌边，细细地阅报。口里不时喷出那缭绕弥漫的白烟来。他听了我的问句，立时放下那手里的报纸，顺便将口衔着的烟尾向那地席上的痰盂一丢。随将他那丝织品白地紫纹的宽大浴衣束紧一下，脸上仍露着那诚恳的笑容。

他缓缓地吐了一口气答道："铁生！你可是问我今早的电话吗？那是警厅里徐福打来的。他问我们可有工夫帮助他侦查一件失踪案？"

我道："那么，你可曾答应他了么？"

他点头道："我已经应允他参加这件案子，不过我最近为了那件析产案方告结束，精神上不免感到有些疲倦。照我原来的意思，本想休息四五天，现在却有新的案子发生。据我想来，这件失踪案未必见得怎样困难。所以我虽已答应了他，却仍想烦你去走一趟……"

我忖度了一下，笑应道："既然如此，我就去一下也好。可是你虽然告诉我是一件失踪案子，这案情内容和着手进行的步骤，我却还一些没有知道呢！"

他一面伸手在那桌上多张零乱的报纸中取出一支纸烟来擦火吸着，一面笑嘻嘻地向我答话："他在电话中讲得也不十分仔细。你最好到警厅问明之后，再回来商量一下才好。"

我正待答话，忽见培云突的立直，斜转过身体向那室门望着。我也跟着他的目光瞧去。这时那室门已经推开，我们的仆人卢昌手里拿了一封信进来。

“先生们！这里有一封本埠的来信。”

培云抢身接了过来，挥了一挥手。卢昌便即退出。他把那来信拆开，很急忙地看了一下，似乎要向我说话。

“铁生！哈！这封信真值得注意，比那件乏味的失踪案却又不同了。”

我从他那惊呼上辨味起来，那信一定是什么委托人来的。那案情的内容也必定非常幽奇诡秘，才足打破他的烦闷和苏苏他的疲脑。我正在暗加忖思，却没有回答他的问句。他似乎已猜测中了我的心思，又继续他的谈话：“你别多费心思了。快来读一遍这封信吧！”

我应了一声，接过他手里的来信，接着便朗声诵读：

培云、铁生二位先生：

我在报纸常常看见先生们的大名和先生们探案的成绩，心里非常佩服。现在我眼前有一件可怕的遭遇，说起来还使我凛凛危惧。这几天来我害怕极了。自从前天晚上这件事发生，我简直没有一夜好睡过。我现在没法可想，才来请教先生们。

这件事情的幽诡，真足以害怕煞人。我暗中总觉得有一个仇人要谋害我的性命。这仇人的姓名来历我都晓得，但我为了自身名誉和未来的幸运的缘故，我却不敢报告警署去捕捉他。其实我也不知道他的地址。先生们！你们可愿意破费几分钟的光阴，听一听我这故事吗？

先生们！我相信你们都是能守秘的人。我大胆的声明一句，我是一个犯过罪的罪犯。你们可还记得在六年以前，南京有一件军人盗陵案发生吗？先生！那案的主犯便是我同了几个同党合伙干的，我那死仇马龙如也在内。我的名字便叫张友孙，先生们想也知道了吧。自从这件盗陵案发生之后，我们当时仍没有准备逃走。这时我们伙内忽又起了内讧，合伙人都被军部捕获。我当时为了脱罪起见，便立刻自首。结果我得以从轻释放。那同党马龙如等六个人却都各判了徒刑十年，监禁在那南京太平门外的模范监狱里，铁索锒铛的，尝尽那铁窗的风味。

我常常想到我这自私自利的罪恶，但当时我竟不能顾及。我释放之后，便退了队伍，携带了新婚的妻子到上海来住。我因为平日薄有积蓄，所以便很闲暇地过着我的生活。这几年以来，我虽平安无事，但却也不能不有些戒备。我打听得那其余五名同犯，都已瘐死狱中，监内只有那马龙如一人，心里也放宽了许多。

一星期前，我在报纸上偶然看见那南京监狱的越狱新闻，那在逃的一八五号囚犯正是我那死仇马龙如。我自从发现这件新闻之后，心里异常害怕。我素来知道这马龙如的性情，阴险狡猾，而且脾气最暴躁，睚眦必报的。我既然和他结下了怨，决没有什么宽饶调解的可能。他既然越狱出来，定要向我报复，我实在不能不小心准备。

我从前在军队里的时候，原有一把随身的手枪，现在还留在家中。我便想借它一用，作为临时自卫起来的戒备。

我虽明知他一旦脱身，一定要和我为难。但绝不料他的消息非常灵通，一离南京，便探知了我的住址。

前天的晚上，那时我的妻子早已上楼安睡。我独自坐在楼下房里，一个人一面吸烟，一面把我的那把手枪取出拂拭一下。那时方才入夜，约摸有九点钟光景。我一壁拂拭，一壁暗暗的忖思。一会儿那手枪已经拭完，便安放在那书桌上。我口里吸着烟，身子在那椅背上仰靠着，屋里寂静得很。这时我正吸吐间，沉静里忽然听得吱呀一声响声，我的心头顿时一凛。我猛然抬头，在那烟雾弥漫的当中，我见那窗外陡的显出一个人面，身上穿着白衣。我一见不由得大吃一惊。

那正是我的死仇马龙如！

我立刻跳起身来，从桌上取了那实弹的黑钢手枪，急忙回身出屋。我开了后门，走到弄内，见那窗外空地上早已不见人影。我急急赶出，那弄口也静寂无人。我直追出街上马路来，我想那左首的湖外路既比较僻静，那仇人或由那边逃走。我便向左边追踪，直到那长江路湖外路转角。我见那路口南面远处有一辆包车行驶，却已远去。右首和向西却并无行人。

我这时只在路旁停留了一会，便怅然而返。我在那马路的行人道上慢慢地踱着回去，我的心里却像受了什么人的催眠一样，脑海里突然有一种不可思议的恐怖。神经上也顿时发生异感。暗想在这夜深人寂的当儿，他忽然悄悄地暗中前来，他的图谋早已不问可知。我回想那窗口映出的一副铁冷冷的脸儿，凝青而紧闭的厚唇，和一双凶厉的眼睛，真比什么都可怖！我想到这里，汗毛都直竖起来，满身都是冷汗。那时我真恐怖极了，所幸已走回到弄口，我这时忽又发生了一种幻想。

原来我住的那弄里，除了总弄口以外，弄内还有两条小弄道，原都是走不通的。我追想那仇人逃出去的时候，也许并没有走到街口，只想在那右边一条小弄里暂避一下子。我惶急间没有想到，竟直赶出弄口外面。

这时我已走进弄内，当我向左转角拐弯的时候，借着那弄底墙陬里那盏二百支烛光的电灯的照射，看见那右边弄道内并无人迹。

我返身回到自己后门口，见后门仍半开半掩着。我一手拿着手枪，一手推门直入。

我进了后门，顺便把那门锁上。那门原有弹簧锁关闭的装置，但这时我为了谨慎起见，又加上了锁。我的脚才踏进那楼下的通道，一眼便看见我的妻子一手扶着楼梯缓缓地走下来。看见伊还不曾安睡，便向伊摇了摇手，仍叫伊上楼去。却没有告诉伊发生了什么事端。

我这时心绪非常烦乱，夜里归寝之后，也不得安眠。我昨天惊吓了一整天。现在着实无法可想，才写了这封信来请教先生们替我侦查和保护。

余事面告。

张友孙敬上

我一口气把这封信读完，心里不由得发生了一番慨叹。我见培云这时一手摸着那书桌，一手拿了一支残剩的卷烟，那白烟圆形继续散开，圆形也渐散大而不整齐，那白色的烟雾也散满了空中。我知他正在连用心思，便不打断他，便也保守着这室中的寂静。

停了一会，他忽把手指弹去些烟灰，重把那纸烟放在口里，连吸了几口，向我微笑道："铁生！这件案子的性质非常幽诡，我料它决不是平常的。你的笔记中大约又可多一件奇案了。"

我道："你这话可实在吗？莫非你果真要参加这件案子吗？"

他道："正是。这案的情节既很奇特，未来的发展也必很有可观。我等会当打电话到湖外路警署胡兴浓那里去，叫他吩咐警探们对那弄内出入的人们多上一双眼睛。我自己那件兄弟析产案虽已结束，却还有些别事不得不先办理。我打算明晨再到张友孙那里去。至于今早徐福侦探长说的那件失踪案，我想却未必有多大的意味。并且内容究竟还说不定，不如请你替我走一趟吧！"

我们这天早上的谈话，便在这里告一个结束。

我把那封委托信上的住址抄录下来，是“长江路兴安里九九号，电话西七三二二”。

当天的下午，我为了那另一件失踪案，曾给培云到那南市的警厅去找侦探长徐福接洽。这件案子原来是一件绑票案，事主虽想和匪徒接洽，却没有成功。所以便求警厅援助。徐福已派了几个侦探做眼线，还没有侦出什么线索来。我谈了半小时便即出来。我这时因为时间还早，便又到一个友人家里消磨了一会。

我在傍晚五点多钟回寓。这时夕阳已落，马路上被一片黑色蒙暝笼罩着。道上一般时髦的男女们，都打扮得新装异服，联袂出游。我进入寓里，这时培云正一人在办公室中拉奏他的凡哑林。那悠扬的声音继续的送入我的耳朵。

他每逢心里思绪郁结的时候，总要弹奏一下，借以宁一回神。我暗想这时他又借重那提琴，莫非遇到了什么幻秘的案子不能够着手，又拿这东西散闷吗？还是对今早那案子又有了什么新的发现呢？……

我正想从那琴声来猜测他的心思，不想我的手正加在那办公室的门钮上，那琴声便忽停止。

我推开了室门。见培云一人在办公室里踱来踱去，那提琴早已安放在写字台上。他见了我，便即停步，向我仰直了身体，作势招呼。

他仰面叫我道：“铁生！你可探听出那失踪案到底是……”

我抢着应道：“正是。”

我便把那案的内容和我的料想一一告诉了他。他一面口衔着纸烟，努力吐吸，一面倾听着我的故事。我这时见他脸上现出一种郁郁不乐的样子，这情形似乎仅仅在我回来的时候才发生，好像有了什么心事。我不禁有些纳闷。

培云弹去了些烟灰，连接的吐吸了几口烟，脸上的面色十分庄肃，那严冷的眼睛向我灼亮的瞧着。

他忽向我说道：“铁生！这件失踪案比较简单，我明天也许自己去跑一趟。至于张友孙这件案子，我刚才又打过电话到他那里去，又得了一个新消息。原来他那仇人马龙如竟又写信向他恫吓。你想这情形多么严重？明早我们却不得不有……”

我见他那愁眉不展的样子，本已想向他探询。谁知他已自己开口。

我因反问道：“培云！你这话有什么意思？莫非你以为有人要谋害那张

友孙的性命，因而加以恫吓吗?”

“我所担忧的果是这件案子，只是内容却不像你所料想的这么简单。铁生！你还是丢开这个问题，谈些别的事情吧。”

我们这阵谈话，在这里便已终结。

当天晚上培云为了别种预先的电招又特地独自到附近警署去一趟。他近来的生涯实在未免太忙了，在我的笔记簿上记着，从这天以前二十三天内，他经手了四十六件案子。其中十六件都是可怕的凶案，有四件到现在还没解决。这些案子的内容有许多有趣的资料我都写下来了——他很晚才回来写的。

我虽也很担忧着那张友孙的事情，但那侦查和保护的两重职司都非我一人能所胜任。我夜间到中央影戏院去消遣了一回。那场名片《国魂的复活》既由名家编制，寓意也非常深刻，加以演员的表演认真，竟使我的担忧减去了许多。

谁知过了一天，这案子竟有了出乎意料的变化。

第二章　凶案

第二天一早七点多钟的时候，我们便动身到长江路去。

这时天色还早，路上的行人也稀少可数。我在车上，觉得寒风扑面，一阵阵的秋风，把那马路上树枝的黄叶，吹得零落满地。空气既很清新，也绝没有那市廛的喧嚣的声音。我暗想这种清晨的天气，是那些素来晚起的上海居民所享受不到的。

我这时也觉得有些寒意，便把那大衣外面的上领提起，两手也紧插在袋里。

我心里暗想张友孙这件案子，在培云眼中，既认为非常严重，那案情又奇幻幽秘到了极点。我们这次去见那张友孙，目的除了要知道些这案的真相外，还须打算那侦查的途径。这职司可真有点不容易担任。

我见培云嘴里裹衔着纸烟，低垂下目光坐在车上。他把那纸烟吸了几口，又取了下来。那双眉紧皱着，脸上也罩着一重怏怏不乐的样子。

一会儿，我们的车子已从哈定路向左转弯，不久已到了长江路的西段。我们便即下车。

那张友孙的住宅，在长江路的西首兴安里口，是一座两上两下朝北的房子，离西段湖州路转角只有五六十步左右。我们寻到了这兴安里，里内都是这两上两下的石库门。这时天虽尚早，各家门内都已起身。那张宅住的九九号，便在总街内左边小弄的第一家。

我们跨进这小弄内，见那张家的后门竟半开半掩着。墙外正在修整街石，旧碎的砖石同石灰泥土等堆积了满地，有两个小工正在工作。

培云推门进去。我们走进门时，见一个人正从内出来，向我们招呼。

培云向他瞧了一下，便道："这里可有姓张的人家吗？"

那人穿着一件厚灰色的布夹袄裤，头上戴着一顶半旧的深缎下帽。浓眉大眼，瞧去约近三十岁光景，很像仆役的装束。

他听了培云的话，呆了一呆。赶着答道："正是。先生们可就是两位侦——"

培云点了点头道："你们主人在哪里？"

那仆人却并不答话，只向我们招一招手，回身在前引道。

那主人张友孙是一个长身的汉子。年纪只有三十岁。身上穿了一件深色方格的细绒长衫，青缎番鞋，褐色毛袜，装束非常朴素。他的面色灰白中带着青色，下颏非常瘦削，两面颧骨高耸，一双深黑有光的眸子，也深陷眼眶。脸上满露着忧郁惊恐的神色。

他坐在我们对面，似有些畏瑟恐惧的样子。这时正向我们说明那晚目见他的仇人的事实，竟和我们先前所知道的完全相同。

培云向他瞧了一瞧，便顺势婉声问道："张先生！那人和你的结怨就为了你曾经诬陷他这一点吗？"

那张友孙的眼睛向我们瞟了一瞟，皱眉道："其实我并不曾诬陷他呀！先生，请原谅。这一层我们现在暂且不提。他生成那种凶狞暴躁的性情，我真有些害怕他。"

"你想他的用意是什么？要谋害你的性命吗？"

他瞪大了两只眼睛，忽摇了摇头。

"我不知道。我委实怕他极了！他总是不怀好意的。"

"那么，你何以不将这事报告警局呢？"

"我自己既敌他不过，又怕这事暴扬出来，伤了我个人的名誉。我的意思最好请先生们探明他的踪迹，暗中将他监视住；或者再设法恫吓他一下，使他不敢来近我，免得会有不好的结果发生。"

培云摇了摇头。

“你这事的内幕似乎还有什么更惊人的事实，你必须再说明白些。那种去监视和恫吓人家的手段，我们断不会干的。”

他的脸色异常。停了一会，他才缓缓地应道：“先生！请你们信我。”

“那么，你和那姓马的，只那天晚上会过面吗？”

“正是。不但如此，昨天下午他又曾写过信来。”

培云的目光动了一动，急道：“他又写信过来吗？唉！他的信里说些什么？”

那张友孙点了点头。便从长衫的衣袋里掏出一封信来递给培云。

我见那信上的字迹非常细挺，字形却很潦草，很像怕人家认清楚了他的字迹，所以故意做作的。那信上的句子竟非常简单，只寥寥十余个字。

“我再警告你一句，你的末日就要到了！知白。”

我读了这一句带着滑稽性的句子，不由得噗嗤发笑起来。张友孙那张惨白的脸上，却越发觉得战栗不宁。他的两手不住地搓着，仿佛这时他的面前陡然涌现出一个可怖的魔鬼，使他惊骇异常。

培云也向他表示着同情，缓声道：“这信是昨天寄来的吗？”

“是的。昨天下午二点多钟的时候，邮差送来的。”

“但这信封上并没有具名。或者出于别人的开玩笑，你却被误会了。你想我这话可对吗？”

“不不。那人的笔迹我很认得。那晚上窗外的可憎可怕的面孔，我也瞧得清清楚楚。你想，谁会同我开这个玩笑呀？”

我不禁暗自点头。他既然有这样证明，莫怪他要一口说定。

培云见他的说话，竟很肯定而有自信心，不觉有些失望。这室中静默了一会，培云忽又说话。

“你和姓马的纠葛，可还有什么旁的人知道吗？”

“没有。我和姓马的关系，没有任何人知晓。”

“你家里的人呢？譬如仆役等，知道这事吗？”

“家里我虽不怎样守秘，但我确信他们不会知道真相的。”

我这时忽然想起了一个问句来，不由得也跟着发问起来。

“你那仆人来了多少时候了？”

张友孙顿了一顿，才慢吞吞地答话。

“你问金荣吗？……他是今年七月底来的，已经差不多三个月了。”

我暗想这不能不算是一些线索，因继续问道："他这人的做事怎样？可还靠得住吗？"

张友孙正要回答，却被培云那象大的喉咙抢了发话。

"铁生！你的意思不是觉得这仆人很可疑么？其实他来做工的日子虽然不长，但我们如没有事实上的证明或理解来做根据，却也不能将他怎样。并且他初来的时候已是在今年七月，那时那马龙如却还系禁在南京的监狱里，又怎会有通同的嫌疑呢？"

我辩道："虽然他事前虽没有沟通，但他也许受了什么金钱的贿买来做一个内线，不也是可能的吗？"

培云略停了一停，又继续说话。

"铁生！你这话我真不能说你是强辩，你的理解力已有了很大的进步了。现在没什么事实来做证，我辩也辩不过你，我已经自己认输了。不过刚才据张先生说，那天晚上他看见可怖的怪面出现的时候，金荣早已归寝。你这内线的话，不已失去了事实的根据了吗？"

我见那张友孙瘦削的面庞，微微露出一丝勉强的笑容，接着又点了点头。培云这时也回转过头来，向他说话。

"张先生！你那天晚上看见那怪面出现的地方，可就是这间屋里吗？"

"正是。那天晚上我正坐在这对窗的桌前吸烟，忽听见窗外有一阵很细的沙沙响声发出。我猛一抬头，在那烟雾之中，我突然看见一个可怕的怪面孔，正是我的仇人马龙如。"

他说话的声调这时忽然低了许多，脸上也顿时泛出白色。那两片薄薄的嘴唇也张开来，额上也现出许多冷汗。可见那当时他的恐怖印象一定非常深刻，逼成他现在还仿佛有这种恐怕的状态。我暗忖他这人外面看去远不十分懦弱，怎么一到临头竟会变成这样脆弱无力，可见人不可貌相这句话语，是不错的了。

他这时略停了一停，并没有继续说下去。培云见他这样，他的问话便又变了一个方向。

"张先生！那姓马的照片你这里可有吗？"

张友孙低头想了一会，方才答道："有一张七八个人的大照片现在还留着。不过日期已隔多年，那照片也有些模糊不清了。"

"很好！我要看了一看那姓马的面貌，你可能取出来让我一见吗？"

张友孙点了点头，便在那壁间的一个大五斗橱中找出一张很旧的照片来递给培云。

我凑身上前，见那照片大约是七八年前摄的，在南京的什么园里的合影。照中果然有七八个人，那张友孙也在其中。

他这时伸出他那瘦长的手指，指给我们看。那左边第二个人，便是他现在的仇人马龙如。我见那照中的人，身上穿了一件白长衫，身材很高大，脸上很是丑恶，并且颔间满生着浓黑的短髭，看上去果觉有些犷悍可怕。

培云的眼光微闪了一闪，似已触动了什么。我趁这张友孙收照片的当儿，低声向培云问话："培云！你可是觉得那马龙如有些蹊跷么？你为什么要看——"

培云轻轻地摇了摇头。

"不。……我不过要想证明我的一种理想。唉！铁生，请你先不要问吧。"

我听了他这话，暗想培云的眼光真是厉害，他已看穿了我的心事，竟先叫我不能再开口。我也素来知道他的脾气，他每探一案，总是异常慎重。凡是案子的关键，如果没有得到成熟的时机，或全案结束的时候，总不肯先把那闷葫芦打破。我这时如果再做那无效果的尝试，却未免有些不识趣了。

我因向他淡淡的答应了一声。这时张友孙也已收好照片，返身回来。

培云突向他道："你这事，我以为看上去虽不平淡，但据我现在的料想，却也不是怎样严重。我回头顺便到警署里去一趟，并商议一个给你解决这疑案的步骤和方法。你暂且休息一下，千万不要自起猜疑。须知事已如此，我替你负责慢慢地进行，自能水落石出，你急坏了反为不妙了。"

我们又接连的向他安慰一下。我觉得他那灰白的面色已转好些，态度也比较的从容。我们说了几句，便告辞出来。

我们出了张宅，正要由那小弄走出总街的时候，我见培云忽停住不前。这时红日融融，照耀地上。弄内各家人家也大都开着门。我见培云在那狭小的弄内立了一会，似乎辨别那一家家的情形。我们的身子从几名伛偻着力作的工人前经过，一直走到总街外来。

我们出了这兴安里总街，培云便和我分手。他一个人独自去附近警署里一趟，我也就乘车归寓。

我回到寓里的时候，已近上午九点多钟。我问过我们那仆人卢昌，并没有什么人来访过。只有那警厅侦探长徐福，曾来过一次电话。据说：他前请我们帮忙侦查的那件失踪案子，他已在昨天晚上完全破获。在沪西虹桥乡下的匪窝里，将两名肉票救了出来，已是奄奄待毙，现在上海医院里医治。那匪首绰号江老二的，也被警探们当场格毙。

我这时见培云没有回来，便趁这闲暇的工夫，把我那尚未写完的“南方雁”案，继续着笔。这南方雁是什么样人，我大概不必再怎样介绍了吧！他是一个神出鬼没的侠盗，曾和我们交手过多次，有两次培云竟险些失败在他手里，所以在培云的眼光中看来，也承认他是一个唯一的劲敌。我这里写的，是新近发生的一件盗案，也是他老人家最近的成绩。

我约摸写了一个多钟头，那第四章已经完成。已略觉疲倦，便收拾好稿件，燃了一支纸烟吸着。

我这时本想休息一会，但那脑海中的思潮纷涌，起伏不定。暗想那张友孙的案子，培云起先认为非常严重，现在却有些儿淡漠起来。不知道他的意思，到底以为这案子的性质怎样？究竟是一件普通的恐吓胁诈案呢，还是想蓄意谋害呢？如果真是这样，那张友孙的性命不是很危险吗？

我先前以为这案的进展很速，不久当可结局。谁知现在却又耽搁着不能从速进行。又想到那眼前着手的方法，也觉空洞无着。并且这案情既然这样的幽奇诡秘，即使有了那进行的途径，也很幻复，无所适从。

我默想了一会，越觉糊涂，那手中的一支纸烟，已吸去大半。立起身来，顺便将那残剩的纸烟向那痰盂中一丢。正待重新提笔，开始写那《南方雁》第五章，却见培云匆匆忙忙地跑进门来。

他一见我，便问道：“铁生！可有什么人来过吗？”

我向他摇了摇头，又把那徐福来的电话向他说了一遍。他微点了点头。这时日已正午，培云就吩咐那张妈预备开饭。

我在吃饭的时候，因为这案子的进行还没有头绪，心思忐忑不定，所以进餐也减去许多。培云却开口不提，依旧很安闲的慢慢进食。

等到饭后，我们坐在办公室里休息吸烟，我再忍不住，向他发问：“培云！你对那张家那件案子，到底有什么进展没有？你可觉得这案子很棘手吗？”

培云坐在那松软的沙发上，一壁吸着纸烟，一壁低俯着头，静听我的说话。他听了我的问句，微微地仰起身来。我见他那嘴唇微露着一丝笑容。

他弹去了一些烟灰，笑嘻嘻地向我说着：“铁生！你怎么这样性急？许多年来我常劝你涵养些忍耐些，却不料你那老脾气竟到现在还没有改掉。这案子虽很复杂，但却也不是茫无头绪。……唉！你可是有什么意见吗？”

我道："正是。我觉得那姓马的那夜前来窥探张友孙的家里，总不会怀什么好意，这是绝对不能否认的事实。所以我们现在最好请警署里的侦探等替我们到各旅馆里去探听有没有什么形迹可疑的人。我想那姓马的坐监多年，逃来上海，既没有什么熟识的人，总要住在旅馆里的。你想我的话怎样？"

我见培云直坐了起来，把口里那纸烟取在手中。略顿了一顿，才向我答话："你这话果然很对……我刚才已去警署托胡兴浓等代我去调查探问一下，但打听了不少家，结果都没有这样的人。不过我因还有几个不能解决的疑团，所以却另有了一种理想。这新的方面虽比较近情，但前途也很渺茫。现在虽没有到什么失望的境界，但如果没有自然发展，却也很难预料呢。"

我诧异道："怪了！怪了。你难道竟要自认失败吗？"

"我当然不希望如此。唉！铁生，我现在心里着实纷乱得很，请你不要再问吧！"

我和培云二人本来都有午睡的习惯。这时我闲着无事，便又假寐片刻。我正睡得很浓，忽被培云唤醒。

我见培云立在卧床前，面色泛出一种灰白，眼里也露出那惊异的神色。

他低声道："铁生！唉！那张友孙竟被杀死了！我失败了！"

第三章　查勘

我听了培云这话，不由得大吃一惊，从卧床上披衣直坐起来。

我见培云那灰白的面色，惨沮异常。他那两目直瞪，头上的青筋也一条条的暴涨起来。他那急促而带喘的呼吸，竟使他变了另一个人。他等不及我向他发问，已忍不住的自己解说出来。

他道："铁生！那张家的仆人金荣打来一个电话，那张友孙竟被人杀死了！"

我仰面问道："他电话中还有些什么话？可就是——"

"正是。我们现在必须快些去一趟。铁生！你快些起来吧！"

培云镇定的功夫，素来是我所佩服的，他也常常以此为豪。这时他的定力，竟也震慑不住他那惊骇失措的神经。他这种状态，是我头一次看见。

我答应他一声，便起身收拾一下。那检验时应用的物品，也都预备齐全，装在那一个小提包里。几分钟后，我们都已上了车子，向长江路张家进行。

我在车中，暗想这意外的发生，实在由于我们对这案子未免疏忽，仅坐待那自然的发展，结果闹成这件大岔子发生。这案子我本来就觉得幽诡幻秘，不是寻常的案件。谁知那凶人竟乘我们不备，动起手来。这疑案的前途，益发渺茫离奇，而其原因，不过我们偶一失神，事先没有防范，竟酿成一件大祸事了。

我坐在车上，暗自忖度着，那脑中如恶涛般翻腾汹涌。这时培云坐在车内，微闭着双目，他那两手紧插在西装厚呢大衣的袋里，帽子也戴得很低。我见他这样，便也收束神思，学着他的样子，闭目静养一下。

一会儿，我们已经到了那长江路兴安里前。我们跳下车来，正欲上前。忽见那总街口外立着一个探伙模样的人，趋前向我们招呼。

我见那人的年纪约摸三十岁光景，那头顶秃着，脸上白皙而胖大，唇间也留着一撮短须。他身上穿了一件深色厚爱国呢的长衫，一顶褐色的软帽却拿在手里。他向我们点一点头，先自己说话。

“二位来了！兄弟已经等候一会哩！”

我们也向他微微点头，便随着他走进街内。培云一路又向他发问：

“胡兴浓兄可在里面吗?”

“在，在。他也在恭候二位呢!”

这时我们已经走进那左边小弄，来到那张家的后门。那探伙把那扇半掩着的板门轻轻推开，我们也跟在后面。经过了一小进的水泥走径，便来到那楼下客堂。

那里面却有一个男子洪大的声音，正在问话。我们便一直走进那屋内。

我一眼望见那当面的一个中年男子，穿着那青灰色的警署制服。他那肥大的面庞，衬着那唇角的两撇短须。眼光也很锐利，不住地向四面张着。他便是那西区第二分署的侦探长胡兴浓。他以前也曾和我们联手过几次，他最近连破了几件窃案，在警界中很有几分声望。这时大家见了，彼此点一点头。

这屋内除了胡兴浓之外，还有那死者的妻子和仆人金荣也在内。我见那少妇的身材虽不怎么肥胖，但也还颀壮适中。年纪似还不过二十多岁。伊身上穿了一件深色薄绒的夹袄，装束很觉朴素。那长形的面貌，这时已惨白得没有血色，一双眼睛也深深地陷入眶中。伊左手中执着一块白色小巾，不住揉着伊那眼眶，那双眼也满含着忧戚惊怯的神色。

伊见了我们，便直立起来，向我们略略鞠躬。胡兴浓也顺便替我们介绍了几句。

这时培云突开口道："胡兄！你刚才不是正在问什么话吗？现在请你们继续下去好了。"

我见这客堂内的陈设，竟非常简单。那一副西式白漆的桌椅家具，也已剥落不堪。朝北的板壁上，薄薄的漆了一层绿色。壁旁放了一张旧式的木桌，左边又横置了一张大的沙发椅，椅上满堆着陈旧的报纸，非常凌乱。白粉墙上挂了几幅彩色的风景画和一副大张的挂历。那墙下又排列了两张有靠背的藤椅。还有一个大玻璃镜框，却搁在藤椅的一边。似乎那张照片还没有配妥，否则也早就要悬挂起来，和那些风景画列在一起了。

这时胡兴浓正立在那桌前，他听了培云的说话，点了点头。向那立在他对面的少妇示意道："好！请夫人继续说下去吧。"

那少妇停了一停，才颤声答道："今天下午我先到那附近的成衣铺里去看一看新制的衣服，却仍没有完全做好。我回来的时候，我的丈夫和金荣都不在家里。我不久便又出去，见衣服已剪裁好，便带了回来。约摸到一点半钟光景，我便重行出去。因为那李家表戚家里的寿筵，今天一定要去吃酒的。"

"你先是什么时候出去的呀？可还记得吗？"

伊向胡兴浓瞟了一眼，一时并不即答。

过了一会，伊才缓声道："吃过午饭我便出去的。"

"你可是一个人独自出去的吗？从你出去直到回家，这中间你可知道有多少时间？"

"……我不清楚，大约有半个钟头。"

伊说话的时候，忽低垂了粉颈。这室中静默了一会，胡兴浓又继续发话：

"你回来的时候，家里可是一个人都没有吗？"

"正是。我那丈夫张友孙和那金荣都出去了。那后门原装着弹簧锁，我们每人都有那后门的钥匙，能自由出入的。"

"尊夫又为了什么事情出去的？你可知道吗？"

"这却没有知道。他每天午后总得到外边去游逛一下，如果不到上灯的时候，家里是找不到他的踪迹的。"

胡兴浓点了点头，乘间取出纸笔记了几句。

他接着便道："好。请夫人再讲下去吧。"

"我在家里等了一会，便又出门到那湖外路底的成衣铺去催做。这时那件夹袄却已赶好，我便带回家来。不一会我便又出门乘车到那成都路李家去。我在李家坐了一会，那仆人金荣忽来报信，说我的丈夫被人谋死了。"

伊这时的脸色越发惨白，呼吸也很急促。身体也差不多站立不定，几乎哭出声来。

伊又停了一停，才道："我一听这个意外的消息，立刻动身回来。我见那楼下的厢房中，器具凌乱异常，近窗的地方倒了一张椅子在地。椅子右边，我的丈夫直僵僵地躺在地上。

"我向他连连叫喊了几声，不见答应。便摸摸他的鼻孔，早已断了气息。我几乎吓得晕了过去，幸亏那金荣把我扶上楼去。他立刻打电话给梁先生，又到警署里去报告。不久，便同先生们回来了。"

这时室中又略静默。停了一会，胡兴浓那粗壮的声音又继续发问：

"金荣起先出去可为了什么呀？"

我见那男仆金荣，直立在那少妇的左边，他那脸上满露着骇异的神色。他听了胡兴浓的问话，他的白白的嘴唇仍在微微的颤动，似乎他那脆弱的神经，已受了绝大的惊怖。

他道："先生！这事谁也想不到的。今早主人还很好，一刹那间竟会发生了这样的变动。这是多么怖人的惨剧啊！"

胡兴浓忙做安慰声道："啊。这也怪不得你。这情形的确非常可怕的。现在请你不要着慌。让我问你几句话。你今天下午，是什么时候出去的呀？"

那金荣微仰直了些身体。低忖了一会，才慢慢地回答。

"先生们！主人每天下午一向是要出去到四五点钟才回来的。今天午饭的时候，主母向……"

他说到这里，竟有意无意的向那旁边的少妇睨了一眼，似想安慰伊的悲戚和惊吓。他那稀薄而泛白的嘴唇，又微微地牵动了一下，声浪也略放低，说道："主母饭后便到成衣铺里去看那新做的衣服。主人想出去先逛一下……"

胡兴浓那眼光一闪，催逼着道："你为什么慢吞吞地不继续说下去？"

"……我的妻子前天方才临盆，主人便允许我顺便回去。今晚那李家做寿，主人本来一定要贺寿去的。所以我也早点回家。"

培云听到这里，突然第一次开口向他发问。

“你家住在哪里呀?”

“住在闸北新民路底，离这里很远。我平日也不多回去的。今天得了特别的允许，才回家瞧看一趟。”

“由你家到这里要多少时候?”

“我不仔细。至少总须半点多钟。”

“你走路呢？还是乘车呀?”

“我一直乘一路电车到虬江路，才绕道回家的。”

培云那双眉紧锁住，低垂了目光，微微点了点头。

“好！你再说下去吧。”

“我回到这里来时，用钥匙将那后门启开，见里面却没有一丝声音。我暗想难道主人和主母都已出去了吗？我又大声咳嗽了一回，也不见有什么声响。我暗暗觉得奇怪。我走到那左边厢房的小门口，轻轻地推开那扇板门。我见那室中非常凌乱，似乎有什么人吵闹过。一张椅子也横倒在地上。我的目光刚向那椅子接触……哎呀！我顿时一凛，毛发也直竖起来。我的主人正直僵僵倒在地上，原来我的主人已被人谋死了。”

“啊。你见了这情形，可立刻出去报告吗?”

那金荣略顿了一顿，才道：“我竟没有想到这层。我退出那室中之后，立刻迅速奔出。我顺手把那后门一拉，便即紧紧关着。我跑出弄外，忙跳上一辆包车，一直拉到成都路李家。那时主母还在李家预备吃酒呢。”

金荣说到这里，又停了一会，室中也就静寂无声。

过了一些时候，胡兴浓那粗壮的语声，又继续发问：

“你进到厢房的时候，可是见那室内只有死者一人吗？还有别人吗?”

金荣回答的声音忽又略低些。

“没有。我一见主人僵倒在地上，上前一摸，觉他呼吸已断，立刻吓得魂不附体，连忙退出屋外。但我当时曾定神一看，室内并没有别人。”

“你怎么不实说？唉！你莫非有什么事要隐瞒起来吗?”

金荣听了这话，似要分辩。他低垂着头答道：“没有。我当真不曾隐瞒什么。”

我见他说话的语声，竟已有些微颤。

“好，那么你当时可是发现了什么不同的地方吗?”

“我见那房内左首的窗竟洞开着。我记得主人出去的时候却还明明关着的。”

胡兴浓的两肩微耸了一耸。

“啊！你可真记得那窗是关着的吗？”

“正是。”

“也许那窗是你主人回来时开的，你想可近情吗？”

金荣的头微摇了一摇。

“不。那扇窗平日难得开的，所以我才有些疑讶了。”

“你主人什么时候出去的呀？”

“主母去了一会，他便独自出去。我等他去了一会，才出门的。”

“那么你可知道他到哪里去吗？”

“这却不知。不过我在湖州路转角车站候车的时候，明明见他向南缓缓踱着，却没有乘车。”

胡兴浓听了这话，点了点头，他在室中踱了两步，忽又开口发问。

“你在自己家里坐了多少时候呀？”

“没有多少时候。我因为主人等今晚都要出去的，门户须谨慎些，所以我不敢多在家里停留。”

胡兴浓这时问话的语声忽低微了些。

“你主人平日的行径怎样？你可知道些吗？”

那金荣露出一种惊疑的眼光，现着那迟疑的样子。停了一会，他才慢慢地答道：“我不知道。我来这里没有多少时候，我只觉得主人似乎没有什么固定的职业，终日游逛着。别的我完全不知。”

“那么，这几天内，你可觉得主人有什么奇怪的举动吗？”

“是啊。主人受了仇家的恫吓，早晚戒备着，举止很不安宁。今早那位梁先生曾来过一次。这事刚才主母已向先生讲过了。”

胡兴浓略一疑想，又接续着发问。

“自从那个窗中怪面发现以后，可有人常常在外面窥探过吗？”

金荣向胡兴浓摇了摇头，又瞧他一眼。

“没有！没有！我从没有看见有什么人在外逗留着。”

胡兴浓努了努嘴，似略表示失望。

“你这话果真实在吗？你不要胡乱说说，须知这案子既异常繁复，你如果再要瞎说一句，那却要自讨苦吃哩！”

金荣微微摇头，张大着那一双眼睛。他忙道：“先生！我的话不敢有一点撒谎，完全实在的。”

“好。这便好了！我且问你那天夜里你主人看见窗外人影的时候，你可是已睡了吗?”

“正是。”

“奇了！据你主母刚才说那天只吃过夜饭不久，你怎么已经睡了？你可是常常都这样早睡的吗?”

“是的。每天吃过晚饭没有什么事情，主人便命我早睡些。其实那天吃过饭已在九点多钟，也不能说十分早。”

“你们每天吃饭可有一定的时候?”

“这虽没有一定，但总在七八点钟左右，夜饭便已烧煮好了。”

“那么你那晚可是丝毫没有晓得发生了什么事端吗?”

“是啊。我那晚睡得很熟，直到第二天早上方才知道的。”

“可是你主人向你说的吗?”

“是的。主人在事前已有些戒备，这时更是异常惊惧。他叫我紧守着门户，不要离开。”

“那么你可是整天都在楼下厨房里吗?”

“不。但我也不是常常离去的。”

胡兴浓沉吟了一下，又问道：“这几天内可有什么人来访问你主人的吗?”

“这很不容易说。若说什么客人来坐坐，却也不时有的。”

“不！我的意思是说可有什么陌生的客人来吗?”

金荣摇头道：“没有。”

这时那死者的妻子突然接口道：“不。昨天傍晚时有一个陌生人来访过。我见我的丈夫顿觉有些惊惧和局促不安的样子。”

培云的目光闪了一闪，逼问道：“你可认得那人的面貌吗?”

“认识的。那人的身体很肥胖，头已微秃，穿的衣服很龌龊，不像什么上流人。据友孙说这人姓潘，住在城内一间小客栈里的。”

“你以前可是从未见过这人来过吗?”

“是的。”

胡兴浓又向金荣瞧了一眼。

“好哩。现在我已经没有什么问话……”

胡兴浓说到这里，他的目光向培云瞧了一下。培云向他摇了摇头。

他便继续道："你暂且退下，我们如果有什么问话，再来叫你。"

他说着向金荣挥一挥手，金荣便即应命退出。

胡兴浓这时似已空闲些儿，便向培云问道："梁兄！你可有什么意见吗？"

我见培云这时紧蹙着双眉，那一双熠熠有威的眸子，也发出那一种异光来。他一手拿了一支残余的纸烟，不住地吸着。那头部却低俯着，似在凝神倾听。

他这时略略点头，顺手将手里的残烟丢去。

他道："好！好！我现在想验一验那死尸。你们不是已经看过了吗？"

"正是。死者是受刀伤致命的。那凶刀却至今还没有发现哩！"

培云向那死者的妻子微睨了一眼，说道："夫人且休息一会，我们现在想到尸室中瞧一瞧。胡兄！就请你引道吧。"

胡兴浓点了点头，便在前引道。培云便跟着出去，我和那探伙也紧随正后面。

第四章　两种证据

我们出了客堂门外，那右边一个小门内，便是楼下右首第二进的厢房。今早我们来见张友孙时，也曾在这室中晤谈过，并且这室又是那窗外人影出现之处，现在便成行凶的所在地。

胡兴浓把一扇绿漆的板门轻轻推开，我们便一直入内。

我的眼光刚和那尸室中接触，立刻看到一种阴森可怖的惨状。室中既非常凌乱，和我们今早来时所见，大不相同。

我暗想这屋的主人，今早还好好的平安如常，一转瞬间，竟出了这样意外的惨变。

那尸身横躺在室内左边，离室门不到三四步光景。头部朝着室门，两脚却向西面。死者身上穿了一件深褐色有方格的国货细绒长衫，脚上一双青缎圆口皮底番鞋，配上一双褐棕色的毛袜。这时他外衣上已有许多皱褶的痕迹，很不平舒。在死者身旁，倒了一张椅子在地上，似乎是经过一番殴打时所倾倒的。地上还有许多玻璃片，也碎散满地。

我再细瞧那死者的面上，见他四肢挺伸，口目却都紧闭，手指弯曲着。面色惨白中还泛着一种灰青色，非常可怕。他那白颈咽喉间，凝结着一大块的血渍，似是致命之处。胸前也有一大摊血迹，衣领上也为血液所污。

我见培云正半蹲着身子，手里拿了一只放大镜，向尸体上的伤口检验。他看了一会，立起身来，向胡兴浓道：“胡兄！这不是被刀伤致命的吗？”

胡兴浓点头应道：“不错。我们刚才也细看过一下，确是被利刀直贯喉部，喉管已被刺断，因而致命的。”

“你不是说还没有发现那凶刀？”

“正是。”

“你可在这室内仔细查看过吗？”

“没有。我因为才来不久，先在外边问了一会话，所以还没有进行什么工作呢。”

“这当然是一件被杀案吧？”

胡兴浓道：“我的意思也是这样。但看不见凶刀，也可做一个被杀的证据。但就这死者的伤势看上去，刀锋自左肩直刺下来，似乎有人在他面前，突的乘他不备，便立刻下手。他措手不及，自然不能够抵抗了。”

培云略一点头，接着问道：“死者生前有一个仇人，曾来窥探过，并有图刺的意思。这一层你不是也知道了吗？”

胡兴浓道：“正是。不过我也不十分清楚。那仇人不是姓马吗？”

培云又俯着身躯，举起死者的左臂，屈一屈瘦弱的手腕。他答道：“是的。哎！你快来看，这里有一个手表，那玻面早已被震破碎，那长短针正指着一点二十二分。”

胡兴浓听了忙道：“金表我也看过，像是受了剧烈的震动所致。我们由这表上所指的时刻，推断行凶的时间。却也恰恰相合。因为刚才官医吴志剑曾经来验过。据说，那死者被害的时候大约在两个多钟头以前。这两相比较，不是很合吗？”

培云的眼光动了一动。他道：“官医已经来过了吗？”

“是的。他同我们一齐来的，验了一回，便即回去。以便偕同那检验官吏来仔细勘验，才能断定。”

培云应了一声。又道：“可曾遗失什么吗？”

“室内各箱锁还都完好着，似乎没有什么损失。并且假如这件真是什么仇杀案子，那更不会想到谋财一方面去了。”

培云点了点头。又俯下身来把死者的衣纽轻轻解开，我见他从那死者的衣袋中摸出一条丝巾和一个袖珍的红皮杂记簿来。他看了一会，又返身向胡兴浓发问：

“胡兄！你大概没有翻动过死者的衣纽吧？”

胡兴浓不答，但摇了摇头。

“这又非常奇怪哩！”

培云说时，我见他两眼里流露出一种好奇心的异光来。似乎这案子的复杂幻秘果真很耐人寻味。

胡兴浓上前接过培云手里的放大镜，向那本小小的日记簿上自行瞧看。

他看了一会，抬头应道：“那红色簿面上，似乎还微微染着几点斑斑的血渍，这痕迹非常微细，粗心些竟看不出来。”

“是啊。可见那凶手行凶后一定还从容不迫地动过那死者的衣服。他所以要解开死者衣纽的缘故，必定是为了搜索——”

他这时再把褶叠着的白色丝巾打开来，忽然落下一张纸片在地。我见他这时的面色忽然顿变灰白，又渐渐泛出一种绛色。

“唉！铁生。我的脑力似在逐渐的衰弱哩。我不知道怎么这几天料事竟常常失着！”

我见他手里拿了一张名刺，便和胡兴浓凑上前去瞧看究竟。

“马龙如：吾杀此獠！”

下面一行小字，是用铅笔添写上去的，字迹非常潦草。哼！培云的料想竟然错了。这凶手所以要解开死者的衣纽，原为留存一张名刺起见，这样看来，并且这凶手便是先前那个马龙如。这行凶的原因，就是为了报仇，并不是另有什么“谋财”、“搜查”的勾当。智者千虑，必有一失。培云这次的推断，竟可算是完全失败。

我见这意外的发现，正想开口，胡兴浓竟也忍耐不住。

他道：“这样看来，这疑案的前途，却又更加近情些了。”

我插口道：“你想那凶手可就是这个马龙如吗？”

他道：“这问题我想没有什么疑惑吧！”

我正想答话，却见培云的身子靠在那一张圆桌上，低垂着头。他的眼睛微闭着，似正深思得出神。那左手的指缝中夹着一支才燃着的纸烟，那烟雾冉冉上升。

这室内寂静了一会。胡兴浓忽又向培云发问。

“梁兄！你的意见怎样？你以我的话为然吗？”

培云略略抬起头来。他缓声答道：“我们现在先不必说定谁是凶手不凶手。不过这发现竟使我的意志更加糊涂起来。我刚才本有一种不同的理想，现在忽有了这发现，我的理想竟完全被它推翻哩！”

胡兴浓听了培云这话，似略觉失望。他反问道：“梁兄！你的意思可对于这马龙如是否凶手的话有些不明白吗？还是——”

“我早说过，我们先撇开这凶手的话，另谈其他问题。须知现在疑团正多，都不能有完满的解决。好在我料定那凶手一时绝不会远遁，也尽可以慢慢从事哩。”

他说完这话，顺便从衣袋中取出一本小册来，将那张名刺夹放在里面。又向胡兴浓发话。

他道：“胡兄！你还有些狐疑吗？我们即使假定那马龙如如果是真凶，他在行凶之后，到现在已距离差不多三小时。这许多时间也是足够逃遁到他处。我们现在缓缓进行，或者还可得到一丝线索，也未可知。假如事过急促，反要生变呢！”

胡兴浓微微点了点头。他道：“那么我们现在怎样进行呢？”

培云听了并不答话，又走近那尸身面前。他用那放大镜在死者的上身仔细查看。我见他面部非常严肃冷峭，态度也渐紧张起来。他忽从死者的衣服上检出很细的一缕东西，从袋里取了一张小纸包起来。我见他面上微微露着一丝笑容，两只深黑的眸子，也灼灼的发出一种异光。

我低声道：“培云！什么东西呀？”

他一手举着那使用的放大镜，一面缓缓答话。

“一缕细丝！拿回去验验再说。”

他慢慢站起身来，一手托着许多玻璃碎屑。

他也用一张纸包起，放在那西装的外衣袋中。

我见室中只有胡兴浓、培云和我三人，那小探伙早已出去。胡兴浓背负着手，在室中踱来踱去。似乎有些很不耐烦的样子。

他见培云立起身来，便上前说话。

“梁兄！你可是发现了什么新的证物吗？”

“没有什么。那地上的玻璃屑片是一只玻璃杯子跌翻的。我见那碎片上的一角星状花纹，还是国货三星厂出品的呢。”

他说完之后，又停了一停，不住向四面察看。

我这时也顺便把这屋的四面，细看一下。这屋的四面墙壁，都用白灰粉饰一新。离室门不远，放了两张大沙发椅。椅旁又有几只旧式皮箱安放着。

箱头又搁了许多零星的对象，非常凌乱。朝南是一层板壁，用一层绿漆油饰，右首本有一个小门通到隔室，这时这门却已紧锁。左边放了两张茶几，上面摆列些茶壶等瓷器，还有几盒纸烟罐，也列成一堆。

那西首摆了一张旧式的乌木漆桌，桌上也堆了不少凌乱的东西。桌旁是一个大的五斗橱，也很陈旧。很像旧货店中的物品。橱旁又放了两张小圆凳，凳上满堆放着不少的衣服，折叠在一起。

这室内朝北开了一面窗口。左边也有两面玻璃窗，这时却洞开着。两旁窗洞，那朝北的是临街的，外面就是那小弄出口不远的地方。上次张友孙望见窗外突然出现那仇人的面孔的，就是这个靠街的一个窗口。

我见这时窗的窗帘两旁高卷起来，但因着那光线的反映，窗内也不能怎样看见窗外的情形。除非那窗外的人面紧紧地贴在窗的玻璃上，才可看得清楚。那窗沿距离地面，大约有四尺以上。如果在窗外窥探那里面的动静，无论什么样的人至少也要提趾而望的。

这窗口的大小，纵约五尺光景，横却不到四尺。窗外还有一层铁的长条格子，外面漆了一层淡淡的绿色。

左壁的两扇玻璃窗，却和这临街的大小不同。窗外既没有什么铁栅，大小也不一样。这时那两扇窗却洞开着，窗外是一小块的水泥狭径，一面直通那楼下的客堂，一面便是那后门口。

我见胡兴浓这时在室内踱来踱去地走着，这室中既很静默，一阵阵的粗浊而沉重的皮鞋步声，竟不时的传入我的耳中，很觉厌听。培云这时立在张友孙的尸体旁，一声不响，似在竭力构思。

我这时微觉有些不耐起来，正想从衣袋中取出一支纸烟燃吸，忽见培云微微地仰着身躯，正在对我发问。

他说道："铁生。你在看什么？可是发现了什么证迹吗？"

我摇了摇头。反问道："培云！你可有什么——"

我这时忽然停口不说。因我见培云不住地向旁边瞧着，我见他的目光忽射到那壁角的地板上，忽听他发出一种情不自禁的欢呼，似乎在无意中发现了什么重要的证物。

我和胡兴浓一齐走上前去，我见培云的神情突然有些变异。那两眼既张得很大，他伸手从那地上的痰盂旁拾取那条带着血迹的手帕时，那头部竟也有些儿颤动。

"哈！这是多么重要的东西啊。"

他那左臂瘦削的手指间，夹着一条有血的白巾。我见那手帕遗落的地方，正离那尸身不远，不过那墙角既较黑暗，并有一个白铜的痰盂做视线的阻碍，连我刚才俯身观看，竟也没有察觉。

我这时不禁插口道："你想这东西，是凶手失落的吗?"

我又细看那白色小巾上，有一大半满染着血渍。巾上并没有什么迹象，可以证明是谁人遗落的。不过在凶手和死者二人之间，总会有一个是这血巾的主人，这是我一见之下，便敢确认的。

我正想发表我的意见，忽见那胡兴浓也抢着发话。

他道："梁兄！这血巾的证据非常重要，据我想来，死者袋中既然有一条白丝巾，这条绝对不会再是死者自己的。"

我听了他这话，非常表着同意。我应道："胡兄这话深合弟意。我想这东西如果真是那凶手留下的话，多少总有些注意的价值吧!"

培云这时口里衔着他那常吸的纸烟，浓厚白色的烟雾一团团从他口里冒散出来。他一面缓缓吸吐，两手却背负着。他站立在这室的中央。我看他两眼既非常张大，双眉也紧蹙着。他抬头，一面不住地喃喃自语着。

停了一会，他忽取下那纸烟，作简语道："铁生！你以为这是那凶手遗下的吧!"

我点头道："培云！你想我这话可对吗?"

他道："据我想来，这血巾或是两人殴击时留下的成绩，或者是无意中落去的也说不定。我们刚才曾在死者的衣袋中发现一条小小的丝巾，和这条的样式却完全不同，可见这东西绝不是死者的。这话胡兄刚才已经说过，很有见地，不过如果说果是凶手——"

我见他的话还好像有些怀疑的意思。

我因道："培云！你怎么竟说'果是'? 难道你想不是凶手遗下的吗?"

"你的意思的确有强烈的可能性。不过现时我们当然还不能有怎样肯定的断语。目前暗礁正多，你既未经什么仔细的考虑，便一口咬定，却未免有些性急鲁莽吧?"

我经他这么一说，不觉有些不好意思起来。过了一会，我正想回话，忽见胡兴浓又继续发表他的意见。

他道："梁兄！我们姑且假定那血巾是凶手遗留下的东西，可见他行凶以后，一定非常匆促，急忙逃走，不能够从容消灭那行凶的痕迹。所以连这么大的一条手帕也没有看见啊。"

我听了他这话，不服道："胡兄！你这话，我却有些不敢赞同。那手帕遗落的地方，光线非常黑暗，又有一个痰盂在旁。我刚才也几乎没有看见，更不能怪那凶手的失着。还有一层，胡兄刚才不是认定那名刺也是凶手留下的吗？这可见他行凶后的一种临事不乱的状态。这不和胡兄说的意思有些抵触吗？"

胡兴浓向我直瞧着，面上忽泛露出一种红色。

他嗫嚅着说道："话虽如此，我们姑且不必拘着什么成见。蒋兄可是有什么高见吗？"

我道："我的意思恰和你的料想相反。我以为这人行凶的布置非常周到，那临事不乱的镇静功夫也不小。不过那失帕的地方很是黑暗，他一时失察，便露了这么一个破绽了。"

"蒋兄这话可是有了什么根据而发的吗？"

我道："那自然。就是死者袋中那张有字的名刺也可做一个证据。他也许本来不想留名的，后来恐妨诬陷了他人，自己既已决定远扬，便临时在自己的名刺上胡涂了几字，所以那字迹非常潦草。你想我这话可对吗？"

胡兴浓还没有答话，培云立在我的背后，却先发了一句很短的说话。

"铁生！你们且不必争辩，先来这里看看这奇怪的迹象吧！"

第五章　窗上足印

他说完了这句话，便即回身奔向那左边洞开着的两扇不临街的玻璃窗前。我和胡兴浓也急急地跟着他向前。

他指着那两扇绿漆的玻窗说道："刚才我们不是听得那金荣说过，这两扇窗，在他主人出去的时候，还是紧紧关住的吗？"

胡兴浓抢着答道："是啊。"

"据金荣说，这窗是难得开的。现在却洞开着，这里面不是有些——"

我仰头向那窗望去。这窗的样式较小，窗外便是一小方块的水泥狭径，一边却可直通后门外。我上边也已经说过，那窗上油了一层绿的漆色，很是好看。我的目光渐移动到那窗栏，我的眼睛忽和一样东西接触了一下，我仔细瞧看，不觉喊了起来。

"哎！那里不是有半个足印吗？"

培云听了，忽道："是啊。胡兄！这泥迹你不是也看见了么？这分明是有人踏上去印下的半个足印。不过痕迹比较浅，粗看却就也不容易注意了。"

我见胡兴浓的面色，泛红了一阵，似乎很不好意思。

"这泥迹我也看过，只是一时粗心，没有想到这一层上去。梁兄！你想这可是凶手的足印吗？"

培云却未回答，一手拿了那只放大镜俯着身子仔细察看。

不一会，他忽仰面叫道："这是皮鞋的前端，不过印得非常模糊，已瞧不清那鞋底的特征。大小却很明显。二位请瞧！可有什么见解吗？"

我上前俯首瞧看了一会，果和培云说的完全相同。培云又把这足印绘在一张纸上，放好在袋中。

他随手从袋内摸出三支纸烟来，二支分赠给我和胡兴浓，一支自己燃火吸着。他又重续说道："铁生！你对这发现可有什么意见吗？"

我连吸了两口烟，答道："这窗外边虽也通着后门，但这个通道却不见得便利。并且这室门当时也开着，那凶手为什么不趋彼而就此呢。这些地方都很说不通。所以我的料想，以为这足印绝不是凶手印的。你以为如何？再进一步说，这足印也许竟是死者自己的。不也可能吗？"

"你这话果然不差。假如是死者自己踏过这窗栏印上去的话，那死者可有什么目的？你可有什么新的意思吗？"

我正要回话，那胡兴浓却先我一步开口。

他道："这我却有些愚见。这室中的情形既很凌乱，死者和凶手也必有过一番争斗。这结果死者渐渐不支，便开窗逃走，却没有成功。终被凶手谋害。所以那窗栏上竟有了个死者的足印。你想这可近情吗？"

培云听了这话，竟微微摇头。同时，又提出一个很有力的反驳来。

"你这话虽似不错。但这个足印明明是皮鞋印子，和死者脚上的那双青缎圆口皮底番鞋不是完全不同的吗？"

胡兴浓低垂着头，一时没有话回答。

停了一会，他才抬起头来答道："这个也许另有什么缘故。假如那足印不是死者的，那么可是凶手留下的吗？"

"这也不是。那凶手为什么要由这窗口出入？这不是很不便当的吗？刚才蒋兄的话深合弟意，不过他的意思却还没有完足。依我看来，这足印固然不是凶手印的，却也绝不是死者遗留的。这问题有些困人脑筋呢！"

胡兴浓听了他这番突兀的话，竟有些捉摸不定。我也一时摸不着头绪。

我道："培云。你可以为这里面可还有第三个角色吗？"

培云又摇了摇头。

"照这情形看来，那张友孙被杀以后，第一个进来发现的就是那仆人金荣。你可对那金荣有些儿疑心吗？"

"我本不曾想念到他，但这第三者又是谁呢？"

"你先不要胡思乱想。这中间的疑团很不易解决。你现在可曾想到那凶手的进出最便利的一条路是什么地方？"

"那自然是那后门啊。"

"那后门不是紧锁住的吗？那么，他又怎能自由出进呢？"

"那凶手不可以用别种方法开闭那扇木质的板门吗？"

"别种方法吗？什么方法呀？你莫非疑惑凶手会同积窃一般的用钳锥将门撬开吗？那后门却没有什么损坏哩。并且这小弄出入很杂，这种冒险的勾当恐怕没人去做呢！"

"难道他不能有同样的钥匙？"

"不能。这种新式月光牌的德国弹簧锁的制造是非常精固的。要想模仿着伪造一把钥匙是很少有的，难道这凶手又是一位伪造钥匙的专家？"

我道："据你的意思，那凶手是怎样出入的呢？"

"我们现在对这事先不必多作讨论。须知这凶案的情形既比较繁复，着手的方法也很不易哩。"

他说完这话，顺手把夹在指缝间剩余的纸烟向那地上的痰盂中丢掉。他接着便向我们述说目前应做的事情。

我们应做的事情，可分为两层。第一层是仔细查检室内的工作，这步比较繁杂，由培云和我二人担任。目的在寻找些新的线索和行凶时留下的迹象。

第二层的工作较易，由胡兴浓独自负责进行。他所要做的事情有三：第一，向死者的妻子打听死者平日的生活状况和过去的历史；第二，要问他素相交识的朋友们有几？和他们的住址；第三步是回到警署中去查询那附近值岗和巡逻的警察，可有什么可疑的人行过。这一着棋子在这凶案未发生以前，培云已经托胡兴浓吩咐过那警探们对这弄内出入的人多留意一些。

我们大家商量定了，便照着干起来。我们等胡兴浓出去之后，也立刻动手做那查验的工作。

我们先把这室中的情形细看一遍，尤其那墙隅的地方，更是仔细，但结果却没有什么可疑的迹象。这室内的光线虽比较黑暗，但我们细细察看，的确没有什么证迹。地板虽不很光滑，那一层棕色的漆泽却也油饰得很好。那地上灰尘很多，墙角壁隅的所在尤其积垢满地。地上的足印非常杂乱，便辨别不出。我心目中所期望的凶手出入的踪迹，更不要提起了。

这二步既未得什么发展，我们查勘的对象便又换了一个方向。那左边和朝北的两个窗口，我上面已经讲过。这时我再去瞧看一会，也没有什么疑迹发现。于是我们又不得不再从他处着手。

那北边绿色的板壁下放了两张茶几，几上有许多瓷器茶壶茶杯之类的东西，和纸烟罐等杂在一起，当然没有什么可瞧的。右首本有一扇板门通到隔室，这时却又锁住。朝西有几张大沙发椅，旁边还有几只箱子，每只都箱锁完好。对面墙下有一张大的旧式乌木方桌，比较有些注意的价值。

我因细看那桌上的东西。这木桌虽已陈旧，上面却铺罩了一块白色半新的桌布。桌上的物品非常杂乱无章。桌的左边有一罐开着的纸烟，一只空着的火柴盒子，那剩烬烧残了的火柴也有几根堆着。旁边有一座铜质的小时计，还在缓缓地走动，不时发出那滴滴的声音。右首放满了许多大大小小的书本，也已破旧不堪。还有那白铜的笔架也放着，上面插了两支墨笔。一个小小的砚台，也搁在一边，上面斜放着一碇松烟墨，砚中还有些余水未干。

我见这桌上的东西，都没有什么特殊观察的必要，我正想向那木桌左边的大五斗橱上着眼。培云这时也早就瞧到那乌木的方桌，他伸手把那桌面上许多凌乱破碎的书籍翻动一下，忽有意无意地哼了一声。

“哼！这里面竟有两张这样的报纸，也可想到这死者平日堕落生活的状况哩。”

我见他手里有几张流行的关于舞场韩庄等记载的小报。这种东西，在当时曾非常时髦过，内容看了令人肉麻得很。培云所说的堕落两字，着实没有用错。

我见那一大堆的书籍中，也都是些小说唱调之类的东西。

培云这时已旋转身来，向左边走去。我跟着他一直奔到那大五斗橱前面。我瞧那大橱约摸有五尺多高，三尺余宽，占的地位却也不小。这橱的式样既已很老，外表也蔽旧不堪。橱顶上的积垢灰尘很多，橱后斜倚了两把布质的雨伞和一条很粗重的藤杖。左边有几张圆木凳，搁在橱旁一边。

培云动手把那橱的一只抽屉抽开，里面却是些大小衣服之类，都折叠得很好。再打开另一只抽屉，也是许多零星的什物，没有什么值得细看的。

我不觉有些失望。

我瞥见这屉有几张大大小小的照片，其中有一张是死者夫妇合摄的。死者在这照中面容比较胖些，也没有什么悲戚的神色。他的妻子面上，却多了一副金丝——。

我正在看得出神，却听得培云那低微的呼声。

“铁生！铁生。”

我立即收摄了目光，向他望去。

我见他手里拿了一把短小的黑铜手枪，那另一只抽屉却半开着。

他道：“这手枪是英国制造，45口径的，枪膛中的子弹却都装满着，可见最近还不曾用过。啊，啊。你看这里有几封信，不也有些值得注意吗?”

我随便取过几封。两封是南京寄来的，已隔三月。一封却是本埠姓李的来信。却是些寻常的家信。还有一封就是今早死者给我们看的那封恐吓信，外面印着十一支局的邮戳，内容很是简短，我今早已经见过，便丢开在一边。

培云也拆看了几封，也是些平常的信，一些没有可疑。而且日期也已隔了许久。

我们又把余两个大的抽屉抽开细细瞧看，却并没有什么可疑的东西。

培云沉吟了一会道：“这里也毫无疑迹。现在我们的事情已完，且到外边去看看胡兴浓吧。”

我点了点头，正待同他一齐出室，却见那侦探长胡兴浓也由外边很急忙的进来。

他一见我们，便立即开口报告他查问的结果。

他曾向死者的妻子探问过。据说张友孙从前虽在过军队里，现在早已不干。他因为薄有积蓄，所以到上海几年，从没做什么正当的职业，只是一天到晚的闯荡着。这一点和我们所发现的小报等互相印证，恰很符合。我因此推想到他既很浪荡好色，或许在外面和旁人别有仇隙，因而突然遭了惨害，事实上也很可能。

死者交友却很少，常来的人更没有几个，就是当天晚上请客的那李家亲戚里，也很疏薄的。所以据情势而论，张友孙妻子讲的昨天傍晚曾有一个姓潘的陌生人突然见访，这一点也很觉重要。至于向本区中查问那值岗的警察，可有什么踪迹可疑的人经过，却还没有进行。

他的报告既已完毕，培云也把我们所发现的东西告诉他。他觉得那把黑铜手枪很重要，别的却也没有什么意见。

于是我们的着手步骤，又转到那最重要的缉凶问题上去。

我们一齐走出尸室，仍回到先前那间楼下客堂中。这时死者的妻子早已上楼安憩，不在室中。我们大家既经各把侦查所得的结果交换过，便各坐下讨论那缉凶的问题。

据培云的意见，这行凶的凶刀尚未发现，还有那查问岗警、寻那个潘姓的胖子等事情，那应当急急从事。至于这张友孙被害的原因，却有许多不同的见解。

在未发案以前，死者曾经接到他仇人马龙如的恫吓信，那姓马的又真来窥探过。张友孙的被害，此人实有最大的嫌疑。至于那凶手遗留下的一张有字的名刺，更是行凶的一个铁证。

不过张友孙如果真被那马龙如所害，这时姓马的必早远扬，绝不容易逮捕归案。

此外我觉得那死者的无赖，也有被害的可能性。不过和上一个理由比较起来，却没有上一个来得近情。而且没有什么事实做证据，侦探起来也较少把握。

如果讲到那张友孙的被害，也许另有主谋，不过贿通了什么人去干的。那么那仆人金荣也很有可疑。

目下既有三种假定的理由，便由培云提议，仍彼此分工合作。

培云因有他事，先回寓里。我和胡兴浓便就附近警察中探问张家左右地方可有什么可疑的人。

我们分手之后，培云独自乘车回寓。我和胡兴浓却先去附近湖州路长江路转角值岗的警士处探问。

这时天已近黑，马路上已暗暗笼罩着一片暮色。不过路上的电灯却还没有开亮。两旁行人道上树枝的黄叶，被那一阵阵寒风吹得七零八落，显着秋季一片凄凉景象。

我们在途中，胡兴浓和我讨论着凶案的情形。据他的意思，以为这明明是一件仇杀案，那凶手便是死者生前的仇人马龙如。他又问我的推断究竟怎样？

我答道："你说这是一件仇杀案的话，我也很是同意。那姓马的仇人分明也背了绝大的嫌疑。不过你现在竟认他是真凶，如果没有什么旁的证明，却未免太早些哩。"

“这却不必怀疑。我们现在出去探听，不过为了缉凶一层着想。若说那凶手是谁？那尸室中留下的那张名刺，不也可做一个重要的证据吗？”

我道：“你这话也很难确定。假如那名刺……”

“别的先不必提。你但想那死者的身畔竟会有一张仇人的名刺，上面还很清楚地写着。如果那凶手不就是这仇人，那么，还有什么其他的人呢？”

我被他一说，一时不知怎样回答。

过了一会，我才道：“这话也同样不能算数。也许有什么别人将他杀死，故意遗留下这样一张奇怪的名刺，以便嫁祸他人，借以卸罪。不更近情些吗？”

“如照蒋兄这话，什么人才能留下这人的名刺呢？还有几天前死者曾见他的死仇暗中来窥探过，并有行凶的意思。你对这事又有什么解说呢？”

“我的理想虽没有什么充分的理由，你的见解却也有些失了根据。假如你确认那马龙如是凶手的话，那么你对于他的来踪去迹，以及那前前后后的疑点，可都能一一解释明白吗？”

胡兴浓的脸上忽然有些儿变了颜色。他那额角上的青筋暴露着，面色也渐泛成红淡淡的羞容。

他急道：“蒋兄！你这问题不但我在没有查询以前不能及时答复，即使培云兄，也恐怕要对付不下呢。”

我正想回答，我们的身子已由长江路拐到湖州路转角地方，我们二人的谈话也暂告结束。

第六章　白衣人

我们穿过了长江路的平坦马路，一直走过那十字路口的街口，到了对街。我远远看见了一个警士，直站在路旁的电灯木柱前面，一手持着那黑白漆色相间的警棍。

他见了我们，连忙立正行礼。

兴浓向他微微点头，便开口问道：“李福。你可是今天正午后才来值岗的吗？我叫你对那斜对面兴安里弄内的出入的人留心些，你可依话守候着吗？”

案情的变化，真可说是令人捉摸不定。有时非常沉闷，像陷在黑暗中，有时的进展却非常迅速。现在我们的处境，正似那黑夜迷途的人，忽见前面露出一丝光明。

那警士向胡兴浓看了一眼，答道："探长，我自从午后值班，我站在这长江路的对街路口，对那弄内出入的人瞧得非常清楚。我到了不多一会，见那弄内出来一个男子，这人我以前有些见过，便是那弄口左边九九号张家的主人张友孙。他由弄内慢慢地踱出来，一直转过长江路。我见他的背后又另有一个白衣的男子，也跟在后面。那人的模样虽没有什么，但他在这个时候，穿的一件不合时的白色衫，故此很引起我的注意。"

我急问道："那人有多大年纪？你可觉得他是尾随着那张友孙吗？"

李福迟疑了一会，答道："我没有看清，身材也和普通人差不多。至于他是否有意跟随着，我便不得而知。"

"你可记得那回事的时候吗？"

"我也不能说定。后来那姓张的渐渐走去，我又见他家的男仆金荣急急地走出弄外，也向西转弯。以后我忙着指挥车辆，那弄的进出却没怎样特别注意。不过傍晚却有几个形迹可疑的……"

胡兴浓忽怒道："你干的什么事情？不要再无理取闹了！那姓张的早在一时左右，在他家被人谋死哩！"

我见那警士受了申诉，低垂了头。嘴里喃喃地说着，似在表示他的惊讶和叹息。

胡兴浓又向他咆哮了几句，便和我离开那岗位。

我们这一次探问的结果，可算失败。不过平心而论，那其中有人尾随着张友孙的一个新的消息，在案情上若说它完全没有代价，自然也说不过去。我以前本有一种仇人尾随的理想，却没曾说出。现在这个发现，却有几分和我的所料恰合。

我们在归途中，因又继续我们在上面未完的谈话。

我先开口道："胡兄！你可觉得张友孙走出时，后面一个白衣的人有些可疑吗？"

"蒋兄竟也和我同意吗？我觉得那白衣的人在这案中的嫌疑很重。那尾随的意思我也已确定。不知你的见解如何？"

"我还不能说定，那白衣的人当然处于非常重要的地位，只是我们如说他便是凶手，似乎还没到一定的时机哩。"

"那么依你的意思便怎样？"

“我也不能什么确定，还是先回寓里，看看培云的解释再说。”

我们先回那行安里九九号张家。那检验的官吏等还未来，于是我便和胡兴浓分别。他留在张家，以便等检察官等来勘察时顺便照料一切。我临行时和他约好，查验时如有什么新发现应当注意的地方，请他打一电话到我们寓里去。

这时天已入夜，马路上灯光四璨，我一个人乘了包车驶回卡德路五五四一号我们的寓所。

我回到寓所的时候，遥遥望见楼下那办公室的窗内，灯光雪亮。培云正一个人在拉奏那凡哑林。我在上面早已说过，他对于这音乐有很深的嗜好，如果遇了什么棘手的案子，那弹弄起来，更足以把那一团乱丝似的思绪，整理一下。所以这种西式乐器，对于培云不仅是出于他那番美的情感，还有一部分苏脑宁神的功效。

我轻轻地推开那办公室的门，他见我进来，便把那阵悠悠扬扬的提琴声音止住。

他向我道：“铁生，你的职司已完结了吧。”

我答应道：“正是。”

我因把我和胡兴浓向那岗警探问的结果，向他说了一遍，并把我临行向胡兴浓说的话，也重复告诉他一遍。

最后我说道：“培云。这凶案的情节这样复难，你可已有了什么见解吗?”

培云低垂了头，沉吟了一会，才道：“铁生！你不要性急，据我想来，这案子现在的情形，实在宜缓不宜急。至于见解一层，我虽已有几种理想，但都需等待那时机的变化，现在即便想急急着手，也不可能呢。”

我乘势问道：“那么你已有了什么理想呢？可否讲给我听一下?”

培云的左手把那指间的才燃着的纸烟灰弹去了一些，向我微微一笑。

他道：“这我也没有什么把握。现在吃饭时间已到，我们奔波了半天，我已有些饥肠辘辘，饭后再谈吧。”

晚饭的时候，我的脑海已被这凶案的许多疑问牵引住，思绪既很杂乱无章，举动也很不安定；对于培云所特别提起今晚上的佳肴，更无心吃去。但瞧他的举止既很安详，进餐间也有说有笑，假使素来晓得我友古怪的脾气的，那么他这时候却似近人情些了。

培云向来有一种习惯，每逢案子没有完全得手时，总不愿多说一句。恐怕一讲之后，如不能实现，不免有损他的声誉。这当然是他办事谨慎的地方，但在局外人看来，就不觉有些牙痒痒的难受了。

我当饭后，乘着大家吸烟休憩的时候，我不禁重新向他继续我饭前的问句。

他半躺在那白帆布的卧椅上，伸直了两腿，很安暇的吸烟。他缓慢而有秩序的吐纳着，那一圈圈的烟雾，也渐渐地散布开来。

他听了我的问句，那双目微张了一张，他取下那纸烟，顺便把烟灰弹去了些。

“也好。这案子据我想来，那凶手如果确是死者先前结识的那个姓马的仇人，我们自然应该急急缉凶，以免有什么远遁漏网之鱼。这一着我已有些准备，刚才我临行和胡兴浓告辞时，已嘱他派那十分干练的警探们，在那车站轮埠等处等候，有没有什么形迹可疑的人离埠。不过这法子是否有效，因距离那发案时间已久，连我也不能预料。但这案子的幽诡幻秘，实有些出人意料之外。我现因有几个疑团不能解决，一时也就不能决定这‘凶手是谁?’的问句。所以只可暂待那时机的变化慢慢地按步进行了。”

“你以为这案子只需静候时机的进展吗? 你又有什么理由，可以讲给我听一下子吗?”

我见培云紧靠着那帆布椅背，伸足躺着身子。他一壁取下那嘴里叼着的纸烟，一壁缓缓答话。

“我现在实有许多疑点，在这些疑点没有完全明了之前，只能静候，不能越级急进。你可明白我的意思吗?”

“什么疑点?”

“这案子的主凶，嫌疑最重的自然是那个死者的仇人马龙如。死者生前既曾接过他的恐吓信，又被他在窗外惊吓过。从这些事实推断起来，那姓马的对于张友孙必定早有图害的举动，绝不会有什么好意的。铁生！你的意思不也是以为这样吗?”

“是啊!”

“奇了！他既要报仇，来谋害那张友孙的性命，他尽自可以乘机迅速动手。何必先加以恫吓，更写信通知他的仇人呢?”

我听了呆了一呆，一时不知怎样回答。

培云又继说道：“须知他一次露面，所付的代价实在很巨大。在他的心目中，当然不愿让张友孙知道，好有所准备。那么他何以要虚声恫吓一下呢？假如他万一不慎，行凶未成，反而露了形迹，或竟被捕，那么，他这牺牲不是很不值得的吗？”

我一面听着，一面不由暗暗地点头。

“培云！你这话果然不错。这不就是你所疑讶的吗？但那凶手已再接再厉地干起来，他那谋害的图谋竟又实现。你这番推想，可算徒劳无功哩。”

培云把手中的纸烟弹去些烟灰。他忽摇了摇头。

“不，不。倘使我这层理想果然不错，那这马龙如是否真凶的问题不就有些考虑的价值了吗？换句话说，这凶手是否另有他人，或由他人假冒，不还要费些思索？”

我以前虽也曾有过这假冒的理想，但究竟没有什么根据。这时见培云也这样讲，我故意的反驳一下，看他怎样回答。

“你不是对那姓马的是否凶手的话有些怀疑吗？那么，你的理想和事实不有点矛盾吗？”

培云听了我这话，他忽仰起面来，两眼也张得很大，满现着他那惊异的神色。

“什么矛盾的地方呀？”

我先不即答，但反问道：“你的意思不是说那姓马的不是凶手吗？”

“是啊。我们对他行凶的举动既有些怀疑，那是否凶手的问题自也不能决定。你难道还不明白嘛？”

“你怎么竟说会有人假冒这凶手？这不是很矛盾吗？”

培云将那残烟丢向那柜角的痰盂中，他忽又摇了摇头。他那唇角微露着笑容，缓缓地向我回话：

“好铁生！这就是你所说的矛盾的地方吗？你怎么不将前后的事实仔细去忖度一下？”

“怎样？”

“死者和姓马的纠葛，虽今早据死者自己说，并没有他人知道。但瞧他答话的态度实非常可疑。并且他并不曾故意瞒别人，也许另有什么他人知道，亦未可知。今晨你不是问过死者，对那仆人金荣觉得很可疑吗？这一层还是你自己说的，你怎么这样健忘，连自己的说话都记不起来哩？”

我停了一会，才抬头问道：“据这样看来，那凶手所以要假冒姓马的去刺害张友孙，对这姓马的和张友孙的仇隙必定也知道得很清楚。依这条见解去追究凶人，自然不是没有头路可寻。你想可不是吗？”

“正是。”

“那么，我又不明白哩。那凶手既然不是姓马的，可见那马龙如要想谋害张友孙的意思自然也是虚构。何以死者会曾望见窗外有马龙如的面孔来探望，因而惊悸亡魂？既然没有人要害他，他何必这样恐怖呢？”

“铁生！你这话很有意思。据我的料想，死者的身躯虽和常人差不多，神经却脆弱异常。他既以为有人要谋害他，当他见了报纸的越狱新闻之后，他的神经一受刺激，更显出他那种心虚惊骇的状态。刚才我们在尸室中查勘的时候，你不也看见那怪面出现的窗口吗？我见你曾在那里细瞧了一会。那窗和地面的距离很高，窗外又有一条条的铁格作视线的障碍。在夜里面瞧看外面实不能怎么清楚。那死者在那烟雾缭绕中，骤见那窗外一个模糊的人面，又因他有过很深的恐怖印象，自然觉得他那死仇前来窥探和图害他的性命，越觉震栗惊骇不宁了。”

我听培云的话，不禁点头，暗暗称是。同时，我忽又想到那恐吓信的事情来。

培云听了我的问句，接着道：“铁生。你问我那恐吓信的话，这更易明了。毋论那凶手绝对不会这样客气的通知，至于死者自以为那死仇要来谋害他的性命，精神上一受打击，那衰弱的神经更益起来。这原是普通医学的常理。他所说认得那仇人的笔迹的话，事实上他和那姓马的已不通音讯多年，怎能记得清楚。那信上寥寥的几句话，字迹既很生嫩，又像故意做作的。这一点你当能看出，似乎用不着我来多说了。”

“那么尸室中怎会曾有那姓马的名刺出现呢？”

“这东西的来源我虽不怎样明白，但当然也是凶手伪造，引人走入迷途的。这东西的原因我们捕得凶手后自会明了，你也不必太过虑哩！”

我见培云的意志非常坚定，似已胸有成竹。

我暗想到傍晚我和胡兴浓去查询那湖外路值岗的警士时，他曾见午后张友孙出弄时，后面有一个穿白衣的男子，行迹很是可疑。我当时对这凶手的问题既不清晰，脑海里又满觉得那姓马的行凶最为近情。现在疑团一经打破，那个尾随着死者的不知姓名的男子，便成这疑案的一个非常重要的角色。

“那个白衣人……白衣人……”

我嘴里轻轻地说着。培云见我呆坐了出神，便开口笑道：“铁生！你在做什么呢！不要杂乱无序的胡想吧。”

我本想将我的见解一问培云，看他的意思怎样，但我方要启口，他忽又抬头向我说话。

“铁生！你莫非对我刚才的一番说话还有不明白吗？我现在早有一种理想，对这案情上有几处发现，是你所不知道的。你且不要多虑。我还有一二疑团不能解决，否则就可破案了。”

我听了他这话，不禁更加提起精神来。

“什么疑团呀？”

“你怎么这样性急。须知我现在虽有了一种理想，却还待解决了几个疑点之后才有实在的把握。……啊，铁生！你可有什么见解么？你虽没有开口，你的状态早就告诉我哩！”

我早要说出那个穿白衣的可疑的男子来，这时见培云发问，便立即说出我的意见。

培云听我说话之后，却并不发表什么意见，似乎他早意有所属，对于别的发现竟不愿分心去思索。我虽知他有了一种理解，但却仍如困在黑暗的道路中，简直摸索不着什么途径。培云虽较有把握，但他仍守着那卖关子似的老脾气，不肯贸然发表，这一着自然是使我十二分扫兴。

我道：“培云！你现在希望些什么？你的理想又是什么呀？”

培云微微摇了头。

“唉！你那暴躁性急的脾气，怎么竟不能改掉。我现在委实不愿多说，你还是早些去睡吧！晚报不是已经来了吗？你不妨浏览一下，舒散舒散。明天恐怕还有一天的奔波呢！”

培云说完这话，竟起身离开办公室到楼上去。我既不便再开口问他，见这时还早，便先燃了一支纸烟吸着，借此宁一宁神，随后便将那未完稿的《南方雁》继续着笔。

可是我的脑里，已充满了这凶案的兴味，思绪非常纷乱，竟不能安心写下去。我写了半章，便又收拾稿件，掷笔起身。

我耳中听得培云在楼上踱来踱去的步声，便熄了办公室的电灯，回到上边卧室去。

我的脑室中满充着许多疑问，这张友孙是怎样死的？行凶的人是谁？被害的原因？……马龙如？贿通了金荣？一个白衣可疑的男子？其他的人？……

第七章　金荣

第二天清晨，我起身得很晚，培云却早在楼下的办公室中吸烟休憩。我起床之后，先洗漱一下，便预备下楼去找培云，将我心中的疑团向他质证一下。我下得楼来，推开那办公室的门。见培云一个人对窗背坐着。他身上仍披着那件宽大的丝绒浴衣，脚下踏着拖鞋。那长方形的写字台的一角，放了一杯食剩的牛乳，杯底还有些白色的余沥。当天的《沪报》也已送来，却没有翻看，仍搁在书桌一边。

“早安！铁生。你快来瞧这有趣的试验，至少可使你增进些新的智识哩。”

他回过头来，一面向我作势招呼，一面低声说着。我向他微微点头，便凑身来到那写字台前。

我见他坐在桌前，台上放了许多小包的试验粉质，上面标明各品的中文名。中间的一只铜架的火酒烧灯，也正在燃烧着。旁边有两三支大小的玻璃管，安放在一起。

“你可是正要做什么化学的试验吗？”

我说完话之后，见培云立起了身躯，取了小包的细粉和少量的锌粒。他将那包中的细质浸入烧瓶中，又放进些适量的锌粒，再将玻璃管中的稀盐酸加入。我见这几种物质燃烧的时候，忽现出一种淡蓝色的火焰和物体的蒸汽来。

培云一手取了一个小小的瓷盘来，和那火焰接触了一下。

“哈！”他笑着说。

那瓷盘上竟凝结了许多褐色的斑点，非常显著。

“铁生！这是砒毒的试验。这样可以辨识在任何可溶性的化合状态中砒是否依然存在着。这斑点便是砒的凝合物，很易看见的。”

我张大了眼睛，露出一种惊奇的目光。

他又继续说道：“我们知道砒是一种有剧毒的东西，往往吃去少量的砒霜便可致命的。你可知道砒所以有毒的原因吗？”

停了一会儿，他又继续说下去。

“这中毒的原因，大概是和人体中的水分化合而成一种亚砒酸的毒质。

所以如有误服砒霜，可用一种氢氧化镁做解毒剂。因为这种东西和那亚砒酸可生成一种不能溶的亚砒酸盐，不为人身体中的血液所吸收，自也不致中毒了。”

我听了点了点头。

我暗想培云治事的精神和研求的态度，都很可敬。尤其是对这种极普通的化学常识，更应有几分懂得，办案的时候才不会诬陷他人。但这时我国一般的所谓侦探们，根本没有什么侦探的技能。往往随便抓了一个张三李四指为什么案子的凶人，一些儿不负责任，连什么证据都没有。这种黑暗的情形，真叫人可叹可怜！

我一壁暗暗忖度着，一壁见培云已将那试验的东西整理放好。我正想开口向他发问，我们的仆人卢昌已推门把我那简单的早餐送进来。我缓缓咀嚼着那焙好的面包，一面慢慢地饮那杯中的牛乳。

培云这时也急急的取起一张《沪报》，细细阅着。

这时大门外的电铃忽又铃铃的想起来。我顺手放下乳杯，倾耳听着。那窗外碎石砌径上，起了一阵粗重的脚步声，我听室门轻轻响声，我们的老友侦探长胡兴浓已推门直入。

他左手插在裤袋中，右手却用一条白巾揩着那额角上的微汗。他那肥大的头颅高昂着，面色也红涨得很厉害。

他走近我们的面前，一面向我和培云点头，一面高声说话：

“梁兄！蒋兄！早呀……”他伸在袋中的左手，又探了一探摸了一个长方形的报纸包出来，他又继续说着。

“啊！你们看，这是个多么重要的物证呀！”

“什么呀？”

“凶刀！”

培云听了不由分说，急急上前将那纸包拆开。

我见那包中还有一层染血的白布，裹着那雪亮的凶刀。那刀长约三四寸左右，上面镶着那牛角质的刀柄。刀锋既很锋利，直刺入人的皮层中自然能够立刻致命。

培云从写字台的抽屉中，取出放大镜来，仔细验看了一过，才轻轻答话。

“这当真是把锐利的凶刀！胡兄，你怎样得来的呀？”

胡兴浓又将那手巾向额上揩了一揩，才气息咻咻地答话：

“这是今早大清早的时候，由一个清道夫在那弄口的垃圾箱中拾来的。”

我暗想我昨晚由兴安里出来时，那张家对墙果然有一个水门汀做的垃圾箱，有好些菜叶和有机物的屑片浮散在那垃圾箱口外和地面上，散出一种令人不快的臭气。

胡兴浓续道：“他将这凶刀亲自交给一名路过的警察送到警署里的。这发现很觉重要吧！”

培云又取放大镜对那染着大半血渍的包布细细瞧着，我听他忽发出一种低微的呼声。

“唉！这不是血……血的指印吗？”

我的听觉已被他的呼声引动，立刻凑身上前瞧看。他把那右手中的放大镜授给我，我对镜瞧了一会，一面略略点头。

“正是。你想这血的指印可是凶手染上去的吗？”

培云还未回答，胡兴浓已定了定神，高声抢着发话：

“什么？还有指印吗？这证物不是更加重要了吗？”

我将那放大镜递给他，他接过瞧看，不住地点头。

“这是拇指的痕迹，印得非常清楚……胡兄！你可是说着凶器是在今早发现的吗？”

“正是。”

“什么时候啊？”

“大概在六点钟。不过送到警署里时，已近七点了。”

培云低头沉吟了一下。

“贵辖区的垃圾箱可有一定的收拾时刻吗？”

“是的。每天总在早晨六时左右，便要来扫一次。那凶刀恰抛在箱中，外面被一大张新闻纸盖着。”

“这血渍的布可是和那凶刀在一起的？”

“不错。原是包裹着那凶刀的。”

“很好。”培云说完这话，又向那凶刀瞧看。他点着头道：“这刀锋多么尖锐而锋利啊！”他又旋过头来，向胡兴浓说着。

“这东西果真非常重要。我们现在不妨假定这利刀是那凶手行刺后出弄时丢入箱中的。有了这指印，对这正进行的案子，着实有不少的帮助。铁生！你的早餐已经吃完，快些换好衣服，同我出去走一趟吧！”

我见培云这时精神既焕发得多，昨夜那疑虑的状态也早改变。我虽仍如困在五里雾中，一些摸不着头脑，但仍遵照着他的吩咐，预备一同出门。

培云也把衣服换好，便和我等一同出寓。

在我们由卡德路寓所到电车站的途中，胡兴浓又告诉我们那张友孙的尸体昨夜已被检验吏仔细验过，确系受刀伤致命，此外却也没有什么新的发现。

在路上培云告诉了我现在出去侦探的目的，却和他不同。我的职司是要到闸北新民路金荣的家里，探询他昨午回家的情形。因据培云的意见，金荣在这案子里分明也处着很重要的地位，而且也很有嫌疑。为要充分明了这案情起见，这一趟的出去侦探是断不可少的。

培云自己却另有别的事情，到死者家中去一回。胡兴浓也独自回去警署中。虽然他路上曾征询培云的意见，培云却唯唯否否，不愿发表他的意见。

我在电车站和他们分手之后，我便一个人乘车到闸北虬江路口。我下车之后，朝西走去，不一会便到那新民路的转弯。据培云告诉我，金荣的住所是新民路一条叫做酱园弄内第七家。我寻到以后，那一带都是些破蔽不堪的小小的平屋，显出十分龌龊不洁，弄内家家的墙上，都晒挂着那洗好未干的衣裳，五光十色随风飘荡着，弄口有几个小孩在踢球游戏，面孔也非常脏，弄内的住客既多，更觉得有一种嘈杂叫嚣的情形，令人感到不快。

我见那第七家三十号的大门紧紧关着，正想上前探问。忽听那门声轻轻响动，原来竟没有锁上。门内走出一位年纪将近半百的老妇，左手提了一只水桶，缓缓地由里边走出来。

我上前说道："老太太！请问这里可有叫金荣的吗？"

那老妇放下手里的水桶，向我打量一下，便也笑着回话。

"先生！这里便是金荣的家里。你找他做什么呀？"

"啊。金荣哥可在家吗？我要动问一句，为什么昨天正午他竟失约未来？"

那老妇赔笑道："先生。什么事情他竟向你失约吗？"

"正是。昨天正午我约他在一乐天茶楼等候，谁知直到下午，他竟没有来。"

"唉！先生。对不起。他昨天回家来的。先生可有什么事吗？"

"唉。原来如此！他什么时候回来的呀？"

那老妇很起劲地答道："约摸下午一点半钟左右便回来了。却没有知道他竟失了先生的约会。"

我又道："他在什么时候回主人家里的？"

"他在家也没有多久呀。他因为主人们当晚都要出去的，所以回去得很早。先生！你可找他有什么事吗？"

我道："没有什么。我直到他主人家里好了。那地方不是在长江路吗？"

老妇点了点头。我向伊谢了一声，便告辞回去。我回身时乘势向那板门内张了一张，见那里面的光线既很黑暗，里面也杂放了许多折足断背的破旧桌椅和家具，斜面放了两张竹制小榻纵横的安放着，便视出这困苦的家境。

我一直走出这条小巷，一直出到那虬江路口电车站的地方。

我跳上电车之后，心中一暇，便暗暗推断这件凶案的情形。据势而论，昨天金荣的谈话和我这次侦探的结果两相比较，几乎完全相同。足见他的说话都是实情，我们先前的料想未免有些错疑他。但这样一来，这案的前途却益渺茫难期。培云似比我所知较多，但照他的说话看来，怕也没有什么切实的把握。而且疑点既很多，又没有一种近似的理想能把这些疑团牵凑进去，充分的见解更说不到了。

我在车上左思右想，不久，见电车已由静安寺路向右转弯，已将近卡德路口了。一会儿，车已到卡德路站，我便下车向西走去，不久便到了我们的寓所。

我推门进去，我们的仆人卢昌早已听得步声，立即从楼梯下面的一个小间中出来，向我点头招呼。

"蒋先生！回来了！我等候好一会哩。"

我向他答声，接着问道："梁先生已经回来了吗？"

"还没有呢。"

他说完便回进屋内。我也跟着进去，推进那办公室的门。

我见培云还没有回来，一个人独坐无事，无聊得很。我的思潮不禁涌动起来，但胡乱思索，那思绪既非常杂乱，更不能从这乱丝般的思潮中理出几个头绪来。我这样乱想，越想越觉糊涂，我因燃了一支纸烟吸吐着，借此定一定神，又顺便取出一本侦探小说来浏览一下。

那书的名字叫做《贝森血案》，是世界书局出版的。内容情节非常曲折离奇，并且含蓄着心理科学的暗示。看了不但令人兴奋，更足启发思想。可算侦探冒险小说中的杰作。我看了半个多钟头，还不见培云归来，因看得已有些疲乏，便又掷烟起坐。

我又等了许久，仍不见培云回来。直到午刻，我正预备一个人先进午餐，才见培云气喘喘地回寓。

他一见我，忙道："铁生！我疲倦极了，快叫张妈预备午膳。今天中央戏院新换片子，我们晚上去看一下子吧。"

我暗忖培云怎么这样闲暇，竟要去瞧电影？难道这件离奇的凶案已有了破获的希望吗？

我道："你刚才出去做什么？难道这案子……"

"我已约定一个人来，等会你看吧。"

"你约谁来呀？可是为了这件凶案吗？"

"正是。正是。我约那人来结束这件案子了。"

"什么？莫非这案子已经破获了吗？"

培云应道："正是。我已将全案都侦查明白了。"

我惊喜道："呀！你也查出那凶手到底是谁，……"

"铁生！你那性急的老脾气又发作了。你且先耐一下子，别忙着催我解释。等一会便知道了！"

我这时对这凶案，虽已费了半天工夫，但凶手是谁？怎样行凶？却依旧如困在鼓中，虽觉十二分的心急，却也不便勉强培云快些说出，只得强自忍耐住，陪着他同吃那毫无味道的午膳。

我在进餐的当儿，又把我所探得的消息告诉他。

培云听了我的报告，忽做惊喜的语声道："铁生！这样看来，我先前的理想竟有十九近合事实，现在又多了一个佐证了。"

我乘势问道："那么，你的理想又是什么呀？"

"不是别的。就是说我对那谁是凶手的问句有了相当的佐证了。"

"呀！那凶手究竟是谁呀？你怎探听出的？"

"唉。铁生！你连三接四的问话教我怎样回答？你且耐一下子，停会儿再细说吧！"

我们饭后总要休息一会。这天餐罢我们也照例各坐着吸一回烟。

培云把头部仰靠着椅背，紧闭着双目，非常安闲的衔着那才燃的纸烟。我坐在他的对面椅上，心里那满腹的疑团，一时竟再按捺不住。我因又继续问他，如那张友孙怎样死的？谁是凶手呀？你怎探出的？……

培云微仰起些身躯，正要启口，却不料另有一个岔子，使他没有机会答话。室中电话的铃声，忽铃铃响动起来。

第八章　凶手

其上前接话，谁知这次电话竟是南市警厅侦探长徐福打来的，找培云说话。便招呼他来接听。

我见培云接过听筒来，答道："正是……是吗？那好极了。谢谢。"

我正非常奇怪。培云把那电话摇断，便又返身向我道："铁生。我现在又要出去一会，大约不久便要回来，你可留在寓里，以便有什么事好接洽。再会吧。"

我听他这一阵自兀突的话，和徐福来的出乎意外的电话，一时摸不着头脑。我正想再问培云几句，他却早已急急地走了出去。

我循着那午睡的惯例，在办公室内吸了一会烟之后，便上楼去假寐片刻。

我睡了约摸半点钟光景，忽被那老仆卢昌上楼唤醒。他说：有一位女客来见我们，伊正在楼下等候着。

我听了一骨碌从床上坐了起来，暗想这人莫非便是培云所约会的来客，或者与这案事有关。

我因一面穿好衣服，一面点头应道："卢昌，你且请伊稍待一会，我立刻下楼来了。"

卢昌答应着缓缓下楼，我在几分钟内，便赶下楼来见那女客。

我虽不知道培云所约会的人是谁，但我的目光刚和那女客接触，却不由地现出十二分的惊异。

我道："夫人！请坐……"

伊点了点头，走在那办公室中朝东的大椅子上坐着，那两眼中满含着忧戚悲哀的神色——伊便是死者张友孙的夫人。

伊坐下之后，那视线直瞧着我，竟出乎意外的发起问来。

"你们约我到这里做什么呀？"

"夫人见恕。请稍等一下，我的朋友梁培云还没有回来呢。"

伊竟是培云约来的，这不用说我先前没有知道。我暗暗默想，培云约伊来究竟有什么用意？唉！伊不会就是杀死伊丈夫的凶手罢。

这室中既没有人发话，自然觉得异常静寂。我想培云怎么还不回来？这时坐在我对面的伊又待第二次开口。

我正想敷衍伊几句，但既不知培云何时归来，又不晓得他所以约伊的目的，我心里正怀着鬼胎，忽见——那办公室的门，呀地推了开来，培云急急地由外边进来。他一面向那少妇点头，一面笑嘻嘻的说着。

“夫人！劳你久等了。不过这五分钟的时间也不是虚费的，我已证实了那先前的理想。唉！夫人！请你据实的……说出吧。”

我见培云说完这话，伊却不曾回答。我虽怀着满肚皮的疑团，却不见伊开口。

这室中过了许久令人难耐的冷静局面。我的耳中但听得那壁钟滴滴的振动声和街上电车往来的声音，维持着严重而清冷的静境。

过了一会，伊才立起身来。

“你们叫我说明些什么呀？”

培云却也不答话，只把两眼紧盯着那少妇的面上。

我见伊这时忽又坐了下来，把那牙齿咬着那嘴唇，面色也显着那惶急而忧虑的神色。两眼微瞪着，几要突出眶外。

伊仍没有回答。

“夫人！你不要害怕。须知我们所以终于保持着这私家侦探的名字，不愿受那官中的厚禄高薪，原是要保留着我们个人独立的自由，和为那真实的正义去继续努力，不受什么约束。夫人！你那天行凶的举动，我敢说已略知一二，现是请你告诉我们，你为什么要杀死你自己的丈夫？”

那少妇听到这里，才知道培云对伊这行凶前后的举动都已明了。伊却并不表示什么反抗的举动。我见伊低垂着粉颈，脸上在那惊惧疑虑的神气中也自然地流露出些佩服的神色来。伊那两手紧握着，满现着犹豫不定的样子。略过了一会，伊竟点了点头，接着又缓缓说话：

“我的丈夫吗？……先生！我只杀了一个没有人格的儇薄儿，一个毫无心肝的动物！他只把我当做一个强占得的玩物，任意的玩弄，今天玩腻了，便立刻抛掉不顾，再去蹂躏第二个柔弱的女子。这能配算是我的丈夫吗？先生！你是一位富有健全理智的新侦探，你既知道得这样清楚，我也不再瞒什么了……他实在是我杀死的，你们不是很急的要知道我为什么杀死他吗？”

培云很沉静的点了点头，似也觉得这血案中还有一层更惊人的内幕。

这室中静寂了一会，伊略停一停，便允许我们开始伊那很惨的故事。

伊竟是这血案的凶手，不消说是出乎我意料之外的。

在这结束的当儿，许多读者们也许很急要知道伊所以要杀死伊丈夫的原因吧！伊所讲的故事确是动人得很，不过似觉太长，而且前后的语句很有重复的地方。现在下面略略复述几句。

据伊自己的供述，伊本是南京浦镇地方人，幼时早已许配人家。在N年前的冬季苏皖两省发生战事的时候，那般如虎狼一样的败兵窜入乡镇时，张友孙正在败军中当一名排长。在战争混乱的时候，伊已经是父兄失散，流离失所。伊便被他甘言蜜语的强行侮辱。后来他盗陵案发后，便携眷来沪，伊只得吞声忍气的随从他，却时常怀着复仇的意思。直到最近恰巧张友孙的死仇马龙如有越狱的新闻，伊见张友孙非常不安，便乘机暗中实行那行凶的计划。那一天晚上，伊先改装男子在窗外露一露面，见张友孙果然很惊骇的奔出，伊便躲在那对面的小弄里，再回到自己家中。张友孙果然一些也不疑伊。伊便又匿名造了一封恐吓信，并私自投寄出去。昨天中午伊预先叫死者早两个钟头回家，又允许那金荣回家，以便实现伊的凶案。以后的情形，各位当已了然，也不用着我再费什么笔墨了。

我听了伊这番故事，自然觉得有无限的感慨和同情。伊最后说道："先生们，我的话已经完了，你们莫非要送我到官中去治罪吗?"

我正待安慰伊一番，培云已抢先开口。

他插嘴道："夫人！唉。你不要鳃鳃过虑。我们当然不愿你替那种专肆逞欲丑恶下级动物来偿命。他这死只算白死。夫人！你可要回去吗？好。我们来替你唤一部街车吧!"

在当天傍晚四点钟光景，我和培云已在那南京路的一家"三大元"酒楼的楼下左角一张长方桌上进膳。这是一家上等的粤菜馆，因为时候还早，食客也不很热闹。我们的谈话自然也不会引起什么人的疑心。我坐在培云对面，从那高大的玻璃陈列窗望向外边，那马路上的电车汽车来往的奔驰，男男女女也携手游逛着，那些大商店的虹光灯四面交辉着，映出一种红绿灿烂的电光。

我见培云把那软木的瓶塞拔起，从那小樽的烟台啤酒中斟出两杯满满的酒来，向我做了一个手势：

"铁生，喝吧!"

我正待问他这件离奇莫测的凶案，在这短短的时间中，怎么侦探得水落石出的。因为这案子的结局很使我满意，那个手刃强仇的弱女子，可惜不知道伊的姓氏，也没有捕送到官厅去抵罪。但那探案时进行的步骤和方法，我却一些没有明白。

培云锐利的目光向我睨了一睨，说道："铁生！你不是又在想什么心事吗？"

我正想开口，他又继续说下去。那白衣的侍者也将我们的菜肴端送了来。

"快喝了这满满的一杯吧。"他接着把身体略移动近我一些。

他道："这件案子本来没有什么幻秘难解的地方，只是那窗口外面忽然出现张友孙的仇人的面孔和什么恐吓信的疑窦，很易迷人思路而走上歧途里去。我开始便把这层疑阵打破，自然很容易着手了。"

"那么，你又凭什么理想来推断的呀？"

"好。铁生！我知道你一定要问这话的。我先按步的一一解释下去，这案情原不算得什么复幻离奇，我想我说完，你也许要以为平淡无奇哩。那死者生前不是接过一封匿名的恐吓信吗？你不是也——"

我道："可是那信上有什么特殊的异点吗？"

"不错。那信上的字迹非常细挺清秀，很像女子的手笔。而且写得潦草得很，这也是那写信的人恐怕他人认清他的笔迹。假如那写信的人，不是死者素来熟识的，那又何必如此故意做作呢？

"在察勘的时候，你可记得张友孙家后门的钥匙除了死者本身一条之外，还有其余两条。那仆人金荣的一条已有确实的证明——这一点除了其他的探问外，你的助力也不少——不曾拿出使用。那余下的一条钥匙的主人的行动，不是有些要思忖一下了吗？假如凶手是外来的人，那种钥匙的制造既然不能有什么赝品仿效，那后门的弹簧锁的装置也未有什么撬过损坏的痕迹，那么，凶手又怎么出入的呢？

"我这里又想到那张友孙寄给我们的来信上说：那天晚上他突见怪面之后，他本来以为他的妻子早已归寝，后来他追踪那黑影回来时，他的妻子却已在楼梯口等候他。这一点可见伊当时实没有入睡，而且张友孙发现那黑影时，便立刻追寻出去。伊又怎么会知晓呢？这些疑点自然很觉启人疑虑。而且那时男仆金荣也早熟睡，屋内实在没有第四个人。这其中的脉络，不是很有可以牵合的地方吗？

"因此，我先假定那窗外人影是他的妻子乔装的，伊在那窗外露面之后，便立刻奔到对面的小弄中躲藏起来，或者直出马路外边，再由大门掩入，时间上都觉绰绰有余。这种推测在当时原不过是一种假定，但后来却因了别的发现而得证实。

“张家那厢房临街的长窗你不是也见过了吗？它离地的距离既很高，又有那一条条的窗楞隔着，由里面看出来自然也很不清楚。因此我又想到另一层上去。

“昨晨我们应那死者的请求到他那里去叩问时，我临行的时候，见他家后门外那小弄中正在整修街石，旧碎的砖石同灰泥土等堆积满地。还有两个小工在工作。我当时曾在门外立了一会。后来我联想到那马龙如的小照中看去，他实在是个很长大的人。但是和那窗口一比较，也不过瞧到那窗楞的下半部分左右。而死者说从窗里瞧见那人影的面部，看得非常清楚。他的妻子身材既然很矮，怎会反让屋内瞧见呢？这样想来，可见伊一定是把那些碎砖堆起，自己踏在上面，面部紧靠着窗口。这样一来，便和事实恰相符合了。

“这许多纷乱的思潮，在当时有的曾经费过一番脑筋，有的却也是触机而发，在起初也没有什么用意的，不过凭这一些儿官觉的感触追想起来，也足为探案时的一种帮助。当我在尸室中察看的时候，我又有几种不同的发现。

“我跪在那尸身旁仔细察验时，在尸衣上发现了一缕细绒。——很细的丝状物——那颜色质料都和死者妻子身上那件深蓝色薄绒的外衣相同。还有那条白色染血的手巾，也和伊的小手巾完全一致。那凶手却没有瞧出。这是什么缘故啊？……

“铁生！须知那绝不是凶手没有寻找过可有什么漏失。我提醒你一句，你后来不是曾在那屋内大五斗橱中发现张友孙夫妇合摄的一张照片吗？我记得当时还引起你一刹那的惊异。你不是见——”

我连忙答道：“啊！我记起来了。那照中死者的妻子加了一副金丝的凸玻璃镜。这是我初次看见的。”

“正是。那么你可注意伊在发案那天的面貌吗？”

“伊那眼镜却已去掉，我如果先已见过伊有眼镜，看见那张照片的时候也就没有什么奇怪了。”

“你这话果然很对。其实伊那眼镜是行凶时和伊丈夫殴打击碎的。我在尸体旁边一堆碎玻璃中……那原是一大堆的玻璃杯的碎屑，也是殴击时留下的成绩，却看出几小片细薄的镜片，不同那玻璃杯的粗质碎片，原是眼镜的碎片。伊那眼镜既被击碎，目力自然也和平常不同。所以伊竟看不见墙隅遗留下的血巾了。”

“啊！这真奇了。我怎样竟想不到这层。这是多么自然而像似平淡的啊！”

培云的肩头耸了一耸。

“怎样？你也说是很平淡吗？……哈！你且听我慢慢讲下去。你不是也曾看见那尸室中橱旁布质的雨伞和粗重的藤杖等东西搁在一起吗？不，还有呢！那五斗橱中的一支手枪也好好藏着。足见凶手是死者熟识的人，而知道绝对没有行凶的意思的。这样死者才还不理会，要不然的时候，他早要做一个抵抗的戒备哩。

“再有，那临街靠着小天井的左边一个窗口正开着，窗上印着一个皮鞋足印。那足印虽不是凶手的——这个你已经洞悉——但尺寸却和死者脚上的布鞋相合。其实这是死者的一只棕黄皮鞋印上去的，也是凶手迷着侦探们走入歧途的——后来，我今早重到张家去时，贿通了那金荣，讨了他主人的皮鞋来和我所绘下的样子一比，两个印子竟完全相合。于是我又多了一重把握了。

“我这里又想到一点。昨天下午我们在那张家客堂中听胡兴浓向金荣问话时。我们向来知道死者每天出外，要傍晚四五点钟才回来的。金荣回到主人家时，却曾说‘难道主人和主母都已出去了吗’，当时他固然知道主母已经出去，但主人在那时是断不会回来的，绝没有什么疑惑的地方。又何用猜测呢？我又想到他说吃过饭后，主母曾向主人说过什么话的时候，他曾很有意的向他主母瞧了一眼。因有这一个暗示，使我推想到他的主母一定想主人约定什么时候先回家。这理想在后来我向金荣探听时，果然又经证实。

“我今早到张家去，向金荣打听得了许多重要的消息，已使我明了了大半。我又到附近邮局中探问，那封恐吓信上盖着的十一号邮戳，便是附近湖北路十一邮局。还有那尸身上发现的一张有字的名刺，却也是死者的妻子私自印来意图嫁祸的。这个刚才伊已经向我招认了。还有一桩事情，便是伊在胡兴浓和我们问话的时候，曾讲起前天傍晚来过一个陌生客人。这人我也调查过的，就是今午徐福由南市打来的电话。那人姓潘，住在城内一家亚洲小客栈里。五天前由南京来的，是张友孙的一个同乡。这人是做叫卖生意的一个不识字的粗人，和这凶案完全没有关系。足见伊说死者非常不安的话，乃是故意虚构的。至于你所侦察出的那个白衣的男子，行踪虽似可疑，其实也是一种意外的误会。你不记得那个金荣说他在车站候电车时，也见死者一人在马路上缓缓踱着吗？倘使他也看见那个白衣人尾随着主人，怎会不引起他的注意呢？铁生，请你将那酒樽中剩余的一齐喝掉罢，我已经不需要哩。”

培云停了一停，他又继续着解释。

“这些理论上的逻辑和事实上的证明，虽然已经不少，但最后的一个关键，说起来却怪滑稽的，今早胡兴浓发现的一把凶刀——不，不，那凶刀的包布着实更较重要的。你不要笑嘛，那染着血渍包裹凶刀的布实在异常重要。上面的指印便是这血案最后的一个关键。这关键一解决，一个凶案也就能解决哩。但这个最重要的证据实在是凶手自己告诉我的。那少妇今天来访我们时，——对不起，你竟被在睡梦中唤醒——我原没有出去，我午后离寓是到南市警厅中查询那徐福访到的姓潘的口供，可是不久便已回寓。我见伊自己进入那办公室的长门时，伊的右手握在那棕色油着的门钮上。你须知那门钮的漆泽已被我掺过混合粉，有黏合性的。伊的拇指印便清楚印在上面，给我用放大镜瞧清了。这不是很有幸的吗？”

“这样我们可以知道伊当天预叫张友孙回来。乘着他不防的时候，伊便突然行凶。事后便到姓李的亲戚家去。这样，在时间、心理和动作上发生了这血案，都很吻合。我们不要多谈哩！在这种黑暗万恶的社会中，那般横肆凶欲的恶魔们，玩弄着一般无智识的弱女子，这种可恶的动物，自有他们应受的一个好教训。铁生！这案子让我自由判断处理，不受那官中侦探的管辖，和死守着那不公正的法律的束缚。这样的结局不是觉得很满意吗？”

我道：“你的处置很得当。”

“得当吗？我很喜欢听你的说话。你可想到我们那朋友胡兴浓了。他今早在路上和我谈及。他昨天晚上又独自在那尸室中查勘了一会，却没有什么好的端倪。他倒是美国海斯警佐的忠实信徒（海斯是裴洛凡士探案中的蠢笨的警探)，他几乎把那室中一切的陈设都背出来了。他竟出乎意料地在尸室那墙角里找到一支未燃过的纸烟——很新鲜的东西。那原来是我昨天傍晚不幸遗留下的，这倒要十二分的感谢他的。喂，干了杯吧！亲爱的铁生。”

原载《珊瑚》，1933 年 9 月至 1934 年 3 月

第三卷第五号至第四卷第五号

少女的恶魔

赵苕狂

一　定时性的恐怖案

这已是好多年前的事情了，在本市，忽然发生了一连串的好多件的恐怖案子，其案中的情形，竟如同出一辙的，直闹得满城风雨，谈者为之色变！

这恐怖案的开始，却在一个星期五的晨间二点钟时候，一个少女给人用刀刺死在她自己的花园中，在发觉时，凶手已是逃逸无踪，只在这尸体的旁边，留下了一张卡片，上面却有用自来水笔所写的“小魔王沈十”五个字。这明明是说，这件案子是他所做的了！单是如此，已使一般警探棘手，一时间竟捉不到这凶手！不料，到了下一个星期五，仍在同一的时间中，又有一个少女被害，仍是同样的在尸体旁边遗留下这么的一张卡片，只是这被害的地点，却不在花园中，而在一条小河之前了！如是者竟连续至五个星期之久，每次被害的都是一个少女，其行凶的时间，又不先亦不后，恰恰都在星期五晨间二点钟刚刚敲过，而在尸体的旁边，又必同样地遗留下这么的一张卡片，更是不必说起的。

这一来，舆论不免为之大哗了，在各报中，充满了不满的论调，都在责问警署的无能！而一般少女，更是为之惴惴不安，生怕这下一次的牺牲者就是她自己！所以，竟把这星期五的姗姗而来，视同她们的一个难日快要到临了！

我是对于侦探上的案子，素来有一种特别的兴趣的，如今见了这么一连串的恐怖案，怎还会不深深引起我的注意呢。因此，我倒又想起我那老友私家侦探胡闲来了。他虽是十桩案子竟有九桩失败，给人连讥带嘲的，称为“失败的侦探”，但他的侦探学识究竟很不平凡，令我深深拜服，逆料他对于本案，一定有上一种特殊的见解的。于是，我便走到他的事务所中去，征求他的意见。

“华生！我早料定你今天定会到我这里来的了！”不料他一见我，便向我这么说，一边又自椅中站起，和我欢然握着手。

“这倒很为奇怪，你竟料定了我会来，这是为了什么原因呢？”我不觉露着惊诧的神气，同时，也就在靠近他身旁的一张沙发椅中坐下了。

“这原因很为简单，今天乃是很关重要的一个星期四啊！”他只笑微微地说。

这可使我更是惊诧了：星期四便是星期四，又有什么重要不重要的，他为什么要说这句话？倒害得我只能瞪起了两个眼睛望着他。

“哈哈！这有什么不能懂得的！你莫非已忘了你自己的来意吗？”他仍是带着笑。

咳！我自己的来意！我是为了最近发生的这一连串的恐怖案，特来征询他的意见的，这与星期四不星期四又有什么关系呢！但我究不是什么笨伯，刚一想到这里，倒又恍然大悟了：不错！这星期四便是这定时恐怖案将发生的前夕，换句话说，便是这恐怖案将发生的日中，怎么不能说是很关重要！据如此说，他不但料定我今天定要来到，准已知道我的来意的了！便也突然问道：“那么，照你想来，这疯狂也似的凶手，今天晚上会不会再出现，而这像有定时性的第六次恐怖案，有没有实现的可能呢？”

“照情形看来，既有了已发生的这五次，今晚这第六次，定也如期而现，决无幸免之理！不过，在这中间也有一个限制，那便是这凶手，所以发生这些恐怖案的目的，是否已经达到。倘已达到的话，那不但是今晚，即是此后，恐不会再有这种事件发生了，但照我想，他这个目的恐怕还不曾达到吧！”胡闲字斟句酌，十分留心地说。

“哦！这要问凶手的目的已否达到？那么，他的目的究是些什么呢？”我忙又向他问。

“唉！华生！关于这我却是回答不出！因为我倘能知道他的目的究是什么，早已有所着手，决不听任这恐怖案一再地发生，竟至于五次之多呢！”胡闲紧蹙着双眉说。

正在此际，却听得电话机上铃铃地响了起来，有人打电话来了。

二 一道曙光

警察局长凌明和胡闲的私交极厚，素来遇着疑难的案子，常来向胡闲请教，胡闲确也帮过他不少的忙。刚才的那个电话，就是他打来的。他说是马上就要到来，有事面谈，请胡闲别出去了，在事务所中等着他。

“无事不登三宝殿，他大概就是为了这些案件来的呢！”胡闲听完这电话后，却笑了一笑，对我这么说。

“倘然如此，我们倒又得忙起来了！——这在我个人方面说来，倒也是十分欢迎的！久不出马，我真有髀肉复生之感呢！”我也含笑相答。

不一刻，凌局长果笑容满面地到来了，和我们欢然握手坐下后，便说道：“胡先生！你是最聪明不过的，在我未说出来意以前，你大概已能料到我是为了哪一桩案子来的吗？”

“这是不难猜料的，倘然是无关紧要的小案件，也不用你局长操得心。如今既是亲身出马，定是为了一个较大的案件，而在最近说来，这五桩连续不断的少女被害案，最是轰动一时。说不定你就是为了这些案件，要来和我研究一下吧！”胡闲带着微笑，从容不迫地说了出来。

“不错！你真是可以，竟给你一猜就猜着了！唉！胡先生！为了这一连串的无头案，使我和我的同人挨尽了人家的骂，真是烦恼煞了！而且，这不光是挨骂的问题，倘然无法加以阻止，再让这恶魔猖獗下去，每星期五必得闹上一桩无头案，那么，上峰纵能对我优容，不加罢斥，我为表明责任起见，却也非自动辞职不可呢！胡先生！你能助我一臂之力，为我打破这恶劣的环境吗？”凌局长说到这里，露着十分恳切的神气。

“是的，这情形确是十分恶劣！不过，凌局长！这并不能称之为无头案，就实际说来，却也是有头有脑的，只在这一点上，我们或者就有了挽回的希望嘛！”胡闲似在纠正他的。但凌局长听后，却仍露着愕然的样子，似乎不懂得他这句话的意思。

“局长！你瞧！每次在被害者尸体的旁边，总留上一张小魔王沈十亲笔签写的名片。而这小魔王沈十，却是实有其人，关于他的历史，也早在报纸公开地刊载着。说他在十三岁的时候，就把一个女同学杀死，以后又接连用小刀刺死了两个和他年龄相同的女孩子。小魔王的这个诨号，就是由此而得。但在法医检视之下，却认定他神经方面不大健全，已是成了疯人，因把他送往疯人院中禁锢着。可是，为了看守不密，在几个月前已给他逃走出院了。依此而言，只要把这沈十找寻到，本案难道还不水落石出？又怎能说是无头案呢!"胡闲又有条有理、有头有尾地说了来。

"这情形谁不知道！但最是困难的，虽经我们全体出动，竭力把这沈十搜寻着，竟是连他的影子都瞧不到，好像已逃遁入空气中去了！然一到星期五的晨间二点钟，他又翩然出现，从不爽约，直待干完了他那惊心动魄的工作，方又悄然隐避，真使我们啼笑不得呢！"凌局长又愤然地说。

"那么，照你说来，这些案子确都是沈十所干的吗?"这真是惊人之笔，胡闲忽又向凌局长这么反问着。

"怎么，你刚才不是也认定沈十是本案的凶手?"凌局长又有点愕然。

"不！我不是这样的意思!"胡闲立刻加以否认，"照我想，沈十是案中一个重要人物，那是不错的；但这些案子却是别一个人所做，只是把他作上一个幌子罢了!"

"嘿！幌子！然而，他怎么会如此之呆，竟不出来声明一下呢?"凌局长仍是怀疑着。

"唉！我的局长！倘是他已给那个真正凶手囚禁起来，失去了自由，又怎能出来声明呢?"胡闲不免微嗤着。

于是，在凌局长的眼光中，不觉露着一道异光。——这异光，不啻象征着本案的前途已透露了一道曙光。

三　又一杰作

我这时候全心都倾注在这件奇案上，竟寄榻在胡闲那里，不思归去了。胡闲却露着焦躁不宁之状，一边在书室中踱蹀往来着，一边对我说道："唉！华生！像我们现在，真遇着人世间最难堪的一个时候了！你瞧，明知在这中夜过后，二点钟快要到来的时分，又将有一件惨案发生，又有一个无辜的少女，将被那疯狂也似的凶人，用小刀刺死在一处花园中，或是在什么公园的附近，却无法可以预先去阻止它，使它不再发生！这不是十分令人难堪吗?"

"你以为像这具有连续性的惨案，今晚定又要发生了吗？但照我想来，或者在这凶人方面，认为有了以上的这五次表演，已是十分满足了，从此将放手不干，也是说不定的事。”我却露着不大相信的样子。

“不！这是决不会有的事！你要知道，这以前种种，只能说是他所放的一种烟幕弹，关于他真正的目标，至今尚未达到，他怎肯放手不干呢！”胡闲说这话时，像似绝有把握的。

“这么说，在这疯狂的行为之下，还是具有一种目标的吗？”我不免很为惊诧了。

“这当然！倘然他是没有什么目标的，以前的这五桩案子，不是干得太没有意义了吗？而在我这方面，也正用不着对它如此的注意呢！”胡闲又带着苦笑说。

“但是，有一件事你总不至会忘记的！凌局长刚才不是曾说过吗，在这中夜二点钟到来以前，他当使他部下警员一齐出动，采取一切有效预防的行动，并对于可疑的住屋，可疑的车辆，随时加以搜查。如此，这所谓小魔王沈十也者，究竟只是血肉之躯的一个生人，并不是什么鬼物，在这严密的防范之下，恐也就无活动之余地了吧！”我不免向他提醒着。

“哈！这以之防范那沈十，原是绰绰有余的！可是，我不早已说过，这沈十不过作了人家的一个幌子，真在暗中活动的，却是另有其人！如此，凌局长这一切的努力，结果也只是归于徒劳罢了！”胡闲却在微笑了。

于是，我又再度愕然起来。

此下，我和胡闲都悄然无语了。而瞧胡闲时，一会儿坐，一会儿立，他却一刻不安一刻，像对这凶案的发生，负上了很大的一个责任，如今只能眼睁地瞧着，静待其发展，而无法预先去遏止它，这在他良心上说来，实是负疚很深的！

一会儿，只听壁上的时钟当当地打了两下，正是这可诅咒的时间到临了！胡闲听到以后，好像陡吃一惊的，竟从座中直跳起来，一边又在喟叹道：“唉！这不但是警务人员的无能，其实也是我的无能，竟坐视这时间的逝去，又使这万恶的凶人完成了他另一杰作了！”

但我却在暗暗好笑：这真是活见鬼，怎又知道这凶人真又出了手呢！照这样子看来，胡闲大概为了在探案方面遭到了一再的失败，已是有点儿神经病了吧？

可是，在两个小时以后，我方佩服胡闲的料事如神，我的暗暗笑他，未免太是小看他了，几乎要去握着他的手，向他好好地道歉一番！原来在此时，凌局长果然打了个电话来，向他报告着，说是在巡逻队的巡查之下，在一个荒废的小园中，发见了一个少女的尸体，也是给小刀所刺杀，也是在尸体的旁边，放下了“小魔王沈十”一张亲笔签写的卡片，一切的一切，正和以前这五桩凶案所发生的情形，没有什么两样！而凶手已走得毫无踪影，更是不必说了！

“如今没有别的方法可想，只能再等待上一星期了！我所希望的，只在这一周之中，须能有上一点眉目，不至再像现在这么的束手无策，眼睁睁地只能瞧着凶人的奏凯呢！”胡闲又像祷告一般喃喃地说着。

第二天，在各报的本埠版上，又载满了这一件凶案，这如嘲如讽的论调，自又集矢在警局方面！胡闲见了，不觉也大皱其眉！

四　一个惊人的发现

就在这天上午，司阍皮老虎又把一个主顾领了进来。此人是六十多岁的一个老者，生得慈眉善目，一看就知是个好人。身上穿了一套西装，却是十分敝旧，如问它裁制的时代，大概总在五十年以上吧。

他待皮老虎走出后，又向我们两人细细看了一眼，方问道：“你们两位之中，哪一位是胡闲先生啊？”

胡闲即向老者含笑点头，说他便是胡闲。老者便摸出一张名刺来，递在胡闲的手中。胡闲接来一看，脸上忽现异色了。一边即请那老者在一张沙发上坐下。

“这位是谁？”那老者却又指着我在询问了。

“院长！这是我好友华生君，我们素来是在一起探案的，所以，你如有什么话要对我说，尽可不必避他呢！”胡闲回答这话后，又把手中的那张名刺转递于我。

我这才明白胡闲刚才接到这张名刺时，所以要面现异色的原因了！原来！这老者并非别个，便是大中华疯人院院长葛长生，这小魔王沈十曾在他那院中居留过，后来就是从他那边逃走出来的呢！照此看来，他今天之所以来到此间，一定是对于这小魔王沈十的案情，要有所陈述吧！果然，只听他开口说道：“关于所谓小魔王沈十这个人，近来报上常常有得提起，大概你总不会不知道吧？”

“不错！我是知道的。据他们说，他不就是从你院中逃走出来的吗?”胡闲说。

“唉！倘然他真是逃走出来的，这在我良心上，倒也不负责任了！可是，在事实上，却并不是这么样!”葛长生好似十分负疚的神气。

“这是怎么讲?”胡闲显然有点惊异了。就是我，何尝不如此。

“唉！实对你说了吧，他不是逃走出来的，却是从我手中把他释放出来的，只是外间不知其真相罢了!”葛长生说这话时，神色间更是沮丧了。

这真是一个惊人的发现，胡闲和我都不禁呆了起来。良久，胡闲方又问：“院长！久知你是疗治精神病的一位专家，对于把这沈十释放，绝不是毫无理由的!”

“当然，这是几经检视之下，确知其已无病相之后，方始把他释放出去。而就我一生说来，在我手中释放出去的疯人，已有五千六百七十八人之多，一个个都在外面生活得很好，并不曾出过什么岔子呢!”这是葛长生的回答。

“那么，照现在看来，你对于这沈十，究又是怎样的判断，他到底是不是疯人呢?”胡闲不免要问。

“为了他最近的那些行动，连得我自己都有些不相信起来，生恐我对他所下的那个判断有上错误了！换句话说，我实是不该把他释放呢！万一不幸如给外间知道了这事实，我正不知要给舆论攻击得如何的体无完肤！而我一生的名誉也就从此扫地了！如今我不胜良心上的负疚，所以，要来求教于你了!”葛长生又说。

“院长！那么，你要我给你效力些什么呢?”胡闲问。

“我要请你马上把这沈十缉获到，如此，我对公众方始有个交代了！至于所有一切费用，准归我独力担负！老实说，只要能把沈十缉获到，使我不再受良心上的责备，就是倾家荡产，也都是心甘情愿的!”这老院长说着说着，竟是发起戆性来了。

“好的！我准竭我所能罢了!”胡闲忙向他回答，“不过，有一事要请问，你把他释放后，也知他是往哪里去的?”

“他有一个尚未出嫁的姊姊，出院后，他便同他姊姊去居住。而不把释放出院的消息正式宣布，却说是逃走出去的，也是出自他姊姊的请求。因为，照当时的情形说来，确是如此反可少去一些麻烦！但在如今说来，倒又觉这个手续也是带点错误了。”葛长生说到这里，又不胜后悔的样子。

五　小魔王沈十的姊姊

由葛长生的口中，我们知道这小魔王沈十还有一个姊姊，芳名唤做薇君，尚未出嫁，沈十由疯人院中释放出来，就回到家中去，和她一起住着呢。现在沈十既然出了这种事，她的处境当然相当地困难，幸而没有给官中知道沈十是释放出去的这一节事，否则，她更要受人注意了！

“如今对于探访本案，这沈薇君是唯一适当的路线了！华生！我们现在就去向她访问一下，好不好？”所以，当那葛院长一走以后，胡闲就这么的向我提议着。

“很好！我们就走吧！”我表示同意。

关于这沈薇君的住址，葛院长曾对我们说过，住提篮桥还要过去的一个什么地方。我们依言而往时，却是一所旧式的平房，在那个地域内，像这种没有翻造过的平房，却是很多很多呢。

“想不到在这十里洋场内，还有这种十九世纪的建筑物存在着，倒是朴野之风犹存，别有一种风趣啊！”胡闲不觉含笑对我说。

“照此瞧来，我们如今所欲访问的这个人物，或者也不会怎么的摩登吧？”我也微笑相答。

谁知，一和这位沈薇君女士见面之下，方知我先前的这个猜测是错了！因为，这沈薇君虽不是十分的摩登，然而她的衣服和装饰，全依照着上海最时式的派路，并不带一点乡气！在这里，也可知风气所趋，上海已无一个乡气十足的女子了！

“沈女士！你见我们这样的突然见访，或者要觉得有点惊异吧？但你倘知我是为了令弟沈十的事件而来，自也就不觉得怎样了。”胡闲也不和她多敷衍，就开门见山地这么说。

“哦！我的弟弟沈十吗？他不在这里！而且，自从把他送入疯人院后，我已和他久无往来的了！”她生怕要找到什么麻烦的，一听是为沈十的事件而来，忙不迭地就这么说。——当警署中有人来查问时，她大概也是这般的回答吧。

“沈女士！你不必着慌！我并不是做公人，也不是什么官家的侦探！我实是受了葛长生葛院长之委托而来，要洗清令弟所受一切的嫌疑，同时也就是减轻葛院长良心上所负的责任！因为，葛院长已把如何深信令弟不是一个疯人，暗中将他释放去，又令弟释放之后，如何即回到家中来，和你同居着，一情一节地都对我们说了一番呢！”胡闲怕她有所疑惧，忙又向她如此说了来。

“哦！原来是葛院长委托先生来的吗？那么，先生究要我帮助你一些什么呢？”沈薇君略一沉思后，即含笑相答。

“我也不瞒你说，我是一个私家侦探。我并不知道，令弟现在已是失踪的了！如今要戢止一切浮言，非先把令弟找寻得不可！而欲把令弟找寻得，非由你把他失踪以前的情形详细告诉我不可呢！”胡闲即老老实实地把这情形说出，“现在，我欲向女士询问的，他是如何的失踪的啊？”

“这件事说起来话长呢！”她好似把这句话作上一个引子的，然后又说，“他最先在院中出来的时候，生怕有做公人等来查问，总是躲着不出去。后来见已没有什么事情，也就出去走动。并因家中并无多大恒产，长此坐食，也不是一件事情，很想找点工作做做。他却是很自负的，每每含笑对我说，大姊！别的本领且不必说起，单凭我这一手字，大概总可以找到一个吃饭的地方吧！”

“如此说来，他的这一手字，一定是写得很好的了？”我不免打断她的话头，插嘴问一句。

“其实，也不见得怎样！不过，在和他同年龄的一般人中，确是无人能及得他来的了！他是习的一派欧字，很是有点气骨呢！”她即向我回答。

六　大海捞针

“那么，他的亲笔签字，一定是无人能假冒的了！”胡闲不免又如此问了一句。

她是非常聪明的，也知此问，实为案中有上那张沈十亲笔签写的卡片而发，她自己究竟如何回答，实有上重大关系，不可不郑重回答。半晌，她方说；“照常理说，确是别人所不能假冒的！而且……”

“而且什么？”胡闲忙向她问。

“而且，在报上刊载出来他的签字，我也已细心瞧察过，确是出自他的亲笔呢！”沈薇君又毫不隐讳地说。

“照此说来，依你看，也以为这些案子都是他所作的了，是不是？”我不免又要插嘴问一句。

“不！我不是这么想！我以为其中定有隐情！”她却回答得爽快。

“是，沈小姐这句话一点都不错！像这签字，纵是出自亲笔，或者是出于人家的威胁之下，可也说不定！而且，凭着科学上的功用，只要能取得他的亲笔签字式，尽可任意地假冒一下的！”胡闲也在一旁附和着。

跟着，沈薇君便又把以后的情形说了一说：“这沈十虽是竭力想谋得一个位置，但在这人浮于事之时，又怎能如愿以偿！久而久之，他不免有点意懒心灰了！最后，他忽然对他姊姊说，如今已有上一个机会，但能不能成功，须待数日之后，方见分晓。有一天早上，他自己从邮差手中接得了一封信，忙忙拆开一看，只见他一张脸顿时灰白了！口中也听得连连说着：完了！完了！虽不知究是为了什么事情，但照他姊姊猜料起来，大概是前几天所说的那个机会，已是付之泡影的了！可是，当他静静地坐下来，把送来的当天的报纸，瞧看了一会子，忽又见他面露喜色。接着，便又把头发理了一理，换上了一套中山装，对他姊姊只说是去散上一会步，便出门去了！但是，从此他就失了踪，再也不见他回来了！而为了外面都认为他是从疯人院中逃走出来的，并不明白其中实情，所以不曾报得局！”

“哦！他在走出家中以前，曾瞧过当日的报纸，而面露喜色吗？”胡闲听完她的这一番陈述以后，他的注意力好像特别集中在这一点上的。

“是的，事实上确是如此！”沈薇君忙向他回答。

“那么你们看的是什么报？”

“《新闻报》。这是从他在疯人院中出来后，就订起来的。据他说，《新闻报》中广告最多，他如要寻找什么工作，看这张报是最为相宜的了！”

“你总记得，他的突然失踪，是在哪一天？”胡闲的注意力，显然又移注到这一点上来。

“那是一点都不会忘记的，乃是今年的四月十四号。”沈薇君又立刻回答。

“很好！”胡闲显着非常满意的神气，“但是，我要问你，你们也把看过的旧报留有吗？”

“啊呀！这倒没有！凡是看过的旧报，一积到相当的一个数目，就都给我卖与收旧货人了！”沈薇君似也知道胡闲所以问这句话的意思，所以颇露着有点懊丧的样子。

“这不相干！我只是偶尔问一声罢了！”胡闲忙又向她安慰着。

当下，我们即和她告辞而出。胡闲并向她担保着：照他观察起来，她那弟弟沈十定与本案无关，至多是给人利用着，作上一个幌子罢了！如果机缘凑巧的话，或者就可将他找了回来的！因为在她的纤屑无隐、据实相告之下，已给他获得一个线索了！

沈薇君听了，自是十分快慰，不免为之嫣然一笑，而在这嫣然一笑之意，似还兼含有感谢他的意思，只是没有明白说出呢。

胡闲的事务所中，历年的旧报纸，保存得特多，像这《新闻报》，一月一册地装订起来，至少总已在百册以上了！所以，他一回到事务所中，即急急地向那贮藏室中走去，又从一口玻璃橱中，检取了本年四月份的一本《新闻报》汇订册出来。

“怎么，你以为这沈十的从家中走出，是和报上的什么消息有关的吗？”我不觉十分惊异地向他询问。

“这还待问！事实上确已显得他是如此的了！”胡闲回答得很从容。

“但是，这又似大海捞针一般，你又怎知道某条消息是他当日所注意的呢？”这或者为了我问得太是愚蠢了，竟引得胡闲哈哈大笑起来。

七　一条可注意的广告

一会儿，胡闲已将沈十失踪那日的报纸检出了。他在人事栏内，很注意地把那些广告一一检视一下，不久，证明他这番工夫并非白用，他已瞧到他所欲找寻的那条广告了，一边又很高兴地对我说道：“华生！你且把这一条东西瞧一下子，倘然你也认为是有点意思的，那我们已走到了准确的路线上去了。”

我见他说得如此郑重，忙也接过一瞧时，只见这一条广告上面却是这般写道：

> 应考BB公司失望者鉴：现有一可靠之事业，需要英才为助，且只问有无办事之能力，并不查问过去之历史。如有意者，请先电一一二六二六何君接洽。

我瞧完了这一则广告，却没有什么意见发表。因为照我想来，像这般的广告，实是平常之至，在这人事栏中，每天不知有多少条刊出，怎能指定沈十的失踪，乃是与这条广告有关的呢？未免近于武断了。

“华生！你为什么一声儿都不响，莫非别有意见，不以我这话为然吗？”胡闲似乎也懂得我的意思了。我即含笑把头点点，把我这番意见说出。

“是的，你所持的见解，也确是很有理由。但是有很重要的几点，你却把来忽略去了！”

“是怎样的几点呢？”我忙问。

“这最重要的第一点，据沈十的姊姊说，在没有看到当天的报纸以前，沈十为了接到一封信，神色间十分颓丧，但把报一看以后，忽而兴奋起来，即把自己修饰一下，马上便出去了。这证明了他在报纸中，一定看到了一些和他有关的东西了！而就他急于想找得一个位置这一点瞧来，一定是和他谋事这一方面有关的呢！”胡闲给我指点着说。

这倒不消他说得，当沈十的姊姊说到这番情形时，我也未尝不是这般地推测着。所以，我听了以后，只仍把头点点，并没有说什么。

“这第二点，便是这广告中‘并不查问过去之历史’这一句话，这显然是针对沈十而言。倘然沈十确是去向公司应考过，又确是为了不能说清楚自己的历史而失败下来的，那么，如今一见到这条广告，又怎有不跃跃欲试的呢！而瞧他当时竟是十分兴奋，匆匆走出，恐怕除了这条广告外，其他广告对于他，决不会有这般大的力量吧？”胡闲又十分起劲地说了来。

在这里，我除了再是点头之外，当然不能向他驳斥什么，然而，仍很怀疑地问道：“可是，登广告的那个人，怎又知道沈十在这过去的历史方面，有不可告人之隐呢？”

“关于这个问句，不消我来回答得，只观最近用沈十名义所做的这几件凶案，就可作得很好的一个回答了！华生老友，实对你说了吧，照我想来，这个人对于沈十的过去历史，一定知道得很清楚，复在凑巧的机缘之下，沈十的应考 BB 公司，偏偏又会给他知道，而他恰恰需要沈十这么一个人，所以便把这么一条广告登出来了。”胡闲立刻回答。

“如此说来，这条广告简直是专为沈十而登的了！但他怎觉得定这条广告必入沈十之目呢？”我不免仍是怀疑着。

“唉！我的好华生！”胡闲这般地称呼着我，显然在笑我是个笨伯了。我不觉也有些脸红起来！便又听他往下说去：“那人既是存心要把沈十罗致了去，这个广告如不生效力，他定会再想别个方法的。如今沈十一见广告，就会前去和他接洽，那在他这方面说来，自然是再好没有的了！”

八 牛司也有行情

在这一番问答之后，我们便又把最紧要的一件事进行起来，即是查问一一二六二六这个电话是属于什么公司或是什么人家的。这是只在一会儿之后，就把它查明了！

“哦！你问一一二六二六号吗？这是徐家汇路九九八八号孙公馆的电话。”接线小姐向我们如此回答着。

照我们想来，现在也只有向这条路线进行了！

当下，胡闲即同我到徐家汇路九九八八号的门前瞧了一下，却见乃是一所洋房，前面还有一个小小的花园，看去这人家倒是很有上几个钱的。

胡闲的意志素来最是集中的，他的成功在此，而他的失败亦未尝不在此！盖所谓意志集中者，倘然换上一句话说，便是俗话所云：“独腹心思”了！这时只见他笑着对我说道：“果然还有上一个花园，这是更合我的理想了！看来这一次出马，我们倒没有走得什么冤枉路呢！”

我也懂得他这句话的意思，因为这一连串的命案的开场第一案，那少女的尸体就发现在一个花园中，所以他要说是更合理想了！但是细想起来，这句话却是极不合逻辑的，因此，我便很不服气地说道：“不过我却不以为然，我认为不论在哪个场所，那凶手都有其行动之可能，为什么定在花园中才合理想呢！”

“唉！华生，我的老友！这你太不理解我的意思，同时也便是太不理解那凶手的意思了！须知他所作的这许多案子，只是给那将要出手而尚未出手的这件主动的案子，放上一些烟幕弹，使人家相信这只是一种失了理智的行动，决无什么内幕；而那开场的第一案，实是他最好的一个蓝本，能一一都符合而无走样之处，才合他的理想！”胡闲说到这里，复又笑了一笑：“那也就是合了我的理想呢！”

当下，我们又向这屋子的四周看了一下，在这隔壁也有一所和它差不多样子的洋房，正空关着在那里，上面贴着招租纸。胡闲向这招租纸上约略看了看，即取出手册来，写了一些什么东西上去，然后又对我笑说道：“这所洋房建筑得很好，我倒颇有意搬了来，和这孙公馆结个芳邻呢！只不知租金究是如何，也能使我这穷措大负担得起吗?”

“这倒一点不相干，不论这租费是如何的惊人，你尽可和那位疯人院院长去商量一下，他既有言在先，决计不会拒绝呢!”

我这句话，却说到胡闲的心坎上去，他不觉也莞尔而笑了。

于是，我们也就不再侦查什么，即回到事务所中来了。尚未坐定，胡闲便打了一个电话，却是约一位姓顾的，马上就到这里来谈话。

“你现在所约的这位顾先生，不是大家都称他为‘百晓’的那一位吗?”我向他问。

“是的，是那百晓。”他回答。

诸位，你们可知道这“百晓”究是一个什么人？原来，仗着他的交游广阔，在外面很是活动，什么事都瞒不了他，你如果探听什么秘密的“牛司”，只要问他，他准可回答你；就是他一时间或者不知道，你只要托了他，也准可给你探访出来呢！这样一来，他竟以此为职业了，不论公家侦探或私家侦探，只要向他说，比之自己出马还要来得好！而百晓之名便也由此而起了！胡闲在最近，也和他有上过几注的交易，很能得到一种助力，所以对他倒是非常地信任的!

一会儿，这顾百晓果如约而来了。他是高高的个子，胖胖的身躯，穿了很新的一套西装，走起路来却是一摇一摆的，使人看到之后，定以为他是一家什么商店的大老板，决不会想到，他所吃的这碗饭，乃在三百六十行之外，是在做着侦探们的掮客呢?

“胡先生！我们在未讲交易以前，我先得向你报告一个消息，最近这‘牛司’的行情也涨了。”胡闲听了，不觉把眉头皱了一皱，似乎嫌他的市侩气太重了！然后又一笑说道：“不相干！你只要依照我最近的行市开账好了，决计不会少你一文半文。”

九　关于孙家的历史

“且慢，我要问你，你对于那徐家汇路的一带情形也熟悉吗?”胡闲问。

“哈哈！你问这句话，不但是不信任我，简直是有点侮辱我了!”顾百晓却在大笑了，“老实说吧，不论在上海的哪一角落里，关于一切的情形，我都是有点知道的！否则，也不成其为百晓了！如今你所欲知道的，究是哪一家的事情呀？”

“我所问的是一家姓孙的，他家的门牌号数，大概是九九八八吧？”胡闲说。

“哦！你问的是这家！他们住的不是一座很大的洋房，前面还有一个花园吗？”百晓真不愧是百晓，他立刻就如数家珍地说出来了。

胡闲把头点点，表示他已是说得准确。

“不过，你为何要问起这家人家，我觉得这不在你的范围之内呢！”百晓露着诧异的神气。

“这句话是怎么讲？”胡闲也在诧异了。

“请你不要动气，这因为，你并不是那些惯于追求女人的小白脸！”顾百晓的话竟是越说越奇怪起来了。

在这里，我们这位胡闲大侦探，真犹同翠屏山中的潘老丈，听得了石伙计（石秀）那番话语后，要来上句戏词道：“你不说我还明白些，你说了我更是糊涂了！”不免要瞪起两个眼睛望着他。

“哈哈！就对你说了吧，现在他们家中，只剩下了一老一少的两位姑娘，老的已是四十有零，少的却二十出头，都还没有出嫁，而相貌却相当地美丽，所以追求她们的人很多。至于你，我知道已是早有家室，决不至也会向她们追求的，现在忽把她们查问起来，自然要使我觉得奇怪起来呢！”顾百晓方老老实实地把这情形说出。

“好！你且不管我这探问的目的究是为了什么，只把他家的情形说出来便是，我照例付费就是了！”胡闲却是一副正正经经和他做交易的面孔。

“好！”顾百晓也照样地说了这么一句话，“那老姑娘叫孙笑倩，小姑娘叫孙妩娟，她们并不是姊妹，却是姑母与侄女的关系，换句话说，那前者还是后者的一个保护人呢。”

“照此说来，这孙妩娟的父母都已双双去世的了？”胡闲不免插问一句。

“不错！而这孙妩娟的父亲，却是一位外交界有名的人物，曾做过派驻什么国的公使，历年宦囊甚丰，身后很遗下几个钱。并听说他外国派十足，在这去世之前，还立下了一张遗嘱，对于这遗嘱的支配，也完全带着外国风，因为那时他的夫人已是先去世的了！”顾百晓便又详详细细地说下去。

胡闲听到这里，不免向我望了一眼，似乎在说：这才很有意思咧！一边便又哦了一声，然后再说：

“那么，也知这遗嘱的内容究是怎样的呢？”

“这倒不知道。不过，你如欲探问的，我尽可给你代劳！只是关于这报酬方面，比之寻常事件，须得特别加高呢！”顾百晓又摆出一副生意经的面孔。

胡闲又把眉儿略略一皱，答应下来。方又问：“那么，在那些许多追求她们的人中，有一个姓何的，你可认识他？”

“那倒不认识，但你只要把他的状貌说出，我就可给你打听；再不然，你就不说出他的状貌，只要确定他是姓何，我依旧可以给你打听得出的！”这顾百晓真会做生意，竟有来者不拒的一副态度。不久他也就告辞而出。

“这家伙生意经太足，虽是有些讨厌，但如由我自己出马，却更得多费时间，实不能不和他周旋一下呢！”胡闲待他走后，却来上这么的一个批评。

“那么，这第二步，我们又该当怎样？这光阴真比马儿还要跑得快，这可怕的星期五，马上又要到来了！”我生怕他忘记似的，又向他点醒一句。

“是的！我再也不会忘记这可怕的星期五！同时再也不会忘记这可怕的晨间二点钟！”胡闲两眼凝望着前面，也喃喃地在说着，似乎这所给他的印象太深了！

十　结得芳邻

胡闲的第二步，就把孙公馆隔壁空关着的那所洋房租了下来。关于金钱方面，自有那位疯人院院长作后盾，那是不言而喻的！

在这上海地方，只要你有的是钱，没有一件事办不到！曾有人说过如此的笑话，倘然你是有钱的话，便是当天相人，当天订婚，当天结婚，都没有什么不可以的！因为件件东西都是现现成成地放在店铺中。人更是再现成也没有，只消你肯拿出钱，不论它是活的东西，或是死的东西，哪有会不立刻归你所有呢！——那么，这搬房子，究竟要比之讨老婆更容易得多了！所以，不消几日，早已把这屋子布置得妥妥帖帖，胡闲即约了我，一起搬了进去。

这洋房最上一层的上面，还有一个小小的平台，恰恰靠孙公馆的那一边。我们从这台上望下去，对于她们屋中的情形，虽不能纤屑毕露，但对于她们花园中的一切，至少可以说是一望无遗，毫无遮蔽的了！胡闲看到这里，不觉笑拍我背，说道：

“华生老友！这不是足当‘居高临下’四个字吗？院长给予我们的这一笔迁屋费，可说是大得其用，不会白费的了！”

“你这话说得很是！不过，我也有四个字的考语，倘给你闻得之下，恐又要为之爽然的！还是暂时不说吧！”我不觉笑吟吟地。

“是什么四个字！快些说！快些说！”胡闲倒又着急起来了。

“照我想，不嫌‘鞭长莫及’吧？”我方从容地把这意思说出。

在这里，胡闲不免也呆了呆。但他究是足智多谋的一个人，只一会儿给他想过来了，即带笑向我说道：“哈哈！老友！你难道没有听得‘逾东家墙而搂其处子’这句话吗？现在我和你自惭形秽，虽不必往搂其处子，但东家的墙，既是现现成成的有着在那里，到了相当之时，我们又何妨一逾呢！如此，不就可把一切的问题都解决了吗？”

我不觉把头点点，表示很是赞成他这句话。

“可是，我们虽已打定主意，不去搂这处子了！不过，倘去见见这一双处子，大概总是无伤大雅的吧！”胡闲又笑着说。

“是的！这是很应该做的一件事！我想，我们既是三生有幸，得与她们结为芳邻，却连我们这两位芳邻，究是面长面短，一点都不知道，这不是老大的笑话吗？”我也笑着说。

于是，在第二天，胡闲便同了我，一起去拜访这两位芳邻。对于我们的迁入她们隔壁的这一所洋房中，大概是早已知道的了；因此，对于我们的前去拜访，一点不以为异，即在布置得很精致的一间会客室中，接见我们。——而且还是那位老处子偕同了那位小处子一起接见我们。

在这里，我们却用得着作上一个刘桢平视了！只觉得这老处子孙笑倩已徐娘半老，额上也隐隐起了皱纹，但因妆饰得好，脸上又把脂粉涂着，望去好似三十许人，很有一种魔力，足使一般男子为之疯魔颠倒呢！至于小处子孙妩娟，年龄既轻，相貌又好，真是动人极了！妩媚娟好，确是名副其实，无怪向她追求者，竟是实繁有徒啊！

在寒暄之下，我们方知这孙笑倩还是一个职业女子，而妩娟在大学中读书，尚不曾毕业呢！当问到孙小姐是在哪里得意时，孙笑倩却回答说：“我和几个同志，组织了一家BB百货公司，承他们不弃，推我做经理呢！”

胡闲一听到这句话，不觉得高兴地向我望了一眼，似乎在对我说：“你听得了吗？如今竟是越说越近情了，连得这公司都有了着落了！”

“如此说来，有一位何先生，大概总是认识的吧？”他不觉又一脱口而出地问上一句。

“在我们认识的人中，有好几个姓何的，不知问的是哪一位?”孙笑倩反而向他问起来。

这又是小小的一个失败，我们的这位胡闲大侦探，不免又有点发窘了!

十一　她会不会杀人

我们从访问孙宅归来后，对于这个姓何的究是叫什么，虽尚不能探听清楚，但至少有一点已是可以决定了，他们确是认得这个姓何的，因为据孙妩娟说，她们认识了好多个姓何的，无疑的这定是其中之一啊!

“老友!你对于她们二人的印象如何?”胡闲一回到屋中后，就向我这么问。——这也是他的老脾气，逢见事件发生，每又先询问我的意见，然后再把他自己的意见发表的。

“这应得分别而言，那个小姑娘所给我的印象甚好，她只是十分天真，不知人世险诈的一个少女。但她的那位姑母，可就两样了!”我含笑说。

“那么，你以为她是怎样的一个人呢?”胡闲问。

“照我看，她的精明强干，并不下于一般男子，做一个职业女子，确是十分相宜的!而且，她在无形中，还具有不可思议的一种威力，她如果发起脾气来，一定能使人十分慑服的!”我说。

“华生!可了不得!你的观察力真是好到无比了!照你这般的突飞猛进，又何难自张一军呢!”出于不意的，胡闲忽把我这么赞上一句，然后又突然地问：“那么，照你看来，她会不会杀人呢?”

“你为何要问这句话?”我有点骇然了。

“你不记得顾百晓曾说起过，孙妩娟的父亲去世的时候，曾立下过一张遗嘱吗?既有遗嘱立得，就有金钱的关系，为了金钱而起杀人之心，也是世间常有之事呢!”胡闲从容地说。

在这里，我却不得不默然了。不过，像孙笑倩这个人，精明则有之，强干则有之，对人有威亦有之!但说她竟会杀人，我终有点不敢相信。

“此外，你在孙笑倩方面，可还观察得了些什么?”胡闲又向我问。

我只把头摇摇，这是为了刚才杀人的那一句话使我再也说不下去了。

“我知道，她正在和人热恋中；这是从她一不经意就有上什么深思的状态这一点上瞧看了出来的！倘不在情场中涉足的女子，决不会有这般的一种情状呢！”胡闲很有把握地说。

这天，我们又到事务所中去，顾百晓却来了。他拥了一脸子的笑，很得意地向着胡闲说：“幸不辱命，我已将孙家的那张遗嘱抄了来了！”

“你办事倒是十分敏捷！”胡闲不免夸奖了他一句。

“这也不是办事敏捷，只是钱的一种力量，只要肯多花上几个小钱，就何事不可办到了？”顾百晓却笑嘻嘻地回答。

胡闲听他说到钱，知道又是生意经来了！不免把眉儿深深地蹙了一蹙，当下一边把这遗嘱接了过来，一边即签了一张支票给他，倒实行了一手交钱、一手交货的这句话。顾百晓一把支票拿到手中，就很高兴地走了。

于是，胡闲便把抄来的这张遗嘱摊在桌上，和我一起看着，却见这位老外交家所立的那张遗嘱，也和普通的一般遗嘱相同，在遗嘱内说：一俟妩娟成年以后，全部遗产悉归她承受，唯如未及成年而死去者，则当改以孙笑倩为本遗产受益人云云。

“你瞧，照此遗嘱而观，孙笑倩不就有杀人之可能吗？因为，她已有了杀人的动机了！”胡闲说。

“照此说来，她不但有谋害孙妩娟之心，连得这一连串的几件凶案，或者都是出于她的主谋的了！你是不是这样的看法？”我问。

“这在现在是还说不定，但在我们当侦探者，却不能不有上这么的一个猜度！”胡闲很坦然地说，随又接上一句，“也罢，且待我再来看一看，在这遗嘱的上面，还有没有其他的受益人？”

“不错，还有一个妩娟的堂姊——孙明玉，她也是在这遗嘱上提及了的。”我向这遗嘱看了下去说。

“不过，她的机会太少了！”胡闲也看了看遗嘱说。

十二　天真无邪的少女

你道：就这遗嘱而言，孙明玉得到遗产的机会，为何说是很少呢？

原来，在这遗嘱上虽是这么明白地规定着，在孙妩娟未成年以前，倘然孙笑倩和孙妩娟都已亡故，此产应归孙明玉承受。不过，还得孙笑倩死在孙妩娟之前，否则，她仍旧得不到这份遗产的；因为，妩娟亡故时如笑倩尚健在的话，依法就应归笑倩所有，那她就再死去，这份遗产当悉听笑倩支配，自另有承继之人，哪里再有明玉的份呢！

“照此说来，本案的主犯倘然是这孙明玉的话，她不但要把孙妩娟害死，还得也对孙笑倩加以毒手呢！而且，并得在害死孙妩娟之前，先将孙笑倩害死，不然，仍是不生效力的呢！”我说。

“是的，如此，她的机会不是很少吗？”胡闲也笑着说。

“那么，我们尽可把她除外的了！”我又说。

“不过！我们当侦探者的眼中，在没有获得确实的反证以前，没有一个嫌疑者可以除外的！现在关于孙明玉的部分：她的生活状况如何？周尾如何消遣？尤其是在最近的这几个星期五的晨间二点钟，她是在干着什么事情？我将统统交给顾百晓，着他去代我调查一下。”胡闲说完此话，即摇一个电话给顾百晓，以此事托之于他了。

在第二天的下午，在一个偶然的机会下，却在我们自己的门前，和隔邻的这位美人——孙妩娟遇见了，原来她正从学校中归来呢。她倒一点儿都不搭架子，在嫣然一笑之外，还和我点了点头。我一时无话可说，只能向她虚邀一声道：“孙女士也到敝寓中来坐谈一会吗？”

谁知，她却是十分天真，只说了句“我原是想要拜访的”，即嫣然一笑地接受了我的这个邀请，跟了我走进屋来。

这时候胡闲已是出去了，我便陪了这位美人儿在书室中闲谈着。无意中，她竟谈起了她的志愿了。她说：“我在大学中学的是医科，不久就要毕业了。一待毕业之后，我想独力创设一个贫民医院，施诊施药，不要他们这班贫民一个钱！如有余力的话，还想兼设一个医学图书馆，这是目下医学界中所需要的！如此，或者方可说是尽了个人对社会应尽的一点义务吧！”

照我想，当她继承了这份丰厚的遗产之后，在她的财力上，如欲举办这两件事，确是绰有余裕的！而像她这么一位的富家小姐，居然能够不跟在上海一般摩登女郎的后面，过着那种金迷纸醉、穷奢极欲的生活，却能以贫民为念，学术为念，实是难能可贵的！不禁对于她倒有点肃然起敬了！一边也就情不自禁地，夸赞一句道：“女士能有此仁心，具此宏志，真足称女中丈夫，当愧煞一般须眉！我除了为一般穷黎给你祝福之外，同时并为医学前途十分庆幸呢！”

天真无邪的小姑娘，原是受不起人家的称赞的，经我这么极口夸赞之下，在她真有点受宠若惊了！便又把眉儿一皱，说道：“但是，各人的意见，却不能尽同的！即以我姑母而论，她就不赞同我的意思，以为一个人该为自己谋幸福方对，若专对别人着想，未免太傻了！倘然换了是她的话，她决计不是这样干，她当以这大部分的财产，作一点有利益于自己的事业呢！”

“照她的意见，不是想经营商业吗？这也是各人的观点不同，她是一个职业女子，无怪她要有上如此的一个倾向了。”我不觉笑嘻嘻地说。

“是的。”她说，“这BB公司的创设，就是她意志的实施。不过，只运用了她自己名下的一笔钱，很希望我他日也能投资其中呢！”

她又闲谈了一会儿，也就告辞而去。未几胡闲回来了，我便把以上的一番经过，并她所说的那许多话，都告诉了他。胡闲不觉狂喜道：“如今，对于这凶案的动机，更是十分明了了！”

十三　园中静伏

一转眼间，已是星期四，这可诅咒的星期五，又快要到临了！这天一早就下着雨，竟是连绵不断，没有停止的时候。胡闲凝望着雨中，作着深思的样子。

“你在今天晚上，莫非真个想逾东家之墙吗？”我已揣知其意，所以这么含笑向他问上一句。

“华生！你近来真是大有进步了！连我的一举一动，都能预先猜到呢！”他也是满面含着笑。这在我可说是不虞之誉！

“不过，你能决得定，今晚在那边园中，真有事情会发生吗？”我又问。

“这最后的一击，是不是今晚会发生，却还是有点说不定！然据我的观察，迟早总是不能免的！所以，不管是怎样，我们总不能忽略得，须得对之严密地注视着。”胡闲说。

“我只是为了这雨，不会发生什么影响吗？”

“这哪里会！”

“不！我不是这样的意思！我只是说，在这雨中，孙妩娟恐不会到这园中来！如此，不就要影响到那凶手预定的计划吗？换句话说，就是凶手预定了在今天动手的，为了这雨，恐也将延期了！”

胡闲听了这话，突把眼光移了过来，灼灼然向我注视上好一阵，方又一笑，说道：“照这样看来，你对于本案的内容，还不能完全明了呢！据我想，不管下雨不下雨，和那位孙小姐的来到园中，并无什么关系的！”

这样一来，我当然不能再说什么了。只是我总在怀疑着，在午夜二点钟的时分，又是下着雨，一个少女为什么要到花园中来呢？好在一转眼这个时候便到，有没有这种事，立刻就见分晓！同时，在这位少女来不来花园内的上面，对于本案的发展方面，也就可略见端倪了！

未几，已是到了夜中，在快近十二点钟的时候，胡闲便和我从家中走出，去到孙家的墙边，悄悄逾墙而入。虽是地既静僻，时又深夜，我们的这种举动，不致为人窥见，但心中不无惴惴，万一给人观及，不要疑我们是穿窬之盗吗？虽在解释之下，或者不难使人明白，然总要多费一番口舌了！

不久，已是到了墙内，方始把心放下。然在这里又有一个问题发生了：我们该在哪一个地点躲着，方能对于园中有什么举动都可瞧到；同时，真有什么举动发生的话，我们也可来得及把它阻止，不致徒兴鞭长莫及之叹呢？因为，这凶徒究在哪一个地点行凶，我们却不能预知的啊！

好容易，总算给我们找到一适宜的地点了，却是一个小小的亭子，亭外树木纷披，正遮去了这上面的一半，然偻着身子望出去，却是什么地方都可瞧到！而在这里更有一桩便宜之处，即是我们可以瞧见人家，人家却不能瞧见我们，真是再好也没有了！

然而，就我们那时的环境而言，并不见如何愉快！你想，在如此深夜之中，冷雨又潇潇地下着，却各人睁大了眼睛，巴巴地向外望着，期待着这并不可必的事情的降临，这不要令我们觉得非常地难堪吗？

“你真能决得定，她会准时出现吗？”我为了等待得已是很久，受不住这寒冷的夜风，免不得有些疑惑起来了。

“这当然！不然，我们为什么要多此一举！难道在家中睡上一觉不好吗？”胡闲的意志却是坚定的。

我也就不再说什么了。只是心中却仍在想着，万一到了那个时候，她却并不出现，那真是多此一举了！看他还有什么话说！

在静静的期待中，好像这时间更倍觉其迟缓的，所以，在实际上虽只等待了有一个多钟头，而看去竟是十分的长，像已有一天的样子！我在这里，确有点不耐烦了，很想再向胡闲征询他的意见。但是还不曾开得口，却见有一个黑影子一晃，果然有一个人来到园中了！我不期把胡闲的衣襟扯了一扯，信服他确能料事如神！

十四　一个平淡的镜头

在这下雨的夜中，又没有月亮，当然瞧不清出现那人的面目的，不过，就这亭亭倩影瞧来，定是一个女子无疑，而如果是那老处女孙笑倩的话，似乎还要高大一点，再把这柳腰一搦映入我们的眼帘，就知除了那孙妩娟，没有第二个了！

“真是奇怪！值此深宵，又是下着大雨，她为什么会到这里来啊？又是所为何事呢？”我见到以后，不禁暗自称奇着。

可是，她却也没有干得什么一桩特别的事情，只是在这草地上蹀躞往来着。一会儿，却又立停了，抬起头来，很殷切地向着对面望着，似乎在期待着什么的。然而，在对面却只是黑漫漫的一片，一点也不能瞧到什么。而据我所知，对面却是一座高大的洋房，自从我们迁来此间以后，只见那边大门紧闭，并没有什么人出入，大概还是一座空无人居的洋房吧？——但她好似一点都不知道，仍在盼望得非常地殷切，虽是这雨直淋下来，从头上滚到了她的雨衣上，她竟是毫不觉得的一般！一会儿，远远的有一架大钟在敲响了，却是当当的两下。深夜间钟，原是最清澈也没有的，何况，不多不少，恰恰正是两下——正是这极堪注意也是极堪咒诅的二点钟，顿时使我们这在场的三个人，把精神都集中起来了，好似马上就会有什么事情发生的！尤其是远在那面的那个她——孙妩娟，更是对着对面注望得非常殷切！

然而，五秒钟过去了，十秒钟过去了，甚至是一分钟、二分钟都已过去了，对面仍是漆黑一片，毫无一点动静！园中也是寂静无声，毫无一点动静！就在此际，却听得很低很低的一个叹息之声，忽然破寂而起！无疑的，这一声低低的叹息，却是出自彼美之口！而在同时，也就证明了她那焦急之情，似乎还在我辈之上呢！

最后，她又很失望地，向着对面望上一眼，方回过身来，向着黑影中走去，倏忽间已是不见，大概她已回到里面去了。

“今晚的事情已完，我们也可离了这里，回家去睡觉吧！”胡闲一拉我的臂膀，悄悄地对我说。

我便也悄无一语的，跟随在他的背后，依着原路逾垣而出，又回到我们那临时的寓所中。

“这究竟是怎么一回事，难道她竟是等待着那凶手前来杀害她吗?”我待坐定以后，方又向胡闲这般问。因为，这件事在我看来，确是太奇怪得使人不敢相信了!

“照情形看来，差不多是这般；但在实际上，她却是在期待着一个人的到来——或者竟是她的情人，决计想不到会有被害之事呢!”胡闲却静静地回答着，似乎关于这案中的情形，什么他都已知道的了。

“可是，这个人却没有到来呢!”我说。

“这就是说，本案的结束，至少还得迟延上一星期，或者竟至数星期!——然而，像这般的迟延，实是要不得的，也是使人十分焦躁的；因为，每迟延上一周，就得多添一个无辜被害的少女！即拿今晚来讲，恐在本市的哪一个角落里，又有一个无辜少女遭到牺牲了吧!”胡闲两眼向对面望着，缓缓地说了来。

“你觉得定是如此的吗?”我仍是不大相信。

“这当然是这般！须知每周逢着星期五，在一定的时期内，定有一个少女被害，这只是那凶手所放的一种烟幕弹；倘然到了本周，竟不举行这故事，那么，他以前所做的这几件凶案，都是成为毫无意义的了！这在事实上又哪里会有呢!”胡闲却说得很有理由。

约摸在两小时以后，胡闲似乎再也忍耐不住了，便打了一个电话到警局中，询问今晚有无凶案发生。一会儿，他两眼灼灼作光，回过头来对我说道：“果然已给他们发现，同样性质的一件凶案，又在市西的一个废园中发生了!”

十五　你瞧着就是了

为了一夜没有睡，第二天我们睡到很晏才起来，瞧样子已是下午了。

“难道我们竟是睁大了眼睛，一无所为，再呆呆地等上一星期吗？这未免太是无聊了!”胡闲说。

“这当然不能如此的!”我忙接口说，“不过老友！我却要提出一个意见，在本案中，我们对于有一些事件，不免太为忽略了!”

“什么一些事件?”胡闲忙不迭地问。

“就是每星期所发生的那许多桩少女被害的惨案，在一般人认为这是主要的，你却一概置之不问，这恐怕有点不大对吧。”我又说。

“哈哈！哈哈！”胡闲一听便大笑起来了，“我不早已对你说过，这都是那凶手放的烟幕弹吗？既知是烟幕弹，又何必予以注意呢！”

“但是，如今既有多余的时间，何不也对它们注意一下，或者也能探出一点什么线索来，正未可知！”我忙又这么说着。

“不！这大可不必！譬之于水，这只是一些支流，我们既已知其总流之所在，尽可直探其源，正不必枝枝节节，作此事倍功半之举了！”胡闲却是十分的固执。

我不觉暗暗在想：我们这位老友，自从出马以来，十桩案子倒有九桩失败，一般轻薄的人们也就把“失败的侦探”这个头衔赠给他；但就他的才能和经验而言，实不该有此结果！我每每为他扼腕，每每为他抱屈，而想不出他所以失败的原因来！如照现在而言，或者他就失败在这固执的上面吧？胡闲见我默默不语，倒又向我问道：

“华生！你在思忖些什么，莫非不赞成我这个办法吗？”

“不！我只在忖着，在本星期中，我们是不是真得照着你刚才所说的那句话，睁大眼睛，一无所为，呆呆地瞧上一星期呢！”我故意说得幽默些。

于是，胡闲又大笑起来了：“哈哈！华生！你放心！绝不让你如此就是了！实对你说：手头应干之事甚多，而且，就在现在，马上就有一桩事情，须得赶快一干呢！”

“真的吗？什么事？”我忙问。

“你瞧着就是了！”他笑嘻嘻地回答。

又隔了一会儿，我们已是吃过了饭，他瞧了瞧手表，说道：“华生！是时候了！你准备着吧，我们马上就得出发了！”

我听了他的话，忙整了一整衣，作着整装待发的样子。不久，只见他把手一挥道：“走吧！”

我即跟在他的后面，出了大门，他的那辆跑车，却早已停在门外了。他即一声不响地和我走上车，即由他自己司着机，直向前面驶去。

“我们究竟要到哪里去呀？”我到底是一个直爽人，不能再装哑子了。

“你瞧，在我们的前面不远，不是有一辆蓝色的汽车吗？这就是我们的目的物！”胡闲说。

“那么，那辆车中究坐着什么人呢？”我问。

“你不必问，你瞧着就是了！”他似在故意和我开玩笑，又第二次给了我一闷棍。

此后，前面的那辆车子如果开得快，我们也开得快一些，如果开得慢，我们也开得慢一些，实行着“盯梢”的那种工作。在这里，我不免有几个问题要向他请教，但恐他再拿闷棍给予我，也就不再开口了。

一会儿，前面那辆汽车，却已在一座小洋房前停下了，我们的那辆小汽车，却仍是直驶过去。在掠过那辆汽车前面的时候，见有一个穿得很时髦的女子，正从车中走下，我在一瞥之下，几乎要不自禁地溜出一声“啊呀”来！原来：这个女子并非别个，便是我们新结的芳邻——那位老处女孙笑倩！

“我们为什么要尾随着她，难道她真是本案中一个主要人物吗?”我险些儿又要把这几句话问出口来。

十六　洞如观火

照说，我们既把孙笑倩尾随了来，如今已见她走入这所洋房中，就该在外面守候着，瞧她一个究竟了。不料，胡闲仍把车子向前驶去，并不停留下来。我倒有些诧异起来了，便向他问：“你不是要侦探她的行踪吗？为什么既已探得了她的去处，又半途而废了?”

“她要到这里来，早已给我探得了！今天我所以还要亲自出马一遭，无非要证明我所得的情报是否确实罢了！如今既已眼见非虚，也就知道我们所走的路线一点也不差，又何必守株待兔地再候在这里呢!”胡闲满面笑容，十分得意地说。

我听了，倒默然了好半晌，心想：近日的胡闲，真是今非昔比了，居然也会神出鬼没到如此，对于孙笑倩的行动，已能了如指掌呢！一边也就脱口而出地向他问道：“究是谁供给你这个情报呢？莫非又是那个唯利是图、面目可憎的顾百晓吗?”

“顾百晓便顾百晓了，又何必加上这八字考语呢!”胡闲倒笑了起来，“不！不是他！另有一个和他一般职业的人，把这情报供给我的!”

我不禁又默然了，心想：胡闲近来确是改变了作风，每每喜欢临时雇佣了几个人，给他刺探情报咧！或者能在这改变作风上，可以使他渐渐走入成功之路，而一洗向日屡次失败之羞呢?

胡闲倒真是厉害，似已猜得了我的意思，便又拥着一脸子的笑，对我说道："华生！如今什么都得适应潮流，加以改良了！就是我们侦探的方法又何独不然，岂能固步自封？自己少出马，多用代理人，在我们侦探界中，这是最新的一个趋势了，我又怎可不效法一下，而求能勉合潮流呢！"

"那么，你可知道，住在这所洋房中的究竟是谁？这位老小姐又是去瞧看什么人呢？"我不免又向他问。

"哈哈！老友！这真叫做'踏破铁鞋无觅处，得来全不费功夫'，我们不是要探访一个姓何的吗？如今这位老小姐，不辞御驾亲征，前去登门拜访的，就是这个姓何的啊！"胡闲又满脸都是笑，十分得意地在说了。

我一听这话，心中不禁突然一跳，暗想：这小魔王沈十的失踪，照胡闲的意见，不是这姓何的实有极大的嫌疑吗？如今这位老小姐，却和这个姓何的来往着，这案情不已明了到了十分了！便道："照此说来，我们所走的路线，确实再对也没有了！"

"哪得不对！这案情的始末，真雪亮一片地在我脑中了：这姓何的和那老小姐一定是情人，而他的所以和她恋爱，或者还是在贪着她的财！不过，双方一相熟之后，方知这位老小姐只是孙妩娟的一个保护人，这偌大的遗产，并不属之于她。只待孙妩娟一成年之后，这位老小姐就得依照遗嘱，解除保护人的责任，而将这份遗产归孙妩娟本人管理。又据孙妩娟的宣言，她取得这份遗产后，将以之办医院，办图书馆，作一切慈善事业之用，又与孙笑倩经营商业之意旨相左。姓何的在失望之下，又探得孙笑倩为了侄女的意趣和自己不同，这偌大的一份财产将不能再归自己运用，也很是感到不满，于是在他一再怂恿之下，竟使这位老小姐居然同意于他，要将妩娟谋害，把这遗产据为已有了！

"可是，这姓何的却是厉害不过，以为如用寻常的方法：把妩娟来谋害，说不定要给人察破的！于是他想得了十分狠毒的一个方法，把这小魔王沈十绑了去，作为一个幌子，作出这一连串的谋杀案子，使人家相信有一个疯人正在大发凶性，做着摧残少女的无理性的行动！如此，妩娟一旦被害，就可把人们的视线引了过去，不致疑到他们了！"胡闲洞如观火地说了来。

我不觉暗暗点头，认为他的话句句都对。

十七　希望你也参加

照这大势所趋，案情已是大定，我们除了再等待这可诅咒的星期五日到来以外，似乎可不必干别的工作了！——老实说，就是要干的话，也是白费精神，于事实上毫无所补的呢！

为了凌局长很是关心着这件事，常有电话来询问，因此，趁这空闲之际，在第二天的下午，胡闲又同了我，到警局中拜访了凌局长一下。

"你对于这个小魔王，大概已探得了他的踪迹了吧？"凌局长一见我们到来，就这么很兴奋地问。

"我今天到这里来，就是为了他这桩案件。"胡闲却是这么地回答，随又把他探访的经过约略说了一说。最后方说到本星期五或有一个惊人的发现，也即是本案的一个大结束。

"你真以为本案即可结束了吗？"凌局长又十分兴奋起来了。

"我想是如此！"胡闲说，又接上一句，"局长！你放枪的本领不是很好的吗？我常常听得人家说起的！"

凌局长一听得问到放枪这件事，更加高兴了，只见他两眼灼灼有光，笑容满面地说："别的不敢自夸，说到放枪，确实很不含糊，去年年底本局比赛手枪射击，我曾全中九枪，获得锦标！我最大的一个本领，能在暗室之中，把纸烟头上的这星星之火打熄呢！"

"你真能打熄这纸烟头上星星之火吗？那是好极了！在我们这一次出马中，确希望有具上你这般本领的一个人！"胡闲说时，露着十分热切的神气。

这一来，凌局长倒像似有些不懂了，只瞪起了两个眼睛望着他。

"啊！我这话说得太快了！"胡闲也哑然失笑起来，"不瞒局长说，我今天前来拜访，一则把本案经过情形报告一番；二则就是在本星期五我们的出发中，也拟请局长一起参加！"

"对于这一个参加，我倒是十分高兴的！你是不是要我把这凶徒当场射倒呢？"凌局长说。

"是的！这件事情太关重要了，我是自问不能胜任的！所以，不得不来求援于你了！"胡闲说。

于是，凌局长便与我们约定：准于星期四中夜之前，来到我们寓中，一起出发。

十八　一个黑影溜进来

几天工夫一眨眼就过去，早又到了星期四的晚上了，在十二点钟刚刚敲过，凌局长果然很有信用地到来了。他问：

“我们马上就要出发吗?”

“是的。照我想，还是去得早一点好!”这是胡闲的回答。

当下，便由胡闲一马当先，凌局长紧随于后，我打尾，大家悄悄地走出屋去。凌局长身上带了枪，不必说了；我同胡闲也都佩上手枪，以备万一；因为，这并不是如何乐观的一个局势啊!

作这探险之举，在我和胡闲已是第二次了；但凌局长却还是初次经到，跳跳跃跃的，露着十分兴奋的样子。一切都和上星期的经过一般，不必赘述，一会儿，我们又在那个秘密所在伏着了。

在这深夜之中，又是静静相对，不能说得一句话，这情形确是非常难堪的。所以，不到一会儿之后，凌局长首先表示有点不能忍耐了，便悄悄地向胡闲问：“胡先生！你能决得定，这个万恶的凶徒，今晚表演的地点，定是在这里，而不是在别处的吗?”

“这虽不能一定！但照大势所趋，却已迟缓不到哪里去的了！因为，我已探得孙妩娟的生日便在下星期，一过这个生日，就满了法定成人的年龄了!”胡闲也悄悄地回答他。

于是，凌局长不再说什么了，也和我们一样，只是很耐心地等待着。

好容易，一点钟已是敲过，这位千娇百媚的美人儿，果然又依时出现。前番是在雨中，今次却有月亮，故瞧看得更是亲切。而在这里，这位凌局长却同看戏一般，已看到吃紧之处，只觉精神百倍，再也不觉气闷了!

一会儿，忽见这美人儿，又仰起头来，向着对面的高楼上望去。在这皎洁的月光下，瞧到她似乎露着喜悦之色，大概她已见到了什么吧?

你道，她向对面瞧见了些什么？原来：在这居高临下的对面楼窗中，有什么人在把火光晃动着，计共是晃动了六下。我们所伏匿的地方，和她所站立之处，是在同一的角度之下，所以，她既是瞧到，我们便也瞧到了!

而照这情形瞧来，这个人所以把这火光晃动着，大概是给她作为一个信号吧？——至于这个信号所含的意义，虽不能猜度而知，至少总是她所期望的；或者她的深宵来到园中，就是为了要瞧看有没有这么一个信号递了来？

当我一想到上星期五并没有见到这信号，所以没有事故发生；而今天却有了，不啻就是我们理想中这出悲剧的一个前奏曲，不禁不寒而栗，一个身子也有些抖战起来了！

正在此际，忽闻远处送来钟声，当当的，不多不少的正是二下，明明是在向我们报告着，这可咒诅的时间已到了！我们这一行三人，不觉齐把精神打起，并睁大了眼睛，瞧看着究竟有什么事故将发生！

此时，这园门忽悄悄地开启了，有一个黑影溜了进来。但尚未走到这位少女的跟前，她已经瞧出这是什么人到来了，即欢声叫了起来："少牧！少牧！"

十九　可怕的一幕

说时迟，那时快，那人早已到了面前，孙妩娟即高举两手扑了去，他们便互相拥抱着。可是，从背后看去，在那人的右手中，却见执了有明晃晃的一件东西，给这月光照耀着，瞧看得非常清切，这不是别的东西，乃是又长又尖利的一柄小刀！

"啊呀！胡闲猜想得一点都不错，果然已到了最后的一幕，这个杀人不眨眼的魔王，要来行刺她了！"

我一面这么想，一面便想拔足奔了去，要把他手中这凶器夺了下来；可是，时候已是来不及，早见那人已把这刀高高举起，要向她刺了下来。我急得想要喊时，谁知张口也像似噤住了的，竟是发不出什么声音来！在这里，我不免暗恨我自己太是无用了！而最是使人看了不忍的，这位天真无邪的少女，此时面含倩笑，目露晶光，似正陶醉在爱情之中，并不知有祸事之将临。

好了，好了！正在这千钧一发之际，忽听得有连续不断的两声枪声，这是凌局长在表演他的神技了！果然一点都不含糊，只见那人拿刀的那只手，立刻便僵直地垂落下来，又听得"当"的一声响，那柄刀已掉落在水门汀上。同时，那人的身体已是站立不住，慢慢地向着后面扑去，不多时，便也直僵僵地仆倒在地上。

孙妩娟再也想不到会有这种事情发生，不免尖声叫喊起来，接着，便踉在那人的身旁。这时我们早已赶了过去，把电筒一照之下，却见那人三十不到、二十有余，面貌颇为俊秀，衣着也是楚楚，这枪弹适打中要害，所以，只见他的两个眼睛是睁大着，一张口是张开着，已是死在那里了！

胡闲想把孙妩娟搀扶起来，但并不曾办到；凌局长可不能这般的客气了，竟把她硬拉了起来，并对她很直率地说："姑娘！我们是警务人员！此人就是摧残少女的那个魔王，如今又要来刺你了！你瞧，他的那柄刀不是掉落在你的脚边吗？不是我用枪打他，你的肩上早已吃了一刀了！"

"哪有这回事！我和他已是订了婚了！他既爱我，我也爱他，我不信他对我会有这么一手！"孙妩娟哪里会相信。

"就是我，也不信有这回事！但一瞧到这柄刀，却不能不相信！"凌局长又说。

"孙小姐！你慢慢儿自会知道！你要明白，他要对你行刺，实是有上很大的一种阴谋呢！"胡闲也对她说。

孙妩娟最初仍不相信她的这位未婚夫今晚乃是要来谋害她的。但瞧到地上放置的这柄明晃晃的尖刀，又亲眼见到这刀确是从他手中落下，再把当时的情形一想，觉得事实确是如此，凌局长和胡闲并不曾向她打诳呢！

"但是，他为什么要谋害我呢？"她仍是带着怀疑的神气。

"这决计不会毫无目的的，你不久自会知道！"胡闲微微笑说。

二十　一封奇怪的信

后来，经我们询问之下，她方始把他们两人恋爱的经过，约略说了一说。原来，这个恶魔姓何名少牧，和她在一个喜筵上遇见后，即彼此相见恨晚，结成密友，不久，又订了婚，但他们的订婚是秘密的，连得她姑母都没有知道！这是他们两人共同的意见：因为她未达法定成人年龄，对于婚姻尚无自主之权，一旦宣布出来，如遭她姑母反对，反为不美！不如待到满足了法定年龄后，再行宣布出来呢。

不料，订婚没有多久，何少牧忽有上某种的嫌疑，受着侦探们的监视，只好离开本市，暂时避上一避风头了！这离别时的情况，自是非常难堪的，但何少牧却十分坚决地说："可是，无论如何，我总是舍不了你的，一旦有了什么机会，我定要再来瞧看你，那时再商量妥善的办法俾仍可遂双栖双宿之愿啊！”

她那次和他话别的时候，正是某一个星期四的深夜，算起来已是星期五的上午了，时间恰恰是二点钟敲过后。所以，为便于记忆起见，便彼此约定：他如要偷偷来看她，也就在每周中这一日，并恰恰是这个时候。所以，她每逢到了星期四的深夜，定要偷偷来到园中，看他到底来与不来呢。

当她说到这里时，胡闲含笑问道：“你们不是以举火为信号吗？只要见到对面的楼窗中，有人把火光晃动着，来回共是六次，那就知道这姓何的已是偷偷回来，快要和你来相会了！”

她听了，把头点了点。同时又举起妙目来，向胡闲望了一望，似乎佩服他的本领不错，竟是什么都知道的。跟着，她把先前所说过的话，又复上一句道：“但是，他为什么要谋害我呢？”

她一边说，一边又向死在她这脚下的情人望了几眼，似乎很是悲伤的样子，而一时情感所动，几乎要倒下地去。委实这件事太是可怪，也太是可悲了，以她一个弱女子身当其境，百端环攻，又哪里支撑得住呢。

胡闲见了，忙把她扶住了；然后又和我把她送到屋内，让她在一张沙发上卧下后，复向她安慰了几句，方又一起走出。

这时候，凌局长已从园外，把守候在那里的几个部下唤了进来，叫他们把这尸体舁起，预备送往验尸所中去。

这是照例的文章，更在这死者的身上，检查一下，究带了一些什么东西？可是，除了一只手表和少许的钱币之外，却没有别的东西。只在大衣的袋中，藏了一封已贴邮票而尚未寄出的信。

“这封信一定是很关重要的！”凌局长一见便这么说。但当一个部下把此信递给了他，他只一看信面，又像是很为诧异的，叫了起来道：“这么说，这封信还是寄给我们警局的啊！”

我和胡闲听了，忙也凑过头去看，果见上面写得清清楚楚，投寄本市警察总局，一时倒也觉得奇怪起来了。

凌局长把那封信拆了开来，读了一会后，递给我们两人看。

二十一　同谋者

“你们二位请看！这不知究是什么意思呢？”凌局长说。

胡闲便把信接了过来，当和我一起读着，只见这内容是这样：

局长钧鉴：

民以偶然之机会，在新疆路一荒场上，见到所停之空汽车中，有一女子已死于其内。究是因何而死，可不得而知。

民现欲向局长报告者，即民发见此尸体之时间，正为本星期四午夜十二点钟。此对于贵局将来作本事件之推究时，或有相当之帮助。

民本应亲自赴局陈述，奈以前曾在局中有案，恐反引起种种之不便，故以此书为代。敬希谅之。

民隐名氏上

我把此信看了一看，觉得这是与本案没有什么关系的。果然，胡闲也和我是同一意见，只听他说道："这或者是另一事件，却与本案是无关的呢！"

于是，凌局长把这封信接了去，放在衣袋中，又说道："如今，本案总算已告一段落了！不过，这小魔王沈十究竟藏匿在哪里，与本案是否有关，还得探访明白！最使我感到棘手的，这个元凶已死，无法取得他的口供，只有今天欲向孙小姐行凶的这一事件，可由我们三人证明外，关于他以前种种之罪行，却无由证实是他所为。那么，这像有定期性的一连串的谋杀案，不仍只能成为悬案吗？"

在这里，我好像突然间聪明了起来的，便含笑说道："不相干！这只要到了下一个星期五，不再有像这般的少女被杀案发现，就可作他是本案真正凶手一个极有力的反证！"

"不！这倒不必如此的！"胡闲也笑着说，"你难道忘记除他之外，还有一个同谋者吗？"

我一听这话，就知道他是指着孙笑倩而言；可是，凌局长却有点莫名其妙了！不免带着惊诧的神气问："怎么，还有和他同谋的？现在又在哪里？"

"好！你且随我来，待我引领给你看。"胡闲说。

于是，胡闲在前引路，我和凌局长默然随在后面，又向着屋中走去。到得里面，却见孙妩娟仍睡在沙发上养着神，但神色间已自在得多了！一见我们走入，即一骨碌立起身来，胡闲便向她问道："孙小姐！你的姑母在哪里？不是还在楼上睡着吗？"

“不！她不在家，她昨夜并没有回来呢！”妩娟回答。

“她不是常在外面过夜的吗?”胡闲又问。

“是的，每星期中大约总有二三次。”妩娟又向他回答。

“如此，我不再惊动你了！我倒是知道她的去处的!”胡闲说完此话，即向那少女点了点头，和我们又走出来。

“哦！照此说来，你所谓那同谋者，大概就是这孙笑倩吧?”凌局长这时候似乎也聪明起来了。

胡闲并不曾回答这句话，却把头儿点了点。

二十二　扑了一个空

一会儿，胡闲又说：“我们快些儿走吧！如果等她知道了这里的情形，她的阴谋已归失败，她定远走高飞，那我们就要大费手脚了!”

凌局长把头点点，也就急急走了出去。他所坐的那辆汽车，早在门外等候着了，就邀我们一齐坐了上去。

“如今我们到哪里去呢?”凌局长坐定后方又问。

胡闲便向他的耳畔，轻轻说了一个地名，凌局长便又轻轻对那司机说了，这车即向前面驶去。——我虽没有听清楚这地名，但已知道定是我们那天盯了孙笑倩去的那个地点——马斯南路，换句话说，也就是她和那姓何的秘密结合的一所小房子呢！

果然，车子一到马斯南路，就依照胡闲的吩咐，在那天瞧见孙笑倩走进去的那条弄口停下了。我们三人也就从车中走出。

“她住在弄中哪一家呀?”凌局长问。

“这个我早已打听清楚，你们跟了我来就是了。”胡闲说。

我们跟他走入弄中，到了像似一个公寓的门前忽停了足。他在门前约略打量了一会儿后，方又一马当先，走了进去。我们自也跟在后面。因为这是公寓，进出之人甚多，所以虽在夜中，一任我们走去，并无人来拦阻得。直至到了二层楼上十七号房间的门前，方有一个夜班茶房走了来，询问我们道：

“你们要访问什么人？……”话刚说到这里，忽向凌局长看了一眼，又欢呼起来道，“呀！原来是局长吗？想不到你老人家会到这里来的!”

凌局长生怕给人听得似的，忙向他摇手，说：

“轻声些！你不是××号吗？我几乎要认不得你了！你如今在这里工作吗？”

“是的。我自从辞去差使后，就到这里来了。局长不是要访十七号的何先生吗？他此刻不在房中呢。”

“那么，他的那位女朋友，今晚可来了没有？”胡闲忙抢着问。

“哦！你是问的那位孙小姐吗？何先生今晚就是同她出去的，直到此刻还未见回来呢！”

于是，凌局长倒有点踌躇起来了。胡闲忙向他使了一个眼色，凌局长便也会意，即说道：“也罢，原是他约我们来的，他既还不曾回来，你且开房门，让我们进去等一下吧。”

那茶房自无话说，即取钥匙开了房门，让我们走了进去，又给我们斟上一杯白开水，便管自走了。

至是，我们方向房中细细瞧看一下，却见一切布置，都是十分富丽，倒好像置身在金屋之中了！我不禁笑道：“这姓何的看来倒像是很有几个钱的呢！”

“他正不必自己有钱，他有了这么一位女经理做密友，怎还会布置不出一间金屋来啊！”胡闲含笑说，明是在点醒我了。

我又一眼看去，只见靠窗右面的壁上，还悬挂着一张一男一女合拍的放大摄影。我只向上面略一瞧视，不觉脱口叫了一声：“呀！”

“老友，你又看到了什么？竟是这般大惊小怪了！”胡闲又笑着问。

“我再也想不到，这位老小姐的情人，和她侄女的情人——就是刚才死在那边屋中的，怎么竟是一个人呢？”我也老实说。

“唉！华生！你真是老实，连这点事都不曾明白！我却早已知道了！”胡闲像是很可怜我的。

二十三　还有这么一个转变

后来，关于这内中的情形，据胡闲所推测得的，又由他对我们详细说了一番。这一来，连得凌局长也都十分明了了。

原来，这情形大概是这样的：这恶魔何少牧最初确是向孙妩娟追求着，凭着他的那一副好功架，相貌也长得相当不错，果然获得这美人儿的欢心，并且秘密订婚了！但他的目的十分之九是图财，贪色远在其次；满以为如此一来，偌大一份的财产，定可归他所有了！

谁知，订婚不到多久，却从孙妩娟的口中，探得了她的志愿：一旦获得这份遗产，却欲以之作创办医院及设立医学图书馆之用的！而妩娟的志愿很是坚决，轻易不肯变更，他又是完全知道。于是，他不免感到失望了！

可是，他是一个什么角色，既已做到如此一步，怎又肯半途而废！在苦思焦虑之下，又给他想得一个补救的方法了！这方法是，复把这目的移转到孙笑倩的身上去；同时，当然啰，早又伏下了一条谋害妩娟之心；这因为，他们孙家那张遗嘱的内容，已给他探听得明明白白的了！

这孙笑倩的年龄已近四十，可说是一只老蟹了；而他则三十尚未到，以他欲去追求笑倩，可谓降格而求，哪里还会不达到目的的！等到目的一达，他便把那预定的计划施行起来，这件惨案也就由此开始了！至于他本人，竟会如此的一个结果，这是他做梦都不曾想到！照他想来，定可十拿九稳，马到成功呢！

“你这话确不错！观他的布置，也实是周密之至，又哪里会料到你已洞悉他的阴谋呢！”凌局长待胡闲把这情形述说完了后，却是这么说。

“然而，也还得仰仗你的这一个神枪手；否则，他的阴谋虽终归失败，但这位少女的性命恐要不保了吧！”胡闲又望着凌局长笑嘻嘻地说。

世人哪一个不是喜欢吃马屁的，凌局长一听这话，不觉也把笑脸展开，像似很是得意的样子。

在这里，我不免也要插问一句了：“那么，照你想来，关于谋害妩娟的这一个阴谋，他定曾对笑倩说过，而取得她的同意的吗?”

“同意不同意，现在虽尚不能加以武断；然至少可说，她一定是知情的，因为，对于这遗产将来的运用，她是不满意于她侄女的那种主张的，就她私心而言，又何尝不希望侄女早早死去，而可把这份遗产移转于她呢!”胡闲说。

“只可惜我们扑了一个空，竟不能在这里捉到她！不然，凭她是如何的厉害，我们总可问出她的口供来呢!”凌局长顿时又透露着失望的情形。

“真的，她究竟到了哪里去了？如何既不在家中歇宿，却又在这里捉她不到呢!”我也说。

正在此际，忽听胡闲吃惊地叫起来：“呀！想不到还有这么一个转变！我在本案中，如今又是完全失败了!”

“你说些什么?”凌局长很吃惊地问。——我虽不曾开得口，但这吃惊的程度，可自问并没有减于凌局长!

“在刚才所搜得的这封信上，这死坯不是说在新疆路的那面，他曾在一辆车中发见了一个女子尸首吗?”胡闲又突然地这么问。

“是的。但我匆匆间还未差人去瞧看过呢!”凌局长答。

“如此，我们快去瞧看一下吧!”胡闲像似很匆促的样子。

二十四　果然是她

在新疆路的那一端，有一段地方确是很冷落的，所以，载有女尸的那辆汽车，停在那荒场的旁边，直到现在，除了那个恶魔何少牧说是瞧到过外，尚没有旁的人将它发觉得，连得岗警都不曾对它注意过!

当我们的汽车驶入了新疆路，便一路留心看去，果然在一个荒场的旁边，见有一辆汽车，像似抛锚一般的，停在那里了。

“他所说的，大概就是这一辆车子!”局长一见便很兴奋地说。随即停了车，大家一齐走下。

胡闲却显着从来未有的一种紧张的神气，即当先走近车旁，打开车门，拿起电筒，很注意地向着车中一照。只一照之下，便又退了出来，灰白着一张脸，尖声呼叫道：“果然是她!果然是她!——唉!这一遭我又栽了大大的一个筋斗了!”

但他虽是这般地说，我却猜不出他所说的这个她究是谁!凌局长当然也和我有上这同样的情形，可是他比我要来得性急，早向胡闲发问道：

“你所说的她，究是哪一个呀?”

“这还有哪一个，自然就是我们正要找寻的那个孙笑倩了!”胡闲只冷冷地回答。

这一句话不打紧，我和凌局长不觉都呆了起来了。良久良久，凌局长方又说：“如此说来，她在本案中，并不是一个同谋者吗?不然，她自己怎反又遇了害呢?”

“唉!这情形很为复杂，停会儿再细细地告诉你吧!”胡闲只是唉声叹气着。

当下，凌局长也走到车中去，把这女尸瞧看了一下，便又把岗警找了来，对于他在这地段内出了这么一件大事，竟是毫不知觉，未免太疏忽了，不由得把他大大地申斥了一顿。随又叫这岗警把这尸首看守着。然后又分头打电话给验尸所及法医，着将尸首舁往验尸所，着手进行验尸的工作了。

当我们重回到汽车中，向着警局中直驶而去时，凌局长却迫不及待地，又向胡闲问道："请你赶快告诉我，这究竟是怎么一回事呀?"

"唉！这无非受了遗产之害！所以那个恶魔要把孙妩娟害死不算，同时还得先把她置之死地呢!"胡闲又叹息着说。

这在凌局长当然仍是莫名其妙，但我却是见过他们孙家的这一张遗嘱的，不由得顿时恍然大悟了！便也接口说道："哦！怪不得那恶魔要写上那封信，给这孙笑倩死去的时间来上一个证明！否则，孙妩娟如果一旦给他杀死之后，人家却不承认笑倩是死在妩娟遇害之前，这在他不是前功尽弃吗?"

"唉！你们在说些什么？我却一点儿都不懂得呢!"凌局长不由得发急起来了。

于是，胡闲方又把孙家所立那张遗嘱的内容，向他详细一说。他方也完全明白了。因此，他又问道："如此说来，你所说的那个同谋者，事实上却已变为孙明玉，而不是孙笑倩了呢！是不是?"

"依情形而言，大致是如此！因为照这恶魔的那种安排，都是谋能有利于她，使她可以安然承袭这笔遗产啊!"胡闲回答说。

二十五　最后的结束

这在我很是引为遗憾的，像这般曲折离奇，轰动一时，并范围弄得很大的一件案子，自从这恶魔何少牧一死之后，就烟消火灭，不再有什么新的发展了！而就实际上言，本案也已不结束而自结束呢！因为，本案的主动者只有这恶魔一人，他一死，自然什么都可了结了！

但为求读者们明了和满意起见，我还得好好地交待上几句话：

（一）孙笑倩的尸体，已由法医检验过了，据说先是在食物中中了毒，然后又给人扼死的！据此以推测，定是何少牧先在食物中下了毒，然后以出游为名，同了她一起坐了车出去，到得新疆路那边静僻的所在，恰恰这毒发作起来。何少牧生怕或有呻吟，或呼叫之声，从她口中发出，忙依预定的计划，即用手把她扼死了！这在他真只一举手之劳啊！然后把车连人，抛弃在那边，管自逃走。

（二）孙明玉的个人历史和私人生活，已调查明白了。她是一个清苦的小学教员，在乡间教着书，自甘淡泊，什么纷华的场所都不去。也曾嫁过人，但那丈夫却不来照顾她，已出门去好多时候了！照此看来，她和本案却是没有丝毫关系的！

不过，在这里，却又听得了一个惊人的消息：她所嫁的那个丈夫，也是姓何，而据胡闲详细调查之所得，正就是那个恶魔何少牧啊！

“好家伙！如此说来，孙家的那三姊妹，都在他玩弄之中了！本领倒真是不小啊！”我闻得了这消息，不免要这么说。

“这没有什么稀奇，上海尽多这辈拆白的少年，对于任何女子，都有接近的方法的！”胡闲含笑说。

“不过，他的手段也太狠毒了，为了要谋得这一份遗产，竟不恤把两个情人的生命牺牲了去！而他所以要把孙明玉留着的，大概为了她比较的容易对付，不如笑倩和妩娟的各有自己的主张，一旦承袭了遗产，决不肯让他任意挥霍吧？”我又说。

“你这个推测一点也不错！”胡闲也加以首肯了，“不过，据我想，这只是一个过渡的办法！一旦遗产真是到了手，说不定又要找个机会，把这孙明玉也一并害死的！”

我也把头点点，觉得他已把这恶魔的心肠看得很透很透的了！如果不死的话，此后正不知还要害死多少人呢！

（三）这小魔王沈十，原是给那恶魔囚禁在一个秘密所在的；自那恶魔一死之后，经胡闲四处找寻，居然把他寻得，又恢复了自由了！而关于被骗去时的情形，正和胡闲所推测的，若合符节。

“但是，那签字的名片呢，是不是你的亲笔？”胡闲含笑向他问。

“这确是我的亲笔。”他回答，“可是，我还得有上一个声明，这全是给他赚了去的！他对我说：‘我是鉴定笔迹的一位专家，要知道你的神经是否已健全，只看你所写的字就可明白！你如今可多签几个自己的名字给我看！’因此，便将他给予我的一叠卡片，不停手地签写起来了！”

对于这沈十的签字，那恶魔是用这般方法骗得的，也可谓狡诈之至了！我和胡闲听到这里，不禁相视而笑。

……

案结后的数天，胡闲和我同坐在事务所中，孙家比邻的那所洋房，自然退了租了。我们不免又谈起了这件案子，胡闲叹道："唉！讲到这一案，要算是我最得手的一案，不料在这末了，仍又来上这么一个转变，全出乎意料之外，使我不得不自认失败！由此看来，这失败二字竟是跟定我了吧？"

"不！这不得称之为失败！就算失败，也可说得是虽败犹荣呢！至少，孙家那位美人儿不致遭到毒手，总是全仗你的力！而这恶魔的阴谋，也是由你揭穿！怎么还不值得称颂一番呢！"我忙含笑说。

失败惯了的他，骤闻这恭维的话，倒似乎有点局促不安了！

选自《鲁平的胜利》，正气书局，1948 年

符与咒

位育

班长失踪

浙江西天目山，延绵数百里，万峰叠抱，高耸入天，冈峦环合，气魄雄沉，和东天目山遥遥相对。浙西的孝丰县，是胡宗南将军的家乡，就在西天目山的北麓下面。这一块地势是西边丘陵嵯峨，好似连营列戟，中间一片盆地，孝丰县城即在此盆地中。从孝丰县向南，一条平坦的公路，引导旅客们奔向西天目山。当你在这平坦公路上前进，抬头向前面一望，将要使你怀疑：前面望下去不到四五里路，就是一座高山，迎面拦阻，公路似乎到山前为止，你将要怀疑不能再走下去了。可是你尽管放心向前走，前面拦阻的高山，竟会自动地让开一边，公路又被放长下去，还可以继续进行。继续进行又不久，你又要看见前面一座高山，挡住去路，你仍不去管它，还向前走，快到山前，山又让开你了。于是这样走下去，走三十华里，到报福镇。这报福镇是浙西第一个大镇，真个人烟稠密，商店栉比，比于潜县还要热闹。你过了报福镇之后，西天目山就再不同你客气了，公路开始它的向上坡度，脚下渐走渐高，路面也渐走渐窄。从报福镇走下五里路，就正式地来到西天目山山脚下，公路缩成三四尺阔的山路，坡度也更增加它的陡峻程度。由此从山脚下曲折盘旋、迂回兜转而上，不消六七里，你就已经深入万山之中。

这山路，是人工修筑成的，平均在三四尺的阔度，沿着山腰曲折而上，左首是万丈深谷，谷中天目溪的溪水，急流湍泻，澎湃奔腾，有如郁雷急潮之声，昼夜永无休止，溪水中到处是巨型黑石，星罗棋布，好似一群一群巨象，俯首在溪中饮水。沿溪水两岸的陡斜坡上，你时常可以看到一间一间的草屋或瓦房，房里发出有节奏的“咯咯”之声，那都是山上的居民，利用急流溪水，推动磨石，碾碎晒干了的松片竹片，碾成粉末后，就成为制造供佛烧香的香原料。这些单独散布的草屋、瓦房，就是这种磨坊，屋内并不住人。这些草屋、瓦房的房顶，还都在山路之下。山路的左首，是万丈深谷的急流，右首却是万丈摩天的高岭，满山遍岭完全都是巨竹乔松，一望之下，何止亿万株！这些松竹，松树细瘦而高，充分表现乔木类的典型，巨竹并不文雅有诗意，都表现着原始的粗悍姿态。千万松竹，构成西天目山的一片青葱苍翠的景色。

由报福镇六里，到西天目山山脚下，由山脚下曲折上山，三十里，到半山中一个唯一的小村，名叫冰坑，由冰坑再向上，曲折三十里，才到西天目山的最高顶点——羊角岭。这羊角岭就是孝丰县和于潜县的分界处。翻过羊角岭，开始下山了，又六十里，到南面山脚下平地。在抗战时期，浙东沦陷，许多人由江苏来，要往金华，当取道浙西，翻过西天目山羊角岭，到于潜分水桐庐尖的兰都，抵达金华。

这是一个春末的时期，万山晴碧，风光旖旎。在早晨天还没有亮，东方刚刚现出鱼白色的黎明时候，有三个外乡陌生人，从报福镇一家中等旅馆出发，向着西天目山，以轻快的步伐前进。这三个外乡陌生人，身段都差不多高，看来都很魁梧健壮，戴灰色呢帽，穿维也纳的中山装，熟胶底黑皮鞋，身上皮带斜挂着望远镜和照相机，每人手中提着一只小型旅行袋。一个人是方方的面孔，两道剑眉，一双虎目，鼻直口方，看来有三十五六岁，在正直严肃之中，兼带着活泼蓬勃的气象。又一个是椭圆形面庞，眉长而细，两眼特别显得活泼而有精神，常常露着笑容，显着口中两排整齐白洁的细牙，看来只有二十八九岁的年龄，他会给人一种愉快可亲的印象。第三个人也是正方面，粗眉黑眼、面色赭红带黑，凛凛有杀气，全身肌肉都显着紧张遒劲，这人看来也只不过二十七八岁。这三个外乡陌生人，是昨天晚上投宿在报福镇的，今天在黎明时候，都已起身，洗漱完毕，算清房钱，开始步行出发。大概他们希望用今天一天的时间，走完一百二十里，翻过羊角岭到西天目山山南脚下，所以起身特别提早。从他三人面上表情看来，都显得十分轻松愉快，一路有说有笑地前进，无疑的并不会负有任何使命或任务，好像是特为旅行游玩而来的。这一点，经后面他三人和别人谈话中证实了：他们的确是来旅行游玩的。

那么这三个人是谁呢？

昨晚在报福镇，旅馆登记簿上，登记着姓名，是夏华、郭中、文雄。原来还是我们所熟识的三位宝货！

这三位宝货在黎明时出发，由向上的公路，走了一小时，走上陡峻的山路中，又一小时，天色平明，在半山麓中，已经可以远远望见冰坑镇。看见虽然似乎并不多远，可是人们常说："望山跑死马"，何况山路又是回环曲折的。所以看来很近，实际上离冰坑镇还有十多里路呢。三人正走之间，迎面的清寒山峰，送过来遥远的军队吹号的声音。循声音望去，看见远远半山中的冰坑镇，一片松竹密林，林梢上面，一面青天白日满地红的中华民国国旗，庄严灿烂地缓缓上升，随风招展，飘扬在林上青空之中，那边的驻军，正在吹号升旗。这三人马上一并排站开，立正脱帽，向国旗致敬。少顷，升旗完毕，三人正要复帽，郭中忽然喊着："夏先生看！（他用手指着冰坑后面一座巍峨独峙的高峰顶上，那最高的山峰峰顶上，有一个发光的小星星）看见没有？那是什么东西？"

那一座巍峨独峙的高峰，恰在冰坑的背后。峰顶突破附近一片岭峦的纪录直上接到天空。在峰顶上和天空之间，有一点极细微的闪光体，发出闪闪的黄色金光。因为距离太远，人的目力不能达到，看不十分清楚，也许是在峰顶上，也许是在天空中，好似未曾褪尽的落伍的一颗星星。夏华、文雄循着郭中手指处，寻找片刻，找到了，仔细辨认，辨认不出，由身边取下望远镜，放在眼前瞭望，峰下山腰中白云磅礴，迤逦横展，遮断了视线。三人放下望远镜挂在肩头，戴上呢帽，仍旧谈笑着继续前行。

半晌，到冰坑镇了，这冰坑镇背山面溪，在一条忽宽忽窄的崎岖碎砖路的一旁，三五家店铺，已经开门了。向前一个小学校，还有一片驻军的木质营房。大门外一根高高的旗杆，大门前四名警卫岗兵。从木牌上的扁形宋体字读出来，知道是五零八军的军司令部。

三人找到一家小吃馆，走进去……

虽然是山僻小村的饭馆，居然也有两三间还不太小的瓦房，内中摆着五张方八仙桌，居然也有八九个人坐在里面吃早点。这八九个人，大半是乡下赶山路的人，但其中也有两三个人像是知识分子。夏华三人走进去，在一张临街的方桌坐下。夏华坐在里面，面朝外，可以看见山溪的风景，郭中、文雄侧坐在左右。堂倌肩头上搭着一条抹布，在三人面前放下三双筷子，躬身和笑地问要吃什么。三人各就店中所有，而且是店中自认为最好最上等的面点，叫了三份。不久，热腾腾地端上来，三人开始吸收的工作。

正在吃着，夏华忽然发现：文雄面色渐渐变异，很紧张地不断向店里面窥看。“什么事?”夏华诧异地问他。

文雄低声道：“夏先生，你不要回头向后看，我来告诉你。在你身后第二张方桌旁，有一个人目不转睛地向你注意。”

夏华并不回头，仍继续吃着点心，低声问道：“怎样一个人?”

文雄偷眼瞥着，低声道：“是一个穿黄呢中山服的人，像是个知识分子，面孔好像很熟。他身段中常，但稍高一点，很健壮有力，三十岁上下的年龄，相貌很猛，两眼可怕。”

夏华进门时，并不曾把店中八九个食客都一一扫看过，因此都无从想象这是什么人。郭中听文雄说着，他偷眼向内看，低声道：“士杰，我看这人是五零八军里的军人。你看，他皮鞋后面有马刺。”他又向夏华道：“我们当侦探的，每破一案，就添了个仇人。破了一百个案子，就有一百个仇人，真是个伤脑筋的问题。”

文雄仍在暗中注意，继续着报告：“那人还在十分注意地看夏先生……他仰面看什么呢？他又看夏先生……不好！他看到我了，我暂时要避开眼光。”停了片刻，文雄再偷看，又报告：“那人招手，不知道在喊什么人……哦！他喊堂倌，堂倌去了……他和堂倌讲话，他用手指夏先生呢……堂倌点点头，面上的表情，似乎已经懂得那人的意思了……堂倌向我们这里走过来了，那人用手支着腮旁，斜着面孔看夏先生呢……那人……”

堂倌果然走来，站在夏华旁边，笑容可掬地问：“先生你贵姓?”

夏华放下手中的筷子，身体向后仰着，反问他道：“是哪一个叫你来问的?”

堂倌很不自然起来，支吾着说：“没有什么人叫我来问的，我自己来请教请教，你先生贵姓?”

夏华板起面孔，严厉地斥他：“你老老实实地告诉我，什么人叫你来打听我的？你要是不肯说，我把你带到司令部去!”

堂倌经不起这一恫吓，一恫吓就慌忙把真话说出来：“原来你先生也是司令部的。要问先生尊姓的人，就是那一位路先生。”堂倌用手向后面指一指。

夏华借着他这一指的机会，回身转面，向后面那位路先生一看，大笑着站起身："啊！路英风兄吗？想不到在此相会！"夏华忙走过去。

那黄呢中山服的路英风，也惊喜着站起来，和夏华热烈地握手："果然是夏先生！我越看越像，真想不到，什么风吹到此地来？"

夏华拖着路英风，走回自己桌旁，招呼郭中、文雄，给他们互相介绍："这位路英风兄，就是前年夏天，我们所办的'奇异歌声'案，案中的主角。"

三人都热烈地握手。郭中道："是的，前年夏先生破'奇异歌声'一案，那时我不在上海，所以不认识路先生。"

文雄道："路先生送给夏先生的照片，到现在还挂在夏先生的卧室里，我常常看到，所以我今天看到路先生，很觉得面熟。"

"无论如何，"路英风以他的陕西口音答道，"一回生，两回熟，其实我同郭先生、文先生可以算得很密切的神交，夏先生不是吗？"

夏华关切地问："嫂夫人好吗？"

"托福，谢谢！去年已经养了一个小壮丁了。他也时时感念到夏先生。来来来，大家坐下来！"路英风坐在郭中一并排："夏先生到此地来，是来探案的吗？"

夏华笑着说："秀才放鸽子——非也！我们自己放了自己两星期的假，到此地来旅行游玩一番，调剂调剂，疏散疏散，没有任何工作。"

路英风向前俯着，胸口贴在桌边，目光炯炯地望着夏华，狡猾地笑道："夏先生简直和凶案结了不解之缘。夏先生到什么地方，什么地方就发生凶案。"他说着，忽又改口道："不，不是这么说，这么一说，倒把夏先生说成了一个江洋大盗了，那实在太抱歉！我们反过来说吧，什么地方发生凶案，夏先生就会到什么地方来，夏先生说对不对？"

夏华连忙摆着双手："我的好路英风，不要再往下说吧！要再往下说，就要说出麻烦事情来。你这句话里，明明表示此地又发生什么凶案。谢谢你，我们三个是为了旅行游玩而来，决计不希望什么枝节意外破坏我们的兴致，请不必再讲下去。"

"行，我绝不再提凶案两个字。凶案两个字，真是足以破坏游山玩水的兴趣的，这还不行吗？"路英风笑着顿一顿，继续道："我们改用'奇案'两个字好不好？"

"不必，多谢多谢，任何案，不敢领教！"

"也行，我们就不说案，现在讲给夏先生听一件怪事，'怪事'这两个字，总可以了吧？”

夏华望着郭中、文雄苦笑：“路先生努力同我研究修辞，妙透！”

“就算是修辞，”路英风强调着，“修辞修得好，反而可以增加兴趣，要是夏先生认为‘怪事’两个字还可以马马虎虎过得去，那我就要开始讲这件怪事的经过了？”

文雄道：“路先生讲是不妨讲一下的，要是想照顾夏先生的生意，那还在夏先生接受不接受呢！”他把眼光移转到夏华面上。

郭中笑着说：“士杰第一个动摇了！”

路英风道：“还是文先生痛快！夏先生，我开始报告，好吗？”

夏华苦笑着，点点头。

路英风开始报告他的“怪事”，他把身体坐直，向三人扫视一周：“怪事是这样的：我们军队里，有一个班长，名字叫马连和，是一个极其忠实勇敢的同志，连军长对他都有很深刻的印象。在十天前，他被排在虎头崖下面，落星岗上站守岗哨，到下午四点钟，有一排士兵去换班，这马连和不在岗位，当时这一排士兵都大声喊唤，喊唤很久，没有应声。忽然发现马连和身上所带的装防毒面具的圆筒，弄在一条山缝里，筒里防毒面具没有了。司令部得到报告，马上派出去一连人，到处寻找，始终不见。第二天又找不到，这不是一件很奇怪的事情吗？说他开小差，私逃了，那是绝对不会的，司令部里任何人，连我在内，都肯为他担保这一点。说他被虎豹叼去，他失踪又在白天里，本山上最近并没有虎豹。而且他身上还有卡宾枪，很可以抵抗任何侵害。为什么一个人会凭空就这样失踪，连个尸首都没有？岂不是一件大怪事？”

“他不是你的直属部下？”夏华问。

“不是的。我只是在司令部里担任上校工程师，并不是军官。这件班长失踪的事，本来与我没有关系。不过像这样的一个优秀的军人，实在是国家民族的光荣。我怎能看他失踪不闻不问，那我不是太冷血了吗？又何况有同袍之谊！”

郭中笑着向夏华道：“夏先生，听见没有？如果我们不帮忙，就要落上一个冷血的考语了，路先生真厉害！”

“哪里哪里！我不是这个意思。我的意思是说，”路英风摇着头，拖长着诗人的韵味道，“这样优秀的一个同志呀，不可不找出一个下落；这样伟大的一位侦探么，不可失之交臂，当面错过喽！伟大的夏先生啊，中华民国在上，兄弟路英风在下，不看僧面看佛面，夏先生就会以袖手旁观为始，以拂袖而去为终吗？”

夏华仰靠在椅背上，哈哈笑起来：“同你一别两年，不想你这样进步，善于辞令，成一位外交人才了。这件事，我接受不接受，还没有决定，你不妨再把这马连和班长身体状貌说一说。”

路英风见夏华的口风好转了，兴奋起来：“他是山东人，二十六岁，身体不高，很灵活健壮，面部椭圆形，麻皮，紫黑色，两眉特别粗浓，这人很容易认得。他失踪的时候，在十天前下午两点到四点；他身上所带的东西，有钢盔、卡宾枪、子弹、黄铜千里镜、防毒面具、水壶、干粮袋、背包，他的岗位地点在司令部后面、虎头崖下落星岗地方。这落星岗，是虎头崖下面一块绝地——一亩地大小的一块平地，三面都被虎头崖的绝壁抱拢。那绝壁是笔直的，连猿猴都无法攀援，只有飞鸟可以上去。绝壁下面平地就是落星岗，落星岗只有一条小路通到此地冰坑，其实不是小路，只是山腰中间一带走廊有两里路。等一会儿夏先生亲自去看一看就明白了。现在我说完了之后，就要问夏先生：是接受下来鼎力相助呢，还是袖手旁观拂袖而去呢？”

夏华默默地点头道：“我相信我也有和你一样的热忱，我接受了。我或者可以牺牲两三小时的时间，替你们找到马连和。”

路英风几乎要跳起来，他呆呆望着夏华，终于站起身和夏华热烈地握手，最后坐下问道：“两三小时吗？我们已经找了十天工夫了。”

“或许可以在两三小时之内解决。”

“想必夏先生来的时候，看过这个人吧？”

“那完全没有。现在我们早点吃完，请你回司令部去，弄几匹四川的川马来，大家骑了马到一个地方去看看，因为川马走山路是最好的。”

路英风兴高采烈地站起来，向柜台上付了早点账，回身向大家招招手，大步走去，口中哼着歌曲。

郭中急急地问夏华：“夏先生真要接受这件失踪案子吗？”

“我想这是轻而易举的事，牺牲两三个小时的工夫，替他解决一个困难，不是很好吗？”

“那么，”文雄也抢着问，“夏先生好像很有把握了？”

“等一等再看，我只有六分到七分的把握。”

“究竟夏先生怎么会晓得的？”

夏华站起身：“等一等你们也会知道了。”他两手插袋内，走出店外。

三人在店外欣赏风景，互相闲谈着，等候路英风。大约有一刻钟的时间，路英风来了，带来五匹矮型川马和一个勤务兵。

大家一齐上马，夏华三人的三只旅行袋，都交给勤务兵。五人五马，用小跑的动作前进。夏华在最前面引路，路英风在第二，郭中、文雄第三第四，勤务兵跟在后面。向着夏华的来路，又走向下岗去，很快地跑下十里路，夏华勒马停止，跳下马来，后面各人也都停马跳下。

夏华一手拉着马缰，一手取望远镜，转回身向远远的冰坑镇上面瞭望，说道："英风，取你的望远镜，我指给你看。"

路英风向勤务兵取得望远镜，走到夏华身旁："望什么?"

"你看，那边不是冰坑镇吗?"夏华放下马鞭，用手指着。

"是的!"

"那边有国旗的地方，不是司令部吗?"

"是的!"

"司令部后面，不是有一座极高的山峰吗？是不是虎头崖?"

"是的，那就是虎头崖。"

"你仔细看，看虎头崖的峰顶上。"

"看见峰顶了，峰顶上有什么?"

"你仔细看：那高峰顶上，有一个极细微的发光体，好像天上的一颗星，看见没有?"

"哦！是的，我看见了，发着金黄亮亮的光，那是什么?"

"那就是马连和的黄铜千里镜，对不对?"

"哦哦！是了，真是一个黄铜东西反映的光，恐怕是千里镜。对了，千里镜在那峰顶上，人的踪迹也可以有眉目了!"路英风放下望远镜，紧张地向夏华道："我们就去看看?"

"当然!"

五人五马，又掉转头向回走，二十只马蹄，带起一阵滚滚的尘土，直向虎头崖驰去。少顷，再过冰坑，绕到司令部营房背后，山路忽断，马立刻慢走，顺着狭隘的陡峭山腰走廊，"嘚嘚"向上，弯曲地走了两里路，前面一片平地，约有一亩大小，三面都是几十丈悬崖峭壁环抱着，好似三面屏风，走廊小道，到此也终止断绝了。

大家都下马，把马交给勤务兵，四人走向平地中间来。迎面的峭壁上，刻着三个桌面大小的篆体字："落星岗"。近峭壁处的平地上，六株千年老柏，高度差不多要赶上峭壁的绝顶，四面枝柯嵯岈，中间体干苍拗，撼着天风，汹汹地发出海涛的声音。夏华首先走到峭壁前，仰面向上望着，喊路英风道："英风，这些绝壁果然笔直朝天，不能爬上去。除去这落星岗，还有别的地方吗？可以兜着圈子从别处绕上去吗？"

"没有，上面那虎头崖，四面都是一样的绝壁，只有这里落星岗，绝壁还比较短一些。要是此地不能上去，别处更没有希望了。"

郭中道："黄铜千里镜既然能上去，我们焉有不能上去之理？"

"当然能上去！"夏华退两步指道："你们看，那不是一条路吗？"

其实那并不是一条路，乃是峭壁中间一道山石的裂隙。在平地向上看，大概勉强可容纳一个人行走。这山石缝隙是斜的，从右面离地两丈多高开始，向左面斜陡向上，直到虎头崖顶上的左端。如果能攀上裂隙的右面最低的一端，顺着向上走去，就可以登上虎头崖的左顶上了。最巧的是裂隙右端，虽然离地还有两丈高，却有一只老柏树很粗的横枝，正抵在裂隙的右端将尽处，好似一只巨大的臂膊。但这一株老柏，本干挺直，无法爬上，附近第二株老柏，本干却是斜侧掩卧的，这两株老柏，很不乏有交叉互搭的巨枝。因此，可以由第二株老柏爬上去，由交枝上渡到第一株老柏，再由第一株老柏的向壁横枝，就可以踏到山石裂隙上了。

"黄铜千里镜，一定从这条路上去的。"文雄指着说。

"我们不妨试一试！"郭中兴奋地说，他马上走到那第二株老柏前。

文雄大概是要在路英风面前显示他的武功，他已迅速抢在郭中之前，奋勇跃身一跳，两手随即攀住一个粗枝，身体悬空，跟着一卷身，很轻巧熟练地就在树枝上站起来，招呼道："大家跟我来！"路英风、郭中谁甘落后？一个个都像人猿泰山似的，左奔右蹿，又像四只巨型猩猩，一串地奔上了山石斜裂隙里。这山石裂隙，在平地上仰看，以为只能勉强容纳一人爬走，等到跑上来一看，原来倒不怎么太窄，可容两个人并排行走，这在土木工程上的术语，就是被称为"露天隧道"的。四人文雄当先，夏华殿后，以迅疾轻灵的步子，顺着"露天隧道"向上急奔，极快地由上端奔出来，果然已到了虎头崖山顶。

然而这还不是山顶，也只是半亩大小的一块平地，因为如果掉两句腐酸的古文词句来说，就是：山顶之上，又有山顶！上面还有一个笔直的高峰，这块半亩地大小的平地，正在这最高山峰之下，可是大家立刻发现：又一道陡峭的人工做的石级，围绕着这最高峰，想来定是通往最高峰的顶巅了。

在这块半亩大小的平地上，也生着不少的松柏野树，靠里一块五尺高的碑碣，碑碣上刻着三个斗大的篆体字：“虎头崖”。和落星岗三个字，一望而知是出于一个人的手笔。三个大字旁，还附着一行较小的隶体字：“大清咸丰二年仲秋，蓝精道人题”。

四人本不是为欣赏风景或考证古物而来，自然是只投过去一瞥眼光。又一连串急向石级奔上去。石级是人工做成的，只有二尺阔，都非常险峻，如果再用工程上的术语来表示，就是差不多有百分之二百的坡度（前进一丈即升高二丈），好在石级是环山峰作螺旋上去，一面是山峰，一面丛生着杂树野花，发生栏杆的作用，倒不致使人目眩神摇。倘使没有这些杂树野花，你向下一看，笔直离地几百丈高，看不见底，吓也把你吓跌下去。

石级一层一层兜绕着山峰而上，快到尽处，便转入一狭巷中，狭巷两旁，都是嵯岈石角石尖，人在狭巷内向上走，稍一大意，头就会碰在石角上，叫你痛得喊妈。这时文雄一马当先，走进狭巷，脚步下不得不放慢一些，小心地走。再向上走不到二三十层石级，出口就是最高峰顶了。文雄突然看见高处，一个狰狞的怪人，在上拦住去路。

这人是一个黑凛凛大汉，站在石级最上层出口处，两眼发出闪闪的凶光，满头乱发蓬胡，衣服褴褛龌龊不堪，手中正挟着一只崭新的卡宾枪，对着上山来的四人瞄准。四人齐齐发一声喊，迅疾躲避在石尖石角下面。“砰砰砰砰砰!”黑大汉开放卡宾枪，火光迸发，子弹横飞，打到山石上，碎石粉块纷纷落下。这里四人也都把手枪拔出，乘卡宾枪略略停顿的一刹那时间，郭中奋不顾身勇猛跳出来，“砰！砰!”一连两枪，黑大汉狂吼一声，丢了卡宾枪，倒在石级上端，骨碌碌一路顺石级滚下来，早被文雄跑出一手拉住。他已完全失去抵抗，文雄把他扶起，看见他左腕右足各中一弹，伤本不很重，可是滚下来的时候，头碰在石尖石角上多次，血流满头，人已昏厥。

这一场简短的开火，前后总算还不到一分钟，就已解决。路英风收了卡宾枪，夏华执枪当前，郭中第二，文雄背着黑大汉打第三，路英风殿后。四人恐有余党，戒备着一步一步向上走。路英风早看到黑大汉，惊诧地喊起来：“这黑大汉，是著名的马盗首领尤大力啊！最近刚才安徽宁国县越狱逃出来，还不到一个月呢！怎会跑到此地来?”

四人戒备着走上去，没有几步，已到最高峰顶，并无别人。文雄把黑大汉放到地上，文雄的维也纳中山服上沾染着不少血迹。

这是山峰的最高顶点，只有三四丈大小一面坡斜地，四面凌空，坡斜地的四周，有大小不规则的乱石，垒成栏杆式的三尺短墙，靠北一间小石屋。石屋旁一块仰卧在乱草中的碑碣，有四尺长短，碑碣上端也是同笔迹的四个篆体，横写着："海天一峰"，下面八个隶体字："有谁能到，唯我独尊"。旁边署着："大清咸丰二年仲秋，蓝精道人题"。

在小石屋内，发现失踪班长马连和的东西：军服、背包（已打开摊在地上）、子弹、防毒面具、水壶、干粮袋等，一件不缺。那黄铜千里镜，却用绑腿布仅仅缠缚在外面石墙墙头，似乎要向远处看什么，还迎着日光发出黄闪闪的金亮。在这高峰顶上，四望一片海天空阔无边，大地山河，万峰攒耸，都在脚下，天风猎猎，云片荡荡，赤日当空，普照万方。

夏华四人都围绕着那越狱的马盗首领尤大力，他已血流成泊，气息奄奄。夏华走近身旁蹲下，喊着问："喂，你是尤大力吗？"

盗魁睁开疲乏的眼睛，望着夏华，微弱而痛苦地应着："是的，我就是尤大力。"

"那站岗的兵呢？东西被你抢过来了，人呢？"

他微弱地说："没有了。"

"一个人，怎么会没有了呢？"夏华再问。路英风咬牙切齿地恨着。

"我趴在山上，"尤大力勉强挣扎着说，"丢下一块大石头，把他打昏过去，扛他到此地，我没有饭吃，吃人肉，把他吃了，啃不动的骨头，在小石屋里。"

大家立刻被引起强烈的反感，路英风推开夏华，手枪指着逃犯："你这个残忍的凶……"他怒吼未完，夏华忙把他拦住，仍问尤大力："你要千里镜做什么用？"

尤大力忽露出狰狞凶恶的笑容，勉强侧转头，要看千里镜，恰巧被路英风身体隔着视线，尤大力的眼光正落在路英风面上。路英风怒火更发，吼一声："我替马连和的妻子儿女报仇！"砰！就是一枪，子弹从尤大力面部打进。

这凶悍的盗魁，受了这最后一枪，忽然猛奔跳起身来，直向千里镜奔去，狂喊着："我还有一件心事没有了啊！"说完，仰面倒地死去。

恍惚的惨剧

"咦！他还有一件什么未了的心事？"凶盗临死的一句话，在夏华脑海中画了一个问号。这问号，和游山水的兴致，在天平上竟会比较沉重起来了。什么未了的心事呢？无疑的，他是在用千里镜，要看什么事情。夏华走到千里镜前，看这千里镜已经调整好了度数，他是要看到十五里的远处。夏华回头看路英风，路英风正在和郭中、文雄向小石屋内搜查。夏华不去管他们，独自在千里镜前，用一只眼从千里镜里望出去，所望到的是远处人家一所庄院。

“英风，”夏华喊着，“快来，来看看千里镜，有一所庄院，是什么地方什么人家？”

路英风高声应着走出来，代替夏华站立的地方，由千里镜里望去，望了片刻，又伸手把千里镜略略向左右移动，口中答道：“哦！看护来了，那是在冰坑以东十五里，地名叫做告岭。那庄院一定是孔家庄院，因为告岭只有那一家庄院。”

夏华站在旁边，问路英风道：“尤大力和姓孔的，过去有什么纠葛吗？”

“不知道！”路英风离开千里镜答道，“要是夏先生需要知道，我等一会叫司令部里派人去查访查访。”

“暂时不要查访，最好你派几个士兵，守在此地，轮流着望这千里镜，如果望见有什么变化，赶快通知我。”

“孔家庄院会有什么变化吗？”

“自然会有变化，否则尤大力守在此地看什么？”

“可以的，我马上叫司令部派人来。过去我们都以为只到落星岗为止，现在发现此地叫做海天一峰，却是个天然的良好碉堡。我们准备在这里布置探照灯、重机枪和小炮的阵地。不过，夏先生，”路英风笑着说，“我只拜托夏先生寻找马连和，现在马连和的事件已经查明，就算完事，要是再从千里镜里望出来孔家庄院什么文章，打破夏先生旅行的兴趣，恕我不负责任。”

“就算是了。你虽然不再负责，但是帮忙的义务，你还不能照你的话‘袖手旁观，拂袖而去’哦！义务是不只限于任务喽！”

“我明白，我明白，夏先生放心，只要在天目山一带，任何帮忙，我都可以照办。现在我马上关照勤务兵回司令部叫人。”路英风呼呼下虎头崖去。

郭中文雄已从石屋中走出，夏华把千里镜的情形说一说，征求意见道：“你两人意思怎样？孔家庄院的事，管不管？”

郭中很不愉快地说：“不要失去我们原来的宗旨，我们是为调剂疏散而来的，管什么闲事？”

文雄向郭中道："我折中一下，正方以为怎样？我们以两天为限，两天之内，孔家庄院有变化，我们侦察一下，两天之外，任何变化我们就不管了。照预定的日程，到莫干山去。"

"正方怎样？"夏华笑着问郭中，语意之间，明明表示已同意文雄的办法。

"好吧，既然夏先生同意，我也不坚持的。"

路英风已吩咐过留在落星岗的勤务兵，回到海天一峰，大家在峰顶上，欣赏大自然的风景，夏华仍不时望着千里镜。直到半小时后，司令部派了一排战士，登上海天一峰，千里镜中还看不出来什么动静，只看见孔家庄院有一两个农夫出入。

夏华四人离开海天一峰，由石级下来，到虎头崖，再由山石裂隙走下，裂隙下端，已架好一座云梯，同上海救火会的云梯一样，四人由云梯下到落星岗，落星岗也添了四名哨兵。四人上马，仍带着原来的勤务兵，离开落星岗，向冰坑而去。

从司令部大门外经过，一个短小健壮的军人，目光炯炯，笔挺的黄呢军服，长筒马靴，精神焕发，迎面立正。夏华在前，一看这军人佩有中将阶级的领章，忙勒住马跳下来。

"夏先生吗？"那中将以宁波口音问，面上显着敬仰的笑容。

"是的，我是夏华。"

"轰！"一声响，马靴后跟一碰，中将敬礼，随着欢笑地高喊着："夏先生，久仰久仰！兄弟沈万鹏……"

后面路英风、郭中、文雄，连那勤务兵，都一齐下马。路英风早奔过来介绍："这是我们的沈军长。"他又介绍郭中、文雄。

沈万鹏以诚挚的友谊，坚决地延请大家到司令部里坐下，路英风在旁帮助着挽留，三位贵宾，终于走入司令部，暂当座上客。

沈军长有一副精悍热烈的精神，有健谈的口才，以洪亮的声音滔滔不绝地畅谈，首先向夏华、郭中、文雄致谢解决马连和失踪的事件，其次谈到他过去听路英风所说关于夏华在上海破案的事迹："简直是奇迹，简直是神话，夏先生真是天下的英雄豪杰！我没有见夏先生之前，常常想象夏先生是怎样一个神奇的人物，至少夏先生的脑壳要比一般人大一倍，装着两个人的脑子。现在看到夏先生，也和平常人一样，更使我惊奇了！"他由探案谈到科学，谈到社会，谈到三民主义，谈到哲学，又谈到包龙图、赵子龙、张飞，历史地理，希特勒、斯大林，越谈精神越足，整个时间都被他一人所说的话所占领。最后还是路英风打断了他的话潮。

“军长也该让客人谈谈，现在变成军长一人演讲了！”

沈万鹏哈哈大笑，向夏华三人鞠躬道歉，马上站起来喊副官，叫摆酒！

其实这时不过上午十点钟，离吃午饭时间还早，军长坚决留客。夏华无可奈何，只得留下。他开始问沈万鹏和路英风：“现在我希望对于孔家庄院，多知道些资料。”

“这个我就不大晓得了，”军长说，他指路英风道，“路同志大概很清楚的。”

路英风道：“我把告岭那边两个人家都讲一讲，好不好？因为告岭也只有这两家。”

“那好极了，哪两家呢？”夏华问，他把身体仰坐着。

“军长你办公去吧。”路英风要把沈万鹏打发开。

“没有什么重要公事，我也要听听你讲。”

路英风向室内各人扫视一周，开始报告：“告岭这个地方，原来是个荒山，在抗战时期，仅仅有一座抗日阵亡将士墓。胜利之后的第二年，就是民国三十六年（1947 年）春天，其实还没有到春天，刚过旧历年，来了一个吴兴人，叫孔锡侯，三十五六岁的人，据说是个大商人，在上海、汉口、重庆沿长江各大码头，都有他的商业。他来到告岭后，找到保长，拿出大量的现款，在告岭买下七八百亩山田，又雇得不少的人，起了一所很大的庄院，里面有一二百间房子、仓库。他又招雇佃户一百多人，把七八百亩山田都佃给他们耕种，一切种子、肥料、农具、耕牛，他都购置齐备，实在花下去不少的金钱。他对佃户，精明而又宽厚，一般佃户都很乐意和他合作。从这孔锡侯一来之后，荒僻无人的告岭，就变得热闹哄哄，蓬勃有生气。那时候，此地还没有驻军，土匪很多，孔家庄院也备下不少枪械，操练那些佃户，土匪曾经来过一次，吃到孔家庄院的滋味，以后就没有再来了。到现在，有一年下来，听说去年他们收成非常之好，孔锡侯本人，经常在庄院里，有时也出外，到外码头去看看他的商业。他只一个人住在此地，他家眷都在汉口他的商号里。

“告岭自从有孔锡侯来开发，虽然渐渐繁荣起来，还不算怎样有声价，在去年秋天，差不多在孔锡侯来到的半年之后，又来了一个人家，这个人家一到告岭来，在我们知识阶级的眼光里，才认为告岭的身价抬高了，但是在一般乡下人眼光里，就不很注意。这第二个人家是谁？我想夏先生也会知道这个人的，这人在中国的学术界里，占着第一流权威泰斗的地位，就是世界闻名的老化学家，任子宣博士！”

“啊！”夏华惊呼一声。

路英风继续道：“去年夏天，他先派一个私人秘书，是扬州人，英国剑桥大学肄业的，名字叫卞文琪。到此地来，只买了二十亩地，造围墙，自己起个名字叫任家宅。任家宅的围墙里，造成一座法国式的小洋房，里面化学实验室，占据小洋房的十分之八九，小洋房外其余的地方，做一个小规模的农场。房子造好后，在天目溪的急流水中，装置一座大的水力发电机，除去供生活用电之外，化学实验，是常需要大量电力的。孔家庄院，我们司令部，冰坑镇上，之所以都有电灯，除了设备是自己花钱装置，电流都是任家宅免费供用的。任家宅一切布置好了，任老先生才搬进来住，他的化学仪器机械，分装了五十六头骡子，运了两次。任家的人，极其简单，只有任老先生，他的令嫒千金任璞清小姐和秘书卞文琪，再就是一个男仆一个女厨子，是夫妻一对，一共五口人。这任璞清小姐，是中央大学农艺系毕业，生得面貌着实不差，任家宅里的农场，就是为她而设的，听说里面除去化学突变的花草外，养着不少有名种的动物，什么安哥拉兔子、意大利鸡之类。这两家情形，大概是这样了。”

“孔家和任家熟识吗？”

“不是的，他两家本是互不相识，因为同在告岭，告岭又只有这两家，以后就渐渐彼此相熟了。”

“这卞文琪是怎样一个人？”

“我已经说过了，卞文琪是英国留学生，也是学化学的。他虽然是剑桥大学肄业，我们知道，剑桥和牛津两大学，中国人去读书，是很不容易给你毕业的。卞文琪这人，品行性格都很好，三十岁上下，照我的看法，恐怕是任老先生未来的驸马爷。”

“最要紧的问题，”夏华注意地问，“你还没有告诉我，孔锡侯和越狱马盗尤大力有什么纠葛？”

“这一层我却不知道。按说孔锡侯在此创业置产，平常很安分守己，从来不曾有过什么越轨的行动，应该同马盗不会有关系的。”

“去年来的土匪——被孔锡侯打退的，是不是这匹马盗？”

“不是的。去年来的那一批，是东天目山过去的日伪军残部，四个月以前被我们五八零军全部消灭。”

“现在再请你把马盗的情形说一说。”

“对了，我再把马盗的情形讲一下，这一批马盗，原来是抗战时期一批冒充忠义救国军的游击队，大部分是东北人。胜利后，他们不肯接受政府缩编，就变成十十足足的流寇，那时他们有六七百人六七百匹马，军械都相当好，听说原在江浙交界处，后来到安徽，到河南，又到安徽，到江西，到湖南，在湖南吃了一次大败仗，损失一大半，只剩下一百多人，又由湖南到江西，到浙江，最近听说在福建，又有从福建再回到浙江的趋势。他们行动极其飘忽，情报耳目极灵敏，组织极其严密，官军对他们可以说是毫无办法，地方团队对他们又没有抵抗的余地。万想不到，在两个月以前，马盗首领尤大力，忽然在安徽宁国县被捕，这纯粹是意料之外的一种偶然。这事原来是尤大力自己，带着匪徒四人，一共五个人，到宁国县去查看地盘，那时他们的匪股还在江西南部，尤大力五个人，化装商人，来到宁国县，住在旅馆里。晚上军警人员查旅馆，他们五个人一切证明文件都齐备，并没有被查出来，不想尤大力的命运也是合该倒霉，他在街上走，碰到一个湖南人，这商人曾在湖南家中被尤大力抢劫过，是一个受害人，他自然认识尤大力，而尤大力却一点不认识他。这湖南人当下再三审视不错，立刻到县政府警察局报告，警察局得到消息，动员了全部警察，在第二天黎明，包围旅馆，两方面当时开火，这几个马盗真是异常凶猛，开火开到天亮，警察方面死伤倒有七八十人，可以说是马盗弹无虚发，结果一个都没有捉到，全部漏网。这时尤大力已经受伤，最后在出城门时被截获，马盗的子弹已用完，没有抵抗，尤大力就此被捕，手下四个人都逃走了。

“尤大力被捕后，在监狱里，手镣脚铐，本是逃不出来。不知怎样，在一个大雨的深夜，他锯断镣铐和铁窗，终于逃出。事后检查，他是用一个极小但极锋利的钢锯锯断的。他这钢锯从何而来？事后严厉地审讯看守牢狱的法警，方知曾经有人行贿，行贿的人曾经进来过两次。这个人是个中年人，江浙口音，衣服很考究，进来过两次，和尤大力密谈，当然也是马盗一党的人。尤大力越狱后，这个人从此就不再见，因此无法捕捉。他越狱是二十几天以前的事。因为宁国县也是我们五零八军的警戒线范围内，会审尤大力的时候，我代表司令部去参加过一次，因此我认识尤大力的面貌。最奇怪的是：他越狱出来，为什么不回到他的马盗群里去，却一个人跑到海天一峰，用千里镜望孔家庄院？这我就莫名其妙了。”

“告岭附近，还有其他什么重要人物吗?”夏华问。

“没有了。告岭原本是一片荒山。”

谈到此地，副官进来报告：“酒宴已经摆好，请军长让大家入席。”

沈万鹏沉默半晌，这时兴奋地站起来，请夏华、郭中、文雄入席，路英风作陪，冰坑小学校长也被请来作陪。

一餐酒席吃了一个小时，方才尽欢而散。

沈万鹏说：“夏先生三人要旅行游玩，放路英风一天假，叫他做夏先生的向导。”

“下午夏先生准备到哪里去游玩？翻羊角岭吗?”路英风问。

“今天尤大力的一句话，”夏华深思着答，“把我的心压得牢牢的，不翻羊角岭了，我想到告岭去跑跑，看看风景，顺便看看孔家、任家的外表情形。”

“当然!”

夏华、郭中、文雄，向军长致谢告辞，路英风带着一个勤务兵，跟着一同走出，仍旧是五人五马，离开司令部出发，经过冰坑，往告岭放马驰去。

告岭是一片乱山，没有平地，孔家庄院四面围墙，都是用土筑成，范围相当广大，依山峦的高低，起伏蜿蜒，土墙内在每个相当距离就有个碉楼，碉楼上并没有人，大概是因为近来没有土匪、地方平安的缘故，任家宅在孔家庄院以东一里一块不大的平地上，四周全是两丈高的巨石墙，有前后两门，门是坚木钉铁皮的，高大而牢固，比孔家庄院有气魄，在这两家之间，一条较宽的山路，现在已成为街道，两旁新开了好几家店铺。单就墙外的巡视，看不出两家的内容，和路英风所报告的一样。两家都很安谧，看不出有什么将要发生变化的先兆。夏华取出照相机，拍了照。

五人五马，在告岭附近跑了一会，才下午一点钟，郭中提议到羊角岭上去，看看这著名的极高峰。这提议被迅速通过，大家放马向原路驰回，经过冰坑，由冰坑后面爬上去，山路极其险峻，五人所骑的虽然是惯走山路的川马，还不得不小心谨慎。到两点半，到达羊角岭了，那海天一峰远在二十里外，这时却显得低了。由羊角岭向南望，另一最高峰是西天目山的太师岗，太师岗再过去，几十里外的一带青山，就是东天目山。

如果不是路英风催着，郭中还不肯走，路英风算着时间不够了，大家才匆匆下山，下山才到半路，天色渐渐黄昏，天上渐渐张开苍冥的夜幕。五人按马缓行，顺原路回司令部。正走之间，忽然听见路旁乱山杂石上丛树密林之中，有人在高喊一声："文雄!"

大家一齐惊愕地勒马停止。"夏先生，"文雄惊讶地说，"谁喊我的名字?"

"我听得最清楚，"郭中跳下马来，"的确有人喊士杰，最清楚没有，是江浙一带口音。"

"搜!"夏华只说这一个字，迅速下马，拔出手枪，向喊文雄的声音的地方走去，郭中、文雄、路英风紧跟着，都拔出手枪。

但山石崎岖，林木杂乱，天色又黄昏，视线不明。四人高一脚低一脚，在附近搜索半晌，毫无踪影，满地都是去年秋天的腐化了的败叶，更显不出脚印，四人搜索了半小时，天色黑下来，只得退出，上马向回走，一路上大家枪都握在手中，子弹登膛，保险打开，十分警戒着下山回到司令部，幸而没有发生任何意外事件。

一路上，大家都很缄默，一进司令部大门，夏华四面看一看，首先问文雄道："的确是喊你的名字吗?"

"毫无疑问，我听得绝对清楚。"

"口音熟吗?"

"口音好像很熟，刚才我想了半天，简直想不出来是什么人。"

"你在此地附近，没有熟人吗?"

"浙西一带一个熟人没有。真怪事，口音很熟，就是想不出来是谁。"

"喊的时候的口音，听不出来是善意或是恶意。"夏华思索着说，已走进司令部办公室。

郭中跟在后面说："连我都听得口音很熟。"

军长沈万鹏，已经欢迎出来，大声道："夏先生料事如神，一点不差，千里镜有情报来了，孔家庄院发生惨剧!"

"咦!"夏华脱下呢帽，笑着答，"可惜尤大力早死几小时，没有看到。是怎么一个惨剧呢?"

"大概是任老先生任子宣博士被杀!"

大家一齐惊骇起来。"什么时候发生的?"夏华很急切地问。

"大家请坐!"沈万鹏向大家招呼一下，转身对夏华道："那两个回来报告的弟兄吃饭去了，等一等叫他们来报告。"他叫士兵："看他们吃完了没有? 吃完了叫他们就来。"最后他才答复夏华的问句："是中午十二点钟发生的。"

“这就怪了！”路英风插口道，“这在我们由司令部出发没有到告岭之前。我们在告岭上向下看，看见孔家、任家都很平静，绝不像已经发生惨剧的样子。”

“报告！”

“进来！”

两个士兵进来，鞠躬后。“把你中午在千里镜所看到的，报告这位夏先生。”沈万鹏命令着。

两个士兵又向夏华鞠躬，其中一人报告他所见。

“报告夏先生，本班班长派我们五个人，轮流着看千里镜，每人看一刻钟，在这十五分里，不准看别处。我是第一个看的，我在十二点缺五分看起，刚看了一会儿，看见孔家庄院，有三个人，一个是矮矮胖胖的老人，穿灰色西装，秃头顶，戴眼镜；一个是中年男人，穿蓝布长袍，身体很不高；还有一个是女的，我认识她，她是告岭任家宅的任小姐。千里镜里虽然看不清面貌，我从她的身段、衣服、走路的样子看来，一定是任小姐。这三个人，在庄院里一面走一面谈。不久，那穿蓝布袍子的中年男人走开了。之后，忽然从左边一带瓦房的窗子里跳出来一个人，身上什么衣服都没有穿，光着身子、赤着脚，向这老人同任小姐奔过来。任小姐当时就拿膀子掩着面，转回头飞快地逃走。剩下那个老人，还正对着惊呆了，一步不动。那个不穿衣服的人——看头发是一个男的，把手一举，手里一道闪光，老人就向后仰着倒地。这时候又奔出来七八个壮丁农夫，把不穿衣服的男人捉住，横过来拖进去，拖到屋子里头去。又不到半分钟，先前那蓝布长袍的中年人同任小姐都跑回来，任小姐跪倒伏在老人身上，像是在哭。老人头上流下不少的血，地下一摊鲜血。那蓝布长袍的人把任小姐扶起来，任小姐还跳脚大哭。另外两个农夫拿一个棕绷子，把老人抬走。老人已经不能动，看地上那么些血，他恐怕活不成了。跟着又来几个乡下人出来，把地上流的血用铲子铲去，填上土。这庄院里就又平静了，一直到天黑，没有再发生别的事。报告完毕！”

夏华集中精神，听他报告完毕，温和地说：“好，谢谢你。这一位弟兄还有补充吗？”夏华指那第二个士兵。

“报告夏先生，我是接他的班，在千里镜里看见路先生、夏先生，还有这两位先生，从孔家庄院外走过，我都看见了。刚才他所看到的杀人事情，前后总算起来，有二十分钟。夏先生走过的时候，是在事情发生以后的十分钟。报告完毕!”

“谢谢你二位，没有事了。”

两士兵敬礼退出。

“夏先生，你以为这是怎么一回事?”沈万鹏问。

“军长何以知道死者是任子宣呢?”

路英风代回答道:“那是不错的。附近几十里之内，只有任老博士是唯一的穿西装老者，戴眼镜、秃顶，一点不错。”

夏华低头严肃地说:“阴谋!”

“任老先生怎么会成为阴谋的对象?”路英风困惑地问，“我想不出什么道理来，他怎会成为阴谋的对象?”

“是的，”文雄道，“看这一幕的动作，明明是一个大阴谋中间的一幕，一切都是布置好了的。”

郭中道:“绝不是仇杀。倘若什么人和任子宣有仇，很容易用别的方法暗杀他，绝不会这样。”

夏华问路英风:“那穿蓝布长袍人，会不会是孔锡侯?”

“很难讲!乡下人穿蓝布长袍人很多，孔家的佃户穿蓝布长袍人也不少，可能是的，可能不是。”

“那大概是他，”夏华深思着道，“一定是孔锡侯。你想，除去孔锡侯外，别人有没有这地位或身份把任璞清扶过去?”

“那只有卞文琪。”路英风怀疑地说，“不过卞文琪是经常穿西装的，也戴眼镜，没有看过他穿中国衣服。刚才报告又没有提到穿蓝布长袍人戴眼镜，恐怕是孔锡侯不错的。”

夏华道:“惨剧发生在孔家庄院里，如果我们假定孔锡侯是阴谋的主持者，那么这件事难以着手了。因为孔家佃户很多，我们稍有动作，马上会被对方知道。今天在乱山里，有人认识士杰，喊了一声，我们没有找到人。如果喊的人是善意的话，他又何必逃走?这喊的人虽然不一定和这阴谋有关，但我们不可不防。因此，在这种情况下，我们再假定我们三个人在此地已有人认识，我们的身份暴露，更加不好工作。所以，我以为:我们不想侦查则已，如果要侦查的话，那只有明明白白地进行了。怎样明明白白进行呢?就是请军长派几个士兵，去把任璞清找来，到司令部来谈话。她如果不肯来，就要强制执行地叫她来，甚至用绑票的方式也在所不惜。”夏华紧张地站起身:“这必须争取时间，愈快愈好。我们现在面对着一套阴谋，阴谋家也面对着我们，两方面斗争，谁胜谁败，全在时间的争取。我们早五分钟，他们迟五分钟，我们的胜局就定了。现在，为了任老博士，请军长马上立刻派人去！”

沈万鹏立刻叫副官挑选了五个士兵。

文雄兴奋地站起来：“夏先生，我同正方两个人一同去，我们化装，穿士兵的衣服。”

“那更好，要快！英风，请你快找两套军装。”

路英风领郭中、文雄去了。

沈万鹏问夏华：“这么紧张吗？”

夏华踱着步，沉思着，缓缓答道：“也许是我神经过敏。不过，争取时间总是必要的。”

“还有那姓卞的——卞文琪呢？不要他来？”

“第一，女子常常是阴谋的最脆弱的一环，我们要避实乘虚；第二，阴谋的主持者究竟是谁，还不知道，所以暂时不要惊动卞文琪。”

“这件惨案是什么原因？”

“我想，百分之九十是……是……不，百分之六十是桃色。”

“夏先生以为是孔锡侯和卞文琪争夺任小姐任璞清吗？”

“根据刚才的情报，桃色的可能性很大。”

“何以呢？我为什么看不出来？”

夏华止步，站在室中央，笑着说：“你看不出凶案，就同我不会上火线指挥作战一样。”

沈万鹏点头：“是的！人各有专长。”他把身体仰靠些：“请夏先生解剖一下，好不好？”

夏华向沈万鹏旁边坐下：“这件凶案，发生在孔家家中，被杀的是任老先生。那么，孔任两家，是阴谋的主角了，对不对？”

“对的！”

“既然孔任两家和凶案阴谋有关系，那么这两家的人，够得上的人只有四个：任子宣、任璞清、卞文琪、孔锡侯，任家的两个男女仆人，孔家的许多佃户，都不在旋涡之内，是不是？”

“不错！”

“被害的既是任家的任老先生，阴谋者自然不是孔锡侯就是卞文琪。”

“这也不错。”

“但是，孔锡侯和卞文琪两个人之中，究竟谁是阴谋者？孔锡侯的可能性大些，卞文琪的可能性小些，是不是？”

沈万鹏考虑答道：“不一定吧？卞文琪以英国留学生的资格和身份，情愿来当别人的秘书，何以这样委屈？自然是有所企图，企图不成功，也许就动杀机，不是也很可能吗？”

夏华摇头道：“不然！任子宣的地位，在世界闻名。外国的著名大学请他去讲学，他都不肯去，可见他地位的崇高。卞文琪做他的秘书，与其说是委屈，还不如说是光荣。但究竟他对任家有没有什么企图，我也不敢确定。我从另外一方面看，尤大力在海天一峰顶上，用千里镜看孔家而不看任家，这也可以反映孔锡侯是阴谋的主持者。”

军长恍然大悟，点头道：“对对对！”

夏华继续解释道：“既然我们假定孔锡侯是阴谋的主持者，试问：孔家和任家有仇吗？自然没有。孔家羡慕任家的财产吗？也不会！孔家比任家还有钱。既非仇，又非图财，为什么呢？总是为了桃色了！任璞清没有结婚，卞文琪没有娶，孔锡侯在此地也是个单身汉。所以，桃色比较可能些。如果真是桃色的话，那么由窗子里跳出来的裸体人，就可能是卞文琪。孔锡侯用什么方法，使卞文琪失去了本性，裸体跳窗，杀死任老先生，一方面除去一个主婚人，一方面陷害一个情敌，所以我说是一幕阴谋。”

沈万鹏困惑地说：“究竟不免迷离恍惚，还要等事实证明。等一会儿把任小姐找来，一番谈话，大概可以明白了。”

夏华自信地说：“我刚才所讲，看来似乎我的罗织，其实不是罗织，是逻辑。逻辑虽然构成，一切根据还不稳固。任璞清来谈话，恐怕她并不知道，因为阴谋家不会使她知道的。我们局外人倒可以用客观眼光看得清楚。”

军长道：“这话也对。至于夏先生的逻辑，虽然还不敢确定，但是我们要构成别的逻辑，更觉远了。说来说去，还只有桃色比较近似些。”

“所以我说只有百分之六十。”

“还有百分之四十呢？”

夏华深思着道：“还有百分之四十，是不合于桃色的。因为任璞清和卞文琪是很自然的一对夫妻，孔锡侯的资历一定比不上卞文琪，他自己难道不想一想，癞蛤蟆吃天鹅肉，即使成功，也并不美满吗？孔锡侯要早先想到这一点，而今天仍然实现他的阴谋，那这阴谋就绝不是桃色了。现在问题的关键只有两点：一、看任璞清自己对孔锡侯的印象好不好；二、裸体跳窗的人是不是卞文琪。”

“这是很对的！好吧，我们先吃完饭吧，不等他们了。他们去告岭，一来一回一小时呢。”

恶 战

“什么人?”

在一阵敲门声之后，门里面一个苍老的声音问着，随后“啪”的一小声，里边的那人把大门外电灯开亮，照得郭中、文雄和五个士兵，细微毕现。

“坏了，”文雄焦急道，“这电灯开得真够伤脑筋!”

郭中已向门内轻轻喊着：“快开门！我们是司令部的，有紧急公事。”

“什么紧急公事呀?”里面苍老的声音还在问，同时听到还有一条狗的狺狺的声音。

两个士兵走上前，猛然用足把门一踢，那门的确坚牢，休想踢动一寸一分。“你敢不开门我们就开枪!”

郭中再轻轻喊着：“你不用害怕，我们有紧急公事，通知你们任小姐。”

寂静片刻之后，“造反了!”里面轻轻咕噜这一句，随即听见拨闩开门的声音，文雄用强烈电筒向猛犬一照，猛犬眼光一眩之间，早有一士兵用卡宾枪枪柄重击一下，狗应声倒地。郭中已乘机一步跨入大门内，伸手把大门外电灯关灭。七人一拥闯进，把大门关上。

“监视着，”郭中指挥士兵道，“任何人打门，放进来，关在门房间里!”

“是！任何人打门，放进来关在门房间里!”士兵复述一遍，表示完全听见吩咐。

郭中、文雄向有电灯光的法国式洋房处来，一个女郎正推开一扇法国式长窗走出，在廊上向外瞭望，面上显着提心吊胆的不安神色。

郭中迅速走上前，敬礼：“任璞清小姐吗？司令部请任小姐立刻去一趟，有紧急的事情。”

“今天我不能去，因为……”

“请原谅!”文雄严厉地说，“一定要去，请立刻就走，非常紧急!”

她带着哭声道：“平常你们纪律很好，今天这样欺负人！我父亲死了，我不能去!”

文雄把郭中一推:“用麻绳把她捆了带走!军长正在急不容缓!”

她哭起来:“不要动手,我跟你们去吧!真是倒运!什么紧急公事?”她转身道:“让我换衣服。”

“不必!”郭中上前拦住,“时间太紧急了!就这样走,我们有马轿。”

文雄上前,作一种伸手要揪拿的姿势。

她惊呼道:“不要动手动脚,我跟你们去就是。”

郭中在前,她在中,文雄在后催着:“走快点。”三人半走半奔,经过门房,郭中指挥士兵:“留三个人在这里,继续监视,你两个跟我们回去,快!”

两三道强烈电筒光,照着引路,郭中、文雄和她,两名士兵,五人呼呼急走着,走过告岭,树林中马和马轿都在。

“你们到底是司令部的不是?土匪冒充的吗?”她在临上马轿之前,惊骇地喘着问,但终于在没有答复之中,被胁迫着登上马轿。

到司令部了,路上走了二十分钟。

沈万鹏和夏华正在办公室门外,焦急地等着。她从马轿上下来,沈万鹏忙走近去:“任女士,我是沈万鹏军长,特别来向任女士再三道歉,实在对不起得很,因为危机迫切,我们争取一分一秒的时间,不得不采取非常手段,用没有礼貌的方式请任女士来谈话,请任女士特别原谅!”他忙伸手:“请里面坐!”

她一声不响,倔强恼怒地迅速走进去。

在室内电灯光下,看见她低头坐着,圆圆的面庞儿白白的,乌乌的发丝儿亮亮的,细细的眉毛弯弯的,俏俏的眼珠儿奕奕的,小小方方的唇吻红红润润的,苗苗条条的身段袅袅婷婷的,流线其形而曲线其美。憔悴笼罩了她的面上,悲伤沉压了她的心头。阴丹士林布衣,黑帆布橡胶底鞋。

沈万鹏以他的生花妙舌,替夏华向她宣传地介绍了一番,末后说:“现在就是因为尊翁任老博士不幸遇刺,我们在表示无限的同情和无限的惊骇之下,夏先生一眼看透这里实实在在有着一个很可怕的阴谋。女士你自己也在阴谋的笼罩之下,你自己并没有察觉。现在夏先生是路见不平,拔刀相助。一定要替任老博士伸冤雪恨,替女士解除危机。只因为现在我们已经开始对着这阴谋展开猛烈的争斗,所以必须争取时间,先占一步,一分一秒都是宝贵的,不得不用非常方式请女士来。现在,请夏先生同女士谈话吧。”

军长用许多刺激性的形容词，是为了描述局势的严重，引起她的注意。本来他心中并不如他所说的那样紧张，可是万想不到，后来的事实演变证实军长所说，并不夸张。

夏华又用温语再向她安慰一番，窥看她的面色，不像刚来时那样恼怒，惶恐怀疑布满在她的面上。

她先开口问："到底有什么阴谋？我自己有什么危险？请夏先生解释。"

"这个问题，我一定仔细答复你。现在我先告诉你一个题目：就是有人勾结马盗要把你绑了去，不是要你的钱，是要你的人。我何以会知道？等一等再详细告诉你。现在，我请你先把尊翁平常的情形讲给我听，使我可以根据实际情形预先布置防备的办法。请你从头说起，越详尽越好。"

她完全谅解了，面上显着诚恳的信仰神色："夏先生，我早已晓得夏先生的大名。因为我有一个同学叫赵开泉，他原来是大同大学的，后来转到中大来读书。他说他一家人被惨杀，是夏先生破的案，就是前年冬天那一篇雁翎刀的故事，所以我早就晓得夏先生了。关于我家里的情形，先父是一个有名的化学家，大家都晓得的。过去，我们一向在南京。自从去年先慈弃养之后，先父很是悲伤，先慈是莫干山的人，去年葬在莫干山。先父到东天目山、西天目山旅行一次，欢喜告岭这地方僻静，又因为在南京朋友交际太多，常常妨碍他的研究工作，就决定在告岭建房子、住家、研究。夏先生，我家庭里人口少得可怜，没有亲故。先父也是苦学出身，混到现在的地位，到三十五岁才结婚，就生下我一个，我没有兄弟姐妹，先慈去世，只剩下先父同我两个人。现在，四海茫茫，只有我一个人了。"她说着，眼泪滴下。

夏华又安慰她一番。郭中、文雄已脱去军服，仍穿上原来的维也纳中山服，和路英风一道走进来。沈军长忙着替她介绍，要借此打断了她的悲伤。郭中、文雄再三向她道歉。

于是她又继续说下去。

"我家里还有一个姓卞的，叫卞文琪，江苏扬州人，英国剑桥大学肄业，也是学化学的，一向跟着先父学习深造，顺便做先父的秘书，他家里很有钱。在以前，一向他的品行学问都很好。先父五十八岁，他才二十九岁，他同先父好像父子的情感一样。我们在告岭的房子、装备机都是他办的。我们到告岭来，他也跟着来，在此地大家本来都过得很好。自从去年冬天，先父到广西去了一次，不幸的命运就开始降临到我家。先父不知道是受什么人的怂恿，说是广西云南一带苗人有不少的神秘事件，比如种蛊、毒箭等。如果能用化学法研究出来，很可以替中国化学史上开辟一个新篇章；又说是那些几千年没有人到过的原始森林，有许多人类从未见到过的有毒汁的花草，发为瘴气，等等。许多神话传奇打动了先父的心，先父在去年十月出门去，先到南京办一切必要的手续，乘飞机到重庆，转往桂林，由桂林单独出发，深入广西西部苗区，那些从来不被人注意的县份：凤山、田西、西林，随时都有信来，报告一路平安，叫我放心。”

“在告岭离我家不远，有一个孔家庄院，主人孔锡侯恐怕夏先生现在已经晓得这人了。他是一个大商人、大地主，他为人极其灵活聪明有才干，对人更诚恳有礼貌，我们两家渐渐相熟，时常来往，先父也很喜欢他这人，大家都处得很好。去年十月，先父乘飞机到重庆，忽然在重庆遇到孔锡侯。因为重庆也有他的商号，他是时常去看着的。后来更凑巧，先父要到桂林，孔锡侯也要到广西开阔他的商业的新领土。到桂林之后，他坚决劝先父不可深入苗区，必有危险。先父那时已到广西，怎肯半途而废，一定要去。孔锡侯这人真是忠义心肠，他劝先父无效，就坚决地陪先父一同去。他说：他深深担忧这一位世界闻名的学者在苗区遭到意外，他应该努力陪送保护着这一位世界闻名的人，这在他自认为是一件光荣的事，同时他自己也可以增加见识。夏先生，这一趟幸亏有他同去，否则，先父险些不能够生还呀！”

夏华乘机插入问句：“这些情节，都是尊翁来信里讲的吗？”

“是的！”她接着继续报告，“夏先生，我们晓得苗族是个总名称，细细分辨，还有那些什么瑶、侗、黎、彝各族，有许多归化了，就是熟苗；有许多还停留在半原始状态，是些生苗。去年十一月里，有些生苗看见先父到处考察，引起他们的怀疑，忽然暴动起来，把先父打伤掳去，一铁棍打中后脑，受伤很重。孔锡侯同去，膀上也受了一刀，究竟他年轻力壮，逃出来了。他逃出来后，打一封很长的电报告诉我经过情形，叫我不要忧急，他一定要把先父设法救出来回家。那时候我真急得要死，同卞文琪商量，姓卞的又有什么办法呢？好在随时都和孔锡侯有电报联络。电报来，都在报福镇，姓卞的每天到报福镇去一次，专去看有没有电报，有就带回来，一直延迟到今年二月，孔锡侯的电报来，才说是把先父救出来了，花了不少的钱赎回来的。在桂林，在长沙、汉口，都经请医生看过，医生都说：生命是没有危险，只是神经受了重大损害，必须在家长期休养，三个月、半年可以复原。到二月中，孔锡侯陪送先父回到告岭家里来了。我一看到，哭都哭不出来，那样子真正不成样子，我简直不能认识，简直狼狈得像换了另外一个人似的。身上衣服自然一塌糊涂，带去那些行李仪器统统丢光，满面胡须，憔悴狼狈，说不出那一副难过的样子。话也不能说，口齿不灵活，声音也发岔音，行动要人扶，怕光线，一到家就上床睡觉。孔锡侯一直是安慰着我，叫我不要难过。他说先父只要休养些时候，自然会恢复原状的。我心里真是感激这孔锡侯，他又把在苗区遇险的经过仔细讲给我听，真是怕人。从此以后，先父是不分昼夜都睡在床上，房里的光线要很暗，孔锡侯帮我布置，窗子都用黑绸布帘挂起来，挡着阳光，连吃饭都不下床，只在床头坐起来吃。有的时候，我和先父谈家常琐事，先父的脑筋真受伤了，过去的事有时忽然想起，有时就茫茫全不记忆，只要用脑筋一想，人就要昏过去，我也不敢常去烦他老人家。这是回来以后的情形。”

她说到此地，略微休息一下。室内凝神静听的各人木木地互相交换一次眼光。夏华向她建议道：“请任小姐再谈一谈卞文琪。”

“是的。”她继续道，“现在就要讲到卞文琪了。这卞文琪，本来呢，凭良心说，实在是很标准的一个青年。自从这一次先父受伤回来之后，他也许是因为这事受了刺激，忽然渐渐神经失常起来。他以前本是住在我家里，先父出门去，家里没有人，他要避嫌疑，搬出去住在一个乡下人家里，每天早上来做研究工作，下午回去。这次先父受了伤回来之后，他先是忧急，不久就发生性情上的变化，脾气忽然暴躁。以前他虽有一种刚强的个性，但是至少外表上修养得很温和，现在修养全没有，暴躁得常常和别人起无谓的冲突，越来越厉害，甚至动武打架，更有时会动刀拼命。这种行为，在他以前是根本不可能想象的。我只好同孔锡侯商量，写信到他扬州家里去，叫他家里派人出来，把他接回去，但是始终没有回音。后来，姓卞的又起变化了，不但脾气暴躁，行为又极端不规矩起来，有时向我无礼举动，胡调纠缠；有时向乡下女子随意调戏。

“幸亏我们那一带大半是孔家的佃户，孔锡侯早已关照过：叫大家见了姓卞的要多多避让，说姓卞的有神经病，实在不错，卞文琪实在有神经病了。前几天，他神经病发，拖一条门闩打到一个农夫家里去，打得一塌糊涂，又是孔锡侯出面拿出钱来替卞文琪赔偿人家损失。这件事刚发生不到两三天，卞文琪又拖了门闩一路打到孔家庄院去，孔锡侯再也不同他客气了，把他捉住，锁闭在一间屋子里，一面再去信叫扬州他家里快些派人来。当然，人家还会再同他客气吗？”

“现在就要说到今天的不幸事件。最近这几天以来，先父身体休养一个多月，渐渐好些，能够出来走走。昨天他听说卞文琪打到孔家，被孔家捉住关起来，很不放心，今天中午，忽然有个佃户把孔锡侯喊去有事。他要是不为这件事走开，先父也许不会遇到危险的。他一离开，我们还没有注意，卞文琪虽然是一个疯子，先父同他隔着窗子讲话，总不会有什么危险，不想我们还没走近，卞文琪这不要脸的东西，竟光着身体不穿衣服从窗子里跳出来，我吓死了，只顾得掩面逃走，他口中不晓得骂些什么，一举手掷过来一把尖刀，就打在先父头上，从太阳穴刺进去……”她说到此，不能再讲下去，竭力忍耐着悲伤，低下头，用手帕揩泪。

室中寂静片刻，夏华首先站起，伸一伸腰：“任小姐所说的真是详尽至极了，我们非常感谢。军长，这不是一幕很危险的阴谋吗？”

“是的！夏先生所预测的一一都符合逻辑了。”

“我自己有危险吗？”任璞清含着眼泪，不安地问。

“等一等我告诉你。”夏华说着，走到桌前，取起笔纸，俯身在桌上写：“宁国县政府钧鉴：马盗首领尤大力顷已在此地格毙，请即派员前来验明正身，并请先行电示其越狱详情为何，全衔启。”

他把这稿子递给沈万鹏：“这电报请军长马上发出去。”

沈万鹏看了看：“哦，这电报上午已经发出去了。”

夏华把稿子团成一团，丢在纸篓里去。转回身向任璞清道：“小姐请问你一句，孔锡侯和尤大力有什么纠葛吗？”

“尤大力？尤大力是什么人？过去没有听过这名字，孔锡侯从来也没有提到过这个名字。”

“自从令先尊回来之后，孔锡侯一向在家，没有出门吗？”

“时常出门，到附近的地方去：杭州，金华。”

“今天中午发生不幸事件，下午他出去没有？”

“出去的，到报福镇买棺材。”

“什么时候回来的？”

“到现在还没有回来，大概就要回来了。”

夏华严肃地警告她道：“任小姐，你现在的确很危险！孔锡侯在用阴谋破坏你的家庭。他的阴谋分三方面：一、用药物使卞文琪迷失本性，使他变态疯癫，这是孔锡侯除去他的情敌；二、他借刀杀人，除去一个主婚人；三、他努力做作，使你对他发生好感。你明白吗？否则，卞文琪关在一间屋子里，怎么会忽然破窗跳出？尤其是：怎么会有一柄尖刀？这不明明白白暗中布置的吗?”夏华回头问沈万鹏:“你有军医吗?”

路英风在旁代答道:“有的，有很好的军医，是留美的医学博士。”

夏华紧张地问:“现在可以让任小姐回去了，但必须请军长派三五个士兵去保卫，我和正方、士杰也到任公馆去保护。另外，请英风兄用突击的方式把卞文琪救出来，请军医治疗。但是，”他深思着，在室内踱步，“最困难的是，这些都不能成为具体的罪证，来逮捕孔锡侯。”

她已款款盈盈地站起来。

夏华止住她道:“且慢！军长，也许是我的神经过敏吧?我感觉到，现在的局势一切很平静，这是不是暴风雨前暗中酝酿?我深深感觉到:目前事情已经非常危险，阴谋的最后一幕，马上要爆发了!”

沈万鹏挺直他精短健壮的身体，目光炯炯地说:“怕什么?文有文对，武有武对，文有你，武有我，怕什么?”

“刚才我说，请军长派三五个弟兄，太少了，派两排人到一连人?”

“照办!”

夏华招呼郭中、文雄:“走吧，不要让任小姐在此地多耽搁了。”

郭中、文雄都站起来，郭中道:“我们两个短枪，怕不中用，向军长借三支卡宾枪。”

“好的，”军长刚毅地答道，“路同志领二位去挑选。”

夏华又吩咐路英风:“把卞文琪救出来，要突击地冲进去抢人，要紧要紧!”他又向沈万鹏:“请派一排步兵，两排骑兵，感谢之至。”

军长不答，咬着口唇大步走出。

于是，三刻钟后，任家宅法国洋房内热闹起来:夏华，郭中，文雄，任璞清，男仆，女厨子。一只猛犬已恢复了活力，另外关起来。任家宅外，已经由夏华指挥布置好，两排骑兵，分驻在东西两个山口，连人带马都掩藏乱石丛树之中，有任何动静不得出击，只看任家庄院里发出红色的信号枪弹，按照信号枪弹指示的方向追去。另外一排步兵，全体掩藏在任家高围墙内，用云梯搭在高围墙头，架重机关枪、探照灯，只派极少数的人在大门后门外附近二十步内站岗放哨，喊口令。一切人等必须绝对肃静，不得发出任何声响。

外面布置好以后，夏华在宅内，把各地方风水看一看，最触目惊心的就是这一代学者任子宣老博士的尸体，停在一个临时的灵床上，上面盖着一层白被单。一个临时由本宅内小农场里採得的春末时节的花，编成一只花圈，放在前面，花圈上面并没有题款。当任璞清在另外房间招待郭中、文雄用晚餐时，夏华见室内无人，轻轻把白被单揭开，瞻仰瞻仰这位权威泰斗的遗容。这位老博士是矮矮胖胖的身体，面色黝黑，一脸胡须，穿着旧西装。头上左太阳穴一个刀伤口，大而且深，干血凝住，一片惨怖模糊。夏华看了半晌，伸手把死者的手拉起来看看，又把袖口卷起来看看，把手再放下，走到死者头前，两手把死者的头捧起，看看脑后，果然有一细长条的旧伤痕。最后把死者头放下，被单盖好，长长地吁了一口气。便走到客厅里来，郭中、文雄、任璞清都在，晚饭已吃过。

任璞清面容仍然憔悴，一切事都明显的是勉强打起精神来做的。她此时已对夏华绝对信任了，对孔锡侯果真深深怀疑。她心中不时感觉到忐忑不安，惴惴疑惧，见夏华走进，忙问着："今天夜里真有危险吗？是怎样的危险?"

夏华冷静地说："说不定！没有危险最好，倘使万一有什么动静，任小姐要马上藏起来！苦在这一所房子里一点秘密地方都没有，在楼上是很危险的，在楼下也是危险的，我想来想去，只有后面花园里玻璃房中最好，因为那是人们一时注意不到的地方。"他转面向郭中道："正方，我倒是很希望今天夜里爆发一下，一爆发，问题就解决了。今天不爆发，那又不知道要等到什么时候了。"

文雄插口道："夏先生的意思，我完全明白的。夏先生以为尤大力在海天一峰望孔家庄园，孔锡侯与马盗一定有关系。今夜怕他们把马盗调来，把任女士俘虏去，是吗?"

"我想是这样。"

"那他又何必呢？他用三五个佃户就可以把任女士拖走，何必调动马盗？而且他根本不需要把她绑去啊!"

夏华道："下午在山上有人喊你的名字，我相信不是孔锡侯，就是孔锡侯的同党。为什么呢？因为我们几个人的面貌，安分守己的人认识的少，犯罪的人认识我们的多。他看破了我们在此地，他马上就明白我们会来干涉，会揭破他的阴谋，因此他不得不采取非常的手段。因为他必然也预料到我们会派人把守任家宅的，所以不得不调动马盗。"

郭中道："这样说来，花钱买放尤大力的人就是孔锡侯了?"

"当然当然！他放尤大力出来，以取得尤大力的部下为交换条件，尤大力的部下被孔锡侯率领去，所以他越狱出来就无家可归，不得不在海天一峰窥看孔家庄院的动静，想由此找出他的马盗所在地。我们这样贯穿起来，一切情节不是都很自然的符合吗？”

这时忽然听大门外，放哨的兵厉声喊着口令。

室内各人立刻变色，“来了，来了！”郭中轻轻呼着，一手提起卡宾枪，文雄便跳到电灯开关前，伸手要灭灯，任璞清迅速奔到夏华面前。

但是外面又静止下来，并无动静。少顷，听见大门开关的声音，接着是一路很熟悉的脚步声向客厅里走来，大家惊愕地望着，路英风背着卡宾枪大步来到。

“怎么样？”路英风精神焕发地敬了礼，笑着大声道，“我也来参加，看看阴谋怎样爆发！”

“那又要连累路先生受惊了！”任璞清似乎胆壮些，很安慰地问着。

路英风向夏华露出强悍的笑容：“冒险是最有味的生活！”

“卞文琪怎样？”夏华关切地问。

“唉，可怜！”路英风把卡宾枪取下，倚在墙上，回转身犹豫地说：“性命是没有危险，就是在孔家庄院禁闭两三天，受到相当虐待，遍体鳞伤，人已昏迷，温度很高。我领着一班人硬冲进孔家庄院。”

夏华插口道：“很妙！”

“把卞文琪救出来，用担架抬走，回到司令部，马上找军医官，现在在病房里，有两个看护照顾着。我安排好就到此地来了。”

夏华看看手表，惊讶道：“八点三刻，不早了，大家快准备吧。任小姐，叫你的女仆把你的床铺被褥移到花房里去，我们派兵在外面保护。等到九点一刻，我们要把总电门关闭，你在花房里绝对不要露出火光。再叫男女仆人都躲起来，一过明天上午三时，就没有事了。”夏华转身道：“我们四个人，爬到屋顶上去过夜。”

这样开始忙碌，一刻钟过去，已把她安置好，路英风告知领兵来的连长，叫派人守护花房，连长立刻派两人，一架轻机枪，驻在花房旁。

电灯总门关闭，一片黑暗。士兵们开始紧张，严密戒备。

夏华、郭中、文雄、路英风四人四支卡宾枪，从黑暗中摸索上楼，从二楼窗间分头爬出，集中在屋中间一个顶角上，默默地坐着。

四周寂静，万籁无声，满头寒星灿灿，不时远远传来，一阵阵天目溪的水流的清音，各人的手表滴滴答答地微响，也可听见。由屋顶向下看，四周围墙，无言地默默耸立着，围墙外乱山丛树，一片昏黑，什么都看不清。围墙里无数长短的黑影，不辨是人是树，后面花房玻璃顶上，映着群星的反光，隐约看出两个士兵，扛着轻机枪，英勇地屹立着。又有时看见两眼闪绿光的猛犬，从被关闭的房中出来，徜徉走过。

四人默默地在高处屋顶上静坐着，不交一言，似乎经过三四小时，其实也许不到三四小时，只是紧张的神经，感觉到时间是那么长久，看看手表，十一点半了。

忽然听见天空中隐隐一片细碎杂乱的声音，四人顿时紧张起来，抬头向静夜的天空分辨声音的方向。片刻之间，声音愈来愈近，可以听出来是很多很多的鸟雀，啁啾呢喃杂成一片，由东向西从此地上空飞过，照声音估计，总有好几百只鸟雀飞着。

夏华首先惊呼，划破沉默寂静的空气："马盗来了，在东面树林里，下马扣缰，惊起鸟雀!"

他迅速在屋顶上站起身，向下面发出雄勇的怒吼："众位弟兄们，快准备，敌人有兵来了，在东面三百公尺树林里下马，大家快准备，散兵线，勇敢！沉着!"

立刻下面起了一阵骚乱，无数黑影迅速移动，但毫无声息，不到一分钟又静起来，空气更显得严重的紧张。

不到五分钟，无数的脚步纷纭杂沓的声潮，由东面远处一条山隘中奔出，在屋顶上很清楚地看见很多的火把明亮，火光中足有八九十人挟着长枪短枪，潮涌地向任家宅奔来。

"开!"墙头上有人洪亮地高喊。忽然刷的一声，一道雪白耀眼的光炬，由探照灯中照出，跟着砰砰砰砰砰！乒乒乒！达达达达达！一片震裂耳鼓的声音，无数小火光闪闪，探照灯忽灭，两方正式开火，外面喊声震动山谷，一分钟不到，有一股土匪拼死奋勇地已冲到任家宅大门前，巨石打到大门上，发出雷声的震撼，两三下，大门裂开向内扑倒，土匪的火把奋勇冲入大门，火光中看见有二十人上下，蹲在地上向前疾进，手中完全是冲锋枪、轻机枪，枪声紧密成一切，大门内的士兵完全被土匪的炽盛火力压倒，在地上滚向两旁躲避，但也有少数冲进来的土匪纷纷丢枪扑倒地上，土匪中有六七个人，直冲进法国小洋房门内。

夏华迅疾招呼郭中、文雄、路英风，退步卧倒在屋脊后，把卡宾枪架在屋脊，对着冲入大门的土匪开始猛烈射击。大门内有一排人，火力迅疾集中，冲进大门的二十多土匪终至全部消灭，少数土匪窜入室中，由室中凭窗向外打，还有四个在室内走上二楼，从窗间摸出，恰当文雄身旁，文雄一手握卡宾枪，一手拔出身上左轮，向窗内砰砰砰砰四枪，都打倒在室内。

围墙外土匪显然已不能支持，枪声渐疏，火把都灭，围墙内枪声已停止，忽然“砰”的一声，一个红色信号弹，由宅内射出，直射向东方天空。跟着听见下面那连长口音，发出“搜索”的命令。一会，电灯忽闪，通宅明亮，只有一两间房屋因电线被流弹打断，电灯不亮。这一场恶战，前后总不到十分钟，夏华四人缓缓下来，到后花房去慰问任璞清，她幸未中流弹，不久受的惊也渐渐安定下来，仍在花房中睡觉。

围墙外，土匪死伤十一人，大门内，土匪死伤二十六人。五零八军阵亡四名，受伤四十一人。

这时，一阵万马奔腾之声，由围墙外向东驰去，同时东面一里外，密集枪声又起，想是那两排骑兵，看到信号弹，开始堵击围剿了。

奇异的咒语

“夏先生，夏先生，起来吧，今天我们可以去逛莫干山了!”

郭中坐在床头穿衣服，用力把腿向夏华背上连顶带推，夏华终于醒来，看见路英风站在床前，便翻身坐起：“几点钟了?”

文雄在另外一张床上穿着衣服：“九点三刻。”

这时路英风早已来到，兴高采烈地把郭中喊醒。他一夜未睡，昨夜深夜随着一排步兵回司令部，司令部其他人员迅即出发，到任家宅来把死伤抬走，把血迹打扫干净，一两小时内，一切办妥，只留下哨兵六名，留守任家宅外。路英风在司令部内和军长沈万鹏坐着等候两排骑兵的消息，一直等到天明。骑兵全部回来，把马盗全部消灭。他们由西天目山迤逦曲折一路紧紧追赶下去，寸步不肯放松，终于追到千秋关附近，险恶地形势之下，包围起来一网打尽，匪首尤大力被生擒，这个尤大力，许多骑兵都认识他，正是孔锡侯。

路英风是工程师，不是军官，与剿匪本无关系，他只等个消息，第二天天明，胜利的消息来到，他又亲自去认一认孔锡侯，果然不错就是他。他这才心满意足，做完每天早上例行的卫生工作，骑一匹马走出司令部，仍在昨天早上遇到夏华的饭馆吃了早点，然后上马来到任家宅。

他走进客厅，看见临时两张床，一大一小，大床上睡着郭中、夏华，小床上睡着文雄。郭中这时已醒，路英风把一夜的经过和胜利的消息告知郭中，末后他结束地说："这件事完全解决，你们三位可以继续游山玩水去了。"

郭中兴奋地又把夏华推醒，但夏华把郭中迎头浇一盆冷水。

"正方你以为事情结束了吗？我以为我们的工作现在刚刚开始啊！"

十点半钟，客厅内的临时床铺都已撤去，摆上早点，任璞清出来陪客，她换了一身素服，袖上围着一道黑纱。她昨晚虽然饱受惊吓，经一夜酣熟的安眠，精神已完全恢复。她起身比三位贵宾还早些，关照男仆到报福镇去买棺木，她自己亲自去督着女厨子做早点，换了衣服，所谓"淡扫蛾眉，脂粉不施"，来到厅前，大家互相交换慰问。

在一顿早餐间，郭中闷闷地，耐不住已问过两次："为什么我们的工作现在刚刚开始呢？"

早餐后，任璞清又叫女厨子泡了好茶，大家五人，都坐在客厅里沙发上。

夏华对郭中道："昨天我在司令部里断定这是一幕桃色阴谋，在那时就我所知道的资料研究起来，的确是桃色的。但是后来到了此地，因为又发现许多意料之外的、出乎常情的奇怪线索，我才把我的想法全部推翻。这件案子，决计不是桃色的！如果真是桃色的话，那么今天就已经完全结束，我们也没有事了。既然决计不是桃色，究竟是什么性质的呢？今天我们应该开始研究。所以我说，工作现在刚刚开始。"

"夏先生发现什么奇怪的线索？"郭中问。

"这个，并不是我卖关子，现在的确不能宣布。"夏华站起身，在室内踱步："昨夜坐在屋顶上，等候土匪的时候，我已经想了很久，真是还想不出，不是桃色究竟是什么性质。"

郭中转问文雄："士杰，你看到什么奇怪的线索吗？"

文雄望着郭中笑："我还不是跟你一样！"

任璞清问："关于哪一点呢？是关于我自己，还是关于先父？"

路英风粗率地笑道："夏先生花样真多，多得令人无从捉摸，但是夏先生的一切都是可以信赖的。昨天他预测孔锡侯要调马盗来，果然应了，幸亏我们布置得兵力充足，完成大功！"

夏华独自在室内来回踱步，两眉深锁，正在努力用脑苦思，半晌，他渐止步，向任璞清问："令尊过去不是在化学上有很多的发明吗？"

"是的，先父的新发明实在不少。"

"这些新发明有没有在政府机关取得专利权呢？"

"统统取得专利权的。"

"大概有多少？"

"我记得不大清楚了，卞文琪他很熟。大概专利五十年的有二三十种，专利三十年的有六七十种，专利二十年的有一百多种。"

夏华瞠目惊骇地说："啊！这么许多吗？"

"是的！着实不少。"

夏华向她身旁坐下，注意地问："有这么多的专利权，令尊怎样利用呢？"

"先父都不要，把这些专利权一大半卖给各银行，一小半捐给许多慈善团体。因此先父成为许多慈善团体的董事，他也就最怕这些名义，啰唆不清，才到此地告岭来。"

"这样说来，令尊的财产数字大得惊人了？"

"是的。不过先父就怕这一点传出去，怕绑票，怕被人喊作豪门资本，所以他很守秘密。"

"令尊是大资本家吗？"

"并不是的，他没有任何股票。"

"那么，我要冒昧地问一句：令尊的财产总额是多少？"

"卞文琪也比我清楚，但我知道是四千五百多亿！"

室内各男子都惊呼着："好多！"

夏华解释道："令尊既然不投资，根本谈不上豪门资本四个字。"但他又怀疑地问："这不是你自己过于夸张吧？"

她诚实地摇头："绝不是我夸张。在夏先生面前，我不隐瞒也不夸张，一切说的是实话，因为夏先生是我的恩人。"

"哪里哪里！既然有这么大的数目，又不投资，这笔巨款怎样安排呢？"

她惶惑地说："这一点最叫人奇怪了。家用零碎账，银行存款都是我管的，我并不曾看见有超过一亿以上的款数。"

"卞文琪知道吗？"

"他也不晓得，他有时还问我。"

"是不是令尊自己保管呢？"

“不，先父除去研究之外什么都不管。”

“那你不觉得奇怪，问过令尊吗?”

“我问过的。”

“令尊怎么解释?”

她笑起来：“我不好意思说，说出来叫夏先生笑话。”

夏华殷切地催着：“没有关系，尽管说。”

她身体微微震一震，向郭中、文雄、路英风不好意思地望一望，然后说道：“我问先父那四千五百亿哪里去了。夏先生猜先父怎么说? 先父说那么些财产都寄存在八仙的何仙姑处，留给我将来继承，先父又叫我念一种咒语，画一种符。先父说以后在我三十五岁时，念这咒语、画这符，就能够惊动何仙姑了，何仙姑就来看我有没有福气，有福气的，何仙姑就把财产给我，若是我没有福气，就不能得到了。”

夏华不禁笑起来：“令尊同你开玩笑吧?”

“是的，夏先生，我也以为是先父同我开玩笑，再三追问先父，先父十分郑重地告诉我：绝不是开玩笑，绝对是真的。”

“令尊是一位科学家，何以也弄这些迷信玄虚?”

“这我就一点不懂了。”

“噢!”夏华深思半晌，不很愉快地缓缓道，“任小姐，请你不必怕笑，你把令尊所教你的咒语读出来让我听一听可以吗?”

“可以的，我用笔写出来吧。”

“那更好!”

她迅速抽身走进室内，取出纸张毛笔墨盒，在客厅中间桌上把咒语写出来，夏华、郭中、文雄、路英风四人都围拢桌旁看，那符咒是：“斥十夫弟，目米化米，化氏卜屈尼，少尼少二尸，里冈皿贝寸，自女今勺工。”

“奇了!”夏华惊异地望着，把咒语熟读十几遍。他站直身子道：“这里一定有奥妙，决计不是迷信玄虚，一定有奥妙!”他又在室内开始往来踱步，紧皱双眉，努力苦思。

文雄道：“这是不是外国话的译音?”

郭中点头，把他所会的七八种外国文字言语都思索着，咕噜着，反复地试验，都不对。他摇头道：“不是英文，不是法文，不是德文，不是斯拉夫文，不是西班牙文，不是意大利文，不是日文，也不是北欧文。”

任璞清道：“先父不会很多的外国文。”

文雄道："把这咒语隔一字读，隔两字读，倒过来读，都不通。"

路英风道："我就不耐烦弄这些诡秘的东西，这位老博士真有本事！"

半晌，夏华忽然走到任璞清身旁，问道："此地附近，叫得到木匠吗？"

她奇异地望着夏华："叫得到。要木匠做什么？"

"你不要管，请你去叫人喊个木近来。"

她以完全信服的神色走出客厅去。

路英风问："夏先生把咒语弄清楚了吗？"

夏华冷冷地点头："我全懂了。"

"是什么意思呢？"三人不约而同地一齐问。

"我等一等解释。这位任老博士真是绝顶聪明的人！"

任小姐回到客厅里："我叫下人马上去喊木匠了。"

夏华面对着她，诚恳慈祥地问："任小姐，你信赖我的程度怎样？"

她诧异地答："夏先生怎么问我这句话？我绝对完全相信夏先生。"

"完全绝对相信吗？"夏华重复一次叮问。

"完全绝对相信。"

"倘如我叫你做不合理的事呢？"

"我也做，夏先生随便什么话都是对的！"

"譬如我现在要放一把火把你这房子烧光，你允许我吗？"

她更诧异地望着，一会儿，她坚决地说："恩人，你绝对可以！"

"啊！"夏华很感动地说，"我自从当侦探以来，从来不曾遇到一位当事人能够像你这样信托我！我非常感激你！你这样相信我，我一切就可以顺手去做了。我并不要放火，我只要喊木近来拆去这房子里的一小部分。你要问我为什么，我就告诉你：这是咒语里所指示的。"夏华走向桌边，任璞清也跟过来。夏华指那咒语道： "现在，咒语我已经看懂了，我来解释给你听吧。"

大家都凝神看着那咒语。

夏华道："请你读一遍。"

她读道："斥十夫弟，目米化米，化氏卜屈尼，少尼少二尸，里冈皿贝寸，自女今勺工。"

夏华道："大家听得出来是什么道理吗？"

路英风代表答道："听不出来什么道理。"

"当然！这首咒语不是读给人听的，是写给人看的，你们必须细看，才能看出道理来。可是话又说回来了，我还是由读音上找到开锁的钥匙的。我来解释吧。当我读这咒语的时候，第一句有‘夫弟’两个字，我起初还以为是指‘丈夫的弟弟’，但是这样解释不能贯通。我又想，是不是谐音呢？想到这里，我忽然灵机触发：江南人不是喊楼梯叫做扶梯吗？于是我恍然大悟，全首咒语原来都是半边字，这是一首半边字咒语。比如‘夫弟’。照这样的原则去解释，全首咒语所蕴藏的秘密完全昭然若揭了。第一句‘斥十夫弟’实在是‘拆去扶梯’。我照这样解释下去，还有不少的障碍，我们先从容易的地方说起。咒语中的‘化’字既然是半边字，‘化’字的全字是什么？只有四个：货、花、讹、靴。我们在这四个字当中只能挑选一个字，能够和上下之贯通。讹字和靴字，平常不大用，可以不谈，只要在‘货’字和‘花’字两个字当中决定一个。在咒语里，‘化’字的上面是‘米’字，米字也是个半边字，全是什么？我马上想起来该是个‘菊’字，这样，‘化米’就能翻译出来是‘菊花’两个字了。对不对啊？”

大家面上都浮着浓厚兴趣的神色。倘使夏华讲到此地停止不讲下去，要陪郭中去莫干山，郭中大概也宁愿牺牲莫干山，一定要把咒语听完。

夏华继续解释：“看出‘菊花’两个字之后，我又发现这咒语断句子的方法成问题，你们看，第二句话的标点在‘米’字和‘化’字当中，把米化两字分成两句，也就是把‘菊’字归为上一句末，把‘花’字归为下一句第一字，这是不通的。我数一数，全咒语共二十八个字，四七二十八，一定是七字一句，古诗体。这样解释下去大致可以明白了。我现在不必细说，把我所看出的写下来，大家参考一下。”

夏华把咒语重新另为断句，改成七个字一句，首先在咒语的第一句“斥十夫弟目米化”旁，注写出来：“拆去扶梯睇菊花。”

“不错吗？”

“不错，是的，对对对！”大家纷杂地应着。

夏华又在咒语的第二句“米化氏卜屈尼少”旁注写明白：“菊花底下掘泥沙。”

他抬头向大家看看，大家都点点头。

在第三句“尼少二尸里冈皿”旁，夏华再写出：“泥沙三尺埋钢盒。”

大家不等夏华表示，便催着：“第四句？”

夏华把笔搁下：“第四句拼不出来了：‘贝寸自女今勺工’不懂是什么意思，总之我们既然懂得前三句，已够我们用的了。现在我们叫木匠来，把扶梯拆掉，向下面再掘下去三五尺，把钢盒掘出来看看。但是，”他问任璞清，“这所房子里有几部扶梯？”

她很兴奋地答道：“照我们家的习惯，大的叫楼梯，小的叫扶梯，这所房子里只有一个扶梯，在先父的寝室旁边。”

“哦！那更好了。请你再去看看：木匠喊来没有？”

客厅门外老仆人以苍老的声音答道：“木匠来了。”他正引着一个木匠走进来。

于是大家都一拥跑到任子宣老博士的寝室内。

在寝室里面一间套室，有一架狭窄而陡峭的扶梯。夏华指着这扶梯，问木匠道：“请你小心地把这扶梯拆去，拆去以后，明天还要再装起来，不要破坏得太厉害。”

木匠斜着头看扶梯一会，口中念念有词，向夏华道：“工钱五万块。”

“好好好，就是五万块，不同你谈工钱，快点动手。”

于是木匠就叮儿当儿地开始工作，大家都在热烈的静止中，站在四周看，谁知这木匠是一个笨拙而顽劣的头脑，绝不肯接受夏华教他省事的指示，他一定要按照他师父所传授的方式，或是他家的祖传方法，动起大手术来，因此耽搁了不少时间，把一架扶梯倒能很完整地拆卸下来。拆卸下来之后，收了工具，伸手要五万元。夏华叫他把工具留下借用，木匠顽劣地拒绝，只伸手要五万块。

打发木匠去后，夏华叫仆人找到斧头、铁锹之类，自己和郭中、文雄、路英风三人动手撬起地板。果然，地板下面，发现一方块巨砖平铺在泥上，巨砖上面，雕刻着一朵菊花。大家工作更加兴奋努力，把巨砖搬出，再用工具向下挖，挖出许多泥土，掘下有四尺多深一个坑穴，再向下，铁锹顿时触到坚硬的东西，把泥土再清除后，果然发现一只方形黝黑的小钢箱。

小钢箱有一尺五寸长，七八寸宽，五寸高，体积虽然并不太大，但重量却重得异乎寻常，夏华、文雄二人四只手，用相当大的力气才把钢箱提出来，放在平地上。任璞清眉开眼笑地欢呼着。

老仆人取来盆水，给大家洗手，又把钢箱打刷干净，搬到客厅里中间桌上，众人都到客厅来。

路英风疑诧着说：“这里装得下四千五百亿的财产吗？”

“不，”夏华很快地答，“四千五百亿不在此地，在何仙姑处，这箱子里只供给线索，先把箱子打开看看再说。”

大家看到这箱子，是纯钨钢制成，极其坚牢，恐怕炸弹都炸不动，除非原子炸弹。一尺五寸长，七寸半宽，五寸高，四角是圆的，有三只巨型纯钢锁锁着，这三只粗笨的纯钢锁，不是用钥匙开的，是对号码锁，每锁有四节，每节上刻着“1234567890”十个阿拉伯数字。箱子盖上，刻着三个正体字，是“任宣记”，箱底子上面靠边出刻着“商务印书馆制”。

夏华问任璞清：“你知道开这三只锁的号码吗?”

“不晓得，我根本不晓得这一只箱子，怎么会晓得开锁的号码?”

“这是对号锁，知道开锁的号码，就能把锁开了。”夏华思索着说。

路英风道：“不耐烦，用大斧头把锁打断!”

夏华笑着说：“你倒试试看！你没有看见这样的坚固吗？斧头绝对锤不开，除非用大机器压。”

路英风顽强地说：“把箱子抬到山上去，让我丢一个手榴弹。”

“没有用!”郭中估量着说，“手榴弹炸不动。”

夏华笑道：“何必那样费事？开锁的号码明明指示在箱子上，大家都没有看出来吗?”他转向任璞清：“你看出来没有?”

她茫然道：“我一点看不出来。”

夏华说：“令尊告诉你：何仙姑要看你有没有福气，这句话的含义就是说：看你有没有那一种聪明。如果你很聪明，能够看破这层层的谜语，他就认为你的能力足以保持财产，财产就是你的了；如果你没有那么高的天资，得到四千多亿的财产，反而是你的危险，不如得不到手反而好些。这就是令尊布置许多谜语的深刻用意。所以，你必须用脑筋仔细研究一下。”

她点头领悟了，皱起远山的黛眉，苦苦思索。

半晌，夏华道：“想不出来吗?”

“还没有想出来。”

“我提示提示你：箱盖上几个字?”

“三个字，是任宣记三个字。”

“几只锁?”

“三只锁。”

“每一只锁几节?”

“四节。”

“好了，你可以再仔细想一想。”

她又伏在桌上苦想。

又半晌，夏华道："还想不出来吗？"

她惭愧地说："还想不出来。"

夏华问郭中、文雄、路英风道："你三位想出来没有？"

郭中、文雄摇摇头，路英风道："我根本没有想，我只想怎样借到一只钢锯。"

夏华向任璞清道："我现在再提示你一下：箱底下几个什么字？"

她答道："是商务印书馆制六个字。"

"你想，商务印书馆会不会替别人定制一只钢箱？"

"对了，这倒奇怪，我想商务印书馆绝不会替人家制造钢箱。"

"那么这六个字刻在上面，有什么作用？你可以完全明白了？"

她忽然惊喜地锐叫一声，跳跃起来："夏先生，我懂了！我懂了！开锁的号码是用任宣记三个字的王云五四角号码，是不是？商务印书馆是暗示着王云五，王云五四角号码！啊！我懂了，夏先生，我真高兴！"

她极度兴奋地用笔写出任宣记三字的四角号码。

任：二二二一；宣：三零一零；记：零七六一。

用任字的二二二一开第一只钢锁，捻对号码，锁应手而开；用宣字的三零一零开第二只锁，也开了；用记字的零七六一开第三只锁，也开了。三只沉重的钢锁取下来放在桌上，箱盖就被揭开了。

箱壁竟有二寸厚，无怪箱子是那么沉重了。箱子里是一个黄绸包里，把黄绸包解开，里面包着六片长方形紫铜片，每片有半分厚，钢片上刻着许多字。把铜片都取出来，看上面刻着的文字是这样的：

第一片："匹夫无罪，怀璧其罪；象有齿以焚其身，戒之哉！"

第二片：是咒语的全文："拆去扶梯睇菊花，菊花底下掘泥沙，泥沙五尺埋钢盒，财得身安念勿差。"

第三片："蓄道德，能文章，大富贵，亦寿考。"

第四片：是个遗嘱，有任老博士的签名，遗嘱中说明："财产概归任璞清继承，应多做对国家民族社会有益的事。"

第五片：是任璞清的浮雕全身像。旁注明："吾女任璞清像。"

第六片：是财产的清单，很简单，只有金砖一百块，每块重四百五十两。

大家看完钢片，互相呆望着。路英风道："一百块金砖在什么地方？这里并没有指出。"

“我想，”夏华把钢片收入箱中，“那恐怕要在符咒上寻找出来了。”

任璞清起身道：“我再把那符咒拿来给夏先生看。”她走上楼去。

夏华道：“现在案情方才明白，果然不是桃色，是黄金色。孔锡侯虽然富有，看到这一百块金砖，仍然是要眼红的。”

这时忽听大门外守街的岗兵高喊着：“敬礼！礼毕！”一会，沈万鹏忽然来到，室内大家都站起来。

沈万鹏敬礼后，脱下军帽、手套，大声道：“这孔锡侯真厉害！昨夜被捕后一直到今早始终一言不发，我亲自审问他，费去整个一个上午，他始终一句口不开。饭他是吃的，水他是喝的，问他话，他无论如何不开口，一直到现在还没有迸出半个字，真使人无法可想……咦！这个钢箱子，三只对号锁是什么东西？取不到口供，好话劝，不行，恫吓，也无效，真把我弄得光火起来，要想办法给他上刑，看他吃得消吃不消！但是，在文明的国家里是不应该大刑逼供的，何况我又不是司法官，只是把我闷得太难过了！夏先生有没有什么办法叫他开腔？用催眠术，行吗？恐怕也不行！我看这孔锡侯，是个意志绝对坚强的人，催眠术用不上去。就是用大刑，也许他会至死不开口。我厌倦起来，想把他解送出去算了，但是受了一上午的满肚皮闷气，叫我怎样出口气才好？夏先生有办法使他开腔吗？”

夏华笑着说：“这不是我们当侦探的工作。”

“那么，等明天上午会审之后，就把他解送出去算了，他真不开口，也只好随他去。气死人了！”

任璞清取了符咒进来，和军长相见了，大家坐下。沈万鹏又指着钢箱问，路英风把经过报告一遍，军长在表面上啧啧称奇，但他面上的表情并不诚恳，他和路英风的脾气差不多，不耐烦这些复杂玩意儿，所以他听完之后，并不再要求看看符咒，便起身离去。

和来的时候一样，大门外喊着：“敬礼！礼毕！”

奇异的符咒

中将阶级的贵宾去后，大家又都围在桌边，把钢箱移放地上，任璞清取出一张黄纸，上面用朱砂画成一道符。

符咒旁边还有一行小字是：“东南五步佩之大吉。”

夏华呵呵笑道："令尊对于这些倒很内行，还写着东南五步佩之大吉！妙极了！"

郭中道："东南五步，明明指示埋藏金砖的地点，只是不知道这东南五步是从什么地点算起。"

夏华问任璞清："你懂得这符咒的意思吗？"

她看了看："平常不大注意，这符一向夹在一本古书里，我平常从来不去翻它。"

"你现在仔细看一看。"夏华又向文雄、路英风道，"有一点很明显，就是这地点定不在房间里，在外面，因为房间里走五步就快到墙头了。我们跑到外面去看看。"

文雄站起身问道："夏先生已经把符咒看清楚了吗？"

"这符比咒语容易得多，我已经一目了然。"

大家都站起身，走出客厅。夏华忽然问任璞清："你会不会下围棋？"

她诧异地答："会的，夏先生怎么忽然问起围棋？"

"令尊也会下围棋吗？"

"也会的，不过我们都下不大好。"

"你研究过哪一种围棋？"

"我研究过海昌二妙集、桃花泉、餐菊斋、弈理指归、过百龄四子谱等。"

"日本围棋谱也懂吗？"

"也研究过的。"

"是你自己嗜好围棋呢，还是令尊教你学的呢？"

"是先父教我的，并且提起我的兴趣。"

"那就不错了。"夏华深思着，止步不前，又问："我再问你一个古怪的问题：你先父此次回来之后自然足不出户，在家养病了。但是有没有这一天，你忽然看见你父亲发生眼病呢？"

她惊诧地答："夏先生真是神仙，怎么会忽然问到这一点？不错的呀，在十天以前，我早上到先父房间里，看见他老人家忽然两眼红肿，很厉害，问是什么原因，他老人家又不肯说。"

夏华紧张地再问："孔锡侯也在那同一天害起眼病是不是？"

"是的呀！只是他的眼病轻一些。夏先生问这一点是什么关系？"

夏华发狂地跳跃起来，欢笑着道："任小姐，我给你庆贺，我给你道喜!"

"为什么?"她更感到十分惊讶。

郭中、文雄、路英风也诧异地望着。

夏华道:"现在暂不宣布,我们先把符咒的问题解决。"他看大家都显着惊愕的神色,恐怕大家又要纷纷地问,他忙着继续道:"大家不必问,我现在先把符咒上的文字解释给你们听吧,你们再仔细看看那个符。"

郭中、文雄、路英风果真包围着任璞清,看她手中的符咒。

夏华道:"很容易看出来,这符咒是几个字拼起来的,你们看出来是几个什么字吗?就是'小目一间高挂'六个字,下面另外还有四个字。小目一间高挂是什么?是日本围棋上的一个术语,是指一个地点。这地点在围棋棋盘上,是纵的第三条线和横的第五条线的交叉点;或是横的第三条线和纵的第五条线的交叉点。这种三五交叉点就是小目一间高挂的地点。在棋盘的每一角上,有两处小目一间高挂的地点,棋盘有四角,全盘就有八处。我记得昨晚到此地来的时候,看见这所房子后面、农场花圃的前面,有一块地方是用正正四方的大砖铺成的一块平地,你们都注意了吗?"

郭中、文雄、路英风点点头。郭中道:"看是看见的,我当初只觉得有些奇怪:为什么用方砖铺好这一块地方?是不是任老先生每天早上做健身运动的一片场子?"

任璞清道:"是的,先父每天早上起来在这一片平砖场上打太极拳。"

夏华道:"我当初也认为那是一片健身场,现在想起来,一定是用方砖铺成的一片围棋棋盘。来,我们去看看。"

大家从客厅石阶上走下,绕到这一所法国式小洋房后面,有一块平平的方砖铺成的地面。夏华马上用足尖点着砖头,一块一块数去,果然:横十八块砖,纵十八块砖,恰恰构成一个围棋盘(围棋盘是纵十九线,横十九线。十九线自然就是十八格)。

"但是,"夏华踌躇道,"方向却辨不出来,哪一面是东,哪一面是西?"

任璞清指着法国式小洋房的屋顶尖上:"那高头有方向十字针。"

夏华抬头望一望,再看方砖场:"这里是东南,在东南角上,先找小目一间高挂的地位。"夏华脚下数着方砖的数目,"找到了——有圈处即'小目一间高挂'的地位。"

当时就发现:小目一间高挂地位的几块方砖,极明显地,是已经被人挖过之后又照旧安放好的。夏华叫大家相帮,再把这几块方砖撬起来。下面泥土果然松动，忙取铲锹工具挖掘泥土，掘下三四尺深又发现一只钢箱。把钢箱提出来，放在地上。这只钢箱却轻得多了，长方形，立体，上面较小，下面较大，上面七八寸见方，下面一尺见方，高有二尺。只是很薄的铁皮做成的，有一处加锁的地方已被扭坏，锁也不见了。

“什么人已经弄过了?”任璞清惊问。

“当然是孔锡侯，没有别人!”夏华肯定地答。

打开铁皮箱，内中又是长方形的黄包袱，外面已沾有泥土。把黄包袱再解开，内中却是一座铅锡制成的菩萨像。正面刻四个字“何仙姑像”，背后刻着十二个字：“道德道德，不道不德，开必有失!”

这“开必有失”四个字使夏华想起孔锡侯害眼病，心中疑惧起来，因为他明明看见何仙姑的腰部，有一道横缝，可以打开来，分作上下两段。打开后，内里一定中空，还装着什么哑谜，但是他却踌躇着不敢开，并且他又拦住路英风，路英风正伸手来要开。

“夏先生为什么不开?”他问。

“我害怕。”

“夏先生怕什么?”

“我怕害眼病!”但夏华忽然省悟，笑着说：“明白了，道德，是叫我们颠倒过来开启，大概是这个意思。如果不倒过来开必有失。”他用力搬着，把这倒运的何仙姑颠倒过来，头朝下，脚朝天，然后用手轻轻旋转，果然何仙姑腰部的横缝是个螺旋口，旋转了几下，缝渐渐开阔，忽然由缝里流出滚热的水，发红色，其臭难闻，大家都把鼻子掩住。少顷，打开了，果然上下两截，无异把不幸的何仙姑腰斩为二。这个铅锡制成的像，内中有拳头大小一个空处。由空处取出一只铜盒，如墨盒大小，另外一只空玻璃瓶，内中还有剩余的药水，因为把何仙姑像颠倒过来，药水都倾倒出来流光了。把铜墨盒揭开，内中又是两片铜牌。铜牌上刻的字是这样：

第一片：像内满贮镭锭，一开启，则其放射，伤目灼手，极危险，故必须倒开，使药水倾出，消灭镭锭，方才安全。

第二片：百顷风潭上，千章夏木清，卑枝低结子，接叶暗巢莺，鲜鲫银丝脍，香芹碧涧羹，翻疑拖楼底，晚饭越中行。

路英风首先焦躁起来：“任老博士的玄虚真是不少，这里又弄出一首诗!”

“你知道是什么诗?”夏华问。

路英风道："谁知道！"

夏华把眼光望着郭中、文雄。

二人都摇头。文雄道："要是仲贤在此地，他一定知道，他的国学根底极好！"

夏华懊丧地说："任老先生这样一来，连我也窘住了！可怜我夏华谈到古诗，肚皮里只装了半部《唐诗三百首》。"

"这是古诗吗？还是先父自己作的诗？"

"是古诗，韵味极厚，不是近代人的作品。不过，令尊会作诗吗？"

"不会的！我从来没有看见过。我记得以前在南京的时候，先父送人家挽联都要找别人代做。"

夏华问路英风道："附近一带有没有文学家？"

"没有！"

"沈军长文学怎么样？还有那冰坑小学校长呢？"

"那都跟我差不多。"

"司令部有电台吗？"

"有的！"

"好极了，现在只有拍快电，到上海去，请教我们的许大秘书仲贤先生了。"

于是郭中马上和路英风离开任家，到司令部里去打电报给许良。

这里把东西收拾收拾，任璞清招待夏华、文雄吃午饭。昨天午饭是十一点钟在司令部里吃的，经过二十七小时以上的激烈变化，今天在任家宅吃午饭，却已是下午二时了。

午饭后，夏华建议睡午觉，任璞清和文雄都同意。三人午睡。

只睡了两小时，四点一刻，郭中、路英风骑快马回来，把三人都闹醒，许良的复电已带来，电报上写着：

> 五零八军司令部转夏英甫先生钧鉴，承示诗一首，是为唐杜甫之诗，诗题为《游何将军园林》，共十首，此为第二首。谨覆，良，即刻。

五人又恢复客厅讨论会议。夏华仍然困惑地说："这是什么意思？任老先生为什么留下这首杜甫的《游何将军园林》诗第二首呢？"

任璞清不安地说："夏先生，这个我倒有些晓得。何将军大概是指何冰池军长，他和先父是好朋友。他原是一个富商，青年从军，抗战时期屡建战功，升到军长的地位。他家在中国各地风景区都有园林，西湖是第一处，莫干山是第二处，黄山是第三处，庐山是第四处，桂林是第五处，峨眉是第六处，还有第七第八两处不晓得在什么地方，这些都是他家的产业。胜利之后，他把这八处他私人的花园统统开放，改为公园，给老百姓游览，不取分文。他自己家里每年支出大批费用来保养维持这八处公园。现在这里既然有了《游何将军园林》的第二首诗，怕不是暗示着：要到莫干山第二处公园去看看？”

“是的，一点不差！”夏华兴奋地说，便站起身：“现在马上就去！”他又向郭中笑着：“喂，正方，要到莫干山去喽！”

郭中像小孩努着嘴：“现在马上就去，今天怎么赶得回来？”

路英风道：“这里的大小路我相当熟。从此地告岭到莫干山有两条路：一条小路，从此地翻过东天目山直奔独松关，到莫干山冰池第二公园只有一百二三十里。要骑马去，四点半出发，七点钟到，九点半回到家；另外一条小公路，从告岭往下村、黄湖、上柏、武康、三桥埠到莫干山之东，有两百五十里路。这小公路，十轮大卡车虽然不好走，小吉普车是足足有余的，四点半出发，七点半到，为什么比骑马慢些？一来路远，二来有几处摆渡，吉普车摆渡比较费时间，又恐怕晚上找不到撑摆渡船的船夫，所以慢一点，那么十一点钟，至迟十一点半一定可以回来的。要是从公路走，北地还有一里多下山路，是小路，要步行的，步行一里多路，才够得上公路，夏先生准备怎样走？”

“当然公路走，乘吉普车，吉普车有办法吗？”

“我亲自开车送大家去。”

“车子呢？”

“就在公路上交通站里。”

“好极了！我们马上……任小姐，冰池第二公园你去过没有？”

“没去过。卞文琪去过的。”她答。

“我看你的身体，相当健康？”

“我现在比在中大的时候好得多了！”她笑着，“我现在变成乡下女子，天天跑山路。”

“你也跟我们去吗？不怕辛苦吗？”

“我一定去，不怕辛苦，坐车子比骑马好得多。”

“好极了！我们马上走！”

“我换一双鞋，拿大衣。”

“请快！”

她进去一分钟就出来，换了一只球鞋，大衣搭在臂上。“棺材买回来了？等我回来再大殓吗？”

“呸！”夏华轻轻地呸了一声，“你是一个情感完全蒙蔽理智的人！”但他又立刻温暖地说：“任小姐，请你暂时原谅我这一句不近人情的话。”

路英风引路，夏华在次，任璞清第三，郭中跟着，文雄殿后，五人一串，离开任家宅，门外站岗兵照样地喊着：“敬礼！礼毕！”

这时是下午四点一刻，夕阳在山，返照千峰万树，成一片黄金色光芒。五人由告岭山隘小路迅速前进，已经有似狼似狗似獾的小野兽在山坡上眈眈地注视这五位可望而不可即的目标。不到一刻钟，便望见前面六尺阔的公路，在公路转弯处有一片草棚，总有三四十间，有七八个士兵守着。路英风首先放步奔过去，和一个士兵接洽，便走进草棚，夏华四人走到公路上，路英风已把一辆全新的小吉普车呼的一声开出来，好似蹿跳一样。他伸头出来，招呼四人上车。四人跳上车去，把一个比较舒适的位子让出来给任璞清，大家还没有坐定，吉普车就猛然呼的一声疾驰而去，循着下山的公路，以五十码的速度拼命飞驰。

不久，经过一个村镇，路英风说：“这是下村。”过下村后，未到黄湖之前，天色只有浅黄昏，突然一只小豹由密林窜出，向吉普车吼着扑过来，但吉普车太快，小豹没有扑到，落在车后。郭中迅速拔枪向后“砰”地开一枪，未及细看，吉普车已驰远。于是经过黄湖，奔上柏；过上柏，到武康；过武康向三桥埠；由三桥埠折转向西，到莫干山了。到达冰池第二公园大门外，是七点十五分，比预料的时间早十五分钟。中间经过五处渡口，路英风都通知摆渡的船夫，叫今晚等到十一点钟，等我们回来。

五人都下车，走进冰池公园，天色已全黑，凭电筒引路。

冰池公园门口一座高大的白石牌坊，正中六个大字：冰池第二公园。大门前几十级宽阔的石阶，走上石阶，一条忽宽忽窄的平坦路，两旁丛树密林，假山怪石，还有不少的引路木牌，上面写着：风坛——由此向东；千章木——由此向东北；何仙姑祠——由此向北；台楼——由此向北；百顷坛——由此向西北；卑枝林——由此向东；巢莺林——由此向北；碧涧——由此向西；越中餐室——由此向西北。

大家用电筒照着，把这些引路木牌都读过。夏华道：“果然和那一首诗完全相合，这里又有何仙姑祠堂。我想，这是何冰池公园，为什么有何仙姑祠堂？恐怕这何仙姑不是八仙过海的何仙姑，是何冰池的家里人吧？任小姐你知道吗？”

“不晓得。”

这时大家循着路牌向前走，走在山林中的一条小路，忽然听见前面不远靠左的乱石密树中发出怪声：“咖咖，咖咖，咖咖咖咖！”声音阴惨可怕，不像兽叫，不像鸟鸣，更不像人声，活像一个僵尸在那里怪笑着。“听！”郭中惊讶道，“什么声音？”四道强烈电筒光直照过去，什么也看不出。山石峥嵘，林木掩蔽，无法查看，四人都拔出枪。夏华低声问：“你怕吗？”

“我怕！”她紧紧握着夏华膀臂。

“不要紧，这里没有马盗，别的都不怕！”

忽然呼的一声，一个庞大的黑影在面前掠过，闪入右面树中。

“砰！”路英风向黑影开一枪。

“咖咖，咖咖……！”右面黑影闪逝的地方又怪叫起来。

郭中、文雄首先奋勇跳上去，一手电筒，一手手枪。

一阵树叶乱草的骚动声音，黑影又闪两闪，走远了。逃走得迅疾如风，一瞥间已闪下去十几丈外，接着十几丈路之外，又“咖咖，咖咖……！”

郭中、文雄回来道：“黑影像是一个大猩猩。”

路英风诧异道：“此地附近一带，从来没有猩猩！猩猩的叫声也不是这样。”

郭中道：“我恍惚之间看到是有两手两腿的动物。”

文雄道：“好像手里还拿着一根长竹竿。”

夏华道：“不必管闲事，先到何仙姑祠堂去。那猩猩并没有加害我们的意思，只是以好奇的眼光欣赏我们五个夜晚来宾吧。”

于是五人放下心，循着路牌所指示，向何仙姑祠堂去。没有走几步，忽然又听见大门外远远地一阵吹哨声音，好像上海电车卖票员所吹的一样。

“有土匪吗？”郭中惊问。

“放心，”路英风道，“土匪从来不光顾冰池公园的。公园附近有驻军。”

夏华道：“恐怕是养猩猩的人，把猩猩唤回去。”

说着话，已到何仙姑祠堂前面。

一座宫殿式的建筑，孤峙在夜色昏暗的丛林中，电筒光照着上面的金字红匾，是“何仙姑祠”四个字，旁有小字，是“中华民国三十四年十一月，何冰池”。两扇红漆大门虚掩着，推门走进去。

“咦！”夏华惊呼着，用手电筒照地板，“快看，有极清楚的足迹！”

室内是极考究的柚木地板，蒙着薄薄一层灰尘，灰尘上有无数的极清楚足迹。夏华把各人止在门外，他单独用电筒照着，开始他的侦探勘察。这些足迹极奇特，大半是赤足的足印，这些赤足的足印，和一般人的赤足印不同，一般人的赤足印是前趾后跟特重，中间轻，中间脚心空处一块足印成弓形。此地许多赤足印，脚底是全平的，整个足趾、足心、足跟都是进去时足印较轻，出来时足印很重，无疑的是空手进去，搬运重的东西出来。除此五个人的赤足足印外，还有一个人的方头皮鞋印，这方头皮鞋的足印，都显示这个人走路稳健有力，皮鞋是修补过的，修补的痕迹也宛然可见。在每处皮鞋印旁，都附有一个圆形印，那是手杖的痕迹。这穿皮鞋的人，进去出来都一样，不曾搬运过重量东西，似乎是个指挥者。

郭中、文雄也在门外，用电筒向里面照着，仔细审视。郭中懊丧地说：“哎呦！不好了！有人已经比我们先到此地，把金砖都搬走了！”

文雄道：“是的，一切足印都很新，似乎印下来不久。”

夏华站在门外，面上显着异样神情，向门外呆看着：“有一个人，身体不高，很壮，大概在四五十岁，平顶头，花白发，穿半旧西装，方头皮鞋，拿手杖，领着五个赤脚人，到此地来把金砖搬走了！”

路英风奇异地问：“夏先生何以知道这个人的状貌？”

夏华呆呆地走出来：“从足迹的迈步距离可以知道这个人的身体不很高；从两足的左右距离可以知道这个人肩部很宽，就表现这人很壮；从走路的稳健有力可推出是三十五岁以上的人；从他用手杖可见是近五十岁的人；从方头皮鞋也可以知道他不是青年；穿皮鞋用手杖，大概是穿西装；皮鞋半旧，西装自然不会崭新笔挺；中年人穿半旧西装，自然是花白发、平顶头了。”

“是孔锡侯的一党吗？”

“不是的！”夏华肯定地答。

郭中问：“足印很新，虽然是来了不久，究竟是什么时候来的呢？”

文雄道：“一个祠堂里，大门关着，空气并不太阴沉，有腐气，恐怕是刚来不久，至多在两三个小时之前。”

“士杰是对的。”夏华在有心无心中点点头，忽向任璞清呆望着，半晌，他忽然发狂似的跳起来，喊道：“快回家，快回家！”他拖着任璞清就跑！

五人踉踉跄跄地奔出来，一路奔闯着出大门，奔到吉普车。“我来当司机！”夏华喊着，立刻跳上去。

“还是我来，开快点就是！”路英风抢上来，推过夏华。

“到底是什么事？”任璞清惊骇地问着，“有危险吗？”

夏华不答，急催着路英风开车。

吉普车像弹丸离弦一样，疯狂地疾驰而去。

“英风，快！再快！就是把马达烧掉也不管，只管快！”

吉普车又经过三桥埠、武康、上柏、黄湖，到下村，这次回来和出发不同，出发时是下山路，比较快，回来时是上山路，快不起来了。又经过几次摆渡，到告岭是十二点十五分，路英风已发挥他的驾驶技术到最高限度了。

下吉普车，再步行一里多，就到任家宅。

任璞清被疾驰的吉普车颠簸得头昏脑涨，下车后再也不能走了，面色苍白，休息了片刻。夏华急得无法，只得等着她恢复。

她疲倦地问：“到底是什么事？”

夏华欢笑地大声道：“任小姐，我向你贺喜。你的父亲回来了！这是你真正的父亲，昨天死的是冒充的！”

她忽然一阵昏眩，忙扶着夏华颤声问：“真的假的？”

夏华大声道：“我说你是情感蒙蔽了理智的人，就是这原因。昨天死的那老人，我一看到尸体就知道不对。他头后面一处旧伤疤是刀伤，不是棍伤，和你父亲在广西被袭击的情形不符；另外，凡是化学家的手，皮肤上是一定免不了有药水侵蚀过的痕迹，那死尸没有。这就是我所说：发现奇怪的新线索。那符咒上的字，在‘小目一间高挂’六个字下面还有‘赏心悦目’四个字，两目二字有两个解释：一是棋盘上的目的，一是人的两眼。当时我姑且问一问，果然问出死者和孔锡侯都在同时害了眼病，那是挖掘铅锡何仙姑像不慎的结果。如果真是你父亲，那还会自己伤了眼睛吗？孔锡侯和他回来装成狼狈不堪的样子，整天在没有光线的房里睡觉，就是怕被你看出破绽。我虽然断定死者不是你的父亲，但是你的父亲在广西究竟是死了还是活着我并不知道，所以当时我不敢向你宣布真相。现在，你父亲回来了，带来六个苗人，五个人搬金砖，另外一个就是我们所看见的黑猩猩。他们一定是从独松关小路走的，比我们先到，把金砖搬回家。任小姐，快走，一回家就看见你的父亲了！快走！”

她一言不发，提起衣服飞步就跑。

郭中、文雄、路英风都发着惊喜奇愕的呼声。大家一齐奔走。

在任家宅大门外，电灯光中，任璞清痛哭着投入一个慈祥老人的怀抱，老人嗨嗨嗨嗨地憨笑着，吻着任璞清，一滴老泪由眼睛内滴到她发上。

笑话和怪事

在客厅里电灯光下，看见这位名震世界的老化学家，面色红黑，精神饱满，六十岁的人看来只有五十岁。果然是平顶花发，半旧的西装皮鞋，身材短胖坚实。任璞清流着喜笑的眼泪坐在身旁。

四只装金砖的木箱在天井里，六个苗人坐在地上，身材短瘦精悍，面容粗犷苍黑，十二只黑眼闪着，穿中国蓝布短衣，身旁两支标枪。他们都会说广西话，当大家走进客厅时，有一个苗人指着郭中、文雄："就是他俩，咖咖，咖咖……！"苗人天真地怪声笑了。

任子宣老博士再三向夏华四人道谢。大家都感到无上的愉快欢欣。彼此互相叙述经过情形。任子宣说他遇险的经过：

"当初我对孔锡侯，不免以君子之心度小人之腹。我只觉得他为人聪明能干，诚恳有礼，常识也很丰富，也就乐于与他接近。我一直对他是没有任何一点不良印象的。这一次，在重庆忽然遇到他，他帮忙不少，替我服务。我以为他也不是个马马虎虎的人，他也有田地房屋产业，也可以说是一个富翁了，还能这样虚心替我奔走服务，我很过意不去。到桂林，他是为发展商业而去的。我在桂林接洽公事，他为商业区活动。我公事接洽好，他也恰巧完成了。他起初是反对我到苗区去考察，你想我本人已经到了广西，焉能半途而废？只有前进了，于是孔锡侯也坚持要去，我想我的工作无妨，于我旅行中得一友伴也不坏，他就跟我去了。"

"到广西云南交界处，不想他暗中向苗人接洽，把我出卖了！他告诉那些苗人，说我是政府间谍，政府派我去秘密调查，不久就要派兵来剿灭苗人。苗人本不一定相信他的话，但他们看我到处考察研究，起了疑心。未开化的民族本来是最容易起疑，他们疑心了我，就相信孔锡侯的话了。忽然来一个暴动，把我俘虏了去。起初，被饿了两天，倒不会虐待，第三天酋长审问我，经过我种种声辩、种种证明，渐渐对我好些了。又经过好几次谈话，拖下来一个月，我失去一个月的自由，生活倒是很安全，苗人渐渐谅解。但仍是对我监视，不准通信。最后，我下了一番苦心，用不少的花言巧语的诱惑，经过很长时间，把这六个负责监视我的苗人说服，这才由他们的招呼和保护下逃了出来。”

“在我一被俘虏之后，不久我就晓得是孔锡侯捣的鬼。我心里也明白：他陷害我的原因是因为我过去过于相信他，无意中泄露了秘密，那道符咒被他晓得了，我的财产也就被他晓得了，因此他要陷害我。但我困在苗人中，音信隔绝，我又有什么办法？等到我恢复了自由，我实践诺言，把这六 个苗人带了出来。他们抵死不肯乘飞机，只好由水路交通回来，我们还有七匹好马，是桂林市长赠送的。我恢复自由到桂林后，马上发电报和航空信回家来，都没有回音，只好日夜兼程赶回来。前天到杭州，昨早由杭州出发，骑马，昨晚住在武康，今早由武康回来。路上已听到告岭剿土匪，晚上到家一看，看见扶梯拆去，棋盘掘开，心里大惊，问问下人，他们也说不清，只说是一位是司令部的，另外三位姓夏、姓郭、姓文，刚刚同璞清走出。你们刚走不到十分钟，我就到家。一看情形不妥当，立刻领着六个苗人骑马从独松关小路到冰池公园，幸喜金砖分毫未动，就都搬了回来，我回来不到十分钟，你们就回来了。现在我才明白：原来是威震东南的夏英甫先生和郭、文二位先生！我晓得还有两位——郑先生和许先生，不在此地吗？”他叙述完，又说了许多致谢的话。

任璞清羞愤地把一向认贼作父的情形说了：只因为她听到父亲失陷，心中悲苦焦急达到顶点。后来听说出险回来，又每天每夜极端殷切地盼望着，所以那死者一回来更无暇去分辨真假了。此后又在暗房中度日，如何能察觉？不想原来他白天睡觉，半夜却起来同孔锡侯挖棋盘。结果被镭锭伤了眼睛，并没有达到目的。

“我虽然听大家讲过了，”任子宣道，“其中还有不少没有晓得的，我明天要到司令部去当面问孔锡侯。孔锡侯现在不是关在司令部吗？”

路英风恭敬地答道：“是的，只是孔锡侯自从被捕后一句话不肯说，沈军长已经审问过半天了，问不出半个字。明天任老博士去问他，恐怕也成问题。”

任子宣向任璞清看看，又向夏华看看，微笑着：“英甫先生，化学同医药学对侦探问案上有很大的帮助，可以用瓦斯使罪犯发生神经动摇或不安，使他供出真话。譬如孔锡侯，一句不肯开口，我有方法整治他。大家都晓得化学中有一种‘笑气’，人们嗅到笑气会不由自主的狂笑不止，我所发明之中有一种‘话气’，能使孔锡侯不能控制自己，非说话不可，极其有效。明天上午不是会审吗？我也去参加，他若是再不说话，看我来试试‘话气’!”他又向路英风道：“我想贵军里一定有防毒面具，明天使用‘话气’的时候，大家都要戴上防毒面具，只是不给孔锡侯戴就可以了。”

路英风鞠躬辞去，这里大家也准备安寝了。

第二天上午九时，任子宣、任璞清、夏华、郭中、文雄都到司令部。任老先生父女和军长沈万鹏寒暄致谢之后先去探望卞文琪。

军医官问明原因，只放任璞清一人进去而把任子宣拦在门外。军医官说：“任老先生突然回来，恐怕卞文琪惊喜过度，神经受不起这样的刺激，须等任璞清先略为说明后才能进去。”

任璞清一人进去了。

卞文琪睁着眼睛，仰卧在病床上。面容惨白，两颊凹陷，两颧高耸，眼圈灰暗，看起来相当可怕。可见病势极重。但是由他的清秀双眉和正直的口鼻，一望而知是个品学高尚、风度翩翩的青年。她一走进病房，止不住两眼泪如雨下，呆一呆，奔过去伏在他身上，抽噎地哭起来。

卞文琪倒还能勉强镇静着，伸出一只手抚摸着她的头发。

她哭了片刻，抬头取出手帕揩泪，向外面望望，见没有人，伸过去把自己的唇吻在卞文琪口上。卞文琪环着臂拥抱着她，嘶哑地低声道：“璞清，恐怕有人进来。”

任璞清起身坐在床沿，把夏华破案，父亲回来简单地说一遍，随后就领任子宣进来。

老博士又嗨嗨嗨嗨慈祥地笑着，安慰他。

卞文琪喉音稍稍响亮些：“老师一回来，我的冤枉申雪，我的身体好了一大半了。”

略谈几句，听外面有吹军号的声音，军医官说：“会审要开始了!”

任子宣父女便退出病房，到司令部办公室来。

办公室内好不热闹：沈万鹏军长、副军长、参谋长、几位师长、路英风、有关各县的县司法处长、县长、督察专员、省军法处长、任子宣、任璞清、夏华、郭中、文雄，还有五位新闻记者。熙熙攘攘，纷杂一室。开审地点是借冰坑小学的礼堂，沈万鹏的副官一早已去布置。预定上午十时开审，这时候差不多到了。沈万鹏站起身，高声请大家出庭。

这临时的军事法庭房间并不大，上面排列一长条公案，军法处长是首席审判长，孝礼县司法处是第一陪审，安徽宁国县司法处是第二陪审。其他各人都坐在两旁。房屋四周都由五零八军全副武装的士兵严密守卫。临时法庭内，也有士兵把守。

室内立刻鸦雀无声，大家都屏息静气注目向门外看。

少顷，听见门外铁索银铛的声音，又看见记者拍照的闪光。八名士兵手持盒子枪，前簇后拥地把孔锡侯带上来。

孔锡侯是个干枯瘦小的人，在三十二到三十五岁之间，面容瘦削，两眼闪闪发出夜鹰似的光芒，钩鼻紧口，身穿阴丹士林布长衫，两手背在背后，用麻绳铅丝缚着，两足锁着一尺长的粗铁链。低着头慢慢走进来，走到当中站住。八个士兵分左右紧站在他的身体前后。

军法处长开口问："你叫什么名字？"

孔锡侯低头不答。

军法处长又问："你叫什么名字？"

他仍木立不答。

军法处长再问第三遍："你叫什么名字？"

孔锡侯还不出声。

军法处长道："传任璞清。"

任小姐姗姗走到证人席处站着。

"你叫什么名字？"

"任璞清。责任的任，璞玉的璞，三点水清。"

"多少年龄？"

"二十五岁。"

"住什么地方？"

"告岭，任家宅。"

"什么地方人？"

"安徽歙县。"

"什么职业？"

"没有职业，在家里。"

"很好！请你认一认，那犯人是谁？"

"是孔锡侯。"

"一定是孔锡侯吗？不错吗？请你再看清楚。"

任小姐平心静气地向犯人看一看，答道："是孔锡侯，绝对不错。"

“很好，请退席。”

任小姐盈盈地退回原座处。

军法处长道：“传沈万鹏！”

沈军长忙脱下军帽，向前走三步，挺着胸脯一鞠躬，走往证人席。

“你叫什么名字？”

“沈万鹏。”

“多少年龄？”

“三十九岁。”

“什么地方人？”

“宁波。”

“什么职业？”

“中华民国陆军第五零八军中将军长。”

“请你认一认，那犯人什么人？”

“是孔锡侯。”

“一点不错吗？”

“过去我就认识他。”

“请说的肯定一点，过去是什么过去？”

“在他犯罪以前，就是昨天以前，我到过孔家庄院，会过他，他也来过我的司令部。”

“是你的五零八军捉到的吗？”

“是的。”

“谢谢，请回。”

沈军长行礼如仪，退回原座处。

军法处长道：“传孔家庄院佃户二十四人。”

士兵向外面带进来二十四个乡下农夫。

军法处长一一审问过姓名、年龄籍贯、职业后，又问是不是孔锡侯，大家都承认是的。于是都退出。

军法处长转面向两位陪审：“现在经各方证明正身，可以不可以免去问他本人姓名的手续？”

“可以不必问了。”两位陪审回答。

军法处长道："传沈万鹏。"

沈军长第二次大步上去，行礼。

军法处长叫沈军长报告围剿马盗捉捕孔锡侯的经过。

沈军长从袋中取出一张小方纸，一面朗声报告围剿的经过，凡是关于准确的时刻，准确的人数，他就看着小方纸读出来，历时二十分钟，报告毕。

军法处长道："传夏华。"

夏华正步走上，一鞠躬。

军法处长在问夏华姓名年龄的时候，两眼以惊奇欣赏的神气打量着夏华，似乎在说："哦，举世闻名的大侦探是这个样子，不差！"之后，他叫夏华报告侦查的经过。

夏华报告经过，历时二十分钟，完毕之后，突然高声道："审判长，本人特别证明，犯人不是孔锡侯。"

这句话一说出，全庭空气突然紧张，全体人都集中目光，惊骇地望着这位伟大的侦探家，连军法处长都震动了。

他问："你有什么证据证明他不是孔锡侯?"

"现在有受害人文雄，他本人在此地，请审判长传讯文雄。"

"等一等，大家都证明他是孔锡侯，你何以知道他不是的?"

"孔锡侯是他的化名，他的真名叫宋星阶，是上海绑票党白龙会的首领，白龙会就是本人破获的，所以今天见面认识他，他又是上海的逃犯！在上海法院、上海警察局都有案卷可查。请审判长传讯文雄。"

"好的，请退。"

夏华鞠躬退下。

军法处长下令："传文雄。"

文雄昂然走上，鞠躬。

军法处长问："你叫什么名字?"

"文雄。"

继续问过年龄、籍贯之后，叫文雄报告宋星阶的罪案。

文雄把白龙会经过报告一遍，末后他又报告：前晚在羊角岭山下，有人喊文雄，就是他的声音。因为我们三个人在此地始终没有和孔锡侯碰面，今天才看到他本人。他真名叫宋星阶，孔锡侯是他的化名。

“谢谢，请退。”

文雄鞠躬退下。

军法处长道：“犯人，你听着：现在你的历史、你的罪行都已经各方面报告了，你有什么答辩？”

孔锡侯仍旧木人似的不响。

军法处长并不动怒，仍森严冷静地再三盘问，费去半小时，两位陪审也轮流询问，孔锡侯从始至终不开腔，缄默着。军法处长宣布退庭，书记官把记录请各人签字，签字后，大家都退出来，已经十二点半了。冰坑小学暂时戒严。

除司法人员为避免嫌疑不接受沈军长的招待外，其他各人都在司令部用午餐。

下午二时，又在原地开庭。上午参加的各人到齐。犯人孔锡侯也带来。

军法处长面孔变得铁青，声音更加严厉，简单地问过三次后，孔锡侯仍是不声不响。军法处长传令，请任子宣放“话气”。

老博士笑嘻嘻地走到犯人和公案中间，设置几件极简单的仪器，安置好之后，叫士兵把人揪好，怕他上前破坏仪器。叫把四周门窗关闭，又叫大家都戴上防毒面具，于是法庭一切人都戴上面具，只剩下孔锡侯。

大家都戴好之后，任老博士开始划一根火柴，燃着酒精灯，顷刻之间，玻璃管内的液体冒出袅袅的青烟，由曲颈玻璃管通另外一玻璃瓶的液体内，这样经过五次，由最后一瓶上面，玻璃喇叭口中冒出来一种鲜艳悦目的紫色烟雾，渐渐散播空气中。

室内全体人们都专心一致地屏息静气，集中目光注视任老博士的表演和孔锡侯的面部表情。

两三分钟后，见孔锡侯面部渐渐发生变化，似乎有些烦躁不宁，又一会，见孔锡侯把头低低地垂下，用力咬住口唇；到五分钟后，孔锡侯忽然出声了：他长叹一口气。

这时，有一个士兵紧紧站在孔锡侯身后，他似乎不大相信：什么“话气”不“话气”，他要试试功效，他偷偷把防毒面具揭开一点，用鼻向空气中努力长嗅两三下。立刻，他忽然失去常态，伸手把防毒面具一把揪下，向前走一步，大声说道：“报告审判长，犯人孔锡侯关在牢里……”

军法处长戴着面具，开口不得，忙用小锤连连击着桌面。

那士兵已无法控制自己，更加急切地大声报告："两天一句话不说，连半句话都不说，怎么问他也不说，饭是大碗地吃，茶是整壶地喝，觉是整天地睡……"走过来一个连长，一把揪住那个士兵向外拖走。那士兵并不抵抗，跟着连长走，可是口中仍继续嚷着："什么病都没有，就是成天一句话不说，真是可恶至极，我们弟兄八个看守他，谁不恨他？谁都要抽他几十鞭子，可是我……"他已迅速被拖出房门外，砰地关上门……室内大家已听不见了，每个人，连森严的军法处长都忍着一肚皮的笑。

孔锡侯忽然抬起头来，面色变得惨白可怕，两眼冒出仇恨的火，说话了，他缓缓道："我……"忽又住口，把头低下去。

不到一分钟，他始终忍耐不住，任老博士又加重化学原料，紫色烟雾加浓喷出。孔锡侯又抬起头来，说道："我……我真名叫宋星阶，化名很多，孔锡侯是其中一个。三十七岁，湖州人。我是上海白龙会的会长，三十五年秋天，在上海被夏华破案，关在法院，判决死刑，在临执行的前一星期，锯断手镣脚铐，锯断铁窗，越狱逃走，跑到常州。我历年在上海绑票所得，很有些积蓄，都在常州。我从那时起，就改名孔锡侯，跑单帮做生意，又在成都、长沙做了四次案，得到不少钱，生意做得大起来。跑到北平、天津都杀过人，得到的也不少。在去年冬天，才找到告岭这一块隐蔽安全的地方，置起田产。如果五零八军不开到此地来，我决计想慢慢养起势力，占山为王。不久，任子宣一家也来了，我本不注意他们，只是以为是一般邻居罢了。后来在无心之中觉得任子宣口气很大，我开始注意，觉得他一定有不少财产。一方面我向他的女儿联络，想探出实际情形，一方面我在南京打听。不久之后，我就知道他是一个大富翁，最后我在他家暗中留心，实在又看不出什么痕迹来，不过日久相熟，到底在任子宣自己口中，听出他有一百块金砖。最使我没有办法的是不晓得金砖藏在什么地方。但一定不在他家中，因为他家造房子的时候，好像没有地窖之类的设置。这样，我要动他的话，就有两种困难：第一，财产地点我不晓得；第二，他是一个有地位有名望的人物，决不能用普通的暗杀方法。恰好，他去年要到广西考察，这正是给我一个顶好的机会。我当时一面心里设下计划，一面就暗中跟他，一直跟到重庆我才出面和他碰头，我们又……"

孔锡侯愈讲愈快，快得使那书记官手忙脚乱，笔下追赶不及，孔锡侯自己也快得喘不过气来，额上开始冒出汗珠。任博士忙把酒精灯按灭，又走过去把窗子打开。孔锡侯才缓过一口气，慢慢地继续道：

“我去年在告岭，第一次看到任子宣，就觉得面孔极熟，似乎在什么地方见过的？后来一想，不错了，在安庆有一个测字算命的先生，和任子宣很相像的，他相当灵验，那测字先生，面孔和任子宣一般无二。此次他到南京去，我就到安庆，找到这位测字先生和他密谈，叫他冒充任子宣，并许他平分富贵有福同享。他很高兴与我合作，我送他一千万，同他一起来重庆，预先等任子宣。那时测字先生就留在重庆，我和任子宣到桂林。到桂林之后，又到广西西部，在那边就设计把任子宣陷害在苗人区域内，我打电话回来告诉任璞清，又寄钱到重庆给那测字先生，叫他乘飞机到杭州，我也到杭州，把测字先生又训练一番，全无破绽，这才送他回告岭任家宅。”

“任璞清果然信以为真，只有那卞文琪，他竟向我商量说他对他的老师很怀疑，想研究一个办法辨明任子宣是真是假。幸亏他只暗下同我商量，还没有告诉任璞清。因此我决定把卞文琪除掉。不过卞文琪在此地无仇无怨，我怎么能暗杀他呢？他一被暗杀，我是第一个受嫌疑的人，所以我设计用药物暗伤他。我用的是暴烈性和冲动性的药，那药无色无味，放在他的饮料和饭食里使他神经失常。以上种种计划都十分顺利地进行。之后我好几夜到任家宅去，用轻微的麻醉药使任璞清熟睡，我便在宅内到处翻寻，结果翻出一张符咒来，研究一天看出符咒是围棋术语，因为我也很懂围棋的。就在一天晚上去挖掘棋盘，挖出一只像来，一开像，不想忽然之间烧坏了眼睛，只好连忙又把像埋好。”

这时室内空气流通，大家把防毒面具取下来。任璞清帮他父亲收拾好仪器，都坐回原处，听孔锡侯“畅叙衷情”。

孔锡侯继续着说，惨白的面色稍有一二分好转：“这时，那测字先生等得不耐烦了，心里害怕被人发现他冒充任子宣，几次要我放他走，那我怎么能放呢？我的一切计划他都明白，我恐怕他潜逃，就促使卞文琪把他杀死。我早对卞文琪说：任子宣决计叫任璞清和我结婚。他听了信以为真，打到我家来，我把他关起来，再下药。又把测字先生骗到我家来，果然被卞文琪杀死。不想我下午在山下，忽然看见夏华、郭中、文雄也在此地，使我大吃一惊，吓得一身冷汗。我心里明明白白看出来，如果夏华不干涉我的事则已，如果一干涉，一定是第二次白龙会！等到司令部把任璞清传去谈话，我料知夏华一定在干涉了，我只能走最后一步棋了：调马盗来把任璞清掳去，让她说出藏金砖的地方。”

“马盗的来历呢，是我花大量的金钱到牢中去见尤大力，我和他谈判：我把他买放出来，给他一条命，他要把部下拨给我做交换条件。因为我决计占山为王，这些马盗和枪械自然是我所渴望的。谈判妥当之后，尤大力把四句口语和秘密的动作仪式告诉我，我就把他买放了，花去四千多万。他那四句口语是‘一片太阳照洞庭，江湖义气讲忠心，大王有令调兵马，听我言词跟我行’。我记了这四句，跑到安徽大竹岭找到他们，把动作仪式一表演，四句口诀一念，他们果然就完全听我的了，我把他们分散着带到千秋关一带山里。前天就领他们来抢任璞清，不想我到底没有领兵的经验，全军覆没，自己也完结了。”

孔锡侯招供完毕，军法处长问两位陪审官：“还有什么话问吗？”

这两位陪审官答道：“没有了。”

正要宣布退庭，夏华忽然站起身，举手。

军法处长站起来问：“夏先生还有什么话？”

夏华走上前，鞠躬道：“犯人原是从上海法院越狱逃出来的，我知道那时上海法院对白龙会一案极重视，对犯人监视也很严，任何人无法把任何东西暗中递进去，事实上也不会有人去探望过他，他何以用一个小钢锯锯断手铐铁窗逃出？他那小钢锯从何而来？请审判长准许我问几句。”

“可以，准许你问，但不要超过十分钟。”

夏华走近孔锡侯，问道：“星阶兄，久违了！上海越狱的事能不能请你不吝珠玑，惠然赐教？”

这孔锡侯又恢复老样子，低头不语。

夏华连问三四次，他始终不出声。

任子宣笑着问：“夏先生要不要再试试‘话气’？”

“只有十分钟，时间来不及。”夏华转向军法处长道，“他在上海越狱一案，本不归我承办，原是与我无关。不过他越狱的技术，实在太巧妙，令人不测。事后我想来想去，只想出一个道理，不知道对是不对，今天乘机会在此证明一下，如果证明不出，那也只好算了，就让此事永久成个哑谜吧。我想出什么一个道理呢？就是：我认为那小钢锯一定带在他自己身上，带在他身上一个极奇怪的地方，使上海警察搜不出来，然后他方能在狱中取出钢锯，锯断铁窗越狱。”夏华说到此，又回身走到孔锡侯面前，笑着说：“星阶兄，抬起头来，我已经知道你藏小钢锯的地方了。”

孔锡侯果然惊骇地抬起头来，睁眼望着夏华。

夏华突然迅速伸手向孔锡侯口中一挖，挖出孔锡侯的上下两排假牙来。夏华急走到公案前，把两排假牙放在公案上，仔细一看，内中果然有一长条空缝，上牙空缝中还有一条盘弯了的三寸长一分半阔的小钢锯，似乎镶嵌在里面，用指甲轻轻一挑，便取出来，可是下牙的空缝中已没有钢锯，事后问孔锡侯，才知道他送给尤大力了。这仅余的一条小钢锯，试验之下，果然锋利绝伦，把军法处长身上佩带的手枪锯下一段来。大家都惊骇地咋舌。

“真是天下的怪事！”军法处长慨叹着说。

选自《触电》，上海百新书店股份有限公司，1949 年

疯人之秘密

郑狄克

1. 奇怪的走路姿态

青年赵若愚，一个人在霞飞路人行道上孑然独行。他穿着上等质料棕色条子西装，藏青呢大衣，深灰色呢帽，黄黑皮相间的橡皮底皮鞋，一望而知他是经济宽裕的人，纵使他自己没有钱，他的家庭一定是富有的。

他在人行道行走，并不如普通人那样走。我们简单地可把走路分成二种：第一种是目不斜视行色匆匆，一本正经地向前赶路；第二种是顾盼怡然，姿态悠闲，自由自在地随意散步。但他的走路，可列入特殊一类中去。

他沿着人行道的边缘走，左右两足交叉成一直线，好似马戏团中的演员在那里表演走绳索。他前进三步，退后一步。每逢里弄或横路，他并不穿越过去，仍沿着人行道边缘转弯，然后再穿越过去。所以他走一里路，人家已走了四五里了。

这时他经过一家西书店。店中有二个西洋女人，正在选购小说。他走进去用极流利极高尚的英语与她们攀谈，并且介绍她们购买几本著名的文艺小说。从各种角度去视察他，他是有学问有礼貌的上流人物。

两个西洋女人挟了一大叠小说书，走出西书店，跨入一辆流线型轿式汽车，他随在后面，替她们开关汽车门，十足表示美国化绅士风度。她们正想对他说“谢谢你”，他突然地又把汽车门开启，用足他所有力量把汽车门狠命一推，“砰”的一声巨响，汽车门当然又闭上了。他这种突如其来地撒野举动使她们脸上显出惊慌而又迷惑的神情。

“你们不了解我，是吗？所以你们是弹姆富尔！”他用英语开始对她们詈骂。弹姆富尔者，恶徒也。

她们未曾与他计较，驾车而去。

这一刹那的小动作，已引起路人的好奇与围观。有人在呼喊：“他是疯子啊！”

他懂得寡不敌众的原理，像三国名将常山赵云冲长坂坡般冲出重围。

现在他已到了霞飞路西段。这区域比较清静，赵若愚依然沿着人行道边缘，走绳索般地在那里行走。

当他折入福开森路，有一个二十余岁的少女招呼他了。

这少女穿着入时的服装，挟着原版西书，与他并肩行走，这意思就是她也用走绳索姿态走路，前进三步，后退一步。

路口管理交通的警察，对他们二人侧目而视，都怀疑疯人院失慎，疯人集体逃亡。

“郁冰倩，你从学校返家吗？”赵若愚问。

“是，你呢？”冰倩小姐说。

“我也回家去。你几时学会了我的走路方法？”赵若愚的语调，有些不大高兴，好似一件无价之宝，被人窃去一般。

冰倩小姐是大学三年级学生，攻读文学与心理。在她的心理学课程中，也有论及疯人之心理，所以引起了她研究赵若愚的兴趣。

她与他是近邻，他的一切，她知道得相当多。她感觉他的疯癫程度，好似并不十分严重。和他谈论一切问题，处处显出他的聪敏与饱学，绝对看不出他是一个精神病患者。但在某种场合，某个时间，他可以被一个微弱的外来刺激，使他失去控制，行动言语突然反常，不过他那种反常行动，并不使他人感受危险。他的未被送进疯人院，与冰倩小姐敢接近他，就是因为他是一个和平没有威胁性的疯人之故。

“噢！我觉得你走路的方法，非常合于健康原理。”冰倩在她的语调中并不十分直接，可能他所受的刺激，尚未完全消散。因此她很谨慎地选择答语。

“你知道什么？一个大学三年级学生而已！我这走路方法是含有科学根据，你绝对不知其中奥妙。而且这是我发明的，他人无权效尤。”

“我的确不知其中奥妙，从现在起我不再这样走路了。”冰倩小姐恢复常人走路姿态。

“哼！你愈假痴假呆，愈证明你有偷盗我这走路的秘密。”

“不，不，我没有这种企图。”冰倩小姐赶紧分辩。

“你自以为聪敏，我早洞烛你的阴谋。你们这般美丽的女人，都是弹姆富尔！”赵若愚又开始骂人了。

“哦！你心里动气了！请赵先生原谅我。”冰倩想抑平他的怒气。

“我为什么要原谅你这美丽的小妖精，你从来没有表示过爱情。总有一天我挖去你一只眼睛，或割掉你一只耳朵，那时看你再美丽不美丽。”赵若愚说着右手蓦地抓住冰倩的手臂，用另一只手，指指她的眼睛与耳朵。

冰倩发觉他的疯病在渐渐加剧，已不可能再与他接近了，她用力挣扎脱身疾行而去。

“哼！可恶的女人，总有一天你们会发觉遗失一只眼睛或一只耳朵！”赵若愚对着郁冰倩的后影呼喊。

2. 用蓝手帕蒙面的人

这是一个暖和的星期日早晨。大西路底西区新屯的管弄人阿四，正在将一件啼笑皆非的新闻，向郁宅女佣顾妈叙述。

“阿四，你犯了口吃病，还要讲新闻吗？我不知你在讲些什么！”顾妈不耐烦地说。

“二弄十五号邵宅的丽珊小姐被人割……割……割……”阿四呐呐地不能连续下去。

“割什么？快些说。”顾妈催促着。

“割割割去一只右……右耳朵！”

“真的吗？被谁割去的？”

“天……天才晓得谁……X去她的耳朵！”阿四逢到这个割字，就是他的致命伤，所以他索性把这割字省略。

“据说前两天，唐家弄平屋中也有两个小姑娘被X去耳朵，我我……我以为有人说笑话，现……现在我们这西区新屯中，亦传染得X耳朵的毛病了！”

“我们的大小姐知道耳朵被谁割去的，我去告诉她这新鲜新闻。”顾妈说着反身奔回家去。

这西区新屯有一条总弄，三条分弄，每一分弄有十幢房屋，俱是三层楼双开间的新式住宅，每家门前有一所不大不小的花园，住宅的后部又有汽车间。居住者非富豪即小康之家。贫穷之人决不会住到这新屯里来，所以这新屯中进出者莫不服装整齐华丽，充分显出富贵的气派。

顾妈服务的郁公馆是三弄二十四号。她跑进起坐室，见冰倩大小姐靠在沙发上阅读晨报，郁老先生、郁老太太，对坐闲谈。顾妈立即将所得消息转播。

“此等恐怖之事，竟然发生了！将如之奈何呢？”老太太已听得她的独生爱女叙述过，对门二弄十四号的疯子赵若愚要挖去冰倩的眼睛或割去耳朵，所以已担心了好几天，现在听得顾妈的消息，当然大起恐慌了。

“顾妈，你这消息确实吗？”郁老先生问。

“喔！千真万确的。管弄人阿四告诉我的。”

阿四平日为人诚实，郁老先生亦相信了这消息，脸上陡然变色。

冰倩小姐丢了手中的日报从沙发上立起来。

“爸，妈，不必如此惊惧！也许这消息并不准确，或者另有缘故。我可以往十五号邵宅去询问究竟。”

“噢！冰倩，你不要去，赵若愚那个疯子就住在邵宅隔壁十四号内。”赵老太太劝阻她的爱女。

“青天白日怕什么呢？疯子并非妖魅鬼怪！”冰倩小姐倔强地从前门出去。

郁宅的前门正对赵若愚的后门，斜对邵宅的后门。当冰倩穿过十五尺阔的弄堂揿邵宅后门电铃时，赵若愚拿了一柄保安剃刀，从自己屋内推开后门跨出来。

“哈喽，密斯郁早安！”赵若愚用着轻快的语调说。

冰倩对他看了几眼，见他此时的态度是在正常的状况下。她微微地点头为礼：“早安，赵先生！”

邵宅的女佣开启后门招待冰倩进屋。

与冰倩接谈的是邵丽珊小姐的哥哥健珊。

“令妹被人割去耳朵有无其事？”冰倩问。

“确有其事，现在医院中疗治。”健珊回答，“家父与家母都在医院中陪伴她，大约三四日即可出院。”

“可否将出事经过告诉我?”

“这事的发生，实在可谓不幸之至，昨天是星期六，我本来与舍妹及她的一个女同学，约定往大光影院观看二点钟的电影，后来我临时发生了一些商业上重要之事，所以不得不将此约取消，但舍妹不愿放弃这部文艺巨片，仍与她的同学往观五时一场的电影，因上下客满的关系，改观九时最后一场电影。回家时已十一时三十分左右，她的同学本拟雇汽车送她返家，然舍妹坚持乘电车至静安寺，再步行回家。她的同学住愚园路，遂在静安寺分手。舍妹一个孑然行走于大西路上。距弄口尚有六七百码时，这一段路程，谁都知道荒僻异常，罕有人际。忽从暗处跃出一穿西装者，自后追上，用左手将舍妹搂住，舍妹用力挣扎，并在他左手上用指甲乱抓，好像曾将他的左手背抓破多处。但他并不放松，用力气割去舍妹右耳，仍向黑暗处逸走。舍妹痛极而号，血流满面，唯神志尚清，即以手帕掩住创口，奔返家中，经我用家庭药库加以临时救护后，再用汽车载往我友人之私立疗养院中，由正式医师疗治。假使昨日我和她们同去观电影，就可避免此不幸之事了!”健珊讲完这一段故事后，颇有引咎自责的神情。

“哦！你们为什么不请隔邻十六号那位程愈良医师诊治，岂非迅速而又便利!”冰倩小姐诧异健珊舍近而求远的政策。

“隔壁的程愈良医师吗?”健珊摇摇头：“为了舍妹的钢琴与我的提琴合奏，使他感觉头痛而厌烦，所以他曾与我们屡有龃龉。他说听了这种不堪入耳合奏，简直使他发狂。某次他与舍妹因争论几乎动手用武。你想，过去既有这种不愉快的历史，我们怎能请他治舍妹之伤呢?”

“哦！我虽是你们的对邻，却不知你们有这样一段交恶的故事。”冰倩说，“近来你们兄妹二人曾合奏钢琴与提琴吗?”

“为什么不奏?”健珊的语调略带怒气，“难道因为程愈良医师的反对，我们就从此停止我们的高尚娱乐吗?”

“嗯!”冰倩点了头，“令妹昨晚被袭时，有否看清暴徒的面目?”

“暴徒是从后面来的，她未曾看见他的面目，但隐约记得这暴徒穿着棕色西装，藏青大衣，戴着一顶灰色呢帽，呢帽戴得甚低，将他上半部脸庞都掩藏了，好像还用一方蓝色手帕，蒙蔽他下半部脸庞。并且他追逐之时，脚底下毫无声息，大概穿的并非硬底皮鞋，否则舍妹当能及早发觉，加快足步奔逃，也许不至于被暴徒追获。”

冰倩一边听一边将健珊所述，记录在一本日记簿上。

“冰倩小姐，我记得你是攻读文学与心理的，并非念新闻学的，是不是?”健珊问。

“你觉得我将这些事记于日记册上引起你的奇异吗?”冰倩说，“我并非探访新闻，却欲研究这个暴徒是何人。”

3. 左手之创痕

今晨邵宅的电铃，忙碌非常，在半小时内络绎有人来按电铃，访问丽珊小姐之受创情形。他们都是西区新屯内的住户，感觉这一不幸事件，与他们俱有切身利害关系。因此集中到邵宅来，探寻究竟。

健珊一一招待他们在大客厅中坐定。并申明在半小时之后，发表他妹妹出事经过，避免后至的邻居向隅，否则见一邻人叙述一次，他将唇焦舌敝矣。

邻居们对健珊的决定表示同情。

他们在邵宅客厅中各自寻觅谈话对象，以消磨这三十分钟的无聊时间。

二弄十二号的朱振善，穿着整齐的西装，体格魁梧，很像一个大力士，他是在纱厂内服务的，酷爱命相，于是他与二弄十一号的纱布商人精于手相之吕尚学谈论起来。

三弄二十五号的吕尚康是吕尚学之兄。此人是铁工厂学徒出身，而现在经过数十年之奋斗，已成一家机器制造厂的厂主。他的年纪已六十出头，穿着羊皮袍子，兔子型老年鞋，发白如雪，但仍健谈如少年。他与三弄二十六号他的隔邻郝光民先生闲谈。

一弄十号的大学教授郭志勤先生，三弄二十三号的周世昌及冰倩小姐在室中踱步。

周世昌是一个风度翩翩带有流氓气息的小白脸。他熟悉这西区新屯所有的妙龄少女，但没有一个少女喜欢与他交际，见了他就远而避之，正和见了疯子赵若愚迅速走避一般。

三弄二十九号的俞永泰，据秘密传说，年轻时是职业打手，他的家财就从打里获来。在战前他的打例是：谋害人命一条，价五千元，重创一人，价二千元，轻创一人，价五百元，特殊情形面议。现在他年岁已大了，但精神矍铄，与二三个青年人动手打架，他依然可得到胜利。他也有一个十三岁的女儿，恐被割去耳朵，所以亦来邵宅探询详情。他一个人坐在室隅一只沙发上，静默地抽雪茄烟。那只左手始终插在他的大衣袋内。

“吕尚康先生，你曾患过失眠症吗？”郝光民问，“这失眠症是最难受的病症！”

“我怎么没有患过？五年前我患失眠症，中西医师药石乱投，毫无功效。”吕尚康说，“后来我自己翻阅各种丹方，竟得了一种极简便的药方，试服不到半个月，失眠症竟霍然而愈，真是丹方一味，气死名医！从此以后我再不相信中西医师了。”

“可否请你将这药方抄给我试服？”郝光民高兴地要求。

“噢！用不到抄写，这药方十分简单，只要用甘草与绿茶同煎服用，不出半个月，保证你一夜睡到大天亮。”

“假使这丹方医好了我的失眠症，我将重重谢你。”郝光民说。

“每日见面的邻居还谈得到重谢吗？”

“你令弟精于手相，你也善此道否？”郭志勤教授插口问。

“哈哈！舍弟的手相术还是跟我学的。”吕尚康得意地说。

“请吕老先生替我看看手相吧！”冰倩小姐说着伸过左手去。

“男左女右，你应该伸出右手看相。”吕尚康说。

他对冰倩小姐的手看了半晌后说：“不久你将有喜事来了，明年秋季你将结婚，结婚后有三子四女，做一个享福的太太。”

“谢谢你，假使我没有喜事，我将兴问罪之师！”冰倩笑着说。

“没有喜事，找我吕老头儿算账就是。”

“吕老先生，请你也替我看看手相。”周世昌伸出了右手给吕尚康看相。

“不，男左女右，你应该伸出左手来。”吕尚康说。

“可否马马虎虎，看右手吧？”周世昌吞吐而低声地说。

“什么？我听不出你说什么。”

“他说可否马马虎虎看右手？”冰倩小姐代周世昌重说一遍。

“不行，男的一定要看左手。”

“那么我不要看了。”周世昌大声说。

“你不要看，我一定要替你看，你怎么出尔反尔？”

周世昌无可奈何地伸出左手给他看。

“咦！你这左手背上的抓痕，从哪里得来？”冰倩问着，联想到方才健珊所述他妹妹丽珊曾用指甲抓伤暴徒之左手背部。

“噢！昨日我在舞场中跳舞，与一个舞女开玩笑，她却认真起来，就把我的手背抓破了。”周世昌轻轻地解释。

吕老先生未曾听清楚，冰倩又重述一遍。

“哼！你们这般年轻小伙子把老头子辛苦赚来的钱钞去花费在舞场中，真是太荒唐，应该少去为妙！”吕尚康倚老卖老地给了周世昌一顿教训。

此时健珊从楼上下来，见仍是这几个邻人，知道不会再有人来了。于是就用不疾不徐的声调发表丽珊被割耳朵的全部经过。当他讲述时丽珊曾用指甲抓伤暴徒左手背部时，所有邻人都用怀疑地目光注视这轻浮少年周世昌。

周世昌成了众矢之的，便低头避开众人目光。

健珊刚将故事叙述完毕，他的女佣王妈忽从厨房走进客厅，向他主人报告消息：“郁宅的顾妈告诉我，我们隔壁的疯子赵若愚有一天亲口对冰倩小姐说，要挖去所有漂亮少女的眼睛，或割去耳朵。所以我们丽珊小姐的耳朵一定是被这疯子割去的！”

“冰倩小姐，有没有这回事？”健珊问。

“他曾对我这样说过，但他是疯子，不能把他的言语当真！”冰倩小姐说。

“这疯子对我的女儿亦说过这类的话，我却未曾放在心上。”纱布商人吕尚学说。

于是众邻居都乱哄哄了，除开周世昌与冰倩年纪尚轻外，其余诸人俱有美丽未出嫁的爱女。当然感觉疯子赵若愚的话有严重的威胁。他们的爱女都可能被割去耳朵或挖去眼睛。

“我也有一个姿色不弱的女儿，今年十八岁，正好是疯子割耳挖眼的良好对象，我们应该速筹对付之策。”吕尚康惊惶气忿地说，“这种荒谬无理性行为，仅有疯子才会干出来！”

“吕老先生说的话很中肯。”郝光民说，“我也有一个二十岁的漂亮女儿，我们不能让疯子如此猖獗下去。据说唐家弄内也有两个少女被割去耳朵，丽珊是第三个受害者。我们应立刻报告警局，将疯子捕去为上策。”

“我也有女儿，为了保全我女儿的耳目安全起见，我赞成立刻报告警局逮捕疯子赵若愚。”职业打手俞永泰发表他的意见，他的左手始终插在大衣袋内不伸出来。

冰倩小姐对今日在场的人，都加以极大的注意，尤其俞永泰过去曾有那种恐怖的历史，眼前他的左手，掩蔽得不使人看见，引起了她绝大的怀疑。

“你女儿年事尚小，大概没有危险吧。”吕尚康说。

“我认为周世昌亦有嫌疑，为什么这样凑巧，他的左手背恰于昨晚被舞女抓破呢?”郭志勤教授说。

“赵若愚的母亲赵老太太，即若愚的长兄若律，都非常爱护他，而且他也不是武痴，仅神经失常而已，我们控他割人耳朵，并无确凿证据，警局也不会受理这小小伤害案。同时若律又是一个著名的手段利害之律师。我们的控诉如无确实根据，被若律提起反控诉，控我们诬告之罪，你们吃得消吗?”朱振善说。

郭志勤与朱振善两人的言语发生了一种镇静作用，把几个情感激动的邻人缓和下来。

“而且纵使要控诉赵若愚，亦应由受害人或其家属出面，我们未受丝毫损害，根本无控诉标的。”朱振善又加上了这几句。

“健珊，你预备报告警局查究吗?”郭志勤问。

“家父年迈，虽损失了丽珊一只耳朵，但他抱着息事宁人的绥靖政策，犹似二次世界大战初起时，纳粹割据了捷克斯拉夫后，反纳粹国家无所行动一般。”健珊说。

“主事尚且不愿追究，我们更风马牛不相干了!”朱振善说，“谁胆小，就叫他的女儿晚间不要外出，谨加防护，已足够安全了。”

于是这一个有抵抗性的会议，无形解体，一哄而散!

4. 来无影去无踪

冰倩小姐回到自己的家里，将一切情形告知她父母，并记录在日记簿上。然后竭力思索推考，谁是最可能的割耳暴徒?

可惜她学的是文学与心理，并非探侦学与犯罪心理学，徒然消耗了许多时间，却无肯定的结论。

当日晚间十二时左右，冰倩小姐在睡梦中被一种剧痛惊醒，立刻开启床边台灯，发现室中悄无一人，枕上被褥上俱是鲜红的血渍。她从床上跃起，向梳妆台那面大圆镜子照看她自己的容貌，不禁泪如泉涌，她的右耳也被割去了。她一边呼喊，一边穿着衣服，奔下楼去。

在二楼遇见她父母及顾妈各自卧室中闻警跑出来。

“快上楼去找寻暴徒，我往十六号请程愈良医师治伤。”

她的父母见她满脸满身血渍，已意识到是什么一回事。

郁老先生随手取了一根通火炉的铁条，冲上楼去。

冰倩小姐出前门，揿十六号后门的电铃。由女佣开门引领进去。

冰倩小姐的命运，还不算十分恶劣，程愈良医师虽尚未返家，但程太太是护士出身，就在诊室中替冰倩治疗。

这治疗工作进行至半途时，程愈良医师从外面归来。闻得冰倩受创情形，他先至他自己卧室中脱去大衣，穿上白色罩衣，在浴室中洗净他手上的污渍，始下楼至诊室中，察看她的创伤部分。

冰倩经过这位外科医师的治疗手续并加以包扎后，已无危险，血被针药止住，唯略感痛楚而已。

她由程宅女佣扶持返家。惊弓之鸟，再不敢一个人独处在三楼卧室中。她就在她母亲卧室中休息。

郁老先生在三楼并未找到暴徒，甚至二楼底层每一角落里俱仔细搜索过，亦未发现有暴徒之踪迹。

他不了解割耳暴徒，从何处进来？从何处出去？但他不是一个绥靖政策者，因此立刻拨电话报告警局。

警局派来的青年探员狄国辉与老苏，到达郁宅时，已距离发案时间有四十分钟之久。

他们聆听出事经过，以及丽珊割耳后的种种详情。于是由顾妈引导他们至三楼冰倩小姐的卧室中勘看。

“小狄，这案件异乎寻常，倒是怪有趣的！”老苏说。

“人家耳朵被割，正在难过，你还觉得有趣，可见你是毫无同情心的家伙！”狄国辉埋怨他。

“我意思这案中有这许多嫌疑人，我们可以给他们都尝尝疲劳审问术，尤其那个疯子受疲劳审问后，还是疯得更厉害呢？抑是疯病豁然痊愈？”老苏每次探案始终表演他莽撞滥用权力的作风。

“削脱遢泼！”狄国辉用英文警告他，请他关闭尊口。

“闭嘴就闭嘴好了！”老苏的脸皮从来不会红一红。

冰倩小姐的卧室，宽大富丽，连有浴室。有四扇朝南的窗，张着粉红色的丝绒窗帘。上蜡的地板揩得光可鉴人。现在已有不少血渍。

国辉仔细察视地板上的足印，有一双大力牌橡皮鞋底的皮鞋足印，曾停止在卧床之前，后又调转方向出室而去。他们跟了这足印视察过去。这足印经走廊而达晒台，直至晒台北司门汀栏杆之旁为止。

晒台栏杆上吊有甚新之软绳梯一部，向下堕至这西区新屯矮围墙之外荒地上。

“依此看来，割耳暴徒穿着一双大力牌橡皮底皮鞋，由这绳梯上来入卧室行凶，复由此而下，逃逸无踪。”国辉说。

“这绳梯是否预先已挂在这晒台上?”老苏脸上露着一种异样笑容。

国辉知他不同意这个论断。

“当然并非预先挂在这晒台上的。”

“你意思暴徒是从围墙外荒地，经由绳梯入郁宅三楼卧室的?”老苏问。

“可能如此。”

“据你意见，绳梯既非预先挂置，暴徒又从荒地而来，他怎样悬挂他的绳梯呢?”老苏逼问。

“我暂时不能答复你。”国辉说着用手电筒向下面荒地上照射。

“你在找寻什么? 遗失探员的徽章吗?”老苏讥讽地问。

“我的徽章好好地在我身上，决不会像你那支康克令自来水笔一样地被扒手扒去。”国辉用讽刺还敬他，“我是在找寻答案，唔，老苏，你看，荒地近围墙处不是有一根极长的竹竿吗? 它们是用三根晒衣竹竿连接起来的，并且竹竿顶端附有铁丫叉一具。暴徒就用竹竿铁叉，将绳梯悬挂在这晒台上，于是从绳梯进出。逃逸时，大概因时间匆促关系，不能将绳梯竹竿带走，以致不得不留在这里了。”

老苏现在不能再反驳国辉，因为国辉并不是空言妄断，这竹竿绳梯就是有力的证据。他很高兴地说：“小狄，这案破得如此迅速，我们只要把穿大力牌橡胶底皮鞋的人拿获，这案也结束了!”

“不要如此乐观，”国辉说，“穿大力牌橡胶底皮鞋的人多如过江之鲫，就讲大小尺寸，但穿同样大小尺寸皮鞋的人也很多，我们尚须搜索其他证据。”

国辉命顾妈将绳梯收藏起来，他自己在冰倩卧室中及走廊中作了一种试验。于是嘱顾妈紧闭三楼卧室之门，保持足印，以资核对。

他们重复回到二楼卧室中。

“郁老先生，尊府中有无穿橡皮底皮鞋的男人?”国辉问。

“绝对没有。”

“老苏，请你去把管弄人阿四叫来。”国辉吩咐。

“冰倩小姐，你说睡梦中被一阵剧痛惊醒，开启电灯观看室中悄无一人，其实你有否听得足步声逃出卧室去？或者走廊中有奔跑的声音？”国辉问。

冰倩闭目追忆，然后摇头说：

“一些声音也没有，就是橡皮底皮鞋亦应该有些声息，但是我绝对没有听得任何足声。”

“是否可能因为你剧痛的缘故，当时对于各种声音疏忽过去了呢？”国辉问。

“不，我虽然剧痛，唯因身体素称强健，故尚能忍受，并且当时神智极清，决不疏忽任何声音。”冰倩肯定地回答。

“怪了，难道暴徒手脚快速得使人来不及听与看吗？”国辉咕噜着低头沉思。

“狄先生，这话是什么意思？”郁老先生问。

“你们试想，冰倩小姐在梦中感觉剧痛而惊醒，剧痛时也就是割耳之时，冰倩小姐醒后立即开启电灯，室中已无人影，亦无声音。从床边用跑步跑出卧室，至少须六七秒钟，从走廊跑出至晒台至少须八九秒钟。估计惊醒至开启电灯，最多不过三四秒钟，而割耳暴徒已无影无踪，岂非令人费解！”国辉说。

“狄先生，你对于时间上的估计正确吗？”冰倩问。

“我已经在你卧室中及三楼走廊中试验过了，当然是正确的。”国辉说。

“难道这暴徒是个传奇人物，他有隐身术吗？”冰倩对于这个时间问题，亦感觉神秘不测起来。

“还有割下来的耳朵亦不胫而走，被暴徒携之俱去。”国辉说。

管弄人阿四被老苏从他弄口木棚内温暖的被窝中拖至郁宅。

“昨晚邵丽珊小姐耳朵被割奔进弄后，你看见有多少房客经过你的木棚进这里弄？”国辉问。

“有五号的张家声，十三号的朱振善，十四号的疯子赵若愚，十六号程愈良医师，二十三号的周世昌，二十五号的吕尚康，二十六号患失眠症的郝光民，二十九号的俞永泰爷叔。”阿四说完这许多人名，未曾口吃，他自己也奇怪起来。

“今晚十二时以后，你看见谁进这里弄？”

阿四扳指计算，又想了片刻后说：“简直和昨晚一样，少了一个郝光明，一个吕尚康，多了三十号的大学教授郭志勤与十一号的吕尚学。”

阿四回答问题完毕，走出郁宅后，国辉对冰倩说：“你那本日记簿如无秘密，可否请我带去研究你对于本案的记录？”

“我的日记簿可以公开，狄先生拿去就是。”

5. 一张嫌疑黑单

狄国辉与老苏回至警局，在办公室内进了些咖啡，开始讲此割耳案分析检讨。

“小狄，我认为第一个嫌疑人当然是疯子赵若愚。”老苏说，“被害人丽珊小姐说，暴徒穿棕色西装，藏青大衣，灰色呢帽，走路没有声音。据冰倩小姐说，赵若愚正是穿这种颜色服装的，并且长期穿着橡皮底皮鞋。这与冰倩小姐卧室中足印也是符合的，所以割耳暴徒可能就是赵若愚。”

“丽珊小姐说，他用指甲抓破左手之背。而周世昌左手之背恰于昨晚被舞女抓破，关于这一点怎么解说？你能相信他却是被舞女抓破，而不是被丽珊抓破吗？”国辉说，“这是职业打手俞永泰，十余年前是杀人不眨眼的魔王，现在他还具有杀人的能力。今日他的左手插在大衣袋内，好像一件价值连城的古董，不肯轻易示人。这是什么缘故呢？是不是手背被丽珊抓破了呢？”

国辉吸了几口烟继续说：“还有程愈良医师，他与邵丽珊兄妹不合。这不堪入耳的钢琴与提琴合奏，却能使人无法忍受而疯狂。因此他恨之入骨，将丽珊耳朵割掉以泄其愤。并且连续两晚俱在割耳悲剧发生后进弄，冰倩赴他家里求治，他尚未返家，却不先不后在他夫人替冰倩医治未竟之前回来。所以程愈良的嫌疑也相当重大。这有一个可能，他为了自身不愿听不堪入耳的合奏，付出一笔极大的代价，委托业已退休之职业打手俞永泰动手割耳，造成此恐怖案件。”

“关于程愈良医师部分，我并不同意你的推测，”老苏说，“他与丽珊兄妹有龃龉，但与冰倩毫无隙间啊！割去冰倩之耳是为什么呢？并且唐家弄平屋中，已有二女被割去耳朵，这又如何解释呢？”

“也许有某种复杂因素在内，我暂时无法解答，”国辉说，“但仍有一个简单的理论，可作为他割冰倩耳朵之动机，那就是因为他获悉冰倩小姐俨然以侦探自居，要查究割耳暴徒。于是他下第二次的毒手，警告她勿管闲事。至于唐家弄割耳事件恐怕薄刀党因调戏妇女不遂，因而出此手段。西区新屯的割耳案，可能学习薄刀党的恐怖手段，而加以利用。”

这一晚狄国辉与老苏检讨分析结果，写就一张割耳案黑单。黑单上名列第一的是程愈良医师，其他三人则为职业打手俞永泰，疯子赵若愚，小白脸周世昌。

次晨九时之前，国辉与老苏已在郁冰倩的客厅中出现。他们命两个警察往各住宅中传唤有关之人，至郁宅客厅侦询。老苏并特别嘱咐警察，如有拒绝传唤、故意缺席者加以逮捕可也。于是被传之人，络绎而来。

今晨郁宅客厅的上蜡地板，擦得特别光泽，而花园司门汀走道上却遍洒泥水。这是老苏出的主意，被传之人经过潮湿之走道，等于图章在印泥缸中蘸染料，当他踏上打蜡地板等于在白纸上盖印。

第一个到达之人是疯子赵若愚。他走进客厅后，在一只沙发上坐定，掏出身边所带糖果大吃大嚼，而把包糖果的花纸随意抛掷。

国辉与老苏对地板上察看，赫然是大力牌橡皮底足印。

“小狄，你看果然不出我所料，不是他，还有谁呢?”老苏得意洋洋地说，“其余诸人，看似有嫌疑，事实上丝毫无关。我们可立刻将他带往警局，定能一鞫而服。这里的普遍侦询是多余之举，何必使他们对我们不满意呢?”

“你又发老脾气!”国辉说：“纵使是他，我们的普遍侦询，还是应该举行的，以资证明他是唯一犯罪者。到那时再逮捕他亦不为过呀!”

忽然有一个东西像子弹般打在老苏额上。虽然不痛不痒，但这是一种对公务员的侮辱。老苏拾起这东西来观看，仍是包糖果的纸团。

“是你投掷的吗?”老苏问赵若愚。其实不用问，因为客厅里只有他们三人，而赵若愚是唯一吃糖果者。

“你这弹姆富尔！不是我投掷，难道是你自己投掷吗?”赵若愚大声地说，“我看你的前额很平坦，正好被我做练习打靶之用。喂，笨蛋！又来了。”

“嗒”的一声，老苏额上又中了一下。那是一块嚼过的奶油托菲糖，黏在老苏额上像一个将破裂的疮疖。

老苏忿懑异常跳过去想给他一个耳光，但被国辉过来挡住。

“你与他计较吗？他是疯人呀!”国辉说。赵若愚见老苏瞪着圆眼，声势汹汹，反而不声不响，对他们呆看。

第二个被传唤之人来了。他是程愈良医师。国辉与老苏看地板上足印。

这时老苏迷糊了。那足印也是大力牌橡皮底。

“老苏，你看，我叫你不要鲁莽，现在又增加第二个嫌疑人了！”国辉轻轻地说。

第三个来者，是小白脸周世昌，也是大力牌橡皮底足印。

国辉对老苏伸出三个指头，表示已有三个嫌疑人了。老苏却在那里抓头皮。

第四人是职业打手俞永泰，又是大力牌橡皮底足印。他的左手依然藏在西装大衣袋中。

蒙嫌疑者又恢复四人之多！

这四人来，因为警察先去传唤他们。此后被传的人络绎而来。凡昨日在邵宅之人，今日俱在场了。并且增加了程愈良医师，五号住户张家声及管弄人阿四。他们有穿中式鞋子者，有穿皮鞋者。

“诸位先生大概都已明白为什么集中在这里来的原因吧？”国辉开始发言。

众人俱点头，唯有赵若愚在沙发上假寐。

“我根据众邻居的意见，代为发言。”五号住户张家声说，“他们都愿意尽速捕获割耳暴徒，以解除他们所有爱女的威胁，但同时亦希望尽速结束此种侦询，俾可各往办公处工作。因为他们不能为了此案，停止他们的事业。”

“我将尽力使侦询手续提早完成，避免妨碍诸位之业务。”国辉说。

于是国辉开始询问前昨两晚迟归之人的原因，以及在何处消磨时光。所有迟归之人俱回答在电影院或平剧院中观剧。仅周世昌独在大华舞厅跳舞。国辉对于观剧之人，无法证明他们是虚是实，因此用传唤侦询方法。

“除程愈良、俞永泰、周世昌、赵若愚四人外，其余各位俱可回府或往办公室去。”国辉说，“但鄙人仍希各位赐予合作，以便早日破案。如对本案有意见及有关情报或密告，可于每日下午二时至四时至警局与鄙人晤谈。至于举发人之姓名，将力守秘密。”

众人散去后，郁宅客厅中，仅剩四名蒙嫌疑者，他们都抗议为何被扣留，并失去自由。

“请各位息怒，此并非扣留，”国辉向他们解释，“因为你们四人具有犯罪嫌疑，不得不详加侦询，如查出与割耳案无关，当立即恢复自由。”

“我们有什么嫌疑？”除赵若愚依然在沙发上打瞌睡外，其余三人同时提出这个质问。

“我将先向你们询问几句，然后给你们观看蒙嫌疑的证据。”国辉始终温和地说。

但他们三人的脸色，都表示着极度的愤慨。

“周世昌先生，你在大华舞厅和哪一个舞女开玩笑?”国辉问。

“这舞女我是第一次与她跳舞，所以未曾询她姓名。”周世昌回答。

“但她的容貌你是记得的，也许她也记得你是和她开玩笑而被她抓破手背之人吧?”国辉说。

“不，我想，我们大家不再记得各人的面貌了!”周世昌说，“因为我们在幽暗的彩色灯光下，跳了半支舞，我说了一句粗俗之言，她就板面孔，用指甲抓我左手背，我便将她丢弃在舞池中付账回家。”

“你这种解释，明明是怕我传她来质对。事实上根本没有这一回开玩笑抓破手背的事，所以你无法提出反证来。这事于你不利的呀!”

“你不相信，我再有什么话可说呢?”周世昌怒气冲冲地说。

“俞永泰先生，你的左手为什么老伸在大衣袋中?”国辉对这退休职业打手发问。

“噢!这是我的自由。法律禁止人民将左手伸入大衣袋内吗?”俞永泰咆哮地说。

“法律虽不禁止，但我请求你将左手伸出来让我看一看!”

“我拒绝你的请求。”

老苏对国辉这种彬彬有礼的侦案态度，早感觉胸闷气胀。他蓦然声势汹汹走近俞永泰身旁吼叫般地说：“伸出左手来!”

俞永泰对他冷笑，摇摇头说：“不要摆出公务员面目来，我见得多了，小小一个探员何足道哉!”

老苏忍无可忍，用力拽住他的左手之腕，从他大衣袋内拉出来，对手背上察看。

“哼!怪不得你的左手要藏匿在大衣袋中!”老苏说，“小狄，他的手背上也抓破了。”

“俞永泰先生，你的手背给何人抓破的?”国辉问。

“你们以为我的左手被邵丽珊抓破吗?”俞永泰还在冷笑，“老实告诉你们，我的左手是被我的爱妾抓破，我因为不好意思给人家知道，所以藏在袋内。”

“你的如夫人住在哪里？”

“就住在这弄内二十九号。”俞永泰欲言又止，终于这样说了出来。

“老苏，你去设法盘诘她一下。”国辉吩咐。

六分钟后，老苏回来后命道：“他的如夫人根本就不知道俞永泰手背上被抓伤。俞永泰对她说，他的左手患风痛，需要温暖，所以不得不藏袋内。”

“俞永泰先生你如何解释你的谎话？”国辉说。

“我没有什么解释！”俞永泰恨恨地说。

“喂！赵若愚。”国辉至沙发旁推动他。

“扰人清梦，该当何罪？”赵若愚说。

“我问你，是不是你对郁冰倩及吕尚学之女儿说，要挖她们的眼睛，及割她们的耳朵？”国辉问。

“是的，是我对她们说的，你问我干什么？”赵若愚说。

“邵丽珊及冰倩的耳朵，是你割下的吗？”

“是我割下的，全上海的美丽女人如缺少一耳一目，都是我将她们割下或挖去的。”赵若愚说。

国辉知他疯得不可理喻。

“现在我们都到三楼去核对足印。”国辉吩咐。

这核对足印工作是完全失败的。国辉早已料及大力牌橡皮底鞋太普遍，人人可有这样一双皮鞋。这四个嫌疑人的橡皮底皮鞋大小尺寸新旧，可说一模一样，与卧室地板上的足印亦完全符合。

“假使侦探先生因为这卧室中有大力牌橡皮底皮鞋足印之故，因而指我等有犯罪嫌疑，那么这西区新屯的住户俱有犯罪嫌疑了？”

程愈良医师说：“五天之前，五号住户张家声将囤积之大力牌皮鞋四十双，普遍向弄中邻居兜售。并且只有二种尺寸。我曾向他购了三双，有买一双或二双者，甚至邵健珊也买了二双。是否邵健珊亦有割去其妹丽珊耳朵之嫌疑？”

“你说全弄邻居都买大力牌皮鞋，但我知道郁宅先生并未购买，甚至不知有兜售之事。”老苏说。

“郁老先生素穿中装，不穿着皮鞋，并且他家内无第二个男性，因此张家声未向他兜售，亦属可能。”

“我的探案作风，素来着重确凿证据，现在既无证据证明谁是犯罪者，所以你们都可以自由回去。至于为了侦询你们受时间的损失，只能请你们原谅。”国辉婉转地说。

当国辉与老苏跳上弄口公事汽车时，老苏的面颊上又被一块奶油托菲糖打中。回头观看，赵若愚早逃进弄去了。他们到唐家弄停车，入内探询二少女被割耳朵之详情。据同居者称两个少女一姓邢，一姓邱，已与她们之父母同时移居原籍杭州。于是国辉与老苏嗒然返警局。

他们在警局办公室内继续谈论割耳案之案情。

“老苏，你说此案非常有趣，现在你能感觉有趣吗?”国辉郁郁不乐地说。

“简直头痛!”老苏说，“我想制造皮鞋底的厂商应该像制造汽车引擎、手枪，或其他物品一样每一双鞋底有一个号码。”

“对呀！为了你老苏探案便利起见，你可以通令全国制鞋厂每一双鞋子应该印刻一个号码。”

“我没有这大的权力。”老苏说，“但皮鞋穿旧了，虽是同样尺寸，仍能辨别，可恶的是他们四人的皮鞋，都仅穿了一两日，以致我们无法鉴别!”

“我叔父大头侦探忽患感冒，今日拥被高卧，我不敢去麻烦他。”国辉说。

“此案还是要请大头侦探相助，否则，我想不容易破案!”老苏说。

6. 清晨之呼救声

晨光熹微，晚风凛冽之时，老苏正在继续他的温馨好梦，被叮铃铃的电话铃声惊醒。

“喂！我是老苏，唔！小狄，这样早干什么?”

“什么？又是一只耳朵被割。”

“好，我立刻就来。”

半小时后已在西区新屯二十六号郝光民先生住宅三楼卧室中勘看。

这卧室是郝光民之爱女菊芬所居。一切情形可说与冰倩小姐不相上下。在清晨五时左右天空中尚未露曙光，患失眠症的郝光民先生刚蒙眬入睡，忽闻其女菊芬锐声呼救。奔上楼去观看，则菊芬右耳已被割去，血流如注，立即用汽车送往最近之大西医院疗治。性命虽然保住，但一个美丽少女缺了一只耳朵，是多么伤心之事啊!

菊芬也是在睡梦中，感觉剧痛而惊醒，其时室中既未有人影，亦未闻声息，而右耳已失所在。

国辉察看地板上足印，又是大力牌橡皮鞋底。循足印而往，直至晒台北面栏杆之旁，又见一绳梯悬挂在那里。割耳暴徒用侵入冰倩卧室方法侵入菊芬卧室。由这一点看来，就可证明暴徒必是西区新屯中的住户，否则不会如此熟悉被害人居室详情。

国辉命将绳梯收藏起来。他对这案件感觉手足无措，对于暴徒割耳动机，亦捉摸不定，因此根本没有肯定的侦查步骤，亦不知如何侦查。

老苏见室中无人，低声对国辉说："看你的态度，好像是束手无策了，是不是?"国辉未曾置答。

"我倒有两个好的方法，保证将割耳凶徒拿获，不知你愿意采取否?"老苏好似胸有成竹地说。

"什么方法?"

"割耳凶徒是否出这四人中之一人?"老苏问。

"那是毫无疑问的，坏就坏在我们不能肯定四人中谁是犯罪者!"国辉蹙眉而说。

"既然如此，我们将这四个嫌疑人，俱捕至警局，施以疲劳审问，难道他们守口如瓶，宁死不招吗?"这是老苏第一个好方法。

"这四人虽蒙有嫌疑，尤其小白脸周世昌及职业打手俞永泰二人左手背之伤痕，令人疑窦丛生。"国辉说，"但我们指他们四人的嫌疑，是我们主观的嫌疑。或许别的探员负责侦查此案，不认他们有嫌疑也说不定。一言而蔽之，嫌疑案有事实的根据。而我们的事实根据在哪里？仅凭手背上之创痕吗？而且我们根据哪条法律糊里糊涂把四人都羁押起来？不，老苏，你这个方法是违背警律的。"

"你今天好像大学教授在课室内讲解刑事学了!"老苏说，"我觉得你探案方法太拘泥。"

"这是人权问题，我们不能胡乱随意捕人!"

"那么用第二个方法，"老苏说，"把这案件移交大头侦探，让他去伤脑筋吧!"

"我思得一个比较妥善的方法，"国辉说，"我们派员化装后，暗中监视这四个嫌疑人，也许能借此破案也说不定。"

这一日下午三时，西区新屯五号住户张家声，至警局访晤狄国辉。

“我本来不预备向你饶舌，但见这割耳案漫无止境，所以无法使我再保持缄默！”张家声说，“半月之前职业打手俞永泰因投机失败，周转不灵，向我商借巨款，我加以拒绝。三日之前我见他与程愈良医师在后门口窃窃私语，后来程愈良医师给了他一小瓶药水，并嘱他谨慎施用。后来我又隐约听得程愈良医师对他说，如你把此事办成功，我酬谢你一大条金子。”

张家声顿了一顿说：“这是千真万确之事，并非我捏造出来之空中楼阁。我想这消息可以供你们做侦案参考！”

张家声辞去后，国辉对老苏说：“我们不是怀疑暴徒割耳后，去得太迅速吗？现在可能作如此的解释，就是暴徒用棉花蘸××麻醉剂使被害者在睡梦中失去知觉，这种麻醉剂是外科医师动小手术时，常常使用者，能在十五秒至三十秒间回复知觉。所以暴徒割耳后能从容逸走，而被害者经过一个相当时间，因剧痛而苏醒。冰倩、菊芬就是先被麻醉次被割耳，迨苏醒后当然不见暴徒的影踪了。”

“你意思程愈良医师给俞永泰一小瓶药水就是××麻醉剂吗?”老苏问。

“张家声的消息给我一个启示，使我联想到暴徒用××麻醉剂。”国辉说，“至于程愈良医师给俞永泰的一瓶药水，是否为××麻醉剂，我不敢肯定。”

“俞永泰因经济拮据，重做冯妇，亦属可能。”老苏说，“程愈良医师委托他割少女之耳。否则为什么允给他一大条金子呢?”

“也许可能，但我不明白动机何在?”国辉似入迷魂阵中，对此案无法理解。

一小时后，西区新屯看弄人阿四来警局向国辉报告道：“疯子赵若愚在西区新屯后边荒地上与拾荒丐童抢夺竹竿，因相持不下，赵若愚取出保安刀片要……割丐童的耳朵。”阿四逢到割字就讷讷口吃起来，“但丐童人数众多，依然抢了竹竿而去。”

“丐童的耳朵被割下没有?”国辉问。

“没有……割”，阿四讷讷地说，“有这疯子在，人家的耳朵实在太不安全！哦，还有一个有趣的新闻，周世昌家的女佣告诉我，他们晒台上的晒衣竹竿不知被何人窃去后丢在荒地上。他要查究，而周世昌嘱她马马虎虎不要声张，添买几根新的，不就完了。二位先生你们看奇怪不奇怪?”

阿四离警局后，国辉与老苏二人在办公室内，各自竭力思索，想打破这割耳之谜。

“这种没有动机的割耳举动，我敢以头颅和你打赌，十之八九是疯人所干，我们何不先将赵若愚捕来，加以疲劳询问呢?”这是老苏思考后的结论。

“根据今日所获情报，程愈良与俞永泰之鬼鬼祟祟私议。周世昌之家竹竿被人丢在荒地中，事实上可能周世昌自己用来悬挂绳梯后，遗弃在荒地上。赵若愚割丐童耳朵。凡此种种，决不能使人无疑，而他们的嫌疑，又始终轻重相等，每一个人都有极大犯罪可能性，叫我们如何鉴别呢?”国辉的思潮紊乱已极。

“根据我的再三考虑，程、俞、周，三人看来俱是有重大嫌疑，不过大概是偶然的巧合而已。”老苏说，“把赵若愚捕来，此案就结束了。你为什么迟疑不决?”

“不，我们宜派四个警员，化装后去监视他们，须待获得确凿证据，始可逮人。”国辉的决定是合理而有效的。

但是老苏表示抗议，说了许多似有理由而实无价值的理论，要国辉先去逮捕赵若愚。国辉给他一个不理会。

老苏开始不顾国辉之劝导，欲单独前往执行逮捕工作，国辉尽力拦阻。正在僵持之间大头侦探狄大头来了。

7. 一个子弹打进他的左腿

大头侦探之来，并非偶然的，他是获得割耳案消息，特地来会晤国辉的。

“你的伤风感冒痊愈了吗?”老苏问。

“没有什么大碍，发了两次寒热，今日已痊愈了。”大头侦探说，“你们在办公室内干什么? 好像要动手打架了!”

国辉将割耳案详情，自头至尾细细叙述，并将冰倩小姐的记录，也给大头侦探阅读。

大头侦探靠在沙发上吸着他的板烟，用着他的大头思索推考案情。有时蹙眉，有时微笑。他在沙发上坐了一小时左右，蓦地站起来对国辉说：“你不必派人去监视这四个嫌疑人，老苏也不必去逮捕赵若愚。这案件交给我办理就是。”

“要不要我们伴你至西区新屯去察看一番?”老苏问。

“我一个人去已够。你们在此休息休息吧！”大头侦探说。

国辉感觉这休息二字比詈骂还厉害，脸上显然发烧起来。老苏是车胎面皮，纵使直接骂他饭桶蠢货他也毫无反应的。

天色将黑之时，大头侦探从西区新屯回来。他已访问过每一个有关住户，并与他们做短时间之谈话。他也视察过被害人之创伤情形，出事卧室的足印以及暴徒借以进出的绳梯。总而言之，应该侦查的俱侦查了，并且把疯人赵若愚也带来了。

“老苏，将赵若愚禁闭起来。”大头侦探说，“他的神经失常，应该原谅他，不要难为他，万一他破口骂人可以不闻不问。我要回家去休息了。”

“小狄，你看归根结蒂，赵若愚始终是犯罪者。像这种案件，根本毋庸多伤脑筋，一望而知是疯人所干的勾当。你若早听我的话，把赵若愚逮来，这破案功劳就是我们的了。”老苏在那里发牢骚。

国辉无话可说，便默不作声。

这天晚上西区新屯有少女的住户，都好似劫后余生，感觉莫名的欣慰。他们的威胁，因疯人被逮捕而解除，他们不再惧怕爱女的耳朵被人割去。少女们亦不再躲藏。有电影迷者赴影院观戏去了，有舞癖者至舞厅跳舞去了。

十三号住户郭志勤教授之爱女郭葆贞应同学之约参加一个盛大宴会，返家时已夜阑更深，由同学用汽车伴送，车至大西路亿定盘路，因为马达损坏，无法继续行驶，于是郭葆贞小姐弃车独自步行，好在离家已不远了。

当她经唐家弄，四处无人，正是丽珊割耳之旧地，她想起丽珊当日遭遇，心中惴惴尚有余悸，此时她听得身后有极轻微之足音，回头观看，一个用蓝手帕蒙面者，已与她相距仅十余步之遥，右手携着一件明亮的东西，加速脚步向她追来。郭葆贞立即意识到割耳暴徒来袭击她了。

于是她向前狂奔。蒙面者紧紧追随。一分钟后郭葆贞已被他攫住。蒙面者用那件明亮的东西，移近她的右耳，只要一秒钟或二秒钟的时间，郭葆贞的右耳和其他几位少女一般地被割去了。可是正在此千钧一发之时，砰的一响，有颗手枪子弹打进蒙面人的左腿，同时郭葆贞用手提包将那件明亮的东西格开。

蒙面人中弹受伤，已无法支撑，身躯摇摇欲坠。

其时唐家弄黑暗处忽然冲出两个警员来，将蒙面人擒获，接着大头侦探亦从唐家弄内悠闲地踱出来。

“你们将他送往警察医院疗伤，并派人看守他！”大头侦探嘱咐两个警员说。

“哦！大头侦探，你的枪法如此准确，真使我佩服！”郭葆贞与大头侦探并肩步行，往西区新屯而去。

“稍有把握而已，”大头侦探谦逊地说，“你挡开他割耳利器的手法亦不错。”

“哦！这是今日下午你尽力教导之功！”郭葆贞说。

8. 出人意料的动机

郁冰倩之客厅中，挤满了西区新屯的邻居。他们都来听大头侦探之演讲。本来演讲不比绍兴戏，前者完全免费，尚无人愿意聆听。后者争先恐后，排队买票，以先睹为快。但今日之演讲却打破了往例，后至者几乎无插足余地。国辉与老苏站在临时所搭造的演讲台前照料。他们二人亦尚未知晓谁是割耳凶徒，所以不得不来一听。

不久，大头侦探登台，开始演讲，众人肃静无声，屏息而听。

“这割耳案与西区新屯住户们俱有切身利害关系，所以今日我讲述破案经过，使诸位感觉甚大之兴趣。现在我先将案情叙述一遍。”大头侦探用不疾不徐的语调，把割耳案全部事实讲述完毕。

“大家认为疯人赵若愚最有犯罪可能，但他仅尚空言，而无实际行动。”大头侦探继续讲下去。

“那么你为什么将他捕往警局？”赵若愚的大哥若律问。

“这是我们的烟幕弹。”大头侦探说，“现在欲讲程愈良医师与业已退休之职业打手俞永泰之窃窃密议。程愈良医师有花园洋房一幢，被人占住不肯还让，程医师欲收回创设医院，乃委托俞永泰设法用武力收回，此与割耳案毫无关系。一小瓶药水，并非××麻醉剂，乃是松节油，程医师给俞永泰治腿酸之用。虽然割耳凶徒确用××麻醉剂，使郁冰倩与郝菊芬暂时失去知觉，但他是从别种地方获得麻醉剂，与程医师亦无关系。”

“那么俞永泰左手背之伤痕，从何而来？”老苏插口问。“俞永泰在霞飞路另有金屋藏娇，他的手背确被这位神秘如夫人所抓伤。而住在这西区新屯的如夫人，却不知他还有一位如花似玉的小妾，因此俞永泰欲保守此秘密，宁愿蒙受犯罪嫌疑。”

“至于周世昌左手背之创痕，亦确为一不知名之舞女所抓伤。而丽珊曾用指甲抓破凶徒左手之背，可惜她当时因惊慌过度，未曾察及凶徒用橡皮手套护手。凶徒之用橡皮手套，并非预知欲抓伤他的手背。他因为要避免遗留指纹，及一种迷信作用，他用橡皮手套。”

“因此这四个嫌疑者已无嫌疑可言。至于大力牌橡皮底足印，凶徒亦曾向张家声购得一双。我详细视察两部绳梯，发觉根本并无一人应用绳梯上楼，因为绳梯百分之百新鲜，并且毫无践踏痕迹，亦无泥渍，这证明凶徒并非自荒地缘绳梯而侵入被害人卧室，他是由自己晒台搁木板一块与被害人晒台连接，以沟通出入之路。周世昌家的竹竿亦是凶徒所窃，与足印、绳梯等俱是有意布成之疑阵，引诱侦探走入歧途。”

“邵丽珊割耳之翌日，众邻居在邵宅集会之一举一动 ，郁冰倩小姐有详尽之记录，我阅看此记录后，就对他有一种狐疑，我猜疑他是喜观一切杂书，尤其土方丹方等无价值之医书，这在他教导郝光民用绿茶与甘草煎汁，可治失眠症，以及善观手相这两点上，推索而得之结论。”

“现在再查察被割耳之少女，共有五人之多，计是唐家弄邢姓邱姓二少女及西区新屯邵丽珊、郁冰倩、郝菊芬三位小姐。将被割而未割下者是郭葆贞小姐。”

“她们俱被割去右耳，而非左耳，而且所有被割耳少女之姓，俱是耳部，姓字右边亦均有耳朵一只。”

“在邵宅集会看手相时，他屡屡以男左女右改正他人这错误，所以我知他对于这一套男左女右的迷信邪说，中毒甚深。”

“以这个观点出发，证之被害人俱是女性，又俱是右耳，则他的嫌疑更重大。”

“他在邵宅集会替周世昌看手相时，周世昌言语稍轻微他就听不清晰，屡次要冰倩小姐重复转述一次。由此我猜测他患有轻微之耳聋症。但他曾说，从此不相信任何中西医师，那么以他样一个巨富，当然不愿意他自己的耳聋症渐渐加剧，同时又不信仰正式医师，只能在土方丹方那种白莲教化的医书上寻求良方，医治他的耳聋症。”

“他对于这种丹方与土方，信仰甚深，因为偶然用绿茶与甘草治愈了他的失眠症。事实上失眠症原因极多。不药而愈之失眠症亦极多，他恰巧患的是轻症，纵使不服任何药品，亦能自然而愈。但他以为这是土方的功效，于是奉这本土方医书为神明。大概他在这书上觉得治耳良方，而与耳朵有关。

这虽是我当时的猜测，但后来由事实证明之。”

“当我去向他询问时，适值他全家外出，仅留女佣一人在家看守门户，我见机会不可失，就在他书室中搜索那本左道旁门之医书。果然在书柜中寻获。那是一本木刻版非常古旧之书。翻阅之下，见有土方一则，与本案有连接关系。”

“其方曰：‘活割牝性小猪耳一只，或别种牝性年幼动物之耳亦可。人参七钱，黄芪七钱，古钱七枚，同煎一个时辰。煎时与服时须不为肉眼所见。猪耳不能用人手碰触。服用其次可治耳聋之症，并能闻声于千里之外。’”

“至此我才肯定他是割耳凶徒，我的推断已成为事实。他割耳时用橡皮手套，既为人手不能碰触之故。在他的心目中，也许认为牝猪之耳不及少女之耳有效。如用姓字右边有耳之少女右耳与药同服用，非但能治愈耳聋症，且能变成顺风耳朵，闻声于千里之外，因此他根据男左女右以及以心补心、以肺补肺、以肾补肾的原则将秘方中之猪耳改用少女之右耳，以人耳补人耳，则使该药发挥更惊人之效力。于是荒谬地割耳案从此开展。”

“大家以为赵若愚是疯人，事实上他的癫疯有过之无不及，只是在外表上不容易被人察觉而已。此种丹方服之并非无益，并且有害。他却以为神效灵方。”

“此时我虽知吕尚康是犯罪者，但仍不知他用何种利器，使割耳工作如此快速顺利。若用刀割，绝不至于每一个被割者受伤情形完全相同。”

“又因为我未曾获得他犯罪确凿证据，因此不能立即逮捕他。我出金三百元，威胁利诱嘱吕宅女佣勿将大头侦探曾来翻阅书籍之事，告诉其主人吕尚康。仍将医书照原样置入书柜。不动声色地离开吕宅。”

“根据过去被害人割耳之先后次序，测知吕尚康是依照姓字笔画多寡，而定割耳之次序。因此断定这一次牺牲者，必是郭葆贞小姐无疑。乃与郭志勤教授及郭葆贞小姐议定应付方法后，故意将赵若愚逮捕，并散播割耳案结束空气。”

“果然不出所料，他于昨晚几乎将郭葆贞小姐之耳割下，幸而事先预防，他非惟未能成功，且被我们所擒获。他的割耳利器是一种像挖冰淇淋用的圆匙般的东西，同时又像一柄特殊的剪刀。总之他将这圆形剪匙套于耳上，用力轧动，耳朵就堕落于这圆匙内。他很方便的取耳回去，秘密与药同煎服用。”

“这利器是他自己设计秘密制造。好在他是机器厂老板，制造这凶器易如反掌。”大头侦探说。

“大头侦探，我有一点尚不了解，”邵健珊说，“郁冰倩与郝菊芬卧室中足印，非常明显地告诉我们，这足印由晒台北面绳梯进入，而乃由原处出去，这是什么理由?”

“吕尚康的住宅，处在郁、郝两屋之中，他用木板搁置于晒台空间后，就成了一座天桥。他至被害人晒台后，即脱去橡皮底皮鞋，安置绳梯及竹竿，于是再穿着皮鞋，伪装他是从绳梯而入并使足印十分显著地留在晒台上、走廊中、卧室内，逃逸时，当他至绳梯之旁，即脱去皮鞋过天桥而去。因此晒台的左右两旁是无橡皮底足印的。”大头侦探回答。

从此以后，西区新屯宁静无事，虽然疯人赵若愚依然住在其内，依然沿着人行道边缘前进三步，后退一步地走路。某日大头侦探在霞飞路看见老苏学着赵若愚的走路方法，沿着人行道边缘前进三步，后退一步。

“你也疯了吗?”大头侦探问。

“那天赵若愚在警局中秘密告诉我，他这走路方法可以养性冶情，能使脾气躁急之人变成一个脾气温和的人。据他意见，全世界的人都像他一样的走路，一定可以避免第三次世界大战!”

原载《蓝皮书》，1949 年第二十三期至第二十四期

后　记

当我在电脑里敲下“后记”两个字时，脑子里即刻闪现出唐代诗人罗隐的《蜂》里的诗句：

采得百花成蜜后，
为谁辛苦为谁甜？

这蕴含哲理的诗句正是我此刻心情的写照。

2010年6月我申请到国家社科基金项目《中国现当代侦探小说研究》。虽说我对中国侦探小说并不陌生，但要真正整理百年中国侦探小说作品谈何容易。遇到的第一个难题就是现有文献的匮乏，对侦探小说研究的文献本就稀少，而对中国侦探小说的研究则更显贫弱。因此，只能去寻觅原始文献。于是，开始了两载的艰辛历程。

北京师范大学图书馆的馆藏报刊几乎被我们翻了个底，尘封在地库里的民国报刊散发出浓烈的“芳香”，就在那独特的“芳香”里细数被时光染黄的文字……国家图书馆、首都图书馆、北京大学图书馆、中国人民大学图书馆、上海图书馆等都留下了我们伏案的身影。1896—2011年间的近千份报刊杂志逐一打手上过，被岁月淹没了的作家作品逐个在眼前闪现，刘半农、张天翼、袁寒云……这些流光的名字都是中国侦探小说的倡导者与实践者。冬去春来，近千部侦探作品渐渐聚集在相机里、电脑里，录入、断句、繁化简的文字处理，使这些被时光磨损了的文字重新散发出诱人的芳香。其中的“辛苦”与“甜蜜”岂是三言两语可道尽的?!

而今，触摸着“百年中国侦探小说精选（1908—2011）”丛书的校样，多少辛劳亦成往事。

此刻，我的心里装满了感激与感动，这份情感真切地流淌在每一处文字里。

感谢我的研究生高媛为本丛书的付梓所做的劳动，她曾独自埋头于上海图书馆，寻到了北京各大图书馆未存的珍贵资料。感谢谭东春、卜岩焯、张曼莉、郭美艳、李思静、杜欣芯在删选作品、录入文稿时给予的帮助。

感谢作家蓝玛、郑炳南、李迪、张策、谢鑫等为推荐作家作品、查询联系方式给予的帮助。感谢入选丛书的所有作家，是你们的智慧与执著让读者与研究者领略到中国侦探小说的别样风采。

最后，要特别感谢北京师范大学出版社的领导同志与编辑同志为本丛书的问世给予的大力支持。

任翔

2012年8月18日于北京养木轩